Gault&Millau

W0344905

Au sommet

Avec près de 70000 km² (presque 13% de l'espace national), la région Auvergne-Rhône-Alpes a en réalité la taille d'un pays, quasi l'Irlande (70 274 km²). Et les moyens, comme les ambitions qui vont avec. Première région industrielle de France*, deuxième en termes de PIB (270 milliards d'euros), d'innovations et d'investissements dans la R&D (7 milliards d'euros) et de revenus liés au tourisme (21,2 milliards d'euros), **l'Auvergne-Rhône-Alpes truste presque tous les podiums.** Encore des chiffres? Quatorze des 56 pôles de compétitivité labellisés au plan national sont implantés dans la région, plus de 170 stations de ski pour près de 80% de l'économie de montagne du pays, presque 24000 établissements dans le secteur de l'hébergement et de la restauration, soit plus de 13% de l'offre nationale. La dynamique est incontestable, portée par des attraits naturels (pas moins de 9 parcs naturels régionaux), des infrastructures de pointe et bien entendu sa gastronomie.

Romancier et critique culinaire, élu « Prince des gastronomes », Curnonsky a proclamé, en 1935, Lyon « capitale mondiale de la gastronomie ». Impossible aujourd'hui de remettre en cause un statut; envié, certes, qui confère, surtout, à l'ensemble de la région une obligation. Celle de l'excellence. Des produits (elle est aujourd'hui la première en nombre d'exploitations certifiées bio), des hébergements (86 5-étoiles et 297 4-étoiles) et des tables (on y dénombre, suivant le classement de Gault&Millau pas moins de six 5-toques, dont 3 d'or et 14 4-toques, ce qui en fait la région la mieux dotée de France)... Terres d'excellence, donc, qu'il faut découvrir en suivant les vallées, en longeant le fleuve, en passant les cols, en grimpant aux sommets, en empruntant parfois des chemins de traverse, qu'il faut préserver en leur apportant un soutien constant et éclairé.

C'est bien ce que fait Gault&Millau car c'est là notre mission première: dénicher des talents et les mettre en avant, révéler de nouvelles énergies et les promouvoir, repérer ceux qui inventent la gastronomie de demain et poser sur eux nos regards d'experts résolument neutres et impartiaux, objectifs mais bienveillants, passionnés, bien sûr, mais inflexibles. Alors, laissez-vous porter, au fil de ces pages, par la richesse de ces terroirs où, des Baronnies aux monts d'Auvergne, des monts du Lyonnais à la Bresse, des portes de la Bourgogne à celles de la Provence, tout semble converger vers le plaisir de partager.

Stéphane Bréhier
Directeur de la rédaction

** Rapport 2021 des CCI d'Auvergne-Rhône-Alpes.*

Kaviari
PARIS

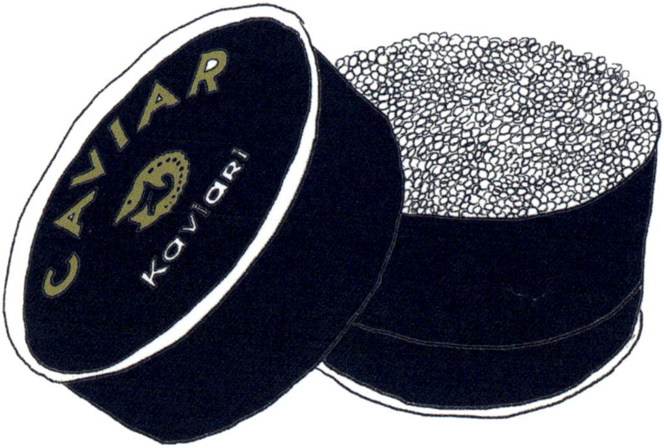

LE LABORATOIRE
LA MANUFACTURE
LES DELIKATESSENS

WWW.KAVIARI.FR
WWW.KAVIARIDELIKATESSENS.COM
TÉL. 01 49 87 41 00

Gault&Millau

Auvergne-Rhône-Alpes

C'est une concentration, une constellation, une consécration : jamais une région n'avait connu autant de grandes toques en densité sur son territoire, et même Paris pourrait s'en montrer jaloux.

Certes, toutes les conditions sont réunies pour faire d'Auvergne-Rhône-Alpes la première région de France : la richesse des terroirs, la montagne et le fleuve, la tradition paysanne, une forme d'abondance généreuse qui se rencontre partout, des monts d'Auvergne à la Vanoise, en passant par la Bresse et le Bugey, le Lyonnais ou les Baronnies, aux portes de la Provence. Au-delà de cette richesse, il y a les hommes qui ont su faire briller leur patrie. Hier Brillat-Savarin, et puis Bocuse, Troisgros, et tant de très grands aujourd'hui, comme Régis Marcon, Patrick Henriroux, et Marc Veyrat. Tous ont eu, en dehors de leur talent, d'ajouter la qualité suprême : savoir transmettre. Combien, grâce à eux, sont devenus les porte-oriflammes d'une nouvelle génération de cuisiniers auvergnats et rhonalpins !
Ce vaste espace est aussi une terre de découvertes, de beautés touristiques, d'émerveillements au quotidien. Ce guide vous livre aussi quelques idées de balades, à travers ses itinéraires gourmands, et par ses nombreuses adresses de bonnes bouches, artisans, producteurs, petites auberges découvertes avec opiniâtreté par nos correspondants et enquêteurs, toujours sur le terrain pour vous faire savourer la France.

Paul Bocuse

Grignan, Drôme

La vallée du Rhône à Condrieu

Le Mont-Blanc, aiguille du Midi

Montagnes d'Auvergne

PRÉPARATIONS RÉGIONALES

La région Auvergne-Rhône-Alpes, explorée au peigne fin, révèle la richesse de son patrimoine culinaire. Saucisson brioché, quenelle de brochet et chocolat racontent une histoire qui permet de mieux cerner l'identité d'une région dont les spécialités, maintenues au goût du jour, ont une réputation qui déborde largement ses frontières.

LA GRANDE DÉGUSTATION GAULT&MILLAU AUVERGNE-RHÔNE-ALPES

– 6 mars 2022 –

Aux Halles de Lyon-Paul Bocuse, à Lyon 3e

Saucisson brioché – Quenelle de brochet sauce Nantua – Pâtisserie au chocolat

La Grande Dégustation est l'événement régional qui s'inscrit dans la démarche de **valorisation** des **territoires et terroirs** par Gault&Millau. Cette dégustation en présence des chefs, artisans, professionnels, partenaires privilégiés de la restauration et de la presse locale, est l'occasion de mettre en avant le **savoir-faire des acteurs locaux**. Le Jury Gault&Millau attribue ses coups de cœur, dans chaque catégorie, aux **meilleurs artisans** cités dans la sélection du Guide Gault&Millau.

Le jury est coordonné par :

Marc Esquerré
directeur des Guides
et des enquêtes

Saucisson brioché

Dérivé du classique saucisson chaud lyonnais, cette variante festive se consomme pour les grandes occasions, cérémonies familiales et dimanches bourgeois.

Le saucisson lyonnais, pistaché ou non, est enveloppé dans une brioche moelleuse, que l'on réchauffe doucement au four avant de servir. L'ensemble est découpé en tranches de 1 cm environ et présenté tel quel dans l'assiette, accompagné de quelques feuilles de salade frisée ou de mâche (ne le tuez pas avec une vinaigrette trop acide) et peut s'envisager sereinement avec un chiroubles ou un brouilly.

Quenelle de brochet sauce Nantua

Ce plat est typique de la cuisine du Bugey et des Dombes. On retrouve fréquemment dans les bouchons lyonnais cette préparation de référence, moelleuse et onctueuse, où le poisson, débarrassé de ses arêtes est servi ainsi, mixé avec un appareil panade et œufs. L'ensemble est poché sous forme de pavé cylindrique, mais pas uniquement.
Il s'accompagne de la traditionnelle sauce aux écrevisses dite Nantua (béchamel, écrevisses, beurre d'écrevisses) donnant un tour résolument régional à ce grand plat classique.

© Adobe Stock/ALF photo

Eilles
TEE
"L'innovation par la tradition"
J.J.DARBOVEN
Brosio
Alfredo
ESPRESSO

Pâtisserie au chocolat

Parce que la région Auvergne-Rhône-Alpes a marqué une présence durable d'excellents chocolatiers comme Weiss dans la Loire et Valrhona dans la Drôme, parce que Noël et Pâques sont deux grands événements, le thème du chocolat était évident pour cette dégustation.

Nous avons laissé toute liberté aux artisans de réaliser la préparation de leur choix, la seule contrainte étant que le chocolat devait être le thème central. Il s'agissait bien d'une pâtisserie préparée à l'avance, et non d'un dessert de restaurant réalisé à la minute.

François Cholat depuis 1877

UNE RÉGION RICHE DE **PRODUITS BONS ET QUALITATIFS** AVEC LA PARTICIPATION DE LA MAISON FRANÇOIS CHOLAT

À PROPOS

Meuniers, fabricants d'aliments pour animaux, collecteurs de céréales et négoce agricole, les membres de la Maison François Cholat, basée à Morestel en Isère depuis 1877, sont animés d'une passion sans faille pour la protection de la planète dans le respect des hommes, des traditions, des animaux. Très impliquée dans son terroir, la Maison défend le consommer local qualitatif et prend à cœur de soutenir les talents remarquables des artisans producteurs rhônalpins et de faire parler de leurs beaux produits qui régalent nos papilles.

UNE FAMILLE INVESTIE

DES PAINS CRÉATIFS AU BON GOÛT DE FARINES LOCALES

Au cours de vos balades en Auvergne-Rhône-Alpes, pour accompagner les beaux produits régionaux, découvrez les bons pains « faits maison » réalisés par les artisans boulangers partenaires de la Maison François Cholat, sélectionnés par Gault&Millau. Régalez-vous de leurs spécialités confectionnées avec des farines premium issues des blés de la région...

Bien sûr, l'un des maillons indispensables à la qualité reste le savoir-faire des artisans boulangers. Grâce à leur professionnalisme et à leur passion, ils créent de bons pains croustillants à souhait. Mais, ils le savent : la qualité provient également de celle des farines qu'ils utilisent. Et là, les professionnels sont très nombreux à faire confiance à la Maison François Cholat qui sélectionne, avec rigueur, les meilleurs blés meuniers des Grands Moulins de Thuile. Puis, afin d'obtenir des farines top qualité, elle utilise les procédés les plus respectueux de la tradition meunière, ceux qui préservent parfaitement le bon goût des céréales. Alors, profitez de votre séjour pour tester trois beaux produits : **le pain de Tradition Française, la Torti Graines et le Bel Épeautre Signature.**

DES BLÉS CULTIVÉS LOCALEMENT PAR DES AGRICULTEURS ÉCO-RESPONSABLES

Engagée dans des démarches agroécologiques, la Maison François Cholat vise à n'utiliser que des blés Haute Valeur Environnementale (HVE) pour l'élaboration de ses farines panifiables. Les agriculteurs locaux la suivent dans cet objectif et adoptent un mode de culture plus respectueux de la planète. Ainsi, après avoir obtenu la reconnaissance de sa démarche « Culture Durable en Auvergne-Rhône-Alpes » pour le blé, la Maison François Cholat peut désormais revendiquer la certification de près de 80 exploitations partenaires au plus haut niveau de la certification environnementale, la HVE. Par ailleurs, l'entreprise s'implique dans le plan ECOPHYTO Groupe 30 000 visant à rassembler 30 000 agriculteurs engagés dans l'agroécologie.

LE PAIN DE TRADITION FRANÇAISE, LE SAVOIR-FAIRE DES ARTISANS BOULANGERS

L'arrivée de la farine de Tradition Française a révolutionné, en 1993, le monde du pain artisanal. Explications de Christophe Périer, Responsable Produits Meunerie à la Maison François Cholat...

Qu'est-ce qu'une farine de Tradition Française ?

Christophe Périer : « Élaborée par et pour les boulangers, cette farine est hautement qualitative. Réalisée sans additif, avec une liste d'ingrédients simples, elle a permis d'améliorer la qualité du pain, de proposer la fameuse baguette Tradition, mais aussi de créer un champ de liberté pour élaborer des pains dotés d'un bon équilibre alimentaire. Ainsi, grâce à leur qualité supérieure et à leurs saveurs authentiques, les pains de Tradition Française remportent un gros succès auprès des consommateurs. »

Qu'est-ce qui fait un bon pain de Tradition Française ?

C. P. : « Une excellente farine de tradition ne suffit pas. Il faut le savoir-faire des artisans boulangers. Ils doivent mettre en œuvre des méthodes de fabrication spécifiques afin de laisser le temps à la pâte de s'exprimer: pétrissage doux, fermentation longue, façonnage léger... Les pains offrent alors des arômes et saveurs intenses. Ils sont goûteux, longs en bouche, possèdent une mie alvéolée, une croûte très croustillante et se conservent bien. Ils ont réconcilié les consommateurs avec le pain qui fut si longtemps décrié. Mais pour obtenir une bonne baguette Tradition, il faut un artisan doté d'un vrai savoir-faire. »

Combien de farines de Tradition la Maison Cholat propose-t-elle à ses clients ?

C. P. : « L'entreprise Cholat propose une gamme de 7 variétés: 3 réalisées à partir de blés Rhône-Alpes, une Tradition Label Rouge, La Festive, et 3 Traditions locales pour que les boulangers puissent jouer la carte du « local » jusqu'au bout: en Savoie, « La Tradition des Savoies » est élaborée avec des blés de Savoie et Haute-Savoie, dans la Loire, « La Tradition de la Loire » est fabriquée avec des blés du département éponyme et en Isère, idem. Ici en Rhône-Alpes, le local est primordial. »

© Betty carricatures

LA TORTI GRAINES, UNE SPÉCIALITÉ PLÉBISCITÉE PAR TOUS

Issue d'un mélange de farines de blé et de seigle, agrémentée de céréales, graines de tournesol, graines de lin brun, flocons de blé malté, la Torti Graines peut s'enorgueillir d'un vrai beau succès. Et pourtant, à l'instar de la tarte Tatin, elle est le résultat d'un essai presque loupé…

Tout commence alors que la Maison François Cholat souhaite lancer une nouvelle spécialité. « L'idée était de créer un produit un peu décalé, » explique Christophe Périer. « Les tests n'ont pas abouti au résultat escompté, mais à quelque chose d'inattendu, d'original : un pain à la mie fondante, soyeuse, dense, contrastant avec une croûte ultra-croquante recouverte de semoule de maïs. Et son façonnage torsadé lui donne toute sa force et son originalité. De plus, les graines de tournesol, de lin brun et les flocons de blé malté lui confèrent un goût particulièrement généreux, bien développé. La Torti Graines se déguste volontiers au petit-déjeuner mais aussi avec des salades, crudités, fromages, et est parfaite pour les sandwichs. Mais, là encore, sa réalisation nécessite un vrai savoir-faire de l'artisan boulanger. »

LA FORMATION

Côté boulangerie, un manque cruel de bras se fait sentir. Alors, là encore, la Maison François Cholat s'investit : elle est partenaire de l'École de boulangerie artisanale Festival des Pains qui propose des stages de perfectionnement animés par des formateurs aguerris et passionnés qui délivrent conseils et astuces à travers des ateliers thématiques. Pour une formation continue L'École de boulangerie L'AURA propose plusieurs niveaux spécifiques de formation selon qu'on est futur salarié ou futur employeur. Et pour ceux qui souhaitent se reconvertir, il est désormais possible de passer un CAP Boulangerie en candidat libre dans les deux écoles partenaires.

LE BEL ÉPEAUTRE SIGNATURE, UN PAIN AUX SAVEURS RUSTIQUES

Sorti tout droit du Centre de Recherche Festival des Pains, le Bel Épeautre Signature est un pain qui a de plus en plus le vent en poupe.

Réalisé avec une farine 100% grand épeautre, commercialisé par la Maison François Cholat, ce produit mérite d'être découvert pour son aspect et ses saveurs rustiques, légèrement acidulées. Sa mie est fondante, sa croûte craquante et son goût long en bouche. C'est un pain dodu et généreux qui rappelle les pains d'antan. De plus, il est riche en protéines, glucides complexes, fibres, minéraux et vitamines. Un vrai concentré de richesses nutritionnelles ! Par ailleurs, Le Bel Épeautre Signature répond aux attentes des consommateurs sensibles à l'alimentation durable et attentifs aux origines agronomique, géographique et culturelle des produits.

DES BOULANGERS PASSÉS AU CRIBLE PAR GAULT&MILLAU... À DÉCOUVRIR !

Partez à la découverte du savoir-faire, de la créativité et de la passion de nos artisans boulangers partenaires. Portés par le courant du « fait maison », ils produisent des viennoiseries et des pains de toutes sortes, chacun ayant à cœur de créer ses spécialités. Un grand nombre de nos clients boulangers ont été audités par les experts Gault&Millau. La sélection s'opère sans concession (et incognito) sur divers critères (accueil, ambiance, tests produits...). Vous retrouverez donc, au fil des pages de ce Guide Auvergne-Rhône-Alpes, les artisans boulangers remarqués par Gault&Millau. Poussez leur porte et régalez-vous de leurs produits « signatures »...

DES BIÈRES ARTISANALES LOCALES

Les Français aiment toujours autant la petite mousse. Mais aujourd'hui, ils plébiscitent de plus en plus les bières artisanales locales avec des modes de consommation en circuit court. Alors, récemment, la Maison François Cholat a créé une filière bière avec du malt isérois. L'idée : produire, grâce à des brasseurs locaux passionnés, des bières premium issues de malt élaboré à partir d'orge cultivée en Isère.

La concrétisation de ce projet ne fut pas aisée. Il fallut la ténacité et l'engagement des agriculteurs et des brasseurs pour qu'il aboutisse. La culture d'orge de printemps n'est pas facile dans la région, mais les agriculteurs, toujours très motivés pour développer des produits locaux, ont persévéré. Le résultat est là : l'orge garantie Isère est désormais transformée en **Malt Isère** afin que des brasseurs de la région puissent produire des bières artisanales de caractère, distribuées localement. Un vrai travail de filière au service d'un consommer local bon et qualitatif. Alors, pour une consommation éthique et responsable, n'hésitez pas à découvrir les bières du coin.

© AdobeStock

POUR FAIRE DE LA BIÈRE, IL FAUT DE L'EAU !

Afin que les brasseurs trouvent localement une eau qualitative, l'entreprise Cholat travaille activement avec l'Agence de l'eau, les Chambres d'Agriculture et les agriculteurs, et est devenue partie prenante dans la création des filière EC'EAU Responsable qui impliquent un cahier des charges très strict aux agriculteurs. Réduire l'impact de l'agriculture sur l'eau est un défi majeur dans le bassin Rhône-Méditerranée où 80 % de l'eau potable proviennent des eaux souterraines.

DES BRASSEURS INVESTIS

LA BRASSERIE DU DAUPHINÉ À SAINT-MARTIN-D'HÈRES (38).

Ici, l'idée était de faire revivre la tradition brassicole du Dauphiné. « Nous voulions impérativement favoriser les circuits courts et intégrer le cahier des charges du Label Isère, explique Marion Guillou, responsable des marques. Alors forcément, exploiter le Malt Isère Cholat était une évidence. D'autant plus que ce produit qualitatif répond à nos exigences et permet un bon développement des goûts. » Plusieurs bières désaltérantes sont réalisées avec le Malt Isère dont la Mandrin, une bière blanche, légère, douce, fraîche, équilibrée, aromatisée avec des plantes des Alpes qui lui confèrent un goût étonnant… à découvrir !

LA BRASSERIE LES URSULINES À CRÉMIEU (38).

C'est au cœur de l'ancienne église du couvent des Ursulines, que reçoit Olivier Bourgaud. « J'adhère totalement au consommer local. Aussi, dès que le Malt Isère Cholat a été disponible, nous nous sommes lancés. Cholat a réussi à entrainer un groupe d'agriculteurs pour produire une orge brassicole locale, laquelle subit le process très compliqué, mais parfaitement maîtrisé, de maltage. Résultat : un très bon produit qui nous permet de créer des bières locales aux goûts variés, très appréciées. Dans notre gamme, Les Ursulines François Cholat est une bière 100% Malt Isère Cholat : blonde, légère, aromatique, rafraîchissante, douce suave, avec des notes d'agrumes».

LA BRASSERIE DU VAL D'AINAN À SAINT-GEOIRE-EN-VALDAINE (38).

Catherine Dereume, belge d'origine, arrière-petite-fille de brasseur, élabore des recettes originales. « Mais, j'avais très envie de produire des bières locales. Pendant longtemps, cela n'a pas été possible. Alors, dès que j'ai appris que la Maison Cholat proposait du Malt Isère, je m'y suis tout de suite intéressée. C'est un très bon malt qui se travaille facilement, avec lequel on produit 4 bières dont La Dauphine Cholat. Réalisée en 100% Malt Isère Cholat, elle affiche 7° d'alcool et est très typée bière belge, avec du goût, de la rondeur, des épices, du corps, le tout bien équilibré. »

DES CHARCUTERIES AU GOÛT AUTHENTIQUE

Chaque région de France a ses spécialités charcutières. Reflets de leur terroir, elles témoignent de la créativité et du savoir-faire des artisans et sont aussi l'expression d'un art de vivre prônant le plaisir, le partage et la convivialité. Parmi les richesses de Rhône-Alpes, les experts Gault&Millau ont sélectionné quelques beaux produits…

Les éleveurs sont unanimes : pour obtenir de goûteux et sains produits, il faut avoir une belle matière première. La qualité de la nutrition animale a un impact direct sur les qualités nutritionnelles et gustatives de la viande, du lait et des œufs. Alors, ils font confiance à la Maison François Cholat qui, via ses marques Le **Père François et Aliments Dégerine ainsi qu'Aliment Marion pour le bio,** élabore une multitude de recettes d'aliments, dont certaines « à la carte », pour chaque typologie d'élevage. Déjà impliquée dans la filière Bleu-Blanc-Cœur, la Maison François Cholat ne cesse pas ses recherches afin de toujours améliorer le confort digestif des bêtes et le bien-être animal. Elle a ainsi constaté que l'introduction d'extraits végétaux et de sainfoin s'avérait très bénéfique.
Elle a donc mis au point des compléments alimentaires et des recettes qui, non seulement améliorent le confort des bêtes, mais en plus jouent un rôle préventif.

UN PARTENARIAT D'EXCELLENCE AVEC GAULT&MILLAU

François Claude Cholat, Président de la Maison François Cholat : « Notre partenariat avec Gault&Millau, c'est une sorte de consécration : de notre côté, nous mettons tout en œuvre pour fournir aux artisans de bons produits afin qu'ils préparent le meilleur, et de son côté, Gault&Millau valide sans concession le savoir-faire des artisans producteurs et la qualité de leurs produits. C'est un véritable partenariat d'excellence ! »

PRODUITS CHARCUTIERS DÉGUSTÉS

PÂTÉ DE COUENNE DE LA FERME DU PRINCE À COLOMBIER (42)

Avec ses morceaux de couenne et de viande fermes, sa bonne tenue en bouche, son fumet de viande de porc en salaison, relevé d'une légère note de vin rouge, ce pâté est un bon produit.

CHORIZO DE PORC LA FERME DU PRINCE À COLOMBIER (42)

Avec de la fleur blanche à la surface de la peau, une couleur rouge-orangé foncée, une odeur de viande séchée épicée (paprika et piment), une texture moelleuse pas trop grasse, ce chorizo artisanal présente un bel équilibre entre doux et piquant.

PÂTÉ DE CAMPAGNE DE NICOLAS ROUSSET À VERNIOZ (38)

Une odeur caractéristique de pâté au poivre et à l'ail, une texture fondante qui garde de la mâche, donnent au pâté un bon équilibre entre les morceaux de foie et de gorge et un bon assaisonnement.

TERRINE CHÈVRE-PORC PLEIN AIR DE LA CHÈVRERIE DE CHAVIÈRE À PRALOGNAN-LA-VANOISE (73)

Une odeur caractéristique de terrine de viande aux herbes de Provence, une bonne mâche, un goût typé porc et chèvre, ce dernier apportant une note originale. Un bon produit, bien assaisonné, avec une note chèvre bien marquée.

SAUCISSON RUSTIQUE DE PORC LES RUSTICS D'ORGEVAL À PRALOGNAN-LA-VANOISE (73)

Une odeur caractéristique de viande séchée fermentée, une texture moelleuse, un gras très présent, un goût bien typé viande de porc, un bon équilibre des saveurs, un assaisonnement ajusté. Un bon produit, avec un goût franc et une bonne mâche.

DES FROMAGES RÉGIONAUX DE CARACTÈRE

Sans conteste, le fromage est l'un des fleurons de notre patrimoine gastronomique. Et les Français en sont particulièrement friands : ils l'intègrent dans deux tiers de leurs repas. On en consomme en moyenne 24 kg par an et par habitant. L'extraordinaire diversité des fromages français provient de la grande variété des techniques de fabrication et des terroirs. Des grasses prairies des Monts du Lyonnais aux pâturages alpins, chaque région possède sa flore et de ce fait, les animaux produisent des laits différents, plus ou moins floraux, herbacés ou épicés. L'occasion pour Gault&Millau d'en sélectionner quelques-uns dans les divers terroirs...

TERROIR D'ISÈRE ET DE SAVOIE

Le fromage de montagne est un mets célèbre et raffiné, élaboré selon des traditions ancestrales. Il est le fruit d'un lait d'exception produit par des vaches des alpages dont l'alimentation est particulièrement riche pour produire des fromages aux saveurs fruitées ou fleuries, aux odeurs de lait, d'herbe ou de sous-bois. Bref, des fromages rustiques et authentiques.

DES FARINES LOCALES POUR JOUER LA CARTE DU « LOCAL » À FOND...

Pour accompagner ces beaux fromages d'Isère et de Savoie, la Maison François Cholat a élaboré des farines issues de territoires bien identifiés, à l'instar des farines garanties Blé de l'Isère et Blé de Savoie. L'occasion d'associer pains et fromages du même terroir pour de goûteuses et délicieuses expériences gustatives. Avis aux amateurs de fromages typés !

FROMAGES RÉGIONAUX DÉGUSTÉS

CŒUR CRÉMEUX DE LA FERME MABILY À SAINT-MICHEL-DE-SAINT-GEOIRS (38)

Un fromage au lait de vache et lait de chèvre en forme de cœur. Une odeur douce, une texture fondante et un goût doux et subtil.
Un produit assez agréable, sans trop de caractère, mais une bouche douce, assez fine, plaisante.

RIGOTTE BLEUTÉE DU P'TIT BARRU À LA FORTERESSE (38)

Un nez franc fermier, avec de la présence, une texture tendre, une mâche agréable, un goût fermier assez doux, bien équilibré. Une bonne douceur, des notes subtiles, une mâche agréable : un bon produit fermier qui a de la personnalité.

BEAUFORT DU GAEC PERRET AUX AVANCHERS-VALMOREL (73)

Un nez agréable avec des arômes bien présents et persistants, une texture ferme puis fondante, un goût bien caractéristique avec un bon équilibre des saveurs.
Un beaufort typé, de bonne qualité, avec une bonne puissance et persistance aromatique.

TARENTAIS DE LA CHÈVRERIE DE VERTE COLLINE À LA BIOLLE (73)

Une odeur de chèvre frais, une texture agréable de bonne tenue, un goût franc mais pas trop marqué, bien équilibré. Un fromage frais, bien fait, au goût agréable avec une pointe noisette.

TERROIR DES MONTS DU LYONNAIS

C'est un pays de tradition gastronomique qui regorge de bons produits : vins, salaisons, laitages, fruits rouges et productions variées. Riche de pâturages verdoyants, le terroir des monts du lyonnais permet la production de produits laitiers à foison.

LES MONTS DU LYONNAIS, BERCEAU DE LA MARQUE LOHLA

Dans les Monts du Lyonnais, à Brussieu précisément, se trouve également la Maison Lotte. C'est avec cette entreprise spécialisée dans la nutrition équine que la Maison François Cholat a choisi de créer Lohla, une marque dédiée qui a déjà fait sa place dans les écuries et le cœur des cavaliers ! Et pour cause, les chevaux sont chouchoutés : des recettes spécifiques adaptées à l'activité de l'équidé et de nombreux compléments alimentaires à base de plantes composent les gammes proposées par la marque.

FROMAGES RÉGIONAUX DÉGUSTÉS

BRIQUE CENDRÉE DE CHÈVRE DES ALPINES DU LAC À MONTROMANT (69)

Une croûte cendrée, une pâte blanche appétissante au cœur, une odeur agréable de chèvre fermier, une texture fondante, onctueuse, et un goût bien équilibré, sans amertume. Un produit agréable, le cendré lui donnant une mâche plaisante.

CHÈVRE FRAIS À L'AIL DES OURS DU GAEC LA COLLINE CAPRINE
À AVEIZÉ (69)

Un fromage frais à l'aspect humide, présenté dans une coupelle en plastique. Une odeur fraîche bien marquée par l'ail des ours, une texture fondante et onctueuse. Un bon produit au goût lacté, frais, bien équilibré entre saveur ail des ours et chèvre.

FROMAGE FRAIS CHÈVRE ET FIGUE DU GAEC DE POMEYRIEUX
À COURZIEU (69)

Un fromage frais avec une couche de confiture de figue au milieu. Une odeur fraîche avec des arômes de figue bien identifiés, une texture fondante et onctueuse. Un produit original au goût lacté, frais, bien équilibré entre saveurs de figue et de chèvre.

YAOURT CHÈVRE NATURE DU GAEC DE POMEYRIEUX
À COURZIEU (69)

Un yaourt bien blanc, brillant, caractéristique. Une odeur lactée, douce, bien typée lait de chèvre et une texture onctueuse. Un yaourt à la typicité légère mais bien présente, une bonne persistance sans acidité trop marquée.

TOMME DE CHÈVRE BIO DE EARL DE LA MORONNIÈRE
À COURZIEU (69)

Une croûte grisâtre caractéristique, une pâte moelleuse avec des petits trous, une odeur légère, fermière, et un goût d'une belle typicité de lait de chèvre. Une tomme bien équilibrée avec des notes de moisson et fruits secs.

CHARDONNET ÉGOUTTÉ NATURE DE LA FERME DES CHARDONS
À SAINT-MARTIN-EN-HAUT (69)

Un fromage frais à l'aspect humide, de couleur bien blanche. Une odeur fraîche, une texture fondante et un goût lacté caractéristique du fromage frais. Un fromage de chèvre léger mais franc, doté de belles notes fermières.

TERROIR RHÔNALPIN

Riche de ses paysages et pâturages variés, la région Auvergne-Rhône-Alpes compte beaucoup de fromages présentant chacun un goût, une forme et une texture typiques.

UNE DIVERSITÉ DE FROMAGES ET UNE BIODIVERSITÉ À PRÉSERVER

La très grande diversité des fromages français n'existe dans aucun autre pays du monde. Mais que seraient nos paysages et pâturages qui nous procurent cette diversité sans la biodiversité ? Patrimoine naturel essentiel au développement de tous les écosystèmes, la biodiversité est capitale pour l'équilibre de la planète et l'agriculture. Ainsi, la protéger est un devoir auquel la Maison François Cholat ne se soustrait pas. Elle poursuit un partenariat avec la Ligue pour la Protection des Oiseaux de l'Isère (LPO Isère). Les agriculteurs sont également partie prenante. Ainsi, au regard des menaces qui pèsent sur certaines espèces protégées, une stratégie globale a été instaurée. Pour aller plus loin, des zones fleuries ont été créées pour abriter les pollinisateurs, ainsi que des haies et divers habitats.

PRODUITS DU TERROIR RHÔNALPIN DÉGUSTÉS

PICODON DU GAEC CHEZ AMANDINE
À MORNANS (26)

Un petit disque plat aux bords arrondis et à la surface fripée. Une belle odeur fermière fermentée et une texture souple. Un picodon au goût équilibré avec de la rondeur et de la douceur tout en étant franc.

LE PETIT BLEU DE CHÈVRE DE LA CHÈVRERIE DES BALMES VIENNOISES
À MARENNES (69)

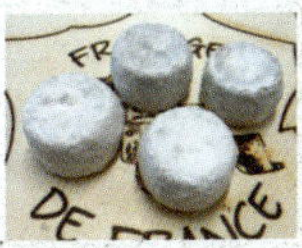

Une forme cylindrique, une odeur lactée légère avec des notes de champignons, une texture un peu pâteuse, un goût franc avec une pointe de noisette-châtaigne. Une bonne rigotte, très agréable.

BRIQUE DE CHÈVRE CENDRÉE DE LA CHÈVRERIE DES BALMES VIENNOISES
À MARENNES (69)

De forme rectangulaire, avec une croûte cendrée, cette brique délivre une pâte bien blanche et appétissante au cœur. De texture fondante, au goût agréable, doux mais bien typé chèvre, ce produit est gourmand.

TOMME DU GAEC DE CHANZÉ
À DAREIZÉ (69)

Une odeur de lait de vache frais et de champignon, une texture à la fois souple et ferme, un goût franc avec de la douceur à l'attaque et une longueur en bouche agréable. Une tomme gourmande au bon goût, sans agressivité.

DES FRUITS ET LÉGUMES LOCAUX ÉCORESPONSABLES

La Maison François Cholat marque également une volonté de s'engager dans la relocalisation de la production de fruits et légumes.

C'est une demande forte de la population, mais aussi des élus afin de fournir de bons produits locaux à la restauration collective scolaire et aux restaurants. Elle propose donc une offre de plants la plus large possible, en bio ou conventionnelle. Et là encore, tous les maraîchers partenaires sont partants et motivés pour cultiver des produits locaux, sains, goûteux, éco-responsables.

ANNUAIRE DU CONSOMMER LOCAL

La Maison François Cholat propose sur son site internet un Annuaire du Consommer Local où l'on retrouve les artisans boulangers et producteurs partenaires.

Sur Facebook et Linkedin , elle met en avant, tout au long de l'année, leur travail et leurs produits. On trouve sur ces médias une foule d'informations et de témoignages passionnants, mais aussi des arguments pour casser les « a priori » sur le monde agricole. « Au travers des réseaux sociaux, nous avons la volonté de montrer à tous que nos agriculteurs et éleveurs travaillent dans le respect de la nature, des humains et des animaux. ».

FRUITS ET LÉGUMES DÉGUSTÉS

NECTAR FRAISE DES PIERRE DU FLACHERON
À SOUCIEU-EN-JARREST (69)

Ce nectar de fraise présente une odeur bien identifiable de texture ni trop liquide, ni trop épaisse. En bouche, la saveur de fraises est bien présente avec des notes de fruits cuits. Un produit gourmand sans être trop sucré.

CARDONS DES PIERRE DU FLACHERON
À SOUCIEU-EN-JARREST (69)

Dans un bocal en verre, des morceaux de cardons rectangulaires dans un jus transparent. La texture est tendre, non fibreuse, le goût est naturel, avec une note caractéristique de l'artichaut. Un bon produit, bien équilibré, pas trop salé, facile à utiliser.

TÊTES D'AFFICHE

Ils ont écrit et écrivent l'histoire gastronomique de la région. Des chefs, des artisans et des artistes, autant de grandes figures qui marquent leur époque.

Eugénie Brazier

Une mère volontaire et talentueuse

La Mère Brazier, née Eugénie Brazier dans l'Ain en 1895, près de Bourg-en-Bresse, s'initie aux travaux de la ferme avant ceux de la cuisine bressane. Cette jeune fille-mère de 19 ans est embauchée comme nourrice puis comme cuisinière dans une riche famille lyonnaise. Elle démarre dans la restauration chez la Mère Filloux, une des premières « mères lyonnaises » célèbres, avant de créer à 26 ans son propre bouchon, rue Royale, sous le nom de « La Mère Brazier », et y restera jusqu'en 1968. Elle ouvre une deuxième adresse au col de la Luère, dans les monts du Lyonnais où Paul Bocuse viendra comme apprenti après la guerre. C'est aujourd'hui Mathieu Viannay qui dirige La Mère Brazier, avec talent et dans le respect des traditions.

© Betty caricatures

Brillat-Savarin

Un brillant homme de goût

Jean-Anthelme Brillat-Savarin, né à Belley en 1755, fut le premier « gastronome » célèbre. S'il n'est pas inventeur du terme, il l'a popularisé, comme celui de « gastronomie ». Avocat de formation, violoniste à ses heures – il fut premier violon au théâtre de New York où il s'était réfugié pendant la Révolution –, parlant cinq langues, sa stature et son érudition en ont fait un tribun écouté et une autorité en matière de goût. Son œuvre la plus célèbre est *La Physiologie du goût* avec ses nombreux aphorismes qui font la joie des lecteurs de cartes de restaurants d'aujourd'hui, comme *« Dis-moi ce que tu manges, je te dirai qui tu es »* ou encore *« L'homme mange, l'homme d'esprit seul sait manger »*. S'il n'est pour rien dans la création du fromage brillat-savarin, ainsi nommé sans le consentement de sa famille, la pâtisserie « savarin », proche du baba, a bien été baptisée en son hommage.

NOUVEAUTÉ
CAP PRIMEUR
MIAM!

CAMPUS DE GROISY
FORMATEUR DEPUIS 1973

LE CAMPUS DE GROISY

UNE FORMATION PAR LES PROFESSIONNELS POUR LES FUTURS PROFESSIONNELS

Depuis sa création en 1973 par Geneviève Marchand, Madeleine Nycollin, Gaston Rouge et André Lombard, pour former les jeunes à leurs métiers (la boulangerie, la pâtisserie, la boucherie et la charcuterie), le Campus de Groisy met la transmission et la passion des métiers au coeur de tous ses projets.

Bientôt 50 ans de savoir-faire et de savoir-être où le Campus s'efforce de transmettre la passion de la gastronomie à tous les apprentis franchissant ses portes. Grâce à des formateurs professionnels et des conditions de vie au sein de l'établissement qui ne cessent de s'améliorer, les occasions de s'ouvrir à de nouvelles opportunités professionnelles et humaines sont nombreuses.

Boulangers, pâtissiers, confiseurs, chocolatiers, glaciers, cuisiniers, bouchers, charcutiers, traiteurs, serveurs, barmans, sommeliers et maintenant primeurs sont tous les métiers représentés au sein du Campus. Un écosystème riche où toute une communauté de passionés se retrouvent autour d'un même objectif : **partager le savoir-faire à la française et préserver la transmission du geste technique.**

Fromagerie Mons

Près de 200 fromages et une boutique dans les Halles de Lyon, marquent la consécration d'Hubert Mons, modeste affineur auvergnat, qui parcourait les routes du Roannais dans les années 60 pour vendre sur les marchés. Depuis, la qualité reconnue, le sérieux de l'entreprise, l'implantation, fidèle à la région, où se trouvent les caves d'affinage, sont autant de gages de fidélité et de constance. Aujourd'hui, l'entreprise créée en 1964, renforcée d'une dizaine de boutiques, est dirigée par Laurent et Hervé Mons, Meilleur Ouvrier de France, diffusant leurs produits dans leur maturité optimale, notamment Le 1924, un bleu d'exception ou Le Castillon au lait de brebis.

–

La Fromagerie Mons
12 bis rue Charles-de-Gaulle, Charlieu – 42
T. 04 77 23 53 42

© Mario Delgado/Mons Fromager & Affineur

© Maison Dubanchet

Chocolaterie Weiss

Les fameux bonbons au chocolat cristallisent une grande marque et une fierté régionale. Si l'on sait que le chocolat en France est arrivé par le Pays basque, on ignore souvent que Saint-Étienne est une grande place chocolatière, qui ne comptait pas moins de 25 entreprises assurant 10 % de la production française dans les années 1920. Eugène Weiss, d'origine alsacienne, crée la sienne en 1882 et devient vite un expert, notamment sur les origines, et connaît le succès en lançant, dès 1925, la toute première vente par correspondance en France, en 2015, le premier site de vente en ligne pour les professionnels. Weiss est aujourd'hui fort de 50 distributeurs, 400 corners et 6 boutiques.

–

Chocolaterie Weiss
1 rue Eugène-Weiss, Saint-Étienne – 42
T. 06 38 30 73 58

CORAVIN®
Coravin Sparkling™
Préservez le goût, les arômes et l'effervescence de vos vins effervescents préférés pendant 4 semaines.
CORAVIN
CORAVIN
KRUG
GRANDE CUVÉE
CHAMPAGNE
KRUG
GRANDE CUVÉE
168ÈME ÉDITION
BRUT
Scanner pour voir le système Coravin Sparkling™ en action!
www.coravin.fr

© Sébastien Tournier

Portrait de vigneronne

Céline Jacquet

En hommage aux cépages savoyards

Céline Jacquet a créé son domaine de toute pièce à Arbin, il y a 10 ans, alors que rien ne l'y prédestinait. C'est dès l'âge de 16 ans que naît sa vocation et qu'elle se lance dans une formation spécialisée. L'installation de son compagnon, natif du village d'Arbin, bon connaisseur du terroir et des cépages locaux, est pour elle l'occasion de démarrer une activité avec à peine 0,45 ha de vignes. La jeune vigneronne rêve de faire des vins à son image : francs, nets, sans maquillage. Elle travaille « au feeling », selon son expression, mais dans le strict respect des cépages savoyards sur lesquels elle ne tarit pas d'éloges. Souvent tardifs, les jacquères, roussettes, altesses et autres mondeuses souffrent moins que d'autres du changement climatique et délivrent une expression singulière. Sur ce terroir d'altitude, entre 300 et 700 m, ils offrent aux vins un surcroît de fraîcheur. Céline Jacquet nous régale en faisant ses vins au feeling, donc, loin des formatages.

DOMAINE CÉLINE JACQUET

66 CHEMIN DU RUISSEAU

73800 ARBIN

T. 06 84 35 64 10

DOMAINE-CELINE JACQUET.COM

Commandes et visites directement par téléphone

Portrait de vigneron

Stéphane Ogier

Une approche bourguignonne de la côte-rôtie

Stéphane Ogier est un enfant du pays. Sa famille cultive le vignoble de côte-rôtie depuis des générations. Très jeune, il part faire ses études à Beaune où il a la révélation des grands vins et des grands terroirs. Après quelques expériences à travers le monde, de retour au pays, il s'attache à exprimer au mieux chaque terroir, chaque parcelle familiale, avec comme unique cépage cette syrah qui trouve, en cet extrême nord de la vallée du Rhône, son terroir de prédilection. Aujourd'hui, il incarne le renouveau de ce cru mythique, avec des vins à la fois puissants, mais surtout fins et ciselés, qui offrent une remarquable énergie. Les cuvées « Belle Hélène » et « Lancement », ainsi qu'une série de cuvées vinifiées terroir par terroir, sont les témoins de cette démarche. Il produit également des saint-joseph, condrieus et côtes-du-rhône. Et depuis quelques années, il vinifie des grenaches plus au sud, « Le Temps est Venu » de les goûter impérativement.

STÉPHANE OGIER

97 ROUTE DE LA TAQUIÈRE

69420 AMPUIS

T. 04 74 56 01 75

STEPHANEOGIER.FR

Prix Goût et Santé MAAF 2021

Le prix, un sens de l'engagement

Le Prix Goût et Santé MAAF permet de mettre en avant des artisans français fiers de leurs produits, aux créations innovantes, qui proposent des recettes aux qualités nutritionnelles et gustatives privilégiant le bien-être. Le Prix Goût et Santé démontre l'engagement de MAAF sur la prévention en matière de santé.

Un jury de professionnels

Le jury du Prix Goût et Santé est composé de professionnels du monde de la santé, de l'artisanat, des métiers de l'alimentaire et de représentants de la presse spécialisée. Il est présidé depuis 17 ans par le Docteur Jean-Marie Bourre, membre de l'Académie de Médecine, de l'Académie d'Agriculture de France et ancien Directeur des unités INSERM de Neuro-Toxicologie, puis de Neuro-Pharmaco-Nutrition.

L'édition 2020 du Prix Goût et Santé MAAF

2020 était un millésime à la saveur particulière à cause de la crise sanitaire liée au COVID-19, la finale du Prix Goût et Santé n'avait donc pas pu se tenir comme initialement prévue en octobre 2020 mais reportée l'année d'après.

Le lundi 28 juin 2021, les 12 artisans finalistes de ce concours national se sont donc retrouvés dans l'école parisienne « Cuisine Mode d'Emploi(s) » de Thierry Marx pour l'épreuve ultime : défendre leurs créations culinaires devant un jury de professionnels.

Julia CANU

© Terencebk

Découvrez donc le palmarès du Prix Goût et Santé MAAF des Artisans 2020 :

A reçu le prix « Grand Vainqueur de l'édition 2020 » : **Julia CANU,** Artisan Glacier à Lyon (69), pour sa recette vitaminée de « Sorbet Détox », dans la catégorie « Recettes à conserver ».

Autres catégories :

CATÉGORIE « RECETTES À EMPORTER »

Laurent ODY, Maître Artisan Charcutier Traiteur à Dignac (16), avec son « Pâté-croûte entre Charentes et Pyrénées ».

CATÉGORIE « RECETTES SUCRÉES »

Peggy DEHOUT, Maître Pâtissier, Chocolatier, Confiseur à Keskastel (67), avec sa recette « Choca'beille », un petit gâteau miel, chocolat et passion au pollen

CATÉGORIE « RECETTES SALÉES »

Christophe ARMANI, cuisinier et gérant de restaurant à Nîmes (30), grâce à sa recette « Le maquereau et la courgette marine en aigre-doux ».

© Julien Bouvier

Portrait de Chef

Davy Tissot

Ambassadeur monde pour l'Institut Paul Bocuse

Éblouissant vainqueur du Bocuse d'or 2021, Davy Tissot est, comme tous les vrais grands chefs, un cuisinier discret et plutôt humble, rappelant à chaque occasion que ce trophée fut un beau travail d'équipe. Nous qui le suivons depuis de nombreuses années, depuis son poste de chef à la Villa Florentine, qu'il occupa une dizaine d'années, avons pu apprécier la compétence et le professionnalisme de ce chef. Il dominait déjà, au propre comme au figuré, la gastronomie lyonnaise, et sa rigueur et son perfectionnisme ont permis les plats les plus aboutis. Rejoignant l'Institut Bocuse en 2016, il a mis ses connaissances infinies au service des talents de demain tout en affinant la carte du restaurant Saisons de la grande école d'Écully. Formé lui-même par les plus grands (Bocuse, Maximin, Jaloux, Marcon...), Meilleur Ouvrier de France 2004, il représente à lui seul toute l'excellence de la cuisine française.

SAISONS INSTITUT PAUL BOCUSE

1A CHEMIN DE CALABERT

69130 ÉCULLY

T. 04 26 20 97 57

Portrait de Chef

Michel **Chabran**

Un grand cuisinier et entrepreneur avisé

L'auberge familiale a 80 ans. On a vu grandir des générations de Chabran, dans cette maison qui, elle aussi, n'a cessé de grandir. Si l'objectif premier, à partir de 1945, était de requinquer les automobilistes qui descendaient la Nationale 7 vers la Côte d'Azur, la maison, au fil du temps, est devenue une halte épicurienne, bien au-delà de la simple étape improvisée. Car Michel Chabran, membre des Collectionneurs, aujourd'hui assisté par son fils Louis, mène l'affaire depuis 50 ans en grand cuisinier, mais aussi en entrepreneur avisé. Chabran est devenu une marque : à Tain-l'Hermitage avec sa fille Carole, à Valence au Bistrot des Clercs avec sa femme Laetitia, comme ici, toujours en famille avec Rose-Marie et Louis, il impose sa vision très moderne d'une cuisine qui concilie inventivité et terroir. En régalant autant avec sa pintade aux truffes qu'avec la langoustine au caviar, il donne une grande leçon de savoir-vivre.

LA GRANDE TABLE MICHEL CHABRAN

29 AVENUE DU 45E-PARALLÈLE

26600 PONT-DE-L'ISÈRE

T. 04 75 84 60 09

Palmarès 2022
Auvergne-Rhône-Alpes

Tous ces chefs représentent le terroir avec passion. Ils sont le terreau de la gastronomie, toutes générations confondues.

5 TOQUES D'OR
MEMBRES DE L'ACADÉMIE

Georges Blanc
Georges Blanc
à Vonnas, 01

Régis Marcon
Régis et Jacques Marcon
à Saint-Bonnet-le-Froid, 43

Marc Veyrat
Marc Veyrat – Maison des Bois
à Manigod, 74

5 TOQUES
TABLES D'EXCEPTION

Yannick Alléno
Le 1947 - Hôtel Cheval Blanc à Courchevel, 73

Yoann Conte
Yoann Conte à Veyrier-du-Lac, 74

Emmanuel Renaut
Flocons de Sel à Megève, 74

4 TOQUES

TABLES DE PRESTIGE

Jacques Decoret
Maison Decoret à Vichy, 03

Guido Niño Torres
Likoké aux Vans, 07

Michel Chabran
La Grande Table Michel Chabran à Pont-de-l'Isère, 26

Anne-Sophie Pic
Pic à Valence, 26

Stéphane Froidevaux
Le Fantin Latour à Grenoble, 38

Christophe Aribert
Maison Aribert à Uriage-les-Bains, 38

Patrick Henriroux
La Pyramide à Vienne, 38

César Troisgros
Troisgros à Ouches, 42

Philippe Brun
Restaurant Philippe Brun à Alleyras, 43

Gilles Reinhardt et Olivier Couvin
Paul Bocuse à Collonges-au-Mont-d'Or, 69

Stéphane Buron
Le Chabichou à Courchevel, 73

Maxime Meilleur
La Bouitte à Saint-Martin-de-Belleville, 73

Laurent Petit
Le Clos des Sens à Annecy-le-Vieux, 74

Jean Sulpice
Auberge du Père Bise - Jean Sulpice à Talloires-Montmin, 74

Gault&Millau | TOUR

Les métiers de la restauration sont mis à l'honneur au Gault&Millau Tour Auvergne-Rhône-Alpes du 7 mars 2022.

TROPHÉE GAULT&MILLAU D'OR

Olivier Couvin et Gilles Reinhardt, Paul Bocuse à Collonges-au-Mont-d'Or, 69

La magie est pérenne dans cette immense maison, grâce aux talents conjugués de ces deux magnifiques cuisiniers, et de toute l'équipe emmenée par Vincent Le Roux.

TROPHÉE GRAND DE DEMAIN

Damien Leveau, Restaurant Albert Ier, à Chamonix-Mont-Blanc, 74

La renaissance gastronomique de l'Albert Ier passe par ce jeune homme bien immergé dans la noble maison des Carrier. Un talent incontestable alliant terroir et inventivité.

TROPHÉE JEUNE TALENT EN SALLE

Luc Dabo, Ursus à Tignes, 73

Au déjeuner du Panoramic, à 3 500 m d'altitude, comme en soirée à l'Ursus, Luc montre son aisance, sa prévenance et son attention permanentes pour offrir proximité, empathie et savoir.

TROPHÉE D'EXCELLENCE

Bernard Mariller, Le Gourmet de Sèze à Lyon 6e, 69

Il est l'un des gardiens du temple, un de ces cuisiniers sans concession qui font l'honneur de la cuisine lyonnaise depuis des décennies.

TROPHÉE TRADITION D'AUJOURD'HUI

Stéphane Polly, Le Vivarais à Vals-les-Bains, 07

Un parcours plein de bon sens et de naturel, une maison attachante qui fait le plein de nature ardéchoise, un cuisinier attentif à faire évoluer la belle cuisine régionale.

TROPHÉE JEUNE TALENT

Julien Ayral, La Femme du Barbu à Malbo, 15

Adrien Pollet, Le Cairn à Saint-Jean-de-Sixt, 74

Julien a créé avec Victoria un vrai lieu d'animation en pleine nature cantalienne, comme Adrien et Charline au cœur des Aravis, tous deux dans une cuisine évoluée et proche du naturel.

TROPHÉE SOMMELIER

Lolita Chevreau, Regain à Lyon 1er, 69

Le Regain lyonnais est une des nouvelles tables à suivre, et Lolita en donne la bonne image à travers une carte des vins dynamique, qu'elle sait faire évoluer et commenter avec passion.

TROPHÉE PÂTISSIER

Sébastien Vauxion, Le Sarkara à Courchevel, 73

Déjà primé il y a quelques années, Sébastien a encore évolué pour amener son Sarkara, un ovni dans la montagne, à une très haute altitude, en matière de recherche, d'harmonie et de plaisir.

TROPHÉE ACCUEIL

Famille Chartron, Restaurant Chartron à Saint-Donat-sur-l'Herbasse, 26

Depuis des années, Chartron est la référence du canton, une maison sûre et fidèle où père et fils font chanter le terroir et les belles manières.

TROPHÉE CUISINE DE LA MER, DES LACS ET DES RIVIÈRES

Adrien Descouls, Origines au Broc, 63

Adrien ne cesse de progresser depuis son premier titre de Jeune Talent. Un nouveau trophée pour celui qui sait si bien magnifier les produits locaux, en particulier les poissons de rivière.

TROPHÉE TERROIR D'EXCEPTION

Julien Machet, Le Farçon à La Tania, 73

Sans concession, sans partage, Julien Machet met le terroir et ses producteurs en avant, dans cette jolie salle axée nature au cœur de la petite station de La Tania.

LA NOUVELLE FAÇON DE VOYAGER

ITINÉRAIRES GASTRONOMIQUES

Gault&Millau réinvente la balade en France

La balade se déroule sous l'angle de la découverte : des produits et des producteurs, des recettes et des cuisiniers, des étals gourmands et des artisans, des hôtels, des hommes, des femmes et des histoires qui font du lien et du sens.
Le pays le plus visité au monde est aussi le premier pour sa gastronomie. Mais cette richesse est faite avant tout de traditions, de terroirs, de spécialités qu'il faut bien sûr préserver en les faisant mieux connaître.
Aux paysages magnifiques et méconnus dont chaque région française est pourvue, des étangs de la Brenne à la forêt de la Joux, du plateau de Millevaches au Cap Corse en passant par Belle-Île-en-Mer ou la route des vins d'Alsace, Gault&Millau ajoute la visite dans une ferme bio, la dégustation chez le vigneron, l'étape dans un lieu secret…
Chemin faisant, nous vous livrons les meilleures adresses (restaurants, commerces de bouche, producteurs, hébergements) sélectionnées sur le terrain par nos enquêteurs et spécialistes.
Chaque itinéraire est préparé pour une journée ou deux en voiture, un peu plus à vélo. Il évite bien sûr les grands axes et fait redécouvrir la fabuleuse beauté de nos campagnes, de nos forêts, de nos collines, de nos montagnes et de notre littoral.
Dans chaque guide régional vous retrouverez trois itinéraires, dont un, dans une des villes de la région, est à découvrir à pied.

4 km

ANNECY

P. 50

132 km

SAINT-FLOUR – TOURNEMIRE

P. 58

141 km

VICHY – MONTLUÇON

P. 66

4 km

ANNECY

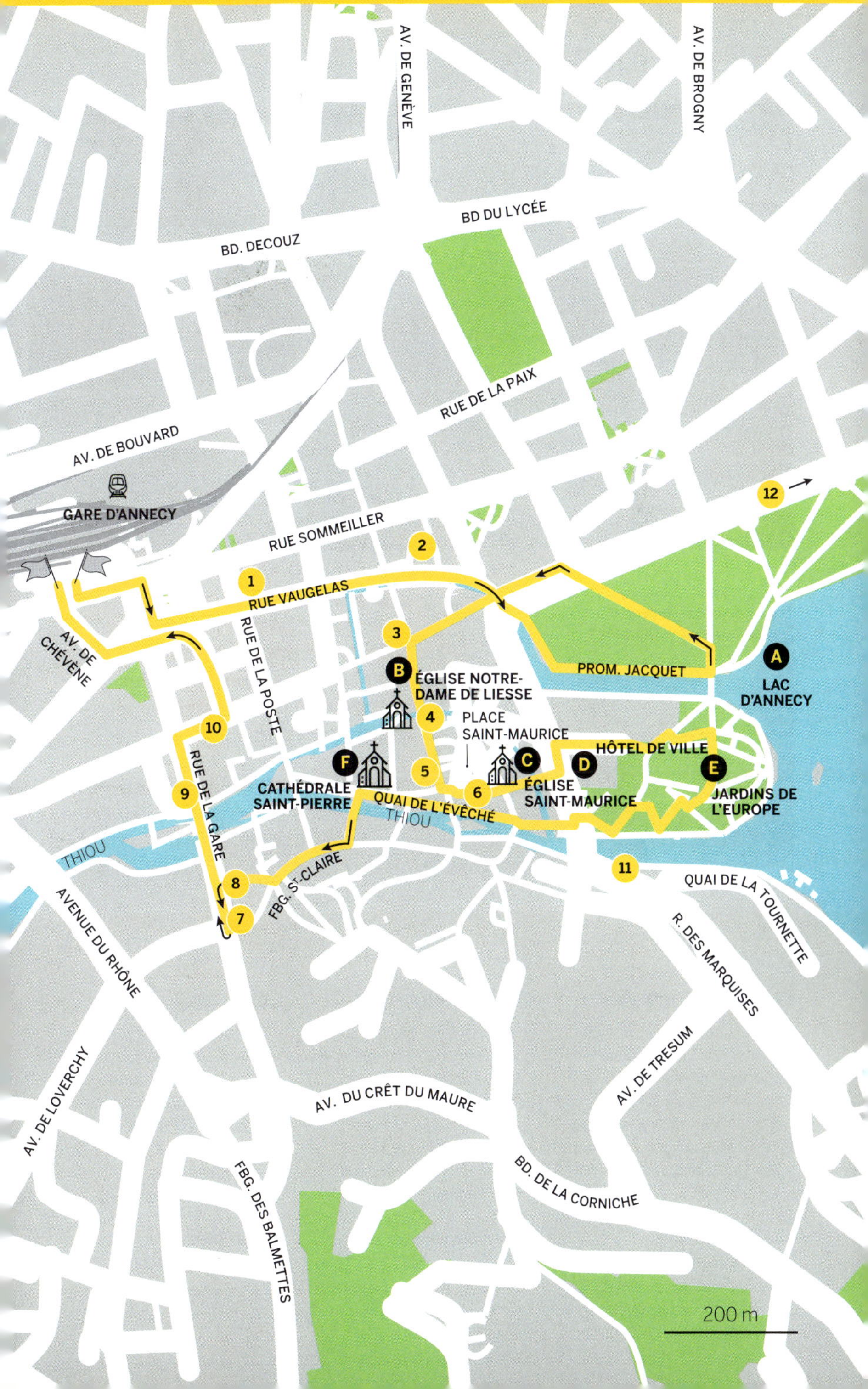
AV. DE GENÈVE
AV. DE BROGNY
BD DU LYCÉE
BD. DECOUZ
RUE DE LA PAIX
AV. DE BOUVARD
GARE D'ANNECY
RUE SOMMEILLER
12
2
1
RUE VAUGELAS
AV. DE CHÈVENE
RUE DE LA POSTE
3
B
ÉGLISE NOTRE-DAME DE LIESSE
PROM. JACQUET
A
LAC D'ANNECY
4
PLACE SAINT-MAURICE
10
F
C
D
HÔTEL DE VILLE
E
5
CATHÉDRALE SAINT-PIERRE
ÉGLISE SAINT-MAURICE
JARDINS DE L'EUROPE
9
RUE DE LA GARE
6
QUAI DE L'ÉVÊCHÉ
THIOU
THIOU
11
8
FBG. ST-CLAIRE
QUAI DE LA TOURNETTE
7
AVENUE DU RHÔNE
R. DES MARQUISES
AV. DE TRESUM
AV. DE LOVERCHY
AV. DU CRÊT DU MAURE
BD. DE LA CORNICHE
FBG. DES BALMETTES
200 m

De la gare à la rue Royale

Le lac d'Annecy

© Adobe Stock/arkus

Annecy, vue depuis la promenade Jacquet

© Adobe Stock/julien leiv

Au bord du lac éponyme et encerclée par les montagnes alpines, Annecy voit tout au long de l'année un tourisme chic se mêler à des résidents tout aussi chic.

Les Annéciens sont portés vers les richesses naturelles qui les entourent et peuvent profiter d'une offre de haute qualité, en restaurants comme en artisans,

Pour déjeuner

❶ BRASSERIE BRUNET

Bien supervisé, à distance, par Laurent Petit, cette brasserie-bistrot est une des valeurs sûres de la ville dans sa catégorie. Une carte alléchante et fidèle aux saveurs de toujours, tout en mêlant des idées d'aujourd'hui.

—

10 rue de la Poste
T. 04 50 51 22 10

Pour déjeuner

❷ LA CIBOULETTE

Une chance pour la Ciboulette, une chance pour Yohei Hosaka. La vénérable institution de la rue Vaugelas a retrouvé son allant. Le chef, passé chez Passédat et Putelat, entre autres, a la précision et le talent nécessaires.

—

10 rue Vaugelas
T. 04 50 45 74 57

Panier gourmand

❸ AU FIDÈLE BERGER

Dans cette célèbre institution ouverte depuis 1918, l'artisan-chocolatier a conservé sa façade d'antan en bois mouluré d'un charme Belle Époque indéniable et propose une belle gamme de trente chocolats.

—

2 rue Royale
T. 04 50 45 00 32

en ville comme aux alentours, vers les villages huppés du bord de lac, tels Veyrier ou Talloires, où se sont installés quelques-uns des cuisiniers majeurs de la région : Yoann Conte ou Jean Sulpice, tous deux formés chez Marc Veyrat. Depuis Annecy, les amateurs de montagne vont skier au Semnoz, à une quinzaine de kilomètres, ou dans les stations des Aravis, La Clusaz, le Grand Bornand ou encore Manigod, auxquelles on accède par Thônes à une demi-heure de route.
Le point de départ de notre itinéraire gourmand se fait tout simplement à la gare. On traverse la place de la Gare puis, par le square de Verdun, on parvient rue Vaugelas, une artère très commerçante. On la suit jusqu'à sa jonction avec l'esplanade du Lac Ⓐ, pour une première vision de choix. Non sans avoir remarqué, derrière le restaurant la Ciboulette, le petit passage vers deux bars animés, et un peu plus loin, une bonne cave : La Bouchonnerie.

On revient ensuite par la belle et très ancienne rue du Pâquier avec ses galeries sous les arches et ses belles maisons bourgeoises des XVIIIe et XIXe siècles.

Impérial Palace

© studiodgc.com

Hôtel

⓬ IMPÉRIAL PALACE 4 ÉTOILES

Ce quasi emblème, dernier témoin de la Belle Époque de la ville, a accueilli les plus grands de ce monde. Indétrônable, malgré les vicissitudes de l'histoire, et indestructible, l'Imperial reste le plus beau fleuron hôtelier des bords du lac.

—

Allée de l'Impérial
T. 04 50 09 30 00
hotel-imperial-palace.com

Impérial Palace

© Fred_Durantet

De la rue Royale au quai du Semnoz

Le canal du Vassé et les jardins de l'Europe

© Adobe Stock/Marco Saracco

Église Notre-Dame-de-Liesse

© Adobe Stock/Jarasik

Lorsque la rue du Pâquier devient rue Royale, on oblique à gauche vers la rue Notre-Dame qui passe devant l'église Notre-Dame-de-Liesse B et son clocher roman légèrement incliné qui abrite des cloches remarquables. Dont un bourdon de cinq tonnes surnommé la Salésienne en hommage à saint François de Sales.

On entre alors dans le secteur le plus touristique de la vieille ville, autour des

Pour déjeuner

6 1ER METS

Un très bon niveau de cuisine dans ce lieu moderne et bien fréquenté où Nicolas Mouroux donne maintenant la pleine mesure de son savoir-faire à ses visiteurs.

—

2 place Saint-Maurice
T. 04 57 09 10 54

Panier gourmand

4 MAISON GIRAUDET

Cette célèbre maison lyonnaise ouverte il y a 110 ans, s'exporte à l'entrée de la rue Filaterie, et propose ainsi aux Annéciens tout le plaisir des quenelles, déclinées en 10 recettes.

—

1 rue Filaterie
T. 04 50 02 64 09

Panier gourmand

5 FRUITIÈRE D'AUGUSTIN

Sous les arcades, une fromagerie qui fleure bon la Savoie, avec son décor en bois clair qui rappelle les chalets et sa très belle gamme de fromages locaux.

—

18 rue Filaterie
T. 09 84 12 49 47

Le Boutik Hôtel

© Bothérapy-Life Maker Studio

rives du Thiou, aux belles maisons fleuries, un peu comme en Alsace avec la Petite Venise de Colmar ou la Petite France de Strasbourg.

La rue Notre-Dame se poursuit en rue Filaterie. Avant d'aborder les quais, on suit à gauche la rue Grenette qui mène à l'église Saint-Maurice **C** datant du XVe siècle, le lieu de culte le plus ancien de la ville. Le clocher, qui avait beaucoup souffert à la Révolution, a été reconstruit en 1822 et il a bénéficié d'une restauration en 2014. On y admire le chœur et ses stalles boisées, les vitraux et l'orgue. Derrière l'église, on rejoint l'hôtel de ville **D**, dont les étages supérieurs ont été ravagés par les flammes en 2019, et qui va devoir attendre une longue réhabilitation.
Son esplanade mène au très agréable site des Jardins de l'Europe **E**, qui offrent un point de vue global sur la ville, le lac, les montagnes.

Hôtel

11 LE BOUTIK HÔTEL 3 ÉTOILES

Dans cette demeure bourgeoise au cœur de la ville historique, on y dort mais on peut aussi acheter tout ce qui compose le décor, faisant des chambres et des salons un véritable laboratoire d'idées, toujours en mouvement.

—

2 rue des Marquisats
T. 04 50 44 04 40
leboutikhotel.com

Le Boutik Hôtel

© DUGIED

Du quai du Semnoz à la gare

On emprunte alors les quais du Thiou, se mêlant à la foule: quai du Semnoz, quai de l'Île puis quai de l'Évêché. On ne manque pas de faire alors le détour par la cathédrale Saint-Pierre (F) et sa façade Renaissance. On poursuit sur le quai avant de traverser la rivière par le passage de l'Évêché. Vous voici au cœur de l'agitation touristique dans le beau et typique quartier Sainte-Claire.
On déambule tranquillement dans la rue éponyme, aux nombreux restaurants et échoppes de métiers de bouche, admirant les maisons anciennes, les hôtels particuliers et les belles arcades. On peut la suivre jusqu'au bout, ne serait-ce que pour le très bon restaurant Cozna, mais il faudra revenir sur ses pas par le passage des Clercs et la place Georges-Volland qui passe par la boutique de l'excellent pâtissier Philippe Rigollot.

Cathédrale Saint-Pierre

On rejoint alors la rue de la Gare, que l'on suit à droite pour retraverser la rivière et rejoindre, au rond-point suivant, la très fameuse rue Royale, qui devient piétonne près de la rue du Pâquier. Tracée en 1822, elle est depuis toujours une des belles voies commerçantes d'Annecy.

Au croisement avec la rue des Glières, il suffit alors de prendre à gauche pour rejoindre la gare et terminer cette boucle.

Pour déjeuner

7 COZNA

Tout va bien pour nos lauréats du 109 d'il y a deux ans. Leur Cozna de la rue la plus animée de la ville a toujours le vent en poupe, les fidèles adhèrent et les touristes en redemandent.

—

22 faubourg Sainte-Claire
T. 04 50 65 00 25

Pour déjeuner

10 L'ESQUISSE

Stéphane Dattrino tient assez le haut du pavé annécien, pour pouvoir se permettre de lâcher les chevaux et d'affirmer une personnalité que nous avons toujours encouragée.

—

21 rue Royale
T. 04 50 44 80 59

Panier gourmand

8 PHILIPPE RIGOLLOT

Au détour d'une placette à côté du Faubourg Sainte-Claire, on retrouve le MOF Philippe Rigollot et sa pâtisserie, l'une des meilleures et des plus spectaculaires de la ville, d'une incroyable maîtrise technique.

—

1 place Georges-Volland
T. 04 50 45 31 35

Le palais de l'île

Le centre historique d'Annecy

Panier gourmand

❾ BOULANGERIE ARISTIDE

Récemment ouverte, cette boulangerie atypique est l'œuvre d'une équipe entièrement en reconversion professionnelle, qui ont en commun l'amour du pain au levain et bio.

—

5 rue de la Gare
T. 04 50 32 69 78

Boulangerie Aristide

132 km

SAINT-FLOUR - TOURNEMIRE

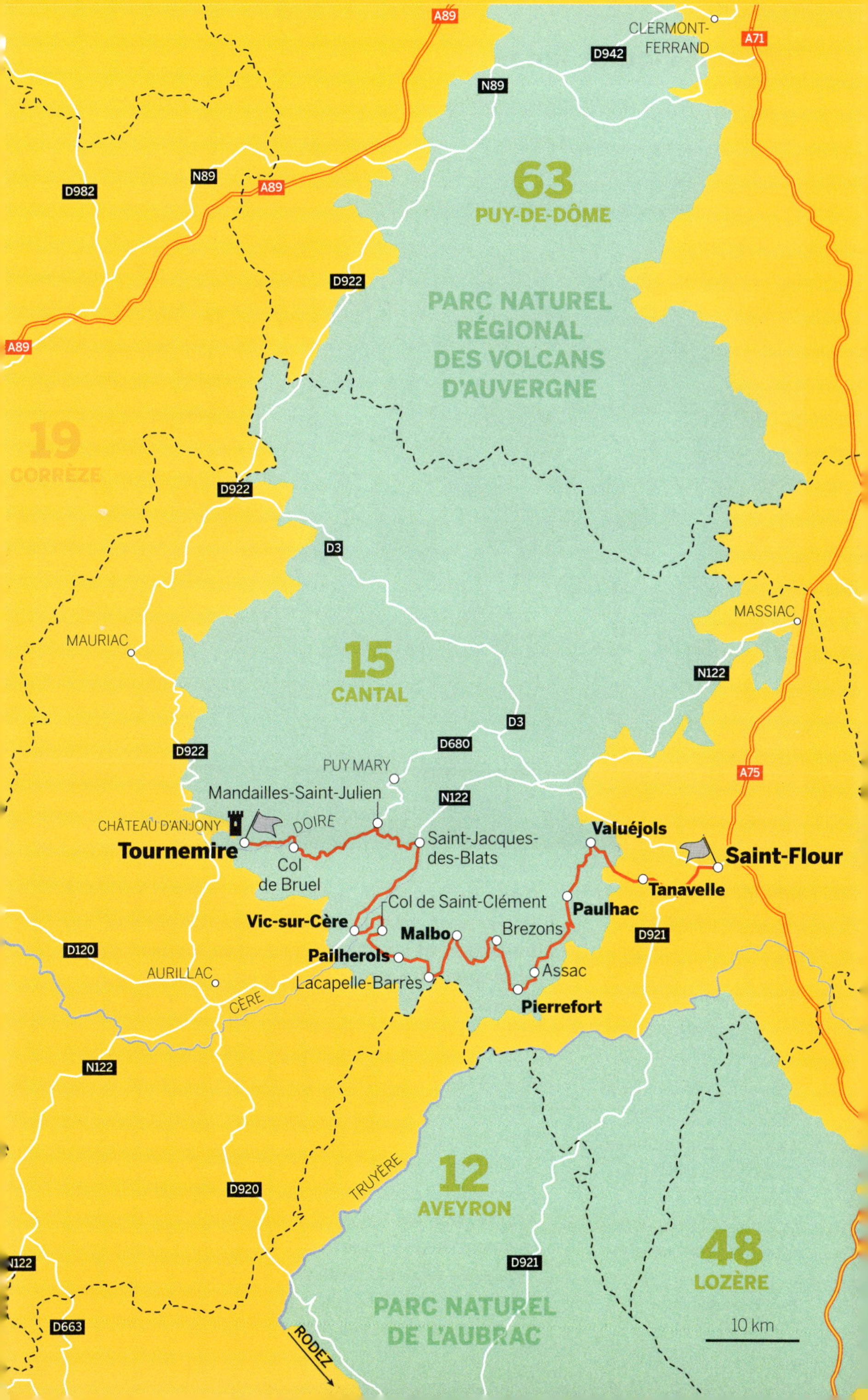
A89
CLERMONT-FERRAND
A71
D942
N89
63
PUY-DE-DÔME
D982
N89
A89
D922
PARC NATUREL RÉGIONAL DES VOLCANS D'AUVERGNE
A89
19
CORRÈZE
D922
D3
MASSIAC
MAURIAC
15
CANTAL
N122
D3
D922
D680
PUY MARY
A75
Mandailles-Saint-Julien
N122
CHÂTEAU D'ANJONY
DOIRE
Valuéjols
Saint-Flour
Tournemire
Col de Bruel
Saint-Jacques-des-Blats
Tanavelle
Col de Saint-Clément
Paulhac
Vic-sur-Cère
Malbo
Brezons
D921
D120
Pailherols
Assac
AURILLAC
Lacapelle-Barrès
CÈRE
Pierrefort
N122
TRUYÈRE
12
AVEYRON
D920
N122
D921
48
LOZÈRE
PARC NATUREL DE L'AUBRAC
D663
10 km
RODEZ

De Saint-Flour à Tanavelle

© Adobe Stock/JackF

SAINT-FLOUR - 15

Restaurant

CHEZ GENEVIÈVE ET BAR À VINS LE ZAG

Le Zag de Christine et Patrice, dans la rue commerçante de la ville haute, c'est le rendez-vous des Sanflorains pour un moment chaleureux et animé. Bar à vins, tapas, aligot et plats bien actualisés par Patrice.

—

25/27 rue des Lacs
T. 04 71 60 17 97

Ceux qui y vivent, mais aussi ceux qui le traversent, sont souvent d'accord : par ses paysages et sa nature, sans hauts sommets ni plages de rêve, le Cantal est l'un des plus beaux départements de France. Gault&Millau vous en dévoile une partie.

Sur son éperon, la « ville haute » de **Saint-Flour** se dresse fièrement, avec ses ruelles anciennes et ses traditions, dominée par son austère cathédrale Saint-Pierre, un édifice gothique du XVe siècle remanié après avoir souffert à la Révolution et classé depuis 1906.
À voir également la collégiale Notre-Dame, qui fut transformée en commerce de grains avant d'être réhabilitée au début de ce siècle.
Balade agréable dans les vieilles rues aux maisons anciennes, certaines en pierre de lave. On découvre, près

© Adobe Stock/sablin

© Adobe Stock/Jacky Jeannet

de la cathédrale, le musée Alfred Douët consacré aux Beaux-Arts et le musée de la Haute-Auvergne.
Les commerces se répartissent autour de la cathédrale et de l'office de tourisme, rue des Lacs et rue Marchande. On appréciera les vues sur toute la région depuis cette position haute en maints endroits de la promenade.

On quitte Saint-Flour par la D44 et on profite du vert profond du paysage, presque un symbole pour tout le département. Depuis ce plateau nommé la Planèze, on découvre un vaste horizon de prairies grasses et de champs, jusqu'aux lointaines montagnes d'Auvergne. La position est stratégique, à voir l'abondance d'oiseaux de proie, juchés sur les poteaux du bord de la route, guettant mulots et campagnols.

Artisan, producteur

MAISON RAYNAL

Une vaste boulangerie pâtisserie qui sait se renouveler à chaque période de l'année avec des spécialités changeantes, comme les fouaces et la tarte de Saint-Flour.

–

65 rue des Lacs
T. 04 71 60 41 97

MAISON CATHELAT

Une véritable caverne d'Ali Baba pour produits régionaux. Cette superbe et vénérable boutique offre une visite passionnante : charcuteries, alcools, liqueurs, soupes, conserves, légumes, fromages, confitures (goûtez celle de gratte-cul) et autres richesses d'Auvergne.

–

17 rue de la Collégiale
T. 04 71 60 94 77

De Tanavelle à Pierrefort

© Adobe Stock/B. Piccoli

On oblique à droite par la D116 vers Tanavelle, que l'on traverse en poursuivant vers Valuéjols.
Au milieu de ces beautés, on se ravitaille à la Ferme des Cochons Gourmands, juste avant le lieu-dit Latga. On profite encore une fois de cette vue panoramique à 360°. On traverse Paulhac puis **Valuéjols** où nous sommes à plus de 1 000 m d'altitude. Ne manquez pas la ravissante église Saint-Saturnin (XIIe-XVe), à l'atmosphère d'une grande sérénité. Poussez la porte pour goûter ce calme, admirer les vieux vitraux, le chœur aux croisées d'ogives d'une beauté discrète et la base romane développée en gothique trois siècles plus tard.
On peut acheter du fromage à la Fromagerie des Monts du Cantal, route du Lioran.
On prend un verre en famille aux Blés d'Or avant d'emprunter la D34 vers Paulhac.

TANAVELLE - 15

Artisan, producteur

FERME DES COCHONS GOURMANDS GAEC RISPAL

Étape gourmande dans cette ferme vertueuse où les cochons sont bien gris, élevés sur paille et sans OGM, pour l'honneur de la charcuterie auvergnate.

–

Latga
T. 04 71 73 03 46

Gorges de la Truyère

En route, on croisera la ferme laitière du Jarry. On traverse Paulhac et on poursuit par la même D34 vers **Pierrefort**. Un bourg animé, apprécié des touristes qui visitent cette région, aux confins du département, proche de l'Aveyron et de la vallée de la Truyère, et au seuil du parc naturel régional des Volcans d'Auvergne.
Les activités nature ne manquent pas et l'on trouve au centre un excellent charcutier et une belle église.

PAULHAC - 15

Artisan, producteur

FERME DU JARRY

Les grasses vaches laitières de race Abondance qui ont toutes de jolis noms (Lunette, Libellule...) offrent leur lait de haute qualité pour produire du cantal fermier, du salers, du fromage blanc et du beurre.

–

Le Jarry
T. 04 71 73 34 09

PIERREFORT - 15

Artisans, producteurs

MAISON JOFFROIS

Au milieu du village, une belle boutique, un très bon jambon d'Auvergne, avec du caractère et une très bonne mâche. Également des pâtés, fricandeaux, et produits régionaux dont du fromage.

–

10 avenue Georges-Pompidou
T. 04 71 23 31 80

FROMAGERIE DES MONTS DU CANTAL

Un vaste magasin pour trouver les fromages d'Auvergne au lait cru, provenant de plusieurs sites de collecte. Sur place, une large gamme dont l'original « Petit Pierrefortais » et des fromages bio.

–

9 rue des Sagnes
T. 04 71 73 26 33

De Pierrefort à Tournemire

Vue depuis Puy Mary

MALBO - 15

Restaurant

LA FEMME DU BARBU

CHEF 109

Au milieu de rien, un petit miracle que cette auberge accueillante avec le barbu, Julien, et sa compagne Victoria, rayonnante en salle dans ce minuscule village qui s'anime et devient une destination grâce à eux.

–

1 rue des Cassalouts
T. 09 52 69 41 07

On quitte Pierrefort par la D265 puis la D57 vers Brezons. La route se fait plus étroite et montagneuse. Après Brezons, on fait un crochet par Malbo et son auberge La Femme du Barbu.
On suit alors la D401 puis, à Lacapelle-Barrès, on prend à droite la D54 vers **Pailherols**, une route magnifique mais d'accès assez difficile en hiver si vous n'êtes pas suffisamment équipé. Étape aux Maisons de Montagne Chez Marie, au milieu de ces beaux paysages, près du lac.

On poursuit la route par le col de Saint-Clément, à 1 000 m d'altitude, pour gagner **Vic-sur-Cère**, au cœur de la région dite du Carladès. Un bourg tout en longueur, le long de la Cère, traversé par la très fréquentée N122, l'axe entre Aurillac et Massiac permettant de rejoindre l'A75.
Balade le long de la rivière et dans le parc de la Maison des Eaux Minérales.

PAILHEROLS - 15

Hôtel

LES MAISONS DE MONTAGNE. CHEZ MARIE

Au milieu de cette très belle nature, au cœur du petit village, une halte de détente et de confort bien immergée dans l'environnement. Des chambres de bon confort, une piscine intérieure, sauna et hammam.

—

Le Bourg
T. 04 71 47 57 01

TOURNEMIRE - 15

Restaurant

LA PETITE GRANGE

Une belle et agréable nouveauté partie sur les bons rails. Dans ce village bijou, les voyageurs trouvent aujourd'hui une table moderne animée par Olivier Cloteau que l'on a connu notamment au Richelieu de l'île de Ré.

—

17 rue Édouard-Marty
T. 04 71 43 39 26

On prend cette N122 vers le nord jusqu'à Saint-Jacques-des-Blats. On ne manquera pas de faire une boucle jusqu'au **Puy Mary**, à près de 1 800 m d'altitude, pour jouir d'un panorama extraordinaire, dominant toute l'Auvergne, la chaîne des Puys et les départements voisins.
On redescend sur Mandailles avant de poursuivre par la D246 puis la D35. Au col de Bruel, on prend à droite, la D35, puis la D60 pour parvenir à notre destination finale, **Tournemire** et son splendide vieux château d'Anjony. Au-dessus de la vallée de la Doire, Tournemire mérite bien de figurer parmi les plus beaux villages de France. Dans ce cercle naturel d'un vert profond, il aligne ses maisons simples aux toits de lauze ou d'ardoise, en écailles de poisson, ses ruelles à l'accès difficile et son fier et beau château d'Anjony datant du XIIIe siècle. Cet édifice du Moyen Âge, costaud, trapu, avec ses quatre tours, construit par un compagnon de Jeanne d'Arc, se trouve dans un très bel état de conservation. Il abrite de belles tapisseries, une chapelle aux fresques remarquables et une salle d'armes voûtée.

La Femme du Barbu à Malbo

© Basalt Web

Tournemire et le château d'Anjony

© Adobe Stock/PhilippeGraillePhoto

De Vichy à Aigueperse

Parc de Vichy

VICHY - 03

Restaurants

LA TABLE DE MARLÈNE

Au bord du lac d'Allier, un motif de détente et de plaisir, du panorama à l'assiette. La cheffe, Marlène Chaussemy, propose une cuisine originale assez élégante.

–

Boulevard Maréchal-de-Lattre-de-Tassigny
T. 04 70 97 85 42

Vichy affiche aujourd'hui l'image d'une ville saine, verte, totalement en bonne santé avec ses 550 ha de plans d'eau et de verdure. De bonnes tables, des artisans de qualité, de quoi alterner ici cures et parcours gourmands. On pratique à Vichy tous les sports, y compris nautiques sur le lac d'Allier où l'on rêve devant le charme inaltérable de ces villas du XIXe siècle. Rappelons au passage que c'est le couple impérial Napoléon III et Eugénie qui a définitivement lancé la station et a donné les lettres de noblesse au thermalisme. 15 000 curistes viennent prendre les eaux à Vichy chaque année.

On quitte Vichy par Bellerive-sur-Allier, direction **Aigueperse**, passant dans le département limitrophe du Puy-de-Dôme en traversant la forêt.

Centre thermal des Dômes

© Adobe Stock/PhilippeGraillePhoto

La Table de Marlène à Vichy

© La Table de Marlène

Maison Decoret à Vichy

© Maison Decoret

LA TABLE D'ANTOINE

30 ans de bonheur, cela se fête ! Antoine Souillat, qui a imprimé sa patte et ses idées sur la gastronomie locale, peut avoir des motifs de fierté avec Marie-Christine, sa complice de toujours.

–

8 rue Burnol
T. 04 70 98 99 71

JACQUES DECORET

Dans cette maison de grand charme près du parc des Sources, Martine et Jacques Decoret ont développé un art de vivre très raffiné. Le chef est désormais assisté de son fils Alexis.

–

15 rue du Parc
T. 04 70 97 65 06

Artisans, producteurs

PÂTISSERIE ALEXIS LADVIE

Un artisan passionné qui offre de très belles réalisations en grand format (très belles pièces montées, entremets parfaits) mais fignole aussi ses gâteaux individuels.

–

5 rue Président-Roosevelt
T. 04 70 97 67 26

FROMAGERIE MEUNIER

Une fromagerie qui ne donne pas envie aux Vichyssois de changer de crèmerie. Depuis 1930, elle offre des fromages de toutes les régions mais aussi de Suisse et d'Italie.

–

7 rue du Portugal
T. 04 70 97 62 43

Hôtel

HÔTEL JACQUES DECORET

Des chambres de très bon goût, contemporaines et très confortables pour n'avoir que quelques marches à descendre pour profiter de la plus belle cuisine de la ville.

–

15 rue du Parc
T. 04 70 97 65 06

De Aigueperse à Saint-Priest-des-Champs

Le Gour de Tazenat

On parvient à Aigueperse, en Limagne, connue pour la praline de la maison Vernet.

On prend ensuite à droite la direction de Combronde par la D985, que l'on traverse pour suivre la route de Manzat, grimpant dans une forêt de sapins qui donne un beau parfum de chlorophylle et de résineux. On s'arrêtera dans un premier village vraiment pittoresque, **Charbonnières-les-Vieilles**, aux belles maisons anciennes, entrant ainsi de plain-pied dans la région des Combrailles. On y découvrira le **Gour de Tazenat**, un lac d'origine volcanique impressionnant par sa géométrie circulaire de cratère parfait avec ses 700 m de diamètre, sa quiétude et sa netteté. De grands parkings à la sortie du village permettent de garer sa voiture et d'aller à pied jusqu'à cette merveille. Un sentier en fait le tour complet. Pour les cinéphiles, Charbonnières est également le village d'origine d'Arletty, la Garance du film *Les Enfants du Paradis*, qui était d'origine auvergnate par ses parents.

SAINT-PONT - 03

Artisan, producteur

LA MIE QUI ROULE

Un boulanger engagé et exigeant qui travaille son levain depuis des années et que l'on retrouve au fournil de Saint-Pont à une dizaine de minutes de Vichy. Une démarche bio très rigoureuse.

–

9 route de Vendat
T. 07 60 97 02 51

AIGUEPERSE - 63

Artisan, producteur

MAISON VERNET

La spécialité de la ville, la fameuse praline d'Aigueperse est représentée dans cette boutique de longue tradition où naquit cette précieuse confiserie en 1850.

–

154 Grande Rue
T. 04 73 63 61 85

CHARBONNIÈRES-LES-VIEILLES - 63

Chambres d'hôtes

À L'AUBE DES VOLCANS

5 chambres gaies et agréablement décorées dans une grande maison de famille au cœur du village. Spa à disposition avec jets hydromassants et chromothérapie. Copieux petits déjeuners.

–

1 place de l'Église
T. 06 87 03 31 95

On prend la direction de **Manzat** que l'on rejoint par la D19 puis la D227 en arrivant sur le village. On passe à la fromagerie, on traverse Manzat pour prendre à gauche la direction des Ancizes.
En route par la D19, on fera le crochet par une autre grande curiosité, le méandre de Queuille, fantaisie de la nature qui fait presque un nœud coulant avec la rivière la Sioule. La plus belle vue est offerte depuis le belvédère, appelé le Paradis, parfaitement bien nommé.
On revient ensuite sur ses pas pour gagner les Ancizes en passant à la Croix de Pierre. On poursuit vers le lac des Fades Besserve. La retenue formée par la Sioule sur ce vaste plan d'eau est un nouveau motif de balade à pied mais on peut aussi profiter de la beauté de cette vallée encaissée en canot. On enjambe ensuite la Sioule par le pont du Bouchet pour suivre à droite la D110 vers **Saint-Priest-des-Champs**.

Le méandre de Queuille

© Adobe Stock/Jacky Jeannet

La Mie qui Roule à Saint-Pont

© La Mie qui Roule

De Saint-Priest-des-Champs à Montluçon

SAINT-GERVAIS-D'AUVERGNE - 63

Artisan, producteur

GOURMAND'INE

Chez Laure et Philippe, c'est la pâtisserie et les chocolats qui réjouissent les locaux dans un espace soigné et avenant, le plus attrayant de cette petite ville.

–

5 place du 8-Mai-1945
T. 04 73 52 29 59

MONTLUÇON - 03

Restaurant

LE GRENIER À SEL

Dans la partie médiévale de la ville, le chef Jacky Morlon, depuis bientôt trente ans à la barre, offre de bien agréables moments dans ce cadre altier, avec une cuisine maîtrisée et éloquente.

–

10 rue Sainte-Anne
T. 04 70 05 53 79

Retour dans la campagne jusqu'à Saint-Priest-des-Champs, un village tranquille, permettant de redescendre, par la D62, jusqu'au bord de la rivière, sous l'impressionnant viaduc des Fades.
Cet ouvrage ferroviaire impressionnant vu depuis les rives de la Sioule a été construit au début du XXe siècle et fut inauguré en 1909. Cette réalisation assez extraordinaire à l'époque, constituait, avec ses 90 m de hauteur, le plus haut pont du monde. Pour des raisons de sécurité, cette partie de la ligne Clermont-Montluçon n'est plus exploitée depuis 2007, mais il demeure un ouvrage admirable que l'on a plaisir à admirer.
On passe sous le viaduc, traversant un bras de la rivière pour trouver, à gauche, la D513 vers Sauret. On suit la Sioule jusqu'au lieu-dit Chambonnet à partir duquel on quitte la vallée pour grimper jusqu'à Sauret-Besserve.

Le château de Montluçon

© Adobe Stock/Leonid Andronov

Restaurant La Chapelle, Château Saint-Jean à Montluçon

Château Saint-Jean à Montluçon

© Château Saint-Jean

Le viaduc de Fades

© Adobe Stock/Marytog

On emprunte alors la D523 qui amène à **Saint-Gervais-d'Auvergne**. On boit un verre et on mange un morceau au H Tag Bar s'il est ouvert.
On prend la route de **Saint-Éloy-les-Mines** que l'on rejoint par la D2144. On fait ses emplettes au marché couvert, toujours animé et bien fourni en produits régionaux. On reprend la route vers Montluçon.
Montluçon est une très ancienne cité, devenue au XXIe siècle la première ville du département en nombre d'habitants (Vichy ne la précède qu'avec l'agglomération). Elle a conservé un joli quartier médiéval, aux ruelles animées, comme la rue Saint-Pierre. Le château des ducs de Bourbon a survécu aux affres de la Révolution, avec une partie encore bien préservée et est classé monument historique depuis 1926. Pour le plaisir des sens autres que le goût, on visitera le MuPop, musée français des musiques populaires, inauguré en 2013, qui compte la plus grande collection d'instruments de France. À voir aussi l'église Notre-Dame de Montluçon, l'église Saint-Pierre et l'église Saint-Paul, toutes trois classées.

Artisan, producteur

LE COMPTOIR AUX FROMAGES

300 variétés de fromages, un accueil de pro pour vous guider à travers toutes les régions de production, l'Auvergne en tête, et la préparation de plateaux de fromages pour vos réceptions.

—

23 rue Bretonnie
T. 06 33 64 06 31

Hôtel-restaurant

LA CHAPELLE CHÂTEAU SAINT-JEAN

Le restaurant de ce Relais & Châteaux très joliment rénové offre le charme d'un cadre unique, une chapelle du XIIIe, et la cuisine sobre et précise du chef Olivier Valade.

—

Avenue Henri-de-la-Tourfondue
T. 04 70 03 26 57

Le Nouveau Bélier ©PHOTO STÉPHANE DE BOURGIES
origine
#France
METRO S'ENGAGE
À VALORISER DES PRODUITS FRANÇAIS COMME LES FROMAGES D'EXCEPTION DE LA FAMILLE HUSZAK, PRODUCTEURS À RÉTY (PAS-DE-CALAIS)
METRO.fr
METRO
VOTRE SUCCÈS EST NOTRE MÉTIER

VINS ET VIGNOBLES

Les Itinéraires Gastronomiques mènent forcément aux producteurs et vignerons qui jalonnent la région Auvergne-Rhône-Alpes. Chaque terroir a ses pépites qui méritent un détour.

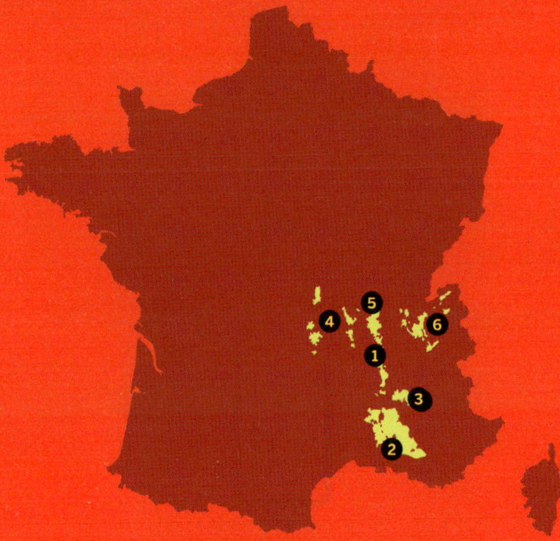

LE RHÔNE, DU NORD AU SUD

UN GRAND CHOIX DE VINS

La région est vaste et les vignobles bien différents les uns des autres. Ainsi, le Beaujolais, au nord de Lyon, se rattache à la Bourgogne et propose des vins principalement issus du cépage gamay. Le vignoble du Rhône se scinde en deux avec le Rhône septentrional ❶ qui va schématiquement du sud de Lyon jusqu'à Valence et le Rhône sud ❷ qui va de Montélimar jusqu'au sud d'Avignon et de Nîmes (en région PACA). Plus à l'est se trouve le Diois ❸, le terroir qui produit la clairette de Die. En Auvergne ❹, on retrouve le gamay comme en Beaujolais ❺. Enfin, la Savoie ❻ offre un large panel d'appellations et de cépages. Bref, en Auvergne Rhône-Alpes, on ne manque ni de vins, ni de choix.

Rhône, Diois, Auvergne et Savoie

❶ Le Rhône septentrional

Le Rhône nord produit, avec le cépage syrah, des vins rouges de grande classe, sans nul doute les plus racés qu'on puisse produire avec ce cépage. Les appellations font rêver les amateurs comme côte-rôtie, hermitage ou cornas. D'autres appellations sont plus aisément trouvables et moins chères : crozes-hermitage, saint-joseph et saint-péray (ce dernier uniquement en blanc). La production de blancs est très minoritaire mais, issue de viognier, de marsanne et de roussanne, fort intéressante.

Les **vins rouges** de la région sont colorés, puissants et surtout racés. La syrah offrant ici une fraîcheur étonnante pour une telle concentration d'arômes. Les notes de violette et de cassis restent un marqueur manifeste pour les vins jeunes. Avec le temps, des notes de cuir, de poivre et d'épices viennent compléter le bouquet.
Jeunes, on les ouvrira avec des viandes rouges, des salades relevées.
Plus matures, on privilégiera des viandes en sauces ou des gibiers. Attention l'accord avec la truffe risque de vous rendre complètement accros.

Les volumes des **vins blancs** sont très restreints, de l'ordre de 10 % à peine de la production. Évidemment, condrieu est le plus prestigieux mais on trouve aussi chez certains producteurs des crozes-hermitage blancs qui méritent le détour. Ils sont souvent à la fois généreux et fins, avec une dominante de fruits jaunes (abricots/pêches) et s'associent très bien aux viandes blanches.

Du blanc dans le rouge

Côte-rôtie est une des rares appellations en France à avoir le droit d'ajouter des raisins blancs dans la cuve avec les raisins rouges. Ainsi le cépage viognier peut figurer dans l'assemblage et apporter de la fraîcheur et de la finesse à ces vins rouges puissants et de grande garde.

❷ Rhône Sud

Bien que hors région Auvergne-Rhône-Alpes, le sud de la vallée du Rhône produit une large quantité de côtes-du-rhône allant des plus simples aux sublimes chateauneuf-du-pape, vacqueyras ou gigondas.

❸ Le Diois, Die et sa clairette

Dans la vallée de la Drôme, le vignoble de Die produit un vin effervescent, très connu sous le nom de clairette-de-die mais qui ne contient au final que peu de clairette, cépage blanc méridional, laissant au cépage muscat l'essentiel de sa composition.

❹ L'Auvergne

Jadis terre de production massive, l'Auvergne est aujourd'hui réduite à une petite part de la production nationale viticole. Les vins sont historiquement rattachés aux vins de Loire car issus de cépages gamay et pinot noir pour les rouges, chardonnay, trésalier et sauvignon pour les blancs. Quatre appellations sont présentes : côtes-d'auvergne, côte-roannaise, côtes-du-forez et saint-pourçain. Les terroirs de granites et de sols volcaniques offrent de vraies personnalités chez les meilleurs vignerons.

❺ Le Beaujolais

Région souvent encore considérée comme produisant de « petits vins », le Beaujolais offre de très grandes réussites pour qui sait les trouver et les choisir. Depuis quelques années, on assiste même à une véritable renaissance qualitative dans la région.

Du sud de Mâcon au nord de Lyon, le Beaujolais et ses monts accueillent 12 appellations dont beaujolais, beaujolais-village et ses 10 crus. Ici, très peu de blancs, la région est essentiellement rouge claire comme le gamay à jus blanc qui lui donne ses vins. Souvent gouleyant à souhait, le beaujolais est un vin de copains qui se boit jeune et légèrement frais de l'apéritif à la fin de repas.

Les crus produisent des cuvées plus ambitieuses avec pour les meilleurs ou les plus aptes, des vins qui peuvent se garder des décennies (morgon, moulin-à-vent). Chaque cru possède son caractère propre, mais comme en Bourgogne avec les climats, c'est le vigneron qui fait la différence sans doute plus que le cru. Trouvez le bon vigneron et goûtez ses crus pour mieux choisir votre préféré.

❻ La Savoie

La Savoie, région montagneuse plus réputée pour ses stations de ski que pour ses crus, gagnerait à être mieux reconnue pour ces derniers. On trouve ici nombre de beaux vins d'altitude qui ont en commun une fraîcheur qui fait de plus en plus défaut à d'autres régions de plaine. Les coteaux offrent de nombreux cépages autochtones (mondeuse, jacquère, chasselas, altesse, gringet...) qui produisent des vins de très forte personnalité. Le foncier étant abordable, de jeunes vignerons s'installent et travaillent durement pour réussir de beaux vins, parfois de vraies pépites.

Quelques vieux ceps de gamay

À Boudes, village vigneron, restent quelques parcelles de très vieux gamay largement centenaires, mais dont personne ne connaît l'âge exact. Peu importe de savoir si elles datent d'avant le phylloxéra, en revanche le vigneron, David Pelissier, en tire une cuvée à goûter impérativement dès maintenant.

Un moyen mnémotechnique astucieux

« **S**i **J**e **C**ache **M**on **F**romage, **C**omment **M**ener **R**oyalement **B**onne **C**hère ? » La première lettre de chaque mot permet de retenir les 10 crus du Beaujolais : saint-amour, juliénas, chénas, moulin-à-vent, fleurie, chiroubles, morgon, régnié, brouilly et côte-de-brouilly.

Bugey-Cerdon : un OVNI (Objet Vinicole Non Indentifié)

Petite appellation entre Jura et Savoie, bugey-cerdon produit un vin rouge effervescent issu de gamay et de poulsard qui titre à peine 9 % d'alcool et qui est proprement délicieux. Évidemment, avec si peu d'alcool, il reste du sucre résiduel mais le vin garde une bonne buvabilité grâce à une acidité bien préservée. Essayez ce cru, ça vaut le coup !

1

RHÔNE NORD

MAISON
CHAPOUTIER

« Conquérir le monde »

Michel Chapoutier est une figure incontournable de la région. Héritier d'une longue tradition familiale de négoce de vin à Tain-l'Hermitage, il rebat les cartes et se lance dès 1990 dans la culture biodynamique. Pour beaucoup de dégustateurs étrangers, il incarne le renouveau du Rhône nord. Depuis Tain, il développe rapidement de nouveaux vignobles à travers le monde, notamment en Australie. La maison propose des dégustations thématiques, des ateliers, des balades dans les vignes et même des séjours. Réservez.

26600 Tain-l'Hermitage
chapoutier@chapoutier.com - T. 04 75 08 28 65

DOMAINE
DELAS

« La discrétion et la distinction »

La maison Delas, figure historique des vins de la région, se tourne résolument vers l'œnotourisme. Elle vous accueille dans une splendide maison, entièrement repensée pour vous recevoir sous l'impulsion de Frédéric Nebout, son directeur venu de l'office de tourisme d'Épernay. Au programme, la dégustation de presque tous les vins de la vallée du Rhône, proposée au verre dans un caveau flambant neuf est l'occasion rêvée de goûter des crus différents.

40 avenue Jules-Nadi, 26600 Tain-l'Hermitage
detail@delas.com - T. 04 75 08 60 30

© Éric Minodier

LES **ÉPICURIEUX**

Pour les curieux

Tenu par Laure, la compagne de Stéphane Ogier, célèbre vigneron de côte-rôtie, ce lieu sympathique est en même temps une cave, un bar à vin et un lieu d'animations organisées dans le cadre du label Vignobles et Découvertes.

98, boulevard des Allées, 69420 Ampuis
cavelesepicurieux@gmail.com - T. 04 74 56 72 29

MAISON **GUIGAL**

Une référence de la région

La Landonne, La Mouline et La Turque sont trois cuvées parcellaires mythiques de la côte-rôtie qui ont très largement contribué à la renommée mondiale de l'appellation. Les trois viennent de la maison Guigal, aujourd'hui dirigée par Philippe Guigal. Le caveau du château d'Ampuis vous est ouvert pour découvrir les autres vins du domaine, son musée ainsi que la possibilité d'organiser vos séminaires d'entreprise dans un cadre assez exceptionnel. Un grand classique.

Avenue du Château, 69420 Ampuis
contact@guigal.com - T. 04 74 56 10 22

DOMAINE **JABOULET AÎNÉ**

La chapelle de l'Hermitage

La maison Jaboulet, référence mondiale pour ses hermitages, notamment la cuvée La Chapelle, a dédié un lieu spécifique à ses vins, le Vineum, au centre de Tain-l'Hermitage. Ce lieu est à la fois un caveau de dégustation, un bar et un restaurant entièrement consacré aux vins de la maison. Vous pourrez tout autant déguster et vous régaler. Attention, la façade fait d'avantage penser à un restaurant qu'à un caveau. Notez, et c'est également appréciable, que vous pourrez y déguster les champagnes de la maison Billecard-Salmon dont la famille Frey est également propriétaire.

25 place du Taurobole, 26600 Tain-l'Hermitage
infojaboulet@jaboulet.com - T. 04 75 84 68 93

CAVE
DE **TAIN**

La coopérative de référence

C'est la grande cave coopérative de la région et elle a très largement participé à la reconnaissance des vins locaux. Aujourd'hui, elle propose de nombreuses cuvées dans tous les crus de la région avec une dynamique de parcellaires rare pour un établissement coopératif. Côté découverte, le caveau et la boutique vous proposent, outre la dégustation et la vente, des balades dans les vignes et des visites de caves.

22 route de Larnage, 26600 Tain-l'Hermitage
contact@cavedetain.com - T. 04 75 08 20 87

PAVILLON DU
TOURISME DE VIENNE

Huit cuvées à déguster

Ce lieu représente plus qu'un office de tourisme car il rassemble sur 250 m² une vinothèque de plus de 800 cuvées des appellations du Rhône nord dont huit proposées à la dégustation et renouvelées tous les 15 jours.

Cours Brillier, 38217 Vienne Cedex
contact@vienne-condrieu.com - T. 04 74 53 70 10

Maison Guigal – Château d'Ampuis

© E. Guigal

③
DIOIS

CAROD FRÈRES

« VTT à Die »

En val de Drôme, peu avant les contreforts du Vercors, s'étagent les vignes de la clairette de Die. Le domaine propose la visite du musée de la clairette composée de différents tableaux évoquant le métier de vigneron d'autrefois. Également, une balade œnotouristique en VTT électrique pour sillonner le vignoble avec pique-nique ou déjeuner au restaurant permet de passer un agréable moment avant la dégustation en cave. Accueil de groupes.

1664 avenue de la Clairette, 26340 Vercheny
contact@caves-carod.com - T. 04 75 21 73 77

CAVE DE DIE JAILLANCE

« Un véritable muséobulles »

Cette très grosse cave coopérative, produisant plus de 8 millions de cols, vous reçoit à la fois dans son caveau de dégustation où vous pourrez découvrir les vins locaux mais également dans son Muséobulle : un parcours muséographique qui retrace l'histoire de la clairette de Die. Une petite heure de visite permettra de connaître tous les secrets de ces bulles atypiques.

355 avenue de la Clairette, 26150 Die
accueil@jaillance.com - T. 04 75 22 30 15

Vignes du Diois, domaine de Jaillance

© Éric Minodier

4

AUVERGNE

CONSERVATOIRE DES **CÉPAGES**

Conservatoire actif en Auvergne

Une plongée dans l'histoire qui s'incarne. Ce conservatoire des vieux cépages de la région sur 2 hectares maintient en vie des traditions viticoles centenaires et produit chaque année une cuvée spéciale, la Cuvée du Conservatoire. Vous pourrez découvrir en accès libre les saint-pierre dorés, meslier, melon et autre pinot blanc aujourd'hui quasi disparus.

Château de Chareil, 03140 Chareil-Cintrat
anciens.cepages@gmail.com - 06 01 48 74 16

DOMAINE **TERRE DE ROA**

Le renouveau de Saint-Pourçain

Jeune domaine qui vinifie depuis 2010 des vins de Saint-Pourcain et qui témoigne du renouveau de l'appellation et de la région. La famille Tisserant cultive ici 11 hectares avec le sens du respect de l'environnement (culture biologique) mais aussi du marketing. Les vins sont bons et les étiquettes créent l'envie, ce qui est un plus. Le sol de sables et de granite donne des vins très différents qu'il faut absolument goûter.

7 route du Bourbonnais, 03500 Monétay-sur-Allier
contact@terresderoa.com - 06 18 40 27 27

UNION DES **VIGNERONS DE SAINT-POURÇAIN**

On connaît la ficelle

C'est la cave coopérative de référence de la région. Les Vignerons de Saint-Pourçain regroupent quelque 62 vignerons et 400 hectares de vignes dédiés. Mondialement connue pour la cuvée La Ficelle, l'histoire raconte qu'un tavernier de la ville eut l'idée de mettre une ficelle dans les pichets pour mesurer la consommation réelle. La cave produit de nombreuses autres cuvées et vous initie aux vins locaux par des dégustations thématiques.

3 rue de la Ronde, 03500 Saint-Pourçain-sur-Sioule
udv@vinsaintpourcain.com - 04 70 45 42 82

5

BEAUJOLAIS

CHÂTEAU DES BACHELARDS

« Pour un œnotourisme exigeant »

La comtesse Alexandra de Vazeilles dirige de main de maître ce domaine pionnier en bio et biodynamie à Fleurie. Les vins sont superbes, alliant concentration et finesse. Au niveau œnotourisme, le château offre un panel rare d'opportunités avec un restaurant, une épicerie fine, la possibilité de goûter et d'acheter certains vins en exclusivité, des cours de cuisine, des balades dans les vignes, des piques-niques et même la possibilité d'enfiler les bottes pour prendre part aux travaux de la vigne. Réservation nécessaire.

Lieu-dit Les Bachelards, 69820 Fleurie
contact@bachelards.com - T. 09 81 49 47 00

LES BERTRAND

« Une belle histoire de famille »

Pourquoi « Les Bertand » ? tout simplement parce que Yann Bertrand, le jeune vigneron souhaite inscrire l'histoire de la famille au cœur du domaine et rendre hommage à ses parents et grands parents qui ont crée le domaine. Ici, les morgons, fleuries et beaujolais sont bio, sans intrants ni souffre. Annick vous recevra pour vous faire goûter les « dynamite » et autre « coup de foudre » qui nous ont fait forte impression.

543 route du Château-de-Grand-Pré, 69820 Fleurie
lesbertrand.gp@gmail.com - T. 04 74 69 81 96

CHATEAU DE CORCELLES

« Château médiéval »

Superbe château d'origine médiévale, Corcelles a su garder son originalité à travers les siècles. Le château et son immense chai de 60 mètres de long sont visitables sur rendez-vous. Au niveau des vins, les morgon, brouilly et beaujolais sont proposés à la dégustation au caveau.

2330 route de Villié Morgon, 69220 Corcelles-en-Beaujolais
contact@chateaudecorcelles.fr - T. 04 74 66 00 24

HAMEAU
DUBŒUF

La gare d'arrivée en beaujolais

Georges Dubœuf, le pape du Beaujolais, a ouvert dès 1993 son propre espace d'œnotourisme, l'un des plus grands parcs thématiques sur le vin. On peut évidemment déguster la très large gamme des vins de la maison mais également bénéficier de films dynamiques en trois dimensions. Plus de 100 000 visiteurs passent par cette ancienne gare chaque année. Un point d'entrée pour découvrir le vignoble.

La Gare, 71570 Romanèche-Thorins
message@hameauduboeuf.com - T. 03 85 35 22 22

DOMAINE
DES
GROTTES

Tourisme engagé

Le Domaine des Grottes n'est pas triple étoilé mais triplement labellisé : bio, biodynamie et Nature & Progrès. Ici on cultive la vigne, des céréales, des plantes médicinales et même des légumes avec un maraîcher partenaire. Une vraie incarnation de la polyculture comme l'enseigne à l'origine la biodynamie. Vous pourrez même réserver des stages de deux jours sur les thèmes de l'alchimie et du monde végétal. Le mieux est d'appeler.

993 Grange Masson, 69460 Saint-Étienne-des-Oullières
romain@domainedesgrottes.com - T. 06 85 18 15 02

CHÂTEAU
DES
JACQUES

Une institution

Le château des Jacques appartenant à la grande maison bourguignonne Louis Jadot, est réputé produire les plus racés des morgons et des moulins-à-vent. Les bouteilles défient les décennies et offrent l'opportunité de goûter des vins anciens. Visite et dégustation sur rendez-vous

147 route de la Gare, 71570 Romanèche-Thorins
chateau-des-jacques@wanadoo.fr - T. 03 85 35 51 64

DOMAINE **JEAN-PIERRE RIVIÈRE**

Prenez des cours

Le domaine Jean-Pierre Rivière est installé au cœur des Pierres Dorées, une sous-région magnifique du Beaujolais. Très tourné vers l'accueil des visiteurs, le domaine propose, en sus des traditionnelles visites de caves, dégustations et mâchons (casse-croûte local) des balades en trottinette électrique, des ateliers vins-chocolats et des cours d'œnologie. Réservez.

520 chemin des Grands-Taillis, 69480 Lachassagne
contact@domainejpriviere.com - T. 04 74 67 00 67

CHÂTEAU DE **PIZAY**

Hôtel et domaine

Les occupants du château de Pizay, magnifique demeure édifiée à partir du XIe siècle, vous reçoivent dans un cadre historique. À la fois hôtel de charme, restaurant gastronomique et domaine viticole, il cumule tous les avantages. Vous pourrez y découvrir la large gamme des vins produits sur quelque 80 hectares tant dans les crus qu'en appellation beaujolais.

443 route du Château, 69220 Belleville-en-Beaujolais
info@chateau-pizay.com - T. 04 74 66 51 41

LES **SOURCES D'AGAPÉ**

À découvrir

Arthur Lotrus est un tout jeune vigneron d'à peine 30 ans, installé sur ce domaine depuis 2018 (ses première vendange datent de 2019). La dégustation de ses vins nous a véritablement emballés tant leur texture et leur fraîcheur se combinent dès le premier millésime. Le domaine est en conversion vers l'agriculture biologique. Une visite rapide s'impose tant le succès s'annonce fulgurant.

Rue des Sources, 71570 Saint-Amour-Bellevue
lessourcesdagape@outlook.com - T. 06 24 07 53 21

GAULT&MILLAU 86

DOMAINE **STEEVE CHARVET**

Gyro-tourisme

Steeve Charvet préside aux destinées de ce domaine familial depuis six générations sur la commune de Chiroubles. Les vins proviennent des appellations chiroubles, morgon, moulin-à-vent et beaujolais avec des vignes à Lancié qui n'est pas un cru mais qui pourrait y prétendre. Le domaine vous reçoit avec des formules de dégustations de vins anciens mais aussi de balades dans les vignes en gyropodes.

2255 route de Chiroubles, 69115 Chiroubles
contact@charvet-gites-vins.fr - T. 06 50 20 71 25

Steeve Charvet

© DR

6

SAVOIE BUGEY

DOMAINE CÉLINE JACQUET

« Une jeune vigneronne à découvrir »

Le domaine n'a que 10 ans et s'est déjà forgé une solide réputation avec une dizaines de cépages différents et des vins orientés nature. Les vins transpirent la finesse et ne cherche en rien la sur-concentration. On se régalera tant des blancs comme la jacquère du domaine que des rouges avec une cuvée de mondeuse élevée en jarres de grès qui ne laisse personne indifférent.

66 chemin du Ruisseau, 73800 Arbin
simonguillet20@gmail.com - T. 06 33 37 12 65

DOMAINE MASSON

« Le chantre du parcellaire »

Le domaine Masson existe depuis cinq générations sur le terroir d'Apremont qui a pris racine sur un éboulement de montagne au XIIIe siècle. Chez les Masson, on vinifie parcelle par parcelle, terroir par terroir. Il est rare de trouver autant de vinifications parcellaires dans les domaines de la région et Jean-Claude Masson est considéré comme le pape du cépage jacquère. Incontournable.

Le Villard, 73190 Apremont
dom.jeanmassonetfils@wanadoo.fr - T. 04 79 28 23 02

DOMAINE MATHIEU APFFEL

« Un Savoyard d'origine jurassienne »

Jeune vigneron d'origine jurassienne, Mathieu Apffel a posé ses valises en Savoie avec un petit domaine d'à peine 5 hectares. Les nombreuses cuvées sont vinifiées sans souffre et certaines sortent des appellations vin de Savoie pour rejoindre les vins de France. Les vins sont fins, vivants, très purs dans l'expression. Un domaine à découvrir.

152 chemin de la Mairie, 73190 Saint-Baldoph
vin@mathieuapffel.com - T. 09 81 80 84 73

DOMAINE
DES **ORCHIS**

« Des vins et des escargots »

Ce domaine bluffant produit du vin et ... des escargots. Philippe et Catherine Héritier sont au plus près de la nature : culture biologique, respect des sols, vinification en levures naturelles, tout est mis en œuvre pour créer des produits qui ont le corps et l'âme du lieu. Côté escargots, qui ne sont heureusement pas élevés dans la vigne, le parc de « gros-gris » se visite sur rendez-vous.

705 route de l'École-de-l'Agriculture, 74330 Poisy
contact@domainedesorchis.fr - T. 04 50 46 46 06

Vignes d'Apremont

© Adobestock - savoieleysse

VINS DU RHÔNE

EN BIODYNAMIE

Gault&Millau a sélectionné quatre vins, quatre coups de cœur, issus d'une culture en biodynamie des vignes du Rhône septentrional et de Die.

Qu'est-ce que la biodynamie? Un livre complet serait nécessaire pour définir ce qu'est la culture biodynamique, mais on pourrait la résumer à une philosophie et à des pratiques initiées dans les années 20 par un philosophe autrichien, Rudolf Steiner.

Philosophiquement, la biodynamie considère le domaine agricole comme un organisme vivant dans son ensemble. Ainsi chaque élément, chaque geste, chaque action a des conséquences sur l'ensemble.
Au niveau des pratiques, si certaines sont très connues et parfois raillées pour leur côté ésotérique (comme les préparations de bouse de vache enterrées dans des cornes), d'autres sont simplement ancestrales comme le respect du calendrier lunaire pour le travail des vignes.

Rappelons ici que la biodynamie partage avec la viticulture bio l'absence de produits chimiques. Elle est souvent considérée à ce titre comme une forme de bio plus exigeante ou de bio+. Ce qui est réducteur. Les biodynamistes sont surtout à l'écoute du vivant et cherchent à maximiser la symbiose entre la plante et son environnement pour produire les meilleurs raisins et ainsi les meilleurs vins.

Les vins sont-ils réellement meilleurs ?

C'est très difficile à affirmer mais il est admis que les vins issus de pratiques biodynamiques montrent communément un supplément de vibration et de finesse. Une grande part des vins qui sont unanimement considérés comme les meilleurs sont en biodynamie. Et les échantillons présentés ici sont tous de très haut niveau.

Rouges et blancs de l'ensemble de la vallée du Rhône

Nous avons choisi de vous présenter des flacons dans les deux couleurs sans tenir compte des frontières administratives régionales. Vous trouverez ci-après des rouges de syrah, de grenache, d'assemblage ainsi que des blancs de roussanne et de marsanne, de l'ensemble de la vallée du Rhône.

Le vignoble du Rhône en chiffres
67 000 hectares
3 millions d'hectolitres
5 000 exploitations viticoles
31 appellations

Pour de plus amples informations sur la biodynamie, vous pouvez consulter les sites des labels Biodyvin et Demeter.

Bonne dégustation.

1

RHÔNE SEPTENTRIONAL

DOMAINE ACHARD-VINCENT
CLAIRETTE DE DIE CUVÉE TRADITION

« Le fruit de la tradition »

Une clairette de tradition qui offre une bulle fine, un sucre présent mais fort digeste et beaucoup de fruits. On plonge avec gourmandise dans le fruit exotique, dans l'agrume et notamment le pamplemousse rose. Dans la région, on dit que « ça se boit sans soif », ce que l'on confirme d'autant que cette bouteille coûte à peine plus de 10 euros...

Le Village,
26150
Sainte-Croix

DOMAINE LES BRUYÈRES/DAVID REYNAUD
CROZES-HERMITAGE ROUGE 2019 CUVÉE GEORGES

« Un domaine de référence »

Très beau nez expressif et puissant alliant profondeur, fruit, épices et violette. La bouche se révèle souple, fruitée, juteuse et vibrante. Les tanins sont d'une finesse superlative et les saveurs côté chocolat/cerise en finale se révèlent superbes pour ce coup de cœur du domaine des Bruyères.

12 chemin
du Stade,
26600 Beaumont-Monteux

DOMAINE LOMBARD
CÔTES DU RHÔNE BRÉZÈME 2020 LES COTEAUX

« Le sud des Rhône nord »

Pur syrah légèrement austère à l'ouverture mais qui offre quelques fines notes fumées et lardées et un joli fruit. Le plus sudiste des crus du Rhône nord offre une bouche puissante mais bien équilibrée. Aucune surconcentration et un côté eau de roche qu'on adore.

420 chemin de Manute, 26250 Livron-sur-Drôme

DOMAINE DE LA VILLE ROUGE
CROZES-HERMITAGE BLANC 2020 CUVÉE NATHAN

« L'équilibre blanc »

Équilibre des cépages avec 50 % de marsanne et 50 % de roussanne, équilibre de la vinification en fûts et de l'élevage dans des tonneaux anciens. Le nez est léger, net et fin évoquant des essences de fruits blancs et de fines notes herbacées. La bouche est délicate et d'une jolie longueur. À boire dès l'apéritif.

355 route de la Ville-Rouge, 26600 Mercurol-Veaunes

QUAND SAVOIR-FAIRE, INGRÉDIENTS ET PERSONNALITÉS SONT RÉUNIS POUR LE MEILLEUR.

Les citations, les distinctions, les notations et les classements des restaurants dans le guide Gault&Millau sont totalement gratuits.

COMMENT TROUVER UNE ADRESSE ?

CLASSEMENT

Les villes sont présentées par ordre alphabétique, les restaurants par ordre décroissant de note.

Membres de l'Académie Gault&Millau

Tables Exceptionnelles - 19,5/20 à 19/20

Tables de Prestige - 18,5/20 à 17/20

Tables Remarquables - 16,5/20 à 15/20

Tables de Chef - 14,5/20 à 13/20

Tables Gourmandes - 12,5/20 à 11/20

DES PICTOGRAMMES POUR SE REPÉRER

- Parking privé
- Voiturier
- Cave remarquable
- Chien accepté
- Livraison
- Click & Collect
- Spa
- Terrasse ou jardin
- Air conditionné
- Golf
- Tennis
- Piscine

Les gorges de l'Ain

AIN

AUVERGNE-RHÔNE-ALPES

Gault&Millau

AMBÉRIEU EN BUGEY 01500

FROMAGERIE

LA FROMAGERIE DE MARION

Dans la fromagerie de Marion, on remarque tout d'abord la jolie décoration axée sur la fabrication des produits laitiers et leur teinte immaculée, puis l'œil se pose sur les fromages bruts, venus de petites fermes, bien affinés, et enfin on découvre l'originalité du fromager : les créations ! Brie, Camembert ou Brillat-Savarin entiers garnis de fruits secs, de champignons... Sans oublier les célèbres plateaux apéritifs de Marion, composés d'une gamme de brochettes fromagères très variées.

112 rue Alexandre Bérard
T. 04 74 36 44 80
Fermetures lu, di.

POISSONNERIE

LA CRIÉE DU BUGEY

Seconde adresse de Fabrice Dufour, cette poissonnerie du quartier du Tiret a été ouverte en 2011. Elle bénéficie à l'instar de son aînée, des mêmes niveaux de qualité et de fraîcheur. Par l'achat en 2008 d'un atelier de préparation en banlieue de Bourg-en-Bresse, la maison peut ainsi réceptionner, préparer et envoyer dans ses deux boutiques les arrivages du jour, avec la même efficacité. Service diligent.

110 rue Alexandre Bérard
T. 04 69 18 12 96
Fermetures lu, ma, di.

Cloître de l'abbaye Notre-Dame d'Ambronay

Cuisiner suppose
une tête légère,
un esprit généreux
et un cœur large.

Paul Gauguin
(1848-1903)

C'est la sagesse, aimer le vin,
La beauté, le printemps,
le printemps divin,
Cela suffit. Le reste est vain.

Théodore de Banville
(1823-1891)

AMBRONAY 01500

RESTAURANTS

14/20

AUBERGE DE L'ABBAYE

Voilà une belle auberge de village au nord d'Ambérieu-en-Bugey. On y retrouve l'enfant du pays Yves Lavaux qui tient cette formidable table gastronomique, aux intérieurs soigneusement pensés et aux assiettes de très belle maîtrise. Décorée avec goût, la salle exprime une modernité raffinée, avec ces bleu et gris, ces lignes scandinaves et un goût pour le minimalisme. Le chef se fait, quant à lui, le promoteur des territoires régionaux, choisissant ses produits avec un soin méticuleux et les mettant en scène dans de très beaux menus surprises qui évoluent au gré des envies et des saisons, pour un premier tarif à 65 € . Les accords mets et vins sont chaleureusement recommandés.

47 place des Anciens Combattants
T. 04 74 46 42 54
Fermetures lu, me (dîn.), di (dîn.).
Menu(s) 35-98€

ARANDAS 01230

ÉLEVEUR

GAEC DE LA PINSONNE

Dans le respect de l'environnement, du terroir et des traditions agricoles bugistes, Marjorie et Laurent Suchet produisent avec enthousiasme et simplicité d'excellents fromages et produits crémiers issus de leurs chèvres de race alpine chamoisée. Veillez à appeler pour prendre rendez-vous.

243 chemin des Combes
T. 04 74 40 97 92
Pas de fermetures

GAEC LES PERCE NEIGE

A la tête d'un troupeau de 80 Montbéliardes, au cœur du parc du Bugey, Emily Manos, passionnée autodidacte produit des fromages affinés de grande qualité dont un bleu d'Indrieux exceptionnel et d'ailleurs primé.

Indrieux
T. 06 23 38 70 81
Fermetures lu (p.m), ma (p.m), me (p.m), je (p.m), ve (p.m), sa, di.

BELLEY 01300

BOULANGERIE

BOULANGERIE PÂTISSERIE ABRY

Petite boulangerie dans la rue centrale de Belley. La patronne est gentille et dévouée, et l'étalage propose de belles spécialités sucrées et salées. Le pâté en croûte est artisanal avec une bonne pâte et une bonne gelée. Le pain spécial est excellent, riche en graines avec une bonne mâche, du goût et du caractère.

18 rue Saint-Martin
T. 04 79 81 04 50
Fermetures ma, me, di (p.m).

BLYES 01150

BOULANGERIE

LA MIETTE D'ADRIPAIN

Au centre du village, une jolie boutique qui rassemble les gens, notamment grâce à une vendeuse gentille et aimable. Tout est propre et bien rangé avec un vaste choix en salé et également en produits régionaux avec notamment du miel. Le pain au maïs a une couleur brune assez inattendue, mais est très bon, rustique et artisanal.

1 quartier du Prieuré
T. 04 74 35 63 98
Fermetures lu, sa (p.m), di (p.m).

BOURG EN BRESSE 01000

RESTAURANTS

13/20

L'AUBERGE BRESSANE

Juste en face du Monastère Royal de Brou, la table et la terrasse de Jean-Pierre Vuillin jouissent d'une situation exceptionnelle au cœur de la préfecture. Valeureuse maison d'inspiration traditionnelle, c'est ici en ville que l'on vient célébrer les naissances et les contrats signés, entre l'argenterie, la vaisselle peinte et les verres siglés. Le ton est bourgeois et introduit logiquement quelques beaux classiques comme une salade bressane, un gratin de homard européen safrané, une incontournable poularde de Bresse au savagnin du Jura aux morilles, un tournedos de bœuf façon Rossini...

166 boulevard de Brou
T. 04 74 22 22 68
Fermetures ma.
Menu(s) 29-90€

12,5/20

RESTAURANT PLACE BERNARD

Quand les restaurants sont fermés ou complet, cette belle brasserie siglée Georges Blanc fait le job : on vous y accueille avec le sourire, comme dans une auberge à la française, tout fonctionne et la véranda est agréable. On peut suivre l'affaire de saison, bien tournée et à prix juste, avec le carpaccio de canette et la truite de mer fenouil et sauce safranée ou se donner quelques plaisirs bourguignons et bressans, avec le pâté en croûte, les escargots, les grenouilles, la volaille ou le château béarnaise. Cave locale avec les vins du patron.

19 place Bernard
T. 04 74 45 29 11
Pas de fermetures.
Menu(s) 25-57€

12,5/20

SCRATCH RESTAURANT

From Scratch, pourrait-on dire, Andréas et Estelle ont bâti cette affaire en plein centre en lui donnant une tournure élégante et moderne. Le chef a des idées, les met en pratique et en lumière de façon élégante, tandis qu'Estelle, passionnée de vins, apporte le bon éclairage pour conseiller avec sourire et bienveillance. Lauréats de la Dotation Gault&Millau (2019), ils réveillent la ville sans pour autant bousculer les codes, en deux menus surprises à 39 (4 plats) et 51 € (6 plats) qui utilisent vertueusement une production locale et de saison. Cave assez classique, mais de bon parti pris.

2 rue des Fontanettes
T. 04 27 53 49 86
Fermetures lu, ma, me (dîn.), je (dîn.), di (dîn.).
Menu(s) 19-51€

12/20

METS ET VINS

Une agréable table contemporaine au seuil du centre-ville, un lieu dédié aux plaisirs solides et liquides, à travers une carte bien détaillées en menus progressifs, jouant la transparence des produits régionaux et de saison : terrine de canette des Dombes lardée aux pruneaux, saumon au paprika fumé butternut « dans tous ses états », dans un bon menu à 32 € . L'offre la plus intéressante, gustativement parlant, étant à 53 € avec des produits plus rares (grenouilles, foie gras, poulet de Bresse...). Cave bien fournie, formule globale, mets et vins, à 98 € .

11 rue de la République
T. 04 74 45 20 78
Fermetures lu, ma, di (dîn.).
Menu(s) 19-60€

CAVISTE

LA BUVETTE

Bar à vins et bières artisanales, épicerie fine, cave à manger. Vins biologiques et biodynamiques. Bar à vins & tapas en soirée, petite restauration le midi. Une multi-activité qui se traduit par plus de 900 références de vins, spiritueux et bières de toutes régions, à déguster sur place ou en vente à emporter.

7 rue Guichenon
T. 04 74 22 34 32
Fermetures lu,di.

CHOCOLATERIE

CHOCOLATERIE MONET

Cette chocolaterie du centre-ville est tenue par des artisans sachant charmer le chaland ! Au premier abord, on est séduit par la décoration ancienne et rassurante des maisons d'antan, puis par l'offre de chocolats en tous genres : fruits confits enrobés, bonbons à la liqueur, ganaches intenses, gros palets à croquer... sans oublier la spécialité de la maison, les Bresse Bleu, gourmandises bleu ciel vendues dans une amusante boîte à fromage, constituées de praliné noisette et de nougatine hachée.

14 rue Bichat
T. 04 74 23 47 42
Fermetures lu, di.

LA CHOCOLATIÈRE

La seconde boutique de Cédric Bouvier met sa passion à l'honneur : le chocolat. Pour arriver à de si beaux bonbons cacao, il lui faut remonter à la naissance du produit, sélectionner les grands crus, goûter les nuances apportées par leur terroir, et savoir les laisser s'exprimer dans des ganaches pures origine comme l'Intense de Java ou les marier pour former un bel équilibre gustatif. Les noms des bouchées sont évocateurs : Pérou, Maya, Coffe, London (au thé Earl Grey), Perle de Bourgogne, Sichu'an...

2 place de l'Hôtel de Ville
T. 04 74 23 27 93
Fermetures lu.

ÉCLAT DE CHOCOLAT

Mickaël Martin a fait quelques détours avant de s'installer. Sa formation de pâtissier l'a conduit à faire un tour de France en compagnonnage, jusqu'à la Réunion. De passage dans une chocolaterie il se spécialise dans le cacao et décide de revenir dans sa région d'origine. Avec son épouse Marjorie, ils travaillent les plus belles variétés de cacao dans leurs bonbons et ont depuis, largement développé leur gamme.

9 rue Pasteur
T. 04 74 45 35 06
Fermetures lu, di.

FROMAGERIE

LE FROMAGER

8 avenue Alsace-Lorraine
T. 04 27 53 95 02
Pas de fermetures

Un vaste comptoir préparé et animé par Fabien Picard, grand connaisseur et passionné de ses fromages locaux, les bleus, de Bresse ou de Gex par exemple, mais aussi tous les fromages de montagne. Des plateaux peuvent être préparés sur mesure pour vos réceptions. Une partie épicerie fine dans le magasin, crème et beurre (Bordier), cidre et jus de fruits, coulis.

POISSONNERIE

LA CRIÉE BRESSANE

Boulevard Raoul Follereau
T. 04 74 45 10 22
Fermetures lu (p.m), di (p.m).

Ouverte en 1990 par Fabrice Dufour, la poissonnerie située en face du marché couvert est une référence en ville. Par le fait d'une expérience solide, d'une bonne relation de confiance avec les mareyeurs et des délais de logistiques courts, la maison assure à sa clientèle une qualité et une fraîcheur certaine. Selon les arrivages, une très large gamme de produits est néanmoins proposée. Service efficace.

TORRÉFACTEUR

CO'THÉ CAFÉ

19 cours de Verdun
T. 04 74 23 17 87
Fermetures lu, di.

Dans cette boutique, vous trouverez beaucoup de thés, certes, mais aussi une sélection de cafés de qualité, torréfiés sur place plusieurs fois par semaine. Ces crus d'arabicas proviennent, pour la grande majorité, de plantations d'altitude situées en Amérique du Sud, en Amérique centrale et en Afrique. Ils sont à emporter en grains, moulus, ou à déguster dans l'agréable salon niché au fond du magasin. Vente de machines à café de toutes sortes et de vaisselle, pour que le petit grain acheté ici soit préparé chez vous avec tous les honneurs qu'il mérite.

TRAITEUR

QUENELLES GIRAUDET

Avenue Arsène d'Arsonval
T. 04 74 22 16 88
Pas de fermetures

Giraudet est dans la quenelle bressane depuis bien des décennies et en est l'ardent défenseur. La recette originelle n'a aucun secret pour ces artisans qui la respectent à la lettre, utilisant de la semoule de blé dur et du beurre frais pour la panade, y ajoutant la chair des meilleurs brochets de la Dombe, des belles volailles de Bresse ou des féras du lac Léman. Les visites sont sur rendez-vous.

Monastère royal de Brou

La Table d'Arthur

COSY ET CHALEUREUX

Stéphane et Thomas Arthur, père et fils, proposent une cuisine qui marie la richesse du terroir et la modernité de la gastronomie actuelle.

Après plus de trente ans passés en cuisine, le Chef Stéphane Arthur décide en 2018 de se lancer dans une nouvelle aventure. Mais il embarque avec lui son fils, Thomas, sympathique maître d'hôtel. La Table d'Arthur était ainsi dressée, en plein cœur du quartier de Brou, à Bourg-en-Bresse. Un cadre restreint et cosy doté d'une petite salle. Une vingtaine de couverts, idéal pour une ambiance intimiste et un service de qualité. Parmi les trésors de la maison et en fonction de la saison les clients peuvent savourer le plat Signature : le chapon de Bresse (de Monsieur Guillermin) en dodine, agrémenté d'un bel écrasé de pommes de terre, le tout en rosace à la truffe de Bugey. Ou encore les saint-jacques mariées à un palet de céleri et à des gnocchis iodés à l'encre de seiche. Délicieux ! Des plats que vous pourrez associer avec l'un des excellents vins* du restaurant.

Carte renouvelée

En période plus ensoleillée, La Table d'Arthur propose des entrées fraîches avec des produits spécialement sélectionnés auprès des maraîchers locaux. Par ailleurs, Stéphane a une double casquette ; il est aussi chef-pâtissier. Il sélectionne le meilleur des fruits du moment, véritables trésors de la région bressane. Il vous suggérera des desserts finement et habilement sucrés. Coup de cœur pour le Finger en duo de caramel et noisettes : l'un est crémeux, l'autre est croquant. C'est original et savoureux ! Ici, la carte change toutes les six semaines et le menu du chef est renouvelé chaque semaine. Une belle adresse.

126, boulevard de Brou,
01000 BOURG-EN-BRESSE
Tél. : 04-74-23-71-17
www.latabledarthur.com

*L'ABUS D'ALCOOL EST DANGEREUX POUR LA SANTÉ.

CHÂTILLON SUR CHALARONNE 01400

TORRÉFACTEUR

TORRÉFACTION DES DOMBES

Une adresse de qualité séparée en deux boutiques de part et d'autre de la rue Alphonse Baudin. D'un côté, le coffee shop, de l'autre la torréfaction, avec le gros torréfacteur Probat en vitrine pour ne laisser aucun doute. L'échoppe traditionnelle vous ravira de ses effluves de café fraîchement torréfié et de sa décoration sans chichi, tournée vers le produit. Vous y découvrirez des grands crus d'arabicas en provenance du Brésil, d'Ethiopie, de Colombie, certaines variétés changeant au gré des récoltes et des mélanges maison ayant chacune leurs typicités gustatives.

60 rue Alphonse Baudin
T. 04 74 24 61 45
Fermetures lu, di.

Châtillon-sur-Chalaronne

La Passion du Pain

100 % MAISON

Tel est le leitmotiv de Jordan Vernoux : .fabriquer des pains à base de levain naturel à l'instar des baguettes Tradition et des pains spéciaux comme le Montagnard et le Rustique ainsi que des viennoiseries pur beurre. La tartelette citron meringuée est l'une des pâtisseries emblématiques de la Maison ainsi que la tarte Quemeau, une tarte fine à la crème pâtissière. Jordan propose également une gamme snacking.

13, route de Pont de Vaux, 01190 CHEVROUX
Tél. : 03-85-36-43-81

Boucherie Dumont

CHAROLAIS ET SAUCISSON

Près de Lyon, Sébastien tient cette boucherie dont la réputation perdure depuis une quinzaine d'années ; une boutique moderne avec des produits de qualité. Bœuf charolais en direct de chez l'éleveur, plats à emporter quotidiens et charcuterie faits maison. Ici, le saucisson artisanal est incontestablement le best-seller. Sourire et conseils avisés pour accueillir les amoureux de bonne viande.

15, route de Massieux, 01390 CIVRIEUX
Tél. : 04-78-98-01-72
Facebook : @boucheriedumont

« C'est au cours d'un dîner copieux que la spiritualité de l'homme se manifeste avec le plus d'évidence. »

Somerset Maugham
(1874-1965)

CIVRIEUX 01390

ÉLEVEUR

LE BERGER DES DOMBES

Dans la belle région des Dombes, à une vingtaine de kilomètres de Lyon, se fabrique un délicieux fromage de brebis : le Berger des Dombes. Depuis 1988, Christine et Jean Marc Lery transforment leur lait de façon artisanale, pour en vendre les produits directement à la ferme. Veloutés de brebis nature ou au beaujolais, bouchons frais, dombiste, crottins frais ou affinés, tomme, berger, petit séverin...

Chemin de Grande Fagne
T. 04 78 98 31 75
Fermetures lu, ma, me (a.m), je (a.m), di (p.m).

CONTREVOZ 01300

BOULANGERIE

BOULANGERIE DES FRÈRES BARDOULET

Belle boutique moderne à la sortie du village, l'aimable vendeuse prendra plaisir à vous montrer son vaste étalage, riche en pâtisseries, en salé, en préparations maison, mais également en produits régionaux, charcuteries et vins. La quiche est généreuse et économique, la brioche a un bon filé et est bien moelleuse.

25 impasse de Mefon
T. 04 79 81 85 56
Fermetures lu, di (p.m).

CROZET 01170

RESTAURANTS

13,5/20

JIVA HILL RESORT - RESTAURANT JIVA

Somptueux resort*****, golf club, hôtel et restaurant aux portes de Genève, c'est un havre de paix exceptionnel, une maison contemporaine toute en longueur entourée de montagnes, où le luxe est symétrique au confort, entre les piscines, le spa et la décoration d'un goût remarquable. Le chef Jean-François Vasseur a élaboré une carte de grande tradition française avec les plus beaux produits du pays. La réalisation est aux normes et pour un tarif attendu. On pourra redécouvrir les plaisirs d'un œuf parfait, crémeux de champignons, viande de grisons et feuilleté croustillant, une belle sole meunière pour deux personnes, une côte de veau, légumes grillés et pommes de confites, un douceur chocolat, mousse caraïbes 66%, caramel au beurre salé et glace vanille. Cave à la hauteur des attentes, menée par Émilie Deterne.

Route d'Harée
T. 04 50 28 48 47
Fermetures lu, di (dîn.).
Carte 83€ **Menu(s)** 43-90€

Jiva Hill Resort

© I FNAKA

HÔTELS

5 ÉTOILES

JIVA HILL RESORT

À deux pas de l'aéroport de Genève et au cœur du parc du Haut-Jura, ce lieu est avant tout une ode à la nature, au sport et au bien-être. Imaginé dans un esprit très scandinave, il se compose d'un luxueux bâtiment aux allures contemporaines qui réunit une cinquantaine de chambres et suites au design épuré avec béton et bois de noyer, moquettes profondes et tissus en fibres naturelles. Toutes sont prolongées de terrasses ou de balcons qui dévoilent une superbe vue sur le parc de 50 ha et, en toile de fond, la haute silhouette du Mont Blanc. Mieux encore, le resort compte de petits pavillons indépendants qui abritent une piscine intérieure, un hammam, un sauna et une salle de soins griffés Sothys. Idéal pour se relaxer après la découverte des courts de tennis et du splendide parcours de golf, 9 trous et 18 départs.

Route d'Harée
T. 04 50 28 48 48

CURTAFOND 01310

ÉLEVEUR

ÉLIANE ET MAX CORMARÈCHE

Depuis plus de vingt ans, Max Cormarèche, agriculteur au physique de rugbyman, élève des volailles de Bresse si délicates qu'elles remportent presque tous les prix ! La grande exploitation est un terrain de pâture idéal pour les poulardes et les chapons au plumage soyeux, nourris de ce que le bocage bressan offre de meilleur. Elles sont ensuite plumées et vendues directement à la ferme ou expédiées en colis. Veillez à appeler avant votre visite.

Planchemel
T. 04 74 25 70 96
Pas de fermetures

DIVONNE LES BAINS 01210

RESTAURANTS

15/20

LE RECTILIGNE

Bien sûr il y a la vue sur le lac de Divonne les Bains, sans doute l'une des plus belles des environs. Mais le Rectiligne c'est avant tout une table de cuisinier, celle de Fabien Vivona, qui est également le propriétaire et qui a su trouver en Valentin Vanbelle, le chef, un relais parfait pour traduire sa vision de la restauration. Des assiettes toujours colorées, graphiques tout en restant sobres, de beaux produits et un plaisir de chaque instant avec les salicornes juste tiédies et coques fraîches à l'huile d'olive, le veau en basse température et riz snacké et la soupe de fraises au cidre rosé et glace au lait de Savoie. La cave avoue une préférence pour la Bourgogne et le Bordelais et le menu du déjeuner, à 35 € , permet de goûter au charme des lieux à bon compte.

2981 rue Tour du Lac
T. 04 50 20 06 13
Fermetures lu, di.
Menu(s) 35-115€

HÔTELS

4 ÉTOILES

DOMAINE DE DIVONNE

Proche de Lausanne et à deux pas de Genève, ce domaine se déploie au milieu d'un parc ombragé de cèdres centenaires, d'où surgit une somptueuse façade Art Déco. Restauré avec raffinement, le bâtiment abrite 133 chambres et suites aux proportions généreuses et aux tissus chatoyants, prolongées de salons et de vastes salles de bain. On goûtera ici aux multiples activités et services proposés : espace fitness et institut de beauté Sothys, grande piscine, parcours de golf et casino, sans oublier les cinq restaurants, dont une table gastronomique « Les Quatre saisons ». À savoir aussi, le lieu réunit une dizaine de salles de réunions, ce qui en fait une halte idéale pour la détente autant que pour le business.

Avenue des Thermes
T. 04 50 40 34 34

DRUILLAT 01160

RESTAURANTS

11,5/20

RESTAURANT PAQUET

Dans les Dombes au sud de Bourg-en-Bresse, la maison de la famille Paquet continue d'accueillir depuis plus de cent ans, pour un moment traditionnel et régional. La table nourrit le village avec une belle constance au fil des décennies, et l'on y revient cette année pour une terrine de carpe sauce écrevisse, une andouillette Bobosse à la moutarde et pommes rissolées, de jolies grenouilles en persillade... Bon service.

Place Henri Dunant
T. 04 74 39 15 42
Fermetures lu, ma, me, je, ve (déj.).
Menu(s) 33-50€

FERNEY VOLTAIRE 01450

CAVISTE

VINOTHÈQUE DU LÉMAN

Avec ses trois boutiques, ses nombreuses animations et sa collection de vins hors pair, cette cave fait partie des plus dynamiques et fournies de France. Rien que pour La Vinothèque du Léman, la carte des vins couvre 33 pages ! Dans l'établissement de Saint-Genis, tenu par une sommelière suédoise, comptez 750 références de vins étrangers issus de 23 pays différents. De quoi trouver sa pépite !

ZA de la Poterie
T. 04 50 40 76 44
Fermetures lu,di.

TORRÉFACTEUR

LA TRUITE

Quand on aime, on ne compte pas ! Cela semble être le crédo de cette famille d'artisans du goût, offrant au grand public de nombreuses possibilités de se régaler. Depuis 2008, des crus de café vert sont importés du monde entier et torréfiés chaque jour : des classiques et délicats arabicas du Cameroun, élevés à 2200 mètres d'altitude, à l'exceptionnel Yellow Catura mûri au soleil de l'île de Maui, à Hawaï, en passant par un décaféiné sans solvant, ou un mélange arabica robusta pour les amateurs de café viril. Une cuisine traditionnelle et des pâtisseries sont à déguster en sus au restaurant.

2 Grand Rue
T. 04 50 40 65 35
Fermetures lu, sa (p.m), di.

FOISSIAT 01340

FROMAGERIE

BEURRERIE COOPÉRATIVE DE FOISSIAT-LESCHEROUX

Se fournir à la beurrerie coopérative de Foissiat-Lescheroux est une habitude vite adoptée, pour de nombreuses raisons : tout d'abord, le lait vient de fermes voisines, faisant fonctionner l'économie locale, et puis il y a le goût merveilleux du beurre AOC de Bresse, aéré par la baratte, les crèmes épaisses et semi-épaisses, et le fromage blanc moulé à la louche, dévoilant chacun à sa façon de précieux arômes de terroir que l'on ne trouve nulle part ailleurs.

Le Coq d'Or 700 route Jayat Malempan
T. 04 74 52 38 32
Fermetures lu, ma (p.m), me (p.m), je (p.m), ve (p.m), sa (p.m), di.

© LENAKA

Les Cocottes Gessiennes

REPAS AUTHENTIQUE

Relancée en 2019 par un chef expérimenté, cette bonne brasserie aux portes de Genève propose une petite carte aux inspirations de bouchon lyonnais et une ambiance conviviale. Poutres en bois et murs en pierres, cuisine ouverte : tout a été refait à la reprise par Sébastien qui, avec son équipe, met un point d'honneur à bien vous accueillir. Une fois attablés, c'est à l'ardoise que vous devrez choisir vos plats. L'offre est volontairement réduite et change tous les jours, un gage de fraîcheur et de qualité. Viandes et poissons sont agrémentés de délicieuses sauces (marchand de vin*, aux morilles...). Les fidèles clients, qui viennent parfois de loin, apprécient cette cuisine traditionnelle réalisée avec des produits de saison et excellemment exécutée.

Ouvert midi et soir, sauf dimanche et lundi.

214, place Perdtemps, 01170 GEX
Tél. : 09-84-01-56-06
lescocottesgessiennes.com

Poissonnerie & Compagnie PÊCHE DU JOUR

Avec un large choix de poissons, crustacés et coquillages, ultra frais, cette poissonnerie propose l'une des meilleures offres dans le domaine ; les arrivages sont quotidiens, en direct des criées, issus de pêche française et raisonnée ou d'approvisionnement local pour les poissons d'eau douce. Également boutique de la mer, avec partie traiteur, conserves de qualité, et épicerie fine pour accompagner vos repas marins.

1920, Grande Rue, 01570 FEILLENS
Tél. : 03-85-30-27-69
Facebook : Poissonnerie ET Compagnie

*L'ABUS D'ALCOOL EST DANGEREUX POUR LA SANTÉ.

GUÉREINS 01090

BOULANGERIE

BOULANGERIE-PÂTISSERIE LA CROISÉE

Très belle boutique avec parking et espace de restauration. Le lieu est très moderne et high tech avec de beaux espaces vitrés. L'étalage est remarquable, avec une vingtaine de pâtisseries, une trentaine de pains spéciaux et beaucoup de propositions en salé. Les vendeuses sont professionnelles et connaissent bien l'étalage. La tradition a un bon goût de pain, un bel esprit artisanal et une mie goûteuse. Le hot dog brioché est sympa avec une légère sauce moutarde, une pâte feuilletée, une belle saucisse de Strasbourg et le dessus gratiné. Le pain spécial aux céréales a un bon goût céréalier avec une dominante sésame agréable et une mie aérée.

2286 route de Belleville
T. 04 74 02 56 72
Fermetures di.

LAGNIEU 01150

CHOCOLATERIE

CHOCOLATERIE SÉBASTIEN GOHIER

La boutique autrefois appelée Pâtisserie Gohier devient Chocolaterie Gohier avec son déménagement rue du Recteur Perroud. La philosophie de ce jeune artisan amoureux du chocolat reste la même : suivre les saisons, attendre les premières fraises, les éphémères cerises, les abricots dorés au soleil, et préférer les fruits exotiques en hiver. Le chocolat, lui, est présent toute l'année sous plusieurs formes et reflète toute la passion du créateur : ganaches aux fruits Maracuja et Evanescence, ganaches infusées à la vanille, pralinés...

4 rue du Recteur Perroud
T. 04 74 35 70 89
Fermetures ma (p.m), je (a.m), di.

LHUIS 01680

BOULANGERIE

FAVIER TRADITION

Au cœur de ce tout petit village, cette boulangerie au pied de l'église offre une variété de pains de qualité. Baguette croustillante, tradition bien faite et goûteux pain aux céréales... de quoi garnir délicieusement ses tables.

Quartier de l'Eglise
T. 04 74 39 81 32
Fermetures lu, me (p.m), di (p.m).

MEXIMIEUX 01800

BOUTIQUE DE THÉS

LA RIVIÈRE DES SAVEURS

Vente et dégustation dans un joli cadre façon salon de thé cosy au cœur de la petite ville. Le café est vendu en grains, moulu ou en dosettes, cafés Malongo, grandes origines, mélange italien et un décaféiné aquabiologique au label Max Havelaar. Sans oublier, des cafés aromatisés disponibles en Capsul'in (dosettes). Sur place également des accessoires, confiseries et bien sûr les thés (Dammann), ainsi que des infusions.

2 rue de Genève
T. 04 74 37 07 14
Fermetures lu, di.

CHARCUTERIE

AU BON SAUCISSON

Des médailles d'or et des coupes à foison pour ce salaisonnier de l'Ain, installée dans cette maison après 10 années passées à Lyon. Alain Chabaud et sa femme Marilyn vendent leurs saucissons secs nature ou au Bresse bleu, leurs saucisses sèches nature ou au roquefort, au beaufort, saucisson à cuire lyonnais, ses pavés aux trois baies, au poivre noir ou aux herbes sur place ou en ligne.

28 rue de Genève
T. 04 74 61 04 40
Fermetures lu, di.

CHOCOLATERIE

L'R CHOCOLAT - MAISON RAYNAUD

La maison Raynaud a souhaité changer de peau et offrir un écrin de rêve à ses chocolats : L'R Chocolat. Les bonbons prennent des allures de star dans ce nouvel espace où la mise en scène en met volontairement plein les yeux. Les couleurs vives, les formes géométriques et les goûts reflètent toujours les préférences de M. Raynaud : bonbons cacao à la fleur de sel, ganaches à la compotée de framboise, aux fruits de la passion, orangettes...

Place Vaugelas
T. 04 74 61 00 78
Fermetures lu.

Église de Pérouges

Mett

COMME MANGE ET TAIS-TOI

Voilà le concept initié par Marion et Nicolas : des mets surprise, composés au fil des saisons grâce à des produits dénichés en circuits courts. Les saveurs sont originales, la cuisine traditionnelle française est d'une belle facture gastronomique. Le Chef concocte avec raffinement et élégance de magnifiques assiettes, provoquant ainsi la réflexion des convives le temps de la découverte gustative. Deux formules : un menu déjeuner et une formule dégustation midi, soir et week-end.

16, Le Bourg, 01090 LURCY
Tél. : 04-74-69-42-56
www.mett-lerestaurant.fr

Au Goût du Jour

CUISINE TRADITIONNELLE ET FAMILIALE

Cet ancien bouchon Lyonnais de Meximieux est devenu un petit resto traditionnel remis « au goût du jour » par Jessica et Christophe. Ambiance familiale et conviviale, avec un mot d'ordre : la simplicité. Dans l'assiette, la cuisine est française et traditionnelle, à base de produits frais, régionaux et de saison. L'hiver, par exemple, le poulet de Bresse et la canette des Dombes sont des incontournables, tandis que l'été, les grenouilles fraîches poêlées au beurre rivalisent avec le tartare de saumon. Succombez à la glace artisanale et aux desserts maison. *Services midi et soir du mardi au samedi. Réservations par téléphone.*

25, rue de Genève, 01800 MEXIMIEUX
Tél. : 04-74-46-60-11

> *Le vin stimule l'appétit et donne du goût à la nourriture. Il favorise les discussions, l'euphorie et peut transformer un simple repas en événement mémorable.*

Derek Cooper (1925-2014)

MÉZÉRIAT 01660

BOULANGERIE

BOULANGERIE MICHON

Boulangerie au centre du village avec une patronne précise, aimable et directe, qui renseigne bien sur ses produits. La brioche est bien faite, avec du moelleux et du goût. La tradition a une croûte un peu ferme mais un bon goût. La ficelle est bien croustillante et goûteuse.

186 Grande Rue
T. 04 74 30 26 04
Fermetures lu, di (p.m).

MIRIBEL 01700

BOULANGERIE

BOULANGERIE DU MAS RILLIER

Boutique de village, mignonne, à la décoration de type année 80. La quiche aux légumes a une bonne pâte feuilletée et une bonne garniture, généreuse, avec de bons légumes : poivrons, courgettes, tomates et herbes. La tradition a du goût, une belle mie bien levée, une croûte bien farinée et croustillante. La vendeuse est sympathique et polie, elle présente son étalage avec aisance.

83 route des Echets, Mas Rillier
T. 04 78 55 05 62
Fermetures lu, me (p.m), je (p.m), sa (p.m), di (p.m).

PÂTISSERIE

PÂTISSERIE BOUILLET - ATELIER BOUTIQUE

Sébastien Bouillet fait partie de cette nouvelle génération du sucré dynamique. Formé chez Chevallot à Val d'Isère puis chez Gérard Mulot à Paris, il a rejoint la pâtisserie familiale en 2000 pour y développer ses talents. Son ambition ? Allier le beau et le bon et on peut dire que le pari est réussi. Les couleurs, les parfums, les fragrances... tout y est et vous met l'eau à la bouche. Ses saveurs fétiches sont le caramel au beurre salé, la vanille, le chocolat, les poivres, les thés mais aussi le mikan, un agrume japonais. Il revisite les classiques comme le Saint-Honoré et invente ceux de demain (Broadway, Mistral...) La tartelette aux marrons vaut à elle seule le détour. La boutique de Miribel jouxte les 1200 m^2 de l'atelier de fabrication et le « gâteau-école » où se dispensent des cours de pâtisseries.

1745 rue de la Traille - ZI La Tuilière
T. 04 72 01 03 20
Fermetures lu,di.

MONTHIEUX 01390

HÔTELS

4 ÉTOILES

DOMAINE DU GOUVERNEUR

C'est le plus grand golf de la région et sans doute le plus beau. Posé au cœur d'un parc de 330 ha, le lieu n'est autre que l'ancien fief des Gouverneurs de la Dombes qui avaient élu domicile ici, dans le somptueux château du Breuil, bâti au Moyen Âge. Le domaine propose aujourd'hui 53 chambres et suites aménagées dans les anciennes dépendances du château, un restaurant « La Table du Gouverneur » où l'on déguste une cuisine bistronomique. Mais ici, on vient avant tout découvrir les exceptionnels parcours de golf qui se prêtent à des compétitions prestigieuses, sans oublier 9 trous d'entraînement qui permettent aux amateurs, de tous niveaux, de pratiquer dans ce rare écrin de nature.

Lieu-dit, le Breuil
T. 04 72 26 42 00

Chez la Mère Bouvier

UNE CUISINE FAMILIALE QUASI CENTENAIRE !

Dans ce coin de campagne, à l'est de Bourg-en-Bresse, on est cuisinier depuis quatre générations Chez la Mère Bouvier ! Le chef, Lionel Paccoud, tient les rênes de ce restaurant familial ouvert en 1927.
Depuis vingt ans, il propose une cuisine inspirée des saisons, entre tradition et gastronomie. On vient ici pour les cuisses de grenouilles à la persillade, le poulet à la crème accompagné de ses crêpes Parmentier et le dessert Signature de la maison : le chaud-froid de fruit. Un sorbet framboise fondant sous un sabayon au Beaumes-de-Venise*. Le restaurant accueille les groupes, les familles et les séminaires d'entreprises dans une ambiance conviviale. Trois fois par an, des soirées à thèmes sont organisées : antillaise, bouillabaisse et dîner théâtre. Réservation indispensable.
Ouvert du mercredi au dimanche midi, ainsi que les vendredis et samedis soir.

19, rue de la Mairie, 01310 MONTCET
Tél. : 04-74-24-22-61
www.chez-la-mere-bouvier.fr

Auberge du Charron

LE TERROIR SUBLIMÉ

Volaille de Bresse, escargot, quenelle sauce Nantua..., la carte met à l'honneur les produits et recettes locales. Le menu change chaque saison et la plupart des fournisseurs travaillent à proximité. Dans cette bâtisse du XIXe siècle en pierre de taille, on vient aussi beaucoup pour le poisson. Le Chef, d'origine nordiste, le cuisine à merveille. Les assiettes sont généreuses et la bonne humeur de Mickael et Élodie toujours au rendez-vous. À 10 minutes de l'autoroute, ça vaut le détour !

3, rue du Grand Pont,
01460 MONTRÉAL-LA-CLUSE
Tél. : 04-74-76-09-35 -
aubergeducharron.fr

*L'ABUS D'ALCOOL EST DANGEREUX POUR LA SANTÉ.

MONTLUEL 01120

TRAITEUR

CHANEL ARTISAN

Chanel est une maison jeune de 35 années. Thierry Chanel a succédé à René, dans cette maison qui se bat chaque jour pour maintenir un bon niveau de production. Médaillée de bronze pour la saucisse sèche, la maison propose un lot de préparations artisanales à base de porcs de Savoie élevés au grain, qui créent des envies avec rosettes, têtes roulées, boudins blancs ou noirs, andouillettes et terrines, produits charcutiers franchement traditionnels qui agrémentent les repas. Service livraison dans les 50 km environnants, préparation de plateaux repas et cérémonies festives.

276 Grande Rue
T. 04 78 06 10 42
Fermetures lu, di (p.m).

MONTREVEL EN BRESSE 01340

BOUCHERIE

AU CHAPON BRESSAN

Une des meilleures adresses de la région, incontestée depuis des années et plébiscitée par les grands chefs pour la qualité de la viande. Les produits phare de la maison sont naturellement les volailles de Bresse (poulet, poularde, chapon et dinde), qui bénéficient toutes de la précieuse AOC signifiant qu'elles ont grandi en totale liberté sur un parcours herbeux. Les autres volatiles sont également de qualité irréprochable : canette de barbarie, pintade, pigeonneau, oie...

Rue du Stade
T. 04 74 25 43 54
Fermetures sa, di.

ÉLEVEUR

LES VOLAILLES MIÉRAL

La volaille de Bresse AOC "doit être qualitativement sans reproche, ou ne pas être". Tels sont les maîtres mots de la maison Miéral, amie des plus grands restaurateurs français et de leurs collègues étrangers à travers le monde. Chapons, dindes, poulardes, poulets, canettes, pintade, oies, pigeons, colverts... tous élevés au grand air et choyés comme des rois.

Rue Bresse-Cocagne
T. 04 74 30 81 13
Fermetures sa,di.

NANTUA 01130

RESTAURANTS

13/20

L'EMBARCADÈRE

Juste au bord du lac Nantua, il fallait bien une table pour rendre hommage au fantastique terroir de la région. Et cette table-là s'empresse de le faire, et bien! L'endroit est sobrement décoré et les classiques de la tradition sont parfaitement retransmis ; le chef assure ainsi la perpétuation d'un héritage riche. On ne manquera pas de goûter la fricassée d'escargots, l'incontournable quenelle de brochet avec la sauce Nantua. Desserts dans la même veine : classiques.

13 avenue du Lac
T. 04 74 75 22 88
Pas de fermetures.
Menu(s) 19,50-78€

OYONNAX 01100

BOULANGERIE

BOULANGERIE DU PARC

Boulangerie idéalement située où l'on trouve de tout. La boulangère ne manquera pas de vous communiquer sa bonne humeur et vous donnera des conseils précis. Le pain bûcheron est très bon, bien moelleux, avec une bonne humidité et un goût de céréales marqué. La tradition est bien faite avec un bon équilibre mie-croûte, cuite et salée comme il faut.

76 Rue Anatole France
T. 04 74 73 75 93
Fermetures lu.

PÉRONNAS 01960

BOULANGERIE

AU FOURNIL DE PÉRONNAS

Boulangerie traditionnelle en face de la mairie de Péronnas, en banlieue de Bourg-en-Bresse. La patronne est très aimable, dynamique et souriante. La baguette classique est bonne, bien souple, qui a du goût. Une tradition de bon standard, bien faite, comme attendu. Le pain aux graines est bien travaillé.

1508 avenue de Lyon
T. 04 74 21 30 90
Fermetures sa (p.m),di.

PLATEAU D'HAUTEVILLE 01110

ÉLEVEUR

GAEC LES CHÈVRES DE M. SEGUIN

On trouve les fromages d'Amandine, frais ou affinés, de belles tommes, mais aussi des yaourts directement au magasin sur place, ou sur les marchés des alentours.

319 route du Stade
T. 06 82 44 48 55
Fermetures lu (p.m), ma (p.m), me (p.m), je (p.m), di.

PONCIN 01450

BOULANGERIE

L'ATELIER DES GOURMANDISES

Sympathique boulangerie de village où tout a l'air bon. La tradition est excellente, fraîche et croustillante avec un bon goût de pain qui sort du four. Le pain au levain est également excellent, un des meilleurs goûtés, tendre et frais avec une saveur de pain d'antan : le résultat d'un très bon four et d'un excellent artisan. La baguette ordinaire est bien salée, équilibrée et croustillante.

7-8 place Bichat
T. 04 50 38 40 25
Fermetures lu, di (p.m).

PONT DE VAUX 01190

RESTAURANTS

14/20

RESTAURANT LE COMMERCE

Dans un petit village au nord de Mâcon, cette belle auberge de pays poursuit son œuvre, avec une cadence régulière et un pas assuré, dans la promotion généreuse des traditions locales. La maison est un peu désuète mais le chef démontre un vrai talent dans son entreprise et déroule un menu remarquable, avec les ravioles d'escargots de Bourgogne, la crème légère à l'ail et persil, les grenouilles sauvages comme en Dombes, le poulet de Bresse à la crème et aux morilles, la tarte aux poires. Cave de bonne escorte.

5 place Joubert
T. 03 85 30 30 56
Fermetures ma, me.
Menu(s) 15-47€

13/20

LE RAISIN

Au nord de Mâcon, l'hôtel-restaurant de Céline et Frédéric Michel est une étape idéale sur la route des vacances; pour les jolies chambres et la belle cuisine régionale du chef. La salle respecte l'esprit d'époque pour mieux coller au propos, conservant ses élégantes poutres et sa mise en table classique et introduire le menu Plaisir à 54 € , avec son pressé de queue de bœuf, les grenouilles sautées comme en Dombes au beurre de Bresse persillé, le poulet de Bresse Miéral en deux façons, le filet en croûte d'herbes et la cuisse farcie, l'entremet Guanaja et biscuit noisette, épices douces, prune et réglisse. Cave assez bien équipée.

2 place Michel Poisat
T. 03 85 30 30 97
Fermetures lu, ma (déj.), di.
Menu(s) 17-95€

REPLONGES 01750

RESTAURANTS

14/20

LA HUCHETTE

Le rapprochement savant de Sandra et Didier Goiffon est assurément un bon choix. A proximité de Mâcon et de l'A6, ils offrent une étape de choix entre Bresse et Bourgogne. Une belle maison, protégée de la route très passante, dans son grand jardin, permettant de goûter une carte nourrie de belles notes de prestige : foie gras en raviole ail des ours praliné de sarrasin, volaille de Bresse cuisse braisée à l'aubergine, filet rôti à la sarriette, rhubarbe pochée à l'hibiscus crème glacée rhubarbe croquant muscovado, dans un très bon menu à 42 € , avec un service pro et fluide. Cave bourgogne beaujolais bien équipée.

1089 route de Bourg
T. 03 85 31 03 55
Fermetures lu, ma, me (déj.), di (dîn.).
Menu(s) 45-110€

BOULANGERIE

BOULANGERIE AU CREUX

Boutique avenante et gaie, à l'étalage riche en tout, avec une partie salée en vitrine réfrigérée. La vendeuse est dynamique et connaît bien sa boutique et ses pains. La tradition est très bonne et bien aérée. Le pain aux fruits est plaisant, moelleux et avec une bonne croûte. Le croissant est très bien, souple et croustillant comme il faut, avec du goût. La quiche est excellente, faite maison, avec un bon fromage.

1215 route du Creux
T. 03 45 30 32 95
Fermetures me.

REYRIEUX 01600

BOULANGERIE

AUX PLAISIRS DES PAINS

Cette jolie boutique contemporaine en longueur dans la zone commerciale propose un étalage très complet et bien présenté avec nombre de pains, pâtisseries, sandwichs, quiches, croques et pizze. Pas de panique, la vendeuse souriante et investie saura vous guider dans cette abondance. Bonne baguette dans le style pétrin et bien cuite, une tradition artisanale qui a du caractère, un pain maïs goûteux et moelleux... le choix en pain ouvre l'appétit.

Rue du Pou du Ciel
T. 04 74 00 30 63
Fermetures sa (p.m), di.

SAINT ÉTIENNE DU BOIS 01370

ÉLEVEUR

VOLAILLES DE BRESSE DE CHRISTOPHE VUILLOT

Dans sa charmante ferme fleurie, Christophe Vuillot et sa femme Nathalie proposent des produits bel et bien faits issus de leur élevage de volailles de Bresse AOP en circuit-court. Une visite de leur ferme est possible, conclue par une agréable dégustation de gésiers confits de la maison accompagnés de vins du Bugey.

À Pommier
T. 04 74 25 85 58
Fermetures di.

SAINT GENIS POUILLY 01630

RESTAURANTS

13/20

RESTAURANT LE COQ ROUGE

Juste à la frontière suisse, la table de Christian Wiatr est un rendez-vous traditionnel de très beau niveau, où l'on pourra apprécier une technique certaine et une expérience au service du bon goût. L'endroit est sobrement décoré et l'on revient chaque année pour les belles compositions sur le registre, l'œuf poché à la beaujolaise, le tartare de bar aux huîtres et écrasé de pommes de terre, les rognons de veau et escargots en persillade, pommes de terre sautées et tomates rôties. Desserts classiques. Tarifs bien étagés à partir de 21 € .

1 place de la Fontaine
T. 04 50 42 20 50
Fermetures lu, sa (déj.), di (dîn.).
Menu(s) 21-80€

CHOCOLATERIE

PÂTISSERIE SÉBASTIEN BROCARD

Sébastien Brocard, c'est maintenant trois boutiques. Dans cette vaste boutique, les créations sont entreposées dans une large vitrine centrale, qui est aussi bien un plaisir pour les yeux que pour les papilles. Les chocolats sont malins et raffinés, comme ses entremets aux saveurs tranchées.

9 rue de Lyon
T. 04 50 20 99 04
Fermetures lu, di (p.m).

Chez Nous

VOUS ÊTES ICI COMME À LA MAISON !

Le chef, Pierre Vincent, vous accueille dans son hôtel de caractère et restaurant de charme au cœur des étangs de la Dombes depuis 1990. À seulement 30 minutes de l'effervescence de Lyon, au calme dans un cadre verdoyant, l'établissement séduit une clientèle d'affaires comme les familles. L'ambiance y est familiale et la cuisine gastronomique. Le chef s'approvisionne au plus près en volaille fermière, en viande limousine ou charolaise, en poissons d'eau douce et prépare des grenouilles fraîches poêlées à l'ail et au persil. Sa carte évolue au fil des saisons, faisant la part belle à la qualité des produits du terroir régional.

En été, la terrasse ombragée sous les platanes permet de cuire au barbecue viandes et poissons pour de nouvelles saveurs braisées.

Ouvert du mardi soir au dimanche midi.

212, route du Creux Dollens, le Bourg,
01120 SAINTE-CROIX
Tél. : 04-78-06-60-60

Le vrai gourmet est celui qui se délecte d'une tartine de beurre comme d'un homard grillé, si le beurre est fin et le pain bien pétri…

Sidonie-Gabrielle Colette
(1873-1954)

SAINT LAURENT SUR SAÔNE 01750

RESTAURANTS

13/20

LE SAINT-LAURENT

Juste en face de Mâcon, sur l'autre rive, la tradition règne, avec le sol en dalle noir et blanche, les meubles en bois verni et les murs tapissés de rouge. L'esprit de Georges Blanc habite évidemment les lieux, jusque dans la carte, qui revisite ainsi les grands classiques du registre : ravioles d'escargots, filet de truite au vin jaune et piment d'Espelette, rognons de veau et purée de pois chiches à l'oseille... Desserts classiques.

1 quai Bouchacourt
T. 03 85 39 29 19
Pas de fermetures.
Menu(s) 22-58€

SÉGNY 01170

FROMAGERIE

FROMAGERIE MICHELIN

Après avoir appris le métier de fromager en famille et produit lui-même du fromage pendant de nombreuses années, M. Michelin a décidé de s'établir en boutique pour se consacrer à la recherche des plus beaux produits laitiers régionaux et à leur affinage. Dans les boutiques de Ferney-Voltaire, de Grilly et de Ségny, vous trouverez les plus beaux fromages jurassiens, morbier, comté, tomme, Mont d'Or produits à la laiterie familiale de Saint-Point-Lac, ainsi que des yaourts et du beurre de terroir.

13 impasse du Vieux Bourg
T. 04 50 42 35 83
Fermetures lu, di.

Saint-Laurent-sur-Saône

Boucherie Albert

FRAÎCHEUR ET RÉCONFORT

Entre Lagnieu et Belley, cette boucherie familiale propose viande locale, charcuterie et plats faits maison. Offre variée, qui change suivant la saison.

Depuis une quinzaine d'années, l'établissement est un repère pour les locaux, grâce à la qualité des produits et de l'accueil. Laura a repris il y a peu l'affaire paternelle, avec son conjoint Cédric. La grande spécialité, c'est le saucisson à cuire. À goûter aussi : diots (saucisses savoyardes), terrine de campagne, ou paupiettes de veau.

Côté traiteur, ils proposent lasagnes et gratin dauphinois, toujours disponibles, et d'autres plats traditionnels en fin de semaine. Possibilité de commander plateaux de charcuterie, salades, et viandes froides pour événements.
Ouvert tous les jours sauf lundi, seulement le matin mercredi et dimanche.

✉ 17 C, Grande Rue,
01470 SERRIÈRES-DE-BRIORD
Tél. : 04-74-36-04-21
Facebook : @serrieresboucher

> *La découverte d'un mets nouveau fait plus pour le bonheur du genre humain que la découverte d'une étoile.*

Jean Anthelme Brillat-Savarin
(1755-1826)

VIEU D'IZENAVE 01430

CHARCUTERIE

CHARCUTERIE LARÇON

La double casquette d'éleveur et de charcutier permet à la maison Larçon d'indiquer une traçabilité sans failles et une qualité en correspondance avec l'éthique de la maison. L'élevage des cochons suit une destinée familiale, l'alimentation est strictement céréalière, le confort d'installation strict pour assurer une viande charnue et goûteuse. Le dépeçage des carcasses est assuré dans le laboratoire. Paupiettes de porc, cervelas truffés, farces, poitrines fraîches, jambons, jésus, saucisses révèlent une chair aux saveurs franches. Une gamme de produits en bocaux permet de faire un voyage gourmand. 2e adresse dans l'Ain à Dortan.

29 rue du Tilleul
T. 04 74 75 09 35
Fermetures lu, di.

VONNAS 01540

RESTAURANTS

GEORGES BLANC

De nos dix académiciens, Georges Blanc, s'il n'est pas le doyen, est peut-être le plus actif dans son métier à choix multiples, cuisinier, restaurateur, hôtelier, entrepreneur, créateur de bonheur, promoteur de sa région. L'année ne se passe pas sans de nouvelles initiatives, un bistrot ouvert ici, une vente là, un nouveau château-hôtel dans le Monopoly entre Bresse, Bourgogne et Lyon, sur une zone qui dépasse largement le village familial initial. Une constante qui a fait aussi la réussite peu commune d'un homme, c'est une recherche constante, par segments, d'une qualité optimale. Dans ce qui reste le vaisseau amiral, cette magnifique maison des bords de la Vesle, les visiteurs du monde entier continuent d'être éblouis, et à juste titre, par ce fleuron de la restauration française. L'accès à la salle en passant devant toute la brigade affairée est une première mise en bouche. Annonçant un ballet impeccablement réglé, un service pléthorique tendu vers l'objectif de faire plaisir, et délivrant des assiettes qui, comme la maison, sont à la fois enracinées et évolutives : les cuisses de grenouilles, fréquemment revisitées, le multicolore de homard au savagnin, le râble de lièvre dans une tourte marbrée de foie gras, ou la côte de veau de chez Trolliet sont des plats aussi admirables qu'intemporels. Desserts de grand style comme "l'idéal vonnassien" (sablé de gaudes masqué de cazette torréfié et chocolat au lait vanillé), cave immense pour prolonger le bonheur de convives entièrement immergés dans la félicité bressane de la maison Blanc.

Place du Marché
T. 04 74 50 90 90
Chef cuisinier
Georges Blanc
Chef cuisinier
Florent Maréchau
Chef pâtissier
Stéphane Mangin
Sommelier
Camille Blanc
Directeur de salle
Alain Pichon
Fermetures lu, ma, me (déj.), je (déj.).
Carte 363€
Menu(s) 240-310€

13,5/20

L'ANCIENNE AUBERGE

Superbe reconstitution de l'auberge des Blanc au début du XXe siècle, il s'en dégage une ambiance nostalgique, chaleureuse et authentique, où la convivialité et la gourmandise règnent sans partage. Entre les nappes Vichy, la tomette et les chaises Thonet, les recettes de grand-mère sont à l'honneur en même temps que la région, et l'on se régale avec aplomb du formidable pâté croûte, de la quenelle de brochet homardine et riz pilaf, des cuisses de grenouilles en persillade comme en Dombes, du pormonier

Place du Marché
T. 04 74 50 90 50
Pas de fermetures.
Menu(s) 26-66€

bressan, du châteaubriand, l'incontournable volaille de Bresse à la crème et aux morilles. Desserts classiques. Cave correctement équipée en Bourgogne et Beaujolais.

HÔTELS

5 ÉTOILES

HÔTEL GEORGES BLANC

Place du Marché
T. 04 74 50 90 90

Pour que le bonheur soit complet, rien ne vaut une halte dans ce somptueux hôtel après la dégustation des délices de Georges Blanc. On goûte alors le rare privilège de s'endormir dans un lit bien douillet, se réveiller en contemplant le paysage de la Bresse, le pigeonnier, l'étang, le village... Le tout avant de se régaler d'un délicieux petit déjeuner et partir à la découverte du spa et ses soins, faire ses longueurs dans la piscine et profiter d'une matinée de détente. Ici, rien d'ostentatoire ; les lieux infusent une harmonie, une élégance et une tranquille sérénité, loin du tumulte de la ville. Membre Relais & Châteaux, l'hôtel abrite 42 chambres et suites, il ne reste qu'à choisir la vôtre...

ÉPICERIE FINE

BOUTIQUE GOURMANDE

Place du Marché
T. 04 74 50 90 52
Pas de fermetures

Après un repas gastronomique chez Georges Blanc (ou à la place de), un petit détour par la Boutique Gourmande vous permettra d'emporter un souvenir gustatif avec des produits choisis: terrines bourguignonnes, plats cuisinés en bocaux, assortiments de sauce, de condiments et d'herbes, vins locaux, du Languedoc ou champagnes... ou quelques perles pour retrouver un peu de Vonnas chez soi.

Restaurant Georges Blanc, à Vonnas

ALLIER

AUVERGNE-RHÔNE-ALPES

Gault&Millau

BROÛT VERNET 03110

FROMAGERIE

FROMAGES BACH

La fromagerie est une entreprise familiale. Hors zone de toute appellation, cette ferme n'a de compte à rendre à personne et peut mener son exploitation avec toute la rigueur qui lui est propre. Les fromages, de cette maison qui maîtrise l'ensemble de la production depuis l'élevage, sont préparés de manière artisanale, affinés sur des planches d'épicéa dans une cave voûtée idéale pour cette opération. Tomme, Bouquetou ou Roudoux... sont au lait cru des chèvres du domaine. Une médaille d'or au concours général agricole 2017 pour le Pavé du Vernet. Agrémentée par l'Europe en tant que producteur fermier, l'entrepreneur peut vendre les fromages à plus de 80 km à la ronde. Vente sur place ou dans les marchés à Clermont-Ferrand ou Riom ou sur commande www.fromages-bach.com

Le Vernet
T. 06 63 98 54 65
Fermetures lu (p.m), ma (p.m), me (p.m), je (p.m), ve (p.m), sa (p.m), di (p.m).

Charroux

Auberge de la Vieille Maison

LE CHARME AUVERGNAT

C'est dans le cadre d'une maison bourgeoise datant de 1513 et classée aux Monuments Historiques qu'excelle Julien Verin. Ici, il propose une cuisine traditionnelle de produits frais revisitée et élaborée avec des mets atypiques. Saumon fumé et foie gras maison côtoient des plats de poissons que le Chef aime particulièrement travailler selon les saisons comme le sandre et sa sauce aux mirabelles ou le filet de bar sauce homardine et risotto saveur bambou. Épicurien dans l'âme, Julien dispose d'une belle cave à vins*, composée de Bourgogne, Côtes du Rhône ou Val de Loire et sélectionne des rhums vieux et des whiskies du monde, une passion qui attise la curiosité et qu'il aime faire découvrir à ses convives. Agréable terrasse ombragée au bord du ruisseau, en été.

5, place de la Mairie, 03230 BEAULON
Tél. : 04-70-48-08-84
Facebook : Auberge la vieille-maison

La Table d'Océane

UNE CUISINE RUSTIQUE

Voilà ce que propose Michel Mazal : une cuisine comme la concoctaient nos grands-mères autrefois avec des produits frais de saison. Terrine à volonté, pieds de porc, andouillette, pot-au-feu, coq au vin*, le chef prépare des plats 100 % maison mijotés dans les règles de l'art. Menu à 18€50 à midi avec entrée, plat et dessert.

17, rue de l'Horloge, 03140 CHARROUX
Tél. : 06-80-12-46-75
www. la-table-doceane-restaurant.eatbu.com

*L'ABUS D'ALCOOL EST DANGEREUX POUR LA SANTÉ.

CHARROUX 03140

RESTAURANTS

14/20

LA FERME SAINT-SÉBASTIEN

Dans cette ferme ancestrale de la campagne bourbonnaise, la cheffe Valérie Saignie développe une cuisine à son image: rigoureuse et audacieuse. Le terroir y tient la juste place, volaille à la sauce Duchambay ou gigot Brayaude mais la cheffe sait élargir son champ d'action avec des recettes innovantes où son talent et sa créativité s'expriment avec bonheur. Aumônière de homard et langoustine ou tarte soufflée aux châtaignes, les assiettes suivent les saisons, le produit est traité avec sagesse et équilibre. La carte des vins autorise de jolis accords met/vin (le Saint-pourçain est à l'honneur) et le service est actif et souriant.

Chemin de Bourion
T. 04 70 56 88 83
Fermetures lu, ma.
Menu(s) 21-69€

CUSSET 03300

CAVISTE

CAVES JOURDAIN

Max Jourdain, maintenant « Patrick » Jourdain est un caviste authentique (de l'association des cavistes authentiques) c'est-à-dire un indépendant spécialiste du vin évidemment mais aussi médaille de bronze aux masters de whisky 2008 et vainqueur du concours des ambassadeurs de champagne en 2009 ; c'est dire que vous trouverez là conseils avisés et étayés par une grande connaissance des produits. Les bouteilles sont joliment rangées par terroirs dans des casiers de bois, l'espace est plaisant, le patron sympa et le personnel agréable, bref une maison sérieuse ! Et pour les amateurs, les 80 références de blended, pur et single malt sont tous à essayer...

24 rue Ampère
T. 04 70 98 39 79
Fermetures di.

Cusset

Boucherie Xavier

GOÛT ET RESPECT DES PRODUITS

C'est un rêve de gosse et une passion que Xavier Fulchiron a assouvi en reprenant cette boutique en 2020. Depuis l'enfance, le boucher-charcutier est passionné par les jolies viandes et la cuisine. Ainsi, il détaille et fabrique maison de délicieuses gourmandises.
Xavier choisit ses bêtes sur pied chez de petits producteurs locaux et les transforme ensuite en de savoureux morceaux à cuisiner, en charcuterie ou en plats cuisinés traditionnels français. Bœuf charolais maturé, agneau, veau sous la mère, porc fermier et volailles fermières d'Auvergne, il offre une belle qualité à sa clientèle.
Ses spécialités charcutières sont le pâté en croûte, le feuilleté de pommes de terre, le jambon blanc, les terrines et galantines, sans oublier ses succulents plats traiteur.

25, rue de l'Hôtel de Ville, 03130 LE DONJON
Tél. : 04-70-99-51-89
www.boucherie-xavier.fr

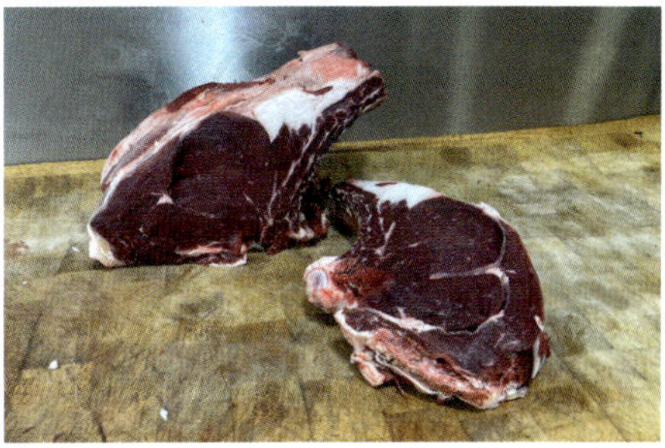

Boulangerie-Pâtisserie Tachon Alain

LA TRADITION AUVERGNATE

Voilà ce que transmet avec passion Alain Tachon depuis vingt ans dans sa boutique de Dompierre. Ses succulentes baguettes Fleur de blé et Tradition côtoient des brioches aux grattons ou aux pralines et l'emblématique pâté aux pommes de terre régional. Alain propose aussi des pains spéciaux, de délicieuses pâtisseries et une jolie gamme de snacking pour les petites faims.Tout incite à la gourmandise !

219, Grande Rue, 03290 DOMPIERRE-SUR-BESBRE
Tél. : 04-70-34-50-66

LE VEURDRE 03320

APICULTEUR

LES RUCHERS DE SAINT-MAYEUL

La famille Robin produit ses premiers miels dans les années 30 et se fait alors rapidement remarquer par la qualité de son travail avant de s'installer, pendant l'Occupation, dans le département de l'Allier. L'affaire restera dans la famille jusqu'en 2020 et le rachat par Michel Bandon. Ce dernier, s'appuyant sur une équipe expérimentée et stable, propose désormais une gamme très complète de miels de haute qualité ainsi que des produits dérivés (pain d'épices, bonbon, nougat au miel...). Un vrai coup de cœur pour le miel d'aubépine et le miel de tilleul, d'une grande élégance, et plus largement pour tout une gamme très qualitative.

2 rue du Moulin Bonin
Fermetures lu, me, ve, sa, di.

MONTLUÇON 03100

RESTAURANTS

13/20

LE GRENIER À SEL

Ce manoir du 16ème siècle, au cœur du quartier historique, a beaucoup de charme. La cuisine du chef Jacky Morlon aussi. Dans cette salle claire aux hautes fenêtres où Nicole Morlon veille au confort de ses hôtes, fidèles ou de passage, on se plait à rêver au temps jadis en retrouvant ces recettes de toujours comme le foie gras frais, le canard à la Duchambais ou le filet de bœuf charolais pommes pont neuf mais on découvre aussi l'audace d'une cuisine plus contemporaine avec le thon cuit à la plancha ou le suprême de dinde lait de coco et citron vert. Ce sont ces différentes influences habilement mises en musique par le chef qui rendent cette table attrayante. Belle carte des vins et service impeccable.

10 rue Sainte-Anne - place des Toiles
T. 04 70 05 53 79
Fermetures lu, sa (déj.), di (dîn.).
Menu(s) 25-39€

HÔTELS

5 ÉTOILES

CHÂTEAU SAINT-JEAN

À quelques minutes du Montluçon médiéval, un somptueux parc aux arbres centenaires abrite les hautes tours du château Saint-Jean, pépite du XIIe siècle qui conserve aujourd'hui encore sa chapelle d'époque. Devenus propriétés de Nicole et Jean-Claude Delion en 2016, les lieux ont été restaurés avec talent par le prestigieux duo de designers Jouin & Manku et offrent désormais le privilège de poser ses valises dans l'une des 19 chambres et suites qui infusent un luxe tout en épure, avec moquettes épaisses et belles couleurs sable. Un spa, un bistrot et un restaurant griffé Olivier Valade viennent compléter les atouts de ce refuge unique (membre Relais & Châteaux), qui mêle avec art histoire et esprit contemporain.

Avenue Henri de la Tourfondue
T. 04 70 03 26 57
Fermetures janv. fév. mars. nov. déc.

4 ÉTOILES

HÔTEL LE GRENIER À SEL

10 rue Sainte-Anne
T. 04 70 05 53 79

Au cœur de Montluçon, ce manoir historique a conservé son imposante silhouette avec sa façade couverte de lierre, flanquée de sa tour du XVe siècle. Largement restauré, il prend désormais des allures de maison de famille avec ses meubles anciens, ses salons cosy et surtout l'atmosphère chaleureuse et bon enfant insufflée par les propriétaires, Nicole et Jacky Morlon, qui reçoivent leurs hôtes en amis. On posera ses valises dans l'une des 8 chambres décorées dans un esprit campagnard - armoires et fauteuils anciens, belles étoffes et portraits de famille - ce qui ne les empêche pas de réunir le meilleur du confort contemporain avec écran plat, lits king size et vastes salles de bain. Non loin, la salle du restaurant attend les hôtes pour goûter la cuisine de Jacky, passé notamment par les cuisines de Michel Guérard.

CHOCOLATERIE

AU BON CHOCOLAT

3 rue Porte Saint-Pierre
T. 04 70 06 58 83
Fermetures lu,di.

Un artisan sérieux qui propose des chocolats, en pur cacao ou sur des parfums variés, avec des idées en phase avec la région, comme ce chocolat fumé au chêne du Tronçais, et le sens de la présentation dans les jolis emballages turquoise. La boutique s'est agrandie avec un déménagement au n°8 de la rue.

ÉPICERIE FINE

ÉPICES SAMARCANDE

30 rue des Serruriers
T. 04 70 28 21 46
Fermetures lu, di.

Cafés, thés, chocolats, infusions, salon de thé et de café, plus de 250 épices pour suivre la route de Samarcande avec un guide connaisseur. Également des accessoires et des idées cadeaux.

FROMAGERIE

LE COMPTOIR AUX FROMAGES

23 rue Bretonnie
T. 06 33 64 06 31
Fermetures lu, di.

300 variétés de fromages, un accueil de pro pour vous guider à travers toutes les régions de production, l'Auvergne en tête, la préparation de plateaux de fromages, la dégustation à la cave. Également d'autres produits laitiers et de la charcuterie.

MONTMARAULT 03390

RESTAURANTS

13/20

HÔTEL DE FRANCE

1 rue Marx Dormoy
T. 04 70 07 60 26
Fermetures lu, ma.
Menu(s) 25-75€

Au cœur du Bourbonnais, non loin de Montluçon, ce bel hôtel*** ouvert en 1991 est aujourd'hui tenu par le fils, Matthieu Omont, et son épouse Anne. C'est l'endroit d'une cuisine classique et professionnelle, qui rend hommage au terroir et aux producteurs de l'Allier. Le menu à 35 € tient toutes ses promesses, avec l'œuf à 63°C, gaspacho de tomates et coulis au pesto, le filet de cabillaud et wok de légumes, la poire de Charolais et pâté de pommes de terre.

MOULINS 03000

CHOCOLATERIE

LA CAVE À CHOCOLAT

32 rue de la Flèche
T. 04 70 44 15 15
Fermetures lu, di (p.m).

On se sent bien dans cette charmante petite boutique du centre-ville, l'accueil est chaleureux, la décoration invite à se détendre, et les effluves de chocolat vous envahissent avant de laisser rêveur devant le choix de douceurs évoluant avec les saisons. Beignets, choux, pâtes et caramels à tartiner, chocolats fins, ganaches, pralinés, biscuits et de beaux gâteaux à partager en famille, présentés simplement ou joliment décorés pour une occasion, sur commande.

REUGNY 03190

RESTAURANTS

13/20

LA TABLE DE REUGNY

25 route de Paris
T. 04 70 06 70 06
Fermetures lu, ma, me (déj.), di (dîn.).
Menu(s) 34-56€

Le chef Arnaud Paulus sait se renouveler, choisir ses producteurs et concevoir une cuisine moderne et parfumée au gré des saisons et des opportunités du marché local. Le poisson du jour est accompagné d'un riz vénéré gingembre et amande, le poulet d'une mousseline d'aubergine et d'un boulgour condimenté, les desserts suivent la saisonnalité des fruits avec douceur et l'ensemble est à la fois simple et complexe, savoureux et étonnant à l'instar de ce gaspacho poivron rouge et framboise qui accompagne le tartare de bœuf à l'asiatique. La carte des vins permet de jolies surprises et le service est actif.

SAINT PONT 03110

BOULANGERIE

LA MIE QUI ROULE

9 route de Vendat
T. 07 60 97 02 51
Fermetures lu, ma, me (a.m), je, ve, sa (p.m), di (p.m).

Un boulanger engagé et exigeant qui travaille son levain depuis des années et que l'on retrouve au fournil de Saint-Pont à une dizaine de minutes de Vichy. Une démarche en bio très rigoureuse, sur les farines, le sel et l'eau, sur les temps de pétrissage manuel et de fermentation longue pour garantir le meilleur produit mais aussi le plus sain. Mercredi après-midi, samedi et dimanche matin au pétrin et divers points de vente à retrouver sur le site.

La Mie qui Roule

Aire des Vérités

UN INSTANT D'ÉVASION

C'est le concept repris par des passionnés, le groupe SIGHOR : un complexe réunissant un bar-sandwicherie, une boutique, un comptoir libre-service et un restaurant traditionnel. Ce dernier, dans un cadre inattendu et surprenant, propose une cuisine de produits frais locaux dont les incontournables sont le pâté de pommes de terre régional, les saint-jacques au zeste d'agrumes et la crème brûlée au Cointreau* et zeste d'agrumes. Des délicatesses à découvrir !

Le plaisir de la table est de tous les âges, de toutes les conditions, de tous les pays et de tous les jours.

Jean Anthelme Brillat-Savarin
(1755-1826)

BOULANGERIE

BOULANGERIE MAISON JOUANNET

Une boulangerie de références pour de nombreux Vichyssois, présente sur de nombreuses tables, comme celle de Jacques Decoret. Également en confiance sur la viennoiserie, les brioches et une pâtisserie très correcte.

119 rue du Maréchal Lyautey
T. 04 70 32 17 25
Fermetures lu, di (p.m).

CHOCOLATERIE

LE LAUTREC

Un chocolatier en plein centre-ville, sur une voie piétonne. La présentation est soignée proposée dans de jolis coffrets orange et anthracite. 100% d'origine grand cru, ces bonbons sont présents dans toute l'Auvergne (8 boutiques) et également à Lille, Lyon ou Paris.

12 rue de l'Hôtel des Postes
T. 04 70 55 35 16
Pas de fermetures

CONFISERIE

AUX MAROCAINS

Une célèbre confiserie, parée en permanence comme une boutique de Noël dans un joyeux bric à brac de la gourmandise, dans un superbe décor ancien datant de Napoléon III ; Chocolats et nougatines, pâtes d'amande et pâtes de fruits, les célèbres « marocains » bonbons caramels au beurre crème café et chocolat et bien-sûr les pastilles Vichy.

33 rue Georges Clemenceau
T. 04 70 98 30 33
Fermetures lu.

FROMAGERIE

MEUNIER FROMAGERIE

La fromagerie la plus renommée de la ville ne donne pas envie aux Vichyssois de changer de crèmerie. Depuis 1930, elle offre des fromages de toutes les régions de France mais aussi d'Europe, Suisse et Italie plus particulièrement, et un rayon épicerie fine avec les épices d'Orient.

7 rue du Portugal
T. 04 70 98 47 06
Fermetures lu, di.

PÂTISSERIE

PÂTISSERIE ALEXIS LADVIE

Une pâtisserie haut de gamme menée par un artisan passionné qui offre de très belles réalisations en grand format (très belles pièces montées, entremets parfaits) mais fignole aussi ses gâteaux individuels, fruit ou chocolat, avec des idées et un sens du design. Tout est très appétissant, quelle que soit la saison, un plus avec la terrasse d'été pour les glaces.

5 rue Président Roosevelt
T. 04 70 97 67 26
Pas de fermetures

PÂTISSERIE LAFRATI

Une belle boutique aux gâteaux bien alignés, aux réalisations soignées et aux montages audacieux, fruits d'une technique parfaitement maîtrisée par un artisan à la barre depuis bientôt vingt ans. Entremets, gâteaux en petit et grand format, bouchées salées, macarons, chocolat, dans un renouvellement permanent. Coin salon de thé, très bon accueil assuré par Carole et Aurélie.

3 place de la Victoire
T. 04 70 32 18 69
Fermetures lu.

YGRANDE 03160

RESTAURANTS

14/20

L & LUY AU CHÂTEAU D'YGRANDE

Les propriétaires de ce superbe château très prisé par les amateurs d'équitation ont toujours eu le nez creux au moment de recruter leurs chefs. Arrivé avec son épouse Cathy pendant l'été 2019, Cédric Denaux, qui fut Grand de demain en 2004 (il était alors à Saint-Paul Trois Châteaux), n'a rien perdu de la passion qui l'animait alors. Sa cuisine s'est peut-être un peu assagie, mais en même temps elle s'est affirmée, toujours et plus que jamais dans ce registre porté sur les plantes et les fleurs : petits pois, mélisse, olive noire et sorbet au basilic pourpre, omble-chevalier rôti au four et plié dans une feuille de figuier, risotto crémeux aux graines de lin blondes et cromesquis de blettes blanches, pigeon de grain, désossé puis rôti aux tiges d'angélique sauvage, lentilles noires beluga, betteraves en pickles... Desserts dans le même esprit très végétal.

Le Mont
T. 04 70 66 33 11
Fermetures lu (déj.), ma (déj.).
Carte 73€ **Menu(s)** 29-70€

HÔTELS

4 ÉTOILES

CHÂTEAU D'YGRANDE

À quelques pas de la forêt du Tronçais, ce château XIXe est posé au cœur d'un parc de 40 ha qui réunit des écuries abritant 26 boxes, un manège couvert et de belles dépendances autour de la piscine extérieure. Transformé en hôtel en 1998, il abrite désormais 18 chambres et suites pleines de charme avec leurs parquets cirés, leurs meubles anciens et leurs grandes fenêtres qui ouvrent sur les jardins. À deux pas, l'espace détente - avec sauna et hammam - propose une belle déclinaison de soins et modelage. Une pause parfaite après une balade à cheval dans la forêt ou un cours d'équitation dispensé par l'équipe de moniteurs qui organise également des sessions pour enfants, au poney club du domaine.

Le Mont
T. 04 70 66 33 11
Fermetures janv.

Maison Decoret à Vichy

© Maison Decoret

Le Pont d'Arc

ARDÈCHE

AUVERGNE-RHÔNE-ALPES

Gault&Millau

ALBA LA ROMAINE 07400

BOULANGERIE

BOULANGERIE PÂTISSERIE RIVAT

Dans l'environnement privilégié de ce superbe village, une boulangerie accueillante, bien tenue, à l'étalage modeste qui sent bon l'artisanat. De bons pains spéciaux, une tradition de qualité, un pain aux noix très bien fait.

Rue du Barry
T. 04 75 00 96 40
Fermetures me, di (p.m).

ANNONAY 07100

PÂTISSERIE

NORBERT CHENEVIER

Sacré Meilleur Ouvrier de France en 1994, Norbert Chenevier s'est ensuite installé à Annonay où il régale ses clients six jours sur sept à partir de 7h du matin. Les pâtisseries sont le reflet d'un beau travail artisanal - présentation soignée, bon choix des matières premières, beaucoup de finesse en bouche - tout comme les chocolats à offrir dans de charmants ballotins.

7 place des Cordeliers
T. 04 75 33 40 55
Fermetures lu.

AUBENAS 07200

CAVISTE

CAVE DE LA TOUR

Vingt-cinq années d'expériences de dégustations et de vignobles ont permis d'alimenter la Cave de la Tour de 1200 références. Demandez conseil pour vous retrouver dans la sélection allant des bonnes trouvailles à des flacons incontournables... Importante sélection des vins de l'Ardèche et de la vallée du Rhône. Autre adresse à Valence.

2 avenue de Bellande
T. 04 75 93 76 76
Fermetures lu (a.m), di.

CHOCOLATERIE

PIERRE CHAUVET

Pierre Chauvet fait partie de ces grands chocolatiers qui enchantent de leurs créations les gourmets de tous poils. Truffes (pralinés noisette, crème de marron et brisure de châtaigne), praliné gianduja, caramel tendre ont la finesse attendue. Les mille-feuilles carré lait soufflé, carré lait noisettes ou carré noir arabica sont disponibles à l'unité ou en compositions équilibrées.

42 boulevard Gambetta
T. 04 75 89 26 71
Fermetures di.

GLACIER

LA FABRIQUE GIVRÉE

3 place de l'Hôtel de Ville
T. 04 69 22 16 31
Pas de fermetures

Givré ? peut-être... Dégaine cool et branchée, Jérémie Runel et ses 2 amis Martin et Hugues, révolutionnent l'univers de la glace avec leurs créations branchées. Formé chez Fauchon aux côtés de Christophe Adam, au Bristol sous la houlette du chef Gilles Marchal et chez Valrhona, avant de revêtir le costume d'artisan-glacier, Jérémie compose avec pour seul objectif trouver le goût. Du cornet à la crème glacée en passant par la Chantilly, il mise sur des produits frais, bios, et de qualité. En plus des glaces artisanales en pots et en cornet, La Fabrique vise d'autres préparations rafraîchissantes. Jus de fruits frappés (sorbet citron-verveine, ananas, sorbet basilic et pomme verte...), desserts montés à la minute (burger givré/baba au rhum, chantilly et graines torréfiées...) et barres glacées 2.0. Petits péchés mignons du propriétaire, les "Kif du chef" servis en barquette, un mix addictif entre glace et pâtisserie.

Le Clos de la Tour

PATRIMOINE ET GASTRONOMIE

C'est dans ce lieu chargé d'histoire que Sébastien Courtine propose une cuisine où s'entremêlent avec passion tradition et gastronomie ; Il a le don d'associer entre eux des produits frais de saison dont les goûts se marient à merveille. Souvent récompensée, sa carte est riche de saveurs originales. Menus de 48 à 149 €.

34, rue du 4 septembre, 07200 AUBENAS – **Tél. :** 04-26-62-01-13
Facebook : ClosdelaTour.Restaurant
www.le-clos-de-la-tour-restaurant.business.site

Le Point d'Orgues

SUBLIMER LA NATURE

C'est dans un merveilleux endroit que se sont installés Charlotte Anulliero et Jérémie Bauwens. Ensemble, ils élaborent des plats sains et équilibrés grâce à un réseau de producteurs locaux. Soucieux de la protection de l'environnement, ils s'orientent vers le zéro kilomètre et le zéro déchet.

Voyageurs, ils s'inspirent de recettes du monde pour composer leurs menus : des suggestions végétariennes et véganes (falafels, poke bowl) côtoient les burgers et autres recettes de saison comme le magret de canard au gingembre, miel et orange et un savoureux financier à la farine de châtaignes, crème chiboust au safran et chutney de poires. La terrasse extérieure couverte offre une vue imparable sur les plus belles orgues basaltiques d'Europe. Une belle adresse à découvrir !

495, route de l'Échelette, 07380 FABRAS
Tél. : 04-75-94-26-72
www.le-point-dorgues.com

CHARMES SUR RHÔNE 07800

RESTAURANTS

14/20

LE CARRÉ D'ALETHIUS

Entre Drôme et Ardèche, cette jolie maison romaine tenue par Stéphanie et Olivier Samin offre un moment de Provence et de volupté, à table comme en chambres***. Le chef réalise là une assiette en phase avec le cadre, actuelle et graphique, autant sur le fond que sur la forme, et fait ainsi la démonstration d'une belle gastronomie d'aujourd'hui, déclinée dans des menus compétitifs à partir de 32 € . La formule à 55 € est bien construite, avec le thon snacké, vinaigrette d'anguille fumée, croquant acidulé, la pêche de Bretagne, vapeur douce et beurre de tagètes, consommé de tomates rôties et légumes croquants, ail noir, une noix et poitrine de veau, foin, olives noires, maïs et oignons doux, la poire en textures, baba, chartreuse verte et céleri branche.

4 rue Paul Bertois
T. 04 75 78 30 52
Fermetures lu, ma (déj.), me (déj.), di (dîn.).
Carte 26€ **Menu(s)** 32-110€

HÔTELS

3 ÉTOILES

HÔTEL LE CARRÉ D'ALETHIUS

Au cœur de l'Ardèche, entre Drôme et Provence, cette belle demeure mêle avec esprit architecture ardéchoise et lignes contemporaines. Elle offre à ses hôtes 9 chambres et suites confortables et chaleureuses avec leurs tonalités douces et, pour celles du rez-de-chaussée, de petites terrasses privées où il fait bon paresser. Après la dégustation de la cuisine d'Olivier Samin, une halte idéale pour découvrir les richesses de la région ; les bords du Rhône tout proches, le village médiéval de Charmes ou encore la ville de Valence et son quartier historique.

4 rue Paul Bertois
T. 04 75 78 30 52

Charmes-sur-Rhône

L'Épicurien

LE TERROIR ARDÉCHOIS

Agneau et porc de Beaulieu, bœuf local, champignons, safran..., l'Ardèche regorge de pépites gustatives qu'Alexia et Yohan Claustre aiment partager dans leurs créations culinaires, à l'instar du foie gras dont ils ont fait leur spécialité.Leur cuisine est traditionnelle, maison et composée de produits frais locaux de saison. Au menu, par exemple, un risotto de saint-jacques piquées au chorizo et une crème de cèpes, un tajine d'agneau de Beaulieu, et pour terminer sur une note sucrée, un nougat glacé ou un Paris-Lablachère aux marrons.

Leur foie gras – produit d'exception travaillé avec une nougatine de cèpes, lardé de magrets fumés – est vendu en ligne. Traiteur jusqu'à 130 personnes. Terrasse à l'ombre des marronniers.

Le + : Rooftop privatisable avec vue sur les montagnes ardéchoises.

109, route de Joyeuse 07230 LABLACHERE
Tél. : 04-75-39-84-70
Tél. : 07-61-68-02-07
www.restaurant-lepicurien-maison-claustre.com

Restaurant U Castellu

DES SAVEURS ORIGINALES

Voilà ce qu'aiment à créer Audrey et François Grego dans leur restaurant au décor atypique, installé au premier étage du château de Joannas. Le principe du Chef est d'associer des goûts presque improbables qu'on ne voit nulle part ailleurs. Dans son fumoir, il peut préparer de la souris d'agneau, de la truite de l'Ardèche ou du saumon selon son envie et son inspiration. Il cuisine également le pluma de porc (partie noble de l'échine) mariné et cuit à basse température pour conserver son moelleux.

En dessert, il revisite la profiterole en intégrant une boule de glace vanille-rhum maison dans une brioche puis dans une pâte à beignets. Ici, tout est fabriqué maison de l'entrée au dessert en passant par le pain. Aux beaux jours, profitez de la coursive à l'abri du vent.

Le Château, 07110 JOANNAS
Tél. : 04-75-37-67-33
Facebook : UCastellu07

LA VOULTE SUR RHÔNE 07800

PÂTISSERIE

PÂTISSERIE AURÉLIEN FOURNIER

Aurélien Fournier est installé dans sa boutique depuis 2008. Ce maître-pâtissier crée avec passion des préparations innovantes qui suivent les saisons. Le terroir reste au cœur de sa production. "Les Couleurs d'Ardèche", avec châtaignes et myrtilles traduisent parfaitement sa région. Il crée ses propres chocolats, confiseur et glacier, il offre à sa clientèle un choix complet de gourmandises.

13 avenue Marx Dormoy
T. 04 75 62 41 58
Fermetures lu, di (p.m).

LAGORCE 07150

AFFINEUR

LES RUCHERS DE L'IBIE

Visite de l'exploitation pour partager la passion d'Elodie et Nicolas. Les produits sont variés, le miel de châtaignier occupe en toute logique la première place, mais vous apprécierez aussi le miel de bruyère blanche, le miel de lavande, le miel de garrigue aux senteurs mêlées.

Vallée de l'Ibie - 390 chemin de Lacessas
T. 06 86 72 45 11
Fermetures lu, ma, me (a.m), je, ve (p.m), sa, di.

ÉLEVEUR

CABRE É CADE

Juste à côté de Lagorce, on est en pleine nature chez Lora et Théo qui produisent en agrobiologie des fromages de leurs chèvres. Fromages frais en faisselle, affinés ou encore aromatisés (à la sarriette, au fenugrec, à la nigelle...). Tout est bien ardéchois avec la saveur de l'authentique. Egalement des yaourts de la tomme et du « reblochèvre »...

Chadeyron
Fermetures lu (a.m), ma, me, je (a.m), ve, sa (p.m), di.

LAMASTRE 07270

COFFEE SHOP

KAOPA CAFÉ

Le choix d'une petite torréfaction ne peut être que judicieux quand il s'agit d'extraire des arômes aussi subtils que ceux du café. Pour garantir une qualité optimale, cet artisan torréfacteur sélectionne rigoureusement les grains de café vert, puis les brûle à la commande dans une machine Probat à petit volume, pour une cuisson lente et homogène. Au choix en boutique, des crus du Pérou, Brésil, Cameroun, Papouasie Nouvelle-Guinée, et les rares cafés Cup of Excellence.

79 rue Chalamet
T. 06 33 39 33 15
Fermetures lu, ma (p.m), me (p.m), je, ve (p.m), sa (p.m), di.

LANARCE 07660

BOUCHERIE

PUZZI

Une boutique ouverte tous les jours de la semaine, cela mérite d'être souligné. Perchée à 1200m d'altitude, cette entreprise artisanale, médaillée d'or 2013 au concours général agricole pour son saucisson et la terrine ardéchoise, propose des plats préparés, poitrines de porc, terrines, salaison d'Ardèche.

Route du Puy - RN 102
T. 04 66 69 44 79
Pas de fermetures

L'Ibie en Ardèche

La Cantine des Anges

L'ARDÈCHE PLEIN CŒUR

Bœuf Fin-Gras-du Mézenc, Picodon bio, légumes locaux, Sophie Lorget et Florent Riche excellent à cuisiner les produits du terroir ardéchois avec les herbes aromatiques cueillies chaque matin dans leur jardin (verveine, menthe, sauge, serpolet ...). Les plats y sont goûteux et gourmands : coffret d'escargots à la crème d'ail, croustillant de Picodon au Serpolet et miel d'acacia, pavé de bœuf sauce aux cèpes, chou à la châtaigne...

2, avenue de Chabannes, 07160 LE CHEYLARD
Tél. : 04-75-29-65-06

Boucherie Maison Broche

DEPUIS 1926

C'est une formidable institution que gèrent en famille Évelyne, Christian et leur fils, Nicolas. Depuis de longues années, ils font confiance à des éleveurs locaux passionnés par leur métier, situés sur les hauteurs ardéchoises et garants des valeurs traditionnelles. La qualité gustative des bêtes sélectionnées et leur traçabilité sont pour eux des facteurs essentiels pour garantir des viandes de choix à leur clientèle. Les veaux, bœufs, agneaux, porcs et volailles proviennent de petites fermes d'élevage Ardéchois et des départements limitrophes. Vendus au détail, les morceaux sont aussi transformés en une belle et goûteuse charcuterie dont le grand-père Edmond est à l'origine des recettes. Saucisses, saucisses sèches, saucissons, caillettes, terrines et plats cuisinés font la réputation de la maison.

4, rue du Marché, 07140 LES VANS
Tél. : 04-75-37-23-06

« La bonne cuisine est honnête, sincère et simple. »

Elisabeth David (1913-1992)

Les Terrasses de l'Aven

DÉLICES ARDÉCHOIS

Dans un environnement calme et verdoyant, près du site de l'Aven d'Orgnac, Paul, Benjamin et leur équipe vous invitent à un moment convivial et hors du temps. Goûtez aux plats phares de la région comme la caillette, le picodon ou le moelleux au marron, mais aussi aux produits salés et fumés sur place, foie gras de canard maison ou autres desserts hauts en couleurs et parfums. Carte de saison, menu du marché et suggestions dominicales sauront vous régaler.

Le + : Accueil jusqu'à 120 convives

2080, route de l'Aven,
07150 ORGNAC-L'AVEN
Tél. : 04-75-38-60-68
www.hotel-orgnac.com

Le vrai gourmet est celui qui se délecte d'une tartine de beurre comme d'un homard grillé, si le beurre est fin et le pain bien pétri...

Sidonie-Gabrielle Colette
(1873-1954)

La Truffolie

CUISINE FINE DE RÉGION

Dans une ambiance rustique assumée, entre pierres et poutres anciennes ou sur terrasse ombragée d'un tilleul centenaire, La Truffolie a un credo: « Se faire plaisir pour faire plaisir ». Il en découle des classiques, twistés par une épice, un condiment ou une technique plus exotique, à l'image du saumon gravlax et rillettes au wasabi. Les trésors ardéchois y sont aussi très présents, dont un délicieux plat Signature de foie gras mi-cuit à la châtaigne et bouillon à l'huile de truffe.

524, rue de la Fontaine,
07790 SAINT-ALBAN-D'AY
Tél. : 04-75-32-50-96
www.la-truffolie-restaurant.eatbu.com

SAINT BARTHÉLEMY LE PLAIN 07300

BOULANGERIE

BOULANGERIE PALISSE

Une petite boulangerie en bois et en pierre, perchée dans un village loin de tout. Le pain spécial au seigle et blé est très riche, paysan et rustique, agréable et d'une belle personnalité. La mie est très goûteuse et la croûte est bien farinée. Le croissant est étonnant avec un arrière-goût floral et fruité, un peu sec mais bien fait.

70 rue de la République
T. 04 75 07 66 04
Fermetures me, je, sa (p.m), di (p.m).

Pont de Duzon, Saint-Barthélémy-le-Plain

© Adobe Stock/jojojo07

Brasserie Le Spritz

FAIRE PÉTILLER LES PAPILLES

Si la carte de la brasserie Le Spritz impressionne agréablement, c'est grâce aux assiettes variées proposées. Avec une forte inclinaison pour la cuisine du Sud, Francis et Valérie Bernet, accompagnés de leur l'équipe, proposent des saveurs reconnues. Grillades, poissons, pasta, fruits de mer..., ils travaillent sur place un maximum de produits, de la pâte à pizza aux différentes garnitures qui agrémentent les plats, en privilégiant les fournisseurs locaux. Ils évoluent vers des suggestions de viandes et poissons plus savoureuses.

Le service est rapide, soigné et attentionné. De grands espaces, tant à l'intérieur que sur la terrasse, permettent l'accueil de groupes, de tables entre amis ou en famille dans une ambiance décontractée et festive.

Les Terres de Millet,
07200 SAINT-DIDIER-SOUS-AUBENAS
Tél. : 04-75-89-50-62
Facebook : BrasserieLeSpritz

La Terrasse

BELLE DÉCOUVERTE !

Ce restaurant au style de paillotte bohème chic, dont la terrasse donne sur la rivière, propose une cuisine méditerranéenne gourmande. Réalisée maison, elle met à l'honneur les richesses locales. Ainsi, vous vous régalerez avec le mille-feuille de chèvre, suivi du tataki de bœuf façon provençal ou de l'excellent magret au miel, thym et figue rôtie, avant de conclure avec le fondant aux marrons. On salue la carte équilibrée de vins* de petits producteurs. L'esprit convivial vous ravira.

Quai des Pescadous,
07700 SAINT-MARTIN-D'ARDÈCHE
Tél. : 04-75-53-45-49
@La-Terrasse-Sma

> *Bonne cuisine et bon vin,*
> *c'est le paradis sur terre...*
>
> Henri IV (1553-1610)

*L'ABUS D'ALCOOL EST DANGEREUX POUR LA SANTÉ.

SAINT ÉTIENNE DE FONTBELLON 07200

BOUCHERIE

BOUCHERIE CHARCUTERIE MOULIN

Pas besoin de se perdre dans les montagnes pour trouver de la bonne viande et des charcuteries de terroir, la Maison Moulin est là ! Les bêtes sont sélectionnées directement chez les éleveurs du plateau ardéchois, la plupart du temps sur pied, les porcs sont nourris sans OGM, certaines volailles sont bio... En somme du bien pensé, local et sain, et un beau travail sur les charcuteries maison faites au séchoir à 1000 mètres d'altitude.

1015 route d'Alès
T. 04 75 93 33 93
Fermetures lu (p.m), di.

SAINT MONTAN 07220

ÉPICERIE FINE

LE PLATEAU ARDÉCHOIS

Un spécialiste du champignon sec : cèpes, morilles, morillons, girolles, mousserons, trompettes qui vous permettra de parfumer vos viandes, poissons ou tout autres mets toute l'année. Gilles propose également une excellente charcuterie ardéchoise de qualité pour amateurs de produits authentiques.

Les Tuilières
T. 04 75 52 70 54
Pas de fermetures

SAINT PÉRAY 07130

TRAITEUR

MICHEL GAMON

Opéra de foie gras et framboises, filet de bar sauce viognier, déclinaison de foie gras à la rhubarbe, figue abricot, poire pochée au cornas... Michel Gamon se décarcasse ! Ce charcutier-traiteur cuisine depuis 1966 des plats et produits charcutiers avec le même soin, secondé par une équipe solide et son épouse Emmanuelle. Livraison de plateaux-repas, organisation de réceptions, buffets...

29 rue des Entreprenants
T. 04 75 40 55 11
Fermetures lu, me (p.m), je (p.m), di.

SAINTE EULALIE 07510

CHARCUTERIE

CHARCUTERIE ROME

Et nous voilà face à la 5e génération avec Samuel qui tient la boutique avec une équipe de 6 personnes. La connaissance des produits et le savoir-fabriquer ont traversé les époques, le choix des produits reste méticuleux. Ici on profite de l'environnement à 1200 m d'altitude, le climat sec et froid offre des conditions idéales pour le séchage des produits charcutiers : jésus, saucisse, jambon, rosette composeront un panier pique-nique idéal, à compléter par des tripes à la vivaroise (panse de bœuf, pied de veau), daube ardéchoise ou saucisse lentilles.

Le Village
T. 04 75 38 83 60
Fermetures lu (p.m), ma (p.m), me, je (p.m), ve (p.m), sa (p.m), di (p.m).

SERRIÈRES 07340

RESTAURANTS

14/20

SCHAEFFER

Entre Lyon et Valence, au bord du Rhône, cet hôtel ouvert depuis plus d'un siècle accueille avec bienveillance les voyageurs, pour un service*** et une belle cuisine de tradition, qu'on vient retrouver parfois depuis loin, pour la précision de la réalisation, et la gourmandise d'une assiette authentique. La carte met à l'honneur tous les grands classiques : ris de veau aux girolles, gratin de ravioles aux truffes blanches d'été, les gambas géantes flambées et persillade à l'huile d'olive, un filet de bœuf et sauce aux morilles... Desserts classiques. Service aimable.

34 quai Jules Roche
T. 04 75 34 00 07
Pas de fermetures.
Menu(s) 31-48€

TOURNON SUR RHÔNE 07300

GLACIER

LA FABRIQUE GIVRÉE

C'est ici, à Tournon-sur-Rhône, dans leur laboratoire que Jérémie Runel et ses 2 amis Martin et Hugues, révolutionnent l'univers de la glace avec leurs créations dernier cri. Formé chez Fauchon aux côtés de Christophe Adam, au Bristol sous la houlette du chef Gilles Marchal et chez Valrhona, avant de revêtir le costume d'artisan-glacier, Jérémie compose avec pour seul objectif de trouver le goût. Du cornet à la crème glacée en passant par la Chantilly, il mise sur des produits frais, bio et de qualité. En plus des glaces artisanales en pots et en cornet, La Fabrique réalise d'autres préparations rafraîchissantes. Jus de fruits frappés (sorbet citron-verveine, ananas, sorbet basilic et pomme verte...), desserts montés à la minute (burger givré / baba au rhum, chantilly et graines torréfiées...) et barres glacées 2.0. Petits péchés mignons du propriétaire : les "Kif du chef" servis en barquette, un mix addictif entre glace et pâtisserie...

ZAE de Champagne, 55 impasse Auguste Burgunder
T. 04 75 06 74 34
Fermetures di.

VALLON PONT D'ARC 07150

BOULANGERIE

AU PÉTRIN ARDÉCHOIS

Un magasin clair situé sur la petite zone d'activité au bas du village. Bon pain tradition, un complet de qualité et quelques friandises bienvenues (bugnes ou bon « bichon » au citron), de bonnes pâtisseries sont ici proposées. Accueil cordial.

Rue Salvador Allende
Pas de fermetures

marché d'un cochon originaire d'Europe de l'Est, Mangalica... Boudin, caillettes, jambon, saucisse, tête de porc... sont en vente par correspondance et sur place.

VEYRAS 07000

RESTAURANTS

15/20

LA BORIA

Après avoir fermé ses portes en avril 2020, l'excellente Boria de Florian Descours rouvre fin 2021 à Vayres, dans un lieu plus spacieux, plus pratique, et entièrement rénové pour l'occasion. Il ne fait aucun doute que les trois toques ne souffriront pas de ce (très court) déménagement.

105 avenue de l'Escrinet
T. 0475668404
Fermetures lu, ma (dîn.), di (dîn.).
Menu(s) 39-60€

Chef Cuisinier
Florian Descours

VILLENEUVE DE BERG 07170

BOUCHERIE

BOUCHERIE VILLENEUVOISE

La viande et la charcuterie sont de qualité, dans cette petite échoppe proche de la rue principale. Le veau vient de Saint-Andéols-de-Vals, la génisse et le porc de Mirabel. Sont également proposés des plats cuisinés variés : boulettes de bœuf à l'orientale, escalope de poulet à la cancoillotte, tripes à la tomate...).

31 rue Toutes Aures
Fermetures lu, je (p.m), di (p.m).

CAVISTE

CAVE COOPÉRATIVE DE MONTFLEURY

Une coopérative dynamique qui produit une gamme vaste de vins agréables à boire et dans les trois couleurs. Le caveau présente l'ensemble de la gamme et permet une dégustation plaisante avec notamment des vins de cépage à connaître, merlot, pinot, syrah, grenache et cabernet sauvignon pour les rouges et les rosés, sauvignon, chardonnay, viognier pour les blancs...

Quartier Gare
T. 04 75 94 76 59
Fermetures di.

PRODUCTEUR

LA CHÈVRE ET LE CHOU

Sur la petite zone d'activité avant le village, un magasin de producteurs qui permet de faire le tour de l'Ardèche en un seul lieu. Neuf fermes des environs se sont associées pour proposer leurs produits dans cet espace vaste et accueillant : charcuteries et fromages, pains et primeurs, vins et bières, plants et herbes aromatiques...

Quartier Lansas
Fermetures lu, ma (p.m), me (p.m), je (p.m), di.

VIVIERS 07220

APICULTEUR

GAEC BOURG APICULTURE

Au sud-ouest de Montélimar, la ferme de Nicolas et Émilie Bourg est spécialisée dans la production de miel. On pourra ainsi découvrir six miels possibles : lavande, châtaigner, fleurs, forêt ainsi qu'acacia et tilleul. Disponibles dans les épiceries locales et sur les marchés.

1756 Grange de Beauregard
T. 06 21 13 02 57
Pas de fermetures

Viviers

Au Café Français

GOURMANDISES LYONNAISES

C'est un bouchon typiquement lyonnais qu'ont créé Françoise et Jean-Philippe dans ce village ardéchois.

Ils travaillent des produits frais de saison avec des spécialités de poissons en été et des plats traditionnels en hiver. Homard grillé, bar, tagliatelles aux fruits de mer frais sont les stars de l'été. Dès l'automne, la cheffe cuisine les fameuses quenelles et les savoureux ris de veau. Autres spécialités de la maison, les grenouilles en persillade et le mâchon, un repas que l'on partage à partir de 10 personnes dès 9 heures du matin avec au choix : salade de cervelas, os à moelle, lentilles ou pied de veau vinaigrette en entrée, tête de veau ou tripes à la lyonnaise en plat, fromage puis des poires au vin*, crêpes Suzette ou tartes en dessert. Très belle terrasse ombragée de platanes avec vue sur la falaise.

8, place de la Roubine, 07220 VIVIERS
Tél. : 04-75-52-61-30

" *Le plaisir de la table est de tous les âges, de toutes les conditions, de tous les pays et de tous les jours.*

Jean Anthelme Brillat-Savarin
(1755-1826) "

*L'ABUS D'ALCOOL EST DANGEREUX POUR LA SANTÉ.

CANTAL

AUVERGNE-RHÔNE-ALPES

Gault&Millau

AURILLAC 15000

RESTAURANTS

13/20

LE CROMESQUIS

Bistrot contemporain et lumineux au cœur de la ville, l'adresse de Nathalie Borne et Luc Parmentier offre au cœur du Cantal une bonne adresse pour les repas d'affaires et les dîners d'amoureux. Le couple se répartit bien les espaces, avec Luc en cuisine et Nathalie à la cave, pour une association d'assiettes plaisantes et de vins bien choisis. Le menu à 34 € est une bonne introduction, avec la gelée de betterave à la berce, fromage frais, pomme verte et hareng, le cannelloni de joue de bœuf des Monts du Cantal aux cornes d'abondance et copeaux de vieux Salers, une guimauve à la verveine, fruits du moment et crème glacée.

1 rue du Salut
Fermetures lu (dîn.), ma (dîn.), me (dîn.), je (dîn.), di.
Menu(s) 32-49€

BOULANGERIE

BOULANGERIE CHRISTIAN VABRET

Créateur de la Coupe du monde de Boulangerie, fils de boulanger, MOF en 1986, Christian Vabret est également l'un des plus ardents défenseurs de la boulangerie à la française auprès des médias et de la classe politique. Il est à la tête de la célèbre Ecole française de Boulangerie d'Aurillac où la miche Vabret, réalisée à partir d'une farine écrasée à la meule de pierre, est devenue la grande spécialité de la maison et l'on vient de loin pour les remarquables pains de meule ou au levain.

C.C. de Marmiers
T. 04 71 63 51 55
Fermetures lu, di (p.m).

CAVISTE

MAISON DESPRAT

Dans le Cantal, cette maison est spécialisée dans le vin d'Auvergne et produit à côté des bières artisanales. Elle propose ainsi à travers sa maison de négoce, plus de 1600 références fondées sur un choix méticuleux. Elle propose en outre sa gamme de bières locales, conçu dans les altitudes de la région. On pourra ainsi choisir entre dix possibilités en classiques ou plus personnelles, parmi lesquelles l'ambrée, la cuivrée, la cloche rouge aux arômes de sureau, la blonde bio ou encore la noire au malt torréfié et brassé à la trappiste.

10 avenue Jean-Baptiste Veyre
T. 04 71 48 25 16
Fermetures di.

FROMAGERIE

CRÉMERIE LEROUX

Henri Manhès a repris cette crèmerie en 2007 en conservant son charme d'antan. En tant que fromager dans la capitale historique du Cantal, il propose bien évidement les 5 AOP du département : Salers, Cantal, bleu d'Auvergne, Saint Nectaire, et Fourme d'Ambert. Sans oublier une sélection de fromages de chèvre fermier du Cantal et de l'Aveyron et de fromages dénichés dans les fermes du Cantal... Comme toute crèmerie qui se doit, on peut aussi y retrouver faisselle, crème, beurre, yaourt et autres produits laitiers.

15 rue Émile Duclaux
T. 04 71 48 28 89
Fermetures lu, di.

CHAUDES AIGUES 15110

RESTAURANTS

16/20

SERGE VIEIRA

Fortement influencé par son passage chez Marc Meneau, chez qui il a beaucoup appris, mais aussi par Régis Marcon, Serge Vieira a su rapidement trouver sa propre voie, forger son propre style, entre tradition et innovation, produits locaux et approvisionnements plus lointains, influences citadines et paysannes. La cuisine du Bocuse d'Or 2005 est surtout celle d'un homme à la tête bien faite, qui sait où il va, qui ne se fixe aucune limite. A Chaudes-Aigues, loin de tout, dans ce lieu qui allie le médiéval au contemporain, sa cuisine à la fois souriante et enthousiaste rassemble autour d'elle tout un département, tout une région, et même au-delà : tomates multicolores du Frère Janaudy et eau rafraîchie à la verveine, langoustine pochée, morilles étuvée au Noilly et pommes de terre au beurre acidulé, pétales de turbot au caviar d'aubergines et sauce poulet au curry dans un beau menu M, ainsi baptisé en l'honneur de Marie-Aude, son épouse et compagne de tous les instants. Cadre magnifique, où chaque détail est étudié, service de grande maison, cave à la fois rassembleuse et pleine de trouvailles.

Le Couffour
T. 04 71 20 73 85
Fermetures ma, me.
Menu(s) 98-180€

Chef Cuisinier
Serge Vieira

HÔTELS

4 ÉTOILES

SODADE

Idéal pour prolonger l'expérience gastronomique proposée de Serge Vieira, cet hôtel - membre de la collection Relais & Châteaux - réunit trois vastes chambres aux lignes claires, aux matériaux nobles et au design épuré, toutes aménagées dans le château médiéval de Couffour et prolongées d'une terrasse privative qui dévoile les spectaculaires paysages du Cantal. Une adresse idéale pour partir à la découverte de cette région d'exception... Le parc naturel de l'Aubrac est à quelques minutes seulement de marche, tout comme les sources du Par ou encore la délicieuse chapelle Notre-Dame de la Pitié.

21 avenue Georges Pompidou
T. 04 71 60 10 23

JUSSAC 15250

ÉLEVEUR

GRANGE DE BREISSE, MAISON BIGEON

Benoit et Michèle Bigeon se sont installés dans cette charmante ferme au pied des monts du Cantal entourée d'une nature verdoyante, pour y élever des lapins dans les meilleures conditions. Nourris par monsieur aux céréales et à la luzerne, les petits rongeurs passent ensuite entre les mains expertes de madame, côté fourneaux. En résulte nombre de préparations délicieuses et naturelles, terrines, saucisses, lapin au cognac, rôti farci aux herbes et pruneaux, et un surprenant boudin blanc de lapin. Les produits sont à retrouvés sur le marché d'Aurillac le samedi matin, dans des épiceries fines et en vente par correspondance.

Breisse
T. 04 71 46 65 95
Pas de fermetures

MALBO 15230

RESTAURANTS

11,5/20

LA FEMME DU BARBU

Au milieu de rien, un petit miracle que cette auberge accueillante avec le barbu, Julien, et sa compagne Victoria, rayonnante en salle dans ce minuscule village qui s'anime et devient une destination grâce à eux. Ayant quitté La Rochelle et l'océan pour la rudesse des montagnes du Cantal, ils ont trouvé en revanche toute la chaleur auvergnate et la confiance des locaux. On se fie aux bonnes idées du moment, en commençant par se partager une assiette fromage et charcuterie régionale, avant un délice de velouté de champignons, cèpes et trompettes ramassés à l'automne, un bon foie gras, le saumon, fumé sur place et cuit doucement avec une tombée de chou, le bœuf de Salers façon carbonade avec ses grenailles, et la forêt noire en dessert, pour un repas à la fois généreux, enraciné et finalement moderne dans son propos. L'excellent accueil ajoute un atout, comme la terrasse d'été, la petite cave permet quelques vins au verre plaisants, comme le rasteau de propriétaire.

1 rue des Cassalouts
T. 09 52 69 41 07
Fermetures ma.

MARCOLÈS 15220

RESTAURANTS

14,5/20

AUBERGE DE LA TOUR

Renaud Darmanin est un éternel insatisfait et, au moins en cuisine, c'est sans aucun doute une qualité. Son hôtel-restaurant, niché au cœur d'un charmant village du Cantal, fonctionne à plein régime malgré son éloignement. Les chambres de l'hôtel sont charmantes et sa table reconnue. Pourtant, on sent chez notre Jeune Talent Auvergne 2014 comme une constante remise en question de son travail, ce qui se ressent parfois dans sa cuisine, qui alterne entre les plats aboutis et lisibles, et les assiettes plus brouillonnes, comme si on en était encore au stade des réglages. Il y a le potentiel d'une troisième toque, sur le bavarois d'artichaut, barigoule, albédo d'agrumes et copeaux de bœuf de Salers ou sur la truite fario des étangs de Marfon, radis au miel de forêt et sumac, mais il manque encore de la régularité à cette cuisine qui séduit par son audace et sa personnalité. Ambiance feutrée qu'on aimerait réveiller un peu, jolie cave.

Place de la Fontaine
T. 04 71 46 99 15
Fermetures ma, me.
Carte 18€ **Menu(s)** 79-109€

MONTSALVY 15120

RESTAURANTS

12/20

AUBERGE FLEURIE

Chez Pascal et Maxime, à la sortie de Monsalvy, petite cité de caractère, cette charmante auberge a le privilège, outre sa façade végétalisée et son accueillante salle de restaurant d'offrir à ces hôtes la fine et savoureuse cuisine du chef qui sait choisir ses produits et renouveler sa carte en suivant les arrivages du marché local. Filet de turbot embeurrée de poireaux, mijotée de veau aux morilles accompagné de truffade et des

2 avenue d'Aurillac
T. 04 71 49 20 02
Fermetures lu, di (dîn.).
Menu(s) 16-48€

desserts aux associations inventives et de caractère au même titre que les assiettes assez minimalistes au demeurant. Belle carte des vins et service avenant.

PARLAN 15290

CHARCUTERIE

SALAISONS LABORIE

Pour une charcuterie aux petits oignons, c'est ici qu'il faut s'approvisionner. Laurent Laborie ne manque aucun de ses produits préparés avec sérieux et savoir-faire. Des bêtes choisies avec soin, des produits amenés à maturité pour obtenir puissance et finesse : cornes de Salers, saucisse sèche, tête persillée, poitrines sèche ou fumée, confit de foie de porc, jambon sec fermier (de 9 à 16 mois d'affinage)... ont de quoi vous régaler.

Le Bourg
T. 04 71 46 12 61
Fermetures lu, di (p.m).

PAULHAUC 15430

ÉLEVEUR

LA FERME DU JARRY

Les grasses vaches laitières de race abondance, qui ont toutes de jolis noms (Lunette, Libellule...) offrent leur lait de haute qualité pour produire du cantal fermier, du salers, du fromage blanc, du beurre. Marie-Claire vous accueille et vous conseille entre le jeune, le vieux et l'entre deux. Après avoir goûté les trois, le choix est difficile : tout est bon et autour de 10 € /kilo. Vente en direct et sur les marchés locaux.

Le Jarry
T. 04 71 73 34 09
Fermetures di.

PIERREFORT 15230

BOUCHERIE

MAISON JOFFROIS

Au milieu du village, une belle boutique qui fera rêver les amateurs avec ces jambons et saucissons qui ne demandent qu'à être décrochés. Un très bon jambon d'Auvergne de caractère avec une très bonne mâche, également des pâtés, fricandeaux et produits régionaux, dont du fromage. La réputation de cette la maison de plus d'un siècle n'est plus à faire, quatre générations s'y sont succédées.

10 avenue Georges Pompidou
T. 04 71 23 31 80
Fermetures lu, di (p.m).

FROMAGERIE

FROMAGERIE DES MONTS DU CANTAL

Un vaste magasin pour trouver les fromages d'Auvergne au lait cru, provenant de plusieurs sites de collecte. Sur place, une large gamme, dont l'original « Petit Pierrefortais » et des produits bio, avec un cantal et une tomme. Un autre magasin à Valuejols.

9 rue des Sagnes
T. 04 71 73 26 33
Fermetures lu, ma (p.m), me (p.m), je (p.m), ve (p.m), sa (p.m), di.

SAINT FLOUR 15100

BOULANGERIE

MAISON RAYNAL

Une vaste boulangerie pâtisserie qui sait se renouveler à chaque période de l'année avec des spécialités changeantes, comme les fouaces et la tarte de Saint-Flour. Le pain est réputé, la pâtisserie est très correcte et les glaces agréables en été. Également présent en ville basse place de la Liberté.

65 rue des Lacs
Fermetures lu.

ÉPICERIE FINE

MAISON CATHELAT

Une véritable caverne d'Ali Baba des bons produits régionaux. Cette superbe et vénérable boutique est bien connue des Sanflorains, et son propriétaire, Denis Cathelat, a même fait l'objet d'un livre (disponible au magasin, bien sûr). A l'intérieur, que des trésors et une visite passionnante : charcuteries, alcools, liqueurs, soupes, conserves, légumes, fromages, confitures (goûtez celle de gratte-cul) at autres richesses d'Auvergne.

17 rue de la Collégiale
T. 04 71 60 94 77
Pas de fermetures

Le chef Julien Ayral, restaurant La Femme du Barbu à Malbo

Le bœuf est la reine des viandes ;
le bœuf possède, incluse en lui,
la quintessence de la perdrix,
de la caille, de la venaison, du faisan,
du plum-pudding et de la crème
aux œufs.

Jonathan Swift
(1667-1745)

SAINT JACQUES DES BLATS 15800

HÔTELS

3 ÉTOILES

HÔTEL DES CHAZES

N122
T. 04 71 47 05 68

Posé entre le Plomb du Cantal et le Puy Griou, sur le chemin de Saint-Jacques-de-Compostelle, cet hôtel est aujourd'hui un parfait refuge pour tous les amoureux d'une nature préservée. Aménagées dans une maison au charme familial, les 19 chambres infusent une même ambiance, chaleureuse et sans façon, et offrent toutes une vue panoramique sur les monts du Cantal. Après la découverte du restaurant gastronomique de l'hôtel, les lieux sont une parfaite incitation à arpenter les multiples sentiers de randonnées au départ même de la maison, qui propose de savoureux paniers pique-nique à déguster en balade. Tandis que les plus sportifs préfèreront s'essayer aux multiples sports proposés : tennis, VTT ou parapente.

TANAVELLE 15100

ÉLEVEUR

LA FERME DES COCHONS GOURMANDS

La Radoundeyre
T. 04 71 73 03 46
Fermetures lu (a.m), ma (a.m), me (a.m), je (a.m), ve (a.m), sa (a.m), di.

Etape gourmande dans cette ferme vertueuse où les cochons sont bien nourris, sur paille et sans OGM, pour l'honneur de la charcuterie auvergnate. Une saucisse sèche bien sèche et de bon goût, de multiples pâtés, terrines et rillettes en conserve, un accueil très aimable, Les produits sont disponibles ici tous les jours et sur les marchés locaux.

VAL D'ARCOMIE 15320

PRODUCTEUR

PIERRE DELMAS APICULTURE

10 la Brugère
T. 06 77 26 80 22
Pas de fermetures

Entre récolte du miel et visite guidée pendant la période estivale, Pierre Delmas est un apiculteur aux petits soins avec ses abeilles et... avec ses visiteurs avec qui il partage volontiers sa passion. Pour piqûre de rappel, cet apiculteur propose à la vente du miel en bocal, en vrac ou en seau pour les plus gourmands. Médaille d'Argent « Polyfloral », médaille de Bronze « Montagne » au concours des miels de France 2020. Vente en direct à la ferme, pensez à prendre rendez-vous.

Saint-Flour

VÉZAC 15130

HÔTELS

4 ÉTOILES

CHÂTEAU DE SALLES

Voilà un lieu comme il n'en existe plus guère, un authentique château de guet dont les travaux de construction débutèrent en 1476, sous l'impulsion du grand écuyer Bonnet de Salles. L'édifice, largement remanié au fil des siècles, a préservé sa belle tourelle mais il est désormais enrichi d'une annexe plus contemporaine qui recèle sans conteste l'un des hôtels les plus séduisants de la région. Les 29 chambres et suites possèdent le meilleur du confort contemporain mais elles ont conservé de vrais signes du passé avec de belles charpentes apparentes, doublées d'un décor rustique et élégant. Toutes surplombent le golf 18 trous qui ravira les amateurs tandis que les amoureux de farniente préfèreront paresser au bord de la belle piscine, nichée au cœur du parc de 8 ha.

Route du Château de Salles
T. 04 71 62 41 41

VIEILLEVIE 15120

HÔTELS

3 ÉTOILES

HÔTEL DE LA TERRASSE

Et de cinq ! En plein de cœur de la vallée du Lot et à deux pas de Conques, cet hôtel est en effet propriété de la même famille - Les Bruel - depuis maintenant cinq générations. Bâtie en 1870, l'ancienne auberge du village propose à ses hôtes dix chambres bien douillettes, avec leurs moquettes épaisses et leurs lits moelleux. Vastes et lumineuses, toutes dévoilent une vue à 180° sur la piscine et le parc ombragé avec ses vignes et ses bananiers et, en toile de fond, les collines bien rondes du Cantal. Chaleureuse et à prix doux, cette maison est aussi le point de départ idéal pour découvrir les richesses de la région, qui n'en manquent pas. Les superbes villages de Conques, Entraygues ou Rocamadour, les gorges de la Truyère, le gouffre de Padirac sont à deux pas, offrant l'occasion de s'essayer à de multiples activités, escalade, VTT, rafting ou à canoë-kayak.

Le Bourg
T. 04 71 49 94 00

ÉLEVEUR

FERME DE LA VIDALIE

Isabelle et Serge Broha travaillent à la ferme, non loin de Conques, sur le chemin de Saint-Jacques-de-Compostelle. L'exploitation se compose de vignes et de pâturages ce qui permet au visiteur d'apprécier à la fois les vins de Serge et les produits laitiers, le domaine d'Isabelle. Vous pourrez ainsi déguster le cabécou, le parabel, un peu plus gros et affiné plus longuement (130 g) et la tomette, affinée un mois et d'environ 210 g.

Chez Isabelle et Serge Broha
T. 04 71 49 96 98
Fermetures ma, di (a.m).

Champs de lavande à Ferrassières

DRÔME

AUVERGNE-RHÔNE-ALPES

Gault&Millau

ALIXAN 26300

BOULANGERIE

RELAIS DE LA POGNE

À l'écart du village, cette boulangerie présente un étal complet tenu par une vendeuse aimable et rapide. Côté pain, la tradition est un bon choix mais pourquoi pas se laisser tenter par le pain au maïs à la mie bien tendre, agréable en bouche.

15 avenue Dauphiné Provence
T. 04 75 47 08 67
Fermetures lu, di (p.m).

BOURG DE PÉAGE 26300

BOULANGERIE

AU BOUT L'ANGE RIT

Très grande boutique dans une galerie commerciale avec un coin épicerie et des produits d'épicerie fine. La tradition aux graines est agréable avec un bon goût de farine artisanale, campagnarde. Les céréales ajoutent un plus. Le pain spécial au seigle est exemplaire, bien levé, dense avec très bon goût de seigle. La vendeuse est efficace et polie.

22 allée de Provence
T. 09 80 64 72 24
Fermetures lu, di (p.m).

LIONNETON

Chez Lionneton on travaille à plusieurs têtes Marcel d'abord, et maintenant Jacques et Philippe tiennent une boutique où tout est préparé sur place, à partir d'ingrédients de 1er choix avec des fèves équitables. Avec la griffe Meilleur Ouvrier de France en boulangerie (et Finaliste au Grand Prix International de la chocolaterie), les pains à base de farines pures et sans additifs, dégagent arômes et textures aussi variées que travaillées et les viennoiseries feuilletées et délicates agrémentent des petits déjeuners de grands jours. Les entremets ont des textures variées et équilibrées. Les chocolats artisanaux permettent de finir sur une note agréablement chocolatée. "Bean to bar" depuis deux ans.

9 avenue Georges Pompidou
T. 04 75 70 48 54
Fermetures lu, di (p.m).

PASCALIS

Le temple de la pogne s'ouvre devant vous depuis 1892 grand'rue Jean-Jaurès, avec la plus grande gentillesse du monde. Avant de déguster le produit vedette de la maison, prenez le temps de découvrir le musée au sous-sol, cela ne fera qu'attiser l'envie de goûter à cette généreuse recette familiale ! La version nature est idéale au petit-déjeuner, mais les gourmands s'autoriseront plus de fantaisie avec la pogne agrémentée de pralines, de noix et caramel, ou encore de crème à l'orange et chocolat craquant. Bon pain et irrésistibles bugnes. Deux autres boutiques à Romans-sur-Isère et à Tain-l'Hermitage.

86 Grand'Rue Jean Jaurès
T. 04 75 05 52 00
Fermetures lu, di (p.m).

CHAROLS 26450

RESTAURANTS

12,5/20

CHÂTEAUX LES OLIVIERS DE SALETTES

Dans un splendide château du XVIe siècle au cœur de la Drôme provençale, on retrouve cet hôtel**** de luxe, au charme authentique et local, tout en pierres, voûtes et ambiance châtelaines. Outre les chambres d'un confort certain, on ne manquera pas de goûter les bonnes idées du chef, régionales et de saison, d'une réalisation sans faute. Le menu à 62 € est d'une justesse absolue, avec le melon de la Drôme fumé aux pommes de pin, confiture melon baie de cannelier, jus de peau rôti et tartare de melon à la feuille de wasabi, le carré de veau fermier, purée de pommes de terre au beurre d'Ardèche, algues fraîches et jus de veau à l'angélique, racine et aubergines confites, la douceur d'épeautre et de myrtille en praliné aux noisettes du Piémont, glace chèvre et crumble. Bon service.

1205 route du Château
T. 04 75 00 19 30
Fermetures lu (déj.), ma (déj.), me (déj.), je (déj.), ve (déj.).
Menu(s) 31,80-59€

CHATUZANGE LE GOUBET 26300

BOULANGERIE

LA GRANGE AUX SAVEURS

On trouve absolument de tout dans cette boulangerie vaste et moderne : sandwiches, salades, quiches, pizzas, une vingtaine de pâtisseries, sans oublier une vingtaine de pains. Et du bon pain : une tradition très bien cuite et farinée au goût délicieusement artisanal et campagnard, ou encore un savoureux tortigraine au bon goût de céréales.

30 rue Sébastien Loeb
T. 04 75 71 39 62
Fermetures di.

CONDORCET 26110

RESTAURANTS

12/20

LA CHARRETTE BLEUE

Au cœur des Baronnies, cette charmante maison, avec une tonnelle idéale en été, offre l'occasion de découvrir une cuisine régionale et créative. Le territoire est bien exploité et l'on retrouve des saveurs bien développées, sur un croustillant chaud de fromage de chèvre de Saint-Ferréol au riz noir de Camargue et à la pâte d'olives, un filet de raie pochée, légumes frais, vermicelles de riz sautés au fruits de mer et émulsion de lait de coco au curry et au citron, une pintade de la Drôme aux olives de Nyons, sur une tartine de pain d'épeautre aux foies blonds, jus réduit à la fondue de tomates et aux olives... Formules à partir de 24 € .

La Bonté, Route de Gap
T. 04 75 27 72 33
Fermetures me.
Menu(s) 21-52€

Boulangerie Fouraison

MAISON DES DÉLICES !

À la fois boulangerie, pâtisserie, traiteur, mais aussi glacier et confiseur, cet établissement à l'élégante devanture moderne, sublime artisanalement les produits locaux.
Aidés de leurs collaborateurs, Stéphanie et Mathieu Fouraison proposent à leurs clients une belle gamme de merveilles gourmandes réalisées sur place, dans les règles de l'art, avec des produits bruts de saison de provenance locale en grande majorité. Il en est ainsi de la farine, du picodon, des noix ou encore du miel et des viandes, fruits et légumes, qu'ils travaillent avec talent dans leur laboratoire. Si les clients apprécient la démarche, Stéphanie et Mathieu sont aussi ravis de soutenir les petits producteurs.

Parmi les trésors boulangers, trois pains sont des emblèmes : le pain au levain, celui aux graines de chia, véritable produit sain, et la baguette Tradition à la mie alvéolée et au croustillant parfait. En termes de pâtisserie, les alléchantes réalisations suivantes, aux fruits locaux de saison, sont particulièrement plébiscitées : le millefeuille aux framboises, la tarte chibouste aux pommes et la belle gamme de macarons.
En outre, grâce à leurs gâteaux sur-mesure, vous émerveillerez vos convives lors d'événements !
Et à tout instant faites-vous plaisir ou offrez leurs confiseries !
Pour les petits creux, vous vous régalerez avec leurs viennoiseries et leurs snackings (croques, paninis, burgers...). Et pour que vous réduisiez le temps passé derrière les fourneaux, la Maison Fouraison crée des plats cuisinés savoureux qui suivent les saisons (lasagnes, rôtis, croziflettes, tartiflettes...)
Enfin, vous apprécierez leur adorable accueil.

Le + : La Boulangerie Fouraison offre une couvette (spécialité de Crest) à tous les clients présentant cet article !

9, rue de la République, 26400 CREST
Tél. : 04-75-25-02-53
Facebook : @boulangerie.fouraisonmathieu

L'Esprit Gourmand

AUX DOUCES ÉPICES

C'est après de jolies expériences aux côtés de grands chefs parisiens que Dhan Chakma-Moisy a ouvert son propre restaurant en 2018. Des produits frais de saison et cultivés en agriculture raisonnée composent de savoureuses assiettes. La cuisine de bistro maison est traditionnelle et revisitée selon l'inspiration du chef, rehaussée d'épices asiatiques. Le tataki de thon mariné dans une vinaigrette salée et sucrée, huile de sésame et wasabi, puis roulé dans de la poudre de saté ou les escargots de Bourgogne et jambon speck d'Italie avec une émulsion d'ail noir local et de persil étonneront les papilles des gourmets. En dessert, le chef propose un pralin feuilleté ou un délicieux café gourmand. Belle terrasse ombragée aux beaux jours. Privatisation possible pour vos événements.

14, rue Aristide Dumont, 26400 CREST
Tél. : 04-75-40-23-63
www.lesprit-gourmand-crest.fr

Bar de l'Étape

TERROIR ET FRAÎCHEUR

Si vous désirez découvrir les ravioles de la Drôme, n'allez pas plus loin ! Ici, le terroir est à l'honneur. Produits frais, cuisine traditionnelle, service de premier choix, ce restaurant, avec terrasse, partage sa passion culinaire depuis près de 20 ans. *« Notre caillette ou encore nos civets de gibier sont exquis »* annonce Mathias Rey, le gérant, l'œil gourmand. Et comme le plat du jour n'est jamais le même, vous serez forcé d'y revenir.

16, Bvd Adolphe Ferrier, 26150 DIE
Tél. : 04-75-22-03-29

Auberge de la Vallée de l'Oule

LA CUISINE LOCALE DANS VOS ASSIETTES

Ce restaurant, perché au-dessus de la magnifique Vallée de l'Oule, va vous ravir les papilles ! On y déguste une cuisine traditionnelle exclusivement faite maison. Miel, agneau, volaille, fromage de chèvre, olives, aromates, pour ne citer qu'eux, les produits locaux en circuit court sont favorisés pour vous proposer des menus créatifs sublimant chaque saison. Une cuisine à consommer sans modération. Pour découvrir... et revenir !

Le Village, 26510 CORNILLON-SUR-L'OULE
Tél. : 04-75-27-21-66

Rien de plus délicieux dans la vie que le coin du feu, une salade de homards, du champagne et la causette.

George Gordon, lord Byron
(1788-1824)

Le Quartier

ÉMOTION ET QUALITÉ

Lola et Valérie proposent une cuisine à l'instinct, fraîche, enlevée. Dans le respect de l'identité originelle des produits bruts, elles offrent dans un cadre intime des saveurs inédites et sublimées. Avec ses légumes soigneusement choisis auprès de maraichers voisins, ses viandes de producteurs locaux et régionaux, ses poissons issus de la pêche durable, Valérie crée des recettes justes, inventives et parfumées. Sa fille, Lola, réalise des desserts revisités, harmonieux et inspirés. Une adresse fusionnelle et lumineuse.

5, rue Justin-Jouve, 26220 DIEULEFIT
Tél. : 04-75-52-27-91
restaurant-le-quartier.com

La Caserne O Pains

L'ORIGINALITÉ DES SAISONS

L'équipe de la Caserne O Pains a choisi de miser sur les douceurs du moment pour vous faire voyager à travers de nouvelles saveurs. Fabriquées à 100 % maison, les gourmandises qu'elle propose sont élaborées avec des produits locaux. Travaillés au levain en longue fermentation pour optimiser les valeurs nutritives, la baguette Tradition et des pains spéciaux très gustatifs, à l'instar du pain au potiron, féta basilic ou pommes curry en saison, remportent un vif succès, tout comme les viennoiseries, classiques ou originales telle la tresse au sirop d'érable et noix de pécan. Tourbillon à la mousse passion et dés de mangue, Igloo aux letchis et noix de coco, les créations pâtissières ne manquent pas de peps ! Snacking et plats cuisinés. Salon de thé. Terrasse ouverte toute l'année.

✉ 2C, route de Beauvallon,
26800 ÉTOILE-SUR-RHÔNE
Tél. : 04-75-80-04-55
Instagram : boulangerie.lacaserneopains
Facebook : @lacaserneopains
www.la-caserne-o-pains.eatbu.com

Une faim de loup

ATYPIQUE, AUTHENTIQUE, ABORDABLE

Dans son cabanon installé près du bar à bières* partenaire, Greg conjugue avec brio une idée gourmande ingénieuse et généreuse. Son food-truck pas comme les autres – entre qualité, fraîcheur et originalité –, propose de vrais burgers maison avec, selon les recettes, oignons caramélisés, viande charolaise, fromage fruité du Jura, chorizo grillé, poivrons poêlés, crème de brie de Meaux ou encore Jalapenos... Côté sucré, les desserts sont juste renversants et uniques. Une adresse amicale et des prix justes.

✉ Z.A Les Basseaux, 26800 ÉTOILE-SUR-RHÔNE
Tél. : 06-68-30-66-27
Facebook : Une faim de loup Etoile

*L'ABUS D'ALCOOL EST DANGEREUX POUR LA SANTÉ.

GRANGES LES BEAUMONT 26600

RESTAURANTS

15/20

LES CÈDRES

Entreprise familiale depuis trois générations, la belle table gastronomique de la famille Bertrand est aujourd'hui tenue par Jacques et Jean-Paul, qui poursuivent une tradition d'excellence. Située au bord de l'Isère, à quelques kilomètres de Romans, cette maison de maître abrite des intérieurs châtelains et raffinés, dans un style qui mêle décoration néo-classique et modernité, avec les fauteuils louis XV, le mobilier Second Empire, la grosse cheminée en pierre, les chandeliers en argent, mais encore les bambous, les murs bleu indigo, bustes, chérubins et arbre intérieur, d'une élégance certaine et d'un goût éclectique. Le menu senteurs océanes à 160 € ne triche pas, donne à voir une remarquable composition sur le terroir, avec le tartare de thon rouge au yuzu, julienne de légumes, coulis de tomates mi-confites, le cabillaud cuit dans une nage de moules de bouchot et coques en émulsion, le homard entier décortiqué à cru puis grillé avec des petits légumes confits à l'huile d'olive, purée de kumquat et citron lime. Cave bien assortie.

25 rue Henri Machon
T. 04 75 71 50 67
Fermetures lu, ma, me, di (dîn.).
Menu(s) 110-175€

Chef Cuisinier
Jacques Bertrand

GRIGNAN 26230

RESTAURANTS

15/20

LE CLAIR DE LA PLUME

Peu à peu, Julien Allano étend son petit empire sur Grignan, un peu comme a pu le faire, toutes proportions gardées évidemment, un Georges Blanc à Vonnas. Deux hôtels, deux restaurants, un café, un salon de thé, une boutique... l'homme est sans cesse en mouvement, toujours à l'affût d'un nouveau défi. Heureusement, son vaisseau amiral, le Clair de la Plume, ne souffre pas de cette hyper-activité. Julien Allano sait s'entourer et déléguer, pour mieux se concentrer sur sa table à trois toques où il propose à la clientèle de se laisser guider au rythme des saisons et du marché du jour. C'est souvent brillant, toujours très gourmand jusqu'aux desserts, signés par l'excellent Cédric Perret. Cave éclectique avec une offre au verre variée, service souriant et toujours dans le bon rythme.

Place du Mail
T. 04 75 91 81 30
Fermetures lu, ma, me (déj.), je (déj.), ve (déj.).
Menu(s) 115-135€

Chef Cuisinier
Julien Allano

HÔTELS

4 ÉTOILES

HÔTEL LA FERME CHAPOUTON

Parfaite annexe du restaurant gastronomique Le Clair de la Plume, cette bâtisse XVIIIe en reprend tous les codes. Treize chambres (dont certaines communicantes pour les familles) déclinent en effet ce même raffinement sans ostentation, avec leurs lignes épurées et leurs belles salles de bains contemporaines. En contrebas, le jardin méditerranéen dévoile sa collection d'arbres fruitiers et ses massifs de fleurs, à deux pas de la piscine bordée de sa terrasse et ses transats. On paresse là pendant des heures avant de partir à la découverte du château de Grignan et ses ruelles pavées, où flotte encore l'esprit de Madame de Sévigné...

200 route de Montélimar
T. 04 75 00 01 01

4 ÉTOILES

HÔTEL LE CLAIR DE LA PLUME

Au pied du château de Grignan, cet hôtel a pris place dans une ravissante maison provençale du XVIIIe qui fut, à l'époque, l'ancienne propriété de l'ambassadeur du Canada. Transformée en hôtel en 1999, elle a été savamment restaurée mais a gardé ses meubles d'époque qui décorent aujourd'hui encore les chambres, distillant tous les charmes de l'élégance française. Un raffinement que l'on retrouve dans le délicieux jardin ou l'ancienne cuisine, transformée en salle à manger pour le petit déjeuner. Mais il y a mieux encore puisque les propriétaires ont décidé d'investir, à deux pas, une maison de village qui propose chambres et suites tout aussi agréables avant d'inaugurer un troisième lieu « Le Jardin Méditerranéen », romantique pavillon avec une piscine biologique et une vue sur le majestueux château de Grignan, cher à Madame de Sévigné. Une halte idéale pour prolonger la découverte de la table gastronomique éponyme, emmenée par Julien Allano.

2 place du Mail
T. 04 75 91 81 30

Château de Grignan

Le CabaRé

LE LIEU BRANCHÉ DE GRIGNAN

C'est un endroit atypique qu'a créé Rénald Boyadjian en 2018 : un concept dynamique, imaginé grâce à ses voyages, où s'entremêlent musique et gastronomie. Un espace que l'ensemble de son équipe contribue à sublimer grâce à ses savoir-faire culinaires. L'hiver, au salon du Cabaré, piano-bar chic, on apprécie les apéros dînatoires, cocktails maison et belles références de vins* issus de terroirs variés, ou le restaurant Le Cabaré où l'on vous fait danser. L'été, cuisine et piste de danse sont transportées sur une immense place pavée, une cuisine de produits frais est élaborée au four à braises ou brasero au feu de bois. Ainsi les moules, couteaux, gambas, seiches, saumons, thons et autres pièces de viande à partager sont dotés d'un goût incomparable.

✉ 1000, route de Valréas – Lieu-dit La Petite Tuillère, 26230 GRIGNAN
Tél. : 09-62-68-84-20
www.lecabare-grignan.fr

Restaurant Chez So

UNE CUISINE SAINE ET ORIGINALE

Voilà ce que compose Sophie Gaubert. Passionnée de gastronomie, l'épicurienne cuisine des produits de saison le plus souvent bio et locaux. Les mets sont concoctés maison avec des épices du monde, belle invitation au voyage, et les menus suivent les saisons avec chaque jour une proposition végétarienne. Trois terrasses avec une vue extraordinaire sur les montagnes.

✉ 15, rue couverte de la Tournelle, 26160 LE POET-LAVAL
Tél. : 04-75-53-45-02
Facebook : Restaurant-Chez-So

*L'ABUS D'ALCOOL EST DANGEREUX POUR LA SANTÉ.

LE POËT LAVAL 26160

RESTAURANTS

12/20

LES HOSPITALIERS

Au cœur de la Drôme provençale, non loin de Dieulefit, ce bel hôtel*** propose une vue imprenable sur les environs, un cadre rustique en vieilles pierres, une piscine, idéale en été, et une table aux accents régionaux bien dans son époque. La carte aligne ainsi les idées modeuses et les grands classiques : cheesecake au fromage de chèvre, sablé parmesan et quinoa aux petits légumes, carrelet en papillote, brunoise de courgettes, pintade de la Drôme marinée et sauce acidulée à la sauge, marjolaine au chocolat Valrhona. Très belle cave rhodanienne avec plus d'une centaine de références.

95 rue Neuve, le village
T. 04 75 46 22 32
Fermetures lu (déj.), ma (déj.).
Menu(s) 29-58€

LIVRON SUR DRÔME 26250

FROMAGERIE

LA FRUITIÈRE DU VERCORS

C'est sur les marchés du département (le samedi à Valence place du palais de Justice), que vous retrouverez ces splendides fromages du Vercors, mais aussi d'autres provenances. De savoureux bleus, chèvres et fromages de vache sur l'étal, un accueil et des conseils pour choisir parmi plus de cent références.

19 rue des Frères Lumière
T. 06 09 67 54 06
Fermetures lu, ma (p.m), me (p.m), je (p.m), ve (p.m), sa (p.m), di.

Le Poët-Laval

Auberge de la Licorne

LE GÎTE, LE COUVERT ET PLUS ENCORE

Entièrement rénové en 2019, le seul établissement du genre à Livron redonne tout son sens au mot « auberge » puisqu'il vous offre le gîte, le couvert et bien plus encore. Découvrons cela ensemble. Angélina et Anthony ont, voilà plus de deux ans maintenant, repensé cet établissement pour qu'il soit à leur image : authentique mais avec une pointe de modernité. Leur hôtel-bar-restaurant invite à vivre un délicieux moment, dans une ambiance chaleureuse et accueillante. Dans leurs 12 chambres tout équipées, un plateau de courtoisie et même une machine à café vous attendent pour un séjour ou une soirée étape. Dans leur bar, les clients savourent un copieux petit déjeuner ou, à toute heure de l'après-midi, une pause faite de café gourmand, glace et dessert.

Cuisine traditionnelle et spécialités locales

Fort d'un beau parcours culinaire et animé par une vraie passion, Anthony, le Chef, ravit vos papilles avec sa cuisine de terroir, une touche d'originalité en plus. C'est ainsi qu'il propose une carte courte (que le client sélectionne depuis une tablette) où figurent les incontournables cuisses de grenouilles en persillade, les ravioles et, en dessert, la fameuse pogne façon pain perdu. N'oubliez pas non plus de tester les pizzas, également élaborées par Anthony et servies par Angélina. Dans votre verre, un vin local* souligne les saveurs de votre assiette. Le tout à un très bon rapport qualité/prix et à déguster en salle ou en terrasse, ouverte ou fermée selon la saison. Un événement spécial à célébrer ? Conviez sa réussite culinaire à l'équipe de l'Auberge de la, dont les prestations traiteur ont beaucoup de succès. Pensez-y !

Restaurant ouvert midi et soir, 7j/7.

3240, route Nationale 7,
26250 LIVRON-SUR-DRÔME
Tél. : 06-40-31-08-96
Facebook : Auberge de la Licorne.
www.aubergedelalicorne.eu

*L'ABUS D'ALCOOL EST DANGEREUX POUR LA SANTÉ.

MALATAVERNE 26780

RESTAURANTS

16/20

DOMAINE DU COLOMBIER

Jean-Michel Bardet est un chef heureux. Choyé par un propriétaire, Jean-Pierre Bedel, qui ne regarde pas à la dépense (ce qu'il a fait de ce Domaine du Colombier est impressionnant, dans les décors, les aménagements, n'oubliant pas les cuisiniers qui disposent désormais d'un espace de travail immense et ultra équipé), l'ancien élève d'Olivier Bellin puis chef du Moulin de l'Abbaye, à Brantôme, envisage le futur avec confiance, la tête dans les étoiles et les Toques. La quatrième, qui fait évidemment partie de ses objectifs, n'est pas encore pour tout de suite mais ce cuisinier globe-trotteur (Hong-Kong, Shanghaï, Montréal) s'en approche peu à peu, grâce à une technique et un métier de plus en plus affirmés : encornet rouge farci, aubergine à la bonifacienne sauce paloise, poitrine de cochon bio, petit épeautre, sauge, beignet de pied de cochon et cerise marinée, agneau bio, artichaut en pissaladière, ris et saucisson de brebis avant deux très beaux desserts, dont un abricot en feuille croustillante rôti « fleurs de miel », sorbet plein fruits d'abricots blancs. Une cuisine pleine d'esprit, ensoleillée et délicate, servie par un personnel à la fois jeune et bien formé. La cave s'étoffe progressivement avec d'excellents choix et le patio/terrasse, installé au cœur des bâtiments historiques, est absolument délicieux les soirs d'été.

270 chemin de Malombre
T. 04 75 90 86 86
Fermetures ma, me.
Menu(s) 65-135€

Chef Cuisinier
Jean-Michel Bardet

HÔTELS

4 ÉTOILES

HÔTEL DU DOMAINE DU COLOMBIER

À 10 km de Montélimar, cette bastide du XIVe siècle servait autrefois de relais aux pèlerins, elle a fait peau neuve mais conserve intact son sens de l'hospitalité avec son parc boisé et envahi par les fleurs, ses fontaines et sa piscine extérieure chauffée qui invite à la plus douce des détentes. Étape luxueuse et sereine, le domaine propose également le raffinement de ses 19 chambres et 3 suites récemment restaurées, mêlant tommettes anciennes et confort d'aujourd'hui avec écran plat et vastes salles de bain. Un art de vivre provençal, authentique et généreux, qui préside également à l'esprit du restaurant, conduit par le chef Jean-Michel Bardet et son équipe.

270 chemin de Malombre
T. 04 75 90 86 86

MIRMANDE 26270

HÔTELS

3 ÉTOILES

HÔTEL LA CAPITELLE

Au cœur de Mirmande, cette demeure fut autrefois le refuge du peintre André Lhôte qui ne jurait que par sa vue, somptueuse, sur les Monts d'Ardèche et la vallée du Rhône. Elle est désormais la propriété de Ludivine et Sylvain Croce qui y ont aménagé 11 chambres simples et raffinées, avec leur mobilier ancien et, pour certaines, de belles cheminées. Une étape idéale pour prolonger l'expérience gastronomique du restaurant éponyme et partir à la découverte de Mirmande, classé parmi les plus beaux villages de France, avec ses ruelles médiévales et, non loin, la magnifique chapelle Sainte-Lucie.

Rue du Boulanger
T. 04 75 63 02 72

MONTÉLIMAR 26200

RESTAURANTS

12,5/20

CAFÉ DE L'ARDÈCHE

Reprise par Bastien Lhabitant, cette institution montilienne, qui existe depuis 150 ans, garde le cap et assure toujours dans un cadre contemporain une offre bistrotière de marché. Les idées sont régulièrement renouvelées et donnent aux assiettes de l'intérêt, comme un petits pois, yuzu et fleur de courgette, une tête de veau sauce gribiche ou encore une ballotine de pintade et émulsion lentilles du Puy. Cave adéquate.

19 avenue Charles de Gaulle
T. 04 75 52 51 39
Fermetures lu, di (dîn.).
Carte 17€
Menu(s) 22,90-39€

CONFISERIE

MAISON SOUBEYRAN

La maison est ancienne et peut se prévaloir d'un savoir-faire à toute épreuve. Le miel, ingrédient principal de la recette, est choisi auprès de producteurs locaux. Les petits nougats ont du goût et du moelleux. Natures, enrobés de chocolats... ils demeurent une gourmandise à toutes épreuves. Calissons de Provence, guimauves, caramels et sucettes complètent une gamme pleine de saveurs. Dégustation au salon de thé, restauration du midi issue de produits bios et locaux et visite de la fabrique en suivant le parcours d'un musée du nougat totalement refait ajoutent du piment à des compositions savamment sucrées.

22 avenue de Gournier - RN 7
T. 04 75 51 01 35
Fermetures di.

PÂTISSERIE

MAISON DULAC

Jean-Philippe Dulac s'est bien implanté dans Montélimar. Passé chez Pic et Valrhona, il travaille des produits de qualité aux saveurs équilibrées. Tablettes (amandes, pistaches...) généreusement garnies, macarons, petits fours, guimauves et entremets glacés pour les beaux jours, répondent à la même rigueur de préparation. Avec son goût immodéré pour le mariage des saveurs, son amour des senteurs et goûts francs, Jean-Philippe Dulac est aujourd'hui un chef réputé pour la rigueur et la perfection de ses réalisations. Deuxième boutique en ville au 140 avenue Jean-Jaurès.

7 place du Marché
T. 04 75 01 02 94
Fermetures lu, di.

Le Bar à Thym

UNE CUISINE AUTHENTIQUE

Des produits frais locaux, voilà ce que proposent Agnès et Ludovic. Salades originales, foie gras, truffes, champignons, grillades, burgers, plats du jour, mousses et tartes aux parfums variés..., la cheffe s'inspire des gourmandises de saison pour composer ses délicieuses assiettes. Terrasse sous les tilleuls en été avec vue sur le village médiéval et les montagnes.

Rue Notre-Dame,
26570 MONTBRUN-LES-BAINS

Tél. : 06-49-27-25-30
Facebook : barathymagnesetludo

Miyé

UN VOYAGE RAFFINÉ

Ce restaurant au décor à la fois élégant et chaleureux vous invite à un merveilleux voyage culinaire réalisé par le propriétaire et Chef, Mohammad Turk. Sa signature se lit dans l'alliance de techniques modernes et ancestrales qui subliment ses recettes traditionnelles familiales libanaises entre mazas, grillades à la braise et desserts aux saveurs subtiles. À cette symphonie, un parti pris : Mohammad Turk ne propose pas de carte de boissons classiques, mais des jus et des infusions 100 % maison. Remarquable !

14, avenue de Rochemaure,
26200 MONTÉLIMAR **Tél. :** 04-75-53-93-18
miyerestaurant.com

Auberge le Domanial

UN CADRE SUBLIME, UNE CUISINE INSPIRÉE

Dans une ancienne bergerie à 800m d'altitude, la Table de Marie révèle les parfums des produits du terroir, frais, de saison que la Cheffe aime tant travailler et sublimer. Ses gourmandises sentent bon le marché et les producteurs locaux. Ses créations simples et originales offrent une partition culinaire de qualité. Ses caillettes aux châtaignes, son agneau de Pennes-le-Sec, sa terrine de betterave au chèvre frais signent une cuisine du goût et de l'émotion. Une adresse de caractère.

370, rue Charles-Piot, 26340 PENNES-LE-SEC
Tél. : 04-75-21-79-19 – auberge-penneslesec.fr

MONTOISON 26800

BOULANGERIE

BOULANGERIE CHRISTELLE ET YVES VIGNON

Petite boutique de village à l'étalage assez complet avec une partie salé importante, des chocolats, des glaces... La vendeuse est aimable et professionnelle. La tortigraine est bonne, moelleuse et bien aérée, avec un bon goût de céréales. Le croissant est bien beurré, équilibré en sel et en sucre, et bien aéré.

4 place de la Poste
T. 04 75 84 48 85
Fermetures lu, di (p.m).

NYONS 26110

BOUCHERIE

BOUCHERIE USCLAT

De quoi préparer le pique-nique au départ de cette escapade. Une très bonne viande, de belles préparations et une charcuterie de qualité, telle est la proposition chez Cyril et Béatrice. Goûtez les terrines, disponibles en conserves, terrine provençale au genièvre, du vigneron, au chevreuil...

Place du Dr Bourdongle
T. 04 75 26 06 97
Fermetures lu, di (p.m).

PRODUCTEUR

LA BIASSE PAYSANNE

Un point de vente collectif qui rassemble le meilleur des Baronnies, des spécialités, des petites productions des fermes alentour : le pain, le vin et la bière, les fruits et légumes, les fromages, la charcuterie, les graines, les jus de fruits et confitures...

1306 rue du Dr Dion
T. 04 75 27 81 12
Fermetures lu, je (p.m), sa (p.m), di.

Le Bistrotteur

OU LE GLOBE-TROTTEUR DES BISTROTS

Voilà comment aime à définir l'endroit qu'a créé Guillaume Aulagnier en 2018. Le concept est un bistrot-bar à vins* avec bistronomie d'une part et bar à vins de l'autre. Chaque univers propose à sa carte saisonnière. Côté bistrot, c'est une cuisine d'ici et d'ailleurs que compose le Chef, Davy Reybaud, selon son inspiration et les produits dénichés au maximum chez des producteurs locaux : tataki de saumon ou de bœuf, gravlax sauce wasabi, porc noir de Bigorre laqué... Des recettes dans l'air du temps revisitées. Côté bar, ce sont les planches apéritives de charcuterie, fromages ou d'huîtres, accompagnées d'un large assortiment de vins français ou étrangers, de bières, de rhums vieux, de whiskies, de gins et de cocktails que propose Guillaume, le maître des lieux voyageur.

8, rue de la Maladrerie 26110 NYONS
Tél. : 06-30-73-03-77
Facebook : Restaurant.Nyons

Restaurant des Laurons

COMME À LA MAISON

Dans le respect du produit frais, local et de saison, Katia joue la carte d'une cuisine traditionnelle, simple et de qualité. Renouvelé chaque jour, son plat-maison prône le circuit court et les heureuses trouvailles du marché. Parmi les rendez-vous plébiscités par les clients, l'aïoli morue le vendredi, la vraie choucroute alsacienne l'hiver, les tartes sucrées et salées aux multiples parfums offrent à ce lieu d'échanges culinaire et amical le plein de saveurs et de bonne humeur. Une adresse très sympathique.

ZAC des Laurons, 25, rue du docteur-Dion, 26110 NYONS
Tél. : 04-75-26-08-07
Facebook : Restaurant des Laurons

> *La bonne cuisine est honnête, sincère et simple.*
>
> Elisabeth David (1913-1992)

*L'ABUS D'ALCOOL EST DANGEREUX POUR LA SANTÉ.

PEYRINS 26380

BOULANGERIE

BOULANGERIE LAURENS

Au bout du village, à cinq minutes de Romans, une belle et large vitrine, une boutique avenante avec un parking, un étalage complet et appétissant, avec un bon pain de tradition, et les spécialités locales, comme la pogne.

1 place du Nord
T. 04 75 05 37 33
Fermetures me,je.

PONT DE L'ISÈRE 26600

RESTAURANTS

17/20

LA GRANDE TABLE MICHEL CHABRAN

Michel Chabran et son fils Louis conservent pour les soirées du week-end la "Grande Table" afin que les locaux puissent se régaler de produits et de mets d'exception orchestrés, comme se doit, de mains de maîtres. Seulement à ces occasions, le grand style se remet en marche et les toques s'assument, le temps de quelques repas où l'on célèbre les saint-jacques et les truffes, le homard, le ris de veau, le pigeon et les plus beaux gibiers qui font le bonheur de la rareté. Dans la courte carte du moment, un tartare de veau aux senteurs asiatiques, la langoustine et sa déclinaison de carottes, le pigeon Chabert "comme à Marrakech", la figue pochée au porto sphère chocolat caramel et framboise. Grande cave rhodanienne, ambiance à la fois stylée et familiale, avec la bienveillance du grand Michel toujours attentif.

29 avenue du 45e Parallèle
T. 04 75 84 60 09
Chef cuisinier
Michel Chabran
Sommelier
Rodolphe Lombardi
Directeur de salle
Rodolphe Lombardi
Chef cuisinier
Louis Chabran
Fermetures lu, ma, me, je (déj.), di (dîn.).
Menu(s) 119-139€

13/20

LE 45ÈME

Versant bistronomique de la Grande table, la convivialité et le charme des lieux préside aux mêmes destinées, pour une expérience allégée et plus accessible, qui permet un premier aperçu des enjeux en cuisine. Le chef dévoile dans un menu à 35 € des compositions de saison d'une très belle réussite, autant sur le fond que sur la forme, avec par exemple le carpaccio de veau, mayonnaise à l'anchois et copeaux de parmesan, le filet de maigre confit, déclinaisons de chou-fleur et coulis de cresson, le suprême de pintade fondant, jus de cuisson aux olives et citron confit, purée de carottes et chorizo, la douceur au chocolat, basilic et fruits sauvages. Très belle cave.

29 avenue du 45e Parallèle
T. 04 75 84 60 09
Fermetures lu, di (dîn.).
Menu(s) 35-69€

HÔTELS

4 ÉTOILES

HÔTEL MICHEL CHABRAN

Idéal pour prolonger l'expérience gastronomique de la maison Chabran, cet hôtel contemporain prend des allures de maison de famille réunissant 9 chambres confortables et cosy avec poutres apparentes et lits moelleux. Toutes ouvrent sur la véranda et le jardin où l'on prendra son petit déjeuner dès les beaux jours. Un refuge parfait également pour profiter des activités toutes proches : centre d'équitation, golf 18 trous et tennis à 10 km... A moins que l'on ne préfère partir à la découverte des trésors de la région, du Palais du facteur Cheval à la Grotte Chauvet.

29 avenue du 45e Parallèle
T. 04 75 84 60 09

CAVISTE

RHÔNE MAGNUM - CYRIL & LAËTITIA, CAVISTES

15 chemin du Bertrand
T. 04 75 77 07 62
Fermetures lu, di.

Cyril Coniglio, Meilleur Caviste de France 2018, et sa femme Laetitia (caviste diplômée et demi-finaliste au même concours) animent ce nouveau lieu avec force compétence. 500 références de vins et champagnes, une centaine de spiritueux, une soixantaine de bières... dont une bonne sélection de vins bio, l'ensemble réparti en 7 familles de goût avec le temps de garde indiqué sur chaque bouteille (et effaçable !). Bref, un accès aisé et astucieux pour vous retrouver dans les différents cépages et terroirs français et étrangers. Trente pays sont représentés et seront commentés par ces passionnés. Cyril apporte son savoir-faire auprès des jeunes dans le cadre de la fondation Paul Bocuse. Ateliers de dégustation, bar à vins avec "séances de grignotage" et rayon d'épicerie fine viennent compléter la gamme présentée par ce couple talentueux. Avis aux amateurs !

Nyons

L'Art des Liens

LA PASSION DE LA NATURE

C'est toute la philosophie que Damien Trento souhaite transmettre dans ses plats. Une cuisine bistronomique provençale composée de produits sains dénichés chez ses voisins maraîchers, vignerons, dans son potager ou dans la nature. Après un passage chez de grands chefs renommés et dans les palaces de la Côte d'Azur, le Chef a longtemps voyagé pour s'inspirer de saveurs colorées. Chez lui, un menu unique à l'ardoise avec entrée, plat et dessert. Une formule originale et surprenante renouvelée chaque jour au fil des saisons : foie gras au coing, bisque de crustacés, tête de veau sauce gribiche ou ballottine de poulet fermier aux cèpes... Tous les mets sont savamment et justement travaillés selon l'humeur et l'inspiration du maître des lieux. Terrasse ombragée en été.

62, rue Jean Jaurès,
26800 PORTES-LÈS-VALENCE
Tél. : 04-75-55-48-53
www.lartdesliens-restaurant.fr

Le Diable au Thym

CHAQUE JOUR UNE SURPRISE

C'est en hommage au restaurant de son premier maître de stage, Le Diable au Thym, que Florian a baptisé le sien ainsi. Installé depuis 2018 avec Élisabeth, sa maman qui gère la salle, il travaille une cuisine traditionnelle méridionale aux senteurs du sud. Les produits frais sont sa source d'inspiration pour trouver chaque jour de nouvelles recettes. En saison, il excelle à cuisiner le gibier comme le salmis de pigeon sauce foie de volaille ou le civet de chevreuil, mais il propose aussi des poissons à l'instar du filet de turbot aux huîtres. La carte est renouvelée chaque saison avec des suggestions ajoutées quotidiennement selon l'humeur du Chef. Florian suggère, pour conclure, un délicieux tiramisù aux châtaignes ou une tarte aux fruits. Terrasse ouverte en été.

1288, avenue du Président Salvador Allende,
26800 PORTE-LÈS-VALENCE
Tél. : 04-75-59-15-39
www.restaurant-lediableauthym.fr

ROCHEBRUNE 26269

ÉLEVEUR

FERME DAGOBERT

Dagobert et son épouse élèvent leurs agneaux et leurs cochons et fabriquent leur propre charcuterie. Lonzo, coppa (ils ont un ami corse !), saucisson, saucisse, caillette... Egalement la viande d'agneau, mais aussi les pâtes de petit épeautre. Ferme-auberge en saison, avec les petits plats régionaux de Dagobert, du mercredi au samedi soir en été, et dimanche midi.

Ferme du Moulin
T. 04 75 26 31 39
Fermetures lu, ma, me, je, ve (a.m), sa (a.m), di (p.m).

ROCHEGUDE 26790

RESTAURANTS

12/20

CHÂTEAU DE ROCHEGUDE

Dans l'un des plus beaux châteaux d'Europe, au cœur de la Provence, s'est installé un Relais & Châteaux****, aux chambres luxueuses et dans le respect d'un style historique, à l'intérieur comme à l'extérieur. L'ancienne forteresse du XIIe siècle, aux aménagements riches et à la conservation exceptionnelle, accueille également la table de Thierry Frébout, qui défend une belle cuisine de produits, pour une clientèle aisée et bourgeoise. Le menu répond aux attentes, avec les langoustines rôties aux asperges et bouillon thé lapsang souchong, le filet de turbot sur la peau et fondue de fenouil sauce genevoise, la côte d'agneau fumé au foin de garrigues et brochette de ris poêlés, légumes printaniers. Desserts classiques.

Place du Château
T. 04 75 97 21 10
Fermetures lu (déj.), ma (déj.), di.
Carte 25€ **Menu(s)** 29-75€

HÔTELS

4 ÉTOILES

HÔTEL DU CHÂTEAU DE ROCHEGUDE

Célèbre pour sa table, cette forteresse du XIIe siècle abrite également 24 chambres et suites au luxe discret avec mobilier ancien, lumineuses tentures de lin et surtout, une vue à couper le souffle sur la Vallée du Rhône et le Mont-Ventoux. Après une pause dans l'espace bien-être aménagé sous les voûtes du château (une mention pour les massages, exceptionnels), on partira à la découverte du parc de 10 ha, paradis des biches et des daims qui arpentent sans crainte les sous-bois. Et avant le dîner, rien ne vaut une halte dans l'un des salons aménagés dans le cloître, l'ancienne salle de justice ou le salon de musique pour goûter l'atmosphère hors du temps qui émane de ce lieu rare, membre de la collection Relais & Châteaux.

Place du Château
T. 04 75 97 21 10

ROMANS SUR ISÈRE 26100

RESTAURANTS

12/20

L'INSTANT

Non loin de la gare, cette belle maison de maître accueille une table d'aujourd'hui raffinée et chaleureuse, avec une décoration sobre et une mise en table soignée. Le ton légèrement bourgeois accompagne une assiette bien travaillée, où le produit joue bien sur les nouvelles modes. À partir de 30 € , la réputation est légitime, pour l'intéressante fraîcheur de tourteau et rouget, légumes d'été confits et mousse wasabi, le filet de canette rôtie au poivre de Timut et jus cassis, le veau de lait rôti, champignons du moment et jus réduit, ou encore pour le clafoutis aux cerises façon crème brûlée. Service plaisant.

10 rue de Delay
T. 04 75 45 40 72
Fermetures lu, ma (dîn.), me (dîn.), je (dîn.), di.
Menu(s) 26-60€

12/20

NATURE GOURMANDE

Juste à côté de la Tour Jacquemart, l'adresse de Pierre Gillet continue d'être une bonne référence en ville, un endroit chaleureux et élégant, avec le parquet, les chaises en osier, les plantes et le blanc, pour une atmosphère nature et épurée. En compagnie de son épouse Gwenaëlle, ils construisent une expérience évolutive, en menu caché, inspiré et bien renouvelé, à partir de 34 jusqu'à 67 € . Cave rhodanienne bien assortie.

37 place Jacquemart
T. 04 75 05 30 46
Fermetures lu, ma (déj.), me (déj.), je (déj.), ve (déj.), di.
Menu(s) 37-63€

BOUCHERIE

BOURNE CHARCUTERIE

Installée dans la Drôme depuis plus de 20 ans, la Maison Bourne est une histoire de famille. De parents charcutiers, David Bourne, reprend l'entreprise familiale afin de partager sa passion, son savoir-faire et au fil du temps apporter sa touche personnelle. La Maison Bourne vous propose des plats cuisinés et de la charcuterie Fait Maison. La charcuterie est fabriquée à partir de porcs élevés plein air en région Rhône Alpes et nourris exclusivement de céréales. Les plats cuisinés évoluent avec les saisons tout en conservant les grands classiques de la cuisine française. Toujours en recherche d'un nouveau challenge, David concrétise un de ses rêves en remportant le titre de Meilleur Traiteur de France. Notre fierté : être Artisan-fabricant.

68 place Jacquemart
T. 04 75 02 14 25
Fermetures lu, me (p.m), di (p.m).

CHOCOLATERIE

GUILLET MAÎTRE CHOCOLATIER

D'abord Daniel, ensuite Luc mais toujours Guillet, dans la pure tradition des préparations chocolat. Les produits de base sont soigneusement triés pour privilégier une collection aux saveurs franches. Pralinés feuilletine, ganaches ou pralinés ont leur caractère propre, comme les entremets classiques ou glacés.

78 place Jean Jaurès
T. 04 75 02 26 80
Pas de fermetures

POISSONNERIE

LA GIRELLE

A proximité de la gare, cette enseigne tient sa réputation par son offre de qualité, notamment sur les merlus, les saumons, les coquillages ou encore les coquilles saint-jacques. La maison est également reconnue pour ses plateaux de fruits de mer. Un service traiteur est également à disposition ainsi qu'un service de livraison.

55 rue Jacquemart
T. 04 75 72 07 47
Fermetures lu, di (p.m).

Romans-sur-Isère

Il Divino

UN VOYAGE CULINAIRE

C'est le long du quai de son enfance qu'Anthony Courbon-Pasqualini a souhaité promouvoir la cuisine de ses grands-parents, des épicuriens italiens qui aimaient préparer et partager les saveurs de leur pays. Anthony a été rejoint voilà 3 ans par le Chef, Richard Milhes, créateur de goûts. En cuisine, ce sont des produits frais de saison ou des spécialités italiennes directement importées qui sont à la base de chaque délicatesse. Au menu, des pâtes flambées dans la meule de parmesan de Parme, un risotto royal à l'encre de seiche composé de tentacules de poulpe, gambas et saint-jacques ou un linguini Rossini à la crème de truffe, escalope de foie gras poêlé et magret de canard fumé. Du côté des desserts, la maison propose les incontournables tiramisù ou panettone perdu. Dépaysement garanti !

✉ 48, quai Chopin,
26100 ROMANS-SUR-ISÈRE
Tél. : 07-69-96-27-35
www.divino-restaurant.com

Restaurant Le Rieussec

L'EFFERVESCENCE DES SENS

En mars 2020, Sébastien Buffet et Claude Aubert, deux passionnés experts en arts culinaires, décident d'ouvrir leur restaurant. Le Rieussec est né. *« Nous proposons une cuisine traditionnelle, créative, conçue à base de produits frais et locaux »*, annonce Sébastien. *« Pour offrir à notre clientèle un site digne de notre cuisine, nous avons opté pour une terrasse avec vue panoramique sur la Drôme et le village »* complète Claude. Vertiges, plaisirs des papilles et des yeux, l'établissement devient rapidement incontournable. Viandes et poissons sublimés, Tarte tatin avec escalope de foie gras poêlée, Éclair de saint-jacques, Soufflé aux framboises au kirsch*, pour ne citer que ces délices, les gourmands en redemandent. Serez-vous les prochains privilégiés ? Pensez alors à réserver !

✉ 180, route de la Gare,
26340 SAILLANS
Tél. : 04-75-21-12-71
le-rieussec-restaurant-saillons.eatbu.com

*L'ABUS D'ALCOOL EST DANGEREUX POUR LA SANTÉ.

Le Jakadi

LE PUB/BRASSERIE BRANCHÉ DE ROMANS

C'est en référence à l'enfance et parce qu'ils souhaitaient un endroit qui leur ressemble que Rémy Gemble et François Pilet ont créé leur pub/brasserie. L'un aux fourneaux et l'autre en salle, ils créent, ensemble, de savoureuses assiettes gourmandes.

Venez déguster des tapas, plats de l'enfance revisités, du pulled pork (effiloché de porc cuit dans de la bière* et diverses épices pendant 8 heures) ou encore des burgers et frites maison. Découvrez les desserts maison tels que la mousse au chocolat Kitkat®, la brioche perdue ou les tartelettes au Kinder®. Le Jakadi vous propose divers cocktails, des rhums arrangés maison ou encore un choix varié de bières et spiritueux en tout genre. Terrasse ouverte toute l'année sur place piétonne.

18, place Maurice Faure,
26100 ROMANS-SUR-ISÈRE
Tél. : 04-75-48-35-70
www.lejakadi.fr

« La découverte d'un mets nouveau fait plus pour le bonheur du genre humain que la découverte d'une étoile. »

Jean Anthelme Brillat-Savarin
(1755-1826)

*L'ABUS D'ALCOOL EST DANGEREUX POUR LA SANTÉ.

ROUSSAS 26230

CONFISERIE

DÉLICES AU MIEL

Serge et Nadia Bompard ont créé la miellerie, après de longues années de réflexion. Mélanie, leur fille a rejoint l'entreprise familiale et s'est lancée dans la valorisation du produit. Les miels sont principalement mono-fleur, pour éviter que le palais ne se perde en saveurs diffuses. Pâtes à tartiner miel-noisettes, nougats, pains d'épices, bonbons viennent compléter la base produits.

345 impasse Pied de Bert
T. 04 75 98 57 33
Fermetures di.

SAINT DONAT SUR L'HERBASSE 26260

RESTAURANTS

15/20

CHARTRON

Au nord de Romans-sur-Isère, cette belle maison drômoise accueille depuis 1946 les voyageurs qui pourront rencontrer la quatrième génération incarnée par Mathieu Chartron. Rénovée il y a une dizaine d'années, la bâtisse expose une décoration sobre et bourgeoise, en adéquation avec les propositions gastronomiques du chef. La formule à 60 € est une belle réussite, avec le tataki de thon, anguille fumée et textures de tomates anciennes, l'omble chevalier et écrevisses, , cannellonis farcis aux épinards et champignons, coulis de persil et sauce fleurette, une poitrine de canard de Challans, purée de petits pois et pommes de terre délicatesse, jus aux épices de cacao. Bons desserts.

1 avenue Gambetta
T. 04 75 45 11 82
Fermetures ma, me.
Menu(s) 40-98€

Chef Cuisinier
Bruno Chartron

BOULANGERIE

BOULANGERIE RONJAT

Les Ronjat ont la pogne. C'est une couronne moelleuse parfumée à la fleur d''oranger suivant une recette jalousement gardée depuis 8 générations, qu'ils réussissent à merveille. La boulangerie ne manque pas d''atouts avec des pains quotidiens de bonne qualité et une brioche aux pralines roses (St Genix).

42 rue Pasteur
T. 04 75 45 11 67
Fermetures je.

© Adobe Stock/albato

Charcuterie-Boucherie Jullien

DE LA VRAIE ET BONNE CHARCUTERIE PAYSANNE !

Sur les étals de cette boutique, on ne trouve que de la charcuterie traditionnelle, entièrement travaillée sur place et au naturel, à partir de bêtes élevés en plein air ! Il a grandi à la campagne et s'occupe de cochons depuis son plus jeune âge. En vrai passionné, Serge Jullien – aux côtés de son épouse, Aurore, et de son équipe –, produit de la belle charcuterie à partir des cochons d'élevage plein air. Une traçabilité gage de qualité, associée à un savoir-faire maison dans le respect de recettes naturelles. Ici, surtout pas d'additifs ou de conservateurs ! C'est le secret de saucissons, jambons blancs, boudins, lards, caillettes ultra-gourmands... On trouve également de la viande de génisses d'Ardèche et une sélection de produits locaux (vin bio*, miel et bons légumes). *Ouvert du mardi au samedi de 9h à 19h.*

Le + : Sur les marchés alentours.

597, avenue du Général de Gaulle,
26260 SAINT-DONAT-SUR-L'HERBASSE
Tél. : 04-75-73-28-50
Facebook : Charcuterie Jullien Serge et Aurore

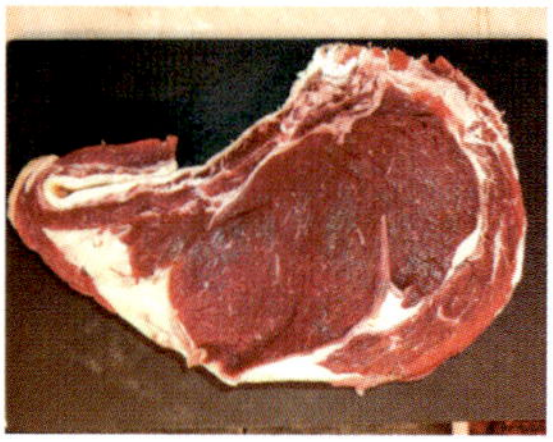

Boucherie Descours

PARFUMS DE LA DRÔME

Depuis mars 2021, ce sont des viandes locales que proposent Claudine et Jérémy Descours dans leur boucherie-charcuterie de Saint-Donat. Les bêtes sont découpées et vendues au détail ou transformées en de succulentes préparations charcutières ou traiteur. Bœuf et veau limousins, agneau de la Drôme, porc français et volailles des Landes sont travaillés avec un réel savoir-faire. Il en va de même pour les saucissons, saucisses d'herbes et couennes, pâtés en croûte et caillettes (spécialité drômoise à la viande de porc et aux herbes) fabriqués sur place, tout comme les plats cuisinés : lasagnes, hachis Parmentier de boudin noir, moussakas et autres croziflettes et pommes de terre farcies, emblématiques de la région. Traiteur à emporter.

8, avenue Georges Bert,
26260 SAINT-DONAT-SUR-L'HERBASSE
Tél. : 04-75-02-88-25
Facebook : Boucherie-Charcuterie-Traiteur-J-Descours

*L'ABUS D'ALCOOL EST DANGEREUX POUR LA SANTÉ.

SAINT PAUL TROIS CHÂTEAUX 26130

RESTAURANTS

12,5/20

LA VILLA AUGUSTA

Au cœur de la Drôme provençale, non loin de Pierrelatte, ce magnifique ensemble défend une expérience hôtelière luxueuse et bucolique, avec ses jardins ombragés, ses chambres de style rustique chic, ses bassins et ses terrasses. On y retrouve la table d'Éric Berthillot qui combine avec maîtrise le produit régional et une certaine exigence de gamme, qui voit ainsi les huîtres Gillardeau pochées dans l'eau iodée en gelée de saline avec le caviar Osciètre, huître végétale et pousses de petits pois, le dos de cabillaud dans un jus de coques avec un risotto de céréales avec des jeunes pousses, le médaillon de veau du Dauphiné basse température avec des girolles poêlées et un crémeux de patates douces, jus réduit à la marjolaine. Tarifs attendus.

14 rue du Serre Blanc
T. 04 75 97 29 29
Fermetures lu, sa (déj.), di (dîn.).
Menu(s) 27-62€

12/20

L'ENTRE2

Au nord d'Orange, en face de Pierrelatte, cette jolie maison de village accueille une terrasse pour un moment décontracté et chaleureux au cœur de la Drôme. Les cuisines y délivrent une cuisine française de bon niveau, qu'on retrouve notamment dans un menu à 31 € , avec par exemple les asperges gratinées au parmesan et jambon cru, la pintade aux morilles, ou encore le pavlova.

2 rue Charles Chaussy
T. 04 75 46 61 14
Fermetures lu, di.

SAINT UZE 26240

RESTAURANTS

12/20

RESTAURANT PHILIP-LIVERSAIN

Depuis quinze ans, cet autochtone drômois fait vivre cette jolie table de marché au bord de la Galaure, dans une salle sobrement décorée, où les produits locaux sont à l'honneur. Les idées sont intéressantes, notamment dans la très compétitive formule à 24 € , avec la lisette marinée à la moutarde, le poisson au thé matcha vapeur et légumes, la poire de bœuf, jus échalote et fruits rouges, pommes de terre délicatesse, ou encore le soufflé coco, coulant chocolat passion. Service adéquat.

23 rue Pierre Semard
T. 04 75 03 52 58
Fermetures lu, ma (dîn.), me (dîn.), di (dîn.).
Menu(s) 10,50-36€

SAOÛ 26400

RESTAURANTS

12/20

CERISE ET VINAIGRETTE

Dans une splendide maison avec hauteur sous plafond et terrasse arborée qui fleure bon la Drôme, on retrouve un bistrot bon chic bon genre, avec ses chaises Thonet, son bois brut et ses jolies assiettes du marché. La formule est efficace et la réalisation au niveau, avec par exemple le tartare de truite, un beau filet de bœuf ou encore une douceur de framboises et mascarpone. Prix compétitifs.

Quartier du Clos
T. 04 75 43 17 34
Pas de fermetures.
Menu(s) 27,50-29,50€

12/20

L'OISEAU SUR SA BRANCHE

Dans un charmant village au sud de Crest, cette auberge de village avec grande terrasse accueille la clientèle depuis 1865 et constitue une belle épopée familiale qui perdure depuis six générations. On y retrouve un esprit locavore de bon niveau, dans une salle colorée et une atmosphère populaire. Le menu à 36 € témoigne d'une belle créativité, à la façon de la poêlée de courgettes épicée et oignon rouge cuit à la vapeur de vinaigre, du couscous à la morue et coques en fricassée, une classique caillette drômoise, un régressif chocolat coulant.

Place du village
T. 04 75 76 02 03
Fermetures lu, ma, di (dîn.).
Carte 15€ **Menu(s)** 22-37€

BRASSEUR

MARKUS BIÈRE

Des bières artisanales élaborées avec le plus grand soin, fermentation haute, non filtrées, non pasteurisées. Le magasin est ouvert toute l'année, et en été, un bar, l'Hippo-drôme, ouvre ses portes pour la saison.

Route de Bourdeaux
T. 04 75 76 43 24
Pas de fermetures

ÉPICERIE FINE

L'ÉPICERIE DE SAOÛ

Du bio et du local dans cette jolie boutique aux produits régionaux bien choisis et bien présentés. Pain, viande, fruits et légumes, fromages, vins, et bien sûr la bière locale, la Markus... De tout en un seul espace, avec les conseils idoines pour mieux choisir.

1 route de Bourdeaux
T. 04 75 76 03 80
Fermetures je (p.m), di (p.m).

L'Oliveraie

LE RAFFINEMENT PROVENÇAL

C'est ce que souhaitent promouvoir Jessie et Sébastien dans leur restaurant : de jolis produits frais, sains, soigneusement et localement sélectionnés pour travailler des plats traditionnels avec délicatesse et revisités au goût du jour. La cuisine dans laquelle le Chef sublime ses recettes est ouverte sur la salle. Fan absolu de foie gras, il aime à le préparer mi cuit en terrine ou dans une ballottine de volaille farcie. En saison, Sébastien cuisine un bar de ligne de Noirmoutier snacké accompagné d'une mousseline de potimarron et châtaignes et légumes glacés. Les plaisirs sucrés qu'il crée et imagine font l'unanimité, tels le crumble aux pommes noisettes façon Tatin ou l'entremet chocolat noix de pécan. Des mets divins ! Terrasse ouverte toute l'année sur le village médiéval.

25, route de la Coucourde, 26740 SAUZET
Tél. : 09-81-05-59-50
www.loliveraie-sauzet.com

Au pré du Rhône

L'EAU À LA BOUCHE

Pour le plaisir des papilles et des pupilles, Bastien et Nicolas, en cuisine, inventent des assiettes végétales gourmandes, parfumées et colorées. Leurs créations inspirées prennent racine dans des produits frais, de saison et locaux. Sur la grande et sublime véranda ouverte sur le Rhône, Amélie sert des plats justes et équilibrés, concoctés avec plaisir et amour, magnifiés par des légumes, des herbes, des épices et une pointe savoureuse d'inventivité. Une adresse attachante, lumineuse et singulière.

1, route de Lyon, 26600 SERVES-SUR-RHÔNE
Tél. : 04-75-23-03-44 au-pre-du-rhone.fr
Facebook : AuPreDuRhone

> *Bonne cuisine et bon vin, c'est le paradis sur terre...*
>
> Henri IV (1553-1610)

TAIN L'HERMITAGE 26600

RESTAURANTS

13/20

LE QUAI

17 rue Joseph Péala
T. 04 75 07 05 90
Pas de fermetures.
Menu(s) 19-35€

Au bord du Rhône, en face de Tournon, cette brasserie contemporaine offre une vue sur le vignoble et le rivage, avec dans l'assiette les bons plaisirs de Michel Chabran, dans une veine régionale revisitée. Le menu carte à 35 € défend un esprit actuel et renouvelle le répertoire, avec le carpaccio de daurade, vinaigrette à la grenade et granny smith, le filet de bar façon bouillabaisse et légumes de saison, un magret de canard crunchy, purée de fèves et sauce myrtille, pain perdu à la pogne de Romans, confiture d'orange et crème glacée chocolat. Service amène.

12,5/20

MAISON GAMBERT

2 rue de la Petite Pirelle
T. 04 75 09 19 85
Fermetures lu, ma.
Menu(s) 33€

Au cœur du vignoble, dans un décor unique, cette grande maison drômoise avec terrasse au pied des vignes est l'occasion d'une bistronomie de bon niveau, orchestrée par Mathieu Chartron en cuisine, et son frère Benoît en salle. Le chef développe des idées dans la bonne mode, avec un sens du dressage qui le démarque, sur les belles ravioles d'escargots et champignons de Montchenu, le poulpe snacké, riz vénéré, piperade et sauce salsa verde, le pluma de porc et carottes, l'illusion de pomme verte et gelée manzana. Menu de saison à 33 € .

BOULANGERIE

BOULANGERIE LA MAISON DU TALMELIER

91 avenue Gabriel Péri
T. 04 75 07 61 42
Fermetures me,je.

Outre la baguette aux 7 céréales ou le pain des bois aux fruits secs (amandes, raisins, noisettes), François Trovato a fait sienne la brioche aux pralines ou la Pogne de Romans aux parfums de levain et de fleur d'oranger.

CHOCOLATERIE

LA CITÉ DU CHOCOLAT

12 avenue du Président Roosevelt
T. 04 75 09 27 27
Fermetures lu, sa.

Valrhona s'est imposé comme l'un des principaux fournisseurs de la grande restauration et des chocolatiers haut de gamme. Après la création de l'Ecole du Chocolat en ses murs, Valrhona a ouvert la Cité du Chocolat, installée dans un bâtiment moderne de 700 m€ dédié à la fois à l'histoire du chocolat et à sa fabrication. On peut simplement visiter les lieux (et déguster évidemment !) ou même suivre des cours de pâtisserie.

VALAURIE 26230

RESTAURANTS

12/20

DOMAINE LES MÉJEONNES

À cinq minutes de Montélimar, cette halte provençale au sud de la Drôme offre un moment chaleureux avec sa belle maison en pierre, ses jardins, ainsi que la table de Thibault Denayrouse. Dans un style rustique chic rénové, dans les couleurs du sud, le chef reproduit une tradition bien pensée, avec un dressage et une technique appréciés qui mettent ainsi en scène les œufs mimosa avec un thon albacore séché, olives noires et cébettes, le dos de sandre cuit vapeur avec un riz noir, fenouil cru et une sauce au citron vert, le suprême de volaille avec une sauce chimichurri et des légumes glacés, un régressif chocolat fondant avec une crème anglaise et praliné noisette.

9 chemin de la Méjeonne
T. 04 75 98 60 60
Fermetures lu (déj.), di.
Menu(s) 25-33€

VALENCE 26000

RESTAURANTS

18,5/20

PIC

Il y a chez Anne-Sophie Pic de la bienveillance et l'envie d'apporter de l'émotion à ses hôtes. Au cœur du jardin zen et dans la salle élégante à la décoration intimiste, moquette gris et rose, toile qui rappelle le Sakura, jusqu'au rituel du thé, présenté par Yumi Nagase, on retrouve son amour du Japon. En cuisine, une touche de féminité, voire de la poésie. Son menu est un voyage en 10 haltes qui rythment son attachement au végétal. Tomates plurielles, l'une comme un baba, eucalyptus, verveine, citron et pointe d'absinthe. Une betterave cuite au sel, parfumée aux bourgeons de sapin, espuma au curry de madras, précède les incontournables berlingots, farcis cette fois de fromage de banon, mascarpone fumé, matcha et cresson, jus parfumé au gingembre et bergamote. Puis un rouget barbet cuit au teppanyaki, paprika blanc, fleurs d'oranger et jasmin, crémeux de foie de rouget. L'un des plus beaux plats, une sardine parfumée aux notes boisées du whisky Nikka coffey grain, servie sur un coulis de capucine, et mise en valeur par une délicate mayonnaise au baume de Galaad à la saveur subtilement camphrée et tagète passion. Et encore un Saint-Marcellin glacé au crémeux de coumarine, bière et feuilles de mélilot. Au dessert, framboises fraiches, glacées, en sorbet, criste-marine, sarriette et bavarois de Talisker aux arômes tourbés. Des plats épaulés par la carte des vins épaisse comme une côte de bœuf du formidable Baptiste Gauthier. Un voyage en première classe.

285 avenue Victor Hugo
T. 04 75 44 15 32
Chef cuisinier
Anne-Sophie Pic
Chef pâtissier
Claire Forsans
Directeur de salle
Astrid Thirion
Sommelier
Edmond Gasser
Fermetures lu, di (dîn.).
Menu(s) 320€

16/20

FLAVEURS

On s'en doutait un peu mais le bouillonnant Baptiste Poinot ne pouvait pas rester les bras croisés en attendant la réouverture. Il s'est donc attelé à transformer sa jolie table du centre ville pour nous offrir un Flaveurs tout beau tout nouveau pour le mois d'octobre 2021. Dans l'impatience de découvrir ce nouveau cadre et sans doute les nouvelles idées du chef, nous pouvons néanmoins en toute confiance maintenir les toques

32 Grande Rue
T. 04 75 56 08 40
Fermetures sa, di.
Menu(s) 38-98€

Chef Cuisinier
Baptiste Poinot

actuelles connaissant l'énergie et le talent du chef sur nos dernières visites. Et signaler, au-delà d'une cuisine d'auteur imprégné de culture régionale, le grand travail autour de l'assiette, dans l'approche du service comme dans la cave reflétant toutes les tendances en vallée du Rhône.

14/20

LA CACHETTE

Table discrète mais d'une réputation qui n'est plus à faire, l'adresse de Masashi Ijichi et de son épouse est un des secrets les mieux gardés de Valence, une maison franco-japonaise créative et raffinée. Les assiettes sont aussi bien dressées que techniques et donnent à voir des idées riches sur le terroir, qu'il décline dans des compositions slash réussies : piquillos, pancetta et oignons confits, langoustine, stracciatella, tomate et basilic, bœuf Wagyu, moutarde et haricots verts, myrtille, yuzu et orange... Cave splendide avec plus de 600 références.

16 rue des Cévennes
T. 04 75 55 24 13
Fermetures lu, ma (déj.), me (déj.), di.
Menu(s) 65-85€

13/20

ANDRÉ

Bistrot nommé en l'honneur du fondateur André Pic, cette annexe de la maison est un rendez-vous chaleureux en bois, parquet, suspensions en pâte de verre et mobilier design, dans un genre brasserie revisité, en noir et bois pâle. La carte déroule des classiques du répertoire, de bonne reproduction, comme une tarte feuilletée à la tomate, chèvre cendré, pesto et crème de basilic, un lieu jaune vapeur, tagliatelles de courgette, beurre blanc, aneth et livèche, une côte de bœuf maturée et grillée, beurre persillade, poivre au whisky et frites fraîches, un soufflé glacé à l'orange de Jacques Pic. Cave adéquate.

285 avenue Victor Hugo
T. 04 75 44 53 86
Pas de fermetures.
Menu(s) 42€

12/20

LE BISTROT DES CLERCS

Une des brasseries les plus prisées de la ville, installée dans une maison où jadis le lieutenant Napoléon prit ses quartiers, signée Michel Chabran, c'est un rendez-vous traditionnel de grande qualité, où le registre du genre est admirablement déployé. La carte livre des versions plaisantes, de la terrine de pintade et foie gras de canard aux olives noires de Nyons, du filet de bar à la provençale, tian de légumes et pesto rouge, de l'épaule d'agneau confite aux épices et gratin dauphinois, du baba au rhum. Cave bien équipée en Rhône et Beaujolais.

48 Grande Rue
T. 04 75 55 55 15
Pas de fermetures.
Carte 14€ **Menu(s)** 24-35€

HÔTELS

5 ÉTOILES

MAISON PIC

Le restaurant est mythique, l'hôtel - pensé par Anne-Sophie Pic et son mari David - se veut à l'unisson de cette excellence. Les 16 chambres et suites exhalent une élégance chaleureuse et discrète avec leur alliance de matériaux nobles - cuir, meubles en palissandre, paravents en feuilles d'argent et tapis de soie - sans oublier les très belles pièces design griffées Bruno Borrione. La plupart sont tournées vers le délicieux jardin méditerranéen empli de fleurs et de bambous où se cache également une piscine prolongée d'une belle terrasse. Un refuge rare, d'un luxe sans ostentation.

285 avenue Victor Hugo
T. 04 75 44 15 32

BOULANGERIE

BOULANGERIE PÂTISSERIE NIVON

A proximité de la gare, un établissement de longue renommée, créé il y a un siècle et demi, et que les Valentinois de toujours connaissent notamment pour ses fameuses pognes. Aujourd'hui, c'est une boutique ouverte et moderne qui vous accueille avec ses spécialités drômoises et ardéchoises, parmi lesquelles le Suisse, grande vedette du magasin, un sablé parfumé à l'orange. Denis est dans le pétrin, quand Florent travaille la pâtisserie, traduisant un parfait travail à 4 mains.

17 avenue Pierre Semard
T. 04 75 44 03 37
Fermetures lu.

LA PALINE

Boutique spacieuse et lumineuse, avec vue sur les fourneaux. L'étalage est assez complet en salé et en sucré, et la vendeuse est compétente. Le pain spécial aux céréales est bien croustillant, avec une mie généreuse où l'on sent bien les céréales. La ficelle est exemplaire, bien cuite avec un bon goût de pain artisanal. La tradition n'est pas en reste : aérienne, crousti-moelleuse, bien alvéolée et bien cuite.

68 avenue du Maréchal de Lattre de Tassigny
T. 04 75 44 51 72
Fermetures je, di (p.m).

CAVISTE

LA CAVE

Une belle expérience se partage toujours. Dégustations à thème en présence des vignerons pour mieux appréhender le vin. 800 références issues de toutes les régions restent à découvrir. Autre adresse à Aubenas.

2 place Aristide Briand
T. 04 75 44 16 67
Fermetures sa, di.

CHOCOLATERIE

PIERRE CHAUVET

En plein centre, sur la place des Clercs, le chocolatier le plus réputé de la ville, qui offre aussi son coin salon de thé pour les douceurs du tea time, avec les réalisations du moment et de superbes crèmes glacées artisanales, comme celle au marron d'Ardèche. Aux beaux jours, on profite aussi de la terrasse et des glaces.

3 place des Clercs
T. 04 75 55 47 78
Fermetures lu.

ÉPICERIE FINE

L'ÉPICERIE PIC

C'est une annexe de chez Anne-Sophie. 80 m^2 dédiés à une cuisine préparée en face et à déguster sur le pouce ou à emporter, accompagnée de beaux produits d'épicerie fine choisis avec astuce. Fromages, charcuteries, PicNic Box à base de plats préparés en face sont prêts, à emporter.

210 avenue Victor Hugo
T. 04 75 25 07 07
Fermetures lu.

FROMAGERIE

FROMAGES ET TERROIRS

C'est près de la grande maison Pic que vous pourrez poursuivre vos emplettes dans cette boutique alléchante qui privilégie les produits fermiers. Des fromages à maturité, tous bien choisis dans toutes les régions de France, et de jolies raretés locales, comme le brillat-savarin normand qui devient drômois avec une fine couche de truffe qui crée une saveur délicieuse avec ce double crème.

206 avenue Victor Hugo
T. 04 75 42 31 61
Fermetures lu, me (p.m), di (p.m).

PÂTISSERIE

PÂTISSERIE GUILLET

Cette maison reconnue a fêté son cinquantième anniversaire en 2012. Créée par Daniel Guillet, chocolatier hors pair, c'est aujourd'hui le fils, Luc, qui est aux manettes, cultivant le respect de la tradition transmis par son père, travaillant avec rigueur, privilégiant les goûts francs. De nombreux prix sont venus récompenser ce travail remarquable. Nous avouons un (gros) faible pour la Melle Lou, un bonbon de pâte d'amande à l'orange enrobé d'une feuillantine Gianduja et pour le Vercors, une ganache vanille au caramel et noix du Royans, un excellent produit local. Une seconde adresse à Romans-sur-Isère.

1 place du Champ de Mars
T. 04 75 60 90 28
Pas de fermetures

POISSONNERIE

FEREYRE

La référence poissonnière à Valence depuis un siècle, un spécialiste indiscutable à l'arrivage toujours au top. Le débit garantit la fraîcheur, l'ouïe est brillante et les préparations traiteur nombreuses, surtout à l'approche du week-end et des fêtes.

11 rue de l'Université
T. 04 75 44 24 32
Fermetures lu, me (p.m), je (p.m), ve (p.m), sa (p.m), di (p.m).

Aux Halles de la Mer

DE L'ÉTAL À L'ASSIETTE

C'est un concept très complet créé par 5 associés en 2017 : une école de formation (Poissonniers, cuisiniers, agents de restauration, Managers) du CAP au Bac+2, un restaurant et un bar à huîtres pour des dégustations toute la journée.
La poissonnerie est installée à l'intérieur du restaurant, ainsi les convives peuvent eux-mêmes choisir à la criée leurs poissons (unique dans la région), coquillages ou crustacés frais à cuisiner pour garnir leurs assiettes, selon les formules proposées ou sous forme de plateaux : la spécialité locale. Chaque jour de nouvelles suggestions sont mises à l'ardoise selon les arrivages, mais aussi des tapas, des pâtes et salades de poissons, sans oublier le fameux fish and chips maison. **Les + :** 9 plateaux de fruits de mer ou composition à la carte. Bar à huîtres, terrasse, véranda ou ponton.

21, rue du Docteur Abel,
26000 VALENCE
Tél. : 04-75-78-51-88
www.auxhallesdelamer.com

Chez Grand-mère

DÉCO ET CUISINE FONT LA PAIRE

Dans une salle habillée d'objets et de meubles chinés, en compagnie de musette, de Piaf et Sinatra, on renoue avec les plats traditionnels entre bonheur, saveur et douceur. La cuisine-maison, convie hachis, potages, agneau de 7h l'hiver, boulet basquaise, ravioles et soles l'été, tous plats-maison à l'ancienne, cuisinés par Christian Opperman et son équipe, des amoureux de produits frais, locaux et de saison. Une adresse cosy et authentique, une cuisine respectueuse et chaleureuse, un voyage en terre amie. *Ouvert 7j/7.*

3-5 place de la Pierre, 26000 VALENCE
Tél. : 04-75-43-76-65
Facebook : @chezgrandmerevalence

Mathuzar

PARTAGE ET CONVIVIALITÉ

Ce sont les maîtres mots de ce restaurant cosy et branché, ouvert sur le monde. La cuisine, bistronomique, est concoctée avec les produits frais du terroir local. L'esprit initié par les équipes est à l'image des planches, tapas, côtes de bœuf servies autour d'une carte des vins* généreuse et invitant au partage. Le Mathuzar a également ses incontournables comme le risotto de saint-jacques à la truffe, le foie gras, le homard flambé, les ravioles en gratin et l'emblématique sphère au chocolat Valrhona®. Live band chaque vendredi soir. Brunch le dimanche midi avec animations pour les enfants. Magnifique terrasse et lounge surplombant la rivière et sa cascade en bordure de forêt.

Hôtel NOVOTEL
217, avenue de Provence, 26000 VALENCE
Tél. : 04-75-82-07-70
Facebook : mathuzarestaurant

Ajouter de la tomate et de l'origan, ça devient italien ; du vin et de l'estragon, ça devient français ; du citron et de la cannelle, ça devient grec ; de la sauce de soja, ça devient chinois ; ajouter de l'ail, ça devient bon !

Alice May Brock (1941-)

*L'ABUS D'ALCOOL EST DANGEREUX POUR LA SANTÉ.

Massif de la Meije

ISÈRE

AUVERGNE-RHÔNE-ALPES

Gault&Millau

ALPE D'HUEZ 38750

RESTAURANTS

12/20

AU CHAMOIS D'OR

169 rue de Fontbelle
T. 04 76 80 31 32
Pas de fermetures.
Menu(s) 60€

Au pied des pistes, ce magnifique hôtel***** rassemble tout le charme alpin et tout le luxe à la française, avec le bois clair, les moulures, la mise en table bourgeoise, une atmosphère intimiste et chaleureuse. La table est celle d'une hôtellerie haut de gamme, qui répond aux exigences d'une clientèle internationale venant découvrir non seulement la montagne mais aussi tout le pays. Ainsi la carte aligne les classiques d'ici et d'ailleurs, avec une réalisation professionnelle : truite marinée à l'aneth et crème piment d'Espelette, filet de bar, beurre nantais, verveine et purée de carottes, des pappardelles fraîches à la truffe, un filet de bœuf sauce périgourdine, un gâteau basque à la cerise. Bon accompagnement en cave.

HÔTELS

5 ÉTOILES

HÔTEL AU CHAMOIS D'OR

Rond-point des Pistes
T. 04 76 80 31 32

Délaissant le luxe souvent aseptisé des 5 étoiles, ce beau chalet se veut avant tout une maison de famille - philosophie qui tient sans doute à son histoire récente. Le lieu est en effet la propriété de Thibaut Lassarat et de son frère Didier qui passaient, durant leur enfance, leurs vacances d'hiver au Chamois d'Or avant d'apprendre, en 2007, que celui-ci était à vendre. Ils se lancent alors dans l'aventure, avec succès puisque l'hôtel est vite auréolé d'une cinquième étoile. Après une remarquable restauration, il offre désormais 42 chambres et 5 suites qui déclinent boiseries délicates et couleurs douces avec, à l'horizon, la haute silhouette des montagnes enneigées. Les pistes du Pic Blanc sont en accès direct de l'hôtel et on découvre le vaste domaine avant de savourer, la nuit tombée, les délices du spa griffé Nuxe avec hammam, sauna et une belle piscine. Une pause idéale avant de rejoindre la table gastronomique du Chamois d'Or...

AOSTE 38490

RESTAURANTS

12/20

AU COQ EN VELOURS

1800 route de Saint-Genix
T. 04 76 31 60 04
Fermetures lu, je (dîn.), di (dîn.).
Menu(s) 34-72€

À la frontière entre l'Isère et la Savoie, cette magnifique demeure de maître accueille depuis 1900 les voyageurs, qui trouveront là une halte bourgeoise, raffinée et reposante. La grande salle donne sur un très beau jardin boisé, idéal pour les soirées d'été ; le chef Michel Bellet produit quant à lui dans l'assiette, une cuisine traditionnelle inspirée du terroir isérois. La réalisation est sérieuse, et l'on appréciera la justesse de la terrine de volaille, condiment aubergine, sarriette et pétales de champignons de Paris, de la quenelle de brochet, du fameux coq en velours et gratin dauphinois. Sélection adéquate en cave.

Les Saveurs du Haut-plateau

UN MAGASIN AUX SAVEURS LOCALES ET ARTISANALES

L'épicerie Les saveurs du Haut-plateau propose à la vente les meilleurs produits régionaux et traditionnels grâce à la sélection et au savoir-faire de la gérante des lieux, Brigitte Cian. En plein cœur du Vercors, à Autrans-Méaudre-en-Vercors, près de Grenoble (Isère), vous trouverez, dans le magasin Les saveurs du Haut-plateau, des produits du terroir, au milieu d'une multitude d'autres articles artisanaux ou bio. La gérante, Brigitte Cian est une passionnée. Elle est intarissable sur les produits présents dans son épicerie : du fromage à la charcuterie en passant par les fruits et légumes de saison, le miel, les biscuits, les confitures ou encore les alcools* dont la traditionnelle Chartreuse fabriquée non loin de là. *« Je travaille avec 160 fournisseurs, pour la plupart implantés dans les départements de la Drôme, de l'Isère et de la Savoie. Je les choisis pour la conception et la qualité de leurs produits »*, explique Brigitte Cian.

De précieux conseils pour faire son choix

Les clients, qu'ils soient des habitués ou de passage en route vers les pistes de ski et de randonnée, connaissent la boutique en bois, véritable caverne d'Ali Baba pour les gastronomes et les gourmands. Une équipe chaleureuse les accueille et les conseille sur le choix des raclettes, fondues et autres produits à découvrir, à déguster ou à offrir. *« En dehors des produits classiques, je suis toujours à la recherche de nouveautés pour diversifier les références du magasin »*, souligne Brigitte Cian, qui est très attentive à la satisfaction de ses clients. *« Nous ne proposons que le meilleur ».*

Ouvert toute l'année du lundi au dimanche midi de 7h à 12h30 et de 15h à 19h.

474, route de Méaudre,
38880 AUTRANS-MEAUDRE EN VERCORS
Tél. : 04-76-27-77-80

*L'ABUS D'ALCOOL EST DANGEREUX POUR LA SANTÉ.

BEAUVOIR DE MARC 38440

BOULANGERIE

BOULANGERIE GIMARD

Boutique très complète, moderne et élégante, avec un beau comptoir continu tout en longueur. Petite particularité, il y a un coin épicerie et un coin salon de thé avec machine à café. L'étalage est bien fourni et agréable à regarder. Le pain aux céréales a une mie bien alvéolée, une croûte croustillante et farinée, et un très bon goût de céréales. La tradition est très croustillante, bien levée avec une petite amertume agréable.

1644 route de Lyon
T. 04 74 48 64 68
Fermetures lu, sa (p.m), di (p.m).

BOURGOIN JALLIEU 38300

BOULANGERIE

CHEZ JEAN

Petite boulangerie sur la place principale de Bourgoin-Jallieu. La vendeuse est gentille et professionnelle. Tous les pains dégustés étaient très frais. Le pain maïs est très bon, un peu comme une friandise. La brioche au sucre est bien beurrée, assez gourmande, plaisante et aérée.

4 rue de la Halle
T. 04 74 93 25 59
Fermetures lu, di (p.m).

PRIMEUR

LA HALLE PAYSANNE

Point de vente collectif non loin de la gare, l'enseigne défend une vision respectueuse de la production et de la distribution alimentaires. Ici, ce sont des agriculteurs issus de toutes filières (légumes, lapins, volailles, bœufs, fruits, produits laitiers...) qui font le vœu d'une agriculture durable, d'une transparence et d'une traçabilité pour chaque produit. En outre, le lieu privilégie la vente directe, assurant ainsi le lien entre le consommateur et le producteur.

13 rue Edouard Marion
T. 04 74 93 21 50
Fermetures lu, ve (p.m), sa, di.

Bourgoin-Jallieu

Le Bistrot des Saveurs

TRADITION ET RAFFINEMENT

En 2019, après vingt-huit ans dans l'industrie, Patrice Devigne est revenu à ses premières amours, créant avec son épouse, Mallory, Le Bistrot des Saveurs, à Arandon-Passins. De ses parents restaurateurs, Patrice Devigne avait conservé la nostalgie d'un bel établissement, d'une salle conviviale et d'une cuisine traditionnelle française. Il y propose aujourd'hui une carte au rythme des saisons, avec, entre autres, des tartares soignés ou des magrets et des souris d'agneau parfumés, sans s'interdire de travailler la truffe pour sublimer un tendre filet de bœuf. Toujours, il privilégie les circuits courts, le fait-maison, pour la viande, les plats végétariens et les accompagnements. Avec le coup de patte du chef, Deevy Neel, pour le goût et la présentation. Son credo ? *« Une assiette bonne et raffinée »*. Mission réussie.

Chemin de Clapezine-Passins,
38510 ARANDON-PASSINS
Tél. : 04-74-90-49-39
www.le-bistrot-des-saveurs.fr

Foodies House

À L'HEURE AMÉRICAINE

Des spécialités américaines à la sauce française, à déguster sur place ou à emporter. Dans un cadre moderne et urbain, le Foodies House propose différents univers : breakfast, brunch, street food gourmet et coffee & cake, à déguster sur place de 8h à 18h30 du lundi au samedi ou à emporter jusqu'à 20h30. Dans leur cuisine ouverte sur la salle, Agnès et son équipe préparent une cuisine inspirée de la street food américaine à la french touch avec des burgers gourmets accompagnés de frites fraîches maison, des hot-dogs, des buddha bowls, confectionnés avec des produits locaux, artisanaux et labellisés, et des pâtisseries anglo-saxonnes, dont leur spécialité : le cheesecake.

4, place du Président Carnot,
38300 BOURGOIN-JALLIEU
Tél. : 04-37-03-76-59
foodieshouse.fr

L'Aventure

LA PASSION DU GOÛT

Ce restaurant gastronomique propose une cuisine française, fine et savoureuse. Situé à Bourgoin-Jallieu, en Isère, ce restaurant gastronomique vous accueille dans un cadre élégant et chaleureux, dans l'une de ses deux salles – aux styles et aux ambiances uniques – ou sur la terrasse. Le chef Florian Monlouvier et son équipe proposent une cuisine généreuse et créative, à la fois moderne et ancrée dans la tradition, qui saura surprendre à chaque bouchée. Le restaurant L'Aventure, c'est une carte qui se transforme avec le temps, au gré de l'inspiration du chef et des produits du moment. Le chef travaille exclusivement avec des ingrédients de saison, issus de producteurs locaux, pour en tirer tous les arômes.
Ouvert du mardi au samedi, midi et soir.

9, rue du Docteur André Chaix,
38300 BOURGOIN-JALLIEU
Tél. : 04-74-28-02-20
www.restaurantlaventure.fr

Rien de plus délicieux dans la vie
que le coin du feu,
une salade de homards,
du champagne et la causette.

George Gordon, lord Byron
(1788-1824)

BRESSIEUX 38870

RESTAURANTS

13/20

AUBERGE DU CHÂTEAU

Au pied des vestiges du remarquable château féodal de Bressieux, la table de Xavier Vanheule est une halte gastronomique d'obédience traditionnelle où l'on appréciera autant la maîtrise des compositions que le charme de la terrasse à la vue imprenable sur la plaine de la Bièvre. Le chef revisite les classiques avec une pointe de modernité plaisante, comme dans le menu à 56 € et son dos de maigre, fleur de courgette farcie à la brandade de morue et jeunes pousses, son pavé de turbot grillé sur un lit de salicornes et marinière de coques, beurre blanc safrané, sa cannette des Dombes rôtie sur la peau, betterave et melon, son sablé breton, crème diplomate à la reine des prés et framboises de Pajay. Cave régionale.

67 montée du Château
T. 04 74 20 91 01
Fermetures ma, me, di (dîn.).
Menu(s) 24-76€

BRÉZINS 38590

BOULANGERIE

LA PETITE BOULANGE

Boulangerie de village à la vendeuse volontaire et dévouée. La tortigraines est très fraiche et bonne, bien dense et moelleuse. La baguette festive est également très bonne, croustillante et bien faite. La brioche a un bon filé, avec un goût classique.

8 impasse des Marroniers
T. 04 76 93 59 91
Fermetures me, di (p.m).

CESSIEU 38110

BOULANGERIE

MAISON FEMELAND

Boulangerie de village assez traditionnelle et avenante. Étalage modeste, mais avec des spécialités et du choix, comme la tartiflette individuelle et des pains spéciaux. La vendeuse est très aimable et précise dans ses conseils. Le pain de courge est excellent, agréable et original, avec une bonne mâche moelleuse. La baguette est fraîche, bonne, agréable et moelleuse.

1 place du Plâtre
T. 04 74 88 30 80
Fermetures ma, di (p.m).

CHARAVINES 38850

RESTAURANTS

12,5/20

HÔTEL DES BAINS

Si la cuisine est celle d'un bistrot chaleureux, on vient sans doute avant tout pour l'extraordinaire cave de la maison, l'une des plus belles de France, plusieurs centaines de références sur tous les vignobles, sans cesse renouvelées, proche des producteurs et des territoires, où les classiques se mêlent joyeusement aux pépites de la nouvelle génération. Et pour accompagner ces trésors, le bel hôtel du côté du lac de Paladru

345 rue Principale
T. 04 76 06 60 20
Pas de fermetures.
Menu(s) 25-30€

défend des assiettes sympathiques et de bonne réalisation : un bœuf mariné à la truffe, des cuisses de grenouilles en persillade et gratin de ravioles de Royans, un filet de bœuf Rossini... Bon service.

CHARNÈCLES 38140

BOULANGERIE

LE FOURNIL DE CHARNÈCLES

L'étal est bien fourni dans cette boulangerie de village bien éclairée. On se laissera tenter par une tradition bien farinée ou encore un pain aux céréales au goût prononcé et équilibré en texture.

430 le Grand Chemin
T. 04 76 65 31 64
Fermetures ma, sa (p.m), di (p.m).

Lac de Paladru, Charavines

Boucherie-Charcuterie Cédric Gerin

LE GOÛT DU FAIT-MAISON

Cédric Gerin propose à la vente des pièces de bœuf issues de ses propres génisses charolaises, sélectionnées et élevées au sein de l'exploitation familiale. Depuis 2008, l'éleveur garantit une viande locale très appréciée grâce à ce circuit ultra court. Les cuisses sont ensuite maturées trois semaines au minimum pour plus de tendreté et de goût. Charcutier et traiteur, Cédric Gerin propose également une gamme de plats cuisinés : gratin dauphinois, lasagnes, gâteau de foie, et du saucisson sec artisanal, sa spécialité ! Fort de son savoir-faire, le boucher-charcutier a prévu de reprendre une seconde boutique à Saint-Jean-de-Bournay, et d'ouvrir un troisième point de vent à Artas en 2022.

56, rue des Tisserands, 38440 CHATONNAY
Tél. : 04-74-58-36-43
Facebook : Boucherie Charcuterie Gerin Cédric

La Taverne d'époque

DES GRENOUILLES FAÇON TAVERNE

Au cœur des Terres Froides, Didier Rauli a repris il y a dix ans, un restaurant dans un cadre typique médiéval. Restaurateur depuis trois générations, il travaille aujourd'hui avec son fils, Samuel. Il prépare, dans la tradition familiale, des grenouilles à différentes sauces maison : persillade, roquefort, forestière, curry et crème échalotes. Il travaille avec des produits frais et locaux notamment des viandes de proximité. Cheminée l'hiver, terrasse en été, vous pourrez festoyer dans une ambiance familiale.

2, route des Alpes, 38440 CHATONNAY
Tél. : 04-74-87-27-45
tavernedepoque.fr

CHONAS L'AMBALLAN 38121

RESTAURANTS

14,5/20

DOMAINE DE CLAIREFONTAINE

Non loin des vignobles de Condrieu et Côte-Rôtie, la maison familiale des Girardon est aujourd'hui un hôtel****, au charme et au luxe certains, entre la belle maison du XVIIe siècle, un ancien séchoir à noix du Dauphiné et une ferme transformée en cottage. Dans le parc arboré, règne une sérénité engageante qui met en confiance avant d'aller découvrir les idées de Philippe Girardon, à table, tournées vers le terroir et empreintes de sérieux. Le menu Signature à 135 € est un condensé de ce qu'on sait y faire, un travail remarquable sur des produits d'exception, comme les grenouilles de Clairefontaine, mousserons et ail des ours, le filet de saint-pierre, couteau en persillade, caviar d'aubergines blanches et sauce château Chalon et Condirue, un pigeon de Vaulx-Milieu, le filet rôti au foie gras et à la truffe noire, cuisse confite en polenta et crème de maïs doux, pleurotes et jus au foin... Très belle cave.

105 chemin des Fontanettes
T. 04 74 58 81 52
Fermetures lu, ma.
Menu(s) 75-135€

HÔTELS

4 ÉTOILES

DOMAINE DE CLAIREFONTAINE - LES JARDINS

Propriété de la famille Girardon depuis 3 générations, ce beau domaine abrite aujourd'hui un bel hôtel au luxe discret qui s'organise autour de trois entités. Le manoir XVIIe réunit six chambres confortables. La maison qui fut l'ancien séchoir à noix abrite de luxueuses chambres décorées de meubles cérusés et d'amples rideaux en lin. À 800 m du domaine, une ancienne ferme dauphinoise baptisée désormais le Cottage dévoile neuf chambres et deux suites mais également un appartement ultra cosy pour les familles. Doté d'un parc bucolique et de petits salons où il fait bon paresser, ce lieu est un parfait refuge pour prolonger la découverte de la cuisine de Philippe Girardon...

105 chemin des Fontanettes
T. 04 74 58 81 52

CHUZELLES 38200

BOULANGERIE

MAISON DEMONT

Petite boutique sur une place à l'entrée du village. L'étalage est bien organisé, avec une vingtaine de pâtisseries, des sandwichs et des quiches, et des viennoiseries remisées. La quiche saumon poireau est très bonne, bien cuite, avec une pâte croustillante, pas mouillée et une bonne garniture.

Place du Belvédère
T. 04 74 57 47 13
Fermetures di (p.m).

Le Napoléon

SAVEURS EN CIRCUITS COURTS

C'est un établissement qui a su se faire une place depuis sa reprise, il y a trois ans, par la famille Laurent.
Situé au bord de la RN 85, les travailleurs s'y arrêtent volontiers le midi pour savourer l'un des plats traditionnels préparés avec des produits locaux. En cuisine, en effet, on travaille les légumes du maraîcher du village. La charcuterie est aussi essentiellement issue du boucher voisin. Au menu, tourtons, oreilles d'âne, ravioles… Également une offre snacking avec des burgers et pizzas dont les pâtes sont faites maison. Les week-ends, on peut opter pour une formule conviviale brasero, avec fromages locaux à faire fondre et viandes à griller. À noter que cette année, la municipalité a confié à l'équipe la gestion de la cantine scolaire : une preuve de confiance et un gage de qualité.

Place Napoléon, 38970 CORPS
Tél. : 06-72-82-64-41

Le Bistrot de la Place

AU CŒUR DU VILLAGE

Une adresse sympathique avec de belles spécialités. Une cuisine savoureuse faite à base de produits frais et locaux. Grâce à sa ferme située à un kilomètre, l'équipe produit en bio l'essentiel de ses légumes. La formule bistrot est renouvelée chaque jour. Coup de cœur : le carpaccio de truite confite et les viandes de lait cuites au four à bois communal. Vins et bières* de pays et pain de paysan boulanger sont proposés. Autre atout : sa terrasse piétonne. Charmant.

Place de la Mairie,
38930 CLELLES-EN-TRIÈVES
Tél. : 04-76-34-52-41
E-mail : lebistrotdelaplace@laposte.net
www.lebistrotdelaplace.fr

La bonne cuisine est honnête, sincère et simple.

Elisabeth David (1913-1992)

*L'ABUS D'ALCOOL EST DANGEREUX POUR LA SANTÉ.

CORENC 38700

RESTAURANTS

13,5/20

LA CORNE D'OR

Voilà une confirmation en forme de bonne surprise. On savait l'adresse privilégiée, avec une des plus belles vues sur la ville et les montagnes, mais elle devient une destination de choix avec cette cuisine en hausse et cette équipe en salle performante. Des saveurs fines, des associations et des textures en harmonie, voilà une belle séquence, avec la fleur de courgette farcie, crémeux de pomme de terre au siphon, écume de citron, le pigeonneau fumé au foin, d'une cuisson parfaite, purée d'oignons caramélisés, cerises et pommes grenailles, les fraises de l'Isère et crème glacée à la fleur de sureau pour un bon dessert de saison. Et bravo pour le numéro du sommelier, en short et tongs, enthousiaste et impliqué, qui incite vraiment à le suivre dans le pairing, à travers une cave pointue.

159 route de Chartreuse
T. 04 38 86 62 36
Fermetures lu, ma, di (dîn.).
Menu(s) 26-68€

CORRENÇON EN VERCORS 38250

RESTAURANTS

15,5/20

PALÉGRIÉ

Une soirée chez Guillaume Monjuré est toujours une expérience rare. L'expédition pour grimper à Corrençon, les paysage magnifiques du Vercors, cette impression d'être au plus près de la nature, amplifiée par ce parti pris vertueux du chef d'une véritable communion avec la production locale. Tout fonctionne dans une sorte de rituel bien écrit, à travers une brillante séquence et dans un décor typique savamment modernisé. La balade entre jardin et montagne offre un florilège, gaspacho tomate verte espuma chartreuse, feuille de consoude (une mention spéciale pour le craquant et le goût) œuf de brochet citron, tartelette chèvre ricotta, aubergine pita mozzarella, velouté de cèpes, la désormais inamovible cristivomer en ikéjimé des sources d'Archiane, cueillette du jour, œuf de truite, noisette du Piémont et un beau dessert final sur la framboise. Les randonneurs habitués apprécient la régularité, l'accueil plein de sûreté de la maîtresse de maison et le très bon rendement d'un menu à 60 € aux nombreuses assiettes. Carte de vins sage et classique avec quelques découvertes.

Les Ritons
T. 04 76 95 84 84
Fermetures lu (déj.), ma, me, je (déj.), ve (déj.).
Menu(s) 45-60€

Chef Cuisinier
Guillaume Monjure

BOULANGERIE

NOËL TRADITION

Boutique idéalement située au milieu de la station de Corrençon-en-Vercors. La jeune vendeuse présente avec amabilité un étalage où tout est attrayant. Le pain de seigle vaut le détour avec un bon goût de blé noir, artisanal, avec un bon parfum. La quiche est classique et correctement garnie.

Les Ravauds
T. 04 76 86 07 53
Fermetures lu, di (p.m).

Pizzeria des Moulins

CONVIVIALE ET TRADITIONNELLE

Chez Bernard, depuis vingt-sept ans, la cuisine est prétexte à passer un bon moment, entre amis ou en famille. L'assiette est française – tagliatelles au saumon, aiguillettes de poulet aux morilles – mais aussi italienne avec ses pizzas et lasagnes. En dessert, optez pour un fondant au chocolat maison ou une crème au caramel. Si le gérant, ex-boulanger et pizzaiolo, s'inspire des meilleurs restaurants, il cherche surtout à vous faire passer un bon moment ! *Ouvert 7 j./7 toute l'année (sauf 24, 25, 31/12 et 1er janvier).*

✉ 23, faubourg des Moulins, 38460 CRÉMIEU
Tél. : 04-74-90-42-79
www.lapizz.net

Le Chantegrit

UNE CUISINE SOIGNÉE ET INVENTIVE

Riche de sa formation en gastronomie française et de ses multiples expériences au Canada, en Suisse ou au Luxembourg, le chef Loïc Normand a voulu revenir près de ses terres d'origine pour ouvrir son propre établissement. Son ambition ? Devenir une référence dans la région, sans pour autant courir après les étoiles. Il reprend le Chantegrit, en 2014, et y propose une cuisine créative, à partir de bons produits du terroir. Le menu du marché, chaque midi en semaine, à 16€, change tous les jours.

Le soir, des formules à 28€ et 38€ sont proposées pour goûter aux plats plus élaborés du chef, qui tient à cuisiner les produits de saison exclusivement. Régulièrement, il organise des journées thématiques (accords mets et vins*, cassoulet, etc.) et répond aux demandes des groupes avec des formules traiteur pour les grandes occasions.

✉ Place de la Mairie, 38510 CREYS-MÉPIEU
Tél. : 04-74-97-70-46

« La bonne cuisine est honnête, sincère et simple. »

Elisabeth David (1913-1992)

*L'ABUS D'ALCOOL EST DANGEREUX POUR LA SANTÉ.

CROLLES 38920

CAVISTE

L'ÉCHANSON

Dans un centre commercial situé dans la banlieue de Grenoble, on retrouve ce beau caviste-fromager, qui permet de faire ses emplettes en deux en un, avec des sélections de vin solides, avec des nouveautés toutes les semaines, ainsi que des plateaux de fromages soigneusement élaborés. La maison propose régulièrement des soirées œnologiques sur thématique.

Zone Commerciale Belledonne
T. 04 76 45 04 93
Fermetures lu, di.

FROMAGERIE

LES PÂTURAGES

Au pied de la Chartreuse, cet ancien de chez Bernard Mure-Ravaud met ainsi à profit son expérience et son apprentissage pour offrir une fromagerie pointue où les artisans locaux sont bien mis en valeur. Juan Rodriguez ne propose pas que des fromages à l'unité mais réalise des plateaux sur-mesure ainsi que des préparations pour fondue et raclette.

110 rue du 8 Mai 1945
T. 04 76 72 25 83
Fermetures lu, di (p.m).

ECLOSE 38300

RESTAURANTS

12/20

L'ECLOSION BADINIÈRES

Une bonne auberge de village qui rend service à tout le canton, une cheffe appliqué qui propose, notamment à déjeuner, un imbattable menu à 25 € : courge en variété, lomo maison, champignons des bois, mouillette briochée, pavé de cochon dans la longe, légumes racines, noisette, jus corsé, avec une viande tendre et bien assaisonnée, tartelette prune, pâte brisée, prunes cuites au naturel, glace vanille, un dessert simple et bien équilibré. Cave rhodanienne bien pourvue (Montez, Villard, Yann Chave...), producteurs cités et atmosphère familiale très agréable.

61 rue de la Sordelle
T. 04 74 27 98 98
Fermetures lu, di (dîn.).
Menu(s) 25€

Ⓟ

ESTRABLIN 38780

BOULANGERIE

ROUX TRADITION

Petite boutique lumineuse et bien rangée à la vendeuse efficace et souriante. Le pain spécial aux céréales est très agréable, une croûte croustimoelleuse, généreux en céréales à l'intérieur comme à l'extérieur. La mie est moelleuse et bien alvéolée. Le pain mi-blé, mi-seigle, quant à lui, est bien composé : la légèreté du blé contrebalance le caractère amer du seigle. Bonne mie et croûte pas trop dure.

81 rue de l'Europe
T. 04 26 05 28 51
Fermetures lu, sa (p.m), di (p.m).

EYBENS 38320

RESTAURANTS

12,5/20

LA TABLE DU 20

À la lisière de Grenoble, dans un coin pas vraiment riant, la table de Franck et Luc est un rendez-vous local apprécié, pour sa belle terrasse idéale en été et son ardoise du marché. L'endroit est d'une modernité bien comprise et les assiettes bien dressées suivent les tendances actuelles, tout en restant attachées aux produits. Bonne sélection en cave, avec un excellent sommelier qui sait faire partager sa passion. Un point de plus cette année.

20 avenue Jean Jaurès
T. 04 76 24 76 93
Fermetures sa, di.
Menu(s) 18,50-26,50€

FROMAGERIE

MILLÉSIME ET AFFINAGE

Dans le sud de Grenoble, Claire et Nicolas ont associé la fromagerie et le vin pour notre plus grand plaisir. Les vins sont choisis sur tout le vignoble français, tandis que les fromages locaux sont bien promus. Les propositions de raclettes (16) et de fondue (9) sont évidemment recommandées. Des plateaux peuvent être réalisés sur mesure.

4 place de Verdun
T. 04 56 45 65 16
Pas de fermetures

FONTANIL CORNILLON 38120

RESTAURANTS

12/20

AU TAILLE BAVETTE

Au bord de l'Isère, au nord de Grenoble, l'adresse est tout indiquée pour qui veut redécouvrir les bons plaisirs du répertoire bistrotier, viandard et régressif. La formule est simple mais la réalisation et les produits valent le détour : une sympathique planche de charcuterie, des cuisses de grenouille persillées, une bonne andouillette 5A, un châteaubriand pour deux, un parfait glacé à la chartreuse. Ambiance chaleureuse.

Rue des Abattoirs
T. 04 76 75 47 70
Fermetures lu (dîn.), ma (dîn.), me (dîn.), je (dîn.), sa (dîn.), di.
Carte 20€ **Menu(s)** 13-26€

FRONTONAS 38290

BOULANGERIE

BOULANGERIE DREVET

Cette boutique avenante, de belle allure, est implantée sur la place du village. Belles pâtisseries, pains bien rangés, un choix appétissant… laissez-vous tenter par une tradition bien faite et tendre, un croissant moelleux ou un très bon sacristain olives oignons, comme une gourmandise briochée. Le tout de première fraîcheur.

Le Village
T. 04 74 94 28 65
Fermetures lu, di (p.m).

CAVISTE

LA BALADE DES TERROIRS

Une carte des vins exceptionnelle et une préférence assumée pour les vins naturels ont progressivement fait de cette cave l'une des plus appréciées de la ville. Installée en face des Halles Sainte-Claire, la cave propose aujourd'hui également son Zinc juste à côté, où tous les vins de la cave sont à portée de verre.

5 rue Auguste Gaché
T. 04 76 51 15 86
Fermetures lu, di.

CAVE DE L'ÎLE VERTE

Au pied de la montagne au nord de Grenoble, cette discrète cave installée dans une rue à l'écart de la circulation est une bonne étape avec ses sélections pertinentes, environ 300 références sur toute la France.

24 bis rue Ravier Piquet
T. 04 76 03 27 55
Fermetures lu, di.

LE VIN DES ALPES

Ouverte en 2013, cette cave aux bonnes sélections sur toute la France est avant tout la cave des vins de l'arc alpin, qu'il présente de la France à la Slovénie, avec des références plutôt classiques et des idées plus actuelles. Les vins naturels et sans additifs sont privilégiés.

8 rue de Strasbourg
T. 04 76 43 04 39
Fermetures lu,di.

L'ÉCHANSON

Version centrale de l'Échanson de Crolles, on y retrouve la même exigence sur la sélection des vins comme des fromages, avec des plateaux bien conçus et des nouveautés en cave qui arrivent régulièrement. Les spiritueux ne sont pas en reste avec de beaux étalages de whiskies, rhums, cognacs et armagnacs, liqueurs, gins...

1 rue Lakanal
T. 04 76 85 05 17
Fermetures sa,di.

CHOCOLATERIE

CHOCOLATERIE SIGNOURET - GRENOBLE

Ouverte en 2014, la chocolaterie d'Anne-Lise Signouret s'est bien implantée sur le marché local, avec sa démarche écoresponsable auprès des producteurs de cacao, et ses ganaches inspirées, qui mêlent des chocolats du monde entier aux saveurs d'ici et d'ailleurs. Les ballotins, les tablettes, les glaces et les macarons sont également renouvelés suivant les saisons avec une belle créativité.

3 rue de Strasbourg
T. 04 76 27 71 90
Fermetures lu, di.

THIERRY COURT - LES PETITS BONHEURS

Maître artisan pâtissier-chocolatier, Thierry Court (lauréat du concours Meilleur Pâtissier 2017) est un touche-à-tout qui a prouvé son talent et sa créativité au travers d'une gamme de produits néo-artisanaux, où les classiques de l'industrie du sucré sont revisités dans une veine personnelle et plus authentique. Au menu, bonbons, barres chocolatées, biscuits...

22 rue de la Poste
T. 04 76 26 23 57
Fermetures lu,di.

ZUGMEYER

Institution grenobloise ouverte en 1930, elle a conservé son décor d'antan, avec ses belles moulures, pour rappeler le prestige de la maison et son histoire quasi-centenaire. On y retrouve des chocolats de grande tradition comme des recettes plus actuelles, qui viennent réinventer le produit autour d'alliances de saveurs plus originales.

4 boulevard Agutte Sembat
T. 04 76 46 32 40
Fermetures di.

ÉPICERIE FINE

L'ÉPICERIE COMPTOIR

Installée dans le quartier des affaires, cette drôle d'épicerie fait le pari d'une offre double, qui allie un comptoir pour des réjouissances sur place, et une partie à emporter, qui propose vins, produits d'épicerie fine et plats cuisinés. Le Languedoc est ici chez lui, avec une sélection en cave exclusivement du pays, ainsi que des produits artisanaux de la même région. Les plats cuisinés sont en revanche en provenance du Gers.

4 place Robert Schuman
T. 04 38 49 57 31
Fermetures sa, di.

FROMAGERIE

FROMAGERIE LES ALPAGES

Institution grenobloise ouverte en 1978, la fromagerie de Bernard Mure-Ravaud jouit d'une réputation qui n'est plus à faire. MOF et lauréat de nombreux prix, il fait des sélections pointues et riches, qui alignent plus de 150 variétés, qu'on pourra découvrir à l'unité, en plateau, en raclette ou en fondue. s

4 rue de Strasbourg
T. 04 76 46 32 62
Fermetures lu,di.

LAITERIE BAYARD

Véritable institution locale, cette laiterie au charme d'antan est le lieu de rendez-vous des artisans locaux, qui y déposent leurs fromages du Vercors et de Savoie, le beurre et le lait, ainsi que des produits du Dauphiné mais encore un rayon épicerie fine pour les envies d'ailleurs. La cave, forte de 1800 références, offre une très belle sélection sur la Savoie.

17 rue Bayard
T. 04 76 44 36 25
Fermetures lu, di.

PÂTISSERIE

LES ÉCRINS

Célèbre pâtisserie grenobloise depuis 1880, cette affaire familiale est aujourd'hui tenue par le dernier rejeton de la famille Gratian, Alexandre, qui perpétue l'héritage avec rigueur et créativité. La maison est assez bien diversifiée, et propose chocolats, pâtisseries, macarons, glaces ou encore wedding cakes.

11 rue de Bonne
T. 04 76 46 48 22
Fermetures di.

POISSONNERIE

POISSONNERIE LACHENAL

Maison spécialisée dans la pêche de petit bateau, c'est là dans le sud de Grenoble que l'on pourra satisfaire son envie de poisson sauvage. On y retrouve également coquillages et crustacés, ainsi que des huîtres et des produits traiteur.

1 rue du 4e Régiment du Génie
T. 04 76 87 88 89
Fermetures lu, di.

TORRÉFACTEUR

LA BRÛLERIE DES ALPES

Première brûlerie de Grenoble fondée en 1926, elle est aujourd'hui tenue par Patricia Chemin, qui utilise la même machine d'époque et propose des cafés artisanaux authentiques et d'origine choisie. En grain ou moulu, mélange ou pure, on pourra se laisser tenter par le Tarrazu de Costa Rica, le Chancamayo du Pérou, ou encore le mélange maison. Possibilité de déguster sur place. La maison propose également 150 thés et infusions.

56 cours Jean Jaurès
T. 04 76 46 29 80
Fermetures lu, di.

CAFÉS ET THÉS FRÉDÉRIC

Artisan torréfacteur depuis 1929, la maison est le rendez-vous incontournable des amateurs de cafés et de thés à Grenoble. L'endroit est élégant, avec des étagères contemporaines et soignées, et propose une gamme large, des cafés d'Indonésie, de Jamaïque, d'Éthiopie ou encore de Tanzanie, des thés de Ceylan, de Chine, d'Inde ou encore du Kenya.

21 Grande Rue
T. 04 76 44 41 75
Fermetures di.

CAFÉS BERRIAT

Cette illustre maison propose depuis 1935 des gammes de café torréfié sur place, choisi avec le plus grand soin, du Guatemala au Brésil en passant par la Papouasie Nouvelle-Guinée. Du matériel pour le café ainsi qu'une sélection de thés sont également à la vente.

21 cours Berriat
T. 04 76 46 29 80
Fermetures lu, di.

TORRÉFACTION DESSERTINE

Torréfacteur depuis 1954, la maison est aujourd'hui tenue par Catherine Delcourt, qui perpétue un savoir-faire certain, décliné à travers 18 variétés de café du monde entier. La maison propose en outre plus de 150 thés et une trentaine d'infusions, ainsi que des produits d'épicerie fine et du matériel pour le thé et le café.

6 place Sainte-Claire
T. 04 76 44 08 30
Fermetures lu,di.

Grenoble

Sunset Boulevard

VOYAGE GUSTATIF EN THAÏLANDE

Salade de bœuf Thaï, gyoza, nems, soupe phô, bò bún… Les spécialités vietnamiennes mais surtout thaïlandaises s'invitent dans l'assiette. On déguste aussi quelques créations, mélange de la cuisine asiatique, pour les parfums, et de procédés de cuisson japonais nommés les « croustillants ». Jeanne et Jean-Claude ont ouvert leur restaurant il y a quatre ans et proposent une cuisine fraîche, à base de produits naturels, très pauvre en matières grasses. Aucun artifice ni produit chimique pour exhauster le goût, peu de sel mais des épices et herbes fraîches, comme il convient. Tout est fait maison. L'intérieur est accueillant, très coloré et lumineux.

Ouvert du mardi au samedi, midi et soir.

22, rue de La Poste, 38000 GRENOBLE
Tél. : 09-51-77-71-69
E-mail : sunset.grenoble@gmail.com
Facebook : Sunset Boulevard Grenoble
sunset-boulevard-thai-restaurant.business.site

Les Fringant.e.s

BISTROT COOPÉRATIF

C'est le premier restaurant coopératif de Grenoble. Qu'ils soient salariés ou clients, 70 sociétaires font vivre ce bistrot qui défend haut et fort le partage mais surtout la bonne cuisine. Tout est fait maison, à partir de produits locaux, bio à 60%. Tartare de bœuf aux oignons rouges et patates douces ou nuggets de poulet panés à la noisette, le chef Mallory Tetu revisite les grands classiques avec brio. Végétariens bienvenus.

11, rue Hébert, 38000 GRENOBLE
Tél. : 09-52-23-08-21 lesfringant-es.fr

Restaurant Zakhang

UNE CUISINE OUVERTE SUR LE MONDE

Inspirée par ses voyages, Audrey van Zurk ouvre, il y a sept ans, le Zakhang, « restaurant » en tibétain. On y trouve une étonnante cuisine personnelle et multiculturelle : la soupe tibétaine – l'hiver – côtoie des plats inspirés de la Corée, du Japon, de Bali… Chaque plat est comme un paysage à déguster. Tout est fait maison, du pain aux sorbets.

5, quai Créqui, 38000 GRENOBLE
Tél. : 04-76-95-01-61 – **E-mail :** contact@zakhang.fr
www.zakhang.fr

Papapy

LA CUISINE EN FAMILLE

Père et fille sont ensemble derrière les fourneaux pour proposer des plats régionaux à base de produits locaux et de saison.
Chez Papapy, la cuisine se pratique en famille. Christian Keller s'occupe du salé pendant que sa fille Camille s'affaire au sucré, dans ce restaurant-salon de thé. Plats végétariens et végans, plats régionaux, salades composées, un poisson et une viande en cuisson à basse température à venir déguster dans un cadre cosy, le tout accompagné de légumes bio fournis par Paul Keller, fils et frère des deux entrepreneurs. Côté pâtisseries, le banoffee revisité est la spécialité de cet établissement qui propose sept à dix pâtisseries différentes, chaque jour. À déguster en sirotant l'un des 30 thés à la carte ou chocolat chaud maison.

4, place de Gordes, 38000 GRENOBLE
Tél. : 04-76-51-76-57
papapy-restaurant-grenoble.eatbu.com

La découverte d'un mets nouveau fait plus pour le bonheur du genre humain que la découverte d'une étoile.

Jean Anthelme Brillat-Savarin
(1755-1826)

Rouge Délice

COULEUR GOURMANDISE

C'est inspirée par sa famille bretonne et la Red Delicious, que Christelle Girardot a créé sa crêperie. Entourée d'une formidable équipe dynamique et attentionnée, elle officie depuis 2018 dans un cadre cosy et chaleureux. Galettes, crêpes, bières* et cidres artisanaux bretons ou locaux, Christelle a choisi de réunir ses régions de cœur : Bretagne et Rhône-Alpes. Les produits sélectionnés sont frais, à 99 % bio et travaillés maison, avec amour. Les chefs cuisinent sous vos yeux des recettes savoureuses, originales et toujours plus gourmandes. Au menu, en saison, la Douceur d'Automne au potimarron et, en dessert, la croustipomme aux pommes dorées, caramel beurre salé, crumble et chantilly. Végétariens et végans sont les bienvenus.

Le + : Terrasse en bois végétalisée ouverte toute l'année.

2, rue Blanc Fontaine, 38000 GRENOBLE
Tél. : 04-76-46-97-27
creperierougedelice.fr

C'est au cours d'un dîner copieux que la spiritualité de l'homme se manifeste avec le plus d'évidence.

Somerset Maugham
(1874-1965)

*L'ABUS D'ALCOOL EST DANGEREUX POUR LA SANTÉ.

L'Apericerie

TOUT POUR PRÉPARER DE DÉLICIEUX APÉRITIFS

Le concept, animé par Lucas Seguin depuis 2018 : des mets artisanaux délicatement sélectionnés pour concocter des apéritifs, à déguster sur place ou à emporter. Française, espagnole ou norvégienne, l'épicerie apéritive vous invite à la découverte de nouvelles saveurs. Soft drinks, jus de fruits, limonades, bières*, vins, spiritueux, tartinables végans, végétariens, terrines, légumes marinés, fruits secs, biscuits et une jolie vitrine de charcuterie et de fromage à la coupe, à déguster sur planche ou chez soi.

Une large gamme de 400 références proposées pour composer vos apéritifs dinatoires. Chaque produit a été goûté et validé par le maître des lieux et son équipe pour authentifier sa belle qualité nutritive et gustative.

Le + : Terrasse ouverte aux beaux jours.

✉ 83, cours Jean Jaurès, 38000 GRENOBLE
Tél. : 04-76-43-30-88
apericerie.fr

Café Foch

UNE CUISINE MAISON FAITE AVEC AMOUR

Ouvert toute la journée sur les grands boulevards de Grenoble, le Café Foch et son équipe 100% féminine proposent, le midi, une cuisine faite maison, avec un plat du jour différent chaque jour et une carte évolutive en fonction des idées et des envies d'Eve Petrequin et Julia Coffin, les cogérantes. Des produits locaux, frais et de saison, cuisinés avec amour. À manger sur place ou à emporter, avec toujours autant de gourmandise !

✉ 20, boulevard Maréchal Foch,
38000 GRENOBLE – **Tél. :** 04-57-13-43-92
cafefoch.fr

*L'ABUS D'ALCOOL EST DANGEREUX POUR LA SANTÉ.

La Talemelerie

POUR L'AMOUR DU PAIN

L'odeur généreuse des pains de la Talemelerie file chaque matin de la place Sainte-Claire à la rue Ampère, en passant par la rue de Stalingrad, la place Championnet et celle de l'Étoile, et s'étend même jusqu'à Seyssinet. Une quarantaine de variétés de pain et viennoiserie est fabriquée, chaque matin, dans le fournil grenoblois par le chef boulanger-pâtissier, Franck Moriot, et son équipe. Attaché au savoir-faire artisanal, il utilise trois techniques de fermentation pour les pains traditionnels. La gamme saveurs varie, quant à elle, au fil des saisons pour mettre en valeur les richesses de la nature : noisette et crème de marron en automne, poivron et chorizo en été. Côté viennoiserie, c'est le beurre AOP d'Isigny qui apporte doré et croustillant aux croissants et autres douceurs.

Les + : Une gamme équilibre bio et une sans gluten

4, place Championnet, 38000 GRENOBLE
Tél. : 04-76-47-84-49
www.latalemelerie.com

Au Mets-Cliché

ENTRE CUISINE ET PHOTOGRAPHIE

Les deux passions de Mathieu Melo sont réunies dans ce même lieu : les assiettes décorées avec une jolie touche artistique et les photos de ce chef atypique affichées sur les murs. Ici, tout est fabriqué maison, une véritable prouesse lorsque l'on connaît le parcours de Mathieu. Velouté de homard et chocolat blanc ou trio de foie gras, ris de veau à la Chartreuse* verte ou mousseline de volaille au bleu du Vercors-Sassenage et son panache de légumes sont au menu. Pour terminer en douceur, un nougat glacé aux noix de Grenoble ou un dôme glacé aux litchis né de l'imagination du chef. La carte est renouvelée chaque saison, selon les fruits et légumes du marché. Premier chef handicapé moteur primé au concours des Talents gourmands 2018, Finaliste Prix Goût et Santé 2021.

10, rue Bayard, 38000 GRENOBLE
Tél. : 09-83-35-27-77
www.aumetscliche.com

*L'ABUS D'ALCOOL EST DANGEREUX POUR LA SANTÉ.

HEYRIEUX 38540

BOULANGERIE

LES DÉLICES D'ELISE

Très belle boutique avec étalage en V. Les produits sont très bien présentés dans un mobilier en bois foncé rétroéclairé. L'étalage est assez remarquable avec environ 25 pâtisseries bien alignées, de beaux pains spéciaux installés sur un présentoir circulaire en acier chromé, beaucoup de choix avec également des produits d'épicerie fine. Le pain de courge est plaisant, bien brioché, d'une belle couleur jaune, bien équilibré en sel et sucre, moelleux et doré. La tradition est bonne, encore chaude, bien levée et équilibrée, avec une croûte bien farinée. Le vendeur est agréable et efficace.

1 rue de la Pomme
T. 09 75 32 72 38
Fermetures lu, di (p.m).

JARCIEU 38270

BOULANGERIE

BOULANGERIE-PÂTISSERIE BENOÎT

Vous trouverez tout ce qu'il faut dans cette très jolie boutique, en bois mouluré clair avec mur en pierre et tapisserie préraphaélite. La vendeuse est très à l'aise, tout semble naturel pour elle. Le pain spécial aux céréales est très parfumé, d'une belle longueur, avec des notes de pommes, de lin et de sésame. Une baguette classique professionnelle et artisanale, avec une bonne farine et un bon goût authentique.

55 route des Métiers
T. 04 74 84 85 29
Fermetures lu, di (p.m).

L'ISLE D'ABEAU 38080

RESTAURANTS

12,5/20

LE RELAIS DU CATEY

Remarquable maison dauphinoise du XVIIIe siècle non loin de Bourgoin-Jallieu, on y retrouve un bel hôtel de province, au charme champêtre et bourgeois, avec des chambres bien équipées et une jolie table signée Dominique Ducrettet. Celui-ci travaille les produits nobles locaux, avec une approche minimale et maîtrisée, comme une truite de Beaufort confite, graines de fleurs et plantes, tomates acidulées, un râble de lapin rôti, fine croûte de sauge, amandes et girolles, un nougat glacé, menthe cristallisée, mûre et citron. Service professionnel.

10 rue du Didier
T. 04 74 18 26 50
Fermetures lu, di.
Menu(s) 30-70€

LA CHAPELLE DE LA TOUR 38110

BOULANGERIE

BOULANGERIE PÂTISSERIE A&F

Boulangerie familiale bien tenue, avenante, rénovée récemment. Beaucoup de choix en tout et la patronne est très aimable. La tradition est bien levée, tendre et souple, avec une bonne mâche. Le pavé de l'Isère au levain, sur la base d'un pain de campagne, est très bon.

1 place des Sports
T. 04 74 97 26 16
Fermetures lu, di (p.m).

LA CÔTE SAINT ANDRÉ 38260

RESTAURANTS

13/20

HÔTEL DE FRANCE

Au cœur du village, le bel hôtel de Laëtitia et Rodolphe est le lieu de rendez-vous pour les locaux, une étape parfaite pour une halte sur la route, en bref un petit moment de plaisir, autant pour les chambres que pour les assiettes du chef. Les intentions sont traditionnelles mais la réalisation vaut le détour : tartare de thon rouge, espuma au safran, houmous d'avocat, citron caviar, homard bleu et bisque, tranché à l'huile d'olive et légumes d'été, un carré d'agneau, pommes de terre au chèvre, légumes fanes et jus aux noix, enfin un entremet aux fraises. Bons menus à 32 et 55 € .

16 place de Saint-André
T. 04 74 20 25 99
Fermetures lu, sa (déj.), di (dîn.).
Menu(s) 25-75€

CHOCOLATERIE

CHOCOLATERIE JOUVENAL

Damnation, c'est le nom d'un bonbon primé par les Croqueurs de chocolat : praliné noix feuilletine, qui joue sur les textures, mais certainement pas sur "l'enfer" ! Franck Jouvenal joue avec les saveurs avec grand naturel. Issu de quatre générations de chocolatiers passionnés, il perpétue une tradition artisanale digne d'éloges. Avec un peu de chance, vous pourrez le croiser sur des salons ou marchés de la région Rhône-Alpes. Autre adresse au château Louis XI.

25 rue de la République
T. 04 74 20 31 77
Pas de fermetures

LA FRETTE 38260

BOULANGERIE

MAISON JAUME

Boutique à la façade extérieure magnifique, avec notamment un préau Art nouveau en fonte. A l'intérieur : un salon de thé, un espace chocolaterie et pâtisserie, de vastes étalages notamment pour la partie salé. Le pain spécial au maïs est exemplaire, dans un esprit brioché, avec une belle mie bien jaune et une bonne texture. Le pain aux raisins est très bon, bien doré et sucré. Rien à dire sur la cuisson, il est bien beurré et généreux. Une vraie viennoiserie de professionnel !

21 route de Grenoble
T. 04 74 15 90 42
Pas de fermetures

Gault&Millau **LES 10 COMMANDEMENTS DE LA NOUVELLE CUISINE**

1. Tu ne cuiras pas trop.
2. Tu utiliseras des produits frais et de qualité.
3. Tu allégeras ta carte.
4. Tu ne seras pas systématiquement moderniste.
5. Tu rechercheras cependant ce que t'apportent les nouvelles techniques.
6. Tu éviteras marinades, faisandages, fermentations, etc.
7. Tu élimineras les sauces riches.
8. Tu n'ignoreras pas la diététique.
9. Tu ne truqueras pas tes présentations.
10. Tu seras inventif.

Chez François

CONVIVIALITÉ ET SIMPLICITÉ

Au bord du lac de Laffrey, le bar restaurant Chez François est le rendez-vous des locaux et une étape incontournable pour les touristes de passage. Du haut de ses quarante-quatre ans d'expérience en restauration, François Ferro prépare des plats simples et régionaux : gratin de ravioles, cuisses de grenouille, faux-filet sauce morille, fondue savoyarde... Le restaurant est rattaché à la mairie du village et profite de sa salle des fêtes de 120 places pour accueillir les groupes. **Le + :** Grand parking pour se garer facilement.

Camping Napoléon, 38220 LAFFREY
Tél. : 06-83-43-60-01

Auberge de la Croix Perrin

UN CADRE IDYLLIQUE

Au cœur de la forêt, à 1218 m d'altitude, l'Auberge de la Croix Perrin offre quatorze chambres double et une chambre familiale, un restaurant ainsi qu'un Spa, équipé d'un jacuzzi et d'un sauna. Au restaurant, le chef anglais Thomas Addison et son équipe assurent le service de 120 couverts assis, au bar, au coin salon avec télé ou sur la terrasse avec pergola bioclimatique. Le chef propose des produits frais et locaux faits maison tels que le foie gras et son pain d'épices. Les cuisses de grenouille, les escargots du Vercors, les noix de Saint Jacques poêlées, la tartiflette sont servis régulièrement. On s'y déplace pour ses plats au grill présentés sur une planche en bois : côte de bœuf, faux-filet, côte de veau... En dessert, l'assiette Croix Perrin propose un assortiment de douceurs à partager entre randonneurs.

3700, route de la Croix Perrin,
38250 LANS-EN-VERCORS
Tél. : 04-76-95-40-02
www.vercors-hotel.com

Il n'y a pas d'amour plus sincère que celui de la bonne chère.

George Bernard Shaw
(1856-1950)

LA TERRASSE 38660

BOULANGERIE

DUMOULIN AU PAIN

111 place de la Mairie
T. 04 76 08 52 76
Fermetures lu,di.

Boutique sur la place commerçante du village, la vendeuse est précise et douce dans sa relation avec le client. Le magasin est bien agencé et joliment arrangé. Le pain aux noix est excellent, bien garni en noix et soigné. La tradition est bien souple et aérée avec une bonne mâche et un goût comme attendu. La quiche est généreusement garnie et assez bien faite.

Lac du Lauvitel

DUMOULIN AU PAIN

PASSIONNÉMENT

C'était un rêve de gosse pour Romain de s'installer comme boulanger-pâtissier avec Perrine, sa compagne. Plusieurs recettes de pains traditionnels ou biologiques élevés en fermentation longue sur levain, viennoiseries au beurre d'Isigny AOP, snacking, desserts aux fruits de saison et pâtisseries alsaciennes, en clin d'œil à la région d'origine de Perrine... Tous les mets sont façonnés maison, à la main, avec de jolis produits sublimés et issus du terroir local.

111, place de la Mairie, 38660 LA TERRASSE
Tél. : 04-76-08-52-76
Facebook : DUMOULIN AU PAIN

Le Katana

TOUTES LES SUBTILITÉS DU JAPON

Passionnés de cuisine japonaise ou épicuriens de tout bord : découvrez ce lieu résolument unique, sur le fond comme sur la forme.
À la fois sushi bar et Izakaya (taverne japonaise), ce restaurant cache deux salles dont l'ambiance vous plonge dans l'univers nippon et même, dès les beaux jours, un véritable jardin zen. Original jusque dans l'assiette, il propose les classiques sushis et makis fins et savoureux, des poissons et crustacés ultra frais comme la saint-jacques, la féra ou le turbot, ou des créations du chef à partager, d'une extrême finesse.

On adore le saumon fumé maison au thé vert, sel rose et algues grillées ou l'oursin et son jaune d'œuf de caille confit accompagné d'œuf de saumon mariné au mirin*. Le filet de bœuf juste saisi flambé au saké champignons shiitake et légumes de saison est à tomber.
Ouvert midi et soir, et en afterwork du mardi au samedi.

Place du Charmeyran,
38700 LA TRONCHE – **Tél. :** 04-76-25-86-90
www.lekatana.fr

> *Bonne cuisine et bon vin, c'est le paradis sur terre...*
>
> Henri IV (1553-1610)

*L'ABUS D'ALCOOL EST DANGEREUX POUR LA SANTÉ.

LA TRONCHE 38700

RESTAURANTS

13/20

LA MAISON BADINE

Cette fois-ci, c'est la bonne : Florian Poyet tournait depuis son installation à La Tronche autour des deux toques, c'est chose faite et les Grenoblois connaisseurs ne s'y trompent pas. Cette table en vogue se montre dynamique dès l'accueil, dans une déco moderne sur une place calme. Les grands plateaux de service donnent une touche conviviale pour la dégustation : artichauts en différentes textures, guanciale et noisette, truffe d'été, bœuf maturé de qualité, caviar d'aubergine, haricots et cébettes sautés à l'ai, avec une très juste cuisson, meringues garnies framboises et groseilles, crème légère parfumée à la lavande pour un dessert équilibré et réussi. Cave imposante et complète, avec une belle sélection bourguignonne.

2 rue du Pont Prouiller
T. 04 76 01 03 33
Fermetures lu, sa (déj.), di.
Carte 18€ **Menu(s)** 19-64€

LA VERPILLIÈRE 38290

BOULANGERIE

BOULANGERIE MARGIER

Belle boutique de village, bien placée, à la vendeuse très dévouée qui parle avec cœur. La tradition est tendre et moelleuse, bien souple, avec un bon goût. Le pain figue raisin est très bien fait, très bon, à la fois dense et souple. La ficelle emmental lardons est bien fraîche et bien garnie.

19 rue Maurice Ancel
T. 04 74 94 01 83
Fermetures lu, di (p.m).

LE BOUCHAGE 38510

COFFEE SHOP

CAFÉ LESTRA

Vous voici dans la boutique d'un torréfacteur passionné, attentif au moindre détail dans un souci de qualité constante ! La quinzaine de crus sélectionnés est désormais torréfiée soit par l'éternelle Probat des années 50, soit par la nouvelle machine équipée d'un logiciel informatique permettant de mesurer précisément chaque cuisson, et de reproduire la meilleure selon le goût de l'artisan. Ces crus sont ensuite assemblés pour créer des mélanges tout à fait équilibrés. Selon l'affluence en boutique, il vous sera possible d'en goûter quelques-uns pour affiner votre choix.

2300 route d'Argent
T. 04 74 80 04 62
Fermetures di.

Grand lac de Laffrey

La Table du Bourg

CUISINE FAMILIALE

Restauratrice depuis trente ans, Mélissa Sabau a opté pour une cuisine familiale qui lui ressemble. Cette maman aime travailler les produits frais et revisiter les classiques avec simplicité. C'est ce que ses fidèles clients apprécient : une belle pièce de bœuf grillée accompagnée d'un gratin dauphinois, par exemple. Pour les repas plus festifs, Mélissa réalise son propre foie gras et son saumon fumé. La Table du Bourg fait également épicerie fine et cave à vin*. On retrouve le fameux génépi très demandé, diverses conserves, du miel du village, des bières des Alpes... Si le lieu est prisé des touristes en été, la table de Mélissa, toute l'année, fait surtout office de lieu de vie au cœur de son village, où chacun aime passer boire un café, pour le plaisir d'un moment partagé.

202, avenue Aristide Briand,
38520 LE BOURG D'OISANS
Tél. : 04-76-80-08-47

La gastronomie est l'art d'utiliser la nourriture pour créer le bonheur.

Theodore Zeldin (1933-)

Les Sagnes

UN DEMI-SIÈCLE AU COIN DU FEU

Depuis 1973, le restaurant Les Sagnes propose des spécialités montagnardes et des plats traditionnels, sans oublier les crêpes et galettes qui font sa renommée. Père et fille y travaillent dans un décor typique des bergeries des vallées de l'Oisans. Gilles est à l'accueil tandis que Juliette, après avoir fait ses armes auprès de chefs réputés, s'active aux fourneaux au rythme des saisons.

90, avenue de la Muzelle,
38860 LES DEUX ALPES
Tél. : 04-76-79-51-62
Facebook : Les Sagnes - Les 2 Alpes

*L'ABUS D'ALCOOL EST DANGEREUX POUR LA SANTÉ.

LES DEUX ALPES 38860

RESTAURANTS

14/20

LE P'TIT POLYTE - CHALET MOUNIER

C luxueux chalet**** développe une expérience savoyarde privilégiée où à l'architecture montagnarde répond une décoration bourgeoise. Le bois clair répond à une mise en table solennelle avec nappe blanche et argenterie, à de belles assises en velours rouges. Le célèbre hôtel, ouvert depuis 1879, a confié ses fourneaux à Tanguy Rattier et à la pâtissière Émilie Paris, le premier passé chez Christian Le Squer et Jean-Yves Guého, la seconde à la Villa Florentine. Le duo a élaboré une belle carte gastronomique, créative et actuelle, autant sur le fond que sur la forme, où la truite Murgat est dans un bouillon céleri, pomme verte et estragon, crème fumée, le Saint-pierre est cuit doucement à l'huile de sarriette, lait d'amande et ail des ours, les ris de veau sont laqués à la carotte, tagètes et jus corsé, où le thé noir est associé aux fruits noirs avec une ganache chocolat. Cave bien pourvue.

2 rue de la Chapelle
T. 04 76 80 56 90
Fermetures lu, ma (déj.), me (déj.), je (déj.), ve (déj.), sa (déj.), di.
Menu(s) 73-115€

HÔTELS

4 ÉTOILES

HÔTEL DU CHALET MOUNIER

Ce beau chalet, posé à la lisière de la station et face au parc des Ecrins, a été restauré avec talent par Angélique et Alban Mounier qui ont conservé l'esprit du chalet d'alpage d'autrefois, tout en infusant le meilleur du confort contemporain. Les 43 chambres déclinent une décoration raffinée avec de belles étoffes, des fauteuils de cuir bien profonds et des chaleureuses boiseries, le tout ouvrant sur la silhouette imposante des massifs enneigés. De retour des pistes, on choisit de paresser dans les salons réchauffés de belles cheminées ou on se dirige vers le spa Cinq Mondes avec ses bois blonds et ses pierres naturelles, son sauna, son hammam, sa piscine intérieure, sans oublier sa large palette de soins. Un lieu convivial et raffiné, auréolé également de sa table gastronomique emmenée par les chefs Juan Leiro et Tanguy Rattier.

2 rue de la Chapelle
T. 04 76 80 56 90
Fermetures mai, sept. oct. nov.

MARCILLOLES 38220

AFFINEUR

MAISON CARDINET

Guillaume Cardinet, le récent vainqueur du Concours national des fromagers au dernier SIRHA en janvier 2015 était déjà une vedette sur les marchés isérois où les fidèles sont nombreux à chercher ses produits du côté de la Côte Saint-André et Voiron. 170 références de fromages, et parmi ses spécialités, la préparation de beaux plateaux sur mesure pour vos réceptions.

130 chemin de la Vie de Lyon
T. 06 21 60 13 45
Fermetures lu (p.m), ma (p.m), me (p.m), je (p.m), ve (p.m), sa (p.m), di.

MÉAUDRE 38112

ÉLEVEUR

CHÈVRERIE DU CHATELARD

Carole et Christophe Ansel sont presque nouveaux dans le métier (moins de 10 ans) mais leur savoir-faire égale celui de bien des anciens. Sur leur exploitation, une soixantaine de chèvres de race alpine chamoisée prend le temps de vivre, pâturant d'avril à novembre et profitant de foin bio en hiver. Le lait est naturellement transformé sur place et donne de savoureux fromages : tomme de Méaudret, pyramides cendrées, crottins frais, affinés, secs, fromages à pâte molle...

La rue
T. 04 76 50 67 75
Fermetures di.

MEYLAN 38240

BOUCHERIE

MAISON ANDRÉ FROMENT

Après 25 ans d'activité, André Froment a passé la main à Christophe Fiorato, qui perpétue l'héritage avec sérieux. La maison a conservé ses producteurs et continue ainsi de proposer à sa clientèle des belles viandes d'Auvergne ainsi que des produits de charcuterie et traiteur.

42 avenue de la Plaine Fleurie
T. 04 76 90 58 96
Fermetures lu, di.

Méaudre

Au pré de Meyssiez

LA NATURE DANS L'ASSIETTE

De magnifiques plats, mijotés pendant de longues heures, accompagnés de légumes du jardin de son grand-père, voilà ce que propose Jérémie Delhomme dans son restaurant. Tendron de veau sauce au foie gras, noix de joue de porc confite ou tourte de ris de veau au syrah*, et en dessert, la fameuse tarte Tatin ou la tarte au citron revisitée. La carte des vins propose 100 à 120 références, notamment un large choix autour de la vallée du Rhône, de la Bourgogne, du Languedoc et du Beaujolais.

22, route d'Eyzin Pinet, 38440 MEYSSIEZ
Tél. : 04-69-32-61-66
Facebook : Au pré de Meyssiez

C'est au cours d'un dîner copieux que la spiritualité de l'homme se manifeste avec le plus d'évidence.

Somerset Maugham
(1874-1965)

Le Monest

LA TOUCHE QUÉBÉCOISE

Transformé en 2021 par Frédérique et Willy Marion, ce restaurant chaleureux, au cadre élégant, offre une note originale à ses plats grâce à l'expérience québécoise de ses gérants. Le chef, Lionel Lamoureux, s'inspire également de ses voyages qu'il partage dans ses assiettes. Porc effiloché au sirop d'érable, sauté de cerf aux myrtilles, tiramisu à l'orange ou tarte au sucre, les mets sont concoctés maison avec des légumes bio locaux. Menu du jour en semaine et suggestions le week-end.

63, Grand Rue,
38650 MONESTIER-DE-CLERMONT
Tél. : 09-85-07-62-42
Facebook : "Le Monest"

*L'ABUS D'ALCOOL EST DANGEREUX POUR LA SANTÉ.

MONTFERRAT 38620

BOULANGERIE

BOULANGERIE JAUNET & DEVILLE

329 rue du Bourg
T. 04 57 20 11 84
Fermetures je.

Petite boutique à l'étalage modeste, mais avec tout ce qu'il faut pour un village et également un peu d'épicerie. Le pain complet au sésame est bien fait avec croûte assez fine et de bon goût. La tradition est bien fraîche et agréable. La baguette classique est goûteuse et assez craquante.

Grenoble

Boulangerie-Pâtisserie des Lacs

L'ADRESSE GOURMANDE

Depuis 1999, Jérôme Normand propose ses spécialités pur beurre à Pierre-Châtel. Son pain des Lacs, à fermentation lente, développe tous ses arômes durant 24h de pousse, pour une mie dense, véritable signature de la maison. Les tourtes matheysines, feuilletées et garnies à la viande de porc, aux aromates, aux champignons ou aux olives, se dégustent froides ou chaudes, et même en apéritif ! Pour les becs sucrés : croissants à la praline, pattes de loup, vacherins ou rocher des Lacs.

Des viennoiseries et pâtisseries faites maison avec authenticité, générosité et à partir de produits locaux : farine, œuf, lait... En janvier, la galette des rois frangipane myrtille est un incontournable ! *Ouvert du mardi au vendredi de 5h30 à 13h30 et de 15h à 19h, le samedi en continu, et le dimanche de 5h30 à 13h.*

36, route Napoléon, 38119 PIERRE-CHATEL
Tél. : 04-76-30-88-31
Instagram : patisserie_des_lacs

> *Il n'y a pas d'amour plus sincère que celui de la bonne chère.*

George Bernard Shaw
(1856-1950)

SAINT ALBAN DE ROCHE 38080

RESTAURANTS

14,5/20

L'ÉMULSION

À la sortie de Bourgouin-Jallieu, Romain Hubert et Oriane tiennent depuis 2011 cette belle maison nord-iséroise en pierre épaisse, d'un charme d'époque compensé à l'intérieur par un mobilier contemporain et minimal. D'une réputation qui n'est plus à faire, le chef fait la démonstration d'un vrai talent pour la mise en scène, avec des assiettes ultra graphiques, d'un travail sur les textures et les cuissons remarquables, et d'une belle identité régionale. Suivant les bourses et les inspirations, on pourra découvrir le menu à 65 ou 90 € , en quatre ou sept services. Bonne sélection en cave.

57 route de Lyon
T. 04 74 28 19 12
Fermetures lu, di.
Menu(s) 44-80€

BOULANGERIE

LA TROPÉZIENNE

Petite boutique de village avenante à la vendeuse très aimable, directe et efficace avec tout le monde. La quiche est très bien, un peu crémeuse, bien relevée avec une bonne pâte croustillante. Tortigraine très fraîche avec une bonne densité de graines. La tradition est très bonne, croustillante, bien alvéolée et moelleuse.

3 promenade des Magnauds
T. 04 37 03 57 37
Fermetures lu, sa (p.m), di (p.m).

Vienne

© Adobe Stock/Keitma

Boucherie Millon

SAVEUR ET BONNE HUMEUR

Viande bovine Label Rouge Charolais Terroir, animaux nourris aux grains… Claire Stegre et Florent Millon proposent des produits de qualité à leurs clients. Claire Stegre et Florent Millon et leur équipe sont tous des amoureux des bonnes choses. Viande bovine Label Rouge Charolais Terroir, porcs, veaux et agneaux nourris aux grains, mais aussi charcuterie confectionnée selon des recettes de famille, dont les fameux « saucissons du chef », et crémerie avec des fournisseurs qualifiés de différentes régions…

L'équipe veut le meilleur pour ses clients. Travail à l'ancienne sur les carcasses, légumes épluchés à la main et plats préparés comme à la maison. Rien n'est laissé au hasard ! Proches de leur clientèle, Claire et Florent n'hésitent pas à partager également leurs techniques de cuisson ou leurs pièces préférées.

36, rue Pasteur, 38490 SAINT-ANDRÉ-LE-GAZ
Tél. : 04-74-88-17-06
Facebook : @boucherie.millon38

*Le bœuf est la reine des viandes ;
le bœuf possède, incluse en lui,
la quintessence de la perdrix,
de la caille, de la venaison, du faisan,
du plum-pudding et de la crème
aux œufs.*

Jonathan Swift
(1667-1745)

Taverne Bélier Rouge

SANS COMPARAISON AUCUNE

Éleveur de cochons d'exception, de bœufs très qualitatifs, restaurateur, Alexandre Matraire a ouvert, en 2020, un lieu à son image : convivial et généreux.

Pour proposer les meilleures viandes porcines – porc noir gascon, Mangalica – et bovines à ses convives, toute l'équipe élève, en plein air, plus de 200 bêtes dans la ferme d'Alexandre. Ensemble, ils y transforment aussi une savoureuse charcuterie, primée en concours, dont les clients raffolent. Lieu d'exception, Saint-Antoine-L'Abbaye fait partie des Plus Beaux Villages de France® et c'est le seul en Isère. Ce décor façonné et sculpté par Alexandre telle une ferme dauphinoise a tout pour surprendre. Sur l'ardoise, des produits locaux travaillés simplement : la puissance aromatique des porcs d'antant (bavette, échine, filet...), le bœuf Wagyu et bien d'autres races rustiques y font merveille. Tel un bélier, foncez-y !

Ouvert du vendredi soir au dimanche midi.
Été : 6j/7 midi et soir.

Grande Cour,
38160 SAINT-ANTOINE-L'ABBAYE
Tél. : 09-67-49-54-82

Le plaisir de la table est de tous les âges, de toutes les conditions, de tous les pays et de tous les jours.

Jean Anthelme Brillat-Savarin
(1755-1826)

SAINT CLAIR DU RHÔNE 38370

BOULANGERIE

ESPRIT PAIN

Boutique polyvalente, avec en plus de la boulangerie, une partie restauration rapide et bar, et un coin salon de thé. La vendeuse est charmante et efficace. L'étalage est très fourni en tout ce que l'on souhaite. La brioche au sucre est bien beurrée, assez gourmande, plaisante et aérée. La baguette ficelle est bonne, bien farinée avec un goût de pain assez artisanal, une croûte croustillante et une mie légère.

Z.A Montée de Varambon
T. 04 74 54 37 10
Fermetures sa (p.m), di (p.m).

SAINT DIDIER DE LA TOUR 38110

RESTAURANTS

13,5/20

AMBROISIE

Au bord du lac Saint-Félix, au cœur de l'Isère, cette discrète maison à l'intérieur très élégant imaginé dans un style très contemporain et modeux, avec tables en bois, murs sombres et chaises indigo et poussin, est celle d'André Taormina. Celui-ci, notamment passé par la Pinède et René Bérard, défend une belle cuisine de produits, avec pour spécialité la truffe, magnifiée dans de nombreuses créations, qu'il renouvelle très régulièrement, dans une carte volontairement courte et de saison. La carte présente ainsi des idées gourmandes sur le genre, un risotto à la truffe en entrée, un homard bleu entier, un pigeon servi en croûte, truffe et foie gras, un brie de Meaux à la truffe... Tarifs attendus.

64 route du Lac
T. 04 74 97 25 53
Fermetures lu, ma, di (dîn.).
Menu(s) 35-110€

SAINT ÉGRÈVE 38120

BOULANGERIE

À L'ARBRE À PAIN

On trouve de tout dans cette grande boulangerie moderne : de belles pâtisseries, une immense partie salée avec pizze, quiches, wraps, pans bagnat, sandwichs... Le pain spécial aux céréales est très plaisant, généreux en céréales, une mie pleine de graines et une croûte croustillante. Le sucré n'est pas en reste avec un croissant parfaitement équilibré, à la pâte feuilletée aérienne bien beurrée et bien sucrée.

C.C. La Pinea, 71 avenue Charles de Gaulle
T. 04 56 45 10 57
Fermetures je, di (p.m).

SAINT GEOIRE EN VALDAINE 38620

BOULANGERIE

LE POT DE FARINE

Ce pot de farine, sur la petite place du village au pied de l'église, est une boulangerie tranquille à l'ambiance traditionnelle. Ficelle bien croustillante, tradition plaisante et un seigle au-dessus du lot aussi bien en parfum qu'en goût vous seront servis avec amabilité.

Place de l'Eglise
T. 04 76 07 13 67
Fermetures lu.

SAINT GEORGES D'ESPÉRANCHE 38790

BOULANGERIE

LE FOURNIL DE SAINT-GEORGES

Boutique sympathique, assez bien organisée, au matériel moderne. La brioche aux pralines est bien beurrée, consistante mais assez légère, bien levée. Le pain aux céréales est assez rustique, il a une bonne croûte et une mie moelleuse et nourrissante. On sent bien le lin et le tournesol. La quiche lorraine est bien faite.

5 place de la Mairie
T. 04 74 59 00 82
Fermetures di (p.m).

Gault&Millau

LES 7 PRINCIPES INCONTOURNABLES

Depuis les années soixante, Gault&Millau est en quête permanente de l'alchimie magique qui s'opère dans un grand restaurant ou dans un bistrot de quartier, dans un vin de terroir ou dans un grand cru ou encore dans un haut lieu du design, quand savoir-faire, ingrédients et personnalités sont réunis pour le meilleur. La sélection des établissements recommandés par Gault&Millau repose sur la qualité objective des évaluations de ses enquêteurs. Celle-ci est garantie par :

1. L'indépendance totale vis-à-vis des établissements.
2. Le recrutement d'enquêteurs exigeants, gourmets et gourmands.
3. L'anonymat des enquêteurs lors des évaluations.
4. La visite dans des conditions normales de fréquentation.
5. Le règlement des additions.
6. La mise à jour régulière par des évaluations continues.
7. La vérification de nos informations auprès de nos centaines de correspondants ainsi que de nos lecteurs et contributeurs.

Le Bruit qui cour

COURREZ-Y

C'est en référence à la cour du château médiéval, près de laquelle ils se sont installés, que Cédric Bayle et Franck Brun ont joliment nommé leur restaurant. Ensemble, ils sélectionnent des produits frais locaux pour composer leurs plats gourmands.
Ici, tout est cuisiné maison ! Le chef aime, par exemple, revisiter les foies gras, préparer de la souris d'agneau confite au miel et au vinaigre balsamique ou un succulent saumon au poivre de Tchuli et s'amuser à varier les textures et les goûts que ses convives vont chercher à identifier. Cheesecake vanille citron et marmelade de quetsche en dessert. 1er prix au championnat de France des Maîtres restaurateurs en 2017. Grande terrasse et tente nomade aux beaux jours. **Le + :** repas possible dans la cave voutée du château

2, cour des Comtes de Savoie,
38790 SAINT-GEORGES-D'ESPÉRANCHE
Tél. : 04-74-54-54-52
www.lebruitquicour.fr

Le Bonnet d'Âne

AU PLAISIR DE VOUS RÉGALER

Une ancienne école communale devenue restaurant. Belle adresse ! Dans la cour de récréation, à l'ombre des platanes ou dans la salle de classe au décor des années 50, replongez, le temps d'un repas, dans vos plus beaux souvenirs d'enfance. Le restaurant « Le Bonnet d'Âne » propose une cuisine sincère, ancrée dans les saisons, joyeuse et généreuse : des spécialités réalisées avec passion, comme la terrine de foie gras, le filet de truite fumée ou encore de la charcuterie maison. Amoureuses de leur région, Mélanie et Audrey mettent un point d'honneur à sélectionner des produits locaux, en valorisant le savoir-faire des artisans du territoire. Aujourd'hui un restaurant, anciennement une école où jadis les petits devenaient grands.
Ouvert du mercredi au samedi, midi et soir, et le dimanche midi.

1679, chemin de la Guillotière Villette,
38380 SAINT-LAURENT-DU-PONT
Tél. : 04-76-07-85-81

SAINT ISMIER 38330

BOULANGERIE

BOULANGERIE GRÉSIDÉLICES

49 chemin du Rozat
T. 04 76 52 24 10
Fermetures lu, di (p.m).

A la sortie de Grenoble, un étalage bien fourni en tout, présenté par une vendeuse très avenante, polie et efficace. La baguette tradition est parfaite : croustillante à l'extérieur, bien farinée avec une très belle amertume et parfaitement levée. Le pain spécial maïs est remarquable avec un bon goût de maïs, une longueur qui évoque le curry et un très bon ratio moelleux-croustillance. La quiche chèvre épinard est superbe, bien cuite et croustillante, la garniture est délicate, ni trop sèche, ni trop humide avec deux belles tranches de chèvre et de bons épinards. La brioche aux pépites de chocolat est très aérienne et légère, douce et bien beurrée.

SAINT LAURENT DU PONT 38380

CHOCOLATERIE

SANDRINE CHAPPAZ

403 chemin de la Seyta
T. 06 74 88 35 77
Fermetures di.

Sandrine Chappaz travaille de manière artisanale en s'inspirant de ce qu'offre la nature en fleurs, herbes, épices, fruits et même champignons. Pas d'arômes artificiels, ni de conservateur, de belles compositions de saveurs, riches en équilibre et délicatesse. Nombreuses spécialités à la liqueur de Chartreuse verte, pâtes de fruits à déguster avec des fromages, clémentines bios de Corse et oranges bios confites maison, large choix de chocolats ganaches et pralinés, des guimauves moelleuses... A noter, des collections éphémères disponibles seulement à certaines périodes de l'année, par exemple la collection "Herbacée" en été.

SAINT MARCELLIN 38160

RESTAURANTS

12/20

LA TIVOLLIÈRE

2 rue du Mollard
T. 04 76 38 21 17
Fermetures lu, ma (dîn.), me (dîn.), je (dîn.), di (dîn.).
Menu(s) 27-37,50€
(P)

Aventure familiale depuis plus de 150 ans, cette maison forte du XIVe siècle est aujourd'hui menée par la sixième génération qui anime là un bien bel héritage. En face du Vercors, la salle moderne et la belle vue depuis la terrasse se font le cadre choisi pour une cuisine travaillée et actuelle. Le menu à 37,50 € est une bonne option, avec le gravelax de truite d'Izeron au mojito, pain aux algues et sorbet citron vert, les saint-jacques poêlées aux clous de la passion, patate douce et lait de coco, le filet de canette, mousseline de carottes au gingembre et jus de fruits rouges, un baba au rhum.

BOULANGERIE

LE DUO GOURMAND

9 rue Jean Baillet
T. 09 84 02 23 50
Fermetures me (p.m), sa (p.m), di (p.m).

Boutique en comptoir extérieur avec une vendeuse efficace et polie. La tradition est bien levée et farinée, la cuisson est bonne et la croûte est croustillante, bien équilibrée en sel et en sucre. Le pain spécial complet est bien nourrissant avec un bon goût de céréales, bien cuit et dense.

ÉPICERIE FINE

LES CARMES VINS & FROMAGES

Sébastien Maucarré, breton d''origine est venu s'installer à Saint-Marcellin en 2007 avec son épouse. Cet érudit du vin, qui a travaillé dans des maisons prestigieuses (Matignon, Lucas-Carton...), a jeté son dévolu dans cette ancienne chapelle du couvent des Carmes. Un lieu spirituel pour que le vin puisse élever notre âme ? Concrètement le choix est vaste de 8 € à 2300 € la bouteille, une sélection-émotion complétée de vins espagnols, allemands et d''autres origines. Cours d''œnologie pour transmettre les fondamentaux et sélection tout aussi fine des fromages qui accompagnent si bien le vin.

3 place des Carmes
T. 04 76 36 37 52
Fermetures lu, di (p.m).

SAINT MARTIN D'HÈRES 38400

BOULANGERIE

BOULANGERIE-PÂTISSERIE COUTO

Un étalage plein de bonnes choses présenté par le boulanger lui-même, souriant et professionnel. Le pain spécial au seigle est remarquable, très long en bouche, un sublime goût de seigle authentique, avec une texture idéale. La quiche chèvre épinards est excellente, avec une bonne pâte sablée et une garniture bien équilibrée où les ingrédients bruts sont bien mis en avant. Le croissant est parfait, croustillant et généreux, bien beurré avec un super goût.

234 avenue Ambroise Croizat
T. 04 76 51 91 96
Fermetures di.

SAINT PIERRE DE CHARTREUSE 38380

BOULANGERIE

LE FOURNIL DE SAINT-PIERRE DE CHARTREUSE

Au centre du village, un grand et beau magasin où tout le monde se rend. Tous les rayons sont appétissants en sucré comme en salé. Le pain spécial épeautre bio est très bon, avec un goût de blé frais, une mie gourmande, un peu comme un gâteau. La pizza ravioles est originale, sympathique avec une bonne pâte à pain.

Le Bourg
T. 04 76 53 27 89
Pas de fermetures

SAINT ROMANS 38160

RESTAURANTS

12,5/20

AU ROMAN DU VERCORS

Désormais installés depuis début août dans un ancien couvent, Isabelle et Hervé Duquesne profitent désormais d'un cadre remarquable pour poursuivre leur aventure. Forts d'une expérience de près de vingt ans, ils la mettent désormais au service d'un lieu rustique et vaste, à la décoration minimale et chic, idéale pour découvrir les idées actuelles du chef sur le produit local. Dans l'assiette par exemple, tomates, saint-marcellin, champignons et herbes sauvages, râble de lapin en basse température, blinis au sarrasin et jus au café et noix, un parfait glacé à la pêche, liqueur de sureau et amandes. À partir de 37 € .

Grande Rue
T. 04 76 64 75 95
Fermetures lu, ma, di (dîn.).
Menu(s) 37-84€

La Crêpe'rit

UNE PAUSE AU CŒUR DE LA STATION

Depuis 2019, Odile Goux, Fabrice Deigas et leur équipe vous accueillent avec le sourire dans ce petit établissement sympathique qui offre 24 places assises. Après la randonnée ou les descentes à ski, une pause est la bienvenue dans cette ambiance chaleureuse, au cœur de la station de Vaujany. Le choix se fait parmi une large gamme de crêpes et de galettes de sarrasin. Les produits sont, le plus possible, issus de circuits courts. Pour ses crêpes, Fabrice a choisi la farine de petit épeautre, riche en fibres et plus digeste que la farine de blé. Le cidre* biologique provient d'un terroir situé entre Chambéry et Grenoble.

Ouvert tous les jours de 8h à 20h30 (en continu), jusqu'à 16h le dimanche.

Le + : Plats à déguster sur place ou à emporter.

Complexe du Saphir, route du Col du Sabot,
38114 VAUJANY
Tél. : 06-03-98-07-43
www.vaujany.com

> *Dans les souvenirs d'enfance de chaque bon cuisinier se trouve une grande cuisine, une cuisinière en marche, un gâteau qui cuit et une maman.*

Barbara Costikyan (1928-2020)

*L'ABUS D'ALCOOL EST DANGEREUX POUR LA SANTÉ.

VIENNE 38200

RESTAURANTS

17,5/20

LA PYRAMIDE

Après des mois de sourdine, la maison du bonheur s'est réveillée, encore plus généreuse, encore plus vivante. De tous les quatre et cinq toques de France, la Pyramide offre l'atmosphère la plus animée. Pas de chuchotements à mi-voix, pas de conversations mouchetées : ici, on échange, on parle, on rit, pour un peu on chanterait. Cela n'enlève pas un maravédis de standing - on est bien dans du haut gastro avec un service de prince orchestré avec brio par l'impeccable Mickael Bouvier - mais cela prouve que Patrick Henriroux et ses équipes savent restituer le climat du très bon vivre avec un savoir-faire unique, autour d'une cuisine qui elle-même traduit la générosité dans l'excellence : un superbe foie gras marbré de pomme canada, les très gourmands coquillages et chou-fleur sous un nuage d'agrumes, l'omble des Cévennes et céleri-boule avec le croquant de la cazette et un délicat bouillon clair, l'excellent bar et artichaut souligné d'un beurre blanc au ponzu. Sur chaque assiette, moins de sophistication inutile pour un gain de plaisir en plus, c'est aussi cela la patte de ce chef unique, aux yeux toujours aussi pétillants quand il fait son tour de salle et qu'il croise ces regards heureux et reconnaissants, de l'industriel de Munich, de l'ingénieur suisse ou du patron du Cac 40, mais aussi, et il y tient au moins autant, de locaux plus modestes qui ont cassé la tirelire pour s'offrir cette Pyramide pas si impossible à gravir. Car les grands menus sont au prix de trois toques parisiens pour une intensité majeure, qui va jusqu'au ris de veau au sautoir champignons et jus de blanquette, le chevreuil betterave café avec une sauce poivrade ou d'excellents desserts, dont un savoureux chocolat macaé soufflé en tartelette ou l'amusant et délicieux "piano" de chocolat et sa sauce au café grillé. Cave grandiose sur toute la vallée du Rhône, avec des verticales de grandes étiquettes et de grands noms, et quelques trésors uniques que ce passionné, avec une très bonne équipe en sommellerie, a accumulé au fil du temps. L'an prochain on fêtera deux siècles de Pyramide. Ce ne sont pas les quarante de Napoléon en Egypte, mais cela commence à ressembler à une légende.

14 boulevard Fernand Point
T. 04 74 53 01 96
Chef cuisinier
Patrick Henriroux
Chef cuisinier
David Castagnet
Chef pâtissier
Patrick Henriroux
Chef pâtissier
Anthony Fresnay
Directeur de salle
Michael Bouvier
Sommelier
Hervé Baligand
Fermetures ma, me.
Menu(s) 79-189€

13/20

ESPACE PH3

Espace bistrot de la mythique Pyramide, on y retrouve les bonnes idées de Patrick Henriroux, dans un écrin chaleureux et contemporain, avec des lignes minimales et des tons sobres, et à des tarifs plus accessibles. Le soin des compositions ne décline pas, et montre le travail d'un grand chef sur le répertoire bistrotier : grenobloise d'aile de raie en gelée de citron, dos de saumon cuit au four aux aromates, pulpe et courgette à la mikado d'orange safranée, ballon de canette de Challans, cuisses confites et tatin de pommes de terre, abricot et romarin, jus acidulé. Bon service.

14 boulevard Fernand Point
T. 04 74 53 01 96
Pas de fermetures.
Carte 59€ **Menu(s)** 28€

Bistrot du Pin

SIMPLICITÉ GOURMANDE

« J'aime la cuisine goûteuse et efficace ». À 32 ans, Mélanie Matheron officie aux fourneaux du Bistrot du Pin, dans l'ancien village du même nom, à quelques encablures du Lac de Paladru. Elle propose, le midi exclusivement, un menu du jour, du lundi au jeudi, et les vendredis, en alternance, des moules marinières, de la langue de bœuf, des tripes et de la tête de veau. Des plats rustiques, certes, mais qu'elle réalise avec un savoir-faire raffiné, acquis entre autres auprès de Boris Campanella (aujourd'hui à l'Hôtel Crillon, à Paris) et Bruno Locattelli (ancien second de cuisine de Marc Veyrat). Ces deux chefs l'ont guidée dans sa formation effectuée en partie dans les cuisines du Château de Candie, à Chambéry-le-Vieux. Aujourd'hui, tout en donnant vie à l'emblématique concept de café-restaurant de village, solidement ancré sur ses terres et sans apparat factice, elle s'attache à travailler autant que possible des produits locaux : les légumes viennent du marché hebdomadaire, le pain du boulanger voisin et le bœuf d'une exploitation distante d'une dizaine de kilomètres. Un désir de proximité qui lui vient peut-être de ses deux grands-mères, Éliane et Monique. *« Elles m'ont tout bonnement appris à aimer manger et cuisiner. Je me souviens encore d'avoir simplement senti avec elles la bonne odeur des tomates cerises dans le jardin ».* Dans cet esprit, tous les mets, de l'entrée au dessert, sont bien sûr faits maison. Des plats simples, à déguster sur place ou à emporter, dans des assiettes généreuses… Il n'en faut pas plus pour réjouir les papilles. Seule entorse à son attachement à la proximité, elle propose des burgers. Mais qui n'ont, rassurez-vous, d'exotique que le nom.

✉ 4, route de Virieu,
38730 VILLAGES DU LAC DE PALADRU
Tél. : 04-76-37-30-66
Facebook : Bistrot du pin

VILLARD DE LANS 38250

RESTAURANTS

12/20

LA ROSERAIE

Au cœur du Vercors, ce grand hôtel*** d'apparence traditionnelle, avec son style chalet montagnard, tient également sa bonne table régionale, qui allie répertoire bistrotier et spécialités locales. Dans un cadre bois aussi agréable l'été que l'hiver, le chef Sylvain Dessaules défend ses propositions avec une jolie maîtrise, sur le gravelax de truite saumonée du Vercors fumée au romarin, sauce scandinave, sur le poulet fermier aux écrevisses, bisque safranée et gratin dauphinois, sur le tartare de fruits frais, coulis de fruit, glace maison au fromage frais. Bonne formule renouvelée régulièrement à 35 € .

309 avenue du Professeur Nobécourt
T. 04 76 95 11 99
Fermetures lu (déj.), ma (déj.), me (déj.), je (déj.), ve (déj.), sa (déj.).
Menu(s) 35€

BOULANGERIE

BOULANGERIE VALENTIN

Le choix est vaste dans cette boutique très achalandée, bien éclairée et organisée. Les 3 vendeuses sauront vous présenter avec efficacité leur étalage très complet : chocolats, pâtisseries familiales, sandwichs, pans bagnat, quiches, pizze... Une quinzaine de pains sont également présentés avec notamment une tradition bien cuite, à la mie qui a du goût, bien artisanale, avec une belle amertume. Le croissant est excellent avec du croustillant sur le dessus et moelleux et aérien à l'intérieur. Ni sec, ni humide, très bien équilibré et beurré. La quiche au bleu est exemplaire avec du caractère et une pâte feuilletée plaisante.

15 rue de la République
T. 04 76 95 12 00
Fermetures ma.

Villard-de-Lans

Auberge des Montauds

UNE AUBERGE DE FAMILLE

Idéalement situé au pied de Bois Barbu, l'hôtel permet un accès direct aux pistes de ski de fond et aux multiples randonnées d'été grâce aux navettes gratuites mises en place par la commune. Cerné par un agréable parc de verdure de 3 ha avec balançoires et toboggans, le complexe de 600 m^2 comprend 11 chambres et un studio équipé pour les personnes à mobilité réduite. L'auberge est aussi un passage obligé pour savourer une cuisine ancrée dans sa région. Clothilde et Frédéric proposent une séduisante cuisine traditionnelle entre tête de veau, foie gras et gratin dauphinois, à laquelle leur nouveau chef apporte une touche exotique ensoleillée, inspirée de ses souvenirs d'enfant et de ses voyages autour du monde : truite du Vercors en mojo de Ajo, ceviche de daurade mangue, avocat, yuzu, carpaccio de truite fumée sur place.

564, chemin des Montauds,
38250 VILLARD-DE-LANS
Tél. : 04-76-95-17-25
www.auberge-des-montauds.fr

Le Chaton

DE LA CUISINE DE TERROIR

Du local et du frais. Au Chaton, la cuisine de terroir est faite maison de A à Z, du foie gras aux poissons fumés sur place et au tataki de thon, spécialité de l'établissement, sans oublier les desserts avec les fruits de saison. Le chef Roch Arandel, grand collectionneur de chartreuses*, aime également faire (re)découvrir cette liqueur locale à ses clients.

60, rue des Clercs, 38200 VIENNE
Tél. : 04-81-43-03-50
Facebook : @lechatonvienne

La Vieille Forge

LE BISTROT GASTRONOMIQUE

Ris de veau sauce meunière, pithiviers salé - composé de canard, foie gras, pigeon, choux et farce à la truffe -, viande de bœuf d'exception et suggestions de poissons sont les best-sellers de la maison, élaborés de concert par Alexis Dunand et son équipe. 50 références de vin*, dont 25 au verre. Menu entrée, plat et dessert à 25€ et carte. Terrasse ouverte en été.

107, rue de la République,
38250 VILLARD-DE-LANS
Tél. : 04-76-94-13-14
Facebook : @lavieilleforge38

*L'ABUS D'ALCOOL EST DANGEREUX POUR LA SANTÉ.

VILLENEUVE DE MARC 38440

BOULANGERIE

BOULANGERIE BOUVIER

Boutique adorable, moitié boulangerie, moitié épicerie, avec de nombreux cubitainers, du vin, des spiritueux, un frigo à charcuterie et des aliments de première nécessité. La tradition est plaisante, avec une mie bien levée, une croûte farinée assez moelleuse et un bon goût de pain. Le vendeur, qui est visiblement le boulanger, est souriant et enthousiaste.

Le Bourg
T. 04 74 58 62 16
Fermetures lu, di (p.m).

VOIRON 38500

BOULANGERIE

LES 3 MICHES

Boutique de quartier au style traditionnel et à la patronne aimable et commerçante. Un vaste choix en salé avec notamment une quiche à la bonne garniture et au bon fromage. La tortigraines est bien faite avec une bonne mâche et un bon goût juste comme il faut. La baguette est assez bonne, bien croustillante et justement salée.

42 cours Becquart
Castelbon
T. 04 56 25 30 05
Fermetures di.

BOULANGERIE GAUDILLOT

En plein centre de Voiron, une grande et belle boutique bien placée, connue pour ses chocolats. La vendeuse est agréable et précise. Le pain au maïs est tendre, souple avec une bonne humidité. La quiche maison a une garniture soignée et une pâte classique. La tradition a bon goût, assez standard.

6 place de la République
T. 04 76 05 92 42
Pas de fermetures

CAVISTE

LES DÉLICES DU SOMMELIER

Nicolas et Florence Santi vous reçoivent dans une jolie cave à vins-restauration du midi. Une sélection d'environ 900 références toutes régions confondues sont présentes (Italie, Autriche et Liban ont leurs flacons à défendre) et seront commentées suivant les demandes. Des cours d'œnologie sont organisés suivant un thème précis avec une mise au point sur les techniques de dégustations. Des cours de cuisine sont également dispensés. Ces activités peuvent être réalisées à l'extérieur, sur demande.

94 avenue de la Patinière
T. 04 76 67 30 86
Fermetures di.

CHOCOLATERIE

BONNAT CHOCOLATIERS

Les chocolatiers qui torréfient les fèves de cacao sont rares, la famille Bonnat fait partie de ceux-là, l'opération se déroule à Voiron dans la plus pure tradition familiale. Première boutique ouverte en 1884 par une certain Félix B., et depuis la Bonnat collection a repris les recettes ancestrales et les nouveautés : Vinay praliné aux éclats de noix, Breizh caramel beurre salé, Kruguette orange confite ou Truffe au chocolat accompagnent les grands crus de cacao.

8 cours Sénozan
T. 04 76 05 28 03
Fermetures lu, di.

TORRÉFACTEUR

TORRÉFACTION DE CHARTREUSE

La boutique de cette torréfactrice est idéalement située en centre-ville, à deux pas de la place de la République et de la cathédrale Saint-Bruno de Voiron. Vous n'avez donc plus d'excuse pour ne pas avoir du vrai, du bon café à la maison, choisi en fonction de son origine et de sa puissance aromatique. Vous trouverez également un grand choix de thés et d'infusions.

11 avenue Raymond Tézier
T. 04 76 05 46 46
Fermetures lu, ma, di.

Église Saint-Bruno de Voiron

Le Rythme du Pain

RESPECT DES MATIÈRES ET DES HUMAINS

Bienvenue dans cette boulangerie atypique, axée autour des valeurs de transparence, de confort de travail et de qualité des produits. Le fournil ouvert sur le magasin est un lieu où plaisir et fierté animent chacun des acteurs. Tous boulanger.e.s et vendeur.se.s, ces artisan.e.s ne travaillent pas de nuit pour fabriquer des pains heureux et accueillir la clientèle avec le sourire. Dans ces pains au levain naturel, tout est bio ! Qu'ils soient de campagne, au petit épeautre, aux graines ou aux farines sans gluten, leur goût et leur conservation vous surprendront.

Ouvert les lundi, mardi, jeudi et vendredi de 15h à 19h30, les mercredi et samedi de 8h à 13h.

5, rue Dode, 38500 VOIRON
Tél. : 04-57-20-69-43
www.lerythmedupain.fr

La bonne cuisine est honnête, sincère et simple.

Elisabeth David (1913-1992)

Les Walkyries

UN LIEU QUI RÉVEILLE LES PAPILLES

Le restaurant Les Walkyries sublime des spécialités traditionnelles françaises et dauphinoises dans un esprit de convivialité.
À deux pas de l'école de musique de Voreppe (Isère), Alexandre Wagner accueille avec le sourire ses clients dans son restaurant Les Walkyries à Voreppe, en plein cœur du massif de la Chartreuse. Tel un chef d'orchestre, il accorde la gourmandise et la saveur des plats avec une ambiance conviviale et chaleureuse dans un espace qui a été entièrement modernisé depuis mai 2020. Ici, la cuisine française y est sublimée, et notamment les spécialités dauphinoises et savoyardes telles que les ravioles de Royan à la crème de foie gras et les profiteroles aux noix de pays et chèvre glacé. De quoi vous donner l'eau à la bouche.

Des produits locaux et de saison
Les plats, entièrement faits maisons, sont cuisinés avec des produits provenant de fournisseurs locaux. La carte évolue régulièrement en fonction de la saisonnalité des produits et répond aux envies de la clientèle, que ce soit les touristes en partance sur les chemins de randonnée vers la Chartreuse ou des déjeuners d'affaires. Chaque semaine, une suggestion entrée-plat-dessert permet de faire découvrir des produits sophistiqués comme des poissons de lac ou de rivière de la région.
Parmi ses projets, Alexandre Wagner souhaite par la suite développer son activité vers la vente à emporter et continuer à proposer des produits haut de gamme qui font la réputation des Walkyries.

181, Grande Rue, 38340 VOREPPE
Tél. : 09-86-77-66-28
E-mail : leswalkyries38340@gmail.com
www.leswalkyries-restaurant.fr

Les Walkyries
restaurant

Au Bistrot des Dames

UNE PLACE OÙ IL FAIT BON VIVRE

Gastronome, certes amateur mais passionné, c'est en 2012 que Fabrice Ibanez a réalisé son rêve de gosse en ouvrant son restaurant sur une petite place piétonne du centre-ville de Voiron. Un resto pour les gourmands avec une cuisine savoureuse, une cuisine qui a du goût, un bistrot où l'ambiance est chaleureuse et l'accueil sympa. L'équipe en cuisine n'a pas d'autre ambition que de proposer une cuisine maison, sincère, ancrée dans les saisons, authentique et généreuse. Les petites suggestions du moment ou les plats à la carte sont toujours bien inspirés : gratiné de ravioles de la mère Maury, salade césar du bistrot revisitée, pièces de viande sélectionnées, burgers maison, soufflé glacé à la Chartreuse* et mousse au chocolat comme chez maman...

6, place de l'Europe,
38500 VOIRON
Tél. : 04-76-65-76-63
Facebook : Au Bistrot des dames

La Belle Histoire

PLUTÔT BISTROT, SURTOUT GOURMAND

Une carte raccourcie, de nombreuses suggestions, La Belle Histoire, à Voiron, propose chaque jour une nouvelle escapade gourmande. *« Mes envies et celles des clients me guident »*, sourit le chef Yann Dauvillier, qui privilégie *« les cuissons basse température, les jus corsés ou encore le travail des poissons »*. En salle, c'est Aurore, son épouse, qui depuis tout juste dix ans, mène les convives dans leur visite de l'ardoise, toujours renouvelée, dans une ambiance conviviale et décontractée.

3, rue Lazare Carnot, 38500 VOIRON
Tél. : 04-76-05-37-44
www.restaurantlabellehistoire.fr

*L'ABUS D'ALCOOL EST DANGEREUX POUR LA SANTÉ.

Château de la Roche

LOIRE

AUVERGNE-RHÔNE-ALPES

Gault&Millau

AMBIERLE 42820

RESTAURANTS

14/20

LE PRIEURÉ

Juste à côté du remarquable prieuré bénédictin, Thierry Fernandes et son épouse accueillent les visiteurs pour une belle expérience contemporaine, d'une réputation toujours aussi solide depuis dix ans. L'endroit est d'une modernité sage, aux tons sobres et à l'atmosphère feutrée, tandis que le chef fait la proposition d'une cuisine de la côte roannaise, aux produits choisis et d'une obédience plutôt traditionnelle. Le menu à 49 € est une bonne option, avec le risotto arborio aux girolles et parmesan, un retour de pêche rôti à l'huile d'olive et émulsion aux saveurs de Provence, des rognons de veau rôtis et crème à la moutarde... Bon service.

Rue de la Mairie
T. 04 77 65 63 24
Fermetures ma, me, di (dîn.).
Menu(s) 49-99€

ÉLEVEUR

FERME DE LA MARTINIÈRE

Les carnivores curieux trouveront ici une adresse précieuse où les producteurs n'ont rien à cacher. La ferme produit herbe, foin et céréales pour nourrir les animaux nés sur l'exploitation. Sont vendus viande de bœuf, abats, agneaux entiers ou au détail, veau élevé sous la mère et de la viande de porcs nés ailleurs mais de qualité identique.

Lieu-dit la Martinière
T. 04 77 65 60 68
Fermetures lu, ma, me, je, ve (a.m), sa, di.

ANDRÉZIEUX BOUTHÉON 42160

CAVISTE

LE CAVEAU DES AGAPES

Le caveau dénombre quelque 650 références, avec une mise en place avantageuse pour les whiskeys, qu'ils soient irlandais ou japonais, les bourbons américains et les spiritueux en tous genres. Ainsi que les vins de toute la France, évidemment. Les conseils de dégustation et de sélection sont fournis sur place.

4 place du Forez
T. 04 77 36 70 59
Fermetures lu, ma, sa, di.

CHOCOLATERIE

PHILIPPE BEL CHOCOLATIER

C'est l'antre principal de Philippe Bel : la boutique et le laboratoire. Ce MOF (2004) talentueux, connu en France et au Japon, nous réserve régulièrement de belles surprises gustatives. Les petits palets au cœur de caramel, les guimauves enrobées de chocolat, la liqueur de cacao maison ou les fins palets double face : coco côté pile et chocolat côté face, sont à l'origine de beaux instants gourmands.

12 rue Jules Védrines
T. 04 77 89 31 92
Fermetures lu,sa,di.

TRAITEUR

LYONNET TRAITEUR

Reprise en 1995, cette entreprise propose dans sa boutique un large choix de produits-traiteurs disponibles pour tous les grands évènements que l'on souhaite marquer sous le sceau de la bonne chère. Un plus, pour le pâté en croûte de canard pistaché, mais l'équipe, composée de bouchers, charcutiers, rôtisseurs et pâtissiers est, de manière plus générale, de bon niveau.

15 rue Georges Guynemer
T. 04 77 55 02 81
Fermetures di.

Clocher du prieuré d'Ambierle

© Adobe Stock/Annerp

Domaine François Reumont

POUR L'AMOUR DU GAMAY

C'est à la suite de vendanges dans le Beaujolais que François Reumont s'est formé au métier de viticulteur à Beaune, dans une MFR. L'amour du Gamay et la rencontre avec son épouse l'ont amené dans le Forez.

Des sols d'origines volcaniques apportent aux cépages de gamay et de chardonnay des notes particulières primées dans les guides. Blanc, rouge ou rosé sont vinifiés en parcellaire, sans intrant sauf du SO2. La nouveauté est le chardonnay houblonné* (infusé avec du houblon local) nommé *« Ceci n'est pas une bière »*, mais conditionné dans une bouteille de... bière* ! Drôle d'idée lorsque l'on sait que son créateur est belge ! À tester sans attendre.

23, boulevard Honoré d'Urfé,
42130 BOËN-SUR-LIGNON
Tél. : 06-66-15-03-15
E-mail : francois.reumont.vsf@gmail.com
Facebook : francois.reumont.vins.du.forez

" *Dans les souvenirs d'enfance*
de chaque bon cuisinier
se trouve une grande cuisine,
une cuisinière en marche, un gâteau
qui cuit et une maman. "

Barbara Costikyan (1928-2020)

BOURG ARGENTAL 42220

BOULANGERIE

BOULANGERIE GEORGE

Un étalage riche en pâtisseries, viennoiseries et chocolats que la vendeuse souriante vous présentera avec plaisir. Le pain spécial au sésame est très bon, avec un bon goût de céréales, généreux sur la graine, bien levé, assez dense mais d'une bonne longueur, à la croûte bien faite et bien salée. La brioche a un arrière-goût de rhum intéressant et est assez bien beurrée.

7 rue des Fossés
T. 04 77 39 63 53
Fermetures lu (p.m), di (p.m).

CHARLIEU 42190

BOUCHERIE

BOUCHERIE CHARCUTERIE SAINT-PHILIBERT

La charmante place Saint-Philibert est un emplacement de choix pour ces commerçants dont la production met l'eau à la bouche dès la première seconde : terrines, pâtés en croûte, saucissons pendus au mur, volailles fermières, viande charolaise et gibier en saison.

19 place Saint-Philibert
T. 04 77 60 07 64
Fermetures lu, di.

BOULANGERIE

BOULANGERIE DU PONT DE PIERRE

Qualité du pain cuit au four à bois, viennoiserie et pâtisserie fait maison, appréciez notamment les tartes et toutes les pâtes. Elisabeth et Bernard Fouillat cultivent aussi le bon accueil, la boutique est avenante avec le four bien visible, dans une rue excentrée tout près du boulevard.

8 rue du Pont de Pierre
T. 04 77 60 31 72
Fermetures me.

CHARCUTERIE

CHRISTOPHE ET DAVID COMBAZ

Un défenseur de la qualité artisanale en plein cœur de la ville, pour des préparations de charcuterie et traiteur. Christophe et David Combaz s'occupent de tout et la maison peut voir grand ou petit selon vos envies et la nature de la fête, du repas de famille au grand mariage. Au magasin, l'andouille de Charlieu est en vedette, mais aussi les boudins, terrines, pâté en croûte... Parmi les préparations disponibles, la tourte à l'andouille fait une belle spécialité.

18 rue Charles de Gaulle
T. 04 77 60 06 02
Fermetures lu, di.

POISSONNERIE

L'ÉTOILE DE MER

La petite poissonnerie du centre piétonnier propose un étal de petite taille certes, mais bien suffisant à combler les envies d'iode : huîtres de différents calibres, poissons fumés, crevettes, bulots, moules en persillade, tielles sétoises, terrines de poissons et brandade de morue.

8 rue Chanteloup
T. 04 77 60 03 13
Fermetures lu, di.

CHAZELLES SUR LYON 42140

RESTAURANTS

13/20

CHÂTEAU BLANCHARD

Château construit en 1920 par un industriel local, il arbore un élégant style florentin et châtelain, qui permet ainsi depuis 2007, d'y aller vivre une expérience***, dans un cadre bourgeois tout en moulures, belles hauteurs sous plafond et inspirations Renaissance. Tenu par Sylvain et Frédéric Roux, respectivement chef et sommelier, ainsi que leurs épouses, il propose dans sa grande une cuisine régionale de bon niveau, notamment exposée dans un menu à 69 € , avec la lisette, agrumes, tomates saké et haricots verts croquants, l'omble chevalier confite, betterave, framboise et tilleul, le dos de canette de Vendée aux agrumes, confit de kumquats, artichauts et noisettes, la douceur d'abricot romarin, fruit de la passion et huile d'olives de Nyons. Bonne sélection en cave.

36 route de Saint Galmier
T. 04 77 54 28 88
Fermetures lu, ve (dîn.), di (dîn.).
Menu(s) 45-108€

BOULANGERIE

AU FOURNIL D'HERVÉ ET SOPHIE

Très belle boulangerie aux vendeuses souriantes et compétentes. L'étalage est très bien fourni en segment classique mais également en chocolats et biscuits. La quiche thon tomate est très belle et sa pâte feuilletée est moelleuse et croustillante. La garniture est bonne. Le pain de seigle a beaucoup de caractère, il est bien nourrissant et fariné.

4 boulevard Étienne Péronnet
T. 04 77 54 20 43
Fermetures sa (p.m),di.

Abbaye de Charlieu

© Adobe Stock/Richard Semik

Les Vieux Casques

CHALEUREUSE ET DÉLICIEUSE CRÊPERIE

Déguster de bonnes crêpes dans une douce ambiance. La saveur des crêpes tient au coup de main, aux recettes et aux bons ingrédients. Les farines qu'utilise Christèle Descotes proviennent du moulin voisin qui produit artisanalement à la meule de pierre et les fruits et légumes du primeur du village... Et bien sûr, toutes les préparations de garnitures maison sont réalisées à la minute. Les galettes au sarrasin bio et sel de Guérande, fines et craquantes, connaissent un franc succès, notamment chez celles et ceux qui évitent le gluten.

Chaque mois, Christèle et Nicolas proposent une galette et une crêpe de saison, en complément de la carte, déjà bien garnie. Durant la période estivale vous pouvez les déguster sur la terrasse de 18 couverts.

10, carrefour Saint-Roch,
42140 CHAZELLES-SUR-LYON
Tél. : 04-77-94-26-37
Facebook : Crêperie Les Vieux Casques
Instagram : @lesvieuxcasques
www.lesvieuxcasques.fr

Un dessert sans fromage est une belle à qui il manque un œil.

Jean Anthelme Brillat-Savarin
(1755 - 1826)

ESTIVAREILLES 42380

BOULANGERIE

BOULANGERIE DE L'ESTAMPILLE

Véritable lieu de socialisation au cœur d'un village éloigné de tout, cette boulangerie fait également office d'épicerie avec notamment du vin, de la bière et des produits de première nécessité. Le pain céréales est plaisant, on sent bien les différentes céréales : le lin, le tournesol... La texture est bonne et la mie est nourrissante. La tradition est assez bonne avec une légère amertume agréable, bien dosée en sel et en sucre.

4 bis route du 21 Août 1944
T. 04 77 50 15 69
Fermetures me, di (p.m).

FEURS 42110

CHARCUTERIE

CHARCUTERIE TRAITEUR BOLVY

Gabriel Bolvy a pignon sur rue depuis une quinzaine d'années. Attaché aux plats traditionnels et aux produits faits maison, son adhésion au CNCT paraissait logique dans son parcours professionnel. Dans les produits faits maison, on retrouve un ensemble de terrines volailles, forestière, légumes... mais aussi des préparations à base de bon cochon certifié Label Rouge, porc fermier d'Auvergne, dont le mode d'élevage en plein air est soumis à des contrôles stricts. Viande juteuse et tendre garantie pour les côtelettes ou autres déclinaisons de pâtés de campagne, rosettes ou andouillettes... Pour les snackers : pizzas, tourtes et feuilletés complètent la gamme.

4 rue Mercière
T. 04 77 26 11 14
Fermetures lu, di.

CHOCOLATERIE

CHOCOLATS BATAILLON

Patrick Bataillon a fait du chocolat son combat pour la gourmandise. Des mariages étudiés, des saveurs ajustées font de cet artisan un professionnel reconnu. Boules de chocolat noir de Madagascar, cigares en chocolat garnis de praliné et fruité amandes ; pralinés enrobés de meringue, carrés de chocolat sucrés/salés, ganaches et pralinés traduisent un souci constant de travailler de beaux produits et de réaliser des formes élégantes et savoureuses.

2 rue Camille Pariat
T. 04 77 26 28 66
Fermetures di (p.m).

LA PACAUDIÈRE 42310

ÉLEVEUR

LE CANARD EST DANS L'ASSIETTE

Alain et Florence Gontard, éleveurs de volailles, nous livrent une bien belle assiette autour de canards et poulets élevés dans le respect de la nature, de la santé des animaux et des hommes. Nourris au grain ou aux céréales sans OGM (produits dans la proche région), les volailles grandissent dans des parcs herbagés, en pleine liberté. Foie gras cru ou cuit, magret, aiguillettes, confit, cassoulet, rillettes... Vente à la ferme et sur les marchés roannais.

Gandelière
T. 04 77 64 33 60
Fermetures lu, ma, me (p.m), je (p.m), ve (p.m), sa (p.m), di.

Boucherie-Charcuterie La Chazotte

VIANDES DE QUALITÉ ET BONS CONSEILS

Toutes les viandes proviennent de fermes proches de la boucherie et bien connues du boucher. Pour lui, c'est important. Jean-François Mister garantit ainsi la qualité de ce qu'il vend et prend d'autant plus plaisir à la travailler voire la cuisiner.

Sur l'étal : bœuf, veau, porc, agneau et près de 40 charcuteries. Le saucisson et le pâté de campagne maison ont d'ailleurs leur succès ! Parallèlement, la boucherie affiche au quotidien des plats du jour à emporter ainsi que divers gratins et, sur commande, des plats cuisinés (bœuf bourguignon, blanquette, paëlla...).
Pour Jean-François et Catherine, frère et sœur, proposer des plats et des viandes qui plaisent est un impératif. Ils s'enquièrent d'ailleurs souvent auprès de leurs clients des recettes envisagées afin de leur conseiller le morceau le plus adapté.

1, rue de la Chazotte, 42350 LA TALAUDIÈRE
4, rue Jean Jaurès,
42650 SAINT-JEAN BONNEFONDS
Tél. : 04-77-53-00-99

Le vrai gourmet est celui qui se délecte d'une tartine de beurre comme d'un homard grillé, si le beurre est fin et le pain bien pétri...

Sidonie-Gabrielle Colette
(1873-1954)

LE COTEAU 42120

BOUCHERIE

BOUCHERIE DAVID BARNAY

Le beau rayon charcuterie mérite qu'on s'y attarde, car David Barnay passe beaucoup de temps à fabriquer artisanalement de très beaux produits : pied de cochon farci aux ris de veau, boudin blanc, saucisses, saucissons à cuire... Bien sûr la partie boucherie est aussi de grande qualité. La viande est choisie avec soin et vendue à bonne maturité, le bœuf charolais présente fièrement son Label Rouge, les volailles ont gambadé dans l'herbe et les veaux viennent de fermes régionales.

76 avenue de la Libération
T. 04 77 71 21 94
Fermetures lu, di (p.m).

CAVISTE

LE VIEUX PRESSOIR

En retrait de la rue Foch, une cave bien fournie, aux nombreuses étiquettes classiques, mais au choix bien étendu sur toutes les régions, avec une mise en avant de la côte roannaise locale. Propriétaires sélectionnés sur les grandes régions proches, Bourgogne et Rhône. Egalement un choix de bières, apéritifs et un vaste éventail de whiskies.

81 avenue de la Libération
T. 04 77 72 20 75
Fermetures di.

FROMAGERIE

FROMAGES GOURMET

Depuis plus de trente ans, la famille Vaginay sélectionne les meilleurs produits de coopératives fromagères des régions Lyonnaise et Savoyarde fabriqués dans le respect des traditions artisanales, et les affine jusqu'à maturité optimale. Le produit phare de la maison : le petit cœur à base de brillat-savarin frais enrobé de raisins secs. Vente sur de nombreux marchés du roannais, en "drive" et sur le site internet.

11 rue Lamartine
T. 04 77 71 65 78
Fermetures sa,di.

PÂTISSERIE

PASCAL BENEDETTI

Un pâtissier d'expérience apprécié pour ses petits comme ses grands formats. La boutique n'est pas immense mais l'accueil chaleureux et les préparations élaborées. Goûtez la simple crème brûlée, la tarte au citron, les tartes aux fruits chiboust, les éclairs ou le framboisier pour jauger la qualité générale.

55 avenue de la Libération
T. 04 77 68 02 16
Fermetures me.

TRAITEUR

GOUTTEBARON TRAITEUR

Traiteur, boucher et charcutier, chez Gouttebaron on cavale tous azimuts. Foie gras de canard, jambon cru, saucisse et saucisson maison. Les produits sont garantis pour leur fraîcheur. Le veau du voisinage, le bœuf charolais, les volailles fermières approvisionnent un étal déjà bien fourni, complété par un rayon traiteur proposé lors de cocktails personnalisés, avec découpes, grillades sur place pour des événements variant de 30 à 300 personnes.

88 avenue de la Libération
T. 04 77 68 31 81
Fermetures lu, di (p.m).

Restaurant Ma Chaumière, Le Coteau

AUTHENTIQUE CUISINE DE TERROIR

Simplicité et authenticité sont les maîtres mots de ce charmant restaurant où l'on se régale d'une cuisine maison soignée, réalisée à base de produits frais. Pierres apparentes, chaises en bois, recettes de terroir... Le cadre est posé ! La cuisine de Frédéric Stalport est traditionnelle et élaborée au maximum à partir de produits frais locaux. Ainsi, c'est à proximité qu'il s'approvisionne chez un primeur, un boulanger ou encore un boucher.

Les grenouilles préparées par le chef sont particulièrement appréciées, de même que ses terrines de foie gras, notamment, et pâtés en croûte. Les recettes se veulent authentiques pour restituer toute la saveur des ingrédients de qualité. Et l'accueil des convives est toujours souriant et plaisant.

3, rue Saint Marc, 42120 LE COTEAU
Tél. : 04-77-67-25-93
Facebook : machaumierelecoteau
www.machaumiere.fr

Ce qu'on mange avec goût se digère aisément.

Georges Courteline (1858-1929)

Le Scorpion

BOUCHERIE, CHARCUTERIE ET TRAITEUR

En vrai professionnel de la boucherie-charcuterie, Stéphane Genevrier ne propose que de la qualité.

Depuis vingt ans, il sélectionne avec soin et exigence les bêtes qu'il travaille avec rigueur pour en proposer le meilleur, en viande et plats préparés.
Ici, les bêtes (Limousine et Aubrac) sont sélectionnées sur pied auprès d'éleveurs locaux et les agneaux viennent du sud du Massif-Central. Les charcuteries sont préparées maison avec des porcs fermiers du Massif-Central également.
Parmi les produits phares très prisés : le saucisson à base de noix de jambon et la saucisse de choux. La Maison est également spécialiste du veau de lait.
Les viandes et plats sont vendus à la boutique et sur les marchés de la région.

11, route du Fangeat, 42380 LURIECQ
Tél. : 04-77-50-78-27
Facebook : BoucherieScorpion
www.boucherie-traiteur-le-scorpion.fr

La bonne cuisine est honnête, sincère et simple.

Elisabeth David (1913-1992)

MONTARCHER 42380

RESTAURANTS

12,5/20

LE CLOS PERCHÉ

Dans un petit village perdu à la lisière du Puy-de-Dôme, l'hôtel-restaurant de Sylviane Fourest et Julien Magne offre l'occasion d'une halte champêtre et dépaysante, avec une vue splendide sur les environs et une impression de complicité agréable. Les cuisines révèlent ici une saveur étonnamment moderne, avec des idées sur le marché qui se distinguent dans les environs. Le menu à 39 € , renouvelé tous les mois, défend de belles idées comme un cannelloni de haddock fumé et pomme de terre, foie gras ponctué de sésame noir, un filet de lieu et marmelade de kumquat, tranche de potimarron et chorizo rôtis, sauce au parfum de moule et mandarine, ou encore un filet de bœuf sur un écrasé de pomme de terre fumée et champignons crus, nashis et sauce hypocras.

Le bourg
T. 04 77 50 00 08
Fermetures ma, me.
Menu(s) 34-47€

MONTBRISON 42600

RESTAURANTS

12,5/20

APICIUS

Dans le centre de la ville, une bonne tout en longueur où l'on appréciera une cuisine de marché portée sur les herbes, les fleurs et les plantes sauvages. Il en résulte une assiette, parfumée et travaillée, où les produits sont bien mis en valeur ; comme sur les filets de rouget, escabèche, orange, citron, aneth, fromage battu et copeaux de fenouil, sur le risotto arborio avec un jus de crustacés et poissons de roche réduit, cabillaud au gomasio, pois maraîchers et courgette râpé à cru, les filets de volaille à la saltimbocca sauce mozza et minestrone de légumes frais et secs, pesto de roquette, une crème catalane à la fleur de sureau.

29 rue Martin Bernard
T. 09 82 38 34 65
Fermetures lu (dîn.), ma (dîn.), me (dîn.), je (dîn.), ve (dîn.), sa, di.
Menu(s) 18-24€

CHOCOLATERIE

NÉEL CHOCOLATIER

Philippe Néel est un créateur. Fils de chocolatier, ses premiers pas professionnels l'ont projeté vers un univers industriel avant le grand retour. Suite à une opportunité, il plonge dans le monde cacaoté, formé en partie par son père et par d'autres hommes du métier. Cet amateur d'art et de lecture transpose ses intérêts dans des créations aux formes étudiées, sculpturales, audacieuses et pleines d'arômes. Ganache au moka d'Ethiopie; à l'infusion de thé ou à la pulpe de pêche; au citron et gingembre confits ou mandarine, caramel choco lait démontrent une lignée franche et savoureuse.

44 rue Tupinerie
T. 04 77 58 51 39
Fermetures lu, sa, di (p.m).

PHILIPPE BEL

Meilleur Ouvrier de France 2004, Philippe Bel est un chocolatier dont l'assortiment de bonbons peut faire rêver les croqueurs. Pralinés, caramels, ganaches, enrobages de noisette du Piémont, amandes d'Espagne ou tablettes de chocolat à dosages de cacao variés... spéculoos enrobés de chocolat et macaron, choco évidemment.

33 rue Tupinerie
T. 04 77 58 66 90
Fermetures lu, sa, di.

FROMAGERIE

FROMAGERIE MONS

La fourme de Montbrison est une spécialité que vous apprécierez tout particulièrement chez ce maître-affineur qu'est Hervé Mons MOF. Le fromage local fera donc partie du plateau comme la plupart des fromages des régions proches, parfaitement affinés, d'Auvergne comme de la région rhônalpine. Un haut niveau jusque dans les conseils.

11 rue Tupinerie
T. 04 77 96 16 74
Fermetures sa.

Montbrison

Boucherie Maisonny

FRAÎCHEUR ET QUALITÉ

Ce sont les maîtres mots de Yann Morel, soucieux d'offrir le meilleur à ses clients. Apprenti puis salarié à la boucherie Bayle, à la Grand-Croix, il y a acquis son métier et l'exigence du travail bien fait avant de s'installer à son compte.

Les bêtes qu'il sélectionne sont issues d'élevages locaux. Génisse limousine, veau, porc et volailles fermières, agneau de lait du marché de Saugues élevé sous la mère, les viandes sont savoureuses et maturées chacune entre 2 et 3 semaines. Elles sont vendues au détail ou transformées pour la charcuterie et les plats cuisinés maison. Chaque jour, le boucher propose des spécialités comme le lapin à la moutarde, la blanquette de veau, le filet mignon aux morilles, le couscous, les rognons sauce madère ou la tête de veau sauce gribiche. Un régal pour les papilles !

✉ 12, place Grenette, 42600 MONTBRISON
Tél. : 04-77-58-04-20

Bonne cuisine et bon vin, c'est le paradis sur terre...

Henri IV (1553-1610)

OUCHES 42155

RESTAURANTS

18/20

TROISGROS

Tant de douceur, de délicatesse, de savoir recevoir ou tout simplement de savoir-vivre, en un seul lieu. Tout paraît simple alors que rien ne l'est mais que des décennies au plus haut niveau ont forgé cette excellence qui permet de débarrasser la table des apparences pour ne garder que l'essentiel et l'humain, cette légèreté qui rend le moment si heureux. Toute la maison, ce phalanstère campagnard aménagé en ferme luxueuse, participe à l'instant privilège que chacun ressent immédiatement, dès les premiers mots d'accueil, dès l'installation. Les superbes cuisines gouvernées par César Troisgros sont comme un apéritif. le chef peut oeuvrer : légèreté, harmonie, symphonie colorée, entre les écrevisses, les coques et les tomates, le malicieux rouget "rouge au vert" qui associe le goût puissant du poisson de roche à un zéphyr de verdure, le ris de veau piment et shiso... Le menu 'Une merveilleuse liberté" à 320 € explore les paysages, les cultures, les sensations, tout en gardant, au sens premier, les pieds sur terre, cette terre entre Forez et Auvergne où la famille, depuis Jean et Pierre, puis Michel et aujourd'hui César, ne cesse d'enseigner le très bon goût à la française, car toute la modernité du monde ne fait pas oublier cette justesse paysanne de la belle association, comme cette prouesse artistique du saint-pierre et de la truffe, comme ce respect très hexagonal de la qualité des sauces et des jus. Bravo aussi aux desserts de Romain Puybareau, comme cette variation sur le melon "Orient-occident", à toute une équipe de salle d'une extrême application, jeune et pleine d'allant, avec un sommelier expert qui sait trouver les notes justes dans une cave flamboyante, les cuvées rares parmi les noms connus et des découvertes à tous les étages du vignoble.

728 route de Villerest
T. 04 77 71 66 97
Chef cuisinier
Michel Troisgros
Chef cuisinier
César Troisgros
Chef pâtissier
Romain Puybareau
Directeur de salle
Jean-Philippe Tacail
Directeur de salle
Patrice Laurent
Sommelier
Christian Vermorel
Fermetures lu, ma.
Carte 220€
Menu(s) 120-540€

HÔTELS

5 ÉTOILES

HÔTEL TROISGROS

Si le restaurant est célèbre dans le monde entier, on sait moins que la maison Troisgros propose désormais également à ses hôtes une hôtellerie d'exception. Au cœur d'un domaine 17 ha, avec parc, étangs et forêts, la Grande Maison abrite 12 chambres conçues par la très inspirée Marie-Pierre Troisgros, la femme de Michel, qui a joué sur les volumes et les matières, déclinant le bois et le verre illuminés de nuances de grège, de bleu et de rouge ; le tout prolongé par des « pièces de bain » pleines de fantaisie. Un décor élégant que l'on retrouve à l'identique dans l'ancien pressoir (la maison des Kakis) qui dévoile trois autres chambres pouvant être réunies en appartement. Toutes aussi raffinées, les pièces communes exhalent une même douceur, sereine et chaleureuse. Selon l'humeur, on paressera dans le salon vert ou la bibliothèque feutrée, à deux pas de la salle blanche des petits déjeuners. Un séjour de rêve pour prolonger le mythe...

728 route de Villerest
T. 04 77 71 66 97
Fermetures janv.

POUILLY SOUS CHARLIEU 42720

FROMAGERIE

GAEC DE LA ROHARIE

Edith, Jean-Paul et Guillaume Raveaud vous accueillent tous les jours de la semaine ainsi que le dimanche matin à la ferme de la Roharie pour vous proposer leurs productions traditionnelles laitières, fromagères et charolaises. Apéricônes, tartare maison, fromage blanc, crème fermière, œufs et fromage affinés.

Tigny
T. 04 77 60 26 73
Fermetures ve (p.m), sa (p.m), di.

TRAITEUR

LAMURE

Immanquable sur la route principale avec sa grande façade couleur bois, la boutique de M. et Mme Lamure est le temple local de la charcuterie traditionnelle. Porcelet farci, boudin blanc, jambon à l'ancienne, saucisson cuit, pieds de porc, pâtés en croûte à la viande ou au poisson et belles viandes à griller.

280 rue de la République
T. 04 77 60 70 48
Fermetures lu.

RÉGNY 42630

BOULANGERIE

BOULANGERIE DENIS

Jolie boutique dans un style villageois assez charmant où la vendeuse est très polie et gentille. La quiche aux poireaux est excellente avec une bonne pâte sablée et une garniture où l'on sent bien les poireaux. L'ensemble est bien équilibré, ni mouillé, ni sec. La baguette au maïs est également très bonne avec un goût bien marqué où le côté artisanal est bien mis en avant. La mie est moelleuse, presque briochée, avec une bonne texture et une croûte croustillante.

13 rue de la Tour
T. 04 77 65 66 43
Fermetures lu, di (p.m).

RENAISON 42370

RESTAURANTS

12/20

JACQUES CŒUR

À l'ouest de Roanne, cette vaillante maison ouverte depuis 1946 continue de faire vivre une belle tradition française, aujourd'hui transmise depuis plus de quarante par Jean-Yves Giraudon. L'expérience, l'intérieur chaleureux et la production soignée en cuisine assurent la réputation de cette adresse à thématique Renaissance, où l'histoire fait bon ménage avec les beaux classiques du chef. Le menu à 48 € déroule un bon parcours : terrine de langoustines chaudes, bouchées de lotte étuvées aux herbes, légumes et rattes, un poulet cuit à la crème et aux morilles dans un feuilletage, une soupe de fraises au vin.

15 route de Roanne
T. 04 77 64 25 34
Fermetures lu, ma, di (dîn.).
Menu(s) 33-55€

BOUCHERIE

BOUCHERIE CHARCUTERIE LAPALUS

Benoît Lapalus tient cette sympathique boucherie-charcuterie pleine d'énergie. Son travail est rigoureux, les viandes sont à point et les préparations charcutières de bonne facture : jambons, saucissons, andouilles.

82 rue du Commerce
T. 04 77 64 40 10
Fermetures lu, me, di (p.m).

BOUCHERIE CHARCUTERIE TRAITEUR GONIN

Les gourmets de la petite commune ont la chance de compter la boucherie charcuterie Gonin parmi leurs artisans préférés aux halles. La viande de bœuf de pays est superbement maturée. Les rôtis de veau farcis, savoyards ou provençaux et les saucissons à cuire font de la concurrence aux plats cuisinés et aux terrines de canard, lapin, ris de veau, foie gras...

Les Halles
T. 04 77 62 11 08
Fermetures lu, di (p.m).

PÂTISSERIE

DELPHINE ET PASCAL CUCHERAT

Mieux vaut avoir un peu de temps pour aller dans cette superbe boutique d'artisan, place du 11 Novembre, car la boutique ne désemplit pas ! Il faut dire que les pâtisseries donnent envie d'oublier le mot régime : choux à la chantilly, éclairs, tartelettes aux grosses framboises, trio au chocolat, tartes au citron et touches de meringue italienne, onctueux choux caramel à coque croquante... Et de délicats bonbons chocolat maison.

18 rue du 10 Août 1944
T. 04 77 64 28 39
Fermetures lu.

Hôtel Troisgros, à Ouches

Boucherie-charcuterie Lapalus

SAVEURS ET SAVOIR-FAIRE

Acheter local et travailler en confiance avec les éleveurs est primordial pour Benoît Lapalus. Ainsi, dans cette boucherie-charcuterie-traiteur, toutes les viandes sont sélectionnées par ses soins ; le bœuf, exclusivement de l'AOP bœuf de Charolles, a été élevé avec une alimentation de qualité dans un environnement préservé.

Pour cet artisan, revenir aux choses essentielles est naturel : il achète sur pied, transforme et valorise entièrement les produits. La formation des apprentis tient également une place importante dans la transmission de ce savoir-faire.

La charcuterie, fabriquée de façon artisanale, a la saveur des produits d'autrefois. Et chaque jour, la Maison propose des plats cuisinés maison (tête de veau, lasagnes, veau aux girolles, rognons madère, dinde au curry...)

82, rue du Commerce, 42370 RENAISON
Tél. : 04-77-64-40-10
Facebook : Boucherie Lapalus à Renaison
www.boucherie-lapalus.fr

Il n'y a pas d'amour plus sincère que celui de la bonne chère.

George Bernard Shaw
(1856-1950)

RIORGES 42153

RESTAURANTS

12/20

LE BEAULIEU

Dans la banlieue de Roanne, ce charmant bistrot d'aujourd'hui propose une expérience moderne et lumineuse, signée Pierre et Laurice. Le couple cuisiner-pâtissière répartit bien les tâches, et donne à voir une carte bien composée et à prix attractifs, avec par exemple les escargots persillés en cromesquis, vinaigrette cerises et abricots, le saumon confit à 58°C et vinaigrette de coques façon vierge, un charolais, patates douces en jeu de textures et jus réduit, une belle tarte aux fraises et sorbet citron basilic. Service souriant.

10 rue Saint-André
T. 04 77 23 12 27
Fermetures lu (dîn.), ma (dîn.), me (dîn.), di.
Menu(s) 15-32€

BOUCHERIE

BOUCHERIE DES CANAUX

Le rayon charcuterie artisanale avec ses préparations (pâtés en croûte, pieds de porc farcis) et une partie traiteur particulièrement développée, la partie boucherie avec les viandes label rouge, le veau fermier, l'agneau de pays... Tout cela a participé à la haute réputation de José Fernandez sur toute l'agglo roannaise. Pour les fêtes de familles et en toutes occasions, organisation de buffets, cérémonies, plateaux-repas, à réserver très en avance pour se faire une place dans le carnet de commandes.

57 rue Maréchal Foch
T. 04 77 72 23 59
Fermetures lu, di (p.m).

BOULANGERIE

BOULANGERIE PÂTISSERIE FABIEN BONNETON

Un boulanger sérieux et réputé sur la rue gourmande de Riorges. Une grande variété de pains, la talmière et autres baguettes, dont la fleuriane et les pains spéciaux, seigle, « milépi », ou le bon gros pain à 2,45 € le kilo. Goûtez aussi la viennoiserie, les brioches et les cakes, et un rayon pâtisserie recommandable. Egalement des pizzas, chaussons, feuilletés variés.

53 rue Maréchal Foch
T. 04 77 71 09 42
Fermetures sa (p.m), di.

RIVE DE GIER 42800

BOULANGERIE

BOULANGERIE PÂTISSERIE GOURI

Boutique de quartier à l'ancienne, à la vendeuse dynamique et souriante. L'étalage est bien fourni avec notamment une bonne partie salé. La quiche au jambon est bien crémée, avec une bonne pâte sablée et une belle garniture. La tradition et le pain aux graines sont également un bon choix.

1 rue Hélène Boucher
T. 09 80 65 32 04
Fermetures di (p.m).

ROANNE 42300

RESTAURANTS

13/20

CAFÉ-ÉPICERIE LE CENTRAL

Très belle annexe de la maison Troisgros en face de la gare, cette adresse ouverte en 1995 poursuit sa mission avec une belle régularité. Le café-restaurant-épicerie bénéfice d'un cadre choisi, une maison des années 20 au charme vintage et très soigné, comme un grand magasin d'apothicaire avec ses grands espaces et ses étagères. La carte resitue la brasserie dans sa région, avec des grands classiques respectés, les fameuses grenouilles en persillade, le carpaccio de bœuf, le veau, le suprême de poulet... Cave bien composée.

20 cours de la République
T. 04 77 67 72 72
Fermetures lu, di.
Menu(s) 26-35€

BOUCHERIE

BOUCHERIE BRISE

Un boucher de premier plan qui fournit des maisons prestigieuses comme Michel Troisgros. Il n'achète que sur pied des génisses de 3 à 4 ans en Label Rouge Charolais Terroir, réputées pour leur finesse et leur tendreté. Pour un maximum de saveurs, on choisira le persillé au gras intramusculaire optimal. Le veau de lait est également sélectionné sur pied et l'agneau arrive tout droit des Pyrénées.

117 rue Mulsant
T. 04 77 71 43 07
Fermetures lu, di (p.m).

MAISON GRISARD

La belle boutique noire offre un écrin de choix à des viandes sélectionnées de préférence dans les fermes de la région pratiquant la culture raisonnée. Un personnel dynamique saura vous conseiller au fil de vos envies, entre boucherie et charcuterie : saucisson à cuire, rôti farci, paupiettes de veau, andouillettes, rillettes pur porc, pâté en croûte...

Halles Diderot
T. 04 77 64 59 77
Fermetures lu, sa (p.m), di (p.m).

MICHEL GOUTTENOIRE

La boutique est un peu excentrée mais la qualité se mérite et les clients n'hésitent pas à sortir du centre-ville pour se procurer les produits de Michel Gouttenoire. L'accueil est d'une grande gentillesse et les vitrines dévoilent un rare savoir-faire : gros saucissons à cuire, andouille maison, terrine de lapin, pâté de foie, pressé de queue de bœuf, plats cuisinés, et bien sûr de très belles viandes.

128 rue de Charlieu
T. 04 77 71 70 34
Fermetures lu, di (p.m).

TRAITEUR JEAN-YVES DEMONT

Bel accueil chez cet artisan passionné travaillant d'arrache-pied avec son équipe pour fournir la boutique et les clients de plats traiteur tout au long de l'année. Terrine aux deux foies, tête roulée, tripes, terrine de bœuf cuit, rillettes d'oie, andouillette traditionnelle et de campagne, saucisses et saucissons en direct du séchoir, fromages de la Ferme de Boisy.

70 rue Charles de Gaulle
T. 04 77 71 24 53
Fermetures lu, di (p.m).

BOULANGERIE

BOULANGERIE TIXIER

L'offre est large dans la rue Jean Jaurès, mais la maison Tixier tire son épingle du jeu avec une charmante petite échoppe, un accueil souriant et de bons produits de boulangerie : toutes sortes de baguettes, un gros pain bûcheron, un campagne bien doré, un excellent seigle noix et un très bon flan maison.

39 rue Jean Jaurès
T. 04 77 71 39 78
Fermetures di.

BOULANGERIE-PÂTISSERIE DOMINIQUE GRAS

Jolie devanture plutôt neuve à l'étalage bien rangée et avec une variété assez riche. La baguette classique est exemplaire : croustillante, généreuse, bien équilibrée et la croûte est bonne. L'équilibre entre les céréales est respecté pour le pain spécial aux 14 céréales, avec une petite dominance du lin et du maïs. La mie est consistante.

65 rue de Clermont
T. 04 77 71 94 49
Fermetures me.

LA FOURNÉE D'ANTAN

Ce pâtissier chocolatier a eu la bonne idée d'ajouter une corde de boulanger à son arc, et de proposer du pain cuit au feu de bois aux clients des halles Diderot. Baguette Honoré, pain d'épeautre, petite ficelle, des tuiles bien croustillantes, et quelques chocolats allant droit au but comme les palets de ganache noire et les orangettes.

Halles Diderot
T. 04 77 67 58 08
Fermetures lu, di (p.m).

CAVISTE

PAR MONTS ET PAR VINS

Le pas de porte qui devait permettre de stocker les bouteilles pour désengorger le bar à vin (place de la mairie) a finalement ouvert ses portes au public et nous permet d'emporter à la maison les dernières découvertes, les petites merveilles de connaisseur (Sang des Cailloux de Serge Férigoule), quelques vins du monde et des bières régionales.

31 rue Jean Jaurès
T. 04 77 78 75 61
Fermetures lu, ma, me, di (p.m).

LE POT À VIN

L'unique caviste des halles, le connaisseur chez qui l'on va chercher ce petit plus qui mettra les beaux produits du marché en valeur, a heureusement les bons flacons pour remplir la mission. Les vins du roannais sont bien mis en avant et les coups de cœur sont nombreux, notamment dans le sud de la France : Carignan 1903 de Marjorie Gallet, Coume Marie de la Preceptorie, Biancu Gentile d'Yves Leccia...

Halles Diderot
T. 04 77 67 90 43
Fermetures lu.

AUX VINS DE FRANCE

On sent ici le travail d'un passionné à la recherche des meilleurs vignerons. L'entrée de la boutique offre une sélection des meilleurs alcools du monde : différentes chartreuses et liqueurs de verveine, les crèmes de fruits Cartron, une très belle déclinaison de portos et de whiskies, d'eaux de vie... La seconde salle est consacrée aux vins, majoritairement français, entre valeurs sûres et belles découvertes. Côte roannaise, pacherencs de Bouscassé, châteauneuf de la Nine, de Mont-Redon, Gallety, de beaux Cornas à petit prix...

118 rue Mulsant
T. 04 77 71 16 63
Fermetures lu, di (p.m).

LES VINS DE SYLVAIN

A l'origine conseiller en création d'entreprise, Sylvain Roche a décidé de changer de vie en 2009 pour vivre de sa passion. Après une solide formation comprenant un passage à l'Université du Vin de Suze la Rousse, il a ouvert, en 2011, sa première cave à Roanne, dans le but de partager ses coups de cœur. Conseils en boutique, cours d'œnologie, grand choix de vins avec une sélection mensuelle permettant des découvertes à petit prix, whiskys, rhums, cognacs, armagnac et quelques bières.

52 avenue de Paris
T. 04 77 78 00 15
Fermetures lu.

CHOCOLATERIE

PÂTISSERIE PRALUS

François Pralus s'est distingué en devenant, en 1990, l'un des trois seuls artisans français à fabriquer sa couverture de chocolat. Créateur des premières pures origines l'année suivante, il fournit aujourd'hui les plus grands. Il est aussi le créateur de l'incontournable Praluline (une brioche à la praline rose). Pralus dénombre aujourd'hui 17 boutiques à travers toute la France.

8 rue Charles de Gaulle
T. 04 77 71 24 10
Fermetures sa,di.

ÉPICERIE FINE

LE CENTRAL

C'est l'épicerie de la fameuse maison Troigros alimentée par toutes les découvertes. Huiles, vinaigres, confitures et alcools mais aussi une jolie collection de bocaux d'aigres-doux pleurotes, oignons, câpres pamplemousse pour agrémenter salades, viandes ou poissons.

Chez Troigros - 20 cours de la République
T. 04 77 67 72 72
Fermetures lu, di.

FROMAGERIE

FROMAGERIE MONS

Un sacré parcours a été réalisé, faisant de la boutique d'origine une entreprise familiale prospère désormais ouverte au commerce international avec Hervé Mons (MOF) associé à son frère Laurent. Ils utilisent au mieux leurs savoir-faire complémentaires. Coexistent désormais une cave d'affinage, une fabrique de fromages, plusieurs enseignes en France et à l'étranger, ils fournissent de grands restaurants. Saint-nectaire fameux, saint-marcellin, comté sont les vedettes de la maison.

Halles Diderot
T. 04 77 70 08 18
Fermetures lu,sa.

PÂTISSERIE

LA PETITE NORMANDE

Ni camembert ni pluie à l'intérieur de cette Petite Normande, mais des pâtisseries et autres gourmandises maison vraiment bien tournées. Une déclinaison de choux impeccable, un cake à l'orange glacé de citron, un amusant éclair du mois ("le fermeture éclair" par exemple) et des pâtes à tartiner artisanales qui raviront tous les enfants.

29 rue Jean Jaurès
T. 04 77 71 53 17
Fermetures lu, ma, di (p.m).

PILATI

Un des meilleurs chocolatiers de Roanne où l'on peut aller les yeux fermés : palets d'or, gianduja pâte d'amande, pralinés, délice du Pilat, ganaches au thé, au citron, au caramel, au cassis... sans oublier la palette de macarons dans son coffret rose Pilati et les superbes pâtisseries "Héléna", "Duo" au chocolat, choux à la crème, religieuse cacao...

15 avenue de Paris
T. 04 77 71 26 40
Fermetures lu.

PÂTISSERIE GLACIER PIERRE CLARISSOU

Pierre Clarissou revisite aujourd'hui de grands classiques comme la tarte citron inversée, réalisée sur une base de meringue façon pavlova, garnie de crème citron et saupoudrée de crumble ; mais aussi éclairs, tartes framboises... Ces créations traduisent cette puissance du goût que recherche Pierre Clarissou qui a fait ses classes chez des grands comme Ducasse, Pralus ou Passédat. 2008 a été l'année du retour au bercail et d'une installation réussie où esthétique s'allie aux saveurs qui s'épanouissent en 2015.

52 rue Jean Jaurès
T. 04 77 60 72 04
Fermetures lu,ma.

PÂTISSERIE MARCELLIN

La pâtisserie Marcellin "macarons et gourmandises" nous emmène dans un voyage délicat, plein de saveurs et d'originalité. Les innombrables macarons appellent à la découverte et les vertigineuses tartes chocolat-caramel, les Sable de Lune, les Cocoliscious ou encore les chocolines (tartelettes chocolat-pralines) donnent une excellente raison de revenir.

Halles Diderot
T. 04 77 78 40 04
Fermetures lu, ma (a.m), di (p.m).

POISSONNERIE

MAISON CHAVRIER

Monsieur Chavrier, seul poissonnier Meilleur Ouvrier de France du Roannais, ne faillit jamais dans la fraîcheur et le choix de ses produits. Beaux poissons sauvages entiers, petits bouquets, grand choix de filets levés, coquillages crus ou cuits, quenelles de brochet, Saint-Jacques farcies, hareng mariné, tarama, rillettes de saumon maison...

Halles Diderot, rue Diderot
T. 04 77 70 02 63
Fermetures lu, di (p.m).

POISSONNERIE FRANÇOIS, BAR DE LA MER

Au cœur des Halles Diderot, le comptoir de la Poissonnerie François invite à une pause gourmande autour d'une assiette d'huîtres de belles provenances, un petit plateau de fruits de mer ou un poisson fumé maison. Les amateurs de grenouilles fraîches trouveront eux aussi leur bonheur côté boutique.

Halles Diderot
T. 04 77 70 08 05
Fermetures di (p.m).

TORRÉFACTEUR

CAFÉS THIVOYON

Une bien belle boutique du centre-ville proposant cafés et thés en vrac ou à déguster au salon, à l'étage. Tout le personnel saura vous conseiller en fonction de vos goûts et de votre machine. Au choix, une moyenne de 18 arabicas en provenance d'Ethiopie, du Brésil, de Papouasie Nouvelle-Guinée et du Mexique, ainsi que des mélanges parfumés noisette, vanille, chocolat, amande, caramel, cannelle... La torréfaction, quotidienne, se fait en boutique à la vue des clients qui pourront constater un vrai savoir-faire de professionnel.

100 rue Jean Jaurès
T. 04 77 71 68 91
Fermetures lu, di (p.m).

Au Jardin Gourmand

LA GASTRONOMIE S'INVITE DANS LA VERDURE

Voilà un cadre idyllique pour exercer son art ! C'est ici que Mathilde et Lilian Deal œuvrent côte à côte depuis janvier 2021. Ensemble, ils sélectionnent des produits frais de proximité pour composer de jolies assiettes colorées.
Au menu, l'incontournable trilogie de foie gras maison, le médaillon de sole et saint-jacques sauce 3 vinaigres et sa purée de topinambours à la vanille Bourbon ou le filet de bœuf charolais morilles et foie gras poêlé et, pour la note sucrée, un cœur chocolat ou une soupe exotique à la citronnelle. La carte composée de 3 menus est renouvelée chaque saison et les plats sont interchangeables d'un menu à l'autre.
Les gourmets et gourmands apprécieront le délicieux rapport qualité-prix.
Le + : Terrasse sur parc arboré ouverte aux beaux jours.

1, allée Claude Barge, 42300 ROANNE
Tél. : 04-77-67-18-52
www.aujardingourmand.fr

La découverte d'un mets nouveau fait plus pour le bonheur du genre humain que la découverte d'une étoile.

Jean Anthelme Brillat-Savarin
(1755-1826)

SAIL LES BAINS 42310

ÉLEVEUR

SÉBASTIEN CHAIZE

Le vendredi matin, à l'angle de la rue Gutenberg, vous trouverez Sébastien, éleveur de chèvres et de cochons à Sail-les-Bains. Magnifique roulé de tête, terrines, pâté en croûte, et différentes variétés de fromages de chèvre dont le savoureux charolais et la mini-France, à différents stades d'affinage.

Lieu-dit Le Colombier
T. 04 77 64 14 35
Fermetures lu, ma, me, je, ve (p.m), sa, di.

SAINT ALBAN LES EAUX 42370

RESTAURANTS

12/20

LE PETIT PRINCE

Non loin de Roanne, cette ancienne maison réputée du XVIe siècle et redécorée dans les années 20, est une affaire familiale rondement menée, avec aujourd'hui le fils Pierre Reure aux manettes. La tradition préside toujours aux prétentions de cette adresse de la côte roannaise, fière de ses classiques et de son terroir. Le menu Julia est une bonne option, avec la queue de homard, la langoustine saisie, salade de chaire de tourteau et oursin, voile de brebis aux huîtres, jus de homard corsé, le filet de saumon label rouge confit aux groseilles, caviar osciètre d'Aquitaine et filet d'esturgeon meunière, sabayon au citron yuzu, carottes de Souternon, ou encore un filet mignon de cochon, beignet de pied, poitrine confite et effiloché de joue, sauce au vin de la côte roannaise, mousse de tarbais et gratin de blette à l'ail noir. Bon service.

28 rue des Marronniers
T. 04 77 65 87 13
Fermetures lu, ma, di (dîn.).
Menu(s) 39-95€

SAINT BONNET LE CHÂTEAU 42380

RESTAURANTS

13/20

LA CALÈCHE

Dans une charmante bâtisse du XIXe siècle à une vingtaine de kilomètres à l'ouest de Saint-Étienne, on retrouve cette jolie table de tradition, à l'apparence un peu désuète, mais d'une convivialité certaine. Le menu à 35 € est une bonne option médiane, avec la demi-caille rôtie au foin, cuisse en pâté chaud, lentilles et champignons, le dos de merlu pané, crème aux coquillages et purée au gingembre, ou encore le magret de canard, citron vert, écrasé de pommes de terre violette et tuile aux agrumes. Bon service.

2 rue du Commandant Marey
T. 04 77 50 15 58
Fermetures lu, ma, me (dîn.), je (dîn.), di (dîn.).
Menu(s) 19-70€

SAINT CHAMOND 42400

RESTAURANTS

12/20

LE PONT NANTIN

Dans la banlieue de Saint-Étienne, ce relais de diligence contemporain est une belle étape sur la route, une bonne adresse locale où les amis et les voyageurs se retrouvent en confiance. La maison d'Alexandre Cipriani est toujours pleine de convivialité, et l'on y retrouve une bonne cuisine de bistrot, régulièrement renouvelée, à prix très concurrentiels. Service efficace.

44 route de la Varizelle
T. 04 77 22 86 06
Fermetures lu (dîn.), ma (dîn.), me (dîn.), je (dîn.), ve (dîn.), sa, di.
Menu(s) 19,50-23,50€

Le parc Nelson-Mandela à Saint-Chamond

© Adobe Stock/ERIC

SAINT FORGEUX LESPINASSE 42640

RESTAURANTS

12/20

L'ASSIETTE ROANNAISE

Depuis plus de vingt ans, Carole et Christophe Guillon, notamment passés chez Taillevent, tiennent cette jolie table au cœur du département, dans une direction contemporaine et évolutive. La maison tient toujours son cap et attire une clientèle fidélisée, qui revient pour les idées colorées et personnelles du chef. Le menu du mois à 34 € est une première belle option, avec les ris de veau et les morilles en saucisson façon Père Dégoulange, le thon snacké aux girolles et aux sésames émulsion de Noilly, le charolais saignant, jus corsé au Côte Roannaise, une douceur yuzu-framboise. Bon service.

Place de Verdun
T. 04 77 65 65 99
Fermetures ma (dîn.), me.
Menu(s) 18,50-60€

SAINT GENEST MALIFAUX 42660

CAVISTE

CAVE À NOUS

Cave à Nous, c'est la cave à Eux, Bruno Lardon qui a repris, avec un associé, les manettes de la maison après y avoir travaillé pendant plus de 20 ans et Aurélie. Un tiers de la gamme est en bio ou biodynamie. Le lieu se projette dans un univers gustatif avec les meilleures associations de vins et mets, à retrouver dans le rayon d'épicerie fine dont la représentation bio tend à s'étoffer. Ateliers de dégustation sur réservation.

Rue de l'Etang
T. 04 77 51 22 50
Fermetures lu, me (p.m), di (p.m).

SAINT JUST SAINT RAMBERT 42170

BOULANGERIE

BOULANGERIE MARTINON

Boutique agréable, bien éclairée et bien organisée. Les vendeurs sont charmants, enthousiastes et volontaires. L'étalage est fourni en pâtisseries, viennoiseries, pains spéciaux et salé. Le pain céréales complet est délicieux, la texture est uniforme, la mie est tendre, riche, avec un très bon goût de céréales. La croûte est légèrement croustillante avec des graines croquantes, pleines de goût, cuisson parfaite. La quiche lorraine est également très bonne, avec une pâte sablée idéale, de vrais lardons et une superbe garniture.

2 rue du 8 Mai 1945
T. 04 77 20 93 89
Fermetures lu, di (p.m).

SAINT JUST LA PENDUE 42540

BOULANGERIE

LACROIX TRADITION

Boutique à la déco d'origine, dans un style années 80. Le pain aux céréales est très gourmand, avec une bonne croûte croustillante, très agréable et assez salée. Les céréales sont bien mises en avant. La tradition a une bonne texture avec une croûte croustillante et une mie assez dense qui donne une mâche consistante.

351 rue du Commerce
T. 04 77 63 21 37
Fermetures lu, di (p.m).

SAINT PAUL EN JAREZ 42740

RESTAURANTS

13,5/20

HÔTEL-RESTAURANT ÉCLOSION

Au nord de Saint-Chamond, dans la campagne grenobloise, ce splendide château néoclassique du début du XXe siècle est aujourd'hui le royaume de Pierre Carducci, major de l'institut Bocuse et anciennement passé à l'auberge de Collonges et chez Têtedoie. Cet hôtel-restaurant a élaboré des intérieurs contemporains en parfaite harmonie avec l'architecture d'époque, faisant jouer les parquets et les moulures avec un mobilier épuré et sombre, en très beau contraste. Le chef y réalise une remarquable cuisine de produits, en intitulés à tiret d'une belle inventivité, autant sur la forme que sur le fond. Dans des formules d'un beau rapport qualité-prix, on pourra ainsi découvrir l'association de foie gras, mûre et échalote, la bonite, chou-fleur, poivron, harissa et basilic, la pintade, champignon brun, cresson et pomme de terre nouvelle, ou encore une fraîcheur de framboise, thym et huile d'olive. En plus d'accords mets et vins, la maison propose également des accords mets et thés.

40 avenue du Château
T. 04 77 61 99 09
Fermetures lu, ma, di (dîn.).
Menu(s) 32-87€

Saint-Just-Saint-Rambert

© Adobe Stock/357680 ANDRE CUZEL

A. Paret

LE TERROIR DE LA VALLÉE DU RHÔNE

Depuis 1972, la famille Paret s'attache à produire des vins* de grande qualité et transmettre à la génération suivante les valeurs traditionnelles du métier. Ainsi, sur ces coteaux escarpés, la récolte s'effectue à la main depuis toujours.
Par respect pour son terroir, Anthony Paret – accompagné de sa fille, Avril, qui se forme à ses côtés –, a choisi de transformer son exploitation en HVE (Haute Valeur Environnementale). Il cultive 22 ha et élève ses délicieux nectars en barriques durant 10 à 24 mois selon les cépages. Saint-Joseph, Condrieu, Côte-Rôtie ou vin de pays, ces noms raisonnent comme des valeurs sûres de notre patrimoine viticole et leurs saveurs authentiques éveillent les papilles. Retrouvez-les directement à la cave, chez les cavistes ou dans les cafés, hôtels, restaurants de la région Auvergne-Rhône-Alpes.

Place de l'Église,
42520 SAINT-PIERRE-DE-BŒUF
Tél. : 04-74-87-12-09
www.anthonyparet.com

Ô Benestar

LE BIEN-ÊTRE DANS L'ASSIETTE

C'est une cuisine généreuse, agrémentée d'un grain de folie et de jeunesse que propose Benjamin Verkinderen. Au menu, clin d'œil au sud-ouest dont il est originaire, cassoulet, foie gras, magret et confit de canard côtoient multiples autres gourmandises dont Benjamin a le secret. Et pour la note sucrée : moelleux au chocolat, entremet ou tarte au citron revisitée. Terrasse extérieure en bord de Loire.

7, place du Pont,
42170 SAINT-JUST-SAINT-RAMBERT
Tél. : 04-27-64-23-37
www.obenestar.fr

"*Bonne cuisine et bon vin, c'est le paradis sur terre...*"

Henri IV
(1553-1610)

*L'ABUS D'ALCOOL EST DANGEREUX POUR LA SANTÉ.

Le Boulanger de Saint-Paul-en-Jarez

SAVEURS, AUTHENTICITÉ DU TERROIR

Située au cœur de Saint-Paul en Jarez, porte d'entrée du parc naturel régional du Pilat, à proximité de Saint-Chamond et de Saint-Étienne dans la Loire, cette boulangerie-pâtisserie-snacking a fait le choix de ne travailler qu'avec produits locaux.

Loïc Maréchal et Catherine Raymond ont repris l'établissement en 2020 et ont apporté avec eux les fruits de leurs expériences Savoyarde et Lyonnaise ; ainsi les clients ont pu découvrir et apprécier, entre autres, le Pain des Bois, les brioches aux pralines, ou encore la tarte poire-chocolat. Leur passion pour le métier et des ingrédients choisis avec soin assurent au quotidien la qualité des pains, viennoiseries, et pâtisseries. À leurs côtés, Angélique, Frédéric et Yoann et leurs apprentis participent à un chaleureux travail en équipe.

80, rue de la République,
42740 SAINT-PAUL-EN-JAREZ
Tél. : 04-77-73-22-18
Facebook : Le boulanger de St Paul

Aux 2 Ancres

UN VOYAGE CULINAIRE

Ce sont des produits frais de saison qu'aime travailler le jeune chef, Mathieu Barbe, dans son restaurant. Sa cuisine traditionnelle du marché est entièrement préparée maison et revisitée selon son inspiration autour des saveurs du monde. Seiche en persillade et burgers de saison (montagnard, automnal ou aux fruits en été) sont les best-sellers de la maison. Des suggestions complètent régulièrement la carte du moment. Terrasse ouverte toute l'année.

22, place Madeleine Rousseau,
42170 SAINT-JUST-SAINT-RAMBERT
Tél. : 09-54-38-07-50
www.auxdeuxancres.com

SAINT POLGUES 42260

CHOCOLATERIE

BERNARD LABERGE

Boutique d'artisan chocolatier mais aussi épicerie fine, l'endroit discret perdu dans les monts du roannais est pourtant pris d'assaut avant les fêtes. Au centre de l'attention : les chocolats pur beurre de cacao, les fameuses griottes au kirsch, les liqueurs, les délicieuses clémentines confites plongées dans le chocolat noir, et les confitures maison - à prix d'or - (pêche de vigne, abricot, cassis, myrtille, groseille, fraise...) réalisées avec des fruits de production locale.

La Gare
T. 04 77 65 27 27
Pas de fermetures

TARTARAS 42800

BOULANGERIE

ANSTETT BOULANGERIE PATISSERIE

Boulangerie de village au vendeur souriant et affable. L'étalage est bien organisé et fourni. Très bon croissant, superbement beurré et feuilleté, aérien, avec beaucoup de goût. La tradition est bien cuite et farinée. La mie a un bon goût, bien levée, avec une belle mâche.

4 place Charles Bossut
T. 09 62 57 65 58
Fermetures me, sa (p.m), di (p.m).

TRELINS 42130

BOUCHERIE

SALAISONS DU FOREZ CHAZAL

La possibilité d'acheter en ligne est fort pratique, mais pour découvrir les salaisons Chazal, le mieux est encore de se rendre à la boutique atelier, en pleine campagne, pour discuter de la production avec des artisans passionnés qui n'utilisent que des porcs fermiers d'Auvergne élevés en plein air. Leur viande est transformée sur place, sans additifs ni conservateurs, simplement assaisonnée. Toute la gamme en confiance, saucisses et saucissons secs en tête.

31 hameau des Pierres
T. 04 77 24 06 17
Fermetures di.

Gault&Millau **LES 10 COMMANDEMENTS DE LA NOUVELLE CUISINE**

1. Tu ne cuiras pas trop.
2. Tu utiliseras des produits frais et de qualité.
3. Tu allégeras ta carte.
4. Tu ne seras pas systématiquement moderniste.
5. Tu rechercheras cependant ce que t'apportent les nouvelles techniques.
6. Tu éviteras marinades, faisandages, fermentations, etc.
7. Tu élimineras les sauces riches.
8. Tu n'ignoreras pas la diététique.
9. Tu ne truqueras pas tes présentations.
10. Tu seras inventif.

Restaurant 5 Terres

FAIT CHANTER SES CLASSIQUES

La nouvelle version du restaurant, repris par Dimitri Glaudio, se recentre sur les plats de saison à l'ardoise et quelques pizzas.

Aux commandes depuis fin 2021, Dimitri Glaudio mise tout sur le goût, la qualité et la simplicité. Ainsi, les bons produits - viande charolaise, fruits et légumes de saison - sont à l'honneur dans cette cuisine généreuse. Entrecôte, bavette, burger, lasagnes..., les plats se veulent traditionnels et faits maison, y compris les desserts. Quelques pizzas incontournables sont conservées à la carte. Perrine Sagnard, chef de salle, assure un accueil convivial. Et si l'on vient aux Cinq Terres pour bien manger c'est aussi pour passer un moment chaleureux voire festif. En effet, les vendredis et samedis soir, l'étage accueille un karaoké (sur réservation).

✉ 7, rue de l'Artisanat, 42390 VILLARS
Tél. : 04-77-74-89-14
Facebook : Lescinq Terres
Instagram : lescinqterres

Dans une vieille bouteille, il y a du bon vin.
Mais il y a aussi quelque chose
du passé, et qui dort là.
Quand on débouche la bouteille,
un rayon de soleil ressuscite,
et ça ne va pas sans un peu d'émotion.

Léon Abric (1869-1942)

Boucherie Bournat

L'EXCELLENCE DU TERROIR LIGÉRIEN

Son terroir... Voilà ce que souhaite mettre en valeur Sébastien Bournat dans sa boucherie-charcuterie. Il sélectionne des bêtes sur pied, en local chez de petits producteurs, pour les vendre au détail ou les transformer en de délicieuses spécialités. Depuis vingt-cinq ans, le boucher excelle dans son métier en offrant une belle qualité de viande à sa clientèle : porc fermier, agneau de Haute-Loire et Lozère, génisse Aubrac de Haute-Loire, veau de lait élevé sous la mère et volailles fermières du Puy. Il fabrique maison sa charcuterie : saucissons, jambon cru, jésus, rosette et une large gamme de pâtés. Pour la partie traiteur, Sébastien propose un fameux saucisson brioché, des feuilletés viande, fruits de mer, jambon champignons, ou encore, ris de veau morilles et bien d'autres plats cuisinés selon les saisons.

10, rue du Commerce,
42550 USSON-EN-FOREZ
Tél. : 04-77-50-61-29

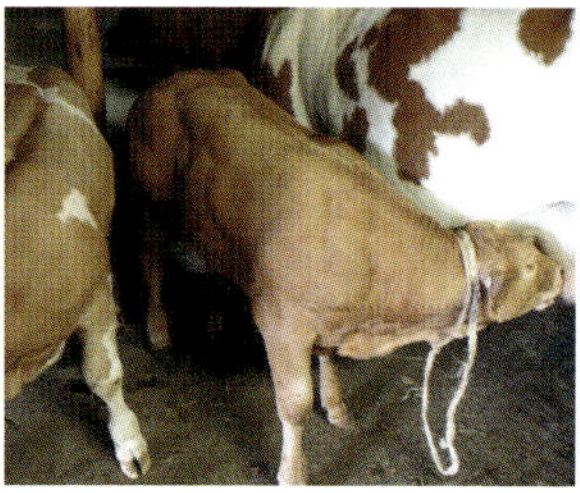

*« Ajouter de la tomate et de l'origan,
ça devient italien ; du vin et de l'estragon,
ça devient français ; du citron
et de la cannelle, ça devient grec ;
de la sauce de soja, ça devient chinois ;
ajouter de l'ail, ça devient bon ! »*

Alice May Brock (1941-)

VILLEREST 42300

RESTAURANTS

12/20

CHÂTEAU DE CHAMPLONG

Non loin du lac de Villerest, ce splendide château du XVIe siècle rénové au XVIIIe siècle est aujourd'hui un hôtel**** d'un luxe et d'un charme exceptionnels, un havre de paix au cœur d'une nature champêtre, avec spa, piscine extérieure, chambres toutes équipées et table gastronomique. L'adresse de Véronique et Olivier Boizet s'est ainsi imposée dans les environs comme une des plus réputées, et les assiettes du chef, réparties dans des menus entre 48 et 90 € sont à la hauteur des lieux : fenouil parfumé à l'estragon, marbré d'oreilles de cochon et chantilly estragon, pickles de mousserons, dos poché de merlu à l'huile d'olive parfumé au thym citron, tartelette courgette sans pâte, beurre de thym et basilic, selle d'agneau farcie en rognonnade, épaule confite ras el-hanout et fruits secs, pommes dauphines au romarin, une fraîcheur de pêche et thé vert au jasmin, shortbread et confit de pêche de vigne. Cave de bonne escorte.

100 chemin de la Chapelle
T. 04 77 69 69 69
Fermetures lu, ma (déj.), di (dîn.).
Menu(s) 20-90€

Château de la Roche à Villerest

© Adobe Stock/Pictures news

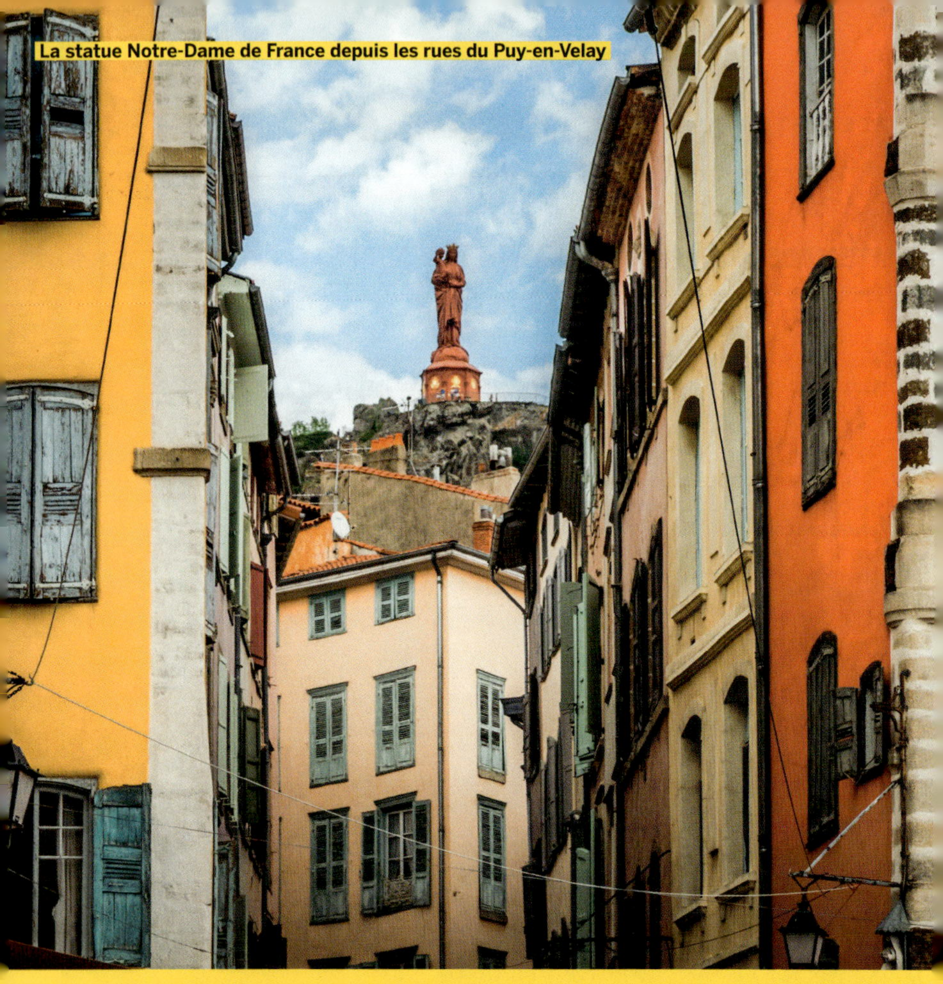

HAUTE-LOIRE

AUVERGNE-RHÔNE-ALPES

Gault&Millau

ALLEYRAS 43580

RESTAURANTS

17/20

RESTAURANT PHILIPPE BRUN

Ils l'appelaient de tous leurs vœux, elle est enfin là, cette quatrième toque tant désirée et finalement tellement logique. Pourquoi cette année, pourquoi maintenant ? Parce que Michelle Brun reste une maîtresse de maison hors pair et une sommelière experte. Parce que le service, dans son ensemble (et bravo également à Camille, la belle-fille de Philippe et Michelle), réussit ce délicat équilibre d'être à la fois présent, souriant et discret, sachant s'adapter instantanément aux spécificités de chaque table. Et parce que le retour de Clément, le fils prodigue parti faire le tour des bonnes popottes pour se former, a su apporter ce souffle nouveau qui a transfiguré cette table. Non que Philippe, le discret et modeste papa, ait perdu la flamme mais, de son aveu même, cette nouvelle génération qui fait plus que pointer son nez lui a redonné une seconde jeunesse. Produits superbes, cuissons précises, les plats sont construits avec intelligence, sensibilité, sans jamais la moindre arrogance. Alors certes, le cadre de ce modeste hôtel-restaurant, face à la voie ferrée, n'a rien de celui d'un palace, mais c'est bien là le seul (petit) défaut qu'on peut relever chez les Brun, et les projets de rénovation sont déjà bien avancés. Gare de Pont d'Alleyras : arrêt obligatoire.

Pont d'Alleyras
T. 04 71 57 57 63
Chef cuisinier
Philippe Brun
Chef pâtissier
Camille Brun
Sommelier
Michelle Brun
Directeur de salle
Daniel Zaïat
Fermetures lu, ma.
Carte 36€ **Menu(s)** 72-110€

BOUCHERIE

LA FERME DU BOUT DU MONDE

La maison est bien connue pour ses remarquables salaisons, mais on y trouve aussi une très bonne viande, achetée chez les producteurs de Haute-Loire pour promouvoir la région en s'assurant d'une qualité et d'une saveur locale. Au détail ou en caissettes de 10 kg, on choisira les meilleurs morceaux du moment : côtes de veau, gigot d'agneau, sans oublier les saucisses artisanales à griller.

La Parade, Estelle Petit
T. 04 71 57 16 75
Fermetures sa,di.

ARAULES 43200

FROMAGERIE

LAITERIE GERENTES

Située en Haute-Loire, la laiterie conditionne et transforme le lait de montagne (vache, chèvre ou brebis) en fromages, beurre ou crème. Les recettes sont simples et sans artifice. On y trouve une spécialité de pâtes persillée (fourme, bleu), des pâtes molles (tomme blanche) ou des caillés (brique du Velay). A noter aussi les yaourts à la véritable confiture de fruits.

Le Bourg
T. 04 71 65 70 40
Fermetures di (p.m).

belle cave de régionaux et nationaux. Le très bon menu des Sucs à 55 € dit l'essentiel en quelques belles assiettes (pâté en croûte, pomme de ris de veau en croûte de morilles purée aux cèpes, pêche et mélisse...).

11/20

LE BISTROT DE JUSTIN

Versant bistrotier et plus rustique de la Maison Vidal, on y retrouve néanmoins les belles recettes et produits du pays, ainsi qu'une atmosphère chaleureuse et régionale, qui préside à des réjouissances simples et accessibles. Les lieux sont en accord avec le propos, avec des tables en bois, des nappes Vichy et une mise en table modeste, qui introduisent idéalement le feuilleté de champignons à la crème et mâche, le soufflé de merlan à la tomate et pomme anglaise au safran, le lapin à la moutarde et polenta crémeuse, la terrine aux trois chocolats. Prix compétitifs.

Place du Marché
T. 04 71 08 70 50
Fermetures lu, ma (dîn.), di (dîn.).
Menu(s) 0€

SAINT ROMAIN LACHALM 43620

FROMAGERIE

SALAISONS CHAVASSIEUX

Après avoir promené son baluchon du pensionnat auvergnat à Paris, en passant par Shanghai, avoir exercé de nombreux métiers dont la coutellerie et la photographie, Emmanuel Chavassieux a excellé dans la charcuterie, en démarrant avec les saucisses qu'il préparait pour les copains ! Les restaurateurs parisiens en sont devenus fous, et le succès l'a poussé à ouvrir une boutique au pays natal. Viande de porcs de Haute-Loire coupée au couteau, aromatisée aux herbes, au vin naturel, au sel de l'Atlantique...

Le Bourg
T. 04 71 65 52 75
Fermetures lu,sa,di.

SAUGUES 43170

RESTAURANTS

14/20

LA TERRASSE

Installée sur ce chemin de Saint-Jacques de Compostelle de plus en plus prisé, cette charmante hôtellerie ne déçoit jamais. Un vrai sens de l'accueil et du service, un cadre à la fois simple et soigné et une cuisine qui joue à fond la carte de la transparence et de la proximité entre les mains du chef Benoit Fromager : buchette de foie gras maison et saumon fumé (sur place évidemment) chutney d'oignons rouges, filet de merlu au beurre de bourrache, nages d'abricots et madeleine de Montmorency dans un menu à 36 € à l'excellent rapport qualité-prix. Et pour poursuivre l'expérience, une petite boutique juste à côté permet de faire le plein de produits locaux.

Le Bourg
T. 04 71 77 83 10
Fermetures lu, di (dîn.).
Menu(s) 19,50-36€

BRASSEUR

BRASSERIE FERME DU MARGARIC

Philippe et Maïlys Lonjon sont installés depuis 2014 dans une petite ferme des plateaux de la Margeride, en culture biologique. Sur une trentaine d'hectares, ils élèvent 20 vaches et produisent des veaux sous la mère, mais, diversification oblige, ils brassent aussi des bières avec des céréales produites sur place et des houblons sauvages ramassés au bord de l'Allier. La gamme proposée devrait s'agrandir mais, pour l'instant leur « Gabale » se décline en ambrée, blonde et blonde au seigle. Pensez à appeler pour prendre rendez-vous.

7 route du Mont Mouchet
T. 09 67 43 42 02
Pas de fermetures

YSSINGEAUX 43200

BOUCHERIE

TRADITIONS FERMIÈRES

De la belle charcuterie réalisée par un spécialiste déjà présent sur la zone artisanale d'Araules et qui a ouvert en 2019 ce magasin en plein cœur de ville. Préparations traiteur et produits régionaux autour des saucisses et saucissons maison, boudins et terrines. Également présent sur les marchés.

3 avenue de la Marne
T. 04 71 59 05 31
Fermetures lu, ma (p.m), me (p.m), je (p.m), di (p.m).

BOULANGERIE

BOULANGERIE DEBARD

Un artisan où toute la ville vient chercher le pain, mais aussi la pâtisserie, avec des gâteaux individuels savoureux. Des pains spéciaux et à l'heure du petit creux, des sandwichs et bagels bien garnis. Autre magasin également sur la route de Retournac.

18 avenue de la Marne
T. 04 71 65 14 90
Fermetures lu (p.m), ma, me (p.m), je (p.m), ve (p.m), sa (p.m), di (p.m).

CAVE À BIÈRES

BEBOCK

Une grande cave à bière qui permet de découvrir les productions de la région, mais aussi vins, alcools, champagne, rhums ou whiskies. Une animation constante, des soirées, des dégustations, des rencontres sportives, autant d'occasions de faire la fête en toute convivialité.

Route de Retournac
T. 04 71 56 15 42
Pas de fermetures

PRIMEUR

SAVEURS DES FERMES D'YSSI

Dans une zone d'activité, à la sortie de la ville, un vaste magasin de producteurs locaux permet de se fournir en produits auvergnats. Des étalages très variés, beaucoup de frais, en charcuterie, volailles, fromages et autres laitages, mais aussi des fruits et des légumes de circuits courts et, plus inattendus, des escargots, du vin, de la moutarde.

Route de Retournac
T. 04 71 65 20 87
Fermetures lu,ma,di.

TORRÉFACTEUR

GRAINS DE SUC

Un torréfacteur artisanal et original, une belle boutique au coin de la place de la Victoire et un espace accueillant pour s'initier aux cafés bio sélectionnés par ce spécialiste et torréfiés sur place une à deux fois par semaine. On y ajoute les 46 variétés de thés bio des meilleures provenances. Également du matériel de connaisseur, broyeurs, machines, tasses isothermes...

2 place de la Victoire
T. 04 71 59 30 47
Fermetures lu,di.

Restaurant Régis et Jacques Marcon à Saint-Bonnet-le-Froid

Puy de Sancy

PUY-DE-DÔME

AUVERGNE-RHÔNE-ALPES

Gault&Millau

AIGUEPERSE 63260

PÂTISSERIE

MAISON VERNET

La spécialité de la ville, la fameuse praline d'Aigueperse est représentée dans cette boutique de longue tradition où naquit cette précieuse confiserie en 1850. La maison en garde jalousement la recette exclusive, offrant également ses massepains réputés. Vous ne pouvez tout simplement pas quitter Aigueperse sans votre petit sachet de pralines. Sur place, également des gâteaux et chocolats.

154 Grande Rue
T. 04 73 63 61 85
Fermetures lu.

AMBERT 63600

FROMAGERIE

PHILIPPE SEIGNEUR

Pour mieux connaître la fourme d'Ambert et les autres fromages d'Auvergne, pâtes cuites et persillés, rencontrez ce fromager consciencieux qui, au cœur de la petite ville, concentre le meilleur de la production régionale.

4 place de la Pompe
T. 04 73 82 11 19
Fermetures lu, di (p.m).

Église d'Aigueperse

Tic Toque Bistro

LA CUISINE COMME À LA MAISON

Ce restaurant, c'est un format citadin, avec une jolie décoration industrielle et chaleureuse, dans un petit coin de campagne. Reconnu pour ses frites maison dorées et croustillantes, ses burgers à base de produits régionaux et ses plats du jour, le restaurant est un lieu de convivialité et de plaisirs gustatifs. « On est des gourmets dans l'assiette et dans le verre », soulignent Lionel et Bruno, les patrons.

ZAC de Juilhat (parking du Carrefour Market), 63260 AIGUEPERSE
Tél. : 04-73-33-82-66
Facebook : tictoquebistro

L'Amphore

TERROIRS À DÉCOUVRIR

Pascal Roux et son fils Clément, sommelier, ont sélectionné quelque 200 références de vins* issues presque intégralement de petits producteurs de toute la France, et évidemment d'Auvergne. « *Répondre aux envies de découvertes et de nouveautés de mes clients est un plaisir ; cela nécessite aussi de savoir se renouveler* » explique Pascal. L'Amphore propose également une sélection de spiritueux, de thés de la marque Dammann Frères® et de cafés torréfiés sur place.

7, boulevard Sully, 63600 AMBERT
Tél. : 04-73-82-62-76
www.lamphore.fr

Les Copains

DEPUIS 1920

Un siècle d'histoire honore cette ancienne auberge, à l'origine tenue par les arrière-grands-parents de Thierry Chelle qui gère à ce jour l'établissement avec ses parents. Au pays de la fourme d'Ambert, des myrtilles et des champignons, le chef propose une cuisine inventive et gourmande avec pour spécialités le vol-au-vent de grenouilles en persillade, le gigot de « Sept Heures » ou le gâteau de crêpes. Un délice tant pour les yeux que les papilles !
Le + : Hôtel de 10 chambres pour vos soirées étape.

42, boulevard Henri IV, 63600 AMBERT
Tél. : 04-73-82-01-02
www.hotelrestaurantlescopains.com

> *Il n'y a pas d'amour plus sincère que celui de la bonne chère.*

George Bernard Shaw
(1856-1950)

*L'ABUS D'ALCOOL EST DANGEREUX POUR LA SANTÉ.

APCHAT 63420

BRASSEUR

BRASSERIE LA COUZINE

Lieu-dit Bord
T. 07 81 56 82 82
Pas de fermetures

Aux portes du Cézallier, la brasserie s'est appliquée à créer une bière de caractère : la Couzine, une blonde dorée brassée avec des houblons aromatiques aux arômes floraux et des malts finement sélectionnés qui lui confèrent toute sa douceur. Sur rendez-vous.

ARLANC 63229

BRASSEUR

L'ENSOURCELEUSE

8 place de Verdun
T. 06 88 17 50 44
Pas de fermetures

Cette brasserie associative met un point d'honneur à utiliser des produits locaux et veut s'inscrire dans une activité durable et éthique. Elle utilise énergie solaire et biomasse et les drèches (restes du malt après brassage) servent à nourrir les poissons. Rien ne se perd, donc ! Elle s'efforce aussi de redynamiser le territoire en proposant des événements festifs et culturels comme l'Octobière Fest. Elle produit une triple au miel, l'Ensourceleuse, l'impérial stout, la Vladimir, et une blanche, la weiB bier.

Le moulin à papier Richard de Bas, à Ambert

Fromagerie Coste DEPUIS 4 GÉNÉRATIONS

Voilà sept années que Michaël Héritier a repris la boutique familiale. Ce sont 120 produits de qualité que le fromager propose avec le sourire. En local, il visite les exploitations et déguste chaque nouvelle saveur pour en transmettre les valeurs et offrir le meilleur. Il affine le Saint-Nectaire et autres fourmes, tommes... et compose selon vos envies des plateaux de fromages.

57, rue de la Libération, 63112 BLANZAT
Tél. : 04-73-87-99-71
www.fromagerie-coste.fr

Inovag Technology SOYEZ FIERS DE VOS COUVERTS

La société, basée à Billom dans le Puy-de-Dôme, est spécialisée dans la fabrication de lave-couverts à destination des professionnels de la restauration.
Inovag Technology propose la solution révolutionnaire que beaucoup de palaces, de grandes enseignes de l'hôtellerie et de la restauration ont déjà adoptée : le lave-couverts IT500-S qui nettoie, rénove, désoxyde, brunit, rince et sèche en une seule opération. Un gain de temps pour le personnel de plonge et une hygiène irréprochable pour un résultat exceptionnel.

ZAC de l'Angaud, BP41, 63160 BILLOM
Tél. : 04-73-68-91-25
E-mail : inovagtechnology@gmail.com
www.inovag.eu

Un dessert sans fromage
est une belle à qui il manque un œil.

Jean Anthelme Brillat-Savarin
(1755 - 1826)

CEYRAT 63122

PÂTISSERIE

ZEST DE GOURMANDISE

Dissimulé dans le centre commercial la Rotonde, Mathieu Arthaud tient une pâtisserie-chocolaterie qui mérite sa réputation, pour l'élégance de la boutique et le très bel artisanat dont il se fait le défenseur. On y conseillera les chocolats, les macarons, les tablettes, les confitures ainsi que les beaux cakes.

C.C. La Rotonde, 10 avenue de Royat
T. 04 73 78 89 90
Fermetures lu.

CHAMALIÈRES 63400

RESTAURANTS

14,5/20

LE RADIO

C'est l'une des maisons mythiques de la région, et même au-delà, à la fois pour son architecture unique mais aussi pour les grands chefs qui s'y sont succédés. Wilfried Chaplain est fidèle au poste depuis quelques années et travaille dans un registre assez luxueux et plutôt personnel qui ne laisse personne indifférent : escargots en ravioles de persil, brunoise carotte-céleri aux amandes et velouté de cresson, saint-pierre des côtes bretonnes, bouillon de coquillages yuzu-aneth, marinières de coquillages et chou légèrement croquant avant un joli dessert autour de la poire, de la noisette et du thé Earl Grey. Un moment unique, à vivre dans cet inoubliable cadre Art déco.

43 avenue Pierre et Marie Curie
T. 04 73 30 87 83
Fermetures lu (déj.), sa (déj.), di.
Menu(s) 30-110€

HÔTELS

3 ÉTOILES

HÔTEL LE RADIO

Les amateurs de design et d'architecture ne jurent que par ce petit bijou Art Déco qui domine la ville de Chamalières avec ses mosaïques et ses miroirs années 30, sans compter l'extraordinaire ascenseur en fer forgé. Savamment restaurées, les 24 chambres offrent un parfait confort (literies dernier cri, vastes salles de bain...) et dévoilent une vue panoramique sur la ville avec sa cathédrale de lave et, en toile de fond, les collines alentours. Un refuge idéal après la dégustation de la cuisine signée Wilfrid Chaplain, servie dans la salle à manger qui a, elle aussi, jalousement préservé ses trésors modernistes.

43 avenue Pierre et Marie Curie
T. 04 73 30 87 83

CHOCOLATERIE

LE LAUTREC

Depuis 1994 la maison de chocolats de Claude Déat, ici dans son fief historique, s'est imposée comme l'une des meilleurs de la région, avec ses recettes techniques, inspirées et bien sourcées, notamment de Madagascar et d'Amérique latine. Le soin apporté à la décoration, ultra contemporaine et élégante, apporte un supplément à l'expérience. La maison est aussi présente à Clermont-Ferrand, place Jaude, et à Gerzat

28 avenue de Royat
T. 04 73 36 43 89
Pas de fermetures

CHAURIAT 63117

BRASSEUR

LES CAVES DE L'ABBAYE

Dans un petit village à l'est de Clermont-Ferrand, cette enseigne installée dans l'église Sainte-Marie depuis 1920 propose des méthodes traditionnelles typiques d'Auvergne, élaborées en gamay et chardonnay. La maison propose également des soirées dégustations à thème ainsi qu'un service de vins pour buffet.

9 rue du Commerce
T. 04 73 68 00 51
Fermetures di.

CLERMONT FERRAND 63000

RESTAURANTS

14,5/20

APICIUS

Nous l'avions aimée dans son précédent écrin, nous l'adorons depuis qu'elle a déménagé il y a quelques années dans ce nouvel écrin, aux dessus des Halles Saint-Pierre. La table d'Arkadiusz Zuchmanski frappe par son décor à la fois minimaliste et ultra contemporain qui cadre parfaitement avec la cuisine sobre, graphique et limpide imaginée par ce chef polonais : gambero rosso au couteau et citron de Menton de 18 mois, filet d'agneau cuit au sautoir, gâteau de cèpes et artichauts, feuille à feuille à la vanille de Madagascar... Une cuisine précise, s'appuyant sur des produits de grande qualité et un savoir-faire évident.

Marché Saint-Pierre
T. 04 73 91 13 61
Fermetures lu, ma (déj.), di.
Menu(s) 39-125€

14/20

JEAN-CLAUDE LECLERC

Angélique et Jean-Claude Leclerc sont à la tête de cette véritable institution clermontoise depuis bientôt 25 ans. Un quart de siècle en haut de l'affiche et pas la moindre trace de lassitude chez eux, parce qu'ils ont toujours su se remettre en question, rénover les lieux, moderniser la cuisine par petites touches, toujours en respectant le rythme des saisons : noix de saint-jacques et langoustine, cocos de Paimpol, lard et jus truffé, bar, huîtres et caviar oscière cuit au naturel avant un joli dessert qui revisite la brioche en pain perdu, et fruits exotiques. Cadre cossu, atmosphère feutrée, service impeccable, tous les ingrédients d'une table incontournable en ville.

12 rue Saint-Adjutor
T. 04 73 36 46 30
Fermetures lu, di.
Menu(s) 28-115€

BOUCHERIE

BOUCHERIE GAUTHIER FRÈRES

Dans une petite rue commerçante et piétonne du centre, cette boucherie ouverte depuis 26 ans fait la proposition d'une vaste gamme, de belles viandes rouges et blanches d'origine choisie, des produits de charcuterie et d'épicerie fine (Pierre Oteiza, Barthouil, Marc Peyrey...), ainsi que des spécialités saisonnières.

17 rue de la Boucherie
T. 04 73 37 57 07
Fermetures lu, ma (p.m), me (p.m), je (p.m), di.

MAISON BAUBET

Dans cette halle gourmande où l'on trouvera tout pour son repas, la maison Baubet propose un bel étalage de produits de boucherie et de charcuterie, avec des belles volailles, de la charcuterie d'Auvergne, mais encore des plats cuisinés.

Place Saint-Pierre
T. 04 73 31 25 42
Fermetures Fermetures lu, ma (p.m), me (p.m), je (p.m), di..

BOULANGERIE

LE FOURNIL MONTFERRANDAIS

Le long du boulevard, ce fournil équipé d'un parking est non seulement pratique, mais offre également une belle gamme de pains, fabriqués à partir de farine des Combrailles, d'une belle tradition artisanale. Les pâtisseries sont également recommandées.

44 boulevard Léon Jouhaux
T. 04 73 25 40 43
Fermetures lu,ma.

BOUTIQUE DE THÉS

LE RENDEZ-VOUS DES THÉS

Boutique/salon de thé ouverte depuis 2004, cette maison décorée avec un mobilier chiné d'origine asiatique propose plus de 300 variétés de thé, ainsi que des pâtisseries pour le tea time. Des articles de brocante sont également à la vente.

4 rue du Cheval Blanc
T. 04 73 31 48 57
Fermetures lu, ma (a.m), me (a.m), je (a.m), ve (a.m), di.

BRASSEUR

LE BREW-PUB

Temple local de la bière, la cave installée rue Nicolas Joseph Cugnot propose à l'achat pas moins de 500 bières, dont celles de la micro-brasserie Grizzly à laquelle elle est rattachée. Le Brew Pub juste à côté permet de découvrir à la dégustation près de 150 références ainsi que 14 bières à la pression. A également ouvert un bière lab désormais au 10 rue de la Tour d'Auvergne, avec le Delirium Tremens et à Gerzat, à l'extérieur de la ville.

6 rue Nicolas Joseph Cugnot
T. 04 73 23 11 28
Fermetures lu, ma (a.m), me (a.m), je (a.m), ve (a.m), sa (a.m), di.

CAVISTE

AMBIANCE VOLCANIC

Dans l'extrême centre, la cave à vins de Géraud Goigoux et Alexis Barnier met en avant la typicité de vins issus de sols volcaniques, autant ceux d'Auvergne que d'ailleurs (Portugal, Grèce...). Elle accompagne sa sélection de vins d'une jolie gamme de produits locaux d'épicerie fine.

32 avenue des États Unis
T. 04 73 37 18 43
Fermetures lu,di.

LA CAVE DU THÉÂTRE

Dans le centre-ville, une cave qui ne plaisante pas et qui offre de très belles sélections, notamment en Bourgogne, avec des vins d'aujourd'hui comme des très grands classiques, pour toutes les occasions. En plus des 500 références à disposition, la maison propose également des soirées dégustation.

7 rue Nestor Perret
T. 04 73 39 09 65
Pas de fermetures

COMPTOIR DU VIN ET DE LA TRUFFE

Installé non loin du centre Jaude, ce comptoir expose une belle cave de près de 600 références en vin, ainsi que des truffes fraîches et autres produits d'épicerie fine, pour vos repas ou votre entreprise. La sélection de 200 whiskies est également recommandée.

7 rue Ramon
T. 0899 96 50 30
Fermetures lu,di.

CHARCUTERIE

CHARCUTERIE RAVEL

Philippe Ravel est bien connu à Clermont-Ferrand pour sa production bien maîtrisée et riche en saveurs marquées. Formidable jambon à l'os, et boudins aux châtaignes et aux noix, en saison. Ses terrines ont de la gueule comme ses plats charcutiers bien mijotés.

Marché Saint-Pierre
T. 04 73 19 08 55
Fermetures lu,di.

CHOCOLATERIE

MAISON VIEILLARD

La maison Vieillard possède une histoire longuement implantée à Clermont-Ferrand. De reprises en successions elle s'est attachée à une production de bon niveau. Une nouvelle boutique qui jouxte l'atelier permet à Isabelle et Frédéric Gay de moderniser leur point de vente. Ganache sous le Pavé d'Or, enrobage délicat d'oranges confites ou tablettes jusqu'à 85% de cacao... Et toujours une adresse centrale au 3 rue Blatin.

Avenue Ernest Cristal
T. 04 73 28 64 30
Pas de fermetures

CONFISERIE

MAISON CRUZILLES

Au départ, il y un terrain favorable pour la culture des fruits, une production adaptée, une région de fort passage et une clientèle de gourmets qui a contribué au développement des confiseries locales. Cruzilles est la dernière. Elle a su s'accompagner des conseils d'un MOF à l'origine de plusieurs recettes : oranges confites, piment d'Espelette confit et incontournables pâtes de fruits.

226 avenue Jean Mermoz
T. 04 73 91 24 46
Fermetures sa,di.

LE NOUGAT DES ARTS

Non loin de la place Jaude, Paul Lopez est passé du basket au tablier de pâtissier et s'est fait une spécialité de fabrication de nougat. L'enseigne mono-produit offre une belle déclinaison d'idées sur le thème : nougat traditionnel, à la rose de Damas, au sésame noir, au gingembre, aux agrumes... Disponibles aussi en coffret.

9 rue Ballainvilliers
T. 04 73 14 26 34
Fermetures lu, di.

ÉPICERIE FINE

ÉPICERIE GAUCHER

Célèbre épicerie fine ouverte en 1946, celle-ci a été reprise en 2019 par Nicolas et Yvette, qui font ainsi perpétuer une boutique spécialisée dans les produits exotiques. On y retrouve ainsi les saveurs du monde entier au cœur de l'Auvergne ; épices, sauces, confitures, fruits secs, huiles, thés ou encore boissons.

30 rue du Cheval Blanc
T. 04 73 37 47 05
Fermetures lu,di.

SO GOOD

17 rue des Salles
T. 04 73 35 92 56
Pas de fermetures

Version XXL de l'épicerie fine, l'adresse d'Amélie Voisin et Thierry Faure compile tout ce qu'il y a de meilleur en la matière, et permet en une seule échoppe de faire l'ensemble des courses. Conserverie, cave à vin, à whiskies et autres spiritueux, thés, cafés, jus, huiles, vinaigres, pâtes et nougats... Rien ne manque et tout est bon.

L'ÉPICERIE DU MONDE

11 rue Eugène Gilbert
T. 04 73 34 02 98
Pas de fermetures

Ouverte en 2018, cette épicerie est un concept original, qui allie des produits bios locaux ou français, ainsi que des produits asiatiques, chers au fondateur Yijune Ye. Les sélections sont vastes et réparties en thématique dans des rayons soignés (légumes de saison, charcuteries et fromages d'Auvergne, cafés, thés, mais encore des épices et des sauces d'Asie).

FROMAGERIE

FROMAGERIE NIVESSE

23 place Saint-Pierre
T. 04 73 31 07 00
Pas de fermetures

En face des Halles Saint-Pierre, la fromagerie d'Olivier Nivesse est l'une des plus réputées de la ville, pour ses sélections exigeantes, autant sur le fromage que sur le vin. La maison fait la part belle aux fromages d'Auvergne, les plateaux sont chaudement recommandés.

Hôtel Radio à Chamalières

©RADIO BAYLE

Bouchon de Jaude

LA BONNE AMBIANCE

Une devanture colorée, une déco pittoresque, une ambiance chaleureuse, des tables habillées de rouge et de blanc, l'ardoise du menu..., bienvenue chez Brigitte et son équipe, où l'on partage une cuisine familiale, populaire et de qualité.

La Cheffe mitonne avec amour truffades et quenelles de brochet sauce Nantua, servies dans des poêlons individuels, mais aussi tablier de sapeur, saucisson lyonnais brioché, et cuit à merveille les côtes de bœuf françaises. Des créations simples, élaborées à partir de produits frais, de qualité et du terroir, qui s'appuient sur les recettes typiques de la cuisine traditionnelle lyonnaise et auvergnate. Entre bonne odeur et bonne humeur, on déguste des plats copieux et de bons crus, Beaujolais et côtes du Rhône*, bien sûr, sélectionnés par sa fille, Laetitia. Une adresse conviviale.

✉ 2, rue Lamartine,
63000 CLERMONT-FERRAND
Tél. : 04-73-93-70-57
Facebook : @bouchondejaude

La Table Brayaude

UNE CUISINE AUTHENTIQUE ET EFFICACE

Une cuisine authentique et des produits du terroir, voilà la combinaison gagnante de ce restaurant et pizzeria qui utilise des mets locaux pour parfaire ses plats traditionnels.
Fromages d'Auvergne, bœuf de Salers, volailles élevées au grand air et légumes cultivés chez le maraîcher voisin sont les ingrédients qui composent les petits plats préparés par la cheffe, très attachée à son terroir et à une cuisine ancienne revisitée et goûteuse.

✉ 12, rue de la République, 63140 CHATEL-GUYON
Tél. : 04-73-86-00-27

*L'ABUS D'ALCOOL EST DANGEREUX POUR LA SANTÉ.

Le Bistrot de la Butte

LE BON GOÛT DE L'AUTHENTICITÉ

Installé dans le cœur historique de Clermont-Ferrand, face à sa majestueuse cathédrale, le Bistrot de la Butte offre une étape gourmande autour d'une cuisine de terroir. Banquettes de velours rouge, petites tables cerclées et comptoir des années 1900, vous voilà plongés dans l'ambiance chaleureuse des bistrots parisiens d'antan. Un style qui colle parfaitement à l'authenticité de sa cuisine. Dans l'assiette, de bons plats et des recettes maison bien travaillées, comme la truffade ou le confit de canard. La carte courte laisse la plus grande place aux produits frais et à la viande des bouchers locaux. À la nuit tombée, place aux planches et autres grignotages de saison, pour un savoureux moment partagé, orchestré par une équipe de passionnés.

2, rue du Terrail,
63000 CLERMONT-FERRAND
Tél. : 04-73-92-21-56
E-mail : contact@lebistrotdelabutte.fr

Flagrants délices

DES DÉLITS À CROQUER

Zolzaya et Alexandre travaillent en chœur pour offrir une cuisine inspirée, sensible et généreuse. La cheffe, d'origine mongole, marie à merveillle les parfums d'Asie aux saveurs françaises.
Ses plats sentent bon le fait maison : les raviolis, les volailles fermières côtoient les makis et salades thaïes, les épices douces, gingembre, citronnelle, curry, caramel, miel, les sauces au chorizo, saté, piments antillais, cacahuètes... Zolzaya choisit avec soin ses produits locaux, de saison, frais, de qualité et crée une cuisine spontanée et harmonieuse. Elle travaille avec amour ses légumes d'ici pour enrichir de saveurs inédites des plats végétariens colorés et parfumés. Dans une salle cosy et intime, Alexandre, conseille et sert les petits plats fabuleux qui ravissent les palais et explosent en bouche. Une adresse tendre et originale.

18, rue Sainte-Rose,
63000 CLERMONT-FERRAND
Tél. : 04-63-79-05-28
Facebook : @flagrantsdelicesclermont

Kerry's Pub

L'ESPRIT D'UN VRAI PUB IRLANDAIS

Le Kerry's est presque une institution à Clermont-Ferrand : un grand pub authentique qui a ses fidèles depuis seize ans. Vincent Aubert en a pris la direction en 2017. L'esprit reste le même, une atmosphère conviviale dans un décor boisé, où l'on déguste l'une des nombreuses références de bières (dont dix-huit à la pression) ou bien un whisky*. Qu'on s'installe au comptoir, sur la mezzanine, sur la vaste terrasse ou dans l'espace lounge, on profite des retransmissions les soirs de match ou bien des concerts, chaque jeudi. Côté restaurant, une belle carte de burgers faits maison et de plats de brasserie (ribs, steak tartare, fish and chips...) attendent celles et ceux qui veulent prolonger l'apéro.

Ouvert du lundi au dimanche, midis et soirs, sauf le dimanche midi.

2, rue de l'Éminée,
63000 CLERMONT-FERRAND
Tél. : 04-63-22-20-68

> *Ce qu'on mange avec goût se digère aisément.*
>
> Georges Courteline (1858-1929)

*L'ABUS D'ALCOOL EST DANGEREUX POUR LA SANTÉ.

Au Fil de l'Eau

LE TERROIR AUVERGNAT

C'est au bord de l'Allier, dans le village vigneron de Corent, que Rose et Jean-François Fumoux ont posé leur dévolu en 1998. Ils offrent une cuisine traditionnelle semi-gastronomique exclusivement élaborée maison avec des produits frais de saison.
La grenouille, mets délicat, est leur spécialité, déclinée en persillade, en ravioles ou en « truffouille » (mix entre truffade et grenouille) ; elle est l'incontournable délicatesse de la maison pour laquelle les convives se déplacent. Le Chef propose également un médaillon de veau sauce aux cèpes ou de la souris d'agneau aux épices douces. Côté dessert, c'est un parfait à la verveine verte du Puy-en-Velay ou une pomme cuite à basse température et son crumble aux amandes qui sucreront avec gourmandise vos papilles. Agréable terrasse en été.

2, route d'Authezat, 63730 CORENT
Tél. : 04-73-39-25-72
www. aufildeleau63.jimdo.com

Le plaisir de la table est de tous les âges, de toutes les conditions, de tous les pays et de tous les jours.

Jean Anthelme Brillat-Savarin
(1755-1826)

COURNON D'AUVERGNE 63800

BRASSEUR

MICRO-BRASSERIE BALM'

Dans la banlieue de Clermont-Ferrand, Florent Riquelme a installé sa micro-brasserie en 2015, et propose des bières artisanales d'inspiration anglo-saxonne. La gamme compte par exemple la Hoppy Lager, l'Ale de blé, la Pale Ale, l'Irish Red Ale ou encore l'Imperial Stout.

27 route du Cendre
T. 04 73 62 04 08
Fermetures sa,di.

Le Bistrot des Rives

PLATS MAISON ET DIVE BOUTEILLE

Mi restaurant et mi bar à vins* ce bistrot-là est un lieu convivial et atypique où les crus français côtoient une cuisine maison, traditionnelle et de qualité.
Dans la jolie salle cosy, on déguste le menu du jour et les incontournables du chef : ses ravioles au parmesan et à l'huile de truffes, ses œufs en meurette, son ris de veau, ses pieds de porc au Cantal... La carte s'appuie sur des plats Signature, copieux, généreux, travaillés avec soin et amour à partir de produits frais soigneusement sélectionnés. Le bar à vin, habillé de tonneaux et de mange-debout, compte des vins de toutes les régions de France avec un petit faible, bien sûr, pour l'Auvergne et ses bonnes petites bouteilles du coin. Une adresse sympathique.

Avenue Jean-Moulin,
Centre commercial des Rives d'Allier,
63800 COURNON D'AUVERGNE
Tél. : 04-73-69-44-77
restaurant-cournon-dauvergne.fr

Dans une vieille bouteille, il y a du bon vin.
Mais il y a aussi quelque chose
du passé, et qui dort là.
Quand on débouche la bouteille,
un rayon de soleil ressuscite,
et ça ne va pas sans un peu d'émotion.

Léon Abric (1869-1942)

*L'ABUS D'ALCOOL EST DANGEREUX POUR LA SANTÉ.

COURPIÈRE 63120

BRASSEUR

ATELIER DU MALT

Au cœur du Livradois-Forez, Hugues Selvaggini a installé sa petite brasserie artisanale et relance la production de bières auvergnates. La maison propose une gamme permanente de cinq cuvées (blanche, blonde, AIPA, Strong Ale, Milk Stout) ainsi que deux bières de saison.

12 rue de Valette
T. 04 73 51 97 40
Pas de fermetures

L'Étape Gourmande

OU L'ÉCHAPPÉE BELLE

Alexandre Pecqueu tient son étape gourmande avec soin et amour : sa cuisine, du terroir, s'appuie sur des produits frais, locaux et de saison.

Simples, authentiques, familiales, ses recettes se dégustent dans une ambiance conviviale et chaleureuse. Ses plats traditionnels rencontrent un menu du jour de qualité et des assiettes typiques de la région : truffades, volailles fermières sélectionnées chez des producteurs voisins, charcuterie et salades d'Auvergne. Le chef affectionne aussi le curry de porc et le bœuf à la bière*, autant de plats régionaux qu'il sait accommoder à sa sauce et qui dessinent un tour de France des goûts et des saveurs. Parmi ses pâtisseries maison, le mi-cuit au chocolat noir est un incontournable apprécié à toutes les saisons. Ici, on mange frais et on mange bien ! Une adresse authentique.

✉ 18, rue de la poste, 63590 CUNLHAT
Tél. : 04-73-72-23-12

C'est la sagesse, aimer le vin,
La beauté, le printemps,
le printemps divin,
Cela suffit. Le reste est vain.

Théodore de Banville
(1823-1891)

*L'ABUS D'ALCOOL EST DANGEREUX POUR LA SANTÉ.

DURTOL 63830

RESTAURANTS

15/20

LE PRÉ XAVIER BEAUDIMENT

Jeune Talent en 2011, Xavier Beaudiment n'est plus simplement celui qui a succédé à Bernard Andrieux. Aujourd'hui, il incarne à 100% cette maison, cette table moderne, un pied dans la ville, un pied à la campagne, où sa vision à la fois classique et personnelle de la cuisine bénéficie d'un moyen d'expression idéal. Du terroir, de la nature, de beaux produits, un côté à la fois chic et discret terriblement séduisant, sa cuisine raconte l'Auvergne dans le moindre de ses recoins, en y associant, parce que le chef ne s'impose pas de contraintes, quelques influences bretonnes. Une cuisine de parfums, de couleurs, de parti pris, avec laquelle on accepte sans peine de se laisser conduire. Le cave se montre plutôt pointue et le service affiche juste ce qu'il faut de solennité pour rendre le moment plus précieux encore.

Route de la Baraque
T. 04 73 19 25 00
Fermetures lu, ma, di (dîn.).
Menu(s) 39-168€

Chef Cuisinier
Xavier Beaudiment

GELLES 63470

BRASSEUR

BRASSERIE DES MONTAGNES

Au cœur de l'Auvergne, Vincent Roudaire, brasse des bières dont tous les ingrédients sont bio. Il utilise, en outre, des eaux d'Auvergne aux qualités exceptionnelles qui donnent des bières très pures. Sans additifs d'aucune sorte, chaque brassage donne un produit au goût unique. L'ambrée est fabriquée avec des malts caramel et chocolat. Elle est ronde en bouche avec des arômes de fruits exotiques. La blonde est douce, fruitée et de faible amertume. La brune, enfin, sans aucune amertume, offre des notes de café et de chocolat avec des arômes de mandarine et de mangue. Ne peut plus accueillir le public. A contacter directement pour connaître les derniers points de vente.

Les Quintins
T. 07 70 42 08 94
Pas de fermetures

ISSOIRE 63500

RESTAURANTS

14/20

L'ATELIER YSSOIRIEN

Une jolie table avec une terrasse au bord de l'eau très agréable, dans un standing élevé sans être oppressant. Le chef Dorian, Jeune Talent 2017, maîtrise totalement l'outil, le terroir et les beaux produits, nobles ou plus locaux : le homard bleu de Bretagne, fraîcheur fraise des bois et tomates, fleur de sureau, savoureux et original, le turbot sauvage rôti, jambon ibérique, artichauts, truffe d'été, jus perlé et, en point d'orgue, le bœuf 1886 de la maison Challier, la noix rôtie et le filet grillé sur pierre, fleur et crème de courgette aux champignons de saison, jus corsé, une viande limousine d'exception, d'un fondant exquis. Les meilleurs desserts sont aussi les plus classiques (le chocolat 70% Venezuela glace Voatsiperiféry plutôt que le confit d'oignons rouges et framboises...) pour un excellent moment. Service de bon niveau, détendu et souriant, parfois juste un peu stressant par une volonté d'efficacité et de rapidité, beau choix de fromages régionaux, cave intéressante aux nombreuses découvertes.

39 boulevard Triozon-Bayle
T. 04 73 89 44 47
Fermetures lu, di.
Menu(s) 75-110€

BOUCHERIE

BOUCHERIE PIREYRE

Belle connivence et bonne entente entre le père et le fils Pireyre. Une complicité à quatre mains pour maintenir le métier de charcutier-traiteur à son niveau le meilleur. Philippe et Jean-Luc composent avec leur expérience pour satisfaire une clientèle exigeante, le label Qualichef confirme une production prioritairement maison et le respect d'un cahier des charges strict.

18 boulevard Albert Buisson
T. 04 73 89 14 71
Fermetures lu,di.

CAVISTE

AU BON COTEAU

Au centre du village, une cave bien remplie sous les voûtes, avec une équipe de professionnels avisés et passionnés. Pour tous les budgets, l'équipe conduit sa clientèle vers les cuvées qui vont bien ; et si l'envie y est, des dégustations y sont souvent organisées. Une sélection par région de bonne qualité.

23 place de la République
T. 04 73 55 19 57
Fermetures lu, di.

CHOCOLATERIE

R.REMY MAÎTRE CHOCOLATIER

Douze ans après avoir créé sa chocolaterie au cœur de l'Auvergne, Romuald Remy, maître chocolatier, tente de dépoussiérer le genre, avec une ganache à la fleur de bière ou un praliné à la baie rose, étonnants de vérité. En nouveautés : pâtes de fruits chocolatées et caramels tendres (au sel de Guérande, à la pomme, aux cranberries...).

45 rue de la Berbiziale
T. 04 73 89 69 89
Fermetures lu, di.

PÂTISSERIE

PÂTISSERIE CYRIL DEVESSIER

Cyril Devessier est revenu à ses sources auvergnates, après avoir passé plusieurs années chez Fauchon. Epaulé par sa femme Florence, il a ouvert courant 2015 une pâtisserie qui mise sur une décoration soignée, en vitrine comme en pâtisseries avec des classiques revisités qui respectent les saisons. Belles ganaches.

10 boulevard Albert Buisson
T. 04 73 89 19 24
Fermetures lu, me, di (p.m).

Abbatiale Saint-Austremoine d'Issoire

Chez mémé

LE PASSÉ RETROUVÉ

Goûts magnifiés, produits respectés, recettes revisitées, Léa et Maxime aiment partager une cuisine traditionnelle repensée, savoureuse et généreuse.
Dans leurs deux salles avec meubles anciens chinés et recyclés par Léa, les tables en bois brut invitent à partager des bons petits plats à déguster dans des casseroles en cuivre. Respectueux de la vérité du produit, frais, local et de saison, le Chef mitonne des suprêmes de pintades d'Auvergne au chorizo, des tagliatelles artisanales aux coquillages, des recettes de grand-mère agrémentées de jeunes pousses et d'herbes fraîches. Attentif à la croustillance, à la brillance et au moelleux de ses créations chaleureuses, Maxime mise aussi sur une pâtisserie allégée en sucre et explosive en saveurs subtiles et gourmandes. Une adresse artisanale et amicale.

✉ 39, rue de la Berbiziale, 63500 ISSOIRE
Tél. : 04-63-44-88-41
Facebook : chez mémé - issoire
chezmeme-issoire.fr

Le Pinocchio

UN PETIT AIR D'ITALIE

C'est une cuisine traditionnelle que proposent Céline et ses équipes. Ici, elle est aidée de son père, créateur du Pinocchio, au Cendre, voilà 18 ans. Joues de bœuf façon bourguignonne, magrets de canard, aligot saucisse peuvent être proposés en plats du jour, tandis que des pizzas originales, des pâtes goûteuses, des viandes et poissons composent une délicieuse carte. Menu du jour, entrée, plat et dessert en semaine à midi. Vente à emporter. *Ouvert 7j/7 midi et soir.* Terrasse en été.

✉ 5, avenue Marie Curie, 63500 ISSOIRE
Tél. : 04-73-56-32-27
Facebook : Le-Pinocchio-Issoire

L'Agastache

UN DÉLICIEUX ESPRIT BISTROT

Attaché au restaurant étoilé L'Atelier Yssoirien, du chef Dorian Van Bronkhorst, l'Agastache dirigé par son épouse, Muriel, propose un chaleureux esprit « bistrot », autour de plats pleins de saveurs.

Accueillis au son d'un vinyle et dans une décoration épurée et élégante, les convives comprennent vite, qu'ici tout est question de juste équilibre. Service détendu mais attentionné, produits simples mais bien travaillés et une cuisine bistronomique recherchée, jamais déroutante. Les menus à moins de 35 euros, proposent 3 entrées, plats et desserts et n'oublient pas les végétariens. Le tout mitonné et servi par une jeune équipe passionnée et expérimentée. Produits frais et locaux, cuisson sous vide préservant toutes les saveurs et très belle carte des vins*, sont aussi la signature de l'Agastache.

95, rue de Brioude, 63500 ISSOIRE
Tél. : 04-73-55-84-59
www.agastache-restaurant.com

Boucherie du Sancy

DEPUIS 1953

C'est une véritable histoire de famille dont Valérie et Hervé représentent la 3e génération de bouchers-charcutiers.
Ensemble, ils sélectionnent leurs bêtes sur pied dans des élevages locaux : veau et bœuf limousins, porc des Combrailles et agneau des montagnes. Ils préparent eux-mêmes leur jambon blanc et à l'os, saucisson, rosette ou andouillette et plats cuisinés, selon les saisons : potée, truffade, aligot, pounti ou couscous. Les gourmands se régaleront de ces délicieuses préparations maison !

6, rue Favart, 63240 LE MONT-DORE
Tél. : 04-73-65-28-00
www.boucheriedusancy.fr

> *La bonne cuisine est honnête, sincère et simple.*
>
> Elisabeth David (1913-1992)

*L'ABUS D'ALCOOL EST DANGEREUX POUR LA SANTÉ.

LE BROC 63500

RESTAURANTS

14/20

ORIGINES

Adrien Descouls est un cuisinier qui sait ce qu'il veut et rien n'y personne ne semble capable de l'écarter du chemin qu'il s'est tracé, celui qui le mène vers l'excellence. Le jeune homme est sûr de son fait, déjà reconnu par les guides et, même si un repas chez lui n'est pas exempt de tout reproche (un service largement perfectible, une ambiance beaucoup trop sonore qui nuit au standing affiché, ou espéré, une cuisine parfois trop sûre d'elle), il se passe toujours quelque chose sur les hauteurs de Clermont-Ferrand. Si la vue est, aussi, un critère de choix pour les clients (à condition toutefois d'être proche des baies vitrées), la cuisine assure quelques jolis moments, sur le nuancier de tomates marinées à la racine de gentiane et sorbet au caillé de brebis, la belle truite fario en ikejime cuite à l'unilatérale, beurre d'abricot et courgettes à l'origan et le joli dessert qui ose le concombre et l'aneth. La maison est encore jeune et, avec un peu de maturité et quelques ajustements, pourrait prétendre à l'étage supérieur.

Rue du Clos de la Chaux
T. 04 73 71 71 71
Fermetures lu, ma, di (dîn.).
Menu(s) 70-130€

LEZOUX 63190

HÔTELS

5 ÉTOILES

CHÂTEAU DE CODIGNAT

C'est au cœur de l'Auvergne avec ses lacs d'eaux pures, ses volcans et ses trésors d'art roman que se dresse l'un des plus beaux édifices médiévaux de la région. Bâti au XVe siècle, le château de Codignat est un lieu exceptionnel, posé au beau milieu de 15 ha de forêts et de clairières où se niche une belle piscine. Aménagées dans les tours, les donjons et les appartements royaux, les chambres infusent cette atmosphère historique avec leurs lits à baldaquin, leurs soieries anciennes et leurs meubles XIXe, le tout doté d'un irréprochable confort contemporain. Membre Relais & Châteaux, un lieu qui offre une expérience hors du temps et vient délicieusement prolonger la découverte du restaurant gastronomique, aménagé dans la tour ronde de la forteresse.

Bort l'Etang
T. 04 73 68 43 03

LOUBEYRAT 63410

BOULANGERIE

LE FOURNIL 1869

Ancien vainqueur de la Coupe d'Europe de Boulangerie, devenu MOF, Pierre Nury a créé le pain des Combrailles au levain, à partir d'une ancienne variété de blé local, issue de cette région d'Auvergne, perchée à 700 m d'altitude. Un pain emblématique de la maison, comme le Bougnat, pain de campagne additionné d'un chouia de farine de seigle.

Le Bourg
T. 04 73 86 55 95
Fermetures ma.

La Vallée

UNE CUISINE DE QUALITÉ

Forts de plats maison, du terroir, locaux, cuisinés avec des produits frais et de saison, Yoann et Cindy signent ici une cuisine de tradition la semaine et de bistro le week-end, avec l'égale volonté de présenter des assiettes travaillées avec goût et amour.

Ris de veau, truffade, créations entre terre et mer, viandes et poissons à la cuisson précise et exigeante, desserts en trompe-l'œil sont autant de trésors gustatifs inspirés, gourmands et harmonieux. Les plats savoureux et relevés du chef, soucieux de revisiter les classiques à la faveur de beaux produits, se dégustent dans une salle à l'ancienne, entre tomettes et plafond à la française l'hiver, à l'ombre d'un magnifique tilleul l'été. Le service professionnel et familial offre un plus à ce lieu habité par l'exigence. Une adresse généreuse et des prix justes.

Le Bourg, 63410 LOUBEYRAT
Tél. : 09-87-18-13-43
Facebook : Restaurant-La-Vallée-Loubeyrat
lavallee-loubeyrat.fr

Ajouter de la tomate et de l'origan, ça devient italien ; du vin et de l'estragon, ça devient français ; du citron et de la cannelle, ça devient grec ; de la sauce de soja, ça devient chinois ; ajouter de l'ail, ça devient bon !

Alice May Brock (1941-)

Fournil 1869

DES PAINS DE QUALITÉ ET UNE SPÉCIALITÉ

Louis et Adeline viennent de racheter la boulangerie-pâtisserie Le Fournil 1869, après 35 ans de gérance par Pierre Nury (Meilleur Ouvrier de France) et sa femme, Jacqueline.

Le lieu, très chaleureux, est bien connu à Loubeyrat. Fréquenté par des habitants, des touristes et des clients de Clermont-Ferrand ou de Riom, il attire pour ses délicieuses pâtisseries, ses viennoiseries au beurre, ses tartes (entre pommes et myrtilles) conçues avec des produits frais de saison, issus de producteurs locaux, mais aussi pour sa spécialité maison : le Chazeron, un biscuit avec des noisettes. Les pains eux, sont fabriqués avec des farines locales selon la méthode « Respectus Panis » initiée par les « Ambassadeurs du pain. » Ce respect de la pâte donne d'excellents pains, au levain ou aux céréales !

Le Bourg, 63410 LOUBEYRAT
Tél. : 04-73-86-55-95

C'est au cours d'un dîner copieux que la spiritualité de l'homme se manifeste avec le plus d'évidence.

Somerset Maugham
(1874-1965)

MANZAT 63410

HÔTELS

5 ÉTOILES

LES CABANES DU BOIS BASALTE

À deux pas de la Roche Sauterre, cette adresse encore secrète ravit tous les amateurs d'hébergements inédits et de nature miraculeusement préservée. Imaginées par de jeunes architectes amoureux et fins connaisseurs de leur Auvergne natale (et notamment du basalte, cette roche volcanique issue des 80 volcans de la région, inscrits au patrimoine mondial de l'Unesco), 7 cabanes se dévoilent, comme par magie, à la lisière d'une forêt de merisiers et de noisetiers. Faites de deux espaces superposés, elles abritent une chambre comme un cocon douillet et un salon (avec un coin cuisine) confortable et baigné de lumière, sans compter une vue spectaculaire sur la chaîne des Puys. S'y ajoutent, l'été, les plateformes Tuf, de grandes terrasses en bois où sont installées des belles tentes circulaires, à mi-chemin entre l'esprit camping et le confort d'un hôtel. Salles de bain avec point d'eau froide et toilettes sèches sont à deux pas. Pour une vraie vie de Robinson !

Village de Sauterre
T. 04 69 96 68 86

Ⓟ

FROMAGERIE

FROMAGERIE DES COMBRAILLES

Un bâtiment flambant neuf pour présenter les fromages d'Auvergne, mais pas que, avec une petite préférence pour les pates de montagne de toute la région Auvergne Rhône Alpes. Préparations de plateaux sur mesure pour réceptions, très bon accueil, produits régionaux, vins. Présence sur les marchés, notamment celui de saint Eloy les Mines.

9 route de Riom
T. 04 73 63 22 11
Fermetures lu, ve (a.m), di.

MARINGUES 63350

RESTAURANTS

13,5/20

LE CARROUSEL

Dans un cadre contemporain avec quelques éléments rustiques, une cuisine de caractère, une cuisine de chef. Olivier Saïd offre depuis vingt ans aux Auvergnats la vue sur une tradition bien actualisée, aux saveurs marquées et fidèles, aux produits choisis : escalope de foie gras de canard en habit de chou vert cuit vapeur, sauce poulette à la crème de truffe, raviole de bar et langoustine, légumes de saison étuvés, américaine de langoustines, ballotin de suprême de pigeonneau de Limagne cuit en pot au feu, jambonnette en croûte dorée, jus corsé à la badiane. Egalement des plats d'école, comme le lièvre à la royale en saison, dans une atmosphère aimablement bourgeoise, avec un service appliqué. Menu du Marché à 28 € au déjeuner certains jours.

14 rue du Pont de Morge
T. 04 73 68 70 24
Fermetures lu (dîn.), ma, me, di (dîn.).
Menu(s) 28-57€

Le Relais de la Toinette

UNE INVITATION À LA GOURMANDISE

C'est dans le cadre inspirant d'une vieille bâtisse typiquement auvergnate qu'officient Mathilde Traulle et Pierre-Emmanuel Courtois. Ensemble, ils proposent une cuisine 100 % maison, de l'apéritif aux mignardises, réalisée à base de produits frais locaux.

Les deux chefs s'inspirent de leurs nombreux voyages (de la Réunion au Québec en passant par les régions françaises) et vous embarquent dans leur univers de saveurs. Ils travaillent et composent leur carte mensuellement selon les arrivages et les produits de saison. Plaisirs et découvertes culinaires assurés ! Menu du midi en semaine à 17 €, menu soir et week-end à 29 €. Terrasse en été avec panorama sur le Puy-de-Sancy.

✉ Place de l'Église, 63150 MURAT-LE-QUAIRE
Tél. : 04-73-65-97-90
www.lerelaisdelatoinette.fr

Restaurant Le Feu de Bois

UNE CUISINE AUTHENTIQUE

Hélène Joyon et Serge Dapzol ont racheté le restaurant en 2013 avec la ferme intention de proposer une cuisine traditionnelle faite maison.

Exigeant sur la qualité des produits, le chef les sélectionne avec rigueur chez les producteurs locaux. Plat star du restaurant : la truffade de saumon sauce beurre blanc. Rien d'industriel dans la cuisine de ce passionné heureux d'éveiller les enfants au goût grâce à sa cuisine.

✉ 69, route de Lezoux, 63190 ORLÉAT
Tél. : 04-73-53-60-86
www.restaurant-lefeudebois-63.fr

Le Quai des Découvertes

L'AUVERGNE GOURMANDE

Ce sont des produits frais de saison issus des circuits courts qu'ont choisi de célébrer Samuel Ducrocq le maître des lieux, Audrey Huin, son adjointe et Gaël Aubry, leur chef de cuisine. Des saveurs authentiques et délicates que ce dernier aime sublimer.

En saison, escargots aux agrumes et coulis de laitue, filet de cerf et topinambours confits au miel ou noix de saint-jacques snackées avec risotto d'épeautre et lentilles du Puy et, toute l'année, le tartare de bœuf coupé au couteau, préparé sous les yeux des clients. En dessert, vous pourrez déguster une pomme pochée émulsion coco, chips de pommes et éclats de nougatine. Pour accompagner ces mets délicieux, Michaël Hastier, le sommelier, aura plaisir à vous conseiller. Privatisation possible. Agréable terrasse aux beaux jours.

51, route de Maringues,
63920 PESCHADOIRES
Tél. : 04-73-80-10-14
www.eliotel.fr

C'est la sagesse, aimer le vin,
La beauté, le printemps,
le printemps divin,
Cela suffit. Le reste est vain.

Théodore de Banville
(1823-1891)

PICHERANDE 63113

BRASSEUR

BRASSERIE GAÏA - BIÈRE DU SANCY

Au cœur des volcans d'Auvergne, cette micro-brasserie revendiquée l'une des plus hautes de France, produit des bières artisanales dont la qualité des eaux de sources utilisées, en font une référence locale. La maison propose sept cuvées, les classiques blonde, blanche, brune et ambrée ; ainsi que la « Mienguette » aux arômes de gentiane, la brune « Paillarette » aux arômes de cacao, et « l'Estive » aux arômes de miel.

Ravel
T. 04 73 21 17 24
Fermetures lu, ma, me, je, ve (a.m), sa (a.m), di.

PONT DU CHÂTEAU 63430

RESTAURANTS

14,5/20

AUBERGE DU PONT

Durement touché par le terrible incendie qui a touché son restaurant en juin 2021, Rodolphe Regnauld ne s'est bien sûr pas laissé décourager. Il sait que les travaux seront longs, que les obstacles seront nombreux, mais nous devrions pouvoir fréquenter à nouveau cette belle table courant 2022. Nous conservons bien évidemment les (deux) belles toques.

70 avenue du Dr Besserve
T. 04 73 83 00 36
Fermetures lu, me, di (dîn.).
Carte 28€ **Menu(s)** 33-160€

RIOM 63200

ÉPICERIE FINE

LA BOUTIQUE L'ANTRE 2

Au cœur de la ville, dans une petite rue intra boulevard, se trouve la charmante boutique d'un torréfacteur passionné. Plusieurs dizaines de variétés sont disponibles, des plus célèbres aux micro-lots issus de fermes d'Amérique latine comme l'arabica de Colombie La Cristallina, Blue Mountain de Jamaïque, Guadeloupe Bonifieur, arabicas du Pérou, du Costa Rica, des Indes, et de nombreux mélanges maison, ainsi que des thés, whiskies, vins, et des spécialités locales. Les produits, que beaucoup de clients découvrent au restaurant, juste en face, sont également en vente sur le site internet.

26 rue du Marthuret
T. 04 73 38 42 24
Fermetures lu, di.

ROMAGNAT 63540

TRAITEUR

BOUCHERIE CHARCUTERIE DU PARC

Dans la banlieue de Clermont-Ferrand, ce boucher-charcutier-traiteur propose une gamme de produits faits maison ainsi que de belles viandes blanches et rouges. L'enseigne propose un service traiteur pour vos réceptions et mariage (cocktail, plateaux, buffets...).

Place du 8 Mai
T. 04 73 62 66 60
Fermetures lu, sa (p.m), di (p.m).

ROYAT 63130

RESTAURANTS

14/20

LA BELLE MEUNIÈRE

25 avenue de la Vallée
T. 04 73 35 80 17
Fermetures lu, sa (déj.), di (dîn.).
Menu(s) 45-89€

Plus de quinze ans après s'être installé à la Belle Meunière, avec son épouse Christine, Laurent Jury n'a jamais dévié de sa ligne de conduite : il aime les produits fermiers de qualité, de sa région ou non, et seuls les meilleurs d'entre eux peuvent prétendre à accéder aux frigos de l'ancien élève du grand Guy Legay. Le menu Entre Auvergne et Asie est sans doute le meilleur moyen pour découvrir cette belle cuisine de produits, avec le carpaccio tiède de langoustine infusion de verveine fraîche, le homard bleu et risotto de pois blonds et petits pois frais et le bœuf wagyu en raviole et émincé escorté d'ail noir de Billom. Service et accueils pleins d'humanité.

14/20

LA FLÈCHE D'ARGENT - HÔTEL PRINCESSE FLORE

5 place Allard
T. 04 73 35 63 63
Fermetures di (dîn.).
Menu(s) 25-75€

Un hôtel aux prestations élevées dont le décor magnifique, inspiré de la fin XIXe siècle, ne peut laisser de marbre même le plus blasé des visiteurs. Au restaurant La Flèche d'Argent, une formule « bistronomique » au déjeuner, à 25 € , laisse place le soir et le week-end à une carte plus ambitieuse avec un menu à 4 temps et 52 € à l'excellent rapport qualité-prix : langoustines rôties, radis daïkon au beurre de crustacés, saint-pierre juste saisi, artichauts et vanille en barigoule avant un savoureux filet de bœuf de la maison Durif, chou-fleur, cacahuètes et gnocchis aux herbes fraîches et un baba au rhum, figues et mûres pour conclure une séquence enthousiasmante.

Royat

Boucherie La Belle des Dômes

VIANDES ET SPÉCIALITÉS AUVERGNATES

Ce sont de jolis labels que représentent Bénédicte et Kévin depuis 2017 dans leur boucherie-charcuterie. Les viandes sont locales comme l'agneau, le porc, le veau élevé sous la mère, les bœufs de race Aubrac, Salers ou Charolaise, avec chaque mois une nouveauté à découvrir. Spécialités de charcuterie, plats cuisinés et service traiteur.

25, rue Nationale, 63130 ROYAT
Tél. : 04-73-61-30-38
Facebook : Boucherielabelledesdomes

Restaurant-Bar Les Druides

L'AUVERGNE DANS VOTRE ASSIETTE

Concoctée par Franck et Guillaume Malige, père et fils, la truffade à la tome fraîche et au jambon de pays (12 mois d'affinage), accompagnée de salade, est la spécialité de la Maison. Ici, la viande est locale à l'instar du steak frites du mercredi, la cuisine traditionnelle et l'ambiance chaleureuse. Menu du jour. Terrasse en juillet et août.

Montcheneix,
63210 ROCHEFORT-MONTAGNE
Tél. : 04-73-21-66-74
Facebook : Bar-Restaurant-des-Druides

Le bœuf est la reine des viandes ;
le bœuf possède, incluse en lui,
la quintessence de la perdrix,
de la caille, de la venaison, du faisan,
du plum-pudding et de la crème
aux œufs.

Jonathan Swift
(1667-1745)

SAINT AMANT TALLENDE 63450

CAVISTE

CAVE VIN PASSION

1 rue Léger Gauthier
T. 04 73 39 05 38
Fermetures lu, di.

Vainqueur au concours du meilleur caviste de France 2014, Stéphane Alberti vous invite à découvrir plus de 500 crus de nos régions qu'il a lui-même sélectionnés ainsi qu'une bonne centaine de spiritueux. Ainsi voyagerez-vous virtuellement en bonne compagnie à travers les vignobles de France... des petits vins par leur prix mais grands par leur qualité (de beaux Languedoc notamment) mais aussi des valeurs sûres, de grands classiques, à des prix justes. 2e adresse toujours dans le Puy-de-Dôme à Ceyrat.

La rivière Tiretaine à Royat

Vaissaire Papon

LE MEILLEUR DU SAINT-NECTAIRE

Devenu affineur de Saint-Nectaire par passion, Émilien Pélissier a repris cette maison emblématique créée en 1958. Situé au cœur de l'appellation Saint-Nectaire, aux portes du Massif du Sancy, le fromager est régulièrement récompensé aux concours nationaux pour son travail de qualité.

Si le Saint-Nectaire reste le produit phare, une sélection de spécialités auvergnates occupe ses étals mais aussi les incontournables Comté, Emmental, Roquefort, Brie ou Reblochon. Toutes les régions de France sont représentées et Émilien, tel un ambassadeur, a visité et goûté chacune des pépites qu'il présente. Son plaisir ? Transmettre l'histoire de notre patrimoine gustatif. Vente aux professionnels et aux particuliers.

La Bataille, 63320 SAINT-DIÉRY
Tél. : 04-43-12-81-32
www.vaissairepapon.fr

La Boucherie des Ours

VIANDES D'AUVERGNE

Originaires d'Alsace-Lorraine, Marie et Laurent Lerch dégustent et sélectionnent chaque viande qu'ils proposent à la vente pour assurer la meilleure qualité. Bœuf et agneau de race limousine, porc des Combrailles et volailles fermières sont ainsi débités ou transformés en une délicieuse charcuterie maison ou en plats cuisinés : pâté lorrain, terrines, bouchées, choucroute, paella... traiteur sur commande.

Rue du 8 mai 1945, 63230 SAINT-OURS
Tél. : 04-73-77-88-38
Facebook : LaBoucherieDesOurs

> *Est-il un plaisir plus savoureux que celui d'avoir à sa table deux amis gourmands et gais ?*
>
> Sacha Guitry
> (1885-1957)

SAINT GERVAIS D'AUVERGNE 63390

PÂTISSERIE

GOURMAND'INE

Chez Laure et Philippe, c'est la pâtisserie et les chocolats qui réjouissent les locaux dans un espace soigné et avenant. Également des préparations traiteur et des glaces en été pour cette boutique, la plus attirante de cette petite ville.

5 place du 8 mai 1945
T. 04 73 52 29 59
Fermetures lu (p.m), ma, me (p.m), je (p.m), ve (p.m), sa (p.m), di (p.m).

Chaîne des Puys

© Adobe Stock/Bernard 63

Lyon, Croix-Rousse

RHÔNE

AUVERGNE-RHÔNE-ALPES

Gault&Millau

AMPLEPUIS 69550

BOULANGERIE

BOULANGERIE COQUARD

Une boulangerie contemporaine avec un espace café et un coin réfrigéré proposant des sandwichs et des boissons en libre-service. L'étalage est riche avec une ficelle croustimoelleuse bien cuite et une mie goûteuse. La tradition a un bon goût de pétrin, une mie de caractère bien aérée et une croute farineuse et croquante. Les quiches sont bien faites, généreuses avec une bonne pâte sablée.

19 place de l'Industrie
T. 04 74 89 31 93
Fermetures lu, di (p.m).

AU PÉTRIN DE CAMILOU

Un étalage bien pourvu en tout que la vendeuse sympathique et serviable vous montrera. La quiche au jambon est généreuse, avec une bonne pâte sablée, une bonne garniture bien levée et dorée et un bon appareil. La tradition est bien cuite, la mie est bien levée avec une belle amertume et une croûte bien croustillante.

3 rue de la Gaieté
T. 04 69 36 16 49
Fermetures di.

La Table d'Albigny

SAVOUREZ UNE BISTRONOMIE CHIC ET DÉCONTRACTÉE !

Béatrice et Thierry adorent manger et surtout partager. Alors, ils concoctent les plats qu'ils ont envie de goûter !

Nos deux passionnés travaillent de concert en cuisine : sauces mijotées, bisques corsées et jus de viande qui viennent sublimer des plats gourmands élaborés à quatre mains. « *Nous ne travaillons qu'avec des petits producteurs locaux. On aime créer des associations originales et surprendre les palais de nos convives, avec des saveurs marquées* », nous confie Béa qui excelle aussi dans les desserts cuisinés. Vous apprécierez l'ambiance maison de campagne avec déco chinée et vaisselle de grand-mère. Le duo « gastro » s'invite aussi chez vous, le temps d'un événement privé ou professionnel. *Ouvert du mardi au samedi midi, les vendredis et samedis soirs.*

11, place de Verdun,
69250 ALBIGNY-SUR-SAÔNE
Tél. : 09-84-01-63-97
www.latabledalbigny.com

Restaurant La Gamm'elles

AUTHENTIQUEMENT BON

Une cuisine traditionnelle préparée avec de bons produits de terroir, achetés sur le marché ou directement auprès des producteurs, c'est ce que propose, avec autant de plaisir que de simplicité, la chaleureuse équipe réunie autour de la cheffe, Laëtitia Rivet. Bien sûr, les plats sont maison, savoureux et toujours servis avec une touche de couleur, la note bonne humeur et plaisir de dégustation de la maison.

4, rue Centrale, 69550 AMPLEPUIS
Tél. : 04-74-05-78-36
Facebook : Gamm' elles'

Cavatello

UN VOYAGE GUSTATIF EN ITALIE

Ce restaurant bistronomique propose une cuisine d'inspiration italienne avec des produits frais et réalisée sur place.
En novembre 2016, Barbara Filippazzo faisait le pari d'ouvrir son restaurant dans la zone industrielle de Corbas. Pari réussi ! Outre sa décoration, à la fois de standing et chaleureuse, le restaurant bistronomique Cavatello ravit les gourmets et les gourmands grâce à de bons petits plats d'inspiration italienne – issus d'authentiques recettes siciliennes revisitées – et des créations plus contemporaines. Le Chef Maître Restaurateur, Mickaël Brassac, avec son expérience dans des grands restaurants parisiens et étoilés, propose une carte différente chaque semaine à base de produits frais. Sans oublier les pâtes fraîches (d'où vient le nom du restaurant), réalisées sur place quotidiennement.

61, rue Marcel Mérieux, 69960 CORBAS
Tél. : 04-37-50-18-26
cavatello.fr

Brasserie 5 H à sieste

DES PRODUITS FRAIS AU SAUT DU LIT

Des fruits et légumes ultra frais et des plats préparés dès potron-minet, c'est possible à la Brasserie 5 H à sieste. Située au cœur du marché de gros de fruits et légumes le plus important de France, la brasserie 5 H à sieste ouvre dès 4h30 du lundi au vendredi pour servir les fameux mâchons lyonnais et de généreux plats de viande.

Marché de gros, 69, rue Marcel Mérieux,
69960 CORBAS
Tél. : 04-72-28-03-08
brasserie5hasieste-corbas.eatbu.com

Auberge de Corcelles

UN LIEU DE PLAISIR ET DE CONVIVIALITÉ

À Corcelles-en-Beaujolais, le jeune chef de l'Auberge de Corcelles, Guillaume Guérin, apporte son savoir-faire gastronomique et sa bonne humeur communicative.

Située en plein cœur du Beaujolais, entre Mâcon et Villefranche-sur-Saône, l'Auberge de Corcelles invite à la détente et à la gourmandise. Le chef des lieux, Guillaume Guérin et sa compagne, Alina Tudorache, ont repris l'établissement en mars 2016 et proposent des plats traditionnels revisités dans la plus pure tradition bistronomique. De quoi donner l'eau à la bouche des gourmets !

Issu d'une famille de restaurateurs, Guillaume Guérin, qui a fait ses premières armes dans la capitale, a trouvé dans cette région l'endroit idéal pour développer sa créativité entre la Bourgogne et le Beaujolais, les Côtes du Rhône et le pays de Bresse. Ils n'ont de cesse de faire découvrir à leurs clients de nouvelles saveurs issues des produits de ce terroir gastronomique par excellence ainsi qu'une carte des vins* qui comptent une centaine de références. La carte change ainsi régulièrement pour s'adapter à la saisonnalité des produits.

Qualité des produits et ambiance chaleureuse

Les maîtres-mots de ce jeune chef dynamique sont l'efficacité, la simplicité et la qualité des produits, le tout servi dans une ambiance conviviale et chaleureuse : *« On sélectionne rigoureusement nos ingrédients et cherchons toujours la meilleure manière de les cuisiner pour apporter du plaisir au client, »* déclare Guillaume Guérin.

Il souhaite, par la suite, renforcer son équipe et développer davantage l'interaction avec la clientèle en lui proposant des animations régulières.

15, rue de la Mairie,
69220 CORCELLES-EN-BEAUJOLAIS
Tél. : 04-74-60-65-87
E-mail : aubergedecorcelles@gmail.com
www.aubergedecorcelles.fr

*L'ABUS D'ALCOOL EST DANGEREUX POUR LA SANTÉ.

COUZON AU MONT D'OR 69270

RESTAURANTS

12,5/20

RESTAURANT HÔTEL DE LA GARE

Au bord de la Saône, juste au nord de Lyon, ce bel hôtel du XIXe siècle perpétue avec Brice Gibault, Sébastien Lericolais, Alexandra Cortot et Maxime Gallard, sa tradition d'hospitalité avec un même plaisir apparant. Belle maison de tradition, la salle respecte un certain esprit classique et bourgeois, avec ses jolis murs jaunes et ses rideaux en velours rouge, son mobilier d'époque en bois et son ambiance légèrement populaire. La carte de saison revisite les classiques dans une bonne veine, à la façon du tartare de cabillaud et tomates jaunes, du filet de mulet noir à la plancha, jus de veau au romarin et tombée de fenouil, de la côte de veau à la plancha et jus de veau réduit aux girolles, écrasé de pommes de terre à l'huile d'olive fumée, ou encore comme un mille-feuille à la pêche de vigne et tomate cerise rôtie. Très belle cave de près de 150 références.

26 rue Gabriel Péri
T. 04 78 22 17 05
Pas de fermetures.
Menu(s) 23,50-35€

CUBLIZE 69550

BOULANGERIE

BOULANGERIE DU LAC DES SAPINS

Une jolie boulangerie à la vendeuse chaleureuse et spontanée. Un étalage assez sobre mais avec une bonne tradition, bien farinée et artisanale. La baguette aux graines, dans un style un peu pétrin, a un bon goût agricole.

4 rue de l'Eglise
T. 04 74 89 54 75
Fermetures ma (p.m), me, di (p.m).

ÉCULLY 69130

RESTAURANTS

13/20

SAISONS - INSTITUT PAUL BOCUSE

Ouvert en 1990 en même temps que l'Institut Bocuse, la table aujourd'hui dirigée par Florian Pansin bénéficie du cadre exceptionnel de ce château construit en 1890, pensé dans un style Néo-Renaissance. D'un luxe bien composé entre les moulures et les grands lustres en cristal d'un côté, et un mobilier aux lignes plus épurées, d'inspiration scandinave de l'autre, l'endroit affiche d'emblée une ambition qui se poursuit dans l'assiette. Le premier menu à 60 € délivre une première idée de la bonne formation locale, avec les belles langoustines fleuries, le lapin et l'anguille fumée, le chapon en écailles soufflées et effluves de roches marines, la douceur de cerise, yaourt et amande. Cave splendide.

1A chemin de Calabert
T. 04 26 20 97 57
Fermetures sa, di.
Menu(s) 60-89€

CAVISTE

CAVE FRÉDÉRIC SCHAAF

Frédéric Schaaf, maître sommelier de l'Union de la Sommellerie Française, master of port 2002 (prestigieux concours de portos), tient cette belle cave, avec son épouse. 800 références de vignobles français avec un focus sur les bourguignons et la vallée du Rhône. De grands bordeaux et des découvertes. Cours de dégustation dont les séances sont planifiées sur 2 ans. Visites-découvertes de vignobles avec dégustations à la clé.

11 rue Luizet - Les Arcades
T. 04 72 18 92 15
Fermetures lu,sa,di.

FEYZIN 69320

BOULANGERIE

BOULANGERIE LA FEYZINOISE

Boulangerie sur la place du village à l'étalage bien pourvu : pizzas, sandwichs, pâtisseries, viennoiseries... Une tradition bien faite avec un agréable petit goût salé, une bonne croûte et une mie goûteuse. La pizza savoyarde est très gourmande avec un bon goût de lardons.

1 place Louis Grenier
T. 04 78 67 28 59
Fermetures me.

FLEURIE 69820

RESTAURANTS

13/20

LE CEP

Cette auberge a un nom et une réputation. Aurélien Mérot et sa compagne Camille le savent bien, eux qui ont fait beaucoup pour lui redonner vie et entrain, sans jamais oublier son histoire et ses traditions. Certes, on pourra juger le décor un peu trop banalement contemporain en rouge bordeaux (la moquette), gris (tables et chaises) et blanc (les nappes), mais le chef a du bon sens et du savoir-faire. Il a appris une bonne partie de son répertoire avec Chantal Chagny ici au Cep, s'est formé aux côtés de grands (Lassausaie, Labbé entre autres) et mérite bien une deuxième toque pour la qualité de son pâté en croûte et son poulet fermier au fleurie, suprême farci au foie gras et cuisse en cocotte lutée façon coq en pâte, avant un honnête dessert chocolat cassis (biscuit un peu dur). En espérant que cette distinction permettra de pousser un peu le naturel en laissant de côté les manières et les chichis, dans et autour de l'assiette. Cave correcte en beaujolais, un peu timide et peu pointue par ailleurs.

Place de l'Eglise
T. 04 74 04 10 77
Fermetures lu, di (dîn.).
Menu(s) 22-60€

BOULANGERIE

LE FOURNIL GOURMAND

Une boutique au cœur du Beaujolais à la vendeuse à l'aise, rapide et polie. La quiche à l'oignon a une bonne pâte feuilletée, une bonne garniture, des oignons bien confits, très plaisante dans l'ensemble. Le pain spécial torti-graine est bon, avec un goût de céréales, une mie généreuse bien levée, une bonne longueur en bouche et bien cuite.

Rue des Vendanges
T. 04 74 04 11 22
Fermetures me, di (p.m).

FRANCHEVILLE 69340

BOULANGERIE

BOULANGERIE PÂTISSERIE VALENTIN

Grande boutique très bien équipée avec un coin café et un coin pizzeria. L'étalage est très fourni avec de nombreux sandwichs, quiches, salades, viennoiseries et une production de glaces maison. La quiche lorraine est splendide, très généreuse en garniture, très bel appareil et bonne pâte.

33 bis avenue du Chater
T. 04 78 59 91 65
Fermetures lu.

Le lac des Sapins à Cublize

Authentique Boucherie

LA QUALITE AU SERVICE DU GOÛT !

Dans cette boucherie-charcuterie-traiteur, on mise sur des valeurs fortes : qualité, traçabilité et respect de l'animal sont les maîtres-mots. Depuis janvier 2021, Maxime d'Oria, artisan boucher, et son épouse, Lore, vous accueillent dans leur boutique moderne et chaleureuse, pour préparer avec vous des moments gourmands !

Authentique Boucherie, c'est l'histoire d'une belle aventure à deux. Maxime, boucher depuis dix ans, et son épouse Lore, ont décidé de s'installer avec cette volonté de ne vous proposer que des produits qui répondent à des critères précis et exigeants : *« Nous voulons le respect de l'animal, le circuit court, la traçabilité »*, confient-ils. Pour cela, le couple a fait le choix de viandes uniquement Label Rouge et travaille avec un abattoir en lien direct avec les éleveurs : *« Le bœuf vient du Limousin ; le veau du Puy-en-Velay ; le porc du Massif Central et l'agneau de l'Aveyron. Tout est français ! »*, affirment-ils. Un parti-pris assumé pour le choix de viandes de qualité… au service des saveurs !

Les saveurs au rendez-vous

Côtés spécialités, ne manquez pas le rôti de veau farci à l'italienne – clin d'œil aux origines – avec mozzarella, tomates confites, artichauts confits et mortadelle et laissez-vous tenter par les délices d'agneau (bœuf et agneau hachés). Authentique Boucherie propose également un rayon charcuterie avec la possibilité de concocter des plateaux chiffonnade pour vos soirées. Enfin, la partie traiteur décline des plats préparés maison (lasagnes, gratins, moussakas, etc.) et autres salades. De quoi organiser de bons moments gourmands !

Commandes sur-mesure pour vos réceptions et évènements.

Ouvert mardi, mercredi, vendredi et samedi (8h-13h et 15h30-19h30), jeudi et dimanche (8h-13h). Fermé le lundi.

5, place du Bourg,
69340 FRANCHEVILLE
Tél. : 04-78-59-10-03

La Chopinette

UN BOUCHON LYONNAIS AUTHENTIQUE

Aux portes de Lyon, le bar-restaurant la Chopinette revendique une cuisine typique et authentique avec des plats d'exception dans la pure tradition des bouchons lyonnais.

La Chopinette est un lieu chargé d'histoire qui existe depuis plus de 250 ans à Francheville. Cet ancien relais de poste, aujourd'hui reconverti en bouchon lyonnais, est dirigé par un enfant du pays, Yannis Rousseau. Aux commandes de ce bar-restaurant depuis 2018, cet ancien gérant du Resto Halles, aux Halles Paul-Bocuse de Lyon, propose à la Chopinette des plats lyonnais authentiques préparés dans la pure tradition, comme des rognons de veau rôti en cocotte, de la cervelle d'agneau meunière, ou encore, des pieds de porc farcis aux girolles.

Tous les produits sont locaux et proviennent de producteurs situés dans la périphérie lyonnaise. La Chopinette appartient d'ailleurs à la Charte des Monts du Lyonnais qui garantit des produits frais et locaux. Quant à la carte des vins* et ses nombreuses références, elle fait honneur au savoir-faire des viticulteurs de la région.

Ambiance de bistrot lyonnais

Avec son épouse, Émelie , Yannis Rousseau peut accueillir près de 230 personnes réparties dans deux salles, ainsi qu'une terrasse (aux beaux jours), dans une ambiance de bistrot à la fois conviviale et chaleureuse. Des soirées guinguettes et autres animations festives ponctuent régulièrement l'année. À terme, le couple souhaiterait proposer des événements et des animations en partenariat avec les producteurs locaux afin de faire déguster la gastronomie lyonnaise aux gourmets.

Ouverture du lundi au vendredi. Fermé le week-end.

Le + : Formule du jour à midi (uniquement) du lundi au vendredi.

78, route du Bruissin, 69340 FRANCHEVILLE
Tél. : 04-72-41-33-85
E-mail : restaurant.lachopinette@gmail.com
www.la-chopinette.fr

*L'ABUS D'ALCOOL EST DANGEREUX POUR LA SANTÉ.

GENAS 69740

BOULANGERIE

BOULANGERIE GIBOULET - MARIE

21 rue Jean Jaurès - Azieu
T. 04 78 90 10 41
Fermetures di (p.m).

À Genas, une jolie boutique sur la place du village, à la belle vitrine lumineuse et contemporaine. L'étalage est bien tenu et il y a énormément de choix. La baguette classique est exemplaire, elle est bien cuite avec une mie blanche et fraîche qui se déchire bien, la croûte est sèche et croustillante comme il faut. La tradition et le pain spécial complet sont également bons. Une bonne quiche aux olives, tomates et feta, assez originale, à la garniture équilibrée.

BOULANGERIE GIBOULET - MARIE GOURMANDIZ

52 rue de la République
T. 04 78 40 13 34
Fermetures di (p.m).

Une jolie boulangerie moderne et lumineuse à l'étalage bien tenu et à la vendeuse sympathique et efficace. La baguette ficelle est superbe, moelleuse et croustillante, à la belle texture et au très bon goût. La tradition est bien farinée et équilibrée, légère, à la fois souple et croustillante. Le pain de seigle n'est pas en reste, avec une croûte qui a du caractère qui reste en bouche et une belle mie bien levée. Un pain au chocolat d'anthologie, au chocolat fondant, bien beurré et feuilleté, un vrai régal. Une quiche nickel à la très belle pâte feuilletée, une bonne garniture et une cuisson parfaite.

Parc des étangs de Mathan à Genas

Calad'In Comptoir CHALEUREUX ET GOURMAND

Cette belle adresse vous propose, dans son cadre chaleureux ou sur sa terrasse, une cuisine française authentique, généreuse et gourmande. Les cuissons et les assaisonnements sont justes afin de révéler la franchise des goûts des produits sélectionnés avec soin. Les suggestions vous invitent à découvrir le talent du Chef, Alexis, qui œuvre selon son inspiration et le marché du jour.

400, Route Nationale 6, (Villefranche Nord)
69400 GLEIZÉ
Tél. : 04-74-58-56-04

Aux Anges PRIORITÉ AU CIRCUIT COURT

La qualité avant tout ! Émilie et Nicolas Courtisse, boulangers-pâtissiers par passion, apportent un soin particulier à proposer de bons produits locaux à prix raisonnable. Le couple travaille avec Les Grands Moulins de Thuile, situés à Morestel, afin de disposer d'une farine bénéficiant de la Charte Qualité en Rhône-Alpes. Confectionnées sur place, leurs pâtisseries - meringue au chocolat, tarte chiboust, entremet trois chocolats ou encore leur création l'Elenya (crémeux praliné, biscuit amande noisette et chantilly chocolat) - raviront les plus gourmands.

1, place Général de Gaulle, 69330 JONAGE
Tél. : 04-72-00-01-38
Facebook : Boulangerie-aux-anges

Le Pain de Vie (Ex- L'ami du Pain) PAR PUR AMOUR

Avec passion, beaucoup d'amour et la confiance en Christ ressuscité, Didier, assisté de son équipe, façonne à la main sur levain pur et cuit au feu de bois toute une gamme de pains bio (le chanvre-amande, le pur engrain...), aussi bons pour le palais que sains. Dans ses boutiques et sur les marchés, il associe avec bonheur ses créations originales à celles de son épouse, Shazia, et ses spécialités pakistanaises qui émerveillent les gourmets.
Jours et heures des marchés à retrouver sur Facebook : l'Ami du Pain BIO et Instagram : lami_dupain.

950, avenue du Beaujolais, 69460 BLACERET
2, place François Denoyer, 69640 LACENAS

LA TOUR DE SALVAGNY 69890

RESTAURANTS

15/20

LA ROTONDE

Situé dans un parc naturel à quelques minutes de la Capitale des Gaules, ce grand complexe casino-hôtel-restaurant-spa***** est un temple du luxe et de volupté, un splendide château Art Déco. Pour satisfaire la clientèle exigeante qui vient ici, la belle Rotonde a fait appel aux services de Jean-François Mallet. Il profite de ce grand espace contemporain vitré pour y déployer une assiette iodée, de très grande maîtrise. Les prix sont logiquement d'un certain standing, mais les attentes sont satisfaites, sur un mulet de pleine mer en gravelax et fumé, caviar, poireaux en vinaigrette au wakamé et salicornes, lait ribot et huile d'aneth fumée, sur les langoustines des côtes bretonnes marinées au saté, tapioca et coulis de piquillos, émulsion d'une biscayenne, sur la lotte de petit bateau nacrée, fleur de courgette à la seiche et émulsion vermouth, ou encore un fraisier en fine gelée, ketchup et glace au piment doux, gel de citron et basilic.

3 avenue Georges Bassinet
T. 04 78 87 79 70
Fermetures lu, di (dîn.).
Menu(s) 39-139€

Chef Cuisinier
Jean-François Mallet

Saint-Joseph-en-Beaujolais

La corbeille fleurie

SUBLIMER L'AUTHENTICITÉ DES PRODUITS ET DES RECETTES

Cela fait trois ans que Grégory Patoux s'est installé à Liergues, après un parcours au sein de grands restaurants. Mais la Corbeille fleurie, il la connaît bien, il y a fait ses premières armes. *« C'est un retour aux sources. Mon leitmotiv : à partir de rien, on peut faire beaucoup. J'aime travailler les produits frais, de saison, issus de petits producteurs passionnés comme moi et revisiter des classiques avec une touche d'originalité. Ma recette phare : le tournedos pied et queue de cochon 100% désossé. Les desserts sont aussi mon pêcher gourmand, comme ce crémeux praliné aux noix avec de la poire rôtie aux épices, accompagnée de fudge et d'un sorbet poire maison ! »* Régalez vos papilles de produits traditionnels ou plus élaborés, goûtez aux meilleurs crus du Beaujolais, le tout, dans une ambiance cosy et contemporaine.

395, montée Saint-Éloi,
69400 LIERGUES
Tél. : 04-27-49-72-05
www.la-corbeille-fleurie.fr

Dans les souvenirs d'enfance de chaque bon cuisinier se trouve une grande cuisine, une cuisinière en marche, un gâteau qui cuit et une maman.

Barbara Costikyan (1928-2020)

LIMONEST 69760

RESTAURANTS

12,5/20

LA CABORNE

Depuis Limonest, et tout en conseillant quelques maisons réputées, Laurent Bouvier donne avec éclat sa vision d'une cuisine aussi moderne qu'enracinée. Son pâté en croûte est réputé depuis des années, mais un gratin de ravioles, un fish and chips, un osso buco ou un déjà fameux burger de homard à la carte donnent aussi, dans la simplicité, des airs d'une brasserie d'aujourd'hui,.

455 avenue du Général de Gaulle
T. 04 26 85 06 56
Fermetures sa (déj.), di.
Menu(s) 31€

CHOCOLATERIE

LA MAISON DE KAREN CHOCOLAT

Récompensée en 2017 au salon du chocolat par l'award de l'originalité, Karen produit de fabuleux bonbons aux chocolats. On retient les ganaches pure origine de Madagascar, Equateur ou République Dominicaine les ganaches épicées au poivre de Sichuan, à la fève de Tonka ou encore les pralinés gourmands anis citron, cacahuète fleur de sel, noix de Pécan, sésame. Karen est toujours à la recherche de saveurs inédites, comme pour la Beaujolette, une ganache au Beaujolais, mûre et menthe, ou encore pour ces fameux Apérolats, première gamme de chocolats salés pour l'apéritif à déguster avec un verre de vin blanc grand cru. Vous pouvez également participer à des ateliers pour fabriquer vos propres chocolats. Boutique en ligne et points de revente sur le site internet.

95 sentier du Puy d'Or
T. 04 78 33 42 74
Fermetures sa,di.

LONGES 69420

CONFITURIER

LES SAISONS DE ROSALIE - CONFITURE BRUNETON

A Limoges il n'y a pas que la porcelaine qui mérite le détour, il y a aussi les préparations de Philippe Bruneton, meilleur confiturier de France. Une belle concentration de fruits, peu de sucre n'autorisent pas la dénomination de confiture. Qu'importe ces fruits à tartiner ou "préparations de fruits cuits en bassine de cuivre", selon sa propre dénomination, sont riches en arômes. Le mélange des saveurs est parfois osé, mais toujours réussi (abricots à la lavande, cerises au géranium, mangue-passion et chocolat blanc, pomme-viognier et fleurs d'acacias... sont accessibles sur place ou en ligne.

80 route de Sainte-Croix
T. 04 37 22 64 67
Fermetures lu, ma, me, je, ve, di.

LYON 1 69001

RESTAURANTS

16,5/20

LA MÈRE BRAZIER

Institution lyonnaise, française et mondiale, la maison d'Eugénie Brazier continue de vivre et de faire vivre la tradition lyonnaise, aujourd'hui interprétée par Mathieu Viannay. Les recettes de la Mère sont revisitées par le chef, qui leur associe une patte graphique dans l'air du temps, et des produits locaux dans la tendance circuit court. À la carte, girolles et amandes fraîches, maïs torréfié et whisky tourbé, turbot, pommes de terre nouvelles fumées et nage aux œufs de truite, poulette de Bresse en deux services, coffre rôti à l'estragon, carottes et blettes, cuissons confites en gyozas, un soufflé cassis, panna cotta citronnelle et sorbet fraise. Cave remarquable.

12 rue Royale
T. 04 78 23 17 20
Fermetures lu, di.
Menu(s) 75-190€

Chef Cuisinier
Mathieu Viannay

15/20

PRAIRIAL

Près de la rue Mercière, la très belle table de Gaëtan Gentil continue sa route avec une bonne constance proposant, dans ce cadre minimaliste et inspirant, des compositions toujours aussi élégantes et personnelles. Proche de la nature et des terroirs, le chef défend des assiettes engagées, qui font la promotion d'une approche écoresponsable de la cuisine. À partir de 64 € , on pourra découvrir la tomate de 36h, tagète et pamplemousse, la fleur de courgette, brochet et graine de berce, la caille au feu de bois, cerises marinées, tanaisie, l'abricot de la Drôme, marjolaine et amande. Très belle cave

11 rue Chavanne
T. 04 78 27 86 93
Fermetures lu, ma (déj.), me (déj.), je (déj.), di.
Menu(s) 64-98€

Chef Cuisinier
Gaëtan Gentil

14,5/20

LA BIJOUTERIE

Non loin des Halles de la Martinière, une des tables les plus excitantes du quartier, pour sa jeunesse, sa modernité, sa créativité et sa capacité à se réinventer. L'équipe d'Arnaud Laverdin déploie une expérience culinaire personnelle et originale qui donne à voir dans un cadre recherché, à la fois sobre et néo-bistrot, une cuisine aussi esthétique que technique, où les produits sont bien mis en avant. Ainsi, le menu du soir à 47 € associe l'huître, la pomme, le raifort et le vinaigre de vin, fait rejoindre avec équilibre le maquereau, la pastèque, la lavande et la betterave, combine délicatement le bœuf et le marc de raisin, conclut la soirée sur une rencontre chocolat et laitue de mer, citron.

16 rue Hippolyte Flandrin
T. 04 78 08 14 03
Fermetures lu, di.
Menu(s) 21-45€

14/20

MOJGAN

Petite enclave franco-iranienne à deux pas de la Mère Brazier, c'est un voyage à Shiraz que propose la cheffe Mojgan Tashvighi. L'endroit est charmant, sur deux niveaux, et s'y mêlent vieilles pierres historiques lyonnaises et modernité. La décoration est le reflet de l'esprit de la maison : féministe, ouvert et intelligent. Mais toute l'attention se concentre sur des assiettes qu'un service discret et très bienveillant met parfaitement en avant. On s'aventure sur un menu-carte imposé d'une

20 rue Royale
T. 04 78 30 43 29
Fermetures lu, sa (déj.), di.
Menu(s) 21-40€

grande richesse où les territoires et les terroirs se rencontrent en bons amis. La lentille corail et le paprika dans une soupe ouvrent l'appétit, suit une belle gambas méditerranéenne accompagnée de tamarin, de cumin, de pommes de terre et de tomates, vient alors un formidable esturgeon de parfaite cuisson, qu'on arrose d'un caviar osciètre, de petits légumes de saison agrémentés un riz basmati de maître. L'assiette gourmande de Mojgan achève idéalement le repas, avec baklavas et fruits à l'eau de rose d'une délicatesse infinie. Petite cave mais pas inintéressante.

13,5/20

SAPNÀ

7 rue de la Martinière
T. 09 81 77 27 25
Fermetures lu, ma (déj.), me (déj.), je (déj.), di.
Menu(s) 21-27€

Nouveau forfait de la bande d'Arnaud Laverdin après Bijouterie, cette table résolument axée sur les trésors d'Asie propose une expérience onirique, autant dans le décor que dans les assiettes. Drôlement décoré, avec des tableaux étranges, des jeux d'ombres et de lumières presque inquiétants, ce lieu offre des assiettes colorées, toutes plus inventives les unes que les autres, tout en faisant référence de manière appuyée aux traditions d'Extrême Orient. À midi, le cheong fun, crevette, réduction de tête, carotte, ssamjang, un bœuf à la thaïlandaise, sauce poisson, menthe, piment et cacahuète, une assiette de courgette, burrata et zaatar ; le soir, la brochette de canard aux 5 épices, les dim-sum, les gyozas, l'onigiri, umeboshi, takuan et tsukudani, la volaille croustillante et sauce XO, une douceur de rhubarbe, géranium et pistache. Prix compétitifs.

13/20

L'ATELIER DES AUGUSTINS

11 rue des Augustins
T. 04 72 00 88 01
Fermetures lu, sa (déj.), di.
Menu(s) 27-65€

Dans l'extrême-centre, près de la rue de la Martinière, la cuisine de Nicolas Guillotin offre une expérience sûre avec notamment des accords mets et vins de grand niveau, autant sur la forme que sur le fond. L'endroit est assez nature, un rustique chic assumé qui met à l'aise, avec la poutre non polie, les murs en pierre brute, le mobilier presque exclusivement en bois et l'ensemble entièrement sable et tamisé par une lumière soigneusement répartie. Le chef donne à voir une très belle œuvre sur le terroir, local et de saison, qui gouverne ses idées et qui se retrouvent dans l'assiette par des menus surprises de deux à six assiettes, avec beaucoup de créativité et des tarifs franchement humbles. Les proposition en cave de Sophie sont à saluer.

13/20

BALTHAZ'ART

7 rue des Pierres Plantées
T. 04 72 07 08 88
Fermetures lu, ma (déj.), me (déj.), di.
Menu(s) 30-35€

Du côté de la Croix Rousse, un sympathique bistrot de quartier aux murs colorées et à la décoration simple et cosy ; les amis et les collègues s'y retrouvent le soir pour une assiette d'aujourd'hui, inspirée du marché et des saveurs d'ailleurs, associées là avec des équilibres intéressants : le houmous de pois chiches, poêlée tiède d'agneau haché aux épices, le lieu jaune, carottes, lait ribot, amande amère et curry noir, un fondant de veau croustillant et coques mitonnées au jus de braisage... Atmosphère complice.

BOULANGERIE

ANTOINETTE

C'est un peu le renouveau de la boulangerie à Lyon. Dans ce coin de la Martinière, mais également rue Bugeaud (6e) et dans le 7e, Antoinette apporte ses pains au levain naturel et fermentation longue, qui ont du goût et du caractère, ainsi que des brioches de compétition. Goûtez le petit épeautre, le figues châtaignes et bien sûr toutes les brioches pour le petit déjeuner et le tea time.

15 rue Hippolyte Flandrin
T. 04 78 28 79 16
Fermetures lu,di.

BOULANGERIE DE LA CROIX-PAQUET

À Lyon, une boutique assez jolie à l'étalage en longueur. La tradition a un bon goût céréalier et la mie est bonne. La brioche est bien beurrée, bien levée et légère.

3 place Croix-Paquet
T. 09 83 38 68 49
Fermetures di (p.m).

BOULANGERIE SAINT-VINCENT

Sur les bords de Saône, au bout du quartier de la Martinière, une boulangerie qui fleure bon l'artisanat et la farine de qualité. Un étalage bien rangé, des sandwichs et des wraps pour le midi.

49 quai Saint-Vincent
T. 04 72 00 94 19
Fermetures sa.

LE FOURNIL DU BOULEVARD

Une boulangerie à l'ancienne avec une vendeuse à l'écoute et professionnelle. Étalage assez complet en pâtisseries, viennoiseries et salé. Le pain de campagne est généreux avec une croûte bien épaisse et une mie qui a du caractère. La quiche saumon épinard est très bonne, avec une pâte sablée croquante et une belle garniture. La brioche aux pépites de chocolat est bien beurrée, la mie est aérée et le chocolat est bon.

142 boulevard de la Croix-Rousse
T. 04 27 44 10 53
Fermetures lu.

CAVISTE

JOHN EUVRARD

Une véritable école de la dégustation, et de nombreuses animations autour de la dégustation, dans cette cave vaste aux centaines de références, animée par un Meilleur Ouvrier de France. Également des accessoires, carafes, verres...

12 quai de la Pêcherie
T. 04 78 08 48 90
Fermetures lu, di.

COFFEE SHOP

LA BOÎTE À CAFÉ (CAFÉ MOKXA)

En coin de rue dur la place du Forez, au pied de la Croix Rousse, une brûlerie qui a fait son chemin, avec ses cafés sélectionnés dans les meilleures plantations, une équipe de bon conseil et une agréable terrasse pour savourer, éventuellement avec un sandwich maison. Evidemment le café sous toutes ses formes, préparé avec le plus grand soin.

3 rue de l'Abbé Rozier
T. 04 27 01 48 71
Pas de fermetures

CAFÉ J'ADORE

Nouveau déménagement pour Le Café J'Adore, l'espace reste confortable, et l'offre niveau produits est toujours aussi sympa. Les cafés de barista en mettent plein les sens par leur équilibre gustatif et leur décoration au latte (art digne des plus grands) et les brunchs américains, canadiens, mexicains, italiens, ravissent les amateurs du week-end.

28 boulevard de la Croix-Rousse
T. 09 81 73 29 04
Fermetures sa,di.

FROMAGERIE

FROMAGERIE B.O.F DE LA MARTINIÈRE

Une bonne sélection toutes régions, un approvisionnement sûr dans cette maison de tradition qui a les filières sûres et une jeune équipe bienveillante. Un bon choix en bleu, également bien sûr beurre et crème de qualité.

18 rue Hippolyte Flandrin
T. 09 82 23 41 60
Fermetures lu, ma (p.m), me (p.m), je (p.m), ve (p.m), sa (p.m), di.

PÂTISSERIE

CONEY COOKIES

Une boutique agréable et claire de l'espace pour choisir et savourer les cookies sous toutes les formes, moelleux et croustillants à la fois. Un coin salon de thé pour déguster sur place.

10 rue Saint-Polycarpe
T. 04 78 30 97 06
Fermetures lu.

TORRÉFACTEUR

RAKWÉ

Au pied de la Croix Rousse, un coffee shop qui offre un espace de coworking et un café préparé comme il vous plaît, moka, cafetière napolitaine, expresso Rok, cafetière libanaise Rakwé et son café torréfié à la cardamome. On trouve aussi bien sûr thés et chocolats, et quelques pâtisseries du moment.... Egalement cours Lafayette.

26 rue René Leynaud
T. 04 78 27 74 85
Pas de fermetures

Quartier de la Croix-Rousse à Lyon

© Adobe Stock/Fred

Épicerie Jacotte

L'ART DE DÉGUSTER À LA FRANÇAISE !

Jacotte, c'est le nom qu'a donné Claudia Bellia à cette épicerie qu'elle a imaginée et conçue... Un signe de reconnaissance envers sa grand-mère, amoureuse des bons produits, et qui la conseille encore aujourd'hui.
« Ici, tout est français, issu de petits producteurs qui font perdurer la fabrication artisanale. Nous les rencontrons, dégustons leurs produits et pouvons raconter leur histoire à nos clients, qu'il s'agisse de charcuterie, de fromages... », raconte Claudia qui a embarqué son compagnon, Hugo Ragache, dans l'aventure. Sucré, salé, prêt à consommer, aide culinaire, sans oublier 80 références de vins*, que du bon pour régaler vos papilles ! Exclusivité de la maison à goûter : le bœuf Black Angus de la société des Hommes et des Bœufs.
Le + : Petite restauration sur place.

✉ 26, rue Paul Chenavard, 69001 LYON
Tél. : 09-87-78-65-65

✉ 33, avenue de Lanessan,
69410 CHAMPAGNE-AU-MONT-D'OR
Tél. : 09-87-06-39-35
www.epiceriejacotte.com

Chez Les Tartes

UN LIEU D'ÉCHANGE ET DE PARTAGE

Avec sa comparse Floriane Husson, Sabrina Riese définit Chez Les Tartes comme un troquet éthique qui prône les valeurs humaines ainsi que le respect et la qualité des produits. Depuis 2019, ce bar-restaurant, ouvert de 11h à 1h du matin, met en avant les tartes, dans tous leurs états. Le chef, Maxime Dondel, élabore et revisite ainsi des tartes salées ou sucrées avec une formule à midi. Le soir, les tartes sont à partager avec une planche apéro, à composer soi-même. Tous les produits sont locaux et issus de l'artisanat.

✉ 5, place Fernand Rey, 69001 LYON
Tél. : 09-88-09-20-82
E-mail : lestartesdupremier@gmail.com
Instagram : @chezlestartesdu1

*L'ABUS D'ALCOOL EST DANGEREUX POUR LA SANTÉ.

Tipico

L'AUTHENTIQUE GASTRONOMIE ITALIENNE

Lieu atypique en plein cœur de Lyon, Tipico est à la fois un restaurant, une épicerie-traiteur et une cave à vins* avec des produits 100% italiens.

Ici, vous pourrez déguster, sur place ou à emporter, des plats authentiques et traditionnels, au-delà des clichés culinaires transalpins. Les lasagnes sont cuisinées à la Bolognaise, bien sûr, mais également en plusieurs manières selon les recettes régionales (parfois à la truffe, aux pistaches, avec burrata et mortadella, aux cèpes). Les plats du Chef Davide Loi sont associés à des grands crus grâce à la cave à vins dans laquelle se trouvent plus de 110 références. *« Nous souhaitons faire découvrir la gastronomie italienne, au-delà de ce que les clients connaissent habituellement »*, soulignent Alessandro Raimondi et Simone Di Tanna, fondateurs et gérants de Tipico.

10, rue de la Martinière, 69001 LYON
Tél. : 04-72-02-29-91
E-mail : tipico.lyon@gmail.com
www.tipico-lyon.fr
Facebook : tipico.restaurant.
Instagram : tipico.restaurant.epicerie

Rien de plus délicieux dans la vie
que le coin du feu,
une salade de homards,
du champagne et la causette.

George Gordon, Lord Byron
(1788-1824)

*L'ABUS D'ALCOOL EST DANGEREUX POUR LA SANTÉ.

Le Casse Museau

UNE INSTITUTION GOURMANDE ET CHALEUREUSE

Accueil chaleureux, cuisine maison, lieu chargé d'histoire : sur la presqu'île de Lyon, tous les ingrédients sont réunis pour un moment gourmand !
Fondé en 1947 par la Tante Paulette*, le Casse Museau est incontournable à Lyon. Les nouveaux propriétaires font perdurer l'esprit de convivialité en étant attachés à conserver le cadre authentique des lieux. En salle, Freddy Detrez distille sa bonne humeur et son sens de l'accueil pour vous offrir un moment chaleureux autour de la cuisine inventive, raffinée et délicate du Chef, Alexandre Gauthier. On se régale de plats traditionnels de la gastronomie française, revisités et créatifs, réalisés à partir de produits de saison et du terroir, associant modernité et finesse !

Ouvert du mardi au samedi 12h à 14h et de 19h30 à 22h.

Le + : Suggestions à l'ardoise.

2, rue de Chavanne, 69001 LYON
Tél. : 04-78-32-64-42
www.lecassemuseau.com

*Tante Paulette compte parmi les célèbres « Mères » qui ont fait la réputation de la gastronomie lyonnaise

La gastronomie est l'art d'utiliser la nourriture pour créer le bonheur.

Theodore Zeldin (1933-)

Chez Dédé

COUP DE CŒUR ASSURÉ

Produits frais et locaux, cuisine du marché, plats traditionnels revisités, ambiance « comme à la maison » : le restaurant de Déborah (Dédé) et Steve possède tous les ingrédients recherchés pour un coup de cœur assuré. Les fins gourmets y font de belles découvertes et passent un savoureux moment. N'est-ce pas là le principal ?

Ouvert tous les jours, midi et soir (sauf mercredi soir) et brunch dominical de 11h à 14h.

108, montée de la Grande-Côte, 69001 LYON
Tél. : 09-81-17-72-41
Réservation en ligne : www.chezdederestaurant.fr

Restaurant Butcher

LE MEILLEUR DU BOEUF

C'est que ce que souhaite offrir Manuel Engler dans son établissement. Depuis 10 ans, il recherche et sélectionne des viandes du monde entier aussi goûteuses et savoureuses que possible.

Bœuf de Kobé, Kod Jersey, Sashi ou Kagoshima du Japon infusé au gin* sont les best-sellers chez ce spécialiste de la viande rouge. Les pièces brutes sont simplement grillées à la plancha pour conserver toutes leurs saveurs et sont assaisonnées avec un jus de viande ou un jus truffé, et sont accompagnées de légumes de saison ou de frites maison. En entrée, est proposé un large choix de tapas à partager comme les tentacules de poulpes chorizo ou le tataki de bœuf et en dessert, le fameux moelleux au chocolat ou le cheese-cake. Amateurs de belle viande rouge, l'adresse est à retenir !

30, rue Lanterne, 69001 LYON
Tél. : 07-72-07-45-47
Instagram : butcher_est_2011

Le vin stimule l'appétit
et donne du goût à la nourriture.
Il favorise les discussions, l'euphorie
et peut transformer un simple repas
en événement mémorable.

Derek Cooper (1925-2014)

*L'ABUS D'ALCOOL EST DANGEREUX POUR LA SANTÉ.

Albert Restaurant

L'ADRESSE BISTROT À LYON

Institution gastronomique au cœur du 1er arrondissement de Lyon, le restaurant Albert est aujourd'hui tenu par le binôme Johan Perrier et Arthur Jacquelot, cuisinier et pâtissier, qui ont fait leurs armes auprès de MOF et de grands Chefs. La cuisine de bistrot, traditionnelle, fait la part belle aux produits de saisons. Ici, tout est fait maison, de l'entrée au dessert. Pâté en croûte, poisson mariné ou velouté pour commencer, puis risotto de saint-jacques, pavé de rumsteak grillé ou filet de merlu à la plancha pour continuer. Et en dessert : fondant au chocolat, baba au rhum* ou madeleine gourmande servie avec un coulis d'orange amère et une glace au lait d'amande. Le plus difficile est de faire son choix !

Ouvert du mardi au samedi midi et soir.

Le + : Réservation et commandes en ligne possible, sur le site internet où la carte des plats et des vins est mise à jour quotidiennement.

10, rue Fernand Rey, 69001 LYON
Tél. : 04-78-27-95-56
www.chez-albert-restaurant-eatbu.com

ALBERT restaurant

Crédit visuel illustration : Thibaud Hérem / KIBLIND

« Ajouter de la tomate et de l'origan, ça devient italien ; du vin et de l'estragon, ça devient français ; du citron et de la cannelle, ça devient grec ; de la sauce de soja, ça devient chinois ; ajouter de l'ail, ça devient bon ! »

Alice May Brock (1941-)

*L'ABUS D'ALCOOL EST DANGEREUX POUR LA SANTÉ.

LYON 2 69002

RESTAURANTS

15/20

RUSTIQUE

Maxime Laurenson poursuit sa lancée et la table déploie toujours autant d'inventivité autour de son credo rustique, qui alimente des assiettes toujours aussi poétiques et proches des territoires. Bien choisis, les produits mènent la danse et forcent l'imagination du chef à renouveler toujours ses idées, pour donner lieu chaque soir à une suite de plats aussi graphiques que techniques. Pour 75 € , le rapport qualité prix vaut bien la dizaine de plats du menu, qui laissent ainsi découvrir les fameuses lentilles vertes du Puy, le silure des étangs de Bresse, la betterave et le géranium Rosat, la truite d'Isère et l'oseille, ou encore la viande à la braise et les herbes potagères. Très belle cave, bien construite autant sur les classiques que sur les nouveaux.

14 rue d'Enghien
T. 04 72 13 80 81
Fermetures lu (déj.), ma (déj.), me (déj.), je (déj.), ve (déj.), sa, di.
Menu(s) 75€

Chef Cuisinier
Maxime Laurenson

14/20

LES TROIS DÔMES SOFITEL LYON BELLECOUR

Avec sa vue panoramique sur la capitale des Gaules, la table du Sofitel Bellecour marque son premier point mais pas son dernier. Contemporaine dans son mobilier, avec ses lignes épurées, lumineuses avec ses grandes baies vitrées, bourgeoise avec sa vaisselle en argent, elle est le lieu des repas d'affaires et des grandes occasions, et la cuisine, certes aux standards d'une cuisine hôtelière haut de gamme, propose de jolies moments. Au menu du déjeuner à 48 € , on pourra ainsi découvrir la truite de l'Isère de la maison Murgat à l'huile fumée et blanc-manger de chou-fleur lyonnais, un jambon d'octopus à la plancha, caviar d'aubergines brûlées, perlée de tomates multicolores et verveine, ou encore un filet mignon de cochon du Cantal, strate de fenouil et poivron confit, jus à la cardamome verte anisé. Cave généraliste.

20 quai du Dr Gailleton
T. 04 72 41 20 97
Fermetures lu, di.
Menu(s) 48-125€

13,5/20

L'ETABLI

Petit laboratoire à cinq minutes de Bellecour, cet étonnant Établi fait une cuisine expérimentale et joueuse, où l'on manipule les couleurs, les textures et les structures avec imagination et technique, pour voir des produits du terroir totalement revisités. Les assiettes, locavores et privilégiant les saisons, font ainsi une promotion poétique et ambitieuse de la région, que l'on retrouve avec le poulpe, le poivron et le combawa, la sardine, le chèvre et le tamarin, le turbot avec le kombu, la livèche et les haricots, le cochon noir des Bernadelles, girolles et pêches, la première douceur de feta, tomate et mûre, ou encore le dessert de cassis, poivron et pistache. Cave choisie.

22 rue des Remparts d'Ainay
T. 04 78 37 49 83
Fermetures sa, di.
Menu(s) 30-71€

13,5/20

MONSIEUR P

L'adresse de Florent Poulard est toujours un must de la place des Célestins, pour le charme très club anglais de la maison, avec ses salles discrètes à l'atmosphère intimiste et chic, où le bois verni répond à des chaises Louis XVI réinventés, et une décoration qui résonne comme dans un salon pour gentlemen. Le chef réalise là une belle cuisine de saison, où le produit est minutieusement choisi pour renouveler un style semi-gastronomique de bon niveau. Le terroir est très bien mis à contribution, avec la raviole de volaille de l'Ain, le foie gras et l'hysope, le beau travail sur le retour de pêche, d'une belle cuisson et d'une belle fraîcheur, bien accompagné de petits pois et d'haricots beurre, ou encore sur une douceur abricot, pêche, sarriette et cacahuètes, qui offre des contrastes pertinents.

8 place des Célestins
T. 04 82 31 87 63
Fermetures sa, di.
Menu(s) 28-58€

13,5/20

THOMAS

Dans un élégant cadre lumineux et boisé, le chef Thomas Ponson réalise une cuisine de marché de bon niveau, qui se réinvente à chaque saison pour donner le meilleur du terroir et des nouvelles idées. Le menu du soir à 47 € fait la preuve d'une bonne expérience et technique, à la manière du gravelax de bœuf, cerises et betteraves, du filet de maigre de Méditerranée, déclinaison d'artichauts, jus barigoule, du lapin de Bourgogne cuisiné en entier, petits pois, fèves et jus fumé, ou encore de la tarte au citron déstructurée. Cave remarquable.

6 rue Laurencin
T. 04 72 56 04 76
Fermetures sa, di.
Menu(s) 22-47€

12,5/20

LE BISTROT DE LYON

À l'angle de la rue Mercière, ce navire amiral de la brasserie lyonnaise est un incontournable de la scène locale, une maison centenaire aux décors exceptionnels, qui donnent l'impression de revenir au milieu de la Troisième République. Au milieu des fresques, des miroirs, des statues, des dorures, des banquettes, des suspensions d'époque, du bois mouluré, bref d'un faste qui court du début du siècle aux années 30, l'occasion est donnée de redécouvrir les grands classiques de la tradition lyonnaise, d'une réalisation franchement juste pour la taille de l'endroit. Jean-Paul Lacombe supervise avec toute son expérience la production de très belles versions du velouté Dubarry glacé, chips de chorizo et oignons frits, de la belle quenelle de brochet sauce Nantua et riz de Camargue IGP, de l'andouillette de chez Bobosse à la crème de moutarde et purée de pois cassés, ou encore de régressives profiteroles au chocolat chaud et chantilly. Prix décents.

64 rue Mercière
T. 04 78 38 47 47
Pas de fermetures.
Carte 12€
Menu(s) 19-26,50€

12,5/20

BURGUNDY BY MATTHIEU

Sur les quais, la table de Matthieu Girardon jouit d'une réputation qui n'est plus à faire; pour la splendide cave bourguignonne et ses assiettes professionnelles qui restituent le terroir français dans les règles de l'art. Le style est bourgeois et presque classique mais le savoir-faire justifie qu'on y passe et aussi parce que le cadre est franchement plaisant avec sa belle hauteur sous plafond et l'alliance d'ancien et de moderne. À la carte, donc,

24 quai Saint-Antoine
T. 04 72 04 04 51
Fermetures ma, me.
Menu(s) 32-92€

les ravioles de girolles et bouillon de champignons, omble chevalier nacrée et sabayon acidulé, volaille fermière, brocoli grillé et jus à l'estragon, une douceur de chocolat, noisette et citron.

12,5/20

CAFÉ TERROIR

Dans un coin, non loin de la place des Célestins, ce discret bistrot signé Jean-François Têtedoie n'a pas à rougir d'une bonne réputation, pour le chic intimiste de l'endroit, qu'on aime retrouver pour la modernité des lieux, et la gourmandise des assiettes. L'établissement délivre ainsi des compositions bien reproduites, en témoignent le jardin de légumes d'été et mayonnaise à la framboise, la côte de veau fermier et purée de pommes, l'élégant poulet fermier de l'Ain au vin jaune et morilles, ou encore la tarte aux pralines.

14 rue d'Amboise
T. 09 53 36 08 11
Fermetures lu, di (déj.).
Menu(s) 23-32€

12,5/20

FLAIR

Près de Perrache, la table d'Hirayuki Watanabe est l'une des plus intéressantes du quartier, pour ses splendides présentations et des alliances franco-japonaises qui ne souffrent ni d'un manque d'imagination ni de technique. Le cadre est plutôt sobre et l'attention se concentre surtout sur le très compétitif menu à 35 € , où l'on pourra de très jolies choses, un shabu shabu de porc, bouillon tantan et sésame grillé, une truite mi-cuite, sauce à l'oseille, aubergine, poivrons et courgettes ou encore une ballotine de pintade aux champignons, sauce porto, ail et pousses de moutarde. Atmosphère complice.

84 rue de la Charité
T. 04 72 56 06 31
Fermetures lu, di.
Menu(s) 21-47€

12,5/20

LE NORD

Étoile du Nord de la galaxie Bocuse, non loin de la place de la Bourse, cette brasserie du début du siècle reprise en 1994 par Paul Bocuse est l'un des quatre points cardinaux de la gamme brasserie du légendaire chef, où l'on appréciera autant l'architecture d'époque que les grands classiques du répertoire lyonnais, exécutés ici par Franck Barrouilhet. Les assiettes sont exemplaires, et montrent le bon chemin : salade frisée façon mères lyonnaises, la quenelle de brochet sauce homardine, le filet de bœuf rôti au sautoir, fricassée de pommes nouvelles au thym et à l'ail, poêlée de girolles, une tartelette à la praline rose. Bon menu à 27,50 € . Cave à la hauteur.

18 rue Neuve
T. 04 72 10 69 69
Pas de fermetures.
Menu(s) 24,90-27,50€

12,5/20

LA TASSÉE

Célèbre maison non loin de la place Bellecour, ouverte depuis près de soixante ans, elle est aujourd'hui tenue par Romain Borgeot, qui y fait vivre une cuisine bistronomique plaisante et technique. L'expérience gastronomique du chef profite à la simplicité des recettes, qui sont ainsi sublimés, et sont bien célébrées dans ce cadre raffiné et lumineux. Le menu du marché à 24 € est d'un très bon rapport qualité-prix, avec par exemple suivant les semaines, le tartare avocat, crevettes et pamplemousse, une araignée de porc au jus, pommes de terre rôtie et fondue d'aubergine, un bon saint-honoré. Service amène.

20 rue de la Charité
T. 04 72 77 79 00
Fermetures lu, di.
Carte 16€ **Menu(s)** 25-81€

12,5/20

LE VIVARAIS

Sur cette jolie place au bord du Rhône, Williams Jacquier et sa fille font perpétuer la tradition des bouchons lyonnais à travers une décoration plus actuelle et des classiques toujours aussi bien faits. Le menu à 29 € a les faveurs du public de midi, un coussin de volaille fermière des Dombes façon Henri IV, un poisson du jour selon arrivage, un filet de canette des Dombes rôti sur la peau et chutney d'abricot et fenouil, caviar d'aubergine grillée.

1 place Gailleton
T. 04 78 37 85 15
Fermetures lu, di.
Carte 17€ **Menu(s)** 23-39€

12/20

L'ATELIER DU SQUARE

Table contemporaine et lumineuse, l'adresse de Guy Benayoun est l'occasion de voir la cuisine se faire devant vous, comme un spectacle qui commence bien avant que l'assiette ne vous soit présentée. Le chef travaille les produits du marché selon ses envies et les saisons, et fait une démonstration professionnelle convaincante. À la carte, les idées sont actuelles, une aubergine cuite dans un bouillon miso, quenelle de Beaufort et baie de Goji, jus de carottes caramélisées, jaune d'œuf et kumquat confit, un omble chevalier cuit sur des sarments de vignes, croûte de viennoise d'acajou, terre végétale et potager de légumes, jus de veau à la pomme acidulée, ou encore un filet de bœuf bardé à l'anchois, longuet de tapenade noire et pignons de pins, risotto de blé. Bonne sélection en cave.

9 rue Claudia
T. 04 78 71 00 25
Fermetures lu (dîn.), ma (dîn.), sa, di.
Menu(s) 0-39€

12/20

DOPPIO AUGUSTO

Passé par l'institut Paul Bocuse, le chef Augusto a transformé sa cantine italienne en une cantine brésilienne, avec une même rigueur et une même réussite. La transition s'est passée sans souci, et l'on y apprécie aujourd'hui les bons classiques du pays ; les beignets de viande, le poulpe, le faux-filet grillé au beurre clarifié, patates persillées et sauce vierge brésilienne. Prix justes.

6 rue Neuve
T. 04 72 19 44 29
Fermetures lu, di.
Menu(s) 31€

12/20

L'INSTITUT RESTAURANT

Restaurant d'application, c'est ici que les nouveaux formés de l'institut Bocuse viennent faire leurs premières armes. On vient ainsi découvrir, dans un cadre élégant et contemporain avec ses grandes étagères où les bouteilles sont alignées, les bonnes idées de Cyril Bosviel et le travail attentif des étudiants. La carte en donne pour tous les goûts et toutes les techniques : le poireau crayon vinaigrette et tête de veau croustillante, la lotte cuite à la plancha, lard de Colonnata, asperges blanches cuites en cocotte, le paleron de bœuf façon Rossini cuit comme un bourguignon, le chou praliné façon Paris-Brest. Cave bien choisie.

20 place Bellecour
T. 04 78 37 23 02
Fermetures lu, di.
Carte 20€

12/20

LE SUD

Tout près de la place Bellecour, la galaxie Bocuse a posé son astre Sud avec une recette identique et un plaisir qui suit, axé donc sur les plaisirs de la Méditerranée, et une exigence en cuisine en phase avec la réputation de la maison. À la carte cette saison, la burrata des Pouilles en salade de tomates, une planche de charcuteries italiennes, filet de daurade royale, risotto al verde et émulsion parmesan, un filet de bœuf rôti au sautoir, frites de panisse et tomates confites, un vacherin minute aux fruits frais. Bon menu à 32,90 € .

11 place Antonin Poncet
T. 04 72 77 80 00
Pas de fermetures.
Menu(s) 27,50€

12/20

LA TABLE D'AMBRE

Notamment passé chez Troisgros, le chef Florent Gilibert a ouvert il y a quelques années cette table, désormais bien implantée. Les assiettes évoluent régulièrement et montrent que le chef ne manque pas d'idée : tartare de veau aux olives, câpres à queue et copeaux de parmesan, espuma de mozzarella, poisson d'arrivage, chou blanc croquant à l'huile de noisette et aux céréales, émulsion au romarin, petites coques et couteaux, ou encore un faux-filet de charolais, pommes de terre fondantes et œuf de caille. Bonne sélection en cave.

46 Rue Franklin
T. 04 72 56 12 76
Fermetures lu, di.
Menu(s) 38-59€

11,5/20

LA MÈRE LÉA

Sur les quais de Saône, ce classique de la scène lyonnaise continue de prodiguer ses bonnes spécialités, offrant à sa clientèle une expérience 100% bouchon lyonnais. Ouvert en 1943 par Léa Bidaut, ce bistrot typique des mères lyonnaises fait perpétuer un héritage gourmand et populaire, avec des classiques rendus dans un esprit parfaitement conservé, le petit mobilier en bois verni, le carrelage à motif au sol et les assiettes accrochées, les grands miroirs et les banquettes en bois. Le menu carte, volontairement restreint pour la fraîcheur, fait tourner suivant les saisons les grandes recettes du répertoire, un beau harengs pommes à l'huile qu'OSS 117 ne renierait pas, une quenelle de brochet maison avec une sauce bien texturée, un suprême de poulet fermier bien relevé par un vinaigre vieux aux parfums d'estragon.

11 place Antonin Gourju
T. 04 78 42 01 33
Fermetures lu, di.
Menu(s) 21-40€

11/20

LE MUSÉE

Non loin de la place de la Bourse, ce bouchon lyonnais du meilleur esprit est l'occasion de découvrir les classiques de la gastronomie locale, dans un cadre chaleureux et authentique. À partir de 22 € , les joues de porc, la quenelle de brochet, la cervelle d'agneau, l'échine de porc au foin...

2 rue des Forces
T. 04 78 37 71 54
Fermetures lu, sa (dîn.), di.
Menu(s) 25-31€

MAISON ANTOINE

Une nouvelle boulangerie qui s'est installé à la place d'un pressing et qui connaît déjà un succès mérité. L'équipe est jeune et dynamique, le pain excellent et le chef-pâtissier, Nabil Barina, vient de remporter le championnat du monde de tiramisu. Également de bonnes préparations salées pour le snacking du déjeuner.

18 quai Saint-Antoine
T. 04 87 74 74 74
Fermetures lu.

CAVISTE

CAVES MALLEVAL

Une grande boutique, avenante et traditionnelle, une référence sur la presqu'île, avec sa jolie vitrine, les bouteilles bien présentées, en vin comme en spiritueux. Des références connues, du classique à des tarifs eux aussi classiques. Un très vaste choix et un service pro.

11 rue Emile Zola
T. 04 78 42 02 07
Fermetures di.

MURAATO

Un lieu hybride au cœur de Lyon qui se nomme Muraato, comme la ville de Corse. Les charcuteries sont de belle qualité, en provenance de l'île de Beauté mais aussi d'Italie... qui accompagnent avec délice les vins à emporter ou à déguster sur place de ce lieu tenu par des passionnés, spécialisés dans les vins corses et de la vallée du Rhône. Ambiance sonore garantie pour les soirées dégust'.

7 rue Charles Dullin
T. 06 16 97 97 97
Fermetures di.

THE WHISKY LODGE

Les malts les plus rares, mais aussi les alcools et eaux-de-vie sont présentées dans cette boutique de connaisseurs où les idées cadeaux ne manquent pas. Des exclusivités, des conseils de pro, des avis pointus, sur le whisky, le rhum, la vodka et une superbe collection de vieux armagnacs.

7 rue Ferrandière
T. 04 78 42 44 98
Fermetures sa,di.

VAVRO & CO

Blaise Vavro évolue dans un espace moderne et convivial réparti sur 2 étages. Des vins de plaisir, des coups de cœur avec les vignerons, de beaux produits à tous les prix, assurément de belles rencontres. On distribue ici de bons conseils pour la constitution de votre cave. Chaque mois des journées de dégustation et des rencontres avec les vignerons sont organisées. Cours d'œnologie.

Les Canons - 6 rue de la Charité
T. 04 37 24 00 33
Fermetures lu, ma (a.m), di.

CHARCUTERIE

CHARCUTERIE BONNARD

En place depuis plus de 30 ans, Jean-Michel et Françoise Barbier sont aux rênes de cette véritable institution lyonnaise en charcuterie. Dans la plus grande tradition artisanale, leurs véritables atouts sont les quenelles de brochet, les cervelas pistachés et les pâtés croûtes, mais surtout, la tête roulée pistachée de plus de 30 kg qui reste à elle seule une vraie tradition lyonnaise.

36 rue Grenette
T. 04 78 42 19 63
Fermetures lu, di.

REYNON

Un des charcutiers les plus réputés de la ville, en particulier connu pour son pâté en croûte et pour son fameux « oreiller de la Belle Aurore », à saisir pendant la période de fêtes, qui a tendance à s'étendre tant la demande est forte. Une atmosphère très lyonnaise, un régal des yeux.

13 rue des Archers
T. 04 78 37 39 08
Fermetures lu, di.

CHOCOLATERIE

BOUTIQUE PRALUS

Quatre boutiques rien que sur Lyon pour le grand chocolatier roannais qui a fait de son nom un gage de qualité. Une histoire de famille et de transmission, le succès de la Praluline créée en 1955 et les chocolats de ses propres plantations pour un travail maîtrisé à 100%.

32 rue de Brest
T. 04 78 38 90 41
Fermetures sa.

RICHART - BELLECOUR

Une maison qui fait partie de l'histoire de la gastronomie lyonnaise, et même de la chocolaterie française, née il y a près d'un siècle dans la capitale des Gaules. Du chocolat bien présenté, des coffrets et des saveurs qui plaisent au plus grand nombre et font de jolis cadeaux lors des réceptions. Également aux Halles de Lyon-Paul Bocuse.

1 rue du Plat
T. 04 78 37 38 55
Fermetures sa, di.

WEISS

La Maison Weiss a ouvert en 1882 à Saint-Etienne. Près de 140 ans plus tard, la fabrication est restée artisanale et les recettes du fondateur sont toujours utilisées pour les bonbons. Bâtons crème, nougastelles, feuilles de chocolat et nougamandines sont le lien de transmission inter-générations. Des innovations réussies avec les pâtes à tartiner lisses ou croustillantes.

50 rue de Brest
T. 04 78 42 86 98
Fermetures lu, di.

CONFITURERIE

LA CHAMBRE AUX CONFITURES

Une maison dédiée aux confitures de fabrication française, sans colorant ni conservateur ou exhausteur de goût. Des confitures aux fruits de saison avec des mélanges osés qui ont largement fait leurs preuves, telle l'association abricot/passion/groseille. Moins habituelles, en France, les confitures salées pour accompagner viandes ou foies gras, comme la cerise/groseille/thym ou la mirabelle et cumin. Enfin, il y a le subtil mélange caramel et chocolat travaillé sous différentes formes, associés ou séparés.

34 rue Grenette
T. 09 83 53 56 85
Fermetures di.

FROMAGERIE

CHRISTIAN JANIER

Christian Janier, connu et reconnu par toute la profession, est un orfèvre des fromages. La sélection de 220 références est basée sur un cahier des charges très rigoureux, dans le respect des animaux, puis délicatement déposée dans les différentes caves du maître fromager, chacune étant spécifique à une famille de fromage pour les affiner dans des conditions optimales.

27 rue Seguin
T. 04 78 38 01 12
Fermetures lu (p.m), ma (p.m), me (p.m), je (p.m), ve (p.m), sa, di.

CRÈMERIE SAINT-ANTOINE

Une crèmerie bien placée où l'on vient chercher aussi de la charcuterie et donc de quoi organiser les meilleures raclettes et fondues de la ville. Une grande variété de fromages de la région, de montagne, et une équipe motivée au service.

20 quai Saint-Antoine
T. 04 69 67 07 86
Fermetures lu,sa.

TORRÉFACTEUR

CAFÉ VOISIN

Une enseigne très connue, un maître de la torréfaction et des cafés d'origine, à la longue réputation. Quinze boutiques sur Lyon, sept autres dans l'agglomération, l'activité se partage entre le café et les chocolats, toujours bien présentés.

28 rue de la République
T. 04 78 42 46 24
Fermetures di.

TRAITEUR

CELLERIER CONFLUENCES

La maison Cellerier est bien implantée dans Lyon. Quatre générations de Cellerier ont bâti les bases d'une structure aux contours savoureux. Les adresses répertoriées jouent dans un registre spécialisé qui ouvre l'éventail des achats. Cette adresse propose un bel ensemble de produits charcutiers, fromagers et traiteurs.

112 cours Charlemagne
T. 04 72 40 21 20
Pas de fermetures

CELLERIER PRESQU'ÎLE

De belles préparations, de l'entrée au dessert, des produits de luxe et du snacking pour le midi, avec des formules appropriées, dans un espace très joliment aménagé.

5 rue de Brest
T. 04 78 37 67 26
Pas de fermetures

PIGNOL TRAITEUR

Au cœur de la ville, un traiteur tous azimuts qui place le haut niveau en haut du panier, sur toutes les préparations, donnant de multiples idées, des hors d'œuvre aux desserts. Tout est appétissant, les quenelles comme les escargots, les crustacés comme les volailles. Menus sur mesure, repas à la carte. Pignol est également présent rue Emile Zola, au Printemps, à Brignais, à Villeurbanne....

8 place Bellecour
T. 04 78 37 39 61
Fermetures di.

QUENELLES GIRAUDET

Le spécialiste de la quenelle est aujourd'hui connu dans toute la France, avec notamment des points de vente jusqu'à Paris. Perfectionnant le métier, Giraudet place son savoir-faire sur ses axes majeurs : quenelles, soupes, ravioles... Belles présentations, produits naturels et de saison pour la confection.

2 rue du Colonel Chambonnet
T. 04 72 77 98 58
Fermetures di.

VATEL GOURMET

Emanation du célèbre institut, Vatel Gourmet est une structure d'application qui permet aux élèves de s'exprimer dans le domaine traiteur, proposant toutes les préparations classiques, dans un vaste choix et des idées de saison, du petit snacking à la réception complète. Également cours Vitton et rue Bellecordière (2e).

8 rue Duhamel
T. 04 78 38 66 01
Fermetures lu, di.

O-Berny

LE BENTO À LA FRANÇAISE

Las de le chercher, Mathilde et Amaury ont créé O-Berny, leur restaurant idéal à deux pas de la place Bellecour de Lyon, en misant sur des repas complets servis en une fois. Leurs bentos, d'inspiration japonaise mais cuisinés à la sauce très française, réduisent ainsi le temps d'attente grâce à un service simultané entrée, plat et dessert, dans des assiettes différentes qui peuvent maintenir au chaud. Dégusté en 30 min avant de retourner au travail ou savouré en 2h pour un dîner qui prend son temps, le concept permet à chacun de se restaurer à son rythme. La carte courte, qui garantit des plats maison, est renouvelée chaque mois pour coller aux produits de saison. On y retrouve toujours une viande, un poisson et une proposition vegan, mais aussi des bento uniquement salés ou sucrés, afin de satisfaire toutes les envies

✉ 31, rue Sainte-Hélène, 69002 LYON
Tél. : 04-78-92-93-54
www.obernyrestaurant.fr

Grandes Caves de Perrache

LE PARTAGE

Depuis 1874, cette adresse a toujours conservé son âme de partage. Avec soin, Victor Lambert réunit des cépages de l'Hexagone, des spiritueux de tous horizons et des bières régionales*. Les clients bénéficient de ses conseils qu'il prodigue avec passion. De plus, la cave est devenue le repère des épicuriens qui y découvrent des vins tout en savourant les plats gourmands, tels le Parmentier, cuisinés maison par Victor, autrefois Chef, de même que les truffes d'un de ses amis.

✉ 74, rue de la Charité, 69002 LYON
Tél. : 04-78-37-85-43
Facebook : @lesgrandescavesdeperraches

*L'ABUS D'ALCOOL EST DANGEREUX POUR LA SANTÉ.

Restaurant Astra

LE BARBECUE URBAIN

Au cœur de la presqu'île, les convives sont accueillis dans une ambiance élégante, pour partager les plaisirs savoureux de viandes d'exception. La cuisson au barbecue met en valeur la qualité de la viande. Le Chef, Federico, travaille surtout viandes rouges et grandes pièces choisies, selon les saisons et les arrivages. Ses sélections se font auprès de fournisseurs exigeants : le boucher Meilleur Ouvrier de France, Didier Massot, la coopérative de fermiers locaux... Ses produits arrivent brut et tout est fait maison. Léon Destras, Chef pâtissier, étonne avec des créations aux saveurs inattendues, tandis qu'en salle, Maxime propose une carte des vins* d'une centaine de références, orientée vers la Vallée du Rhône et les Coteaux Lyonnais. Déjeuners et dîners, du mardi au samedi. À midi : menu Affaires ; Le soir : menu Classique ou 6 services de plats à partager.

28, rue Henri Germain, 69002 LYON
Réservation obligatoire :
Tél. : 06-31-21-27-51 ou astra-lyon.fr
Instagram et Facebook : astralyon

Le Bistrot Auguste

L'AUTHENTIQUE BISTROT MODERNE

Au sein du quartier Lyon Confluence,
le Bistrot Auguste propose une cuisine de bistrot traditionnelle avec des spécialités lyonnaises issues de produits frais et locaux. Installé dans un complexe hôtelier, le restaurant met à l'honneur le cinéma et offre aux clients une vue imprenable sur la cuisine. *Ouvert à midi du lundi au vendredi et le soir du lundi au jeudi.*

24, quai Perrache 69002 LYON
Tél. : 04-78-92-83-31
E-mail : contact@le-bistrot-auguste.com
www.le-bistrot-auguste.com

Frazarin

BELLE ADRESSE FRANCO-ITALIENNE!

Dans le cadre contemporain de leur restaurant, trois copains issus de l'Institut Paul Bocuse vous proposent une cuisine traditionnelle et moderne, inspirée des terroirs de France et d'Italie. En mariage, elle se traduit par un Minestrone de légumes au foie gras poêlé. Dissociée, elle suggère des Ravioles fraîches raddicchio, ricotta fumée et beurre de sauge. La carte des vins* et le dressage sont à leur image : parfaits !

23, rue de Condé, 69002 LYON
Tél. : 09-82-39-92-73 @bistrotfrazarin
www.frazarin.com

*L'ABUS D'ALCOOL EST DANGEREUX POUR LA SANTÉ.

Nosch

LE REPAIRE DE JOYEUX VIVANTS

Au cœur de Lyon, entre Rhône et Saône, Noémie Schmider a donné son surnom « Nosch » à son restaurant. Elle lui a surtout donné son goût pour les autres qui fait l'âme de ce lieu convivial et chaleureux. On s'y donne rendez-vous autour de quelques plats canailles, os à moëlle gratiné, rognons de veau à la moutarde, ou du plat Signature : une étonnante côte de cochon soufflée, imaginée par le Chef Thibaud Morgenstern ! Tout est maison, avec un menu et des suggestions quotidiennes tandis que la carte se renouvelle toutes les six semaines. Celle des vins*, riche de 600 références, n'est pas en reste. Depuis le début de l'année, Nosch a ouvert son comptoir dans le local voisin. On y retrouve une sélection de produits et de bonnes bouteilles pour prolonger chez soi le plaisir de « partager un bon repas », traduction de l'anglais « to nosh ».

24, rue Palais Grillet, 69002 LYON
Tél. : 04-78-42-08-31

Toute une Histoire

RÉINVENTER L'EXCELLENCE

Le restaurant lyonnais Toute une Histoire vous invite à redécouvrir une cuisine française semi-gastronomique, réinventée et 100% maison, qui n'oublie pas ceux qui mangent végétarien ou hallal. Une belle histoire culinaire, contée par une équipe qui fait perdurer l'héritage de l'excellence et de l'inventivité de la gastronomie française. Mis en scène dans des assiettes aussi belles que succulentes, les grands classiques y sont magnifiés de saveurs originales venues du monde entier.

4, rue Petit David, 69002 LYON
Tél. : 04-78-37-40-62
www.touteunehistoire-lyon.fr

*L'ABUS D'ALCOOL EST DANGEREUX POUR LA SANTÉ.

L'Alerte rouge

MANGER ÉTHIQUE

Des produits frais et artisanaux dans une cuisine fusion traditionnelle et créative, telle est la promesse de ce restaurant éthique.

Sébastien Hernandez et Christian Granjon, deux amis de longue date, voulaient participer à une transition écologique qu'ils estiment urgente. Avec L'Alerte rouge et ses mets de qualité à des prix bas, le duo veut prouver qu'il est possible de *« mieux boire, mieux manger »*. Au menu, des denrées sourcées et des produits artisanaux et de saison, qui respectent autant les consommateurs que les producteurs, dans une cuisine fusion, traditionnelle et créative, faite maison par le Chef, Mickaël Didelot. Quelques exemples : falafel de lentilles corail au garam masala, sauce yaourt à la menthe ; poulpe rôti aux épices cajun, mousse à la châtaigne d'Ardèche, ou encore, brownie au chocolat noir et gingembre confit.

19, place Carnot, 69002 LYON
Tél. : 04-78-82-11-65
www.lalerte-rouge.fr

L'Atelier Ghisalberti

LES SAVEURS GOURMANDES DU SAVOIR-FAIRE ARTISANAL

Avis aux gourmands : ici, que du fait-maison à partir de produits sélectionnés pour leur qualité et locaux de préférence ! Le nouveau directeur, Olivier Dury, 25 ans d'expérience, fait perdurer la tradition artisanale : les viennoiseries sont 100% maison, la praline se déguste en tarte ou en brioche, les créations pâtissières s'inspirent des saisons. Côté boulangerie : pains spéciaux en farine bio, baguette tradition en farine CRC locale, sans oublier quiches, tourtes, pizzas !
Tous les jours de 6h30 à 20h.

135, cours Albert Thomas, 69003 LYON
Tél. : 04-78-54-38-82

LYON 3 69003

RESTAURANTS

14,5/20

L'ALEXANDRIN

L'accueil et l'atmosphère de cette maison discrète et fidèle sont toujours les points forts. Laurent Rigal est un chef attachant, au grand cœur, et nous avons toujours plaisir à goûter ses créations du moment, avec une prédilection marquée, depuis quelques saisons, vers le végétal. L'omble chevalier est plaisant, bien aidé par la hollandaise à la framboise, originale ; les deux petites langoustines justes saisies et posées sur le râpé de fenouil sont heureusement boostées par l'eau de fenouil ; le tronçon de turbot est d'une belle cuisson, la mousseline de courgette un peu fade et la fleur de courgette farcie à la Saint-jacques avant la saison. Le dessert à la framboise permet de finir le repas sur une note pleine de fraîcheur. Les amuse-bouche, le pré-dessert et les mignardises sont de qualité et la carte des vins bien alléchante.

83 rue Moncey
T. 04 72 61 15 69
Fermetures lu, di.
Menu(s) 40-115€

13/20

DANIEL ET DENISE

La recette de Joseph Viola fonctionne toujours aussi bien, et qu'on soit à Saint-Jean, à la Croix Rousse ou ici, le soin du détail et la précision apportée au respect de la tradition des bouchons font de ses établissements des références du genre. Boisé, dans un genre Art Déco, avec des réclames au mur et les incontournables nappes Vichy, introduisent une cuisine nostalgique et locale, d'une réalisation qui explique la réputation. Parmi les possibilités, pâté en croûte au foie gras, omelette du curé aux écrevisses, aile de raie à la grenobloise, volaille de Bresse aux morilles, tarte tatin aux pralines de Saint-Genix...

156 rue de Créqui
T. 04 78 60 66 53
Fermetures di.
Carte 53€ **Menu(s)** 38€

12,5/20

L'ARSENIC

Incubateur pensé par Christian Têtedoie, cette jolie table du côté des quais du Rhône est l'occasion pour les futurs grands de demain de tâter un peu le terrain dans ce local contemporain et épuré, où ils peuvent ainsi se forger une expérience et travailler leur identité. Cette fois, c'est au tour du jeune chef Alexandre Delteil de prouver son talent avec une entrée d'aubergine, tomate et chèvre, une quenelle de poisson, carottes et piquillos, ou encore un burger césar, sucrine et parmesan. Menus à partir de 20 € .

132 rue Pierre Corneille
T. 09 62 39 85 55
Fermetures sa, di.
Menu(s) 24-50€

12,5/20

LA TABLE 101

Non loin des Halles, Olivier Delbergues propose une cuisine semi-gastronomique de bon niveau, centrée autour du produit et se déployant dans un espace à la fois contemporain et bien pensé pour les repas d'affaires. La formule à 28 € est parfaitement indiquée pour l'occasion, avec des idées qui changent chaque semaine, dans l'esprit d'un sablé origan, tomate confite, pâte d'olive taggiasche et burrata, un dos de poisson à la plancha, courgette et oignon blanc au thym citronné,

101 rue Moncey
T. 04 78 60 90 23
Fermetures sa, di.
Menu(s) 21,90-50€

amandes grillées et abricots ou encore une pièce de veau rôtie, blé dur au curcuma et carottes au cumin. Le restaurant s'est offert un nouveau décor pour sa réouverture début 2022.

12,5/20

L'ÂME SŒUR

209 rue Duguesclin
T. 04 78 42 47 78
Fermetures lu (dîn.), sa, di.
Menu(s) 27-46€

Seconde adresse d'Olivier Paget, cette sympathique cantine urbaine propose une jolie cuisine semi-gastronomique pour la faune locale, qui apprécie là le cadre sobre et épuré, et les assiettes bien construites du chef, dans un esprit cuisine de marché. Les associations sont plaisantes, à la manière de la soupe froide de poivrons et filet de lisette cuit à basse température, pointes de pistou, de l'aile de raie et courgettes écrasées à l'huile de mélisse, sauce matelote et coques grillées, ou encore de la noix de veau avec une compotée de carottes pourpres et pholiotes du peuplier, quinoa croustillant. Bon service.

12/20

DANTON

8 rue Danton
T. 04 37 48 00 10
Fermetures sa, di.
Menu(s) 30€

Dans la rue éponyme non loin de la gare, ce bistrot de quartier est une excellente affaire, un endroit soigné dans le bon genre, façon contemporain et nature avec des tables en bois clair ; on y croisera une belle cuisine de marché, bien faite et dans la bonne mode. La formule à 28 € est rudement efficace, avec l'œuf de poule parfait et confit d'aubergine, croustillant de chorizo, amandes et coulis de poivrons rouges, un filet de merlu en viennoise, risotto de petit épeautre du Ventoux, artichauts, olives taggiasche et sauce barigoule, une douceur chocolat, noisette et caramel. Service bien tenu.

10/20

GRUM ET GRAM

264 rue Duguesclin
T. 04 72 31 60 57
Fermetures sa, di.
Menu(s) 16-19€

Sympathique bistrot de quartier du côté de la place Guichard, on y apprécie la décoration simple et pleine de références aux bouchons lyonnais, sa luminosité marquée par le bois clair et les couleurs. L'ardoise change tous les jours, pour délivrer des assiettes simples et efficaces, un saumon gravelax, un tartare au couteau... Cave bien équipée.

10/20

LA SCALA SICILIANA

3 rue Commandant Dubois
T. 04 26 00 09 35
Fermetures lu, di.

Trattoria contemporaine du côté du pont Wilson, on vient y profiter des classiques du répertoire transalpin, dans un cadre soigné et sobre, où règne une belle convivialité. La carte est bien équilibrée, avec des antipasti à la mode, jambon blanc à la truffe, poulpe mariné, les pizze classiques (margherita, napoletana, capri), les spéciales aux produits d'exception, à la truffe, au jambon San Daniele, à la mozzarella D.O.P., les primi piatti alla carbonara ou à la crème de truffe, les polpette ou encore l'escalope à la milanaise. Desserts classiques.

BOUCHERIE

BOUCHERIE TROLLIET

Le boucher le plus réputé des halles, en place depuis des lustres, et servant de l'excellence à des tarifs altiers mais justifiés pour cette qualité rare. Un service de connaisseur pour le bœuf de noble provenance, la volaille de Bresse ou l'agneau de Pauillac.

Halles de Lyon - Paul Bocuse
T. 04 78 62 36 60
Fermetures lu.

MAISON CLUGNET

De jolies volailles bien dodues, bien en chair et de celles qui donnent le meilleur du goût en cuisson. Volailles de Bresse, princes de Dombes, en poulet, canard ou pintade : le meilleur du 2 pattes, à préparer ou prêt à cuire comme les cuisses de cailles confites à tester absolument.

Halles de Lyon - Paul Bocuse
T. 04 78 62 31 37
Fermetures lu.

BOULANGERIE

BOULANGERIE CHAMPEAUD

Aurélien Mingot peut être fier de sa coupe. Il a remporté le prix de la meilleure baguette de tradition, le 3ème prix du meilleur pain au chocolat ainsi que le 3ème prix au meilleur croissant. Après un déménagement de Chaponnay à Lyon en septembre 2016, voici toute l'équipe dans un univers tout neuf, avec un prix tout neuf et une clientèle aux anges.

95 cours du Docteur Long
T. 04 37 91 46 91
Fermetures lu, di (p.m).

MAISON JOCTEUR

Bien connu avec sa boulangerie du 9e, face à l'île Barbe, Philippe-Marie Jocteur a désormais également sa boutique aux Halles pour faire profiter les Lyonnais du cœur de ville de ses très bons pains, de sa fameuse tarte aux pralines ou encore de son flan pâtissier. Également de bonnes viennoiseries.

102 cour Lafayette
T. 04 72 77 52 50
Fermetures lu.

CHARCUTERIE

CHARCUTERIE GAST

Une bonne choucroute à Lyon, avec les meilleures charcuteries ? Oui, c'est possible, comme tout, aux Halles de Lyon, avec Gast qui concilie sans difficulté les plaisirs des écoles alsaciennes et lyonnaises au rayon charcuterie. Avec tout ce qui fait plaisir, le boudin truffé, la bouchée à la reine, les escargots, le foie gras d'oie au gewurztraminer...

Halles de Lyon - Paul Bocuse
T. 04 78 62 32 25
Pas de fermetures

CHARCUTERIE SIBILIA

L'indispensable charcuterie de Colette Sibilia pour réussir des repas purement lyonnais, avec le pâté en croûte, le saucisson chaud, le brioché, les boudins et les excellentes terrines. Le programme est complet avec la bouchée à la reine, la tourte de volaille et les plats traiteur.

Halles de Lyon - Paul Bocuse
T. 04 78 62 36 28
Fermetures lu.

ÉPICERIE FINE

BAHADOURIAN

Le prince des épices, une référence sur toute la France. On vient de partout pour y trouver les meilleurs mélanges, le curry ou le ras el hanout, mais aussi le gingembre, la coriandre, le safran, les herbes séchées. Également des préparations façon mezzes, le thé et les douceurs.

20 rue Villeroy
T. 04 78 60 32 10
Fermetures sa,di.

THE GASTRONOMIE HOUSE

Le concept : rassembler dans un même lieu des produits de toute l'Europe, une épicerie fine en modèle continental : huile d'olive de Grèce, charcuterie ibérique, coppa corse, coffrets d'épices... L'essentiel vient de France et ses divers terroirs, avec des arrivages saisonniers, comme la truffe, les Saint-Jacques, les huîtres... Un grand rayon accessoires et arts de la table.

9 rue de la Part-Dieu
T. 04 26 65 06 37
Fermetures lu,di.

À LA SOURCE

Comme son nom l'indique, tout directement du producteur au consommateur dans cette épicerie bio solidaire qui permet à chacun de vivre de son travail, pratiquant le durable et le zéro déchets, avec des centaines de produits en vrac. Des fruits de saison, des légumes, des accessoires et de la vaisselle.

63 rue de la Part-Dieu
T. 09 80 65 81 98
Pas de fermetures

ÉPICERIE SUR COURS

Ouverte dans le quartier de Montchat en 2007, cette épicerie fine et traiteur assure à la clientèle la locale, la distribution des meilleurs maisons françaises ainsi que celle de produits frais de qualité. On trouve ainsi côté épicerie, des références comme la maison Fauchon, Alain Milliat ou encore Michel Cluizel. Côté traiteur, ce sont des spécialités italiennes, les fromages de Christian Janier, les poissons fumés et caviars de la maison Kaspia, ou encore des conserves du sud-ouest. Des paniers gourmands sont également proposés.

72 cours Docteur Long
T. 04 78 54 74 89
Fermetures lu.

FROMAGERIE

CELLERIER LES HALLES

Le traiteur haut de gamme qui est à lui seul un symbole des halles : tous les produits gourmands, charcuteries et fromages, ainsi que toutes les préparations qui font saliver, parfaitement ordonnées et présentées, servis par des connaisseurs de bon conseil. Et désormais un nouveau coin avec un comptoir de l'écailler.

Halles de Lyon - Paul Bocuse
T. 04 78 62 37 75
Pas de fermetures

MONS FROMAGER

Toute la légitimité d'un des fromagers les plus connus du pays, en étant présent dans ce temple du bien manger. Mons, du Pays Roannais, est bien dans sa région, et bien à Lyon où il peut présenter une bonne partie des 200 fromages qui font partie de son catalogue gourmand, à parfait affinage bien sûr. Mention spéciale pour les bleus, bien représentés, avec les fourmes d'Ambert et de Montbrison notamment.

Halles de Lyon - Paul Bocuse
T. 04 78 62 36 77
Fermetures lu,sa.

LA MÈRE RICHARD

Comme Bobosse ou Trolliet, une figure majeure des Halles et de la gastronomie lyonnaise. Partout en France, on savoure le fameux saint-marcellin de la mère Richard, présent sur les plus belles tables, aux côtés du saint-félicien mais aussi d'une sélection très fiable de fromages des autres régions.

Halles de Lyon - Paul Bocuse
T. 04 78 62 30 78
Fermetures lu, di (p.m).

PÂTISSERIE

L'EPIS CURIEN

Un MOF glacier qui est aussi un pâtissier de renom dans cette boutique traditionnelle où les chocolats ont également bonne côte. On se régale l'été avec toutes les préparations glacées, aux fruits comme au chocolat.

248 rue Paul Bert
T. 04 78 54 68 10
Fermetures lu, di (p.m).

PÂTISSERIE RICHARD SÈVE

Le pâtissier le plus réputé des halles et peut-être de la ville, pour tous ses chocolats et macarons, mais aussi des réalisations de haut vol en pâtisserie grand format pour le régal de toute la famille. Goûtez également l'incontournable tarte à la praline. Également une boutique en ville au 29 quai saint-Antoine.

Halles de Lyon - Paul Bocuse
T. 04 78 62 36 76
Fermetures sa.

POISSONNERIE

POISSONNERIE PUPIER

Du poisson sauvage, des coquillages et crustacés, les belles huîtres, tout ce qui est noble entre sur l'étalage de chez Pupier, qui propose aussi sur place la dégustation et des préparations de haut vol : cuisses de grenouilles, lotte à la plancha, sole meunière...

Halles de Lyon - Paul Bocuse
T. 04 78 62 37 26
Fermetures lu.

TORRÉFACTEUR

CAFÉS GONÉO

Une nouvelle enseigne dans les Halles pour un torréfacteur local qui offre son savoir-faire dans le choix des provenances, dans ses cafés moulus sur demande, dans la dégustation sur place. Des latte froids ou chauds, chocolats, thés, plus de 80 références en vrac.

102 cour Lafayette
T. 04 78 71 08 45
Pas de fermetures

LYON 4 69004

RESTAURANTS

14/20

OPALINE

Rendez-vous des beaux dîners sur la Croix Rousse, la table de Fabrice Roche et son épouse Carine est un lieu serein et plaisant, à la lumière tamisée et à la décoration soignée, avec un mobilier simple et des tendances scandinaves. L'essentiel se passe dans l'assiette, avec des compositions d'une très belle précision, où le dressage est aussi délicat que les associations. Le menu de la semaine témoigne de ce beau savoir-faire tout en renouvelant les idées, à la manière du gaspacho de concombre, câpres et menthe, chèvre frais et tomate au vinaigre, cabillaud et mijoté de coco azuki, oignons doux et bouillon verveine curry, une pièce de cochon frottée au miso, polenta crémeuse à l'ail noir et jus aux échalotes confites, crème prise à la badiane, fruits exotiques et sorbet litchi. Bonne sélection en cave.

8 rue Pailleron
T. 04 78 28 80 86
Fermetures lu (dîn.), di.
Menu(s) 21-34€

12,5/20

36 LE COSY

Adresse franco-brésilienne posée sur les hauteurs de la ville, ce joli bistrot urbain et actuel délivre des alliances intelligentes et créatives, qui mettent en valeur les produits dans des constructions graphiques. Le menu du soir, sobre, offre un beau voyage aller-retour entre les continents, avec la pastèque et le raisin, le concombre et la pomme, les épinards et les pommes de terre, la patate douce, le magret et la fraise, la douceur au caramel.

36 rue du Mail
T. 04 78 28 98 40
Fermetures lu, ma, di (dîn.).
Menu(s) 18-31€

12,5/20

LE CANUT ET LES GÔNES

Au cœur de l'arrondissement, une table traditionnelle à l'intérieur de charme, avec son bois, son style kitsch et son mobilier de brocante, qui évoque les vieux bouchons. À bon tarif, on vient y découvrir des classiques revisités, comme le maquereau mariné au vinaigre kalamansi, velours de betterave au chèvre, groseille maquereau et salicorne, la daurade royale, moules de bouchot au concassé de tomate, bouillon de bouillabaisse, fenouil, haricot vert et betterave jaune, ou encore comme le gigot d'agneau rôti roulé aux herbes, purée de céleri rave et caponata de légumes au paprika fumé. Ambiance conviviale.

29 rue de Belfort
T. 04 78 29 17 23
Fermetures lu, di.
Menu(s) 19-34€

12,5/20

SUBSTRAT

Dans un très beau cadre en bois, pierre brut et lumières tamisées, dans une atmosphère sable et nature, le chef Hubert Vergoin propose une belle bistronomie personnelle, où le respect du produit et la créativité sont au cœur du processus. Pour des prix franchement concurrentiels, on découvre des assiettes de pros, qui méritent à être connues, une entrée de tomate mi-cuite, brebis frais, salade d'herbe, crumble de brebis et pickles, un poisson selon l'arrivage, niçoise de légumes, jus de crevette sauvage et basilic, une pièce de bœuf, roquette et salicorne, aubergine confite dashi, épeautre et levure maltée. La cave n'est pas immense mais elle est bien équipée, avec des jolies signatures sur toute la France.

7 rue Pailleron
T. 04 78 29 14 93
Fermetures sa (déj.), di.
Menu(s) 21-44€

12/20

ALEBRIJE

Dans le quartier de la Croix-Rousse, cette pétillante adresse a été ouverte par Carla Kirsch, récemment diplômée de l'école Bocuse, possédant la technique adéquate pour une promotion réussie du patrimoine culinaire mexicain. L'endroit, nommé d'après les fameuses sculptures d'art folkloriques mexicaines, est à l'image du propos, chaleureux, ensoleillé et inspiré. Le cadre mêle bois et osier, les couleurs chaudes, avec juste ce qu'il faut de végétation. Les assiettes, elles, traduisent un très bon sens des cuissons. Les produits sont bien travaillés comme dans ce tacos exemplaire aux crevettes, ou la daurade royale façon Vera Cruz, parfaitement cuite et accompagnées de tomates et pommes de terre. Le tout toujours servi dans une vaisselle colorée. La carte, qui évolue au gré des saisons, poursuit le voyage avec le cochon de montagne en sauce asado de bodas et topinambours ou encore le fameux cacao 100%

1 rue Justin Godart
T. 04 72 00 03 02
Fermetures lu, ma (déj.), di.
Menu(s) 34-46€

mexicain en textures et glace chocolat vanille. La petite cave suit le mouvement avec de belles sélections du Mexique et d'Argentine principalement.

12/20

L'AROMATIC

15 rue du Chariot d'Or
T. 04 78 23 73 61
Fermetures lu, di.
Menu(s) 18-47€

Sur la nouvelle scène locale, la table de Frédéric Taghavi et Pierre-Julien Gay ne démérite pas, et donne à vivre une expérience actuelle, autant dans la décoration que dans l'assiette. Sobre et faisant contraster un mobilier un peu rustique avec un cadre très épuré, l'endroit introduit assez bien les idées de la maison, entre présentation graphique et respect du produit. La carte est assez modeuse mais elle fonctionne bien : poulpe grillé, caviar d'aubergine au cumin et citron confit, oignons frits et sauce tzatziki, esturgeon de Lombardie rôti, légumes croquants, sauce coco citronnelle et poivre de Timut, un carré de veau français servi froid avec une mayonnaise maison et confit niçois, enfin un moelleux au gianduja, sorbet et espuma de fraises, éclats de noisettes. Bon accompagnement en cave.

12/20

DANIEL ET DENISE CROIX-ROUSSE

8 rue Cuire
T. 04 78 28 27 44
Fermetures lu, di.
Menu(s) 13-50€

Version Croix Rousse de la recette Joseph Viola, on retrouve le plaisir d'un traditionnel bien reproduit, et d'une cuisine de bouchon qui ne souffre d'aucun déficit : pâté en croûte au foie gras de canard et ris de veau, œufs en meurette, quenelle de brochet sauce Nantua, rognon de veau entier en cocotte façon grand-mère, filet de bœuf français au poivre noir flambé au cognac, île flottante aux pralines de Saint-Genix... Cave adéquate.

BOULANGERIE

PARTISAN BOULANGER

2 rue du Chariot d'Or
Fermetures ma,me,je.

Rue du Chariot, les pains sont faits à l'ancienne, la farine qui vient du moulin Marion dans l'Ain est biologique, le levain est naturel et le four à bois cuit comme au bon vieux temps. Bastien Malugani, qu'on peut regarder travailler dans son fournil façonne à la main une bonne partie de la nuit pour notre plaisir matinal. Une mie aérée d'une belle couleur crème, une délicieuse croûte brune comme on n'en voit plus beaucoup. Les miches "à la coupe" comme la Caboche au levain de seigle, pomme, noix et graines de pavot, le Perroquet, mais aussi les baguettes, viennoiseries et pâtisseries. Ouvert de 6h30 à 19h30 lundi et mardi, vendredi à dimanche.

CHOCOLATERIE

PÂTISSERIE SÉBASTIEN BOUILLET

15 place de la Croix-Rousse
T. 04 78 28 90 89
Pas de fermetures

Une enseigne solide et réputée, un excellent pâtissier, très sûr dans la confection comme dans le design sur ses grands formats : le « Saint-Ho », le savoureux Dulcey-passion, la tarte Lyon-Tokyo associant praline et yuzu, ou le Saint-Domingue, mangue ananas et coco. Très bon accueil, ambiance chic.

FROMAGERIE

FROMAGERIE GALLAND

Le choix n'a peut-être d'égal que le prix, mais il est irréprochable. Les produits sont sincères et bien faits avec une belle déclinaison de raclettes recommandée pour les soirées d'hiver avec des saveurs fumé, tomates, oignons, tomme au foin... vacherin fribourgeois et autres pâtes exotiques qui laissent baba.

8 rue d'Austerlitz
T. 04 78 39 98 84
Fermetures lu (a.m), di (p.m).

PÂTISSERIE

PÂTISSERIE ROLANCY

Alain Rolancy a profité d'une solide formation auprès de grandes maisons comme Paillasson ou Dammoyeau. Avec une équipe de 9 pâtissiers, 300 m^2 de laboratoire sont nécessaires pour la mise au point des préparatifs. Entremets mousse, fruits, chocolats, tartes et bonbons chocolat tapissent l'étal pour le plaisir des yeux.

16 grande rue de la Croix-Rousse
T. 04 78 28 70 53
Fermetures lu.

TIXIER

Chaque jour la queue sur le trottoir à l'heure du déjeuner témoigne de sa réputation. Goûtez la tarte aux pralines, et la spécialité maison au chocolat baptisée justement Tête d'Or.

25bis cours Vitton
T. 04 78 89 55 64
Fermetures di.

POISSONNERIE

POISSONNERIE VIANEY

Des poissons issus de la pêche traditionnelle, de petits bateaux côtiers, sont présentés ici dans cette maison où le métier se transmet de père en fils. Jean-Luc Vianey a vu ses capacités récompensées par le rare titre de Meilleur Ouvrier de France en 2011. Ce titre qui vient compléter une activité riche de préparations de poissons et produits traiteurs du genre. Étal particulièrement bien achalandé.

112 boulevard de la Croix-Rousse
T. 04 78 28 68 67
Fermetures lu.

LYON 5 69005

RESTAURANTS

16/20

RESTAURANT CHRISTIAN TÊTEDOIE

Parmi les patrons de la cuisine lyonnaise, Christian Têtedoie voit sa renommée toujours plus forte, lui qui a formé tant, qui a inspiré tant, et qui continue toujours depuis son nid d'aigle de rendre hommage à la ville qui l'a vu s'épanouir. La vue imprenable depuis sa salle en hauteur du Vieux Lyon offre un panorama unique sur la ville, et dans cet univers privilégié à la décoration contemporaine, bourgeoise et feutrée, une atmosphère complice règne entre initiés. Les menus sont sans faute, parfaits d'un point de vue technique, renouvelant la gastronomie avec sérénité et confiance : maquereau grillé et lentilles du Puy, filet de saint-pierre, sucrine farcie et sauce au verjus, pigeon de madame Ollagnier, baba salé à l'oignon, dessert de mûres, sésame et citron noir de Valence. Cave exceptionnelle.

4 rue Professeur Pierre Marion
T. 04 78 29 40 10
Pas de fermetures.
Carte 92€ **Menu(s)** 48-128€

Chef Cuisinier
Christian Têtedoie

14,5/20

AU 14 FÉVRIER VIEUX LYON

Une des plus belles tables du Vieux Lyon, la maison de Tsuyoshi Arai est un rendez-vous franco-japonais de grande classe. Logiquement épuré et délicat, l'endroit introduit la rigueur et l'excellence du chef, qui propose une cuisine précise et bien inspirée, puisant dans ses expériences au Japon et en France. Le résultat est un voyage riche et de belle voilure sur les deux terroirs : une déclinaison de poulet, foie et cœur au miso et chips de peau, chair et crête persillés, œuf mollet crème de moutarde, bouillon de poulet, brochette de gésier, suprême et cuisses, un poisson du jour, courgette et fenouil, sauce nuoc-mâm au pamplemousse et badiane fraîche, grains de coriandre fraîche et huile d'olive au basilic thaï, ou encore un pigeonneau de la maison Quintart au feu de bois de cerisier, sauce jus de pigeonneau à la cerise, artichaut violet, purée d'aubergine à l'ail violet, pickles de cerises et feuilles de cerises au sel.

36 rue du Bœuf
T. 04 78 92 91 39
Fermetures lu, ma (déj.), me (déj.), je (déj.), ve (déj.), di.
Menu(s) 98€

14,5/20

LES LOGES

Dans l'un des plus beaux hôtels de la ville, la Cour des Loges*****, le chef Anthony Bonnet profite de ce cadre historique exceptionnel, avec sa vieille pierre, ses voûtes et son atmosphère seigneuriale enchanteresse pour proposer une belle cuisine de produits, qu'il n'hésite pas à revisiter ci et là pour rehausser les sensations, par les textures et les alliances. Au milieu des lustres et des splendides mises en table, les légumes du potager de l'abbé Rozier sont ainsi caramélisés avec un jus acidulé et des racines, confites aux pousses d'épicéa, l'omble chevalier est confite à la fève de cacao, coulis d'herbes fraîches et mousseline de brochet, dans un bouillon de kombu et champignons, le pigeonneau est cuit au bois de genévrier avec une purée de prunes fermentées, les cuisses sont confites au verjus avec un oignon cuit au foin d'aspérule. La douceur finale est au chocolat, aux céréales et fruits du Mont Lyonnais. Cave à la hauteur des prétentions. Prix logiques.

6 rue du Bœuf
T. 04 72 77 44 44
Fermetures lu, ma (déj.), me (déj.), je (déj.), ve (déj.), sa (déj.), di.
Carte 102€ **Menu(s)** 135€

14,5/20

LES TERRASSES DE LYON

Probablement l'une des plus belles vues de Lyon, la table et la terrasse de la Villa Florentine*****, située sur la colline de Fourvière, offrent un moment de grâce dans un cadre bourgeois de verre et d'acier. Le chef ne se repose pas pour autant sur son avantage et profite de l'endroit pour prolonger les plaisirs au travers de produits nobles et d'une belle technique. Ainsi, tout en admirant la ville de haut, on pourra apprécier la truite de l'Isère confite à l'huile d'olive, la quenelle de langoustine et jus de tête en émulsion, l'omble chevalier de chez Murgat et marmelade de légumes, le pigeon cuit à l'étouffée et tartine gratinée, des vraies profiteroles. Très belle cave. Formules bien étagées de 49 à 120 € .

25 montée Saint-Barthélemy
T. 04 72 56 56 02
Fermetures di.
Menu(s) 49-105€

13,5/20

JÉRÉMY GALVAN

Dans le vieux Lyon, une de ces adresses bien connues des amateurs lyonnais, qui savent ici l'intelligence et le niveau de l'expérience. Chez Jérémy Galvan, c'est un voyage où rien n'est laissé au hasard : la lumière est tamisée, la pierre brute et le béton ciré, les nappes et les chaises grises jettent une atmosphère industrielle froide, contemporaine, tandis que la salle bleue propose une atmosphère plus calme et reposante ; la vaisselle est aussi travaillée que ce qu'elle contient, et l'ensemble est une œuvre totale qui explique la renommée des lieux. Le chef y développe une saveur personnelle, originale, parfaitement amenée, qu'il faut deviner par soi-même selon le menu surprise de son choix, de 40 à 109 € . Les propositions au verre sont également d'un même niveau, à la fois modernes et instinctives. Service professionnel.

29 rue du Bœuf
T. 04 72 40 91 47
Fermetures lu, me (déj.), sa (déj.), di.
Menu(s) 69-109€

13/20

LA SOMMELIÈRE

Dans le vieux Lyon, la sommelière Shoko Hasegawa et le chef Takafumi Kikuchi associent leur labeur et leur sens de la perfection pour donner lieu à une expérience de cuisine française puissante et précise. Les assiettes sont d'une réalisation irréprochable, tandis que dans le verre, les sélections sont absolument remarquables. On pourra ainsi démarrer sur un calamar mi-cuit avec une sauce sabayon, poursuivre sur un magret de canard caramélisé et des endives à l'étuvée et une selle d'agneau français rôtie, terminer sur une compote de pêches et glace au citron et huile de basilic. Prix attendus.

6 rue Mourguet
T. 04 78 79 86 45
Fermetures lu, ma (déj.), me (déj.), je (déj.), ve (déj.), di.
Menu(s) 72€

12,5/20

DANIEL ET DENISE SAINT-JEAN

Adresse Vieux Lyon du concept de Joseph Viola, les principes de la maison se retrouvent ici avec une même vigueur : un cadre à l'ancienne qui tire sur la nostalgie, avec les chaises Thonet et les nappes Vichy, et des spécialités lyonnaises bien faites, aux recettes dûment respectées. Le plaisir est toujours là, pour la tête de veau cuite au court-bouillon et sauce ravigote, l'omelette du curé aux queues d'écrevisses, la quenelle de brochet, l'andouillette 5A et sauce moutarde. Prix justes.

36 rue Tramassac
T. 04 78 42 24 62
Fermetures lu, di.
Carte 17€ **Menu(s)** 37-40€

12,5/20

LE ROOFTOP TÊTEDOIE

Une fois installé, vous comprendrez pourquoi il est aussi difficile d'obtenir une table ici qu'au grand gastro de Christian Têtedoie. Dominant toute la ville, offrant un cadre unique, et dans un standing de bistrot chic, ce rooftop n'est pas loin de l'idéal du genre. Le soir, un menu unique à 45 € dans lequel on pioche des assiettes pleines de modernité, pour des repas à la fois romantiques et gourmands : ceviche de sébaste, framboise, concombre, vinaigre, truite, fenouil et groseilles et, constante de la maison, de bons desserts avec le chocolat, sarrasin et fleur de sel. Service aux petits soins, bon choix de vin au verre.

4 rue Professeur Pierre Marion
T. 04 78 29 40 10
Fermetures lu, di.
Menu(s) 32-45€

12/20

LES ADRETS

Dans le Vieux Lyon, une adresse traditionnelle et chaleureuse, où l'on pourra retrouver des classiques du registre, pour les touristes et la fidèle clientèle locale. L'endroit se prête à un moment décontracté et convivial, où les saveurs bien connues tournent avec sincérité - une pièce de bœuf et truffes, des madeleines et des fraises - et des tarifs compétitifs.

30 rue du Bœuf
T. 04 78 38 24 30
Fermetures sa, di.
Menu(s) 20-38€

12/20

LE BISTROT TÊTEDOIE

Sur la colline de Fourvière, ce " bistrot " signé Têtedoie est une version franchement haut de gamme du genre, avec une vue absolument imprenable sur Lyon, une terrasse idéale en été, et une formule à 35 € qui pourrait rivaliser avec pas mal d'adresses. Les produits sont d'une bonne qualité et la réalisation est dans la continuité de la réputation, sur un croque-monsieur au jambon truffé, la daurade royale, fenouil confit et beurre nantais émulsionné, un lapin confit à l'ail nouveau, pâtes fraîches et chimichurri, un éclair noisette et chocolat manjari. Service professionnel.

4 rue Professeur Pierre Marion
T. 04 78 29 40 10
Pas de fermetures.
Menu(s) 24-35€

12/20

CAFÉ ÉPICERIE DES LOGES

Annexe du Restaurant de la Cour des Loges*****, on y retrouve les propositions du chef Anthony Bonnet, qui développe une bistronomie haut de gamme, à la hauteur des prétentions de l'hôtel. Dans un cadre toujours aussi élégant, un beau comptoir et une petite cour charmante, les menus défilent à des prix plus sympathiques, pour une salade de légumes et fruits croquants avec des herbes fraîches, un poisson grillé et vierges de légumes, une pintade rôtie et tomate, estragon. Desserts classiques.

2 rue du Bœuf
T. 04 72 77 44 44
Pas de fermetures.
Menu(s) 39€

HÔTELS

5 ÉTOILES

VILLA FLORENTINE

Accrochée à la mythique colline de Fourvière, à deux pas de la ville historique mais loin, très loin de son agitation, cette belle villa a été aménagée dans un ancien couvent XVIIe, flanqué de sa ravissante chapelle, fleuron de la Renaissance italienne. Membre de la collection Relais & Châteaux, elle offre les délices de ses 29 chambres, suites et appartements qui ont conservé leurs plafonds à la française, leurs mezzanines et leurs mosaïques à l'italienne. À deux pas, l'espace bien-être dévoile sa piscine extérieure chauffée toute l'année, son hammam et son sauna aménagé sous une voûte et, surtout, sa terrasse que l'on rejoint après avoir diné au restaurant qui propose une remarquable cuisine de terroir. Un formidable promontoire qui dévoile la cité historique (classé au patrimoine mondial de l'Unesco) avec la forêt de ses toits et le ciel qui s'embrase au soleil couchant.

25 montée Saint-Barthélémy
T. 04 72 56 56 56

5 ÉTOILES

VILLA MAÏA

8 rue Pierre Marion
T. 04 78 16 01 01

Sur les hauteurs de Lyon, ce récent hôtel imaginé par un trio de rêve (les architectes d'intérieur Jean-Michel Wilmotte, Jacques Grange et le paysagiste Louis Benech) n'en finit pas d'attirer les amateurs d'un luxe contemporain, raffiné et sans ostentation. Décoré de colonnes antiques avec des allures de thermes romains, le spa est l'écrin parfait pour se ressourcer (piscine de 20 m, jacuzzi, sauna, hammam et salle de fitness). 34 chambres et suites infusent douceur et sérénité avec leurs lits couverts de couettes en fibres de soie, leurs moquettes épaisses et leurs majestueuses salles de bain en marbre de Carrare. La plupart sont prolongées d'une terrasse, promontoire idéal pour admirer le soleil levant ou les lumières de la ville qui scintillent au crépuscule.

BOULANGERIE

LA BOULANGERIE DU PALAIS

8 rue du Palais de Justice
T. 04 78 37 09 43
Fermetures ma,me.

Il n'y a pas plus grande justice que de rentrer dans la boulangerie du Palais. C'est une reconnaissance faite à dame praline, qui se trouve déclinée en brioches, tartes, croquants, feuilletés... La file d'attente est parfois longue mais toute gourmandise se mérite. Très bonnes pizzas et pissaladières aussi. La partie boulangerie reste dans le ton : excellente !

CAVE À BIÈRES

LES FLEURS DU MALT

15 quai Romain Rolland
T. 04 78 58 25 36
Fermetures lu (a.m), ma (a.m), me (a.m), je (a.m), ve (a.m), sa (a.m), di (a.m).

Plus de 300 bières différentes chez ce caviste avec une place non négligeable accordées aux productions françaises de brasseries artisanales (Agrivoise, Pleine Lune...).

CAVISTE

ANTIC WINE

18 rue du Bœuf
T. 04 78 37 08 96
Fermetures lu, di.

La très belle sélection de vins d'ailleurs (dont beaucoup de vieux millésimes de portos) en a fait un lieu pour amateurs exigeants. Georges Dos Santos est passionné, et cette minuscule boutique déborde de trésors et de découvertes. Références impeccables, surtout en Rhône et en Bourgogne. Excellent bar à vins et organisations de dégustations à thème.

CHOCOLATERIE

AMBASSADE BONNAT CROZET

12 rue du Bœuf
Pas de fermetures

Bonnat est chocolatier, Crozet liquoriste : l'association fonctionne bien pour proposer des produits de caractère dans une jolie et élégante boutique au cœur du Vieux Lyon. Crus d'exception et large choix de tablettes pour le premier, crèmes de fruits, eaux de vie, liqueur et sirops pour le second.

BRUNO SALADINO

Un chocolatier expert, déjà installé depuis une dizaine d'années rue Trochet, et qui trouve au cœur du Vieux Lyon un espace pas immense, mais mettant bien en valeur ses créations : tablettes, bonbons, pralinés, grands crus... on retrouve la saveur et l'élégance dans les compositions de cet artisan qui fut trois fois finaliste du concours MOF.

66b rue Saint-Jean - Vieux Lyon
T. 04 78 82 19 49
Fermetures lu.

GLACIER

GLACIER RENÉ NARDONE

Dans cette institution lyonnaise fondée en 1923 par René Nardone, ce sont Béatrice et Armelle, ses filles, qui ont repris l'affaire. Superbe crème glacée sans œufs à la pâte d'amande, sans gras ni lourdeur. Elles sont toutes bien équilibrées et pleines de saveurs parmi un choix de 60 parfums (noisette, praliné, cannelle, châtaigne...). Pas de sorbet ici.

3 place Ennemond Fousseret
T. 04 78 28 29 09
Fermetures sa,di.

GLACIER TERRE ADÉLICE

Ces Ardéchois rendent hommage à leur ville d'accueil avec le parfum coussin de Lyon, où se retrouvent toutes les saveurs chocolat, pâte d'amande et candi de cette spécialité de la capitale des Gaules. Installée à Saint-Jean, ils savent à côté des goûts classiques, apporter leur originalité : à tester le parfum foie gras, fenouil, roquefort, potiron-châtaigne... La plupart des glaces et sorbets sont bios, les stabilisants sont 100 % naturels, le lait est frais, entier et les fournisseurs sont des producteurs locaux pour la plupart. Et le chocolat est signé Valrhona. Dernière bonne nouvelle : la boule à emporter est à 2,60 € contre 4 € sur place.

1 place de la Baleine
T. 04 78 03 51 84
Fermetures lu (a.m), ma (a.m), me (a.m), je (a.m), ve (a.m), sa (a.m), di (a.m).

PÂTISSERIE

À LA MARQUISE

La belle Marquise tient ses quartiers dans une maison classée du vieux Lyon. Il lui fallait un cadre au niveau de son rang. Un siècle d'expérience, ce n'est pas rien pour concocter des spécialités lyonnaises aux secrets bien gardés : une parure en pralines déclinée en tarte praline du vieux Lyon où amandes pralines et crème font un ménage bien heureux et croquant ; éclair à la praline, ou meringues à la praline font la part belle aux amandes caramélisées grillées dans les règles de l'art.

37 rue Saint-Jean - Maison du Chamarié
T. 04 78 37 89 85
Fermetures lu,ma.

LYON 6 69006

RESTAURANTS

16,5/20

LE NEUVIÈME ART

S'il fallait prouver que la cuisine est bien le Neuvième Art, Christophe Roure serait tout trouvé pour le démontrer. Avec sa belle table, l'une des plus belles du quartier sinon de la ville, il arrive à faire exister une expérience gastronomique riche et qui ne soit pas guindée, où l'on se sent à l'aise au milieu des costumes, parce que le service est bienveillant, parce que que les assiettes, à elles seules font exister un moment qui justifie d'y passer la porte. L'accueil est si naturel qu'on croirait qu'ils prédisent l'avenir, et dans cet univers contemporain avec une jolie patte sixties qui distingue vraiment la table des autres, le directeur de salle Filippo Denise mène la danse avec un professionnalisme remarquable. Sur la

173 rue Cuvier
T. 04 72 74 12 74
Fermetures lu, di.
Menu(s) 105-175€

Chef Cuisinier
Christophe Roure

composition, le chef joue deux partitions, une à 105 et une à partir de 155 € , qui se méritent par la justesse du service et la belle performance en bouche, sur un tortello d'herbes à l'oeuf et escargots de Bourgogne persillés, comme une peinture en vert et blanc, sur l'infiniment délicat sandre et langoustine dans un bouillon d'infusion aux haricots découpés en dés ; on se laissera aller sur la tendre épaule d'agneau d'Aveyron, formidablement confite aux saveurs umami et accompagnées de bébés carottes. Les desserts ne manquent pas, entre le gâteau napolitain, la belle idée sur la fraise avec le thé fraise et le sorbet citron amer. Les mignardises, le pain surprise et la belle carte de liqueurs concluent magistralement l'expérience. On ne manquera pas de visiter la cave et ses 900 références, sur les conseils avisés de Michaël Pollet.

15/20

LE GOURMET DE SÈZE

Adresse des gens d'affaires et des notables, c'est un univers feutré, à la lumière tamisée, où l'on ne parle pas trop fort, où l'élégance préside à chaque instant. Les assiettes du chef expriment un style tout aussi bourgeois, avec des beaux produits et une belle technique, mise au service de relectures riches sur les saisons. L'eau de tomate joue agréablement sur l'anchois fumé, tandis que le blanc de poulet farci au foie gras fait travailler sa rondeur sur la niçoise de légumes, la pâte d'agrumes et la gelée de bouillabaisse. Les accords terre et mer sont bien faits, également sur un bar de ligne aux légumes bien repris par le lard maigre et l'écume d'amande. Les desserts sont d'un bon niveau. Cave bien instruite, avec une proposition d'accords mets et vins étudiée sur tous les vignobles, de la Corse à l'Alsace selon les idées du sommelier. Service professionnel.

125 rue de Sèze
T. 04 78 24 23 42
Fermetures lu, ma (déj.), me (déj.), je (déj.), ve (déj.), sa, di.
Menu(s) 65-115€

Chef Cuisinier
Bernard Mariller

15/20

PIERRE ORSI

Institution lyonnaise, la table comme le chef, une référence de toute une génération ; l'ancien apprenti de Paul Bocuse est aujourd'hui le parrain de la capitale des Gaules. On s'y rend comme en pèlerinage, pour découvrir ou se rappeler le bon goût des choses, qui incarnent un style national dont la renommée dépasse les frontières, celle de la langoustine en carpaccio à l'huile d'olive, du foie gras de canard en ravioles, au jus de porto et truffes, du homard en tronçons en barigoule d'artichaut, du pigeonneau rôti en cocotte, gousses d'ail confites en chemise, et des belles pâtisseries du pays dans une atmosphère unique comme celle d'un théâtre. Cave exceptionnelle.

3 place Kléber
T. 04 78 89 57 68
Fermetures lu, di.
Menu(s) 60-170€

Chef Cuisinier
Pierre Orsi

15/20

TAKAO TAKANO RESTAURANT

La table du chef Takao Takano est une ode à la perfection, qui s'écrit à chaque étape du repas, de la salle au design épuré, en blanc, bois et impression scandinave, au service millimétré, aux assiettes minutieuses, qui réinvente la gastronomie française. Le chef travaille ici des beaux menus, plutôt compétitifs pour le créneau (la formule déjeuner est à 50 €), et fait preuve d'une maîtrise et d'une créativité qui se ressentent à chaque assiette, sur les tomates de Bruno Cayron à la mélisse, qu'il travaille avec le concombre, les girolles clous et les amandes fraîches, condiment de chair de tourteau, le bel onglet de bœuf Black Angus au feu

33 rue Malesherbes
T. 04 82 31 43 39
Fermetures lu, di.
Menu(s) 50-150€

Chef Cuisinier
Takao Takano

de bois, poivrons Padron comme au Pays Basque et des beignets de fleur de courgette, ou encore un baba au pêches d'Ardèche à la fleur de sureau, mascarpone et framboise. La cave est très bien pourvue, avec des grands classiques comme des vignerons plus actuels. Brigade aimable.

14,5/20

LES APOTHICAIRES

Station Foch, la table de Tabata et Ludovic Mey est l'une des plus en vue du quartier, pour la promesse d'une cuisine jeune et remarquable, pleine de créativité et de technique, qui révèlent une philosophie du produit totalement en phase avec l'air du temps. Les assiettes sont soignées, esthétiques, expriment une belle ambition, qu'on retrouve dans le menu à 49 € , à la fois recherché et riche en voyage : tomates, vinaigrette lavande, herbes maritimes et sorbet tomate, le thon mariné au verjus, gelée de bœuf et ponzu, riz noir, un pigeon, zaatar, trévise, sauce prune-myrtille et géranium odorant, enfin un praliné cacahuètes, glace miso, rye bread, sauce cacao. Bonne sélection en cave.

23 rue de Sèze
T. 04 26 02 25 09
Fermetures sa, di.
Menu(s) 39-82€

14/20

MAISON CLOVIS

Table incontournable du quartier, l'adresse de Clovis Khoury est le rendez-vous chic et bourgeoise du 6e, où les familles se retrouvent pour les grandes occasions, où les débuts d'amour se retrouvent pour un troisième rendez-vous. L'endroit est franchement conçu pour être élégant (la noblesse des matières nobles, cuir et bois) et la lumière tamisée crée une intimité idéale. Qui sied également aux repas d'affaires. Les assiettes font la part belle aux beaux produits nobles, dans un genre classique très bien maîtrisé, qui fait ainsi croiser l'asperge et le pata negra, l'omble chevalier confit au foin avec le quinoa, la gelée de citrus, les œufs de saumon et les petits pois, le pigeon et les artichauts confits, la fraise, la vanille, le citron et le basilic. Très belle cave avec une bonne centaine de références. Le menu Découverte à 65 € est une bonne option, qu'on pourra compléter d'un bel accord mets et vins à 50 € .

19 boulevard des Brotteaux
T. 04 72 74 44 61
Fermetures lu, di.
Menu(s) 65-90€

14/20

MIRAFLORES

Près de la station Brotteaux, l'occasion est donnée de découvrir la meilleure table péruvienne de la ville, un lieu autant qu'une cuisine, où rien n'est laissé au hasard. La décoration est remarquable, une association de modernité et d'Art Déco, des tons orangés, bois et magenta, s'imposent sur des lignes très épurées éclairées d'une lumière tamisée et sensible. Ici, le chef Carlos Camino construit des ponts entre la France et le Pérou avec une compétence sincère et personnelle, qui associe dans un geste sûr les produits d'ici et de l'autre côté des Andes, le maigre, l'olluco, la coriandre et le quinoa, le citron vert et la muña. Prix attendus.

112 boulevard de Belges
T. 04 37 43 61 26
Fermetures lu, di.
Carte 12€ **Menu(s)** 85-180€

13,5/20

CAZENOVE

Dans un somptueux décor Belle Époque tout en miroirs, bronzes, banquettes cloutées et textiles fleuris, où l'on s'imaginerait croiser un Robert de Montesquiou, Pierre Orsi décline son expérience du genre français avec professionnalisme et tradition. L'instant est presque solennel et l'on retrouve les vieux amis du prestige national : œufs en meurette, saint-pierre doré au jus de bouillabaisse, carré d'agneau rôti à la fleur de thym et poêlée de légumes de saison, fricassée de ris de veau aux champignons... Desserts classiques. Service professionnel.

75 rue Boileau
T. 04 78 89 82 92
Fermetures sa, di.
Menu(s) 38-48€

13/20

LE CAFÉ DU PEINTRE

Non loin de la gare, Florence Périer s'incarne en digne mère lyonnaise, qui perpétue ainsi les bonnes traditions locales, empreintes de générosité et de gourmandise. L'endroit s'aligne sur le registre, et défend sa bonne humeur bistrotière, avec le bois, la promiscuité et la convivialité. Entre le tintement des verres et des couverts, la carte déroule ses classiques : lentilles et pieds de veau en salade, quenelle de brochet, cervelle d'agneau meunière, cervelle de canut, coupe vigneronne. Bons tarifs.

50 boulevard des Brotteaux
T. 04 78 52 52 61
Fermetures lu (dîn.), ma (dîn.), me (dîn.), sa, di.
Menu(s) 25€

13/20

M RESTAURANT

Ouvert par Matthieu Viannay, ce bistrot chic et contemporain non loin du cours Franklin Roosevelt est aujourd'hui gouverné par Julien Gautier, qui propose dans la continuité, une cuisine semi-gastronomique de bonne cotation. Les dressages sont recherchés et les alliances intuitives, un velouté d'aubergine de bonne alliance avec la feta et le tzatziki, un merlu de ligne avec des seiches, du céleri, des carottes fanes, fenouil, pommes de terre grenailles et jus façon bouillabaisse, une longe de veau avec une purée de pommes de terre, échalotes rôties, un mi-chocolat et caramel beurre salé.

47 avenue Foch
T. 04 78 89 55 19
Fermetures sa, di.
Menu(s) 20-35€

13/20

LA MUTINERIE

Toute jeune et pourtant déjà si bien avancée, la table de Nicolas Seibold et du sommelier Thomas est une des adresses les plus en vue de la préfecture, située non loin des Brotteaux. Raffinée, originale, cool, avec son ton dichromatique en bordeaux et blanc, sa décoration ultra-minimale et son mobilier en acier fin, la table présente des assiettes super créatives, qui renouvellent la cuisine régionale avec beaucoup de maîtrise. Le chef propose deux menus imposés, à 55 € le déjeuner et 75 € , pour une aventure qu'il faut sans doute faire au moins une fois, et qu'on accompagnera de vins de très belle sélection, aussi plaisante que recherchée.

123 rue Bugeaud
T. 04 72 74 91 51
Fermetures lu, ma (déj.), me (déj.), je (déj.), di.
Menu(s) 55-75€

13/20

LE PASSE TEMPS

Après une première expérience à Séoul, puis un complément de formation à l'institut Bocuse et chez Lasserre, Younghoon Lee tient aujourd'hui sa propre maison, une enclave franco-coréenne de haute volée, qui associe les terroirs et les cultures avec maîtrise et créativité. Les assiettes témoignent d'un vrai savoir-faire, et d'une minutie typiquement asiatique, dans sa délicatesse et sa précision. Le chef ne fait pas de carte mais il propose des formules bien étagées, permettant ainsi à toutes les bourses de s'introduire au noble métissage, de 39 à 105 € .

52 rue Tronchet
T. 04 72 82 90 14
Fermetures lu, di.
Menu(s) 39-105€

13/20

LE PRÉSIDENT

Dans le quartier de la Cité internationale, la table de Christophe Marguin est une évidence locale dont la réputation n'est plus à faire. Table bourgeoise, élégante, prisée des gens d'affaires et pour les grandes occasions, ce joli navire amiral de la cuisine lyonnaise fait vivre avec professionnalisme et intelligence les bons produits du territoire rhodanien, dans des assiettes gastronomiques et maîtrisées. La carte délivre les grands principes, la salade de cailles façon César, copeaux de parmesan et tuile de pain, les grenouilles sautées au beurre et fines herbes, la volaille de Bresse Miéral à la crème d'Étrez, riz basmati et sauvage, un moelleux au chocolat Weiss et glace vanille. Très belle sélection en cave.

11 avenue de Grande-Bretagne
T. 04 78 94 51 17
Fermetures sa, di.
Carte 16€ **Menu(s)** 28€

12,5/20

BRASSERIE L'EST

Autre point cardinal de la géographie bocusienne, la brasserie des Brotteaux assure l'héritage de la maison, dans une ancienne gare où les impressions de voyage façon entre-deux-guerres, communiquent assez bien avec les intentions bistrotières de la cuisine. La carte est assez efficace, avec les gambas croustillées parfumées à la mélisse, le risotto rouge avec une fricassée de grenouilles, escargots et poulpe, jus cressonnière, le filet de bœuf rôti au sautoir et girolles, mousseline de pommes de terre, ou encore une tarte au citron meringuée. Cave de bonne compagnie.

14 place Jules Ferry
T. 04 37 24 25 26
Pas de fermetures.
Menu(s) 24,90-27,50€

12,5/20

L'INATTENDU - MARC BOISSIEUX

Non loin de la station Masséna, cette belle table d'aujourd'hui signée Marc Boissieux est installée dans un lieu contemporain et sobre, où l'on pourra découvrir une cuisine de marché inspirée, entre touches asiatiques, méditerranéenne, sur une base de tradition française. La triple association des terroirs fait preuve d'une bonne entente, à la manière du tataki de bœuf, cervelle des canuts au citron vert et wasabi, légumes croquants, le poisson du jour, fenouil et carottes des sables, l'araignée de cochon, courgettes jaunes en spaghetti, crème de moliterno truffée, guanciale, un moelleux chocolat et praliné. Bon service.

95 rue Bossuet
T. 04 37 24 13 44
Fermetures lu (dîn.), sa, di.
Menu(s) 20-50€

12/20

LE BISTROT DU POTAGER STALINGRAD

Antenne Stalingrad, on retrouve ici Stéphanie Clément et sa fine équipe, pour une table joyeuse, et une belle cuisine de partage, pleine de bons produits et de bonne humeur. On prend des petites assiettes comme des tapas (mais pas trop, elles sont tout de même copieuses) et l'on arrose le tout des bons vins de la cave, choisies bien et nombreux. Changeant régulièrement, la carte vous exposera dans l'idée à des choses comme un saucisson des Monts lyonnais, une burrata avec poutargue, lieu jaune et muhammara, des boulettes d'agneau, pistache, menthe et tomate cœur de bœuf, des beaux fromages du pays. Prix honnêtes.

163 boulevard de Stalingrad
T. 04 78 93 19 75
Fermetures sa, di.
Menu(s) 0-20,50€

12/20

CHEZ TERRA

Au cœur de l'arrondissement, une échoppe japonaise qui répond à la demande locale en plaisir d'Extrême Orient, dans un cadre sobre et avec une carte suffisamment vaste pour apprécier un panorama assez exhaustif de ce qui se fait à l'autre bout du monde. Les assiettes délivrent ainsi le cru et le cuit, les sashimis, les sushis, mais aussi les gyozas, le saumon grillé au miso, les coquillages au saké, la friture de poulet, la crème caramel au thé vert.

81 rue Duguesclin
T. 04 78 89 05 04
Fermetures lu, di.
Carte 10€

12/20

LE THÉODORE

Non loin de la station Foch, une belle brasserie lyonnaise reprise par Marco Chopin, ancien directeur de la Brasserie de l'Est, qui donne à voir aujourd'hui une cuisine et un moment plutôt standardisé, dans le haut de gamme des brasseries locales. L'étape est idéale pour les repas d'affaires, pour l'élégance et la sobriété des lieux, et la bonne cuisine française, au rendez-vous dans toutes les assiettes. Dans l'idée : pâté en croûte au foie gras, pavé de saumon bømlo, jeunes pousses d'épinards et beurre blanc à l'oseille, poulet de Bresse rôti et purée de pommes de terre, profiteroles. Cave correctement équipée en Rhône et Bourgogne.

34 cours Franklin Roosevelt
T. 04 78 24 08 52
Fermetures di.
Carte 17€

12/20

LE POIVRON BLEU

Entre Masséna et Charpennes, Julien Panzani, d'origine marseillaise et italienne, tient cette jolie table de marché, à la fois engagée et actuelle. Prisant par éthique les produits bien élevés et si possible dans un rayon local et respectant les saisons, il défend ainsi une cuisine d'artisans et d'authenticité, qu'on retrouve dans des assiettes bien renouvelées. À la carte donc : velouté de courgettes grillées au ras el-hanout, cervelle des canuts et pesto de persil, pasticcio toscan, dos de cabillaud juste poêlé, compotée de lentilles vertes, bisque de crabe et légumes rôtis. Desserts classiques.

12 rue du Pr Weill
T. 04 78 24 86 66
Fermetures lu (dîn.), ma (dîn.), me (dîn.), sa, di.
Menu(s) 23-32€

10/20

LE MORGON

Sympathique bistrot de quartier, on y retrouve un charme assez local et la convivialité d'une table d'amis, où la générosité et la simplicité font loi. La carte est celle d'un bouchon et la technique est correcte ; on y vient décontracté pour retrouver de vieilles connaissances : l'andouillette lyonnaise, la quenelle de brochet, un tablier de sapeur, un soufflé de grand marnier, et avec tout ça un pot lyonnais sans complication. Bons tarifs.

2 rue Baraban
T. 04 78 24 06 23
Fermetures lu, di.

♿

BOUCHERIE

L'ARGOT

Un restaurant coté d'une toque dans le guide, mais aussi une super boucherie pour se faire des plaisirs carnés de haute caste avec les viandes des meilleures origines, sélectionnées et maturées sur place.

132 rue Bugeaud
T. 04 78 24 57 88
Fermetures lu, me (p.m), sa (p.m), di.

BOULANGERIE

LES BLÉS DORÉS

De belles pâtisseries, en format individuel ou familial, un coin viennoiseries et une bonne dizaine de pains. La baguette ficelle a une bonne texture et est assez légère. La tradition est belle visuellement et a un bon goût artisanal. Le pain aux noix est bien garni, avec de belles noix croquantes.

29 rue Masséna
T. 04 37 43 01 70
Fermetures sa, di (p.m).

BOULANGERIE MARCEL

A l'angle avec la rue Ney, une jolie boutique qui pratique le 100% fait maison. Goûtez les éclairs, les babas mais aussi la viennoiserie, la brioche, les madeleines, les cannelés, et bien sûr le bon pain au levain maison.

128 rue Bugeaud
T. 04 87 63 83 81
Fermetures lu.

MAISON DESCHAMPS

La famille Deschamps s'agrandit en ville. Une, deux puis trois boutiques (également dans le 9e et aux Halles Mont d'Or), la plus centrale avec cet exemplaire rue de Sèze pour consacrer d'excellents pains bio au levain naturel et une jeune équipe souriante et dynamique. Petite restauration pour le midi, thé, café, latte et bonne brioche maison.

114 rue de Sèze
T. 04 37 72 92 66
Pas de fermetures

PAIN-TISSERIE

Laure et Tom Martin animent cette boulangerie moderne, avec de bons pains spéciaux, comme le Viking ou le céréales, la fournée authentique au levain, la viennoiserie, les galettes au mois de janvier et un bon choix de pâtisseries et de sandwichs.

165 rue Duguesclin
T. 04 37 24 96 99
Fermetures di.

CHOCOLATERIE

BERNACHON

L'incontournable, l'indispensable Bernachon et ses sublimes palets que la France des croqueurs admire et savoure. Une très belle boutique, qui respire le luxe et l'exclusivité, un service féminin très chic et bien sûr les pâtisseries qui ont aussi fait, chez Paul Bocuse par exemple, la réputation de la maison, comme le Président ou le Rossevelt.

42 cours Franklin Roosevelt
T. 04 78 24 37 98
Pas de fermetures

FROMAGERIE

FROMAGERIE TÊTE D'OR

Une crèmerie de pro, reprise en 2017 par les célèbres Frères Marchand de Nancy, et plus particulièrement par Charles. Une belle sélection toutes régions, en particulier les chèvres et les fromages de montagne, et les créations maison : délice de Meaux à la truffe ou le brillat à la truffe, bien crémeux. Pour l'hiver, raclette, fondue, mont d'or...

51 rue de la Tête d'Or
T. 04 78 24 51 38
Fermetures sa,di.

PÂTISSERIE

DÉLICES DES SENS

Comme l'affirme les habitués, « c'est la meilleure pâtisserie du quartier ». C'est vrai qu'elle fait bel effet, tout en gardant une dimension familiale. De bons gâteaux, tout simplement, sans créations échevelées, mais généreuses et pas trop chères. La viennoiserie se tient bien et le cake au citron est excellent.

12 boulevard des Brotteaux
T. 04 78 24 48 25
Pas de fermetures

Parc de la Tête-d'Or à Lyon

© Adobe Stock/Richard

L'Atelier des Saveurs

GÉNÉRATEUR DE GOURMANDISE

Depuis son ouverture fin 2019, l'Atelier ses Saveurs a réuni une clientèle fidèle, amatrice de plats généreux, renouvelés chaque mois au gré d'une saisonnalité respectée.

C'est avec plaisir et passion que l'équipe du restaurant se retrouve, chaque matin, avec ses fournisseurs. Des livraisons de produits frais, qui se transforment sur place, pour proposer une cuisine de « grand-mère » réconfortante, qui sait se réinventer. Entre les mains expertes du chef, pot-au-feu, foie gras, noix de saint-jacques, homard ou côte de cochon ibérique se déclinent ainsi en plats modernisés, twistés par une épice ou une nouvelle technique culinaire. Soucieux des retours de ses clients pour évoluer, le chef a aussi instauré un service soigné, attentif et convivial pour se sentir comme entre amis.

6, rue Bossuet, 69006 LYON
Tél. : 04-72-37-99-50
www.latelierdessaveurslyon.fr

À notre Table

RÉGALEZ-VOUS

Prendre place À notre Table, à Lyon, c'est se garantir les plaisirs gourmands de bons petits plats. Après dix ans de travail au sein du groupe Bocuse, le chef Cédric a ouvert avec son épouse, Amandine, un restaurant de cuisine traditionnelle, aussi généreux qu'eux.

4 entrées, plats ou desserts sont proposés chaque jour, autour d'une carte qui se partage entre terre et mer et qui offre des plats changeants au gré des envies et produits frais de saison. Vous apprécierez la cuisine du chef pour sa maîtrise des cuissons, ses sauces alléchantes, ses desserts maison et sa parfaite sélection de produits d'exception : saint- jacques de Saint-Brieuc, foie gras de canard... Amandine accorde, elle, parfaitement vos repas avec vins, bières et spiritueux*, tous sélectionnés avec soin.

28, rue Notre-Dame, 69006 LYON
Tél. : 09-88-00-96-44
Facebook : @Restaurant à notre Table

*L'ABUS D'ALCOOL EST DANGEREUX POUR LA SANTÉ.

Le Book-Lard

CONVIVIALITÉ ET GÉNÉROSITÉ

C'est dans un cadre épuré et une ambiance cocooning qu'Hervé et Kévin vous convient à un moment de partage culinaire, dans un esprit de convivialité et de générosité.

Le VIe arrondissement lyonnais vous réserve une bien belle surprise avec ce restaurant repris par un duo de restaurateurs confirmés. Un établissement intimiste, prolongé par une agréable terrasse dès les premiers rayons du soleil. La chaleur humaine est l'ingrédient secret du Book-lard.

Propositions bistronomiques

Laissez-vous tenter par le burger à l'effiloché de porc sauce barbecue ou le Parmentier d'aile de raie, en gardant une petite place pour le vacherin à la figue dont le Chef a le secret. Vous trouverez l'accord mets et vins* qui finira de ravir vos papilles. Surtout le week-end, la réservation est ici recommandée.

Ouvert du mardi au samedi, midi et soir (sauf le mardi soir, l'hiver).

✉ 144, rue Duguesclin, 69006 LYON
Tél. : 09-84-21-38-17
Facebook et Instagram : Le Book-lard.

Taggat

BISTRONOMIE TENDANCE

Le bistrot de cet hôtel galerie d'art contemporain propose à midi une cuisine de marché, bistronomique et moderne, avec des plats comme le cochon braisé purée, de potimarron, pleurotes, jus corsé, et le soir, de délicieux tapas pour accompagner un de leurs cocktails création*. Les suggestions sont réalisées maison à partir de produits régionaux de saison. Le week-end, on se délecte avec leur brunch.

Les + : Terrasse – Privatisable.

✉ 110, rue Vendôme, 69006 LYON
Tél. : 04-78-52-09-31
www.taggat.fr

*L'ABUS D'ALCOOL EST DANGEREUX POUR LA SANTÉ.

CAVISTE

INTERCAVES

Grande chaîne de plus de cent établissements, la marque se distingue par la qualité de ses sélections et l'expertise de ses équipes de franchise. On retrouvera ici plus de 1200 références, choisies et commentées sur place. On pourra également apprécier le catalogue de whiskies et autres liqueurs.

28 rue Nicolaï
T. 04 37 66 73 62
Fermetures sa,di.

LE VERCOQUIN

Une cave de copains pour choisir les bonnes bouteilles à petit prix et de quoi se faire un apéro gourmand avec la charcuterie ibérique, les petites sardines, les tartinables. Frédéric Lignon est un ardent promoteur du vin de vigneron, naturel et vivant. On retrouve donc les caciques du genre, Binner, Lapalu, Pacalet, Overnoy, Ledogar, Les deux ânes, tout ce qu'on aime...

33 rue de la Thibaudière
T. 04 78 69 43 87
Fermetures lu, di.

CHARCUTERIE

LE BON JEAN

De superbes terrines, un pâté en croûte de pro, le bon Jean (il s'appelle vraiment Jean) qui se présente comme « charcutier casse-croûtier » vous prépare de quoi faire un pique-nique royal et casser la croûte avec bonne humeur. Egalement de nombreuses préparations traiteur, fish and chips, choucroute, cordon bleu, chili con carne...

T. 04 78 72 28 90
Fermetures lu,di.

ÉPICERIE FINE

DOMO DE JANA

Restaurant mais aussi épicerie, la meilleure façon de faire ses courses en Sardaigne sans sortir de la ville. Charcuterie, fromage et vins, certes, mais aussi des pâtes, les fameux malloredus et culingiones, les biscuits, les sauces, la bière et les pizzas sardes !

35 rue de la Thibaudière
T. 04 37 66 50 75
Fermetures lu,ma.

FROMAGERIE

FROMAGERIE LES TROIS JEAN

Démarche durable (ici on aime les animaux et on préfère que leur lait soit le plus naturel possible) pour ce fromager vertueux, également présent au Point du Jour qui propose des fromages de qualité, de toute la France et de toutes variétés. Une boutique en ligne pour constituer vous-même votre plateau.

84 avenue Jean Jaurès
T. 04 37 66 68 86
Fermetures sa,di.

PÂTISSERIE

PÉPIN PÂTISSIER CHOCOLATIER

Une belle boutique à l'agencement soigné, presque une surprise dans ce quartier populaire. Nicolas Pépin propose depuis près de quinze ans de belles réalisations chocolatées, des entremets, des créations mais aussi des classiques, des tartes aux fruits, d'excellents feuilletés et une brioche aussi recommandable.

28 cours Gambetta
T. 04 78 72 46 21
Pas de fermetures

TORRÉFACTEUR

LOUTSA

Un nouveau concept ? Oui et non, plutôt un retour aux source d'un produit consommé quotidiennement pour la majeure partie d'entre nous. Ici on parle bien de café, qu'on peut consommer sur place avec un service assuré par des barristas qui préparent les recettes. L'important est de mieux apprécier le produit qu'on consomme en apprenant d'où il vient et comment il est fait. Espresso, cappuccino, macchiato... l'espace boutique propose du café frais, en vrac et on profite des bonnes odeurs de la torréfaction. Sont vendues des dosettes en amidon de maïs sur mesure, biodégradables. Des projets d'"e-novation" sont en cours abonnements recettes, cours et nouvelles boutiques...

9 place Jules Guesde
T. 04 87 24 79 45
Fermetures di.

LYON 8 69008

BOUCHERIE

MAISON BARITHEL

Une boucherie de quartier qui attire bien au-delà du quartier ; de beaux morceaux, une charcuterie de qualité, avec les spécialités locales, des volailles label Rouge, une bonne traçabilité et ici un très bon service. La boucherie fait partie du groupe Maison Vessière qui regroupe une quinzaine de magasins.

74 avenue des Frères Lumière
T. 04 78 00 57 18
Fermetures lu, di.

CAVISTE

CAVE GILLES GRANGER

Une sélection assez classique mais aux nombreuses belles références, en particulier sur rhône et Bourgogne, bien conseillés par un spécialiste. Également une bonne gamme en alcools et champagnes.

15 rue Antoine Lumière
T. 04 78 75 12 51
Fermetures lu, di.

LYON 9 69009

RESTAURANTS

10/20

UNE FAIM D'APPRENDRE

À la lisière de la ville, Dominique Moreaud a installé son restaurant d'application où les jeunes issus de son centre de formation peuvent venir faire leurs griffes et prouver à eux comme aux autres les bons talents qu'ils ont su aiguiser. La carte déploie ainsi une jolie bistronomie, à la manière du pressé de courgettes, pommes de terre et truite saumonée, mousseline aux herbes, un filet de grenadier sauce bouillabaisse et riz thaï, ou encore une volaille rôtie et jus thym citronné.

24 avenue Joannes Masset
T. 09 62 60 92 68
Fermetures lu (dîn.), ma (dîn.), me (dîn.), je (dîn.), ve (dîn.), sa, di.
Menu(s) 19,90€

BOULANGERIE

BOULANGERIE MAISON JOCTEUR

5 place Henri Barbusse
T. 04 78 83 98 35
Fermetures lu.

La maison est une institution, Jocteur est traduit en plusieurs boutiques, et partout c'est tellement bon. Sur fond de murs jaune soutenu, se détachent des pâtisseries boulangères de haute facture. Indétrônable tarte aux pralines, parfaites tartes aux fruits de saison, cannelés bordelais... Fournisseur de Monsieur Paul depuis plus de vingt ans, couronne lyonnaise ou bâtard à la farine des Dombes écrasée à la meule de pierre sont réalisés avec soin et la formule a du succès. Merci Jocteur.

BOULANGERIE NAAN

1 place du Marché
T. 04 74 71 56 50
Pas de fermetures

Boutique ultra moderne, très achalandée, avec une partie restauration. La vendeuse est agréable et très efficace. L'étalage est très bien fourni avec un large choix sur tous les segments. La baguette est très bonne, gourmande et croustillante. La mie a du goût, elle est moelleuse avec un bon goût salé et céréalier. Le pain aux céréales est exemplaire, très parfumé avec un bon goût de graines céréalières, la croûte et la mie sont très bonnes. Le feuilleté au fromage et la brioche aux pépites de chocolat valent également le détour.

CAVISTE

CAVES VALMY

27 place Valmy
T. 04 78 83 72 74
Fermetures lu.

La Cave de Valmy est une cave qui référence jusqu'à 1500 vins de toute la France et d'au-delà des frontières. On trouve des vins d'excellent rapport qualité-prix mais aussi des maisons prestigieuses. L'accueil est à la mesure du lieu agréable et compétent pour conseillers les amateurs de tous poils.

GUYOT LYON VAISE

18 avenue Sidoine Apollinaire
T. 04 78 83 16 62
Fermetures lu (p.m), ma (p.m), me (p.m), je (p.m), ve (p.m), sa (p.m), di.

Plus d'un siècle de professionnalisme à dénicher les bons crus pour les Lyonnais. Les tonneaux à l'entrée marquent le bon esprit et le choix est vaste allant jusqu'à des références assez pointues et offrant une bonne gamme d'alcools (belle collection d'armagnacs). Également des accessoires, des verres. Soirées dégustation, séminaires d'entreprises...

ÉPICERIE FINE

ÉPICERIE COMPTOIR MÈRE BRAZIER

53 rue de Saint-Cyr
T. 04 72 20 05 05
Fermetures di (p.m).

La Mère Brazier a ouvert en 2019 avec Mathieu Viannay ce nouveau comptoir chic qui récolte les beaux produits d'épicerie fine dans un petit espace très bien placé, tout près de chez Bernachon. De belles charcuteries, le pain au levain, la volaille Miéral, les jus de fruits, l'huile d'olive, les fromages et les vins dans une attrayante sélection.

Les Tanneurs

DES PRODUITS LOCAUX AVANT TOUT

Au restaurant Les Tanneurs, le chef, Jérémy Salvador, propose une cuisine traditionnelle revisitée à partir de produits régionaux.

Derrière les fourneaux, tandis que son épouse, Julie, officie en salle, le restaurateur qui a plus de vingt ans d'expérience à son actif dans le métier (notamment avec le chef étoilé lyonnais Jérémy Galvan), propose des plats qui sortent de l'ordinaire : tartare de bœuf à l'italienne, quenelle de brochet, vacherin minute...

Le chef a à cœur de se fournir auprès de producteurs locaux dont il connaît la rigueur dans leur travail. Ainsi, les escargots proviennent des Monts du Lyonnais, les fruits et légumes d'un maraîcher lyonnais, la viande est française, les vins* viennent de petits producteurs et le café d'un torréfacteur lyonnais.

17, rue des Tanneurs, 69009 LYON
Tél. : 04-27-11-12-07
www.restaurant-lestanneurs.fr

Le vrai gourmet est celui qui se délecte d'une tartine de beurre comme d'un homard grillé, si le beurre est fin et le pain bien pétri...

Sidonie-Gabrielle Colette
(1873-1954)

*L'ABUS D'ALCOOL EST DANGEREUX POUR LA SANTÉ.

O Kypos

SAVEURS MÉDITERRANÉENNES

Dépaysement et détente garantis dans ce lieu atypique du cœur de Lyon. Aux commandes, quatre associés : Alexandre, le chef aux origines grecques, un deuxième Alexandre à la gestion, Florian et Léonard en salle. Cette joyeuse équipe sera heureuse de vous accueillir. Les quatre compères composent une cuisine méditerranéenne aux accents italiens, libanais ou grecs, renouvelée au fil des saisons grâce à des produits locaux qu'ils sélectionnent au maximum en circuits courts. Les soirs d'été, le chef concocte de savoureux mets à partager comme des mezze, du poulpe sur planche ou des viandes. Formules à 20 € à midi et à 29 € le soir avec entrée, plat et dessert. Grande terrasse intérieure arborée dans un vaste jardin avec un bar et des terrains de pétanque. Privatisation possible pour vos événements.

56, rue Saint-Pierre de Vaise, 69009 LYON
Tél. : 04-78-83-58-56
www.o-kypos.fr

La découverte d'un mets nouveau fait plus pour le bonheur du genre humain que la découverte d'une étoile.

Jean Anthelme Brillat-Savarin
(1755-1826)

MILLERY 69390

BOULANGERIE

L'ÉPI DE BLÉ

Jolie boulangerie à pans de bois brut et brique blanche. L'étalage est bien construit avec une quinzaine de pâtisseries, des chocolats et macarons, des cidres et des vins pétillants. Le pain au maïs est très riche, bien jaune et nourrissant. La quiche saumon raviole est originale, la pâte est bonne et le goût du saumon est bien présent.

22 avenue du Sentier
T. 04 78 46 20 88
Fermetures di.

MONTAGNY 69700

BOULANGERIE

BOULANGERIE DANON

Une boutique à l'étalage assez réduit mais bien équilibré. La tradition est très bonne, bien cuite et croustillante, avec une bonne mie qui a du caractère. La quiche tomate chèvre est excellente avec une très bonne pâte sablée et une garniture où l'on sent bien le goût de la tomate et du chèvre.

11 place Sourzy
T. 04 78 73 72 38
Fermetures me, di (p.m).

OULLINS 69600

FROMAGERIE

LA FROMAGERIE D'OULLINS

Patrick Sourbès (de père agriculteur gersois et mère fromagère lyonnaise), s'est trouvé impliqué au plus près du produit dès sa plus tendre enfance. Il s'est tourné tout naturellement vers la production fromagère (primé pour son picodon), son expérience acquise auprès d'affineurs fameux ont conduit ce maître-fromager à deux pas de Lyon. Laits crus et de terroir, traditionnels saint-marcellins, comtés, camemberts, chèvres...

124 grande Rue
T. 09 80 58 19 20
Fermetures lu, di (p.m).

POMMIERS 69480

RESTAURANTS

12/20

LES TERRASSES DE POMMIERS

Sur les hauteurs au sud de Villefranche-sur-Saône, cette très belle maison contemporaine avec baies vitrées offre une vue absolument imprenable sur les environs et la ville, aussi plaisante en journée que la nuit. On y retrouve la cuisine bourgeoise et de belle réalisation du chef Julien Valençot, attentif aux détails et au travail du produit noble. À partir de 22 € jusqu'à 61 €, les menus délivrent de bonnes idées sur la tradition française : saumon mi-cuit en croûte de charbon végétal et graines de sésame, royale de petits pois et sauce soja, une poitrine de volaille fermière rôtie sur la peau, pressé de légumes confits à la sarriette, muesli aux olives noires et tomates séchées... Cave assez bien constituée avec environ 80 références, notamment sur le beaujolais.

706 montée de Buisante
T. 04 74 65 05 27
Fermetures ma, me, di (dîn.).
Menu(s) 21-58€

SAINT BONNET DE MURE 69720

TORRÉFACTEUR

LOS PRIMOS

Une torréfaction artisanale principalement tournée vers les professionnels, mais accessible aux particuliers, grâce à sa boutique en ligne. Georges Govertchinian, le patron, a ouvert son atelier il y a une vingtaine d'années. Il est à l'origine du titre de Maître Artisan Torréfacteur qu'il fut le premier à porter dans la région Rhône-Alpes. La maison propose des cafés de pures origines et ses propres mélanges, des accessoires, machines à café, verres et tasses.

30 rue des Frères Lumière
T. 04 72 48 46 38
Fermetures sa, di.

Brasserie des Monts d'Or

LES GOÛTS VRAIS !

Cette brasserie propose une cuisine bistronomique de marché servie dans un cadre où le charme de l'ancien est rehaussé de mobilier tendance.

Le Chef, Michael Gaudinet, issu des grandes maisons, met à profit sa maîtrise des gestes, des cuissons et des assaisonnements avec une prédilection pour les déclinaisons. Changeant hebdomadairement, sa carte courte est réalisée intégralement maison comme en témoigne le label Maître Restaurateur.

De 8h30 à 23h00, la brasserie vous offre également des pauses autour d'une pâtisserie ou d'une glace maison ou d'un apéritif entre cocktails* et assiettes à partager : frites, crudités, fritures, fromages... La brasserie est privatisable pour tout événement.

On aime l'accueil personnalisé parfait, organisé par le maître des lieux, Baptiste Pangaud.

3, place de la République,
69450 SAINT-CYR-AU-MONT-D'OR
Tél. : 04-78-47-20-14
brasseriedesmontsdor.fr

Dans les souvenirs d'enfance de chaque bon cuisinier se trouve une grande cuisine, une cuisinière en marche, un gâteau qui cuit et une maman.

Barbara Costikyan (1928-2020)

SAINT ÉTIENNE DES OUILLIÈRES 69460

BOULANGERIE

L'ESCALE GOURMANDE

Très belle boutique à l'étalage splendide, riche en produits salés et en viennoiseries. La brioche est élastique et moelleuse, très aérienne, ni trop sèche, ni trop humide, avec ce qu'il faut de beurre, mais jamais lourde. La tarte savoyarde est très généreuse avec une bonne pâte sablée. Le pain spécial noir aux céréales, dans un esprit schwarzbrot est très intéressant avec un bon goût de céréales.

36 rue de l'Eglise
T. 04 27 49 25 32
Fermetures lu, di (p.m).

Lyon

O Pêcheur

LA NATURE EN BORD DE SAÔNE

C'est dans un cadre de verdure propice à la détente que Christelle et Yvan Dumas ont posé leurs valises en 2018. Dans ce restaurant emblématique de Saint-Georges-de-Reneins, ils offrent une cuisine locale de saison concoctée avec les produits du terroir rhodanien.

Cuisses de grenouilles poêlées à l'ail et au persil ou friture de Saône, pêchée sur la rive opposée, sont les incontournables de la maison. Le chef propose également une succulente escalope de foie gras accompagnée d'une tartelette fine au vin rouge* née de son imagination. Pour conclure sur une note sucrée, goûtez le délicieux et généreux vacherin d'Yvan. La carte est renouvelée au fil des saisons. Aux beaux jours, lounge et terrasse en extérieur avec une magnifique vue sur la Saône.

271, front de Saône,
69830 SAINT-GEORGES-DE-RENEINS
Tél. : 04-74-60-18-57
www.o-pecheur-restaurant-saint-georges-de-reneins.eatbu.com

Le bœuf est la reine des viandes ;
le bœuf possède, incluse en lui,
la quintessence de la perdrix,
de la caille, de la venaison, du faisan,
du plum-pudding et de la crème
aux œufs.

Jonathan Swift
(1667-1745)

*L'ABUS D'ALCOOL EST DANGEREUX POUR LA SANTÉ.

SAINT JEAN D'ARDIÈRES 69220

RESTAURANTS

12/20

CHÂTEAU DE PIZAY

Au cœur du Beaujolais, ce remarquable ensemble dont le donjon date du XIVe siècle offre un cadre absolument exceptionnel pour un hôtel****, entre vignes, spa et de nombreux équipements. En cuisine, pour servir ce lieu historique et luxueux, Florian Choquet et Denis Cornet produisent une carte à la hauteur des attentes, bourgeoise et traditionnelle, avec des produits nobles et bien reçus. Dans l'idée, on pourra tester le carpaccio de bœuf de Charolles, pommes boulangères et roquette, le homard bleu, barbajuan des (pâtes) coudes et pinces farcies, la paume de ris de veau croustillante aux morilles, le crémeux au lait d'amandes, makis à l'abricot et glace au miel. Cave de bonne escorte.

443 route du Château
T. 04 74 66 51 41
Pas de fermetures.
Menu(s) 60-85€

HÔTELS

4 ÉTOILES

HÔTEL DU CHÂTEAU DE PIZAY

À 45 min de Lyon et au beau milieu de 80 ha de vignes, ce château médiéval repensé au fil des époques est désormais le refuge de tous les amateurs de nature, d'histoire et de bons vins... Ici, les journées s'étirent avec bonheur entre une découverte des vignobles de Brouilly et Morgon ; une promenade dans les jardins à la française du château dessinés par Le Nôtre ; une partie de tennis à deux pas de la piscine ou une pause dans le très chic spa. On rejoint ensuite l'une des 62 chambres et suites (dont 48 en duplex) décorées avec le même raffinement, entre boiseries d'époque et mobilier contemporain. Une halte luxueuse et sereine qui offre aussi le savoureux privilège de déguster la cuisine de haut vol de Florian Choquet.

443 route du Château
T. 04 74 66 51 41

Château de Pizay à Saint-Jean-d'Ardières

O' Paille en Queue ! Restaurant

DE CRÉATIVES ESCAPADES CULINAIRES

O' Paille en Queue ! propose une cuisine métissée entre tradition et création, mitonnée par le Chef diplômé David Tariffe, également Maître Restaurateur. Originaire de l'île de La Réunion, il a ouvert en 2005 avec son épouse, un restaurant qui invite à la découverte et à l'évasion. La salle, en bois exotique, sert en effet d'écrin chaleureux à de subtiles escapades gourmandes, pour un voyage oscillant entre terre et mer. Des plats traditionnels revisités comme le rougail saucisse en version allégée et des créations culinaires comme le poisson perroquet, y sont servis avec du piment, proposé à part, qu'on vous apprend à doser subtilement pour magnifier vos plats. Un éveil des palais et des sens, adapté à tous les gourmets, pour une cuisine 100% maison à base de produits frais.

18, avenue de la Mairie,
69720 SAINT-LAURENT-DE-MÛRE
Tél. : 04-78-40-80-05
www.opaille-enqueue.com

Rien de plus délicieux dans la vie
que le coin du feu,
une salade de homards,
du champagne et la causette.

George Gordon, Lord Byron
(1788-1824)

L'Auberge de Savoye

FAMILIALE ET AUTHENTIQUE

Depuis 1991, L'Auberge de Savoye accueille les gourmets dans son restaurant situé au sein d'un havre de paix à quelques kilomètres de la métropole lyonnaise.

L'établissement propose une cuisine faite maison, élaborée par le chef, Emmanuel, à partir de produits locaux ou provenant de son élevage de cervidés.
Pour un déjeuner en famille, en amoureux ou pour une réunion de travail, on vient profiter d'une salle à l'atmosphère boisée ou de la terrasse ombragée. À l'abri de l'agitation urbaine, on aime flâner dans les espaces verts où les enfants peuvent observer les animaux car, outre le restaurant, le domaine accueille un centre équestre et une ferme pédagogique dont l'activité agricole produit l'alimentation des animaux.
Le restaurant est ouvert à midi du mardi au dimanche, le vendredi et samedi soir. Formule rapide du mardi au vendredi midi.

17, chemin de Savoye,
69780 SAINT-PIERRE-DE-CHANDIEU
Tél. : 04-72-48-01-28
www.aubergedesavoye.fr

Le plaisir de la table est de tous les âges, de toutes les conditions, de tous les pays et de tous les jours.

Jean Anthelme Brillat-Savarin
(1755-1826)

SAINT PRIEST 69800

BOULANGERIE

LA BOUL'ANGE

Dans la banlieue de Lyon, à Saint-Priest, une boulangerie à la vendeuse affable et souriante. Le pain complet est de bon goût et de bonne texture, le pain de campagne est bien cuit, fariné, et au bon goût agricole.

9 rue du 8 mai
T. 04 26 63 88 81
Fermetures sa (p.m),di.

FROMAGERIE

FROMAGERIE DU VILLAGE

De beaux plateaux, des présentations soignés, et une grande variété présentée avec délicatesse et connaissances. Des idées de recettes et de bons conseils, sans oublier une compétence certaine sur tous les fromages de montagne, Alpes comme Jura. Une bonne idée, ces boîtes plateaux qui servent pour le transport, mais aussi pour la présentation.

20 Grande Rue
T. 04 37 25 58 39
Fermetures lu, di (p.m).

SAINTE CATHERINE 69440

ÉLEVEUR

LA FERME DES SERVANNIÈRES

Guy Collet, éleveur de chèvres, mérite d'être soutenu et encouragé, notamment pour l'ambitieuse démarche biologique qu'il a entreprise depuis les années 70. Une démarche qu'il a poussée jusqu'au bout en allant jusqu'à retraiter ses eaux usées via un système de filtres à roseaux. Sa ferme, installée sur la ligne de partage des eaux entre la Loire et le Rhône comprend même deux hectares réservés à une production d'orge biologique pour l'alimentation des chèvres en hiver. Et les fromages ? Excellents, qu'ils soient frais, mi-sec, ou sec, en format apéro ou à l'huile d'olive (bio évidemment). Présent sur le marché de la Croix-Rousse le samedi matin.

Les Servanières
T. 04 78 81 81 06
Fermetures lu, ma, me, je, ve (a.m), sa, di.

SOLAIZE 69360

BOULANGERIE

BOULANGERIE PÂTISSERIE DEMONT

Boutique bien rangée proposant de nombreuses pâtisseries. La brioche au sucre est bien levée et beurrée. Le pain au seigle a un goût très marqué et une mie bien levée. La quiche lorraine est bonne, bien cuite avec une belle garniture riche en emmental et en jambon.

90 place de la Mairie
T. 04 78 02 80 78
Fermetures lu, di (p.m).

Boucherie Lancelon

UN ARTISAN AU SERVICE DE LA QUALITÉ... ET DES SAVEURS !

C'est une équipe dynamique qui vous accueille depuis juin 2021, autour de Guillaume Lancelon, artisan boucher. Au menu : viandes de qualité et accueil chaleureux !

« Je travaille avec des fournisseurs que je connais et avec qui je sélectionne des viandes de qualité », confie Guillaume. Bœuf du Charolais, veau fermier, agneau de l'Aveyron, volaille de Bourgogne et d'Auvergne, cochon de Saône-et-Loire : une sélection 100% française ! Ne manquez pas les rôtis (maison et réinventés) de canettes figues-pain d'épices et de veau au foie gras et pistaches pour les fêtes et toute l'année, les rôtis italiens tomates confites-basilic ou au bleu du Vercors et noix. Pour vos soirées, de beaux plateaux de charcuterie.

Ouvert mardi, vendredi, samedi de 7h30 à 12h30 et de 16h à 19h et mercredi, jeudi, dimanche matin de 7h30 à12h30.

1, place François Durieux,
69510 SOUCIEU-EN-JARREST
Tél. : 04-72-16-55-74

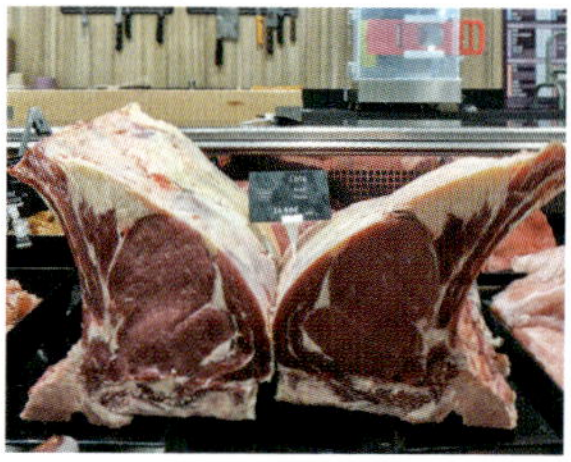

Boulangerie Brottet

UN PAIN CROUSTILLANT À SOUHAIT

La boulangerie Brottet séduit les Sathonards grâce à son pain particulièrement craquant, à la mie légère. Le secret de fabrication de Christophe Brottet : une fermentation lente de la pâte, permettant aussi une meilleure conservation. On retrouve les classiques et les pains spéciaux, dont un complet bio très apprécié. Le salé (quiches, pizzas...) est fait maison ainsi que toutes les pâtisseries, réalisées par un chef pâtissier.

3, rue de la République,
69580 SATHONAY-CAMP
Tél. : 04-78-23-73-71
Facebook : Boulangerie brottet

> *De toutes les grandes passions, la seule vraiment respectable me paraît être la gourmandise.*
>
> Guy de Maupassant (1850-1893)

TALUYERS 69440

BOULANGERIE

COSTANTINO TRADITION

Une boutique de village adorable, au fond d'une cour. L'étalage est assez réduit mais malgré tout complet et le vendeur est engageant et professionnel. La quiche jambon mozzarella est excellente avec une bonne pâte sablée et une garniture dense et goûteuse. La brioche est également bonne, assez légère, bien beurrée et dorée. La tradition est bien farinée avec une croûte très croustillante sans être trop dure et une mie qui a du goût.

65 rue du Pensionnat
T. 04 78 48 27 42
Fermetures lu, sa (p.m), di (p.m).

TARARE 69170

BRASSEUR

NINKASI

Depuis 1997, l'enseigne lyonnaise est une figure institutionnelle du paysage culturel locale. Avec ses nombreuses adresses, où l'on vient autant pour les évènements musicaux, les apéros, les assiettes que les bières et les vodkas artisanales, Ninkasi est une référence du milieu. À la vente ou à la dégustation, on pourra notamment piocher dans une gamme de huit bières, ainsi qu'une vodka maison. La sélection explore surtout les classiques, la blonde, la blanche, l'ambrée, l'IPA ou encore la noire. Et en attendant les premières livraisons de whisky Made in Rhône-Alpes (qui sont actuellement en phase de vieillissement), on pourra toujours découvrir la gamme de vodkas et de spiritueux.

1 rue Edouard Herriot
T. 04 69 85 37 83
Fermetures lu, ma (p.m), me (p.m), je (p.m), ve (p.m), sa (p.m), di.

TASSIN LA DEMI LUNE 69160

PÂTISSERIE

PÂTISSERIE BOUILLET

Un des 9 magasins que Sébastien Bouillet, jeune pâtissier talentueux, possède. La boutique attire le regard tant le tourbillon de couleurs est attrayant... et les saveurs ne sont pas en reste ! Les préférées du patron ? Le caramel au beurre salé, la vanille, le chocolat, les poivres, les thés et le mikan, un agrume japonais venu de son pays de prédilection (qui est d'ailleurs représenté dans cinq pâtisseries). Il revisite les classiques comme le saint Honoré et invente ceux de demain comme le Broadway ou le Mistral.

6 avenue Général Leclerc
T. 04 74 26 11 52
Fermetures lu, di (p.m).

À La Belle Époq' !

CUISINE DU MARCHÉ TOUS LES JOURS À MIDI

Dans la cuisine de ce charmant restaurant de Tassin-la-Demi-Lune, le parti pris du chef est clair : pas de carte fixe, des plats qui changent chaque jour. Jérôme Coudray propose quatre entrées, quatre plats, et cinq à six desserts différents, qu'il élabore en fonction du marché. Pour autant, on retrouve régulièrement la quenelle artisanale de brochet ainsi que le tiramisu maison, deux plats Signature qui ont su fidéliser sa clientèle. À midi, on vient entre collègues profiter d'un service express mais de qualité ou passer un plus long moment entre amis, en terrasse ou dans la belle salle voûtée aux pierres apparentes. Avec un menu complet à 17€, À La Belle Époq' affiche un rapport qualité-prix imbattable. À noter que le restaurant développe son service traiteur avec des menus personnalisés pour toutes les occasions.

✉ 204, avenue Charles de Gaulle,
69160 TASSIN-LA-DEMI-LUNE
Tél. : 04-72-22-07-45
Facebook : @restaurantalabelleepoq
alabelleepoq.eatbu.com

Le Fil du Fromager

LE FROMAGE À TOUTE HEURE !

Depuis 4 générations, les artisans inspirés de cette belle affaire de famille ont toujours eu à cœur d'anticiper les envies de leurs clients. En plus de la fromagerie et ses stars intemporelles, on y trouve donc aussi sur commande, des plateaux raclette ou apéro, aussi bons que beaux, avec charcuterie. À midi, le restaurant met le fromage au cœur de l'assiette (tartines, bagels, foccacias...), pour un service rapide et gourmand, grâce à des produits qualitatifs et locaux.

✉ 36, avenue de la République,
69160 TASSIN-LA-DEMI-LUNE
Tél. : 04-78-66-13-79
Facebook : @fil2votrefromager

> *Ce qu'on mange avec goût se digère aisément.*
>
> Georges Courteline (1858-1929)

Boucherie Ladret

LE PLAISIR DES YEUX ET DU PALAIS !

Isabelle et Gérard Ladret servent avec passion leurs clients depuis vingt-huit ans ! Leurs spécialités bouchères crues sortent de l'ordinaire, sont autant bonnes que belles à voir, et surtout, elles subliment des viandes de haute qualité.

« Nos habitués apprécient nos rôtis farcis car on aime innover. Dernièrement, notre chef boucher, Pierre, est revenu du Portugal avec une idée de rôti de porc Cataplane, à base de crevettes. Les noms de nos rôtis plaisent aussi beaucoup comme « L'automne dans l'Atlas », un rôti d'agneau aux quatre épices, amande entière et tranche de lard séchée en guise de feuille d'automne ou le « Préfet au champ » du nom d'un poème de Daudet, inspiré par une cliente, avec une farce à base de myrtille et d'estragon », raconte Isabelle, attachée au bien-être animal comme au locavore. Un engagement qui se retrouve dans l'assiette !

Centre Commercial Les Pierres,
69360 TERNAY
Tél. : 04-72-24-60-34

Boucherie du village

LA TRADITION DU FAIT MAISON

Installés à Thurins depuis deux ans, Françoise et Richard Lapèze cumulent plus de 33 ans d'expérience dans la boucherie et la charcuterie. Leur leitmotiv, c'est le fait maison et l'approvisionnement le plus local possible.

Ainsi, pâtés en croûte, façon Richelieu, pintade ou canard, terrine de viandes et de poissons ou saucissons à cuire sont confectionnés dans les règles de l'art, avec passion. Côté boucherie, Richard travaille avec les spécialités régionales : poulet de Challans, cailles des Vosges, volailles de Bresse, jeune cerf des Monts du Lyonnais, agneau de Sisteron, bœuf Label Rouge, viande limousine en provenance de Roanne ou veau du Puy-en-Velay. *Ouvert du mercredi au samedi de 7h à 12h30 et de 15h30 à 19h et le dimanche de 7h30 à 12h.*

1, rue de la Poste, 69510 THURINS
Tél. : 04-78-48-93-01

VAUX EN BEAUJOLAIS 69460

RESTAURANTS

13/20

AUBERGE DE CLOCHEMERLE

Au cœur du Beaujolais, ce bel hôtel*** est l'occasion d'une redécouverte des sens, entre les belles assiettes de Romain Barthe et les bonnes sélection de Delphine, son épouse et sommelière. Le ton est bourgeois, avec des belles mises en tables, nappes blanches et argenterie, dans un cadre feutré et minimal ; les assiettes défendent une très belle personnalité, avec des dressages recherchées et des associations inventives, où les produits du pays sont valorisés avec maîtrise. Sur un premier tarif à 48 € , on pourra se laisser tenter par la truite, l'ail noir et les algues, la féra, l'artichaut, concombre, œuf et riz noir, le lapin avec la seiche, le poivron, le radis et le navet, ou encore le pigeon avec l'aubergine, le yuzu, le café et la moutarde. Très belle cave avec logiquement une dominante Beaujolais.

12 rue Gabriel Chevallier
T. 04 74 03 20 16
Fermetures lu (déj.), ma, me, je (déj.).
Menu(s) 48-84€

VÉNISSIEUX 69200

BOULANGERIE

L'ATELIER DE XAVIER

Boutique en bord de route, pratique pour les voyageurs et les travailleurs. L'étalage est vraiment très fourni, en sandwichs, quiches, pâtisseries, viennoiseries, pains... La quiche lorraine est bonne avec un supplément de fromage inattendu mais agréable.

118 avenue Francis de Pressensé
T. 04 72 78 67 21
Fermetures sa,di.

VILLEFRANCHE SUR SAÔNE 69400

RESTAURANTS

12,5/20

LA FERME DU POULET

Dans un splendide monastère du XVe siècle parfaitement conservé, à l'aspect typique des maisons du Beaujolais, on retrouve Catherine et Olivier Degand, qui tiennent ce bel hôtel*** et une table de tradition lyonnaise. Entre les jardins ombragés et la jolie salle au mobilier contemporain et au cadre d'époque, les espaces sont bien pensés, accueillent des assiettes bien présentées : un croustillant d'escargots de l'Azergues, crémeux de persil plat, une quenelle de brochet sauce Nantua, une volaille de Bresse aux morilles et crêpes parmentières, un feuille à feuille croquant chocolat. Cave à la hauteur des attentes.

180 rue Mangin
T. 04 74 62 19 07
Fermetures lu, di.
Menu(s) 20-50€

12,5/20

LE FLEURIE

Juste à côté de la gare, la table de Chantal et Pascal Buguet est une référence locale, une table sérieuse et durable où l'on vient avec l'assurance d'en avoir pour son argent. Adresse un peu sérieuse, on la recommande pour les repas d'affaires et les belles occasions, pour profiter de la mise en table bourgeoise et des assiettes du chef, de belles versions de classiques du répertoire français. Au menu pause gourmande

127 rue Antoine Arnaud
T. 04 74 62 11 74
Fermetures lu, ma.
Menu(s) 31-54€

par exemple, on y croisera l'œuf bio poché, julienne de truffe d'été, nid de légumes crus et cuits, pétales de jambon de Savoie, omble chevalier sur la peau, sauce vierge et jeunes pousses de sapin, poulet fermier à la crème et aux morilles, riz rouge de Camargue... Service affable et cave bien accordée.

12/20

LE BELOOGA

Dans ce Mercure**** près de la gare, on retrouve les idées de Guy Lassausaie et la technique de Manuel Viron, qui ensemble tiennent la brasserie de l'hôtel, dans un cadre contemporain et feutré. Le ton est bourgeois, avec la moquette, les banquettes en velours et les lignes très épurées, qui renouvellent le genre entre le rouge, le blanc et le taupe clair. Les assiettes sont d'un beau niveau, avec des propositions semi-gastronomiques, comme une royale de thon glacée et salade niçoise au vinaigre balsamique, les spaghettis à l'encre de seiche, coquillage comme une vongole, grosse crevette et encornet snacké, le vol-au-vent de ris de veau à la crème d'Étrez, petits légumes fanes et fricassée de champignons des Monts d'Auvergne au lait fumé, ou encore une verrine aux myrtilles sauvages de Lozère, biscuit muffin et mousse à la fleur de thym. Service soigné.

384 boulevard Louis Blanc
T. 04 37 55 28 28
Pas de fermetures.
Menu(s) 29-36€

TORRÉFACTEUR

CAFÉS MOCALADOIS

Le torréfacteur siégeant dans la boutique, derrière la vitrine, vous invite à entrer découvrir toute la palette d'arômes proposée dans cette boutique artisanale existant depuis 1957. Une vingtaine de crus de café, dont le Bahia Lavé du Brésil, le Colombie Supremo ou le Palomar éco-certifié du Pérou, y sont torréfiés lentement, en petites quantités (moins de 20 kilos) pour extraire le meilleur de chaque grain et de chaque terroir. Un coin dégustation offre une belle occasion de goûter aux produits à emporter : cafés, thés, chocolats, limonades artisanales... Des machines à café sont également en vente.

420 rue Nationale
T. 04 74 03 92 31
Fermetures lu, di.

VILLEURBANNE 69100

BOULANGERIE

COMPTOIR DE L'ARTISAN

Une boulangerie artisanale, justement réputée, et également une pâtisserie qui réjouit les locaux, avec des réalisations soignées et festives dont une belle spécialité d'éclairs à divers parfums. Également une bonne viennoiserie pour le petit déjeuner.

123 cour Tolstoï
T. 04 37 57 03 32
Pas de fermetures

CAVISTE

LA CAVE DES GRATTE-CIEL

Une cave complète au large choix pour les Villeubannais, dans ce coin commerçant des Gratte-Ciel. Du classique sûr, de belles étiquettes, une bonne variété de champagnes et une collection d'alcools.

42 rue Michel Servet
T. 04 72 61 14 35
Fermetures lu, di.

CHARCUTERIE

CHARCUTERIE TRAITEUR MICKAEL JAMMES

Une boutique accueillante, une adresse sûre pour les charcuteries lyonnaises et plats typiques, mais aussi des préparations traiteur bien élaborées pour toute la semaine : langue de bœuf sauce piquante, échine de porc confite miel et romarin, cuisse de lapin chasseur, fricassée de poularde aux morilles...

36 rue Michel Servet
T. 04 78 84 71 23
Fermetures lu, di.

FROMAGERIE

FROMAGERIE VERLAINE

Benoît Charron sélectionne soigneusement des fromages fermiers artisanaux en accord avec les saisons. Dans sa boutique, outre les fromages, il a développé la partie épicerie fine. Chaque mois, il propose une dégustation où on peut découvrir les bons accords vins et fromages. Il suffit de réserver 24h à l'avance et pour 10 € par personne vous pourrez vérifier qu'un mâcon blanc villages se marie délicatement avec un Beaufort, un St Nectaire ou un picodon fermier.

26 rue Paul Verlaine
T. 04 72 40 90 25
Fermetures lu, di.

Cuisine en ville

GASTRONOMIQUE ET HALAL

C'est pour Karim Boukhari une grande fierté d'avoir ouvert le premier restaurant halal gastronomique de France. Après un parcours exemplaire auprès de chefs étoilés, il a souhaité fonder son propre établissement, en y proposant une cuisine qui lui ressemble.

Il a imaginé des plats sophistiqués qui sont devenus rapidement de francs succès : bœuf de Galice fumé au thym citron, noix de saint-jacques grillées au butternut et à la truffe, et en dessert Perle au chocolat. Pour accompagner les plats, on commandera divers cocktails sans alcool ou un thé au jasmin, par exemple. Installé en 2016 à deux pas du parc de la Tête d'Or, Karim Boukhari a su immédiatement conquérir les palais des fins gourmets. Il fait partie du Collège Culinaire de France, label attribué aux restaurants de qualité.

11, rue Bellecombe, 69100 VILLEURBANNE
Tél. : 04-78-52-31-62
www.cuisine-en-ville-restaurant.eatbu.com

*Dans une vieille bouteille, il y a du bon vin.
Mais il y a aussi quelque chose
du passé, et qui dort là.
Quand on débouche la bouteille,
un rayon de soleil ressuscite,
et ça ne va pas sans un peu d'émotion.*

Léon Abric (1869-1942)

Grand port d'Aix-les-Bains

SAVOIE

AUVERGNE-RHÔNE-ALPES

Gault&Millau

AILLON LE JEUNE 73340

ÉLEVEUR

FERME DE LA CORRERIE

Dans le parc du massif des Bauges, Philippe Ginollin produit de la tomme des Bauges, du béret, du Saint-Bruno et du vacherin, l'hiver. Sa production ne manque pas d'intérêt et se veut une véritable alternative aux produits classiques. Vente de produits locaux et de charcuterie, également.

Chez Philippe Ginollin
T. 04 79 54 64 70
Pas de fermetures

3G Boulangerie LE GOÛT DE LA TRADITION

Les vitrines sont colorées de pâtisseries fraîches et savoureuses. Toutes mettent l'eau à la bouche. Les mille-feuilles en particulier ont acquis leur petite renommée. Pour Mickey Murzilli, qui a repris l'établissement en 2020, il est important de proposer des pâtisseries, des viennoiseries et des pains de qualité, préparés selon des procédés traditionnels. Tout est fait maison, avec de la farine de la région pour les pains.

Avenue de la Tarentaise, 73210 AIME-LA-PLAGNE
53, rue Desserteaux,
73700 BOURG-SAINT-MAURICE

Tél. : 04-79-07-16-84
Facebook : boulangerie3g
Instagram : Boulangerie 3g

Nalou And Co

SOYEZ BIEN INSPIRÉS

Ceci n'est pas un restaurant comme les autres. Son cadre est à l'image de sa cuisine : moderne et chaleureux. Soyez bien inspirés : poussez sa porte ! Sur la carte du midi, Nadine, confectionne des gaufres salées, des nems ou revisite le welsh, spécialité du Nord, servis par Louis-Michel. Le soir, ce couple de restaurateurs passionnés propose une ardoise de tapas, dont les incontournables nachos de la maison, accompagnées de vins* coups de cœur. Ils misent sur le partage, la convivialité et la découverte de saveurs. Et à voir le nombre de gourmets qui ont ici leurs habitudes, ils ont bien fait ! Venez tester la créativité des assiettes, des verres et la convivialité de l'ambiance, en ayant pris soin de réserver.
Ouvert du lundi au vendredi (sauf le mardi) midi et soir, le samedi et dimanche soir.
Le + : Plats et tapas à emporter - Privatisation possible.

213, avenue de la Tarentaise,
73210 AIME-LA-PLAGNE
Tél. : 09-88-34-78-39
nalouandco.free.fr

Il n'y a pas d'amour plus sincère que celui de la bonne chère.

George Bernard Shaw
(1856-1950)

*L'ABUS D'ALCOOL EST DANGEREUX POUR LA SANTÉ.

AIX LES BAINS 73100

RESTAURANTS

12,5/20

LE 59

Dans le centre-ville, Cédric Campanella, notamment passé au château de Candie, tient cette très jolie table de marché où il expose une créativité constamment renouvelée, illustrée par des assiettes graphiques et recherchées, pleines de couleurs et de personnalité. Le menu à 62 € déroule un joli voyage, avec le tartare de thon, cébettes, ciboulette, sésame, soja, citron et avocat, le maigre rôti, petit épeautre et shiitakés, tomates confites, un onglet de bœuf, pommes de terre primeur et fleur d'ail, un baba crémeux passion avec un sorbet gingembre.

59 rue du Casino
T. 04 79 88 29 75
Fermetures lu, ma, me.
Menu(s) 30-62€

BOULANGERIE

LE PETIT GÂTEAU

Boutique à Aix-les-Bains qui propose également un espace salon de thé et possède une terrasse. La jeune vendeuse est précise dans ses conseils et ses explications, ce qui tombe à point car le choix est vaste, notamment en salé. La baguette champêtre à l'orge est très bonne, avec un goût fin de céréales un peu fumées, une certaine originalité et du bon goût. Le pain spécial au maïs est très tendre, un vrai plaisir en bouche. La quiche lorraine est honorable.

620 boulevard Lepic
T. 04 79 88 83 29
Fermetures je, di (p.m).

BRASSEUR

CIMES

Au cœur des Alpes, la Brasserie des Cimes incarne l'un des fleurons de la micro-brasserie locale. Forte de sept cuvées, la maison tient aujourd'hui une réputation solide. On ne manquera pas de goûter les classiques, « l'aiguille blanche », « la cime » ou encore « la hors-piste ».

152 avenue de Saint-Simond
T. 04 79 88 16 80
Fermetures sa, di.

CHOCOLATERIE

CHOCOLATERIE SÉBASTIEN FAUTRELLE

Dans la plus vielle chocolaterie d'Aix-les-Bains, Sébastien Fautrelle fait des merveilles. Les chocolats viennent du Pérou, du Costa Rica ou encore du Brésil. C'est un mélange entre traditions et nouveautés, produits du terroir et produits d'ailleurs. On peut le goûter grâce au chocolat Croix de Savoie qui est un chocolat noir à la fine pâte de fuit à la framboise et ganache à la pulpe de framboise de Savoie.

4 place des Thermes
T. 04 79 35 03 48
Fermetures lu (p.m), ma (p.m), me (p.m), je (p.m), ve (p.m), sa (p.m), di.

FROMAGERIE

CRÈMERIE GUIBERT

Ouvrir sa propre crèmerie à 26 ans dénote d'un bel esprit d'entreprise et d'un solide savoir-faire. L'idée a germé au retour d'un voyage en Amérique du Nord, une opportunité et une envie très forte de défendre le terroir. Gagnant au concours national des fromagers 2017 qui confrontent des candidats sur des épreuves techniques, il est désormais gagnant auprès d'une clientèle conquise. Une grande variété de fromages (comté de 27 mois, chèvre frais au cœur de caviar pour les fêtes, tome des Bauges AOC, langres fermiers...), beurre à la motte, yaourts fermiers... ont ouvert les portes d'un avenir tourné vers de nouveaux pâturages.

8 square Jean Moulin
T. 04 79 88 48 86
Fermetures lu.

Le lac du Bourget

L'évasion

UNE CUISINE FAITE MAISON

Envie de passer un bon moment ?
Le restaurant L'évasion, ouvert à Aix-Les-Bains en janvier 2020 par Thomas Coutin et Kathleen Leprieult, est la bonne adresse ! Dans un décor épuré, ils proposent une cuisine traditionnelle faite maison. Au menu : une grande variété de poissons et divers tartares. À ne pas manquer, les desserts, notamment le paris-brest. Côté vins*, il y en a pour tous, de 25 à 60 €.

12, rue des Bains, 73100 AIX-LES-BAINS
Tél. : 04-79-61-38-16

La gastronomie est l'art d'utiliser la nourriture pour créer le bonheur.

Theodore Zeldin
(1933-)

Brasserie le Skiff

LES PIEDS DANS L'EAU

Véritable institution à Aix-les-Bains, la Brasserie le Skiff, reprise en septembre 2020, est bien connue pour son ambiance chaleureuse, son cadre bistrot chic et sa grande terrasse sous les platanes, en bordure du lac du Bourget. Outre les huîtres et les plateaux de fruits de mer, on y découvre la cuisine créative et raffinée du chef Patrice Clerc qui évolue au fil des saisons, mêlant saveurs traditionnelles et produits frais du terroir.
Juste à côté, à la Crêperie du Port, les créations gourmandes de galettes de sarrasin et crêpes au froment varient également au rythme des produits de saison.
À l'étage, l'Hôtel Beau Rivage (2 étoiles) – 12 chambres avec salles de bains privatives et parking gratuit –, situé à quelques pas de la plage de Mémard et de l'embarcadère, offre une vue imprenable sur le lac et les reliefs environnants.

Le Grand Port,
7, place Président Édouard Herriot,
73100 AIX-LES-BAINS
Tél. : 04-79-63-41-00
www.beaurivagehotel.fr

*L'ABUS D'ALCOOL EST DANGEREUX POUR LA SANTÉ.

ALBERTVILLE 73200

RESTAURANTS

14/20

MILLION

Hôtel mythique ouvert depuis plus de 250 ans, propriété de la famille Million depuis plus d'un siècle, il reste l'une des adresses les plus en vue de la région, aujourd'hui tenue par un disciple de Philippe Million, le chef José de Anacleto, notamment passé chez Michel Guérard et Gaston Lenôtre. Le cadre est évidemment historique, un hommage au faste d'antan, avec la moquette fleurie, la mise en table bourgeoise, dans un style Années 30 bien conservé. La carte délivre un répertoire classique superbement reproduit : langoustines rôties, sfarrata de légumineuses au chorizo, jus des carcasses, filet de turbot, julienne de légumes et beurre de mer au poivre vert, filet de bœuf poêlé aux trompettes de la mort, jus balsamique et risotto moelleux au parmesan, légumes du marché, tarte fine aux pommes. Très belle cave. Service professionnel.

8 place de la Liberté
T. 04 79 32 25 15
Fermetures lu, di (dîn.).
Menu(s) 55-75€

BOULANGERIE

L'ARCALOD

Boulangerie avec parking à la vendeuse aimable. La tradition est bonne, bien faite avec une pâte bien levée. Le pain spécial au maïs a un cœur tendre, du goût et il est bien fait. La baguette simple est classique, correctement salée avec une mie assez tendre.

51 avenue du Général de Gaulle
T. 04 79 32 14 43
Fermetures lu, di (p.m).

BOULANGERIE PÂTISSERIE LAURENT

Une boulangerie de quartier, légèrement excentrée, mais que tout le monde connaît. Allure traditionnelle, sérieuse et pro. L'étalage de bon niveau vous sera présenté par des vendeuses expérimentées et de bon conseil. La tradition est de belle qualité, avec un pain agréable, frais et bien équilibré en croûte et en mie. Le pain au seigle et citron est original avec des incrustations, bon et bien fait.

151 rue Suarez
T. 04 79 32 51 81
Fermetures me, di (p.m).

BARBERAZ 73000

CHARCUTERIE

AU COCHON SANS SOUCIS

Le goût authentique des charcuteries traditionnelles. Comme la caillette à base de foie de porc, de gorge, de poitrine avec blettes épinards... le fromage de tête aux carottes, le pâté en croûte aux trompettes de la mort ou la fricassée d'abats au boudin noir... Toutes ces préparations sont élaborées à partir de porcs fermiers élevés en plein air ou sur paille mais toujours nourris aux céréales. Retrouvez également ce Cochon-ci, sur les marchés de La Rochette et d'Aime.

Marché - Place du Palais de Justice
T. 04 79 85 22 57
Fermetures lu, ma (p.m), me (p.m), je (p.m), ve (p.m), sa (p.m), di.

BEAUFORT 73270

BOULANGERIE

LE FOURNIL DES CROËS

73 Grande Rue
T. 04 79 89 43 73
Pas de fermetures

Une boulangerie de montagne connue pour ses pains et ses gâteaux. Les deux jeunes vendeuses sont alertes et se complètent bien, elles vous présenteront de belles pâtisseries ainsi que des propositions originales en salé comme en sucré. Le pain aux céréales est plaisant, avec un bon goût de levain. Le pâté en croute, sur le modèle des petits pâtés chauds est bien relevé avec un bon pâté. La baguette classique et tradition sont toutes les deux bien faites.

La Face Nord

IL FAUT LE VIVRE POUR LE CROIRE

Une déco aux styles marocain, baroque et savoyard... Une cuisine faite maison, des spécialités locales et le plat Signature du chef, Nicolas Colin : le cœur de ris de veau aux morilles... La convivialité se cache dans chaque recoin de cet établissement du front de neige. « Bab » et « Bibi » savent mettre du bon dans votre verre*, dans votre assiette... et de la joie dans votre cœur !
Ouvert tous les jours (sauf en mai et juin, et de septembre à novembre) midi et soir.
Le + : Terrasse chauffée.

Centre commercial, 73210 BELLE PLAGNE
Tél. : 04-79-09-01-73
www.restaurant-lafacenord.com

La Bartavelle

RESTAURANT CONVIVIAL

Ce charmant restaurant familial au pied des pistes propose des spécialités savoyardes avec de bons fromages locaux (beaufort, abondance...) mais aussi des plats du jour, selon les produits du moment et l'inspiration du chef. L'accueil y est chaleureux. Aux beaux jours, depuis la terrasse vous profiterez d'une magnifique vue sur les sommets et en hiver, d'un agréable feu de cheminée dans la salle.

3001, route du Planay, 73270 BEAUFORT
Tél. : 04-79-38-11-36
www.labartavelle.fr

Restaurant ALEA

DES SAVEURS GOURMANDES ET 100% MAISON

Bastien, en cuisine, et Gabrielle, en salle, vous accueillent dans une ambiance chaleureuse et sympathique autour de burgers et de pizzas maison, réalisées à partir de produits frais du coin. L'immanquable beaufort est ainsi décliné dans les recettes comme dans ce délicieux beaufort burger accompagné de frites maison. La viande fraîche vient du boucher d'à-côté, les petits pains et les desserts sont faits maison.
Fermé le mardi.

72, Grande Rue, 73270 BEAUFORT
Tél. : 04-79-31-47-36

> *Bonne cuisine et bon vin, c'est le paradis sur terre...*
>
> Henri IV (1553-1610)

*L'ABUS D'ALCOOL EST DANGEREUX POUR LA SANTÉ.

Le Chalet de Séraphin

SPÉCIALITÉS BESSANAISES

Séverine Personnaz et son frère Matthieu, traiteur à Bessans, travaillent main dans la main et vous proposent leurs spécialités bessanaises. Tous deux sont membres de La Maurienne dans l'assiette, une association qui promeut les circuits courts. On apprécie l'Agnelos, raviolis maison, le farci bessanais, le magret aux myrtilles ou l'omble à la sauce agrumes. La carte s'égaye de vins* de Savoie. Séverine prend plaisir à parler du travail des vignerons indépendants de la région.

Rue des Conchettes, 73480 BESSANS
Tél. : 04-79-05-37-08
Facebook : Le Chalet de Séraphin
E-mail : lechaletdeseraphin@outlook.fr

Ferme de la Greffine PRODUITS EN VENTE DIRECTE

Séverine et Bernard Termignon vous accueillent dans leur exploitation familiale qui compte 160 brebis allaitantes – Mourerous, Thônes et Marthod – et 90 laitières de race Lacaune. Vous trouverez en vente directe, fromages lactiques nature ou aux herbes, fromages blancs, tommes, yaourts ainsi que de la viande d'agneau et des produits transformés.

Rue Saint-Étienne, 73480 BESSANS
Tél. : 06-62-56-27-35
E-mail : lagreffine@hotmail.com

Facebook : La ferme de La Greffine
www.lagreffine.com

La Grignette BOULANGERIE-PÂTISSERIE

La framboise fait le régal de Bozel et c'est une pâtisserie créée par Christine Brion qui connaît un franc succès. Le Régal de Bozel est un dessert avec pâte sucrée, compotée de framboises et financier à la noisette. Avec sa variante aux myrtilles, ces pâtisseries créent la surprise et l'engouement des papilles.
La Grignette propose également toute une gamme de pâtisseries savoyardes.
Les pains sont confectionnés à partir de blés de région. David Brion vous suggère le pain Authentique avec sa mie marron, ses levains désactivés et son goût relevé.

100, rue Jean Jaurès, 73350 BOZEL
Tél. : 04-79-55-02-63

*L'ABUS D'ALCOOL EST DANGEREUX POUR LA SANTÉ.

CEVINS 73730

RESTAURANTS

13/20

LA FLEUR DE SEL

Entre Albertville et Moûtiers, Dominique Hybord, notamment passé chez Rostang et l'auberge du Père Bise, tient aujourd'hui avec une bonne expérience cette table marine au cœur du département. Le ton est assez solennel, dans un genre bourgeois qui va bien, et prépare les attentes pour une assiette de belle maîtrise sur le terroir, un beau sashimi de thon rouge et saumon, une lotte en cocotte lutée, légumes et chartreuse verte, pavé de cerf sauce grand Veneur, pomme rôtie et croustillant de polenta au lard du Mont Charvin, un pavlova aux fraises. Formules bien étagées. Très bon service.

15 route du Portelin
T. 04 79 37 49 98
Fermetures lu, ma (dîn.), je (dîn.), di (dîn.).
Menu(s) 22-72€

CHALLES LES EAUX 73190

BOULANGERIE

LA FOURNÉE CHALLÉSIENNE

Vous serez accueilli dans cette grande boutique par une jeune vendeuse dynamique qui connaît bien ses produits et les différentes variétés. L'espace est bien agencé avec un étalage appétissant. Le pain spécial au maïs est très dense avec une belle qualité de confection et un bon goût. La baguette classique est fraîche et tendre avec une bonne mâche. La tradition a une croûte un peu épaisse mais elle est également fraîche et sans défaut.

1749 avenue de Chambéry
T. 04 79 72 47 51
Pas de fermetures

Lac de Challes-les-Eaux

Pizzeria Di Gio

ROCK & PIZZA

Mozzarella et grosses guitares : Sébastien mêle avec succès, dans son restaurant, deux univers éloignés. Une quarantaine de pizzas au menu, des classiques aux plus exotiques en passant par les régionales. Toutes sur une même pâte maison, à la fois croustillante et moelleuse, avec des bons produits italiens. Le côté rock se retrouve dans les noms des coupes glacées et surtout dans une décoration originale réalisée par des artistes locaux. Concerts organisés très régulièrement, avec une formule buffet.

✉ Rue de l'Artisanat, 73190 CHALLES-LES-EAUX
Tél. : 09-86-09-87-93
pizzeriadigio.fr

Central Café

COUP DE COEUR

Vous resterez des heures dans ce steak house, inspiré d'un célèbre café new-yorkais, à rire, discuter et savourer des gourmandises irrésistibles comme le tartare coupé au couteau et ses frites faites maison ou le burger à composer selon ses envies. Pour un repas festif, la souris d'agneau confite, foie gras poêlé et chips de lard est remarquable. Avant, on se délecte avec le velouté de cèpe au foie gras. Pour conclure, la tarte tropézienne ! On aime aussi les concerts live qui animent les dîners.

✉ 15, route de Notre-Dame-de-Bellecombe, 73590 CREST-VOLAND
Tél. : 04-79-38-25-32
www.central-cafe.fr

Boulangerie de la chaumière

PAUSE GOURMANDE

En passant à Flumet, dans le Val d'Arly, vous ne pouvez pas manquer cette grande boulangerie au niveau du rond-point. Cédric, Aline et leur équipe vous accueillent avec le sourire et une superbe vue sur les Aravis. Le pain, la viennoiserie et la pâtisserie sont faits maison avec des produits frais. Excellents gâteaux de Savoie, tarte aux myrtilles, baguettes apéro aux fromages du coin. Gamme snacking le midi, à déguster à l'intérieur ou dehors sur la grande terrasse.

✉ 20, avenue Aimon II de Faucigny, 73590 FLUMET
Tél. : 04-79-31-71-57
Facebook : Boulangerie de la chaumière

CHAMBÉRY 73000

RESTAURANTS

16/20

L'ORANGERIE DU CHÂTEAU DE CANDIE

533 rue du Bois-de-Candie
T. 04 79 96 63 00
Fermetures lu, ma, me (déj.), je (déj.), ve (déj.).
Menu(s) 82-97€
Chef Cuisinier
David Loisel

Bourré de talent, David Loisel prouve définitivement qu'à 29 ans à l'automne 2021, un Breton peut redonner à un château savoyard une aura qu'il avait perdue et le faire rayonner dans la région. Le jeune chef au regard vif cultive son potager en permaculture, dont il ne jette rien, puisque ses parures de légumes, pilonnées puis infusées dans un bouillon de gibier magistral viennent sublimer des coques cuites sur des pierres de lave et assorties de tranches de coing, donnant d'emblée le ton d'une sacrée série. Quoiqu'on était déjà prévenu un peu avant... En amuse-bouche, une exquise crème de maquereaux au bourgeon de sapin (du domaine) négligemment déposée en couche épaisse sur un galet que le chef a dû rapporter d'une plage de l'Ouest, se savourait déjà à coups de mini brioche utilisée comme cuiller... Pas de menu ; c'est lui qui décide et il a bien raison. Les betteraves en trois couleurs et autant de textures se parent de féra du lac avec fraîcheur ; les carottes du jardin se jouent d'un tartare de moules avec malice ; les champignons sauvages de la vallée se déclinent d'au moins cinq façons en papotant avec une purée d'ortie (toujours du jardin) sous un jaune d'oeuf confit et fumé, dans une assiette impressionnante qui sent la forêt et la vie ; l'un de ses mentors, feu Paul Bocuse, est salué d'une quenelle de brochet au topinambour (lui aussi travaillé de bien des façons) ; le seul et unique veau de lait de Chartreuse emmène un chou-fleur brûlé et laqué à la mirabelle dans un voyage gustatif épatant ; et c'est enfin une mousse de yaourt de Savoie aux figues crues, biscuit à l'épeautre, épeautre soufflé et glace au caramel brûlé qui parachevait ce jour-là ce festival d'arômes et de saveurs continu, mousse bien entendu ornée d'un filet de miel des ruches du parc. Le Château de Candie a trouvé son maître d'armes, à la fois hyperlocal et voyageur, créatif et inspiré, armoricain et montagnard, trait d'union précis entre la terre et la mer. Il s'est entouré d'une brigade aussi passionnée que lui et qui vient le prouver en salle, suppléant parfois au service l'équipe en noire, tout aussi engagée elle aussi dans cette cuisine naturelle, écoresponsable et explosive en bouche. Et comme les bonnes choses naturelles se boivent aussi, le domaine produit son viognier, laissant à une très longue liste de vignerons amis le soin de fournir tout le reste.

13/20

ONZE GRANDES ET TROIS PETITES

16 rue Jean-Pierre Veyrat
T. 04 79 62 66 74
Fermetures lu, di.
Carte 11€ **Menu(s)** 21€

Le temps nous a paru long avant la réouverture en octobre de notre restaurant fétiche à Chambéry. C'est toujours la fête entre le verre et l'assiette, pour cette cuisine bistrotière à la fois simple et bien faite, qui pense avant tout aux saveurs vraies, sans tergiverser et sans rien négliger : bon foie gras mi-cuit, pâté feuilleté trompette et jus corsé, andouillette Bobosse, épaule d'agneau fumée au foin, cœur coulant chocolat noir glace café. L'ambiance revient avec les toques, la cave a toujours autant de bonnes ressources et le service est toujours un modèle de naturel chaleureux.

13/20

PINSON

Au cœur de la ville, la table de Maud et Adrien est un petit nid douillet, autant pour le jardin d'un infini plaisir l'été, que pour la très jolie salle, aux murs tapissés d'une impression fleurie et bucolique. L'endroit met tout de suite à l'aise pour découvrir les idées créatives du chef, qui travaille le marché dans l'air du temps, à la façon d'une burrata, concombre et haricots verts, d'une truite en cuisson douce, patates douces et tarama, d'un carré d'agneau rôti, pleurotes et rattes, ou encore d'un éclair à la vanille. Service des plus aimables.

22 place Monge
T. 04 79 70 96 40
Fermetures lu, ma (dîn.), me (dîn.), je (dîn.), di.
Carte 16€

12/20

LE BISTROT

Cet ancien bistrot a été remis au goût du jour sous la houlette de Sylvain Bailly. Ce dernier y réalise désormais une cuisine plus urbaine et actuelle. Donnant un nouveau souffle à la boutique avec le houmous aux légumes, le délicat filet de truite, la généreuse poitrine de porc grillée, les abricots pochés en crumble.

6 rue du Théâtre
T. 09 82 32 10 78
Fermetures lu, di.
Menu(s) 33-48€

11,5/20

LA MANIGUETTE

Voilà une adresse qui passe les années, distillant ses bons plaisirs depuis près d'une vingtaine d'années. Là, dans un décor rustique en pierres et poutres apparentes, le chef réalise une cuisine de saison qu'il renouvelle avec confiance et technique, pour donner lieu à des assiettes qui plaisent : un thon en tataki et croquant de légumes aux sésames, un bar à la plancha, jardin provençal et sauce chimichurri, un faux-filet épicé, os à moelle, pommes sarladaises et jus bordelais, une crème brûlée à la vanille de Madagascar.

99 rue Juiverie
T. 04 79 62 25 26
Fermetures lu, di.
Menu(s) 36€

CAVISTE

LES 400 CRUS

Maxime Lefèvre, spécialisé dans les spiritueux est un voyageur qui a fait de sa passion pour le vin un métier. Parti à Londres où il a travaillé dans une cave, puis à Sidney et à Aix-les-Bains. Grenoble est l'aboutissement de ces expériences qu'il nous fait partager, dans une ambiance conviviale, à travers la sélection de vins à partir de 3,60 € . On retrouve aussi des vins prestigieux et une jolie sélection de whiskies et de rhums.

11 place de l'Hôtel de Ville
T. 04 79 85 61 65
Fermetures lu, di.

COFFEE SHOP

LA BRÛLERIE DU SÉNAT

La Brûlerie du Sénat, présente à Chambéry depuis plus de 45 ans, n'a besoin de personne pour se faire connaître ! Des familles sur plusieurs générations se sont succédé ici pour se procurer les meilleurs grains de café et les plus délicates feuilles de thé. Yellow Bourbon du Brésil certifié Rain Forest, Maragogype du Nicaragua, arabicas du Salvador, du Guatemala, de Colombie, Moka Sidamo ou Moka Harrar Long Berry d'Ethiopie...

10 rue du Sénat de Savoie
T. 04 79 33 01 06
Fermetures lu, di.

PÂTISSERIE

CEDRIC PERNOT - AU FIDÈLE BERGER

Dans cette ancienne boutique de 1832 classée, on vient se régaler d'une simple brioche de Saint-Génix, de guimauves à la Chartreuse ou d'un Passion Essence : un biscuit garni d'une compotée de mangue, souligné d'un trait de jus de yuzu et agrémenté d'une mousse mangue-orange-passion. Autant de bonnes raisons pour être Fidèles.

15 rue de Boigne
T. 04 79 70 22 62
Fermetures lu.

La croix du Nivolet depuis Chambéry

La Forge des Halles

UN LIEU MAGIQUE

Au cœur du centre historique de Chambéry, dans une ancienne forge classée, un bar-restaurant atypique a été ouvert, fin 2016, par Murielle Margueron. Baptisé La Forge des Halles, il propose une cuisine végétarienne. Autre particularité : il accueille des créateurs recycleurs et une brocante. Passionné par les plantes sauvages comestibles, le jeune chef Erwan Guillerm soigne les saveurs et concocte des plats simples et peu chers à partir de ce qu'il reçoit des producteurs locaux.
Au menu : une soupe, un plat du jour à 10,50€, des assiettes, des tartes et des desserts faits maison ! Le soir, pour l'apéro, La Forge des Halles invite à déguster des vins* locaux avec les petites préparations du chef. Le lieu dispose également d'une terrasse au calme.

✉ 19, rue Bonivard, 73000 CHAMBÉRY
Tél. : 04-79-68-48-38
www.laforgedeshalles.com

> *Il n'y a pas d'amour plus sincère que celui de la bonne chère.*
>
> George Bernard Shaw (1856-1950)

La Pizzetta

LA PIZZA VERSION SAVOYARDE

La Pizzetta est le seul établissement à Chambéry à proposer des pizzas savoyardes, élaborées notamment à base de tomme de Savoie ou de diots. Façon tartiflette, raclette ou bien plus classique, les ingrédients (farine, charcuterie, fromage..) sont issus de circuits courts du bassin chambérien. De délicieuses pizzas aux accents locaux à emporter, en plein centre-ville, du mardi au dimanche.

✉ 41, rue du Verger, 73000 CHAMBÉRY
Tél. : 04-79-75-13-04

*L'ABUS D'ALCOOL EST DANGEREUX POUR LA SANTÉ.

Chaleur et saveurs signées Nealina

UN ESPACE RÉCEPTIF DE CHOIX

Après cinq années à co-diriger le Delicino, Mélina Favetta, dynamique trentenaire, a imaginé et lancé seule Nealina, brasserie-concept vite courue pour les déjeuners d'affaires, tablées d'amis ou réunions familiales.

Les raisons du succès ? De vastes espaces lumineux, colorés de tons chauds et doux, une déco bohème-chic mariant les matières nobles et authentiques, tel l'olivier planté au centre de la salle. Fauteuils, assises confortables, banquettes XXL, souci du détail jusque dans la déco de table. Dedans comme dehors (belle terrasse à pergola végétalisée), c'est chaleureux, convivial comme à la maison, et cela fait la différence dans cette active zone de bureaux située à 5 min du centre de Chambéry.

Une invite au partage

Inspirée par l'Italie, la table recèle de plats dans l'air du temps et de saison. Une carte de vins* d'auteurs, alliant France, Savoie et Italie, assure des accords mets/vins parfois surprenants, toujours plaisants ! On apprécie l'amplitude d'ouverture (8-17h), propice pour démarrer la journée par diverses formules petit-déjeuner (à moins de 10 €) ou pour la finir en afterwork cosy, autour d'une solide carte de cocktails classiques. Idéal pour son atmosphère et ses lumières douces, ses recoins douillets, son parking, le lieu se privatise, sur demande, les soirs et week-ends (pour 10 à 100 personnes), le service traiteur proposé facilitant mariages, anniversaires, cocktails dinatoires (menus sur-mesure).
Le premier dimanche de chaque mois, pensez à réserver pour un brunch unique, farniente et détente.
Ouvert du lundi au vendredi de 8h à 17h (jusqu'à 23h30 le vendredi).

159, allée Albert Sylvestre,
Immeuble Le Signal, 73000 CHAMBÉRY
Tél. : 04-79-44-91-02 / 06-72-55-86-81
Facebook : @nealinarestaurant
Instagram : nealina_restaurant
www.nealina.fr

*L'ABUS D'ALCOOL EST DANGEREUX POUR LA SANTÉ.

La Table de Lans

CUISINE FRAÎCHE DU MARCHÉ

Laetitia Detraz et Guillaume Pinte se sont installés, il y a deux ans, dans le centre historique de la ville. Chaque matin, tous deux ont plaisir à faire leur marché. C'est là qu'ils composent leur carte, en fonction des saisons et des produits frais proposés par les producteurs locaux. La cuisine est ouverte. Au menu, il peut y avoir la saint-jacques, le paleron confit avec des pommes de terre sautées, le pot-au-feu de légumes avec le poisson du marché, l'œuf façon mimosa à la boulette d'Avesnes, fromage du Nord, région d'où est originaire Guillaume. L'été, place à la fraîcheur avec un taboulé, une soupe de pastèque tandis que la tomate habille l'assiette pour accompagner un poisson.

✉ 6, rue de Lans, 73000 CHAMBÉRY
Tél. : 04-79-33-53-57
E-mail : latabledelans@gmail.com
Facebook : La Table de Lans

Umami

CUISINE JAPONAISE CRÉATIVE ET GOURMANDE

En plein centre-ville, Umami revisite les classiques de la gastronomie japonaise avec modernité et audace, s'inspirant d'ingrédients français et italiens. Un mariage des saveurs réussi ! Des sushis originaux, cuisinés sur place et à la minute, dans un cadre chic et cosy. Avec ses tables design, ses fauteuils élégants et ses tonalités chaleureuses, le lieu est raffiné, autant que ce que l'on déguste ! Khang Letam, chef cuisinier depuis quinze ans, livre des plats japonais délicats agrémentés d'ingrédients français et italiens. Ne manquez pas les makis, sushis, rolls Signature ainsi que les yakitoris et poké bowls gourmands – quelques-uns végétariens. Quand l'huile de truffe et les herbes italiennes rencontrent les recettes nippones, le plaisir des papilles est au rendez-vous !
Ouvert tous les jours de 9h à 22h.

Le + : Salon de thé la journée.

✉ 2 bis, rue de Boigne,
73000 CHAMBÉRY
Tél. : 07-65-86-99-99

*L'ABUS D'ALCOOL EST DANGEREUX POUR LA SANTÉ.

La Talemelerie

L'ART DE LA BOULANGE ARTISANALE

Les étals des boulangeries de La Talemelerie se parent, chaque matin, de pains façonnés à la main, de viennoiseries dorées et moelleuses et autres douceurs salées et sucrées confectionnés par Mathieu Taillasson, chef boulanger-pâtissier, et son équipe. Chaque mois, ils imaginent un pain et un éclair aux nouvelles saveurs pour mettre en valeur les produits de saison. Myrtille, noisette ou marron en automne ; poivron, emmental ou chorizo en été. Outre une gamme d'une quarantaine de pains, préparés selon trois méthodes de fermentation (dont une gamme bio et une sans gluten), et autant de viennoiseries, la Talemelerie propose également un assortiment de gâteaux de voyage, dont les fameuses madeleines ou le gâteau de Savoie, des sandwichs et des tartes salées.

Les + : Terrasse pour la dégustation

1, place Maché et 16, rue du Sénat,
73000 CHAMBÉRY – **Tél. :** 04-79-44-21-79
www.latalemelerie.com

L'Émulsion

UNE GASTRONOMIE DÉCOMPLEXÉE

L'établissement bistronomique sert une cuisine traditionnelle revisitée et propose une centaine de vins*.
Clément Vitour, le chef du restaurant l'Émulsion, situé dans le cœur historique de Chambéry, a ramené de ses voyages, mais également de ses expériences à Bordeaux et à Lyon principalement, des inspirations culinaires pour revisiter des recettes traditionnelles. La carte change au fil des saisons dans ce restaurant gastronomique décomplexé, doté d'une salle en demi-étage pour une ambiance cosy et intimiste.
Mathilde Laporte, cogérante avec son conjoint Janis Planchard et caviste dans une autre vie, associe à ces mets les meilleurs vins, avec une centaine de références proposées. Des vins de toute la France et de l'étranger de petits vignerons qui gagnent à être connus.

41, rue Jean-Pierre Veyrat, 73000 CHAMBÉRY
Tél. : 04-79-84-24-15
E-mail : emulsion.chambery@gmail.com
www.emulsion-chambery.com

*L'ABUS D'ALCOOL EST DANGEREUX POUR LA SANTÉ.

J'aime Boc'oh

QUALITÉ ET ESPRIT DU GOÛT

Conjuguer valeurs, anti-gaspi alimentaire et insertion professionnelle, et créativité gustative : c'est possible ! La conserverie, lancée par Baptiste Bourdeau en 2016 (25 salariés, la plupart en insertion), collecte, par an, 50 tonnes de fruits et légumes invendus, auprès de la distribution ou des producteurs locaux, et les valorise en bocaux, délicieux et solidaires… Confitures ou tartinades, la gamme aux parfums inédits est gourmande et qualitative. Des noms rigolos, des innovations : la récente pomme-caramel est déjà un « best of », avec la clémentine-pomme aux éclats de noix et noisettes, la fraise-basilic, « un goût de reviens-y » (pomme de terre aux épices), l'ananas-mangue, ou le pesto à l'ail des ours. Une belle découverte à venir sentir, voir et déguster sur place !

11, route de Lyon, 73160 COGNIN
Tél. : 09-81-49-17-92
www.jaimebocoh.com et www.lakoop.com

La Montagnette

RESTAURANT D'ALPAGE DE CARACTÈRE

Bien manger sur les pistes, c'est possible !
À La Montagnette, tout est fait maison, jusqu'au steak du burger, viande effilochée cuite lentement pour plus de saveur. On peut également opter pour l'une des spécialités savoyardes ou bien l'omble chevalier et son risotto d'épeautre. Défi relevé pour Édouard et Adeline qui ont repris la belle auberge de leurs parents il y a quelques mois, à côté du lac des Evettes.
Ouvert au printemps et l'été.

Les Clieux, 73590 FLUMET
Tél. : 06-88-46-62-92

Restaurant du Pont-de-Coise

CUISINE TRADITIONNELLE DE SAISON

Laurence, Jean-Pierre et leur équipe proposent une cuisine traditionnelle à base de produits frais. La carte évolue au gré des saisons et des inspirations du chef. On apprécie les cuisses de grenouille, les grillades au feu de bois, les mijotés d'hiver et les préparations maison. Aux beaux jours, on déjeune sur la terrasse d'où l'on découvre le massif de Belledonne.

107, allée des Iles-du-Pont, 73800 COISE
Tél. : 04-79-28-81-34
E-mail : laurencedaniele@hotmail.fr

COURCHEVEL 73120

RESTAURANTS

19/20

LE 1947 - HÔTEL CHEVAL BLANC

Pour tout dire, nous avons faim d'Alléno et de Barbin. Faim de l'imagination du premier, qui conçoit des cartes et des séquences magiques chaque année, faim de l'excellence du second, si précis, si perfectionniste dans l'application et la réalisation des idées alléniennes qu'il en devient inévitablement un co-créateur. Car cela fera 18 mois sans ce cristal de neige qui nous bluffe et nous bluffera à coup sûr dès la reprise. Nous maintenons les toques car il n'y a aucune raison d'en douter, en attendant impatiemment la reprise.

Rue du Jardin Alpin
T. 04 79 00 50 50
Chef cuisinier
Yannick Alléno
Chef cuisinier
Gérard Barbin
Chef pâtissier
Boris Alliès
Directeur de salle
Fanny Perrot
Fermetures lu, ma (déj.), me (déj.), je (déj.), ve (déj.), sa (déj.), di (déj.).
Carte 102€

17,5/20

LE CHABICHOU

Stéphane Buron, après ces deux saisons avortées, ne s'est pas démobilisé, bien au contraire. Nous le savons tous trop grand professionnel pour ne pas avoir au contraire peaufiné la nouvelle carte qu'il présentera aux fans du grand chalet blanc au début de l'hiver prochain. Pour notre part, et pour celle de nombreux de ses clients impatients, nous avons en bouche toutes ces beautés de l'an passé, cette gourmandise permanente qui font du Chabichou l'une des plus grandes tables des Alpes, associée à un service, non pas de palace réfrigérant, mais d'une grande maison façon auberge de luxe où chacun est considéré comme un ami auquel toute la famille a envie de faire plaisir. Produits nobles, poissons de lac ou marins, évocations savoyardes toujours présentes dans ce paysage magnifique à près de 2000 m d'altitude. Les toques évidemment conservées, en attendant avec une impatience grandissante de les retrouver encore plus belles.

90 route des Chenus
T. 04 79 08 00 55
Chef cuisinier
Stéphane Buron
Chef pâtissier
Olivier Ponticelli
Directeur de salle
Magali Montheil
Sommelier
Bruno Cahu
Fermetures ma.
Menu(s) 70-285€

16,5/20

KINTESSENCE

Tout le monde attend la réouverture de Courchevel pour savourer une fois de plus la cuisine éblouissante de Jean-Rémi Caillon, qui flirtait déjà avec les quatre toques dans nos précédentes visites. L'hiver 2021 2022 devrait être bouillant à Courchevel !

238 rue des Clarines
T. 04 79 40 08 80
Fermetures lu, ma (déj.), me (déj.), je (déj.), ve (déj.), sa (déj.), di (déj.).
Carte 204€
Menu(s) 200-250€

Chef Cuisinier
Jean-Rémi Caillon

15,5/20

LE SARKARA

C'est une expérience peu commune que fait vivre Sébastien Vauxion aux visiteurs du Sarkara. On doit d'ailleurs y associer toute l'équipe qui travaille à ses côtés, notamment le directeur du K2, Jean-Alain Baccon, qui n'est pas pour rien dans cette innovation remarquable. Car, à l'heure du déjeuner où certains avalent un kebab et d'autres un cassoulet, le chef pâtissier du K2 vous emmène vers des rivages très exclusifs, extrayant le sucre des légumes, travaillant les textures et les associations fruits, agrumes, racines, herbes, feuilles dans des compositions végétales d'une grande recherche et d'une grande complexité, mais qui font l'effort, par l'harmonie et la précision, de ne pas perdre en route les goûteurs. Forcément séduits par l'artichaut cédrat, la très bluffante betterave crapaudine et gentiane, le chou-fleur ananas truffe noire sauce vin rouge ou encore le cerfeuil tubéreux pamplemousse lait de coco gel et sorbet cerfeuil. A chaque étape, un gros travail sur les associations et les douces harmonies, encore grandies par des accords avec des thés rares aux vertus de légèreté, de finesse et de conjugaison idéales. Le service est bien celui du K2 Palace, les dernières assiettes, franchement « desserts » sont aussi étonnantes, comme le chocolat façon expresso qui peut conclure cette pause déjeuner au tarif certes redoutable (250 € pour le grand menu huit services) mais totalement unique.

238 rue des Clarines
T. 04 79 40 08 80
Fermetures lu, ma, me (dîn.), je (dîn.), ve (dîn.), sa (dîn.), di (dîn.).
Menu(s) 250€

Chef Cuisinier
Sébastien Vauxion

15/20

LE MONTGOMERIE - HÔTEL LE K2 ALTITUDE

Pour le K2***** et la clientèle, rien n'est trop beau, et cette table, que nous retrouverons avec plaisir au prochain hiver, est à la hauteur. Une élégance feutrée, qui marie avec un goût exquis l'esprit rustique de la montagne, avec le bois repris en gris, l'incontournable cheminée ici conçue très minimalement, les assises Louis XV entièrement revisitées et les chics tables noires. Nous maintenons les toques cette année encore, en confiance

356 route de l'Altiport
T. 04 79 01 46 46
Fermetures lu (déj.), ma (déj.), me (déj.), je (déj.), ve (déj.), sa, di (déj.).
Carte 177€
Menu(s) 200-250€

Chef Cuisinier
Pieter Riedijk

14/20

LE COMPTOIR DE L'APOGÉE

Sans aucun doute l'un des plus beaux hôtels de la station, ce chalet***** au luxe exubérant concentre tout le confort et l'excellence de l'hôtellerie montagnarde, et assure entre autres services, la gratification d'une gastronomie de pointe.

5 rue Emile Allais - Jardin Alpin
T. 04 79 04 01 04
Pas de fermetures.
Carte 42€

14/20

LE STRATO

Dans la partie la plus huppée de Courchevel, la table du Strato menée à distance par Jean-André Charial, et surnommée, pourquoi pas, Baumanière 1850, se veut légitimement la plus altière possible, pour ne pas dire stratosphérique. Engagement tenu du côté de l'addition, l'assiette menée par le chef Thomas Prod'homme montrant deux belles toques et des promesses. Avec la blette nacrée truffe noire et crème double, la

Route de Bellecôte
T. 04 79 41 51 60
Pas de fermetures.
Menu(s) 150-195€

saint-jacques à la flamme algue et petit lait foisonné, la côte d'agneau « immersion terre ou mer » oseille et caviar faisselle de brebis avant un malin céleri coque meringue café condiment citron pour une séquence à 245 € qui fait preuve d'un certain cran. Le tout dans un cadre approprié, avec une vaisselle choisie - pratiquement les plus beaux couteaux de la station - et avec un service de haut niveau et une cave de belles étiquettes consacrées, l'un des points forts des tables Baumanière.

13/20

AZIMUT

Tout est propre ici. La musique est en sourdine, Sandrine Moureaux mène l'affaire tout en amabilité et la cuisine de son époux François est totalement sous contrôle. Jusqu'à la carte des vins, pétrie de bonnes intentions et d'étiquettes consacrées, bien pourvue sur sa région et dans son offre au verre, avec les conseils avisés de la patronne. Le chef aime le travail bien fait, et sa mise en bouche crème de panais émulsion coco pose le niveau à deux toques confirmées par la séquence : omble chevalier juste et savoureux crème de chou-fleur caviar de Neuvic, tendre pintade fermière à basse température, artichaut laitue en texture sauce reine des prés, parfait génépi crème praliné pâtissière au café. A une altitude raisonnable, dans ses menus de 45 à 90 € , à dix minutes de la station 1850, la mire est bien ajustée et l'Azimut bien réglé.

Le Praz
T. 04 79 06 25 90
Fermetures lu (déj.), me (déj.).
Menu(s) 45-108€

13/20

PIERO TT

Aux Airelles, l'adresse de Pierre Gagnaire et Riccardo Valore est sans aucune doute l'une des plus prisées, pour le remarquable décor qui allie le bois montagnard et le velours parisien, d'une harmonie délicieuse, et pour les compositions du duo, accords franco-italiens des mieux négociés.

Les Airelles - Le Jardin Alpin
T. 04 79 00 38 38
Pas de fermetures.
Carte 41€

12/20

LA SAULIRE

Dans un décor mêlant luxe et tradition, où le bois savoyard des chalets répond à une mise en table bourgeoise, les voyageurs du monde entier pourront découvrir le meilleur de la cuisine française, dans ce qu'il a de plus raffiné dans son répertoire. Tous les classiques répondent à l'appel : escargots de Bourgogne en meurette, œuf parfait, confit d'échalotes et lard de Savoie, agneau 12h et mousseline de petits pois, légumes primeurs, magret de canard rôti, polenta à la truffe d'été et tomates confites, une fondue aux truffes, un mont blanc à la myrtille. Cave de bonne escorte.

Place du Rocher - Courchevel 1850
T. 04 79 08 07 52
Pas de fermetures.
Carte 19€

© Adobe Stock/smallredgirl

HÔTELS

5 ÉTOILES

LES AIRELLES

Au cœur de la station la plus chic (et la plus étoilée) de France, les Airelles ont toujours cultivé une exclusivité aussi discrète que singulière. Ici, pas de signature de designer en vogue ; ce gros chalet traditionnel invite ses hôtes à une expérience hors du temps dans un décor inspiré des Alpes autrichiennes d'autrefois avec ses boiseries peintes, ses plafonds à caissons et ses parquets anciens. La qualité de service est ici exceptionnelle, tout comme les 32 chambres et 15 suites ultra luxueuses et flanquées de vastes salles de bain en marbre. Véritable monde en soi, le lieu comprend aussi une boutique, un ski room, un kids club qui ravit tous les enfants... Il abrite enfin (et surtout) un formidable spa signé la Mer, doté d'une piscine, d'un hammam, d'un jacuzzi extérieur et d'un espace bien-être qui propose des soins et massages de haut vol. Une halte revitalisante, parfaite après une journée passée sur les pistes auxquelles on accède skis aux pieds.

Rue du Jardin Alpin
T. 04 79 00 38 38

5 ÉTOILES

AMAN LE MÉLÉZIN

Premier refuge français du prestigieux groupe hôtelier indonésien, l'Aman Le Mézelin décline le luxe épuré et discret de ses adresses asiatiques. Les 31 chambres et suites (et même un somptueux penthouse) font la part belle aux matériaux nobles et naturels (pierres brutes, bois locaux), et déclinent moquettes bien épaisses, literie de rêve et vue à couper le souffle sur les montagnes du domaine. Il faut ensuite descendre d'un étage pour découvrir le spa holistique de 800 m² dévoilant son décor zen et ses six salles de soin, sa piscine doublée d'un grand jacuzzi et son studio de yoga. Tout aussi séduisant, le restaurant Nama propose une cuisine japonaise traditionnelle exécutée par le chef nippon Kosuke Yamada que l'on savoure avant de rejoindre le salon où crépite un feu de cheminée ou le bar avec son ambiance tamisée. Un écrin idéal avant de partir, skis aux pieds, sur les pistes de Bellecôte, avec accès exclusif aux remontées avant l'ouverture au public.

310 rue de Bellecôte
T. 04 79 08 01 33

5 ÉTOILES

CHEVAL BLANC

Au cœur de Courchevel 1850, la marque célèbre l'amour du beau avec ce (très) luxueux chalet et ses 36 chambres et suites signées Sybille de Margerie & Pierre-Marie Couturier, qui déclinent bois nobles et cuirs patinés, velours, taffetas et tadelak, le tout doublé d'œuvres d'art et d'objets de designers. Ici, chaque détail infuse une idée du luxe et de la modernité : l'immense bar en onyx ambré ; le Hair Room Service by John Nollet (le coiffeur des stars) ou les boutiques Dior et Louis Vuitton. À deux pas, le spa Guerlain déploie ses 600 m² avec sa piscine spectaculaire et sa salle de fitness, son jacuzzi et son puits d'eau froide, sans oublier les remarquables massages (dont l'exceptionnel après-ski). À ne pas manquer également, le restaurant, emmené par Yannick Alleno, prenant place dans un vibrant décor imaginé par l'architecte Peter Marino.

Rue du Jardin Alpin
T. 04 79 23 14 15
Fermetures mai, juin, juill. août, sept. oct. nov.

4 ÉTOILES

ECRIN BLANC RESORT

1380 route des Eaux Vives
T. 04 86 80 03 00

Au cœur de la station Courchevel 1650, cet hôtel contemporain déploie un luxe décontracté et familial, idéalement situé au pied du télésiège les Grandes combes menant à 600 km de pistes. Le lieu possède également un accès direct au 1500 m^2 de l'Aquamotion, le plus grand centre aquatique des Alpes et l'espace rêvé de tous les enfants après une journée dans la poudreuse. Pendant ce temps, on rejoint l'une des 127 chambres et suites mêlant esprit montagnard et confort contemporain, décorées de pierres naturelles et de boiseries régionales, avec lit king-size et belles loggias. Côté restauration, le même esprit convivial se décline entre le grill et sa terrasse de 300 m^2, l'écailler ou le food truck placé devant l'hôtel qui concocte des pizzas, cuites au feu de bois.

5 ÉTOILES

HÔTEL BARRIÈRE LES NEIGES

422 rue de Bellecôte
Saint-Bon-Tarentaise
T. 04 57 55 22 00

Pour sa première adresse au sommet, le groupe Barrière a choisi Courchevel et propose, depuis 2016, ce refuge qui reprend tous les codes maison - à savoir un luxe familial avec service impeccable et le plein d'attentions. Dès le ski room, le ton est donné avec un large choix d'équipements pour partir tout schuss à la découverte du domaine. Idéal pour se ressourcer après une journée sur les pistes, le spa Diane Barrière propose une vaste palette de massages relaxants et de soins d'exception griffés Biologique Recherche. Signées de l'architecte d'intérieur Nathalie Ryan, les 42 chambres (dont 20 suites et un penthouse), sont à l'unisson de ce cocon de rêve, bien douillettes avec leurs bois régionaux, leurs canapés habillés de (fausse) fourrure et leurs salles de bain dotées de belles douches à l'italienne. Derniers atouts, et non des moindres, un kids club avec de super activités, une salle de projection privée et un emplacement parfait, au pied de Bellecôte et des premières pistes.

5 ÉTOILES

HÔTEL L'APOGÉE COURCHEVEL

5 rue Emile Allais
T. 04 79 04 01 04

Membre du groupe Oetker collection, ce palace contemporain a été conçu par India Mahdavi et Joseph Dirand. Ils ont choisi d'y bousculer les classiques codes montagnards pour offrir une ambiance épurée, inspirée de l'architecte moderniste Charlotte Perriand. Et l'on ne peut que succomber à ce luxe discret, déployé au fil des 53 chambres et suites à l'ambiance cosy et élégante, sans oublier l'immense penthouse et deux chalets privés. Les espaces communs affichent des volumes parfaits, la cuisine est emmenée par le chef Jean-Luc Lefrançois, le spa griffé Sisley offre la plus exquise des détentes. Dernier atout : l'accès, ski aux pieds, aux 600 km du domaine des Trois-Vallées. Et oui, il faut, tôt ou tard, se résigner à quitter ce délicieux refuge pour goûter la poudreuse...

Hôtel Barrière Les Neiges à Courchevel

5 ÉTOILES

HÔTEL LE K2 ALTITUDE

Imaginé comme un hameau alpin composé de chalets nichés à flanc de montagne, le K2 Altitude abrite 14 chambres et suites habillées de bois, de velours et de coussins moelleux, sans compter 5 chalets de 500 m² avec piscine chauffée et chef cuisinier à demeure. Tout aussi unique, le Gogi spa by Valmont abrite une somptueuse piscine, une salle de fitness et un salon de coiffure Shu Uemura art of Hair mais on vient surtout ici pour les massages d'exception et le programme K2 by Sisley, deux heures de soin dont on sort totalement revitalisé. Un lieu rare qui offre également les délices de son restaurant gastronomique (Le Montgomerie) conduit par le chef Pieter Rieddijk ; du Churchill club, fumoir à l'ambiance feutrée ; du K'baret, salle de spectacle privatisable ou encore du kids club et ses formidables ateliers de magie. Le tout au pied de la piste de Pralong...

356 rue de l'Altiport
T. 04 79 01 46 46

5 ÉTOILES

LE STRATO

Au pied des pistes de la station, le Strato fait un peu partie des incontournables, plébiscité par une communauté de fidèles qui adorent l'esprit de cette maison de famille idéale ; luxueuse, conviviale et sans façon. Les 25 chambres et suites, vastes et lumineuses, mixent mobilier scandinave, lits douillets et canapés de velours. La table est signée Jean-André-Charial (du domaine de Baumanière), la piscine magnifique et le spa Sothys propose un menu très alléchant, entre massages relaxants et méditations inspirées du yoga Sivananda. De quoi partir plein d'énergie, et skis aux pieds, à l'assaut des kilomètres de poudreuse des Trois Vallées.

Rue de Bellecôte
T. 04 79 41 51 60

BOUCHERIE

BOUCHERIE TRAITEUR MAISON LESPINASSE

Sur les pistes durant la saison et dans la vallée le reste de l'année. La maison Lepinasse s'établit à Courchevel pour approvisionner les touristes et locaux de viande de qualité. Mais pas que puisque la maison propose également quelques produits de la mer. Un pari osé mais relevé avec brio !

Rue des Tovets
T. 04 79 08 20 08
Fermetures lu (p.m), ma (p.m), me (p.m), je (p.m), ve (p.m), sa (p.m), di.

CHOCOLATERIE

LA PISTE NOIRE

Florence Malbrán, originaire de Patagonie a décidé d'ouvrir une boutique de chocolat en plein cœur de Courchevel. Elle fait venir le chocolat d'Argentine et le travaille ensuite dans le laboratoire situé à Bozel. Tous les chocolats sont faits artisanalement, elle nous transmet à travers ses chocolats un peu de sa culture argentine.

La galerie du forum 2e étage
T. 06 06 78 42 40
Pas de fermetures

DOMESSIN 73330

BOULANGERIE

A ET C

Boutique bien placée à la patronne gentille. Le pain aux figues est moelleux et agréable. La tradition est bien cuite, aérée et humide comme attendu. Concernant les préparations salées, la quiche a une bonne pâte et est de bonne confection artisanale.

135 bis rue du Chef Lieu
T. 04 76 37 24 40
Fermetures lu, di (p.m).

GRÉSY SUR AIX 73100

BOULANGERIE

BOULANGERIE LUCIEN

Boutique à l'étalage moderne, bien placé et avec un parking. La vendeuse est très aimable et connait bien ses produits. La baguette au levain a un bon goût, bien levée mais aussi dense, avec une belle et bonne mie. Le pain au maïs est bon, moelleux, tendre et bien aéré. Concernant le sucré, le croissant est très fin avec un beau feuilleté aérien.

4 chemin du Moulin
T. 04 79 63 35 19
Fermetures di (p.m).

GRIGNON 73200

BOULANGERIE

LA GRIGNONAISE

Une boulangerie pratique d'accès, appréciée des nombreux travailleurs du quartier. La vendeuse est dynamique et sert rapidement et aimablement les clients. La baguette tradition est très bonne, moelleuse et fraîche, agréable comme une friandise. La quiche brocoli saumon est plaisante avec une pâte qui n'est pas trop épaisse et une garniture généreuse.

1520 route Départementale - Lotissement La Forêt
T. 09 77 50 26 55
Fermetures di (p.m).

HAUTELUCE 73620

RESTAURANTS

13/20

FERME DU CHOZAL

Dans la vallée du Beaufortain, cette formidable hôtellerie**** au charme familial et luxueux, où l'esprit montagnard s'associe à un confort complet, la table ne pouvait que suivre les exigences, défendant une belle cuisine régionale, où les herbes aromatiques, les gibiers et les poissons de lac sont à l'honneur. Sous l'égide de Julien Dubourgeat, les cuisines délivrent ainsi un beau menu à 49 € , avec l'os à moelle gratiné à l'ail des ours et escargots du Beaufortain, la bouillabaisse aux écrevisses et aux langoustines, tartine de seigle à la rouille, le soufflé glacé à la chartreuse et ganache au chocolat Weiss. Belle cave alpine par Frédéric Boulanger.

361 route des Combes
T. 04 79 38 18 18
Pas de fermetures.
Carte 20€ **Menu(s)** 49-95€

HÔTELS

4 ÉTOILES

LA FERME DU CHOZAL

Au cœur du Beaufortain et idéalement reliée à la station des Saisies, cette ancienne ferme a conservé son esprit montagnard avec ses 12 chambres et suites habillées de matériaux locaux ; pierres de pays, murs lambrissés, tissus de la filature d'Arpin et meubles anciens, le tout rehaussé de belles lampes contemporaines. Après avoir arpenté les pistes de l'espace Diamant (192 km), on fait une pause au sauna, au hammam ou dans la salle de soin pour un massage californien. On rejoint ensuite la piscine extérieure chauffée et le jacuzzi qui offrent une vue extraordinaire sur la vallée et, en toile de fond, la haute silhouette du Mont-Blanc. Derniers atouts de cette adresse authentique et pleine de charme, un restaurant gastronomique et des petits déjeuners pantagruéliques, servis sur la terrasse plein sud.

361 les Combes
T. 04 79 38 18 18
Fermetures mai, oct. nov. déc.

JONGIEUX 73170

RESTAURANTS

16/20

AUBERGE LES MORAINIÈRES

Au cœur du vignoble de Jongieux, près de Chambéry, on retrouve l'une des plus belles tables de la région, signée Michaël Arnoult, toujours aussi pointu et exigeant. La valeureuse maison surplombant la vallée offre une vue absolument exceptionnelle depuis sa terrasse et son extension ultra moderne en baie vitrée, tandis que le chef garnit les tables d'un supplément de terroir, pour un moment de contemplation accompli. Passé chez Emmanuel Renaut, il déploie une technique et une sensibilité qui ne sont plus à prouver, qu'on retrouve dans deux formidables menus à 135 et 185 € , où l'on croisera le homard bleu, la féra du Léman, le praliné croustillant noisette et citron. Cave à la hauteur des attentes. Service remarquable.

Route de Marétel
T. 04 79 44 09 39
Fermetures lu, ma.
Menu(s) 85-185€

Chef Cuisinier
Michaël Arnoult

LA BIOLLE 73410

BOULANGERIE

LES DÉLICES DE L'ALBANAIS

Au milieu du village, un bel espace aménagé, avec salon de thé et rampe d'accès handicapé. La vendeuse très aimable et gentille, vous guidera volontiers à travers son étalage très complet. La tortigraines est très bien faite, agréable et dense, avec une bonne mâche et riche en graines.

200 route de la Chambotte
T. 04 79 88 51 35
Fermetures ma, di (p.m).

LA CROIX DE LA ROCHETTE 73110

BOULANGERIE

LE PAIN DE BELLEDONNE

Bio, bio les carrés de Belledonne. Depuis 1991 cette fabrique artisanale distribue uniquement les boutiques bios. Pains, biscuits et chocolats suivent un circuit engagé, celui de Bruno Anquetil qui surfe sur la vague du succès. Les cacaos de Saint-Domingue issus de la filière biopartenaire font partie intégrante d'une collection gourmande : lait caramel beurre salé, noir éclats de cacao, lait pavot sésame... révèlent des parfums francs.

491 route des Bons Prés
T. 04 79 25 37 84
Fermetures sa (p.m), di.

LA MOTTE SERVOLEX 73290

BRASSEUR

MONT-BLANC

Brasserie emblématique de Savoie, la maison renaît en 1999 sous l'impulsion de Sylvain Chiron. Reprenant les thèmes et l'image de l'enseigne, celui-ci lui redonnera sa place parmi les micro-brasseries françaises, avec une production moderne, aux goûts authentiques. On ne manquera pas de goûter les classiques, essentiels, la rousse, la blonde et la blanche ; mais aussi les nouveautés, l'une à la violette et l'autre au génépi.

128 avenue René Cassin
T. 04 79 62 23 99
Fermetures sa, di.

LA RAVOIRE 73490

BOULANGERIE

LE FOURNIL DE VALMAR

Belle boutique avec une vendeuse à la bonne humeur contagieuse, qui saura faire des propositions aux clients les plus indécis. Un pain spécial au maïs très bon, un goût impeccable, une belle cuisson, du caractère, comme une friandise. La tradition est bien aérée et alvéolée avec une belle mie odorante et savoureuse. La baguette classique est croustillante comme il faut.

Place de l'Hôtel de Ville
T. 04 79 70 98 14
Pas de fermetures

LA TANIA 73120

RESTAURANTS

13/20

LE FARÇON

Installé dans cette station huppée depuis 2006, Julien Machet anime cette belle table gastronomique avec une bonne rigueur, associant ainsi ce bel écrin savoyard en bois à une assiette volontiers vagabonde parfaitement réalisée. Les menus témoignent d'une belle créativité de la part du " colporteur savoyard ", qui proposent ainsi des voyages plus ou moins longs, de la petite route des Tommes à 48 € jusqu'au Grand chemin à 130 € . Cave de bonne escorte.

Immeuble le Kalinka
T. 04 79 08 80 34
Fermetures me.
Menu(s) 48-95€

LE BOURGET DU LAC 73370

RESTAURANTS

16,5/20

ATMOSPHÈRES

Ils sont là, tout près de cette quatrième toque qui, c'est certain, à plus ou moins court terme, viendra couronner leur travail et leur belle maison. Ils ? Delphine et Alain Pérrillat-Mercerot forment un couple indissociable et indispensable à cette délicieuse maison posée sur les hauteurs du lac, dans cet environnement d'une majesté et d'une beauté à couper le souffle, face au Mont Revard. Vous voulez rêver ? Optez directement pour le menu Grandes Alpes et laissez-vous porter, sans jamais baisser trop la garde ou vous laisser distraire par la vue car vous risqueriez de manquer les fulgurances de ce chef à l'inspiration sans limite. Au menu, la Savoie, les produits locaux, mais pas seulement, des légumes magnifiques, les fromages des montagnes et les meilleurs vignerons de la région, Philippe Héritier ou Céline Jacquet notamment, mais également d'excellentes trouvailles dénichées un peu partout en France ou sur l'autre versant des Alpes.

618 route des Tournelles
T. 04 79 25 01 29
Fermetures lu, ma, di.
Menu(s) 92-135€

Chef Cuisinier
Alain Perrillat-Mercerot

14/20

RESTAURANT LAMARTINE

Splendide auberge avec vue surplombante sur le lac du Bourget, on y retrouve le chef Pierre Marin, héritier d'une aventure familiale commencée en 1964, et qui fait vivre une maison lacustre de première renommée. Cette belle maison bourgeoise est l'occasion de découvrir les plaisirs du lac et de la Savoie, que le chef met en scène dans des compositions inspirées et techniques : langoustines rôties, légumes croquants, raviole végétale et sauce au citron vert, omble chevalier en basse température, crémeux de champignons de la Motte Servolex, épinards et œufs de brochet, une poularde en deux façons, carottes de chez Favrin et sauce à l'ail nouveau, un dessert chocolat noisette. Service professionnel.

Route du Tunnel du Chat
T. 04 79 25 01 03
Fermetures lu, ma, di (dîn.).
Menu(s) 40-110€

HÔTELS

3 ÉTOILES

ATMOSPHÈRES

Idéal pour prolonger l'expérience gastronomique proposée par le chef Alain Perillat-Mercerot au restaurant Atmosphères, cet hôtel-chalet propose le charme de ses 4 chambres et suites au style contemporain, prolongées de grands balcons qui dévoilent une vue à 180° sur les eaux du lac du Bourget, encerclé par les montagnes embrumées. Du grand spectacle que l'on retrouve à l'identique sur la belle terrasse où l'on savoure un petit déjeuner qui fait la part belle aux produits locaux et aux circuits courts, cakes et compotes maison, œufs de la ferme des Bollones, jus de pomme du producteur de Jean Sulpice.

618 route des Tournelles
T. 04 79 25 01 29

LE CHÂTELARD 73630

ÉLEVEUR

LA CHÈVRERIE DES TANNES ET GLACIÈRES

Ferme caprine qui produit avec conscience et dynamisme des produits fromagers traditionnels ainsi que des savons au lait de chèvre et des vêtements issus de la tonte des chèvres.

Le Martinet
T. 06 72 94 20 41
Pas de fermetures

LE NOYER 73340

ÉPICERIE FINE

L'HERBIER DE LA CLAPPE

Immersion gourmande et écologique à la découverte de la culture et de la cueillette de plantes sauvages ainsi que de leur transformation en tisanes et apéritifs. Différentes visites sont organisées, pensez à consulter leur site internet en amont de votre voyage.

2211 route du Noyer
T. 06 01 72 63 55
Pas de fermetures

LES MARCHES 73800

RESTAURANTS

13/20

K'OZZIE

Dans un petit village au sud de Chambéry, on retrouve cette jolie table contemporaine installée sous des vieilles voûtes d'un charme historique contagieux, d'où il règne un contraste harmonieux entre l'architecture et le mobilier. Les lignes épurées de la décoration indiquent l'esprit créatif de l'adresse de Maude et Sébastien, qui font ainsi vivre des recettes d'aujourd'hui, comme un risotto de coques et chou vert, un poulpe snacké, poivron rouge et cocos de Paimpol, ou encore une précieuse tartelette aux myrtilles et sésame. Très jolie cave.

20 route de Francin
T. 04 79 36 91 76
Fermetures lu, ma (déj.), di.
Menu(s) 51-63€

LES MÉNUIRES 73440

HÔTELS

4 ÉTOILES

CHALET HÔTEL KAYA

Situé au sommet des Ménuires, cet imposant chalet en bois dévoile à ses hôtes une vue exceptionnelle et, surtout, le sentiment rare d'être seul au monde, en parfaite harmonie avec la nature. L'hôtel réunit 50 chambres (dont 40 suites) aux allures de cocons contemporains avec leurs alliances de bois, de laines et de cuirs, inspirées de l'univers andin. Les lieux réservent aussi à leurs visiteurs le charme de son salon « Refuge » où l'on se retrouve autour d'un verre devant la cheminée ; les délices du spa griffé Cinq mondes et, pour les enfants, un kid's camp qui propose le plein d'activités, y compris une pyjama party ! Côté restaurants, on optera pour le Kain et sa bistronomie légère, le Cheese and the forest et sa cave à fromages, sans oublier un food truck pour les petits creux.

Village de Reberty
T. 04 79 41 42 00

Au Village

LA MONTAGNE AUTHENTIQUE

Dans ce restaurant, conçu comme un village traditionnel avec sa place pavée et son chalet reconstitué, savourez une cuisine créatrice de bonheur ! Servanne Jay, native des Ménuires, et le talentueux chef Frédéric Puchault mettent à l'honneur les produits du terroir, approvisionnés en circuit court. On retrouve ainsi les fromages de la coopérative de Moûtiers dans les incontournables spécialités montagnardes : reblochonnade, tartiflette, boîte chaude, fondue savoyarde... On se régale aussi d'une cuisine bourgeoise : pavé de bœuf sauce aux morilles, côte de veau à la sauge, pavé de truite à la crème de cresson ou le burger au foie gras jus de madère. En entrée, on choisit l'œuf cocotte aux morilles, et en dessert, le Myrtille en fête !

Le + : Belle carte des vins* de petits producteurs.

Galerie de l'Adret - LES MÉNUIRES,
73440 LES BELLEVILLE
Tél. : 04-79-41-20-39
www.auvillage-lesmenuires.fr

Le Napoléon

MONTAGNARD ET GOURMET

Dans la station familiale de Val-Cenis, Florent tient, depuis vingt ans, ce restaurant au rythme des saisons. Avec son équipe de choc, il s'adapte à la clientèle, été comme hiver, pour une délicieuse cuisine fraîche et locale. Plats savoyards, ainsi que viandes, salades ou pizzas. Belle sélection de vins*. L'ambiance est conviviale autour des tables fabriquées par cet ingénieur de formation. Réservation très conseillée.

Quartier Napoléon,
73480 LANSLEBOURG-MONT-CENIS
Tél. : 04-79-05-90-47

> *Bonne cuisine et bon vin,*
> *c'est le paradis sur terre...*
>
> Henri IV (1553-1610)

*L'ABUS D'ALCOOL EST DANGEREUX POUR LA SANTÉ.

LES SAISIES 73620

RESTAURANTS

12/20

LE CALGARY

Bel hôtel*** au cœur de la station, on y vient pour le ski ou la randonnée, profiter des équipements de l'hôtel, le spa et la piscine, mais aussi sa bonne table, tournée vers les classiques français et les tendances actuelles. La carte est assez courte mais bien équilibrée, avec le tartare de légumes, polenta et gravelax de saumon Bømlo à la betterave, le tournedos de lotte lardé au jus de bouillabaisse, le suprême de poulet jaune et jus de carottes à la moutarde de Meaux, le vacherin à la myrtille et au génépi. Bon service.

73 rue des Périots
T. 04 79 38 98 38
Pas de fermetures.
Carte 53€

BOULANGERIE

LE FOURNIL DES SAISIES

Belle boulangerie animée et centrales des Saisies dont l'étal alléchant aussi bien en pâtisserie, qu'en salé et viennoiserie vous réserve quelques gourmandises. La goûteuse baguette nordique et la tradition à la mie moelleuse en font partie côté pain.

422 avenue des Jeux Olympiques
T. 04 79 38 90 96
Pas de fermetures

LESCHERAINES 73340

FROMAGERIE

COOPÉRATIVE LAITIÈRE DE LESCHERAINES

Au cœur du Parc naturel des Bauges, une coopérative artisanale et respectueuse des traditions qui fabrique et vend les produits fromagers typiquement baujus.

Route de chez Lovat
T. 04 79 63 30 37
Pas de fermetures

MÉRIBEL LES ALLUES 73550

RESTAURANTS

14,5/20

HÔTEL KAÏLA - L'EKRIN BY LAURENT AZOULAY

Laurent Azoulay, le Gardois que l'on connut longtemps à côté d'Avignon, au Saule Pleureur, s'est parfaitement acclimaté aux cimes neigeuses de Méribel. Plus que la Provence, plus que la Savoie, sa terre d'adoption est un palace des neiges, le Kaila, où est déployé un service important et policé pour raconter sa double culture dans un aimable récit. A travers la longue séquence de mises en bouche, passant de l'olive en bille à la soupe à l'oignon et crème au lard, puis d'assiettes dans le style du chef, à la fois malignes et gourmandes : l'escargot et la courge en déclinaison sur une chlorophylle ailliée, le biscuit de brochet, aujourd'hui si répandu mais toujours agréable quand il est comme ici aussi bien travaillé, avec l'épeautre de Sainte-Jalle, dans les Baronnies et avec une émulsion d'œufs fumés un poil trop citronnée, le cochon bien détaillé, longe fumée au foin, lard laqué miel et pomme, tartelette boudin noir jus à l'huile de foin, la poire pochée au jus infusé au safran et à la noix de Grenoble. Comme les

124 rue des Jeux Olympiques
T. 04 79 41 69 20
Pas de fermetures.
Menu(s) 115-215€

menus (2 séquences à 115 et 165 € en 4 ou 6 plats), les tarifs de la vaste cave classique (la belle verticale de Beaucastel rappelle les liens du chef avec les châteauneufs et la famille Perrin) n'ont rien d'exagéré, pour une prestation globale réussie dans une ambiance un brin guindée mais de grand confort. Un point de plus cette année.

HÔTELS

5 ÉTOILES

HÔTEL LE COUCOU

464 route du Belvédère
T. 04 57 58 37 37

Déjà propriétaire de Lou Pinet à Saint-Tropez et de Crillon le Brave en Provence, la maison Pariente a inauguré en 2019 ce bel écrin au sommet de la station de Méribel. Imaginée par l'architecte d'intérieur Pierre Yovanovitch, les 55 chambres et suites infusent un esprit « maison de famille contemporaine » avec une déco savoyarde revisitée - moquettes à pois, têtes de lit en bois sombre et fauteuils douillets coiffés d'oreilles d'ours. Griffé de la marque américaine ultra-chic Tata Harper, le spa propose de luxueux soins personnalisés, sans compter le charme de la piscine qui ouvre sur les montagnes enneigées. Deux restaurants viennent compléter cette offre qui renouvelle habilement l'esprit des séjours à la montagne, dont un Beefbar, déclinaison du concept déjà éprouvé (avec succès) à Paris, Londres et Monaco.

5 ÉTOILES

HÔTEL LE KAÏLA

124 rue des Jeux Olympiques
T. 04 79 41 69 20

Posé au pied des pistes de la station, cette adresse grand luxe propose le meilleur d'un séjour au ski en famille ou en tribu, avec un décor classique et ultra chaleureux : belle façade rustique, bois régionaux et ardoise, poutres apparentes et immenses baies vitrées. On retrouve cette atmosphère montagnarde dans les 39 chambres et suites décorées de matériaux bruts, de moquettes épaisses, de gros plaids en fourrure et de salles de bain équipées, pour certaines, de jacuzzi et de hammam. Autres atouts de ce lieu prestigieux : le spa Nuxe avec sa lumineuse piscine et la table gastronomique emmenée par Laurent Azoulay, passé par les cuisines de Jean-André Charial et de Pierre Gagnaire.

5 ÉTOILES

REFUGE DE LA TRAYE

61 chemin Sainte-Appolonnie
T. 04 58 24 04 04

Face à Méribel, accessible en raquettes, en hors-piste ou avec le Pinzelec (le véhicule sur chenilles de l'hôtel - Les Airelles), ce lieu est le premier refuge haut de gamme des Alpes françaises. Il prend place dans un petit hameau, proposant une immersion totale dans la nature. Les différents hébergements abritent en tout 6 chambres et suites qui mêlent la chaleur du bois et des tissus bien feutrés, un coin salon et des terrasses avec un panorama à 180° sur les montagnes enneigées. Nichés dans le Grand Refuge, les espaces communs réunissent un restaurant traditionnel, un grand salon réchauffé de sa cheminée mais aussi un espace bien-être et même une salle de cinéma. L'occasion de se ressourcer après une journée passée à dévaler les pistes ou profiter des activités organisées au départ du refuge : raquettes, descente en luge, ski de randonnée... À savoir aussi, le lieu s'est engagé depuis plusieurs années dans une démarche éco-responsable, de la gestion de l'eau aux matériaux renouvelables.

PÂTISSERIE

MAISON BRAISSAND LES GLACIERS

Face à l'office de tourisme, il est aisé de repérer cette boutique pleine de gourmandises où les locaux aiment acheter de bonnes baguettes et les touristes se régalent des spécialités pâtissières maison, à emporter ou à déguster à l'étage : le célèbre Mont-Blanc à la crème de marron et chantilly, la tarte aux noix et son caramel cuit au miel et à la crème, ou la création du chef, la Belle de Savoie à la crème de myrtilles.

Centre Station
T. 04 79 08 60 27
Pas de fermetures

Refuge de la Traye à Méribel Les Allues

Chalet L'ambiance

RESTAURANT FAMILIAL ET CONVIVIAL

Le restaurant, au cœur du village de montagne, soigne autant son ambiance que ses recettes. Les spécialités savoyardes sont élaborées selon les recettes de l'arrière-grand-mère avec des produits locaux du val d'Arly. Les plats, plus traditionnels, se veulent créatifs et aromatisés avec des herbes du jardin. Bien sûr, tout est cuisiné maison et en famille.
Aux fourneaux, Sandrine passe le relai à Alexia, sa fille ; et en salle, Nicolas, le frère, réunit des amis musiciens pour ambiancer les repas.

164, rue de Savoie,
73590 NOTRE-DAME-DE-BELLECOMBE
Tél. : 04-79-31-73-67
Facebook : @LambianceNDB

Le Refuge

UNE ÉTAPE GOURMANDE

Dans une ambiance familiale, les maîtres restaurateurs vous accueillent et vous offrent une carte bistronomique qui met à l'honneur une cuisine artisanale, confectionnée avec des produits frais de la région. On varie les plaisirs entre les pizzas traditionnelles, les viandes d'alpages de producteurs locaux, les spécialités du terroir savoyard comme les fondues. Il y a celle au chèvre, celle au reblochon ou la traditionnelle suisse qui peuvent être proposées en parts individuelles.

Route de la Montée, 73550 MÉRIBEL
Tél. : 04-79-08-61-97
E-mail : pierresplates@orange.fr

> *Il n'y a pas d'amour plus sincère que celui de la bonne chère.*
>
> George Bernard Shaw
> (1856-1950)

NOTRE DAME DE BELLECOMBE 73590

RESTAURANTS

12/20

LA FERME DE VICTORINE

Le Planay
T. 04 79 31 63 46
Fermetures je.
Menu(s) 27-63€

Table de village depuis 1923, l'aventure familiale se poursuit encore aujourd'hui avec Denis Vinet, qui transmet à son tour les belles traditions régionales. Le cadre est cohérent avec les propositions, tout en bois et respirant une authenticité rassurante ; on y retrouvera de vieux et bons amis : les escargots du Domaine des Orchis en persillade, gratinés au Beaufort, la fondue à l'ail des ours, l'épaule d'agneau confite, jus navarin au serpolet et légumes primeurs, le vacherin aux fruits frais.

Notre-Dame-de-Bellecombe

Le Bonnet Blanc

FUN ET GOURMANDISES AU SOMMET DES PISTES

Ce restaurant et bar d'altitude vous accueille en été et en hiver pour profiter d'une superbe vue panoramique sur la chaîne des Aravis, le Beaufortin et le Mont-Blanc, dans une ambiance sympa, autour d'une cuisine gourmande. Au Bonnet Blanc, on se sent un peu comme chez soi... mais en mieux ! À sa tête, Justine et son papa, Didier, restaurateur expérimenté qui rêvait d'un lieu chaleureux en altitude. On profite d'un accueil ultra convivial distillé par une équipe sympathique, d'une ambiance chaleureuse, en salle et sur la belle terrasse, et on se régale de spécialités savoyardes, de jolies planches de charcuterie et fromage, et de desserts en vitrine, chaque jour spécialement concoctés par le chef pâtissier.
Ouvert 7j/7 été comme hiver.
Le + : Brunch le dimanche, privatisation possible le soir (en été), DJ set sur la terrasse (en hiver).

Les Côtes,
73590 NOTRE-DAME-DE-BELLECOMBE
Tél. : 04-79-31-83-59
www.lebonnetblanc.fr

L'Auberge Fleurie

DU LOCAL, DU FRAIS ET DU BIO

Audrey Smith et Loïc Goby servent une cuisine traditionnelle française à base de produits frais, locaux et majoritairement bio. Depuis leur plus jeune âge, Audrey Smith et Loïc Goby ont le goût des bonnes choses. Passionné de cuisine, le couple a ouvert son restaurant en 2016. Dans une ambiance chaleureuse, conviviale et familiale – la sœur d'Audrey, Sarah, s'occupe du service –, des plats tous faits maisons par le chef Loïc Goby sont proposés à partir de produits locaux et bio principalement. Pendant qu'Audrey Smith, au bar et au service, confectionne les desserts. La carte, entre tradition et bistronomie, évolue au fil des saisons. Une terrasse verdoyante permet de profiter du cadre bucolique du restaurant, doté également d'un très grand parking.

6, route départementale 925,
73460 NOTRE-DAME-DES-MILLIÈRES
Tél. : 04-56-43-97-81
Facebook : @aubergefleurieNDM

PLANCHERINE 73200

AFFINEUR

ABBAYE DE NOTRE DAME DE TAMIÉ

Un lieu de recueillement qui ne dénigre pas les bons produits. Ce sont les moines de l'abbaye qui fabriquent le fromage et le beurre de petit lait. Jean Sulpice, cuisinier de l'année 2018, apprécie sa texture riche en sensation et en rondeur. Avec le beurre de Tamié, il ajoute de la graine de carvi pour apporter une fraîcheur anisée. Se renseigner pour les heures d'ouverture de la boutique, vente en ligne également.

1242 chemin du Monastère
T. 04 79 31 15 50
Fermetures lu (p.m), ma (p.m), me (p.m), je (p.m), ve (p.m), sa (p.m), di.

SAINT ALBAN LEYSSE 73230

BOULANGERIE

LE FOURNIL DU NIVOLET

Bel espace pratique d'accès, tenu par une jeune vendeuse appliquée et sérieuse. Les pains sont bien rangés sur un fond boisé et l'étalage est assez attrayant. La tradition est bien faite, sans défaut, comme attendu, avec un bon équilibre croûte mie et un bon cassant. La tortigraines en grand format, est bien faite et moelleuse, de bonne qualité et avec un bon goût.

4 avenue de Chambery
T. 04 79 25 18 63
Pas de fermetures

La Granier depuis Saint-Alban-Leysse

L'Escoubille

UNE JOLIE EXPÉRIENCE GUSTATIVE

C'est en hommage à son grand-père qui cuisinait régulièrement l'escoubille, un plat régional de l'arrière-pays montpelliérain, qu'Hugo Bonfils a créé son restaurant aidé de son associée, Romane Bouvier. Le chef, fort d'une expérience aux côtés de grands cuisiniers, travaille essentiellement des produits frais locaux de la meilleure facture. Le standing du lieu est soigné, comme la présentation des mets.
En saison, il propose des saint-jacques avec butternut et graines de courge, du sandre au céleri et pamplemousse et un dessert aux marrons et champignons. La carte change au fil des saisons et offre un très bon rapport qualité-prix. Grande terrasse au rez-de-chaussée avec bar et terrain de pétanque, rooftop ouvert en été avec bar à cocktails* et plats à partager. *Ouvert du mardi au vendredi midi et soir, ainsi que le samedi uniquement le soir.*

56, rue des Barillettes,
73230 SAINT-ALBAN-LEYSSE
Tél. : 04-79-75-74-37
Facebook : L'Escoubille

La Table d'Emma

HORS-PISTE

Un repaire gourmet en pleine station, au pied du téléphérique. Les assiettes raffinées et atypiques se dégustent dans un cadre intimiste. Ancienne pépiniériste, Emma accorde une large place au végétal dans sa cuisine (légumes, fleurs, aromates...). Les spécialités savoyardes sont revisitées. Les plats entièrement faits maison puisent aussi dans les saveurs méditerranéennes ou asiatiques, ramenées de ses voyages. Belle vue sur le Beaufortain, terrasse et grande esplanade en été.

Résidence le Soleil I, 73210 PESEY-NANCROIX
Tél. : 04-57-37-80-14
Facebook / Instagram : @latabledemma

> *Un dessert sans fromage*
> *est une belle à qui il manque un œil.*
>
> Jean Anthelme Brillat-Savarin
> (1755 - 1826)

*L'ABUS D'ALCOOL EST DANGEREUX POUR LA SANTÉ.

La Cure gourmande

TRADITIONNELLE, ACCENT BISTRO

Au cœur du massif de la Chartreuse, la Cure gourmande propose une sélection de plats traditionnels modernisés. Brigitte Maese est aux commandes. Cette savoyarde d'adoption – accompagnée de son chef, Samuel – tient à proposer aux gourmands locaux et de passage, des plats divers tels que le civet de cerf, la truite au Vermouth* de Chambéry, les quenelles de brochet ou un foie gras aux myrtilles, la carte évoluant au fil des saisons.
Brigitte a créé plus qu'un restaurant. L'endroit, une ancienne Cure rénovée en 2018, est aussi un lieu de partage : animations dans le parc ou en terrasse, expositions d'œuvres en salle (60 places), produits artisanaux et du terroir disponibles en magasin et deux gites de qualité, à louer si vous visitez la région ou si souhaitez prolonger l'expérience.

1523 , route du Pont Romain,
73360 SAINT-CHRISTOPHE-LA-GROTTE
Tél. : 04-79-84-40-86

Ô Pain des Anges

PAINS ET VIENNOISERIES PASSION

Angélique Mion a pris la suite de son ancien patron en juillet 2021.
Chaque jour, elle propose une trentaine de pains, 100% bio, confectionnés avec passion au levain naturel, tous cuits au feu de bois, ainsi que des viennoiseries et autres sablés. Les ingrédients ont la couleur des champs : blé khorasan, sarrasin, seigle, riz, épeautre, petit épeautre, châtaigne. Angélique est aussi la seule de la région à faire le pain Pugliese au blé dur.

2, rue du Pré-de-Pâques,
73870 SAINT-JULIEN-MONT-DENIS
Tél. : 06-41-98-36-26
E-mail : opainsdesanges@gmail.com

« Ce qu'on mange avec goût se digère aisément. »

Georges Courteline (1858-1929)

*L'ABUS D'ALCOOL EST DANGEREUX POUR LA SANTÉ.

La Bergerie du Soleil

PAUSE FESTIVE EN PLEINE MONTAGNE

À 1736 mètres d'altitude, la Bergerie se mérite. On y accède à pied l'été, par le chemin de randonnée du Lac bleu et l'hiver, en skis, par la piste du Marquis. Depuis la grande terrasse, on admire la chaîne de Belledonne dans la vallée de la Maurienne. La soirée se fait conviviale sur une grande table partagée tandis que l'été, on vient vous chercher en 4x4 ; la sono la « Folie Bergère » vous invite à la danse et à la fête. Katia est en cuisine, Christian excelle dans l'art de la fondue. Il se fait aussi chauffeur à l'occasion, animateur et moniteur de ski, l'hiver. On déguste, en soirée, la fondue savoyarde aux cinq fromages, la fondue aux cèpes, la tartiflette à la crème, le burger au beaufort ou les diots, ces petites saucisses de Savoie. *Ouvert midi et soir, de juin à septembre et de décembre à avril.*

La Buffaz,
73130 SAINT-FRANÇOIS-LONGCHAMP
Tél. : 06-61-78-98-70
E-mail : labergeriedusoleil@gmail.com
Facebook : La Bergerie du Soleil
www.labergeriedusoleil.fr

Maison Fleur de Frangipanier

HAVRE DE PAIX

À la fois majordome, cuisinier et sommelier, Christophe vous accueille dans sa demeure style colonial de 1935. L'idéal pour un séjour en toute sérénité. Près du lac d'Aiguebelette, vous aurez le choix entre trois belles chambres doubles, avec chacune son univers (Dali, le vin*, la Réunion). Dès 90 euros pour une halte reposante en voyage d'affaires, 95 euros pour une escapade tranquille en amoureux. Passé par de prestigieux restaurants, le maître des lieux propose une cuisine raffinée et gourmande, qui utilise beaucoup le foin et les herbes de son jardin aromatique. Menus servis en toute intimité à l'une des trois tables confidentielles. La maison est privatisable, propose cours de cuisine ou d'œnologie, et dispose de sa propre boutique (cave à vin, épicerie fine).

205, route de Yenne,
73240 SAINT-GENIX-LES-VILLAGES
Tél. : 06-61-64-07-66
www.lamaisonfleurdefrangipanier.com

*L'ABUS D'ALCOOL EST DANGEREUX POUR LA SANTÉ.

SAINT JEAN DE MAURIENNE 73300

BOULANGERIE

BOULANGERIE GERBER

Boutique avenante à la serveuse dynamique qui sert tout le monde avec efficacité. Le pain bio aux graines est bien fait, riche en graines, agréable et très sain. La baguette ficelle est très bonne, craquante et moelleuse. La brioche a un bon filé, de la souplesse et un bon goût, et la festive est plaisante avec un bel équilibre croûte et mie et un bon goût de pain frais.

60 rue Bonrieux
T. 04 79 64 38 97
Fermetures lu (p.m), di (p.m).

SAINT MARTIN DE BELLEVILLE 73440

RESTAURANTS

17/20

LA BOUITTE

Un de nos enquêteurs souligne ainsi son séjour chez les Meilleur : "Difficile de trouver le moindre reproche à faire à cette maison, tant on se sent choyé par une famille attentive et veillant à tout". C'est bien l'esprit "auberge chalet savoyard" qui préside dans cette grande maison à mi-pente dans la vallée des Belleville, en remontant vers les Menuires et Val Thorens. De l'accueil jusqu'au départ, que de prévenance, que de gentillesses ! Dans ces conditions, toutes les assiettes paraissent merveilleuses, et le sont, dans la cuisine de Maxime près de laquelle papa René n'est jamais bien loin. Avec des produits d'exception issus des fermes du voisinage, produits laitiers en tête, que Maxime sait transfigurer, par une simple aubergine, un lapereau, un pigeonneau et ses condiments au chénopode bon henry et toute cette gourmandise qui se poursuit jusqu'aux desserts. A la cave, Antoine-Marie Bourlier jongle avec des flacons rares ou secrets des vignerons de la région ou de tous les grands crus.

Hameau de Saint-Marcel
T. 04 79 08 96 77
Chef cuisinier Maxime Meilleur
Chef cuisinier René Meilleur
Chef pâtissier Nicolas Lorand
Directeur de salle Romain Julian
Sommelier Antoine-Marie Bourlier
Fermetures lu (déj.), di (déj.).
Menu(s) 239-389€

HÔTELS

5 ÉTOILES

HÔTEL LA BOUITTE

Au cœur du village mais à deux pas du plus grand domaine skiable au monde, cet hôtel familial possède un charme et une authenticité qui, chaque année, ravit un nombre grandissant de fidèles. On est ici dans le fief de René Meilleur qui a bâti ce chalet dans les années 70 avec son frère ébéniste, et ne cesse depuis de l'embellir. Les 15 chambres et suites, toutes avec balcons et terrasses, portent les prénoms des femmes de la famille (Léa, Augustine) et exhalent un confort aussi douillet que chaleureux, avec leurs meubles savoyards et leurs grands lits couverts de plaids en fourrure. Au rez-de-chaussée, le spa propose les délices de son jacuzzi en extérieur pour profiter de la vue sur les montagnes, une petite piscine et un espace de soins avec une palette de traitements originaux, comme ce bain de vapeur au foin. Régénéré, il ne reste plus qu'à rejoindre la salle à manger pour déguster la cuisine des Meilleur, père et fils.

Hameau de Saint-Marcel
T. 04 79 08 96 77
Fermetures mai, sept. oct. nov.

SAINT MARTIN SUR LA CHAMBRE 73130

RESTAURANTS

12/20

LE CLOCHER DES PÈRES

Au cœur de la Maurienne, cette belle table et chambres d'hôte propose, dans sa maison du XVe siècle, une expérience ultracontemporaine avec vue sur la montagne. La décoration est d'un style minimale vintage très à la mode, dans des lignes scandinaves agréables. Le chef réalise là, pour 75 ou 90 € , une assiette de nature locale, au gré des saisons et des balades, avec un très beau sens du territoire et de la mise en scène. Bon accompagnement en cave.

Le Mollard
T. 04 79 59 98 06
Fermetures lu (déj.), ma, me, je (déj.), ve (déj.).
Menu(s) 50-80€

SAINTE FOY TARENTAISE 73640

RESTAURANTS

12/20

CHEZ MÉRIE

À la frontière italienne, ce formidable chalet en bois et pierre donne à vivre un moment alpin des plus chaleureux, autant l'hiver que l'été. Avec la piscine juste à côté, les clients du restaurant ne manqueront pas de raison de s'y arrêter, pour profiter encore plus des bonnes idées régionales du chef, qui privilégie le produit local, à la manière d'un bel agneau à la braise. Prix justes.

Le Miroir
T. 04 79 06 90 16
Fermetures di (dîn.).
Carte 32€

TIGNES 73320

RESTAURANTS

15/20

URSUS

Tignes n'est ni Courchevel, ni Megève. Et sa table vedette peut, dans ce cadre très nature chic inspirée des forêts savoyardes, se permettre un brin de franc-parler. A l'image du chef, Clément Bouvier, qui vous accueille et vous prend par la main, avec le beurre et le pain, avant de raconter sa vision du terroir, sans trop de fioritures, dans une séquence accessible, cadencée en trois, quatre ou cinq temps selon les appétits, ce menu unique sans choix et à l'aveugle évoluant selon la saison. Après le défilé des mises en bouche, un peu longuet, préface de l'immersion régionale imaginée par le chef, on retient l'excellente soupe de pomme de terre « de mon grand-père », qui devait bien aimer la truffe, les escargots avec le nuage de persil, l'excellent cerf de chasse, respectée dans une assiette finalement sans complexité, endive au lard d'Arnad et chou rouge vinaigré. Un dessert poire lui aussi sans artifice, des attentions constantes de la part du jeune service, parmi lequel Luc Dabo apporte une présence chaleureuse.

Rue du Val Claret
T. 04 79 01 11 43
Fermetures lu, ma (déj.), me (déj.), je (déj.), ve (déj.), sa (déj.), di.
Menu(s) 98-138€

Chef Cuisinier
Clément Bouvier

12/20

LES CAMPANULES

Dans cette station réputée, l'hôtel**** est une bonne destination, avec son confort moderne et son style montagnard, qui fait alterner rusticité et luxe. Ouvert uniquement pour les saisons d'hiver, il offre de quoi se détendre après le ski, avec les soins bien-être mais aussi sa table française, où les classiques et les produits phares du patrimoine sont au rendez-vous.

BP 32
T. 04 79 06 34 36
Fermetures di (dîn.).
Carte 21€ **Menu(s)** 42€

12/20

PANORAMIC

En haut des pistes, ce magnifique restaurant panoramique de la Maison Bouvier, installé à 3000 mètres d'altitude, offre une vue imprenable et une cuisine haut de gamme à la hauteur de la clientèle. Les prix suivent logiquement mais la réalisation est professionnelle, sur un os à moelle à la truffe d'été, des escargots de Savoie au beurre persillé et à la pulpe de tomate, un poisson de pêche côtière au beurre blanc, un pigeon royal en crapaudine caramélisé... Desserts classiques. Cave généraliste.

Glacier de la Grande Motte
T. 04 79 06 47 21
Pas de fermetures.
Carte 21€ **Menu(s)** 31€

HÔTELS

5 ÉTOILES

HÔTEL LES SUITES - MAISON BOUVIER

Au cœur de la station de Tignes-Val-Claret, ce gros chalet s'ouvre aux visiteurs par un lobby prolongé d'un salon-bar ultraconfortable, avec de petits cocons où l'on paresse en sirotant un cocktail ou un thé bien chaud. D'emblée, le ton est donné ; luxueux, familial et chaleureux. Séparées en deux espaces chambre et salon, les 33 suites se déploient dans le même esprit, entièrement tapissées de bois régionaux avec cheminées, dressings ultra-pratiques, salles de bain et baignoire balnéo XXL, relaxante à souhait. Un sens du bien-être que l'on retrouve dans le spa, le hammam et la belle piscine. Dernier atout de ce refuge, la table emmenée par Clément Bouvier, le fils de la maison, et aménagée dans une salle à manger décorée de 400 troncs d'arbres, une forêt rêvée où les tables prennent place dans les clairières.

Rue du Val Claret
T. 04 79 41 68 30

UGINE 73400

RESTAURANTS

12/20

CASTELLO D'ENZO

Cette maison forte du XIIIe siècle abrite aujourd'hui une belle restauration signée Gennaro Cocozza, qui conjugue la France et l'Italie sans faute de goût. Les intérieurs sont correctement décorés, dans un style d'aujourd'hui, et sont en cohérence avec les assiettes du chef, qui déclament une tradition revisitée, à cheval sur les terroirs. À la carte : burratina à la vinaigrette de mangue, lasagne de fruits de mer aux crustacés, saumon et cabillaud, bœuf Rossini, cannoli à la crème chocolat. Service souriant.

3 rue Paul Proust
T. 04 79 37 30 02
Fermetures lu (dîn.), ma (dîn.), me (dîn.), je (dîn.), sa (déj.), di (dîn.).
Menu(s) 20,50-48€

VAL CENIS 73500

BOULANGERIE

BOULANGERIE PÂTISSERIE BERNARD

Une bonne boulangerie, réputée pour ses pâtisseries, aux trois vendeuses serviables et efficaces. La baguette tradition est très bien, équilibrée, tendre et dense, de bon goût. La quiche lorraine est bien garnie et assaisonnée, la croûte est un peu ferme mais l'ensemble est bon. La tortigraines est bien faite, avec un bon goût de céréales, de moisson, très agréable.

Rue sous l'Eglise - Lanslevillard
T. 04 79 05 93 28
Pas de fermetures

VAL THORENS 73440

HÔTELS

5 ÉTOILES

HÔTEL ALTAPURA

C'est l'une des adresses stars de la station, la plus haute d'Europe et l'une des plus prestigieuses. Un palace fait de verre et d'acier, posé à 2300 m d'altitude face à la cime Caron (le sommet de Val Thorens) qui vient bousculer le conformisme ambiant en mêlant le confort d'un palace high-tech et l'esthétique années 30. Les 88 chambres et suites sont décorées de meubles de bois blond, design et fonctionnels, de tissus de tweed et d'immenses baies vitrées. Une mention toute particulière aussi pour le spa au décor de forêt scandinave avec ses piscines intérieure et extérieure où l'on nage face à la cime Caron, avant de se frotter à la fontaine de glace.

Rue du Bouchet
T. 04 80 36 80 36

VAL D'ISÈRE 73150

RESTAURANTS

15/20

L'ATELIER D'EDMOND

Au pied des pistes du Fornet, ce beau chalet à l'ancienne accueille aujourd'hui les assiettes du chef Benoît Vidal, esthétiques et recherchées sur le produit régional. Dans un espace chaleureux décoré comme une ancienne étable et aux tables soigneusement montées, celui qui passa chez Michel Guérard et Régis Marcon réalise des compositions techniques et inspirées, à retrouver dès l'hiver prochain.

Le Fornet
T. 04 79 00 00 82
Fermetures lu, ma (déj.).
Menu(s) 165-210€

Chef Cuisinier
Benoit Vidal

Maxime Meilleur, La Bouitte à Saint-Martin-de Belleville

©M. Cellard

HÔTELS

5 ÉTOILES

HÔTEL LES BARMES DE L'OURS

Au pied de la fameuse piste olympique de Bellevarde et parfaitement isolés dans leur jardin de neige, les Barmes de l'Ours forment un resort aussi luxueux que convivial. Une mention particulière pour la décoration qui décline à chaque étage un thème particulier ; scandinave, lodge des Amériques, esprit contemporain, chalet d'Alpage... Toutes différentes, les 76 chambres et suites partagent néanmoins le même confort avec leurs luxueuses literies, leurs moquettes douillettes et de vastes salles de bain. Derniers atouts de ce refuge ? Trois restaurants - dont la Table de l'Ours -, un somptueux spa de 1000 m² griffé Sisley avec une piscine et un vaste espace de jeux, qui en fait une halte idéale pour les familles.

Montée de Bellevarde
T. 04 79 41 37 00
Fermetures mai, juin. juill. août. sept. oct. nov.

5 ÉTOILES

MADEMOISELLE - LES AIRELLES VAL D'ISÈRE

Inaugurée en 2020, cette grande demeure de pierre et de bois appartenant au groupe les Airelles recueille déjà tous les suffrages. Décoré par Christophe Tollemer qui a imaginé l'hôtel le plus contemporain possible, tout en respectant l'esprit d'une belle maison de famille, les 41 chambres et suites déclinent toutes un décor différent, fait de bois sombres, de coffres anciens et de grands placards. Certaines se prolongent de petites terrasses équipées de tonneaux design pour prendre un bain nordique à 39°C. Au sous-sol, le spa Guerlain se déploie sur 1200 m², flanqué d'une piscine de 20 m de long et d'une salle de sport. La carte du restaurant est supervisée par Hélène Darroze et ce luxueux refuge compte aussi un salon pour les fumeurs de cigares, une salle de cinéma, une immense terrasse plein sud et même une maison de coiffure...

145 rue de la Poste
T. 04 79 22 22 22

5 ÉTOILES

LE REFUGE DE SOLAISE

Perché en haut des pistes du domaine de Solaise à 2551 m d'altitude, ce refuge est une parfaite invitation à se ressourcer, loin de la foule, au cœur d'une montagne lumineuse et secrète. Accessible uniquement en télécabine, cette pépite se compose de 16 chambres lambrissées et décorées de tissus à carreaux style montagnard, d'un dortoir douillet pour un séjour entre copains et de 4 appartements privés pour les familles. Les lieux abritent aussi un spa griffé Exertier, un espace bien-être, une salle de jeux pour les enfants et deux restaurants dont le Gigi, emmené par le groupe Paris Society, avec une vue somptueuse sur la vallée. Un lieu qui réserve enfin une atmosphère unique au crépuscule, lorsque le ballet des télésièges prend fin et que l'on se retrouve seul dans ce paysage de neige et de glace, à contempler le ciel étoilé.

Sommet de Solaise
T. 04 58 83 00 90

BOULANGERIE

BOULANGERIE LES CLARINES

Après avoir mûrement réfléchi, Patrick Chevallot s'est lancé dans la pâtisserie sans plus compter ses heures d'un travail minutieux, soldées par la consécration de MOF. C'est dans sa ville natale qu'il régale, avec de formidables tartes aux fruits (dont l'incontournable myrtilles des montagnes), mille-feuilles, gâteaux de Savoie et un assortiment de viennoiseries qui font honneur à son père boulanger.

Avenue Olympique
T. 04 79 06 02 42
Pas de fermetures

CAVISTE

LE VERRE À PIED

Ouvrir la porte et mettre un pied dans cette boutique sobre et chaleureuse reste une démarché sensée pour être bien conseillé par un vendeur sympathique. Lionel Catelan, ancien œnologue dans des maisons connues et reconnues, est de bons conseils pour proposer les vins qu'il aime, à tous les prix.

Avenue Olympique
T. 04 79 08 09 12
Pas de fermetures

PÂTISSERIE

MAISON CHEVALLOT

Patrick Chevallot, MOF 93, a mis son savoir-faire et son dynamisme au service de la station. Il veille à la qualité de ses pains et viennoiseries bien prisées des aventuriers des pentes enneigées. Gâteaux de voyage et pâtisseries ont le goût des produits réussis avec un plus pour le gâteau de Savoie ou la tarte aux pralines.

Avenue Olympique
T. 04 79 06 29 36
Pas de fermetures

Crêpe Val's

LA BRETAGNE ET LA SAVOIE DANS L'ASSIETTE

Depuis 1969, la famille est dans la crêpe, installée à Val d'Isère depuis trente-deux ans. Le fils, Alexandre, né à Lannion, a repris le flambeau avec sa femme, Carole. Arnaud, le cousin de Huelgoat, et Anaïs, de Camaret, ont rejoint l'équipe. *« Nous proposons plus de 200 variétés de crêpes et de galettes avec du sarrasin en provenance du Morbihan. Tous les produits sont transformés par nos soins. Nos spécialités savoyardes et notre carte complètent l'offre. »*

Val Village, 73150 VAL-D'ISÈRE
Tél. : 04-79-41-14-62
E-mail : falies.alexandre@gmail.com
Facebook : Val d'Isère crêpe val's

L'authentique Maison Retornaz

BOUCHERIE-CHARCUTERIE-TRAITEUR

Depuis 1978, le savoir-faire et le goût de la qualité s'y transmettent en famille.
Les viandes proposées sont Label Rouge et fermières. La charcuterie est préparée maison, notamment les terrines, saucisses et saucisserie, comme le diot de Valloire (porc, bœuf et légumes). Et les plats traiteur sont cuisinés non seulement sur place mais par un chef cuisinier.

Avenue de la Vallée d'Or, 73450 VALLOIRE
Tél. : 04-79-59-01-79
www.lauthentique-maison-retornaz.fr

Le Chalet des saveurs

AUTHENTIQUE

Ce traiteur-épicerie fine-caviste, fidèle aux valeurs d'authenticité, propose les plats de la cheffe Sylvie Magnin – issue de Ferrandi – réalisés avec des produits locaux : tartiflette nature ou aux escargots de Billième, ravioles du Dauphiné aux girolles ou aux truffes, tête de veau, grenouilles à la française… L'épicerie regorge de trésors locaux, des escargots à la tarte aux myrtilles en passant par la charcuterie et les fromages, et est spécialisée en génépi, gin et whiskies* distillés dans la région.

Place de l'Église, 73450 VALLOIRE
Tél. : 04-79-59-21-44
Facebook : @lechaletdessaveursvalloire

*L'ABUS D'ALCOOL EST DANGEREUX POUR LA SANTÉ.

VALLOIRE 73450

BOULANGERIE

LE FOURNIL DES BERGERS

En plein centre de la station, une belle boutique attrayante où l'étalage ne déçoit pas, avec notamment des tartes pralines et myrtilles. La torti-graines est bien faite avec un bon goût de céréales et de farine. La quiche est de bonne confection, bien garnie en lardons et avec une bonne pâte. Le pain blanc est bien croustillant, agréable et bien salé. Vendeuse pro, courtoise et souriante.

Immeuble Le Caribou
T. 04 79 59 00 74
Pas de fermetures

VOGLANS 73420

BOULANGERIE

LA GOURMANDISE

Dans un petit espace commercial, une boutique classique à la vendeuse aimable et naturelle. Les pains sont bien rangés avec un bon choix en salé. La baguette tradition est juste comme il faut, fraîche et croustillante, une mie bien tendre. La quiche est bonne avec une garniture bien assaisonnée et la baguette classique est bien fraîche et bien salée.

30 chemin de Sonnaz
T. 04 79 52 07 66
Fermetures lu, me (p.m), di (p.m).

Aiguille du Midi, Chamonix-Mont-Blanc

HAUTE-SAVOIE

AUVERGNE-RHÔNE-ALPES

Gault&Millau

ANNECY 74000

RESTAURANTS

15/20

LA ROTONDE - HÔTEL LES TRÉSOMS

La passion qui anime cette maison luxueuse dominant le lac au calme et à l'extérieur de la ville, mais à 10 mn à pied du centre, est un atout considérable. Car elle touche autant les propriétaires, Véronique Droux et son époux, que le chef Eric Prowalski, ce qui rejaillit sur la brigade en entier comme sur l'ensemble du personnel de ce superbe hôtel. La cuisine du chef est engagée, locale, à bases classiques finement revisitée, à l'image de ce magnifique brochet à la cuisson d'une absolue précision, salicornes, coques et soupe de poisson du bassin d'Arcachon réalisant une plaisante passerelle entre lac et océan. Chaque assiette est travaillée tout en respectant le terroir (variation sur l'abondance) ou la tradition (une gourmande purée avec un jus de volaille), le "ris au lait de mon enfance", dans un biscuit léger clôturant cette agréable séquence et confirmant les toques. Très bon jeune service, attentif aux conseils comme aux sollicitations, cave de grands crus, avec un sommelier émérite s'intéressant de près au vignoble régional.

15 boulevard de la Corniche
T. 04 50 51 43 84
Fermetures lu, sa (déj.), di.
Menu(s) 49-139€

Chef Cuisinier
Eric Prowalski

14,5/20

L'ESQUISSE

C'est aujourd'hui un incontournable de la scène locale : Stéphane Dattrino tient sa clientèle et le haut du pavé annécien pour pouvoir se permettre de lâcher les chevaux et d'affirmer une personnalité que nous avons toujours encouragée. Dans cette salle élégante de la rue Royale, il livre ses inspirations du moment, peut se permettre des menus surprises et des produits de prestige dans sa formule Expression gourmande à 80 € , avec les langoustines au jus corsé et le cœur de ris de veau aux morilles.

21 rue Royale
T. 04 50 44 80 59
Fermetures lu, di.
Menu(s) 28-75€

14/20

LA CIBOULETTE

Une chance pour la Ciboulette, une chance pour Yohei Hosaka. Les deux se sont rencontrés et la vénérable institution de la rue Vaugelas a retrouvé son allant. Le chef, passé chez Passedat et Putelat, entre autres, à la précision et le talent nécessaire pour réconforter la bourgeoisie fidèle, et suffisamment d'imagination pour ajouter ce brin de personnalité bienvenu sur une cuisine française et régionale très maîtrisée. Avec son très bon menu Evasion à 60 € , il fait un récital : bœuf fumé au shiso, huître pochée gelée de tomate soja fermenté, joue de lotte en friture crème ail des ours, filet de veau céleri rave au foin jus réglisse... Desserts classiques améliorés, belle cave et service impeccable.

10 rue Vaugelas
T. 04 50 45 74 57
Fermetures lu, di.
Menu(s) 39-81€

12,5/20

LE BISTRO DU RHÔNE

C'est la pépite du boulevard, l'adresse des amis et des connaisseurs qui boudent le centre à bon escient. L'immeuble contemporain qui abrite le bistrot est sans grand charme mais à l'intérieur : quel dynamisme et quel savoir-faire ! Une cuisine sans cesse variée, appétissante qui tient sa promesse. L'accueil est si engageant que cette table a fidélisé sa clientèle depuis des années. Il y a bien des bistrots qui aimeraient offrir une cuisine

13 avenue du Rhône
T. 04 50 45 53 34
Fermetures lu, ma (dîn.), di.
Menu(s) 18-48€

ÉPICERIE FINE

L'ÉTAGÈRE

À l'entrée du centre-ville, une échoppe italienne bien pourvue avec des sélections sur un peu tout : des antipasti maison, des fromages et de la charcuterie, des gnocchi et des pâtes fraîches, des ravioli, des huiles, des panettones ou encore des alcools locaux. La maison propose également des plats à emporter.

21 avenue d'Aléry
T. 09 82 44 01 67
Fermetures di.

RIVE BIO

Épicerie ouverte par Édith et Xavier dans le quartier d'Albigny, c'est le repaire local du vrac et des produits 100%, qui sont présentées à travers près de 200 références, en thés, cafés, pâtes et huiles, aromates, fruits et légumes, viandes et fromages. L'adresse est également engagée dans une logique locavore en privilégiant aux maximum les producteurs régionaux.

6 rue Centrale
T. 04 50 33 86 42
Fermetures lu, di (p.m).

FROMAGERIE

CRÈMERIE DU LAC

Non loin du Pont des Amours, sous les arcades, on retrouve la célèbre fromagerie Alain Michel, entreprise familiale lancée en 1969 par le père, Raymond, qui compte aujourd'hui cinq établissements dans la région (Annecy-le-Vieux, Cran-Gévrier, Pringy et la Clusaz). La sélection compte autant de fromages de la région que de fromages d'ailleurs ; on y trouvera également des préparations pour raclette et fondue et une centaine de vins en cave.

3 rue du Lac
T. 04 50 45 19 31
Fermetures lu, di.

FROMAGERIE PIERRE GAY

Aventure familiale commencée en 1935, la fromagerie est aujourd'hui tenue par le MOF Pierre Gay, troisième génération. Ce dernier propose des sélections de fromages pointues, notamment sur la Savoie, ainsi que produits laitiers, yaourts maison et fromages blancs. Les plateaux sont également très recommandés.

47 rue Carnot
T. 04 50 45 07 29
Fermetures di.

LA FRUITIÈRE D'AUGUSTIN

Sous les arcades, une fromagerie qui fleure bon la Savoie, avec son décor en bois clair qui rappelle les chalets et sa très belle gamme de fromages locaux. La maison propose également des produits d'épicerie fine, des confitures et de la charcuterie, ainsi qu'une petite sélection de vins.

18 rue Filaterie
T. 09 84 12 49 47
Fermetures lu, di (p.m).

PÂTISSERIE

PHILIPPE RIGOLLOT

Au détour d'une placette à côté de la rue Sainte-Claire, on retrouve le MOF Philippe Rigollot et sa pâtisserie, l'une des meilleures de la région. Notamment passé chez Lenôtre et la maison Pic, il propose une gamme de pâtisseries originales, ainsi que des chocolats maison, des macarons ou encore des biscuits. La maison fait également salon de thé.

1 place Georges Volland
T. 04 50 45 31 35
Fermetures me, di (p.m).

TRAITEUR

CHEF D'ŒUVRE

Chef d'œuvre concrétise une longue expertise, une passion et beaucoup de rigueur. Anthony Laboubé accumule un superbe parcours sur les voies de l'expérience. Compagnon du Devoir, il est passé par les cuisines d'établissements prestigieux avant de venir s'installer à Annecy. Il ne travaille que les produits de saison et de préférence avec les maraîchers et producteurs locaux. Ses préparations sont rythmées par son sens de la création, épaulé par une équipe solide. Service traiteur à domicile et cours de cuisine.

129 avenue de Genève
T. 04 50 32 08 76
Fermetures di.

Le Boutik Hôtel à Annecy

© DUGIED

La Coupole

BRASSERIE MODERNE

En 2020, Javier Gesto reprend cette institution et veut y faire revenir les Annéciens. Cuisine et déco modernisées, équipe renouvelée : pari réussi. Que du fait-maison à base de produits locaux, label Collège Culinaire de France. La carte change souvent, avec des incontournables : pouclette (poutine revisitée), poulpe snacké, côte de bœuf ou saint-marcellin rôti. Ambiance cocooning à l'étage, brasserie en bas et belle terrasse. Pour manger ou pour l'apéro, ambiance décontractée.

7 bis, rue de la République, 74000 ANNECY
Tél. : 04-50-45-15-42
Facebook : @Brasserielacoupole74

> *C'est au cours d'un dîner copieux que la spiritualité de l'homme se manifeste avec le plus d'évidence.*

Somerset Maugham
(1874-1965)

Le T Quatre

RESTAURANT AVEC VUE

À Annecy, il ne faut pas hésiter à lever les yeux. Sur la place Notre-Dame, Sandrine Deniau a choisi de réaménager, au premier étage, un ancien restaurant dans un immeuble classé de la vieille ville. Cet espace atypique est devenu, pour elle et la cheffe Hélène Pardon, un merveilleux outil de travail. Elles y préparent, dans une décoration cosy et lounge, une cuisine de saison, selon leurs envies et leurs humeurs. Chaque pièce peut recevoir une vingtaine de personnes, dans une atmosphère apaisée en bois et murs épais. **Le + :** Gnocchis maison à la truffe fraîche.

8, place Notre-Dame, 74000 ANNECY
Tél. : 04-50-51-41-10

Racines

CUISINE CRÉATIVE DE TERROIR

Bienvenue dans ce petit restaurant bistronomique de seize couverts. Eva est dans la salle; John, dans la cuisine. Tous deux proposent une cuisine créative. Les plats sont concoctés à partir de produits frais locaux, 100% de saison, choisis avec soin. Le menu change tous les mois. Une constante toujours appréciée: l'œuf parfait.

8, passage des Bains, 74000 ANNECY
Tél.: 04-50-09-12-43
Instagram: racines_annecy
racines-annecy.fr

Le Mijoté

DES PRODUITS FRAIS DE SAISON ET LOCAUX

Grâce à son grand-père maraîcher, Corinne Meynie a grandi avec le goût des bons produits. Ici, des petits plats sont mijotés à l'ancienne. De l'entrée au dessert, tout est fait maison. La cuisine, à la française, est simple et authentique, concoctée à partir de produits frais qui évoluent au gré des saisons. *Ouvert le midi du lundi au samedi et le soir du mercredi au samedi.*

84, rue Carnot, 74000 ANNECY
Tél.: 04-50-62-63-47
E-mail : lemijoteannecy@gmail.com
Facebook / Instagram: @lemijoteannecy
lemijoteannecy.fr

Le Nautilus

L'EXCELLENCE VENUE DE LA MER

La Poissonnerie Nautilus d'Annecy propose de nouveaux services traiteur et livraison, afin d'offrir à chacun, le meilleur des produits de la mer. Avec ses 7 mètres d'étal de produits de la mer, son vivier de homards bleus ou de tourteaux et ses produits traiteur, le Nautilus a de quoi faire saliver les gourmands, avec des arrivages quotidiens pour une belle diversité de produits toute l'année. Des mets de qualité, essentiellement sauvages ou d'élevages contrôlés, issus de la pêche française et très locale, avec de nombreux poissons des 3 lacs voisins. Le nouveau dirigeant, Sidney Burkats – chef traiteur, poissonnier et écailleur – et son équipe invitent aussi leurs clients autour de plats traiteur faits maison quotidiennement.
Le +: Menus et plateaux de fruits de mer disponibles en livraison.

11, avenue de la République, 74960 ANNECY
Tél.: 04-50-61-06-05
www.poissonnerieannecy-nautilus.fr

Le Shelter

LE BAR LIFESTYLE D'ANNECY

Situé à l'entrée du Pré Carré, l'incontournable point de rendez-vous festif d'Annecy, le chaleureux bar Le Shelter, fait évoluer sa carte et son ambiance au fil des heures, pour s'ouvrir à tous les publics. Afterwork à la sortie du travail ? Il est l'heure idéale de déguster une planche apéro de produits locaux, y compris végétariens, accompagnée d'un verre de vin*. Vous cherchez un cocktail en soirée ou en début de nuit ? Les trois barmen mixologues du Shelter vous concoctent des créations uniques ou de grands classiques, toujours appréciés. Et alors que la nuit est bien avancée, c'est une ambiance plus festive – avec DJ, son et lumière – qui se dessine... Un bar cosmopolite, au service irréprochable et ouvert à toutes les envies, qui vous transmet ses bonnes ondes en toute convivialité.

6, rue Vaugelas, 74000 ANNECY
Tél. : 06-69-11-81-35
shelter-bar.fr

Midget

UNE CAVE À MANGER

Chez Midget, on peut boire comme manger dans cet établissement double concept. Carine Paris et Benjamin Béranger ont tous les deux, durant une quinzaine d'années, bien roulé leur bosse dans différents restaurants étoilés avant de décider de s'associer et d'ouvrir leur cave à manger. Chez Midget, une cave côtoie un bar à vin* qui propose aussi une offre de restauration. Le midi, un plat du jour ; le soir, de petites assiettes cuisinées à partager. La carte change au gré des saisons mais toujours avec des produits du terroir. À la carte, exclusivement des vins naturels. L'établissement, qui travaille en direct avec les vignerons, dispose de 400 références, majoritairement françaises. Une terrasse ombragée au bord du Thiou complète ce lieu chaleureux où il est conseillé de réserver.

4, quai Madame de Warens, 74000 ANNECY
Tél. : 04-50-32-79-25
www.midget.fr

*L'ABUS D'ALCOOL EST DANGEREUX POUR LA SANTÉ.

ANNECY LE VIEUX 74940

RESTAURANTS

17/20

LE CLOS DES SENS

13 rue Jean Mermoz
T. 04 50 23 07 90
Chef cuisinier Laurent Petit
Sommelier Thomas Lorival
Directeur de salle Thomas Lorival
Fermetures lu, ma (déj.), di.
Menu(s) 138-228€

Epanoui ! On le sent dès le premier contact, Laurent Petit est aujourd'hui un chef serein, dans un karma savoyard qu'il a attendu si longtemps. Il s'installe au passe, veille sur chaque assiette, se donne même la liberté d'en servir lui-même certaines, offrant aux convives un lien privilégié que tous apprécient. Cette plénitude s'accompagne également d'une sobriété bienvenue pour valoriser ce territoire passionnant. Car non seulement il montre aujourd'hui une grande expertise dans la maturité optimale de la nature savoyarde, mais il définit, et de plus en plus précisément un "style Laurent Petit", ludique et charmant, à l'image du champignon en volutes vaporeuses, s'exprimant par une déclinaison bien pensée, mais aussi capable de saisir au vol l'éphémère d'une saison, les perchots avec la tagète ou les magnifiques haricots au croquant accentué par les noisettes fraîches de la fin d'été. L'écrevisse, annoncée comme "signature", est un plat très réussi et doublement audacieux, en tartare pimenté, adouci d'un "lait d'écrevisse" qui nous a semblé plus discutable. L'omble chevalier joue avec les escargots du vigneron Florent Héritier et le cèpe, devenu un classique, nous a paru meilleur que jamais, dans une séquence où la viande n'a pas droit de cité et qui s'achève par des desserts de cuisiniers, frais et parfumés. La salle est fort bien animée par Thomas, directeur polyvalent par sa formation cuisine et sommellerie, qui emmène les convives avec une grande aisance dans cet univers de nature gourmande. La cave n'est à coup sûr pas celle d'un palace, ne cultive pas les verticales opulentes, mais se place fort bien dans ses choix précis, engagés et surtout d'une sagesse tarifaire que certains croient voir les prix de demi-bouteilles. Sélection également pointue en vins orange, petite liste de vins étrangers, bons conseils de l'équipe de sommellerie.

15/20

L'AUBERGE SUR LES BOIS

79 route de Thônes
T. 04 50 64 00 08
Fermetures lu, me (dîn.), di.
Carte 67€

Chef Cuisinier Daniel Baratier

À la lisière de la ville, Charlotte et Daniel Baratier tiennent l'une des adresses les plus appréciées des environs, une maison discrète à l'intérieur léché, tout en blanc, bois foncé, noir et papier peint minimaliste représentant une forêt à la manière d'une eau-forte. Cet écrin design et ultra-contemporain est l'occasion de découvrir une très belle page du produit français, mise en avant dans des compositions sincères et bien menées, alignées dans une carte unique. Les idées viennent de la tradition et le plaisir est direct, sur un exemplaire pâté croûte dans l'esprit d'une caillette cévenole, une grosse truite des Pyrénées, aubergine, ponzu, sésame et consommé d'araignée, un agneau de la ferme de Clavisy braisé, artichaut barigoule et anchoïade, un saint-honoré à la vanille fraîche de Saint-Philippe. Très jolie cave, avec une dominante Jura et Savoie, ainsi qu'une intéressante propositions de bières locales, brasserie Veyrat, des Voirons, du Mont Salève... Service professionnel.

13/20

LE BINÔME

Ce binôme gagnant se compose de Mathilde Jouhier et Rémi Ballin, elle au sucré, lui au salé, les deux se relayant au service, assez pratique pour les tabourets du comptoir ou les tables autour de la cuisine ouverte, un peu plus compliqué pour monter l'escalier vers la salle du haut. Le cadre est sobre, contemporain, avenant dans cette zione de banlieue au milieu des tours, les Annéciens étant logiquement plus nombreux que les touristes. La cuisine est fraîche, plaiante, dans l'air du temps, le chef ayant un bon sens de l'assaisonnement et une technique sûre : un excellent foie gras avec le condiment fraise rhubarbe paprika, un agréable cannelloni de courgette, chair de crabe guacamole et épine vinette, la presa de cochon avec le champignon décliné et la pomme de terre, dressages et finition bien soignés, jusqu'aux desserts composés par Mathilde. Deux toques d'emblée, la petite cave classique proposant quelques bio et un choix correct de vins au verre.

32 A avenue des Carrés
T. 04 50 51 91 09
Fermetures ma (dîn.), me, sa (déj.), di.
Carte 46€

13/20

VINCENT FAVRE-FÉLIX

Vincent Favre-Félix est passé chez Marc Veyrat et ne manque pas de la rappeler, pas plus que le grand Marco ne l'oublie. Après des débuts où il cherchait un peu sa voie, le jeune chef s'affirme. Et n'hésite plus, comme son mentor lui a enseigné, à peaufiner non seulement l'assiette, mais "l'expérience client" dans sa globalité. Dans l'atmosphère de cette belle salle d'un lieu historique, flanqué d'un jardin aromatique, dans la séquence des plats qui s'ouvrent progressivement au plein de nature savoyarde, et dans la finition d'assiettes de plus en plus convaincantes, en particulier sur les associations nature (céleri champignons coriandre, framboise maltée bière...) comme on apprécie les clins d'oeil au maître sur la féra café... Très bons desserts de Romain Garcia, passé chez Yoann Conte et cave déjà intéressante.

15 chemin de l'Abbaye
T. 04 50 01 08 88
Fermetures lu, ma, di.
Menu(s) 39-110€

AFFINEUR

CRÈMERIE DU PARC

L'histoire de cette fromagerie a démarré en 1969 avec Raymond Michel maître-fromager-affineur qui a su transmettre passion et savoir-faire à sa famille. La relève est assurée par Alain Michel qui reprend un credo : "un bon fromage est un fromage à point". Les sélections sont en priorité des fromages au lait cru de la région, accompagnés d'autres trouvailles de qualité. Spécialités : la fondue prête à l'emploi, une recette maison qui dure depuis 25 ans ! et en saison, le brie de Meaux, le coulommiers ou le saint-marcellin à la truffe. La boutique contient également 200 références de vins dans la logique de faire de beaux mariages gustatifs. Après la crémerie du Lac il y a 4 autres magasins à Annecy le Vieux, à Pringy, La Clusaz, Cran Gévrier.

2 rue Centrale
T. 04 50 23 51 56
Fermetures lu, di (p.m).

BOULANGERIE

BOULANGERIE PAN & GATÔ

Passé notamment chez Pierre Hermé et chez quelques grands établissements parisiens, Mickaël Rispe tient une formation solide, autant sur la pâtisserie que sur la boulangerie, et fait ainsi profiter sa clientèle d'un produit d'exception. Les très beaux pains bios, les splendides pâtisseries ainsi que les viennoiseries sont autant de raison de venir s'y approvisionner.

6 rue du Pré d'Avril
T. 04 50 23 25 03
Pas de fermetures

CAVISTE

JAVA DES FLACONS

Sur les bords du lac, Bruno Bozzer, notamment passé chez Veyrat, a posé ses bagages pour ouvrir une cave reconnue dans la région, où les grands classiques comme des références plus actuelles sont à l'ordre du jour. On pourra déambuler parmi près de 3000 références, dont 150 en Savoie. La cave à whiskies est également conseillée.

49 avenue du Petit Port
T. 04 50 23 31 39
Fermetures lu,di.

CHOCOLATERIE

PATRICK AGNELLET

Dans le quartier d'Albigny, une chocolaterie-pâtisserie familiale et réputée, tenue par Patrick Agnellet, son épouse et leur fils, qui défend une vision raffinée et créative du produit et de l'artisanat. La boutique est splendide, avec un comptoir en bois brut et des lignes très épurées ; on se laissera tenter par les remarquables entremets, les tartes, les cakes, les chocolats ou encore les macarons.

17 rue Centrale
T. 04 50 23 14 30
Pas de fermetures

ANNEMASSE 74100

RESTAURANTS

13/20

L'AMARYLLIS

Dans le centre-ville, la table de Larbi Lachheb défend depuis maintenant dix ans une belle cuisine classique, proposée dans un cadre contemporain et épuré. L'expérience est lumineuse, le chef redéveloppe année après année ses idées et renouvelle le genre par touches délicates et assurées. À la carte par exemple, déclinaison de petits pois verveine, quenelle d'écrevisses et émulsion herbes et pignons, homard dans un bouillon citronnelle gingembre, mousse à l'huile d'olive, raviole végétale et artichaut sucrine, pigeonneau de chez Miéral, poitrine en casserole, bonbon de cuisse à la truffe et saladine de févettes, tartelette rhubarbe confite à la fleur d'hibiscus. Prix justes.

5 rue Marc Courriard
T. 04 50 87 17 27
Fermetures lu, sa (déj.), di.
Menu(s) 19,50-63€

Canal du Thiou à Annecy

© Adobe Stock/Valery Bareta

ANTHY SUR LÉMAN 74200

RESTAURANTS

12/20

AUBERGE D'ANTHY

Grande auberge quasi centenaire au bord du Léman, l'adresse expose ses charmes d'antan, une grande bâtisse en bois et pierre dans un style montagnard et un peu châtelain. La grande salle accueille la cuisine traditionnelle de Claude, qui met à l'honneur les produits locaux, les filets de perches en premier. La carte est ainsi composée, en cohérence : le jambon fumé et le saucisson, les filets de perches, la féra à la crème et vin jaune du Jura, la fondue savoyarde, le bœuf poêlé et l'os à moelle. Service dynamique.

Rue des Ecoles
T. 04 50 70 35 00
Fermetures lu, di (dîn.).
Menu(s) 24,50-46€

ARÂCHES LA FRASSE 74300

RESTAURANTS

13/20

LES SERVAGES

Au pied du massif des Carroz d'Arâches, ce splendide chalet**** allie luxe et élégance montagnarde, dans un écrin boisé des plus chaleureux. L'endroit des plus agréables, autant l'hiver que l'été, et le restaurant, qu'on peut apprécier près de la cheminée ou au contraire sur la terrasse plein, donne l'occasion de découvrir les idées de Pascal Flécheau, notamment passé chez Éric Pras. Les assiettes sont assez simples mais le plaisir et la technique sont au rendez-vous, sur la burratina et la déclinaison de tomates, l'élégant risotto aux gambas, les viandes au rôtissoire et les classiques savoyards, la raclette et la fondue, la soupe de myrtilles sauvages glacée à la chartreuse. Prix logiques.

841 route des Servages
T. 04 50 90 01 62
Fermetures lu.
Menu(s) 0-70€

HÔTELS

4 ÉTOILES

LES SERVAGES D'ARMELLE

Sur les hauteurs de la petite station des Carroz-d'Arâches, deux fermes d'alpage XVIIIe, jadis utilisées durant l'estive, ont repris vie sous l'impulsion d'Armelle Flécheau (membre de l'équipe de France de ski) et de son mari Pascal. Transformés en hôtel-chalet, elles ont conservé leur style tout en intégrant un parfait confort contemporain et invitent leurs hôtes à goûter le luxe de leurs 10 chambres mêlant boiseries, cheminée et salles de bain avec baignoire balnéo ou spa privé. En cuisine depuis 2002, Pascal prolonge l'expérience du séjour avec une cuisine gastronomique servie dans une salle à manger ultra-chaleureuse. Un moment délicieux après la découverte du domaine et ses 265 km de pistes que l'on rejoint, ski au pieds, depuis la ski-room de l'hôtel.

841 route des Servages
T. 04 50 90 01 62

Bornand Primeurs

UNE INSTITUTION

Primeurs grossiste depuis plus de quatre-vingts ans, la maison Bornand est une véritable institution locale plébiscitée par les particuliers, les restaurateurs et les collectivités. Fondée par François Bornand puis reprise par son fils, Louis, aidé de son épouse Alegria, l'entreprise reste dans la famille. En effet, c'est aujourd'hui au tour de la 3e génération de perpétuer les savoir-faire et les valeurs familiales. Ainsi, Édouard et Alexandre travaillent avec la même exigence que leurs aïeux afin de proposer des produits de très haute qualité. *« Notre force réside dans la dimension familiale de l'entreprise, de l'approvisionnement à la livraison ».*

Édouard, aux achats, effectue, au marché de Lyon, une sélection rigoureuse des fruits et légumes afin de proposer le meilleur à tarif respectable, notamment à la vente aux particuliers via la boutique en ligne bornandprimeurs.fr. Vous y trouverez plus de 180 références : quelques productions locales de saison, des suggestions qui vous facilitent la vie comme des frites fraîches ou un merveilleux gratin dauphinois, et régulièrement quelques nouveautés.

Notons qu'à la différence de certains paniers pré-conditionnés, chez Bornand Primeurs, les clients ont le choix du sur-mesure au gré de leurs envies. Petite ou grande commande de fruits ou de légumes uniquement, voire panaché, tout est possible et autant de fois que souhaité. Par ailleurs, toutes les commandes sont prêtes au retrait à l'entrepôt, 1 heure après la validation du panier sur leur site.

Retrait des marchandises uniquement par drive à l'entrepôt.

665, route de Cry,
74380 ARTHAZ PONT-NOTRE-DAME
Tél. : 04-50-36-00-85
bornandprimeurs.fr

Auberge d'Arthaz

CUISINE DU TERROIR ET DE BISTROT

Sandrine et Philippe Lyonnet ont créé ce petit restaurant de village en 2018. Ils ont plaisir à privilégier le bien-être du client, dans un cadre chaleureux et convivial. Le midi, on apprécie le menu du jour et les suggestions. Les produits sont frais, respectés, issus - le plus possible - de fournisseurs locaux. Philippe travaille les légumes de la terre maraîchère d'Arthaz, les poissons des lacs, parfois exotiques, ou encore la bavette Black-Angus provenant d'un élevage à Champagne-en-Valromey. Le soir, à la carte, de belles présentations garnissent l'assiette avec une touche asiatique qui agrémente délicatement les plats.

Le + : Jolie terrasse aux beaux jours.

✉ 564, route de Reignier,
74380 ARTHAZ-PONT-NOTRE-DAME
Tél. : 04-50-85-39-95
E-mail : contact@aubergedarthaz.fr
Facebook / Instagram : Auberge d'Arthaz
www.aubergedarthaz.fr

La Dili

UN SAVOUREUX FAST BISTRO

Depuis des décennies, La Dili est le point de ralliement convivial des gourmands de la Vallée Verte. En 2020, Renaud convie son ami chef Julien à le rejoindre pour lancer le concept qui leur ressemble. Sur les banquettes de style diner américain, le duo sait vous proposer un service rapide, autour d'un menu du jour « retour du marché » et d'une courte carte de bistro français, relevée à la sauce anglo-saxonne. Salades composées, pièces de viande ou baba au rhum* y côtoient ainsi d'alléchants burgers ou tenders de poulet panés. Des plats copieux au prix juste, qui refusent les tomates en hiver et valorisent le savoir-faire de producteurs passionnés. À part le so british cheddar, les produits locaux sont à l'honneur, réduisant les distances entre les lieux de production et votre assiette.

✉ 66, rue de Carraz, 74420 BOËGE
Tél. : 04-50-39-48-06
www.ladili.com

*L'ABUS D'ALCOOL EST DANGEREUX POUR LA SANTÉ.

BONNE 74380

RESTAURANTS

14/20

BAUD

Au bord de la Menoge, ce chalet revisité est devenu un splendide lieu contemporain avec une extension épurée et lumineuse, une terrasse en gazon, des chambres minimalistes et une salle de restaurant à l'unisson avec moquette blanche et noire, chaises en velours rouge et tables tulipe. Dans l'assiette, le chef Christophe Morel réalise une remarquable cuisine de région, avec des produits locaux et de saison qu'il met en scène dans des constructions graphiques et recherchées. Selon les inspirations, on pourra se laisser surprendre les trois menus de la maison, en trois, cinq ou sept temps, de 59 à 99 € . Bons accords mets et vins.

181 avenue Léman
T. 04 50 39 20 15
Fermetures lu, di.
Menu(s) 59-99€

BOSSEY 74160

RESTAURANTS

15/20

LA FERME DE L'HOSPITAL

Dans la banlieue de Genève, mais du côté français, cette ancienne ferme appartenant aux hôpitaux de Genève au XVIe siècle est devenue avec le temps une belle table gastronomique qui a su néanmoins conserver le charme alpin et rustique de la bâtisse historique. Sous la charpente en bois clair, les propriétaires ont installé une atmosphère bourgeoise et sobre qui accompagne bien les classiques proposés à la carte. La réalisation est à la hauteur et l'on y retrouvera ainsi la truite du Jura grillée, yuzu et wasabi, l'omble chevalier, carottes, agrumes, safran et beurre mousseux acidulé, le cœur de filet de Simmental en croûte de moelle, céleri et jus d'une mondeuse à la livèche...

Rue de la Mollard
T. 04 50 43 61 43
Fermetures lu, di.
Menu(s) 68-98€

Chef Cuisinier
Jean-Jacques Noguier

BRENTHONNE 74890

FROMAGERIE

FROMAGERIE MASSON

Respectueuse de la nature et de l'environnement, la fromagerie Masson produit pas moins de 2400 tonnes de fromages régionaux. La boutique de Brenthonne est spécialisée dans le reblochon au lait cru AOP exclusivement (les vaches laitières sont élevées en herbage traditionnel) et affiné sur place.

276 route de Thonon
T. 04 50 36 10 61
Fermetures me (p.m), di.

CHAMONIX MONT BLANC 74400

RESTAURANTS

16/20

RESTAURANT ALBERT 1ER

38 route du Bouchet
T. 04 50 53 05 09
Fermetures me, je.
Menu(s) 85-176€

Chef Cuisinier
Damien Leveau

Dans ce très historique hôtel***** ouvert en 1903, le luxe et le charme savoyard travaillent ensemble pour offrir à la clientèle une expérience unique, qui se poursuit à la table de Damien Leveau. Respectant l'identité régionale avec une décoration sobre et rustique, tout en s'assurant d'un confort moderne, la salle introduit en cohérence les compositions du chef, qui allie le haut de gamme et les traditions locales. Le menu de la maison est à cet égard exemplaire, avec par exemple le simple pied de veau et vichyssoise de poireau fumé avec le caviar Osciètre et l'œuf de caille, le chou-fleur de Savoie rôti et cédrat avec la belle Féra du Léman laquée, ou encore les carottes du pays, émulsion de fanes et citron Meyer avec le prestigieux ris de veau de lait laqué. Cave exceptionnelle sur tous les vignobles, avec des cuvées d'exception comme des producteurs plus confidentiels.

14/20

AUBERGE DU BOIS PRIN

69 chemin de l'Hermine
T. 04 50 53 33 51
Fermetures me, je.

Dans ce beau chalet***** à l'apparence la plus authentique possible, comme inchangée depuis plus de cinquante ans, on découvre une chaleur et une identité savoyarde des plus engageantes, qui allie la rusticité du genre montagnard à un luxe et un confort en phase avec le XXIe siècle. Depuis Megève, Emmanuel Renaut supervise la cuisine, mettant en avant les beaux terroirs locaux, dans des assiettes parfumées aux herbes, aux produits véritables et bien mis en avant. La carte est efficace, sincère et directe avec la belle tarte aux champignons sauvages et oignons grillés, l'omble chevalier des Cévennes, pesto d'herbes du jardin et tapioca de légumes, le coffre de volaille rôti au foin et genièvre, sauce poulette et reine des prés, le crémeux chocolat au parfum des forêts. Cave très bien pourvue.

HÔTELS

4 ÉTOILES

AUBERGE DU BOIS PRIN

69 chemin de l'Hermine
T. 04 50 53 33 51

L'histoire de ce bel hôtel est avant tout celle d'un coup de cœur... Adresse mythique de la vallée du Mont-Blanc mais faisant un peu figure de belle endormie, l'Auberge du Bois Prin avait depuis longtemps séduit Kristine et Emmanuel Renaut, propriétaire du Flocons de Sel à Megève. Lorsqu'ils apprennent, en 2019 que celle-ci est à vendre, ils décident de tenter l'aventure. Le résultat est un sans-faute avec le charme de ses 11 chambres imaginées dans le plus pur esprit savoyard, déclinant meubles rustiques et tissus Arpin, toutes prolongées de terrasses qui ouvrent sur sa majesté le Mont-Blanc. Un espace forme avec sauna et bain bouillonnant vient compléter l'offre de ce refuge ; sans oublier bien sûr la dégustation de la cuisine d'Emmanuel Renaut qui avait à cœur de faire revivre la tradition d'hospitalité de l'auberge historique.

5 ÉTOILES

HAMEAU ALBERT IER

38 route du Bouchet
T. 04 50 53 05 09
Fermetures nov.

Au pied du mont Blanc, ce prestigieux hôtel appartient à la famille Carrier depuis sa naissance en 1903, Pierre et sa fille Perrine présidant aujourd'hui à sa destinée. Les 36 chambres et suites se répartissent entre différentes entités, nichées dans un jardin rustique avec son ruisseau qui coule entre les arbres fruitiers. Selon l'humeur, on rejoindra l'hôtel originel au style contemporain, La Ferme et son décor boisé ou les chalets du parc à l'atmosphère plus confidentielle. Vastes, lumineuses, dotées de tout le confort contemporain, ces chambres constituent autant de refuges douillets après une journée de ski et une halte au centre de bien-être qui réunit piscines, hammam, salles de sport et de soins. Un art de vivre montagnard, généreux et raffiné, que l'on retrouve à l'identique avec la cuisine du chef Damien Leveau, dégustée dans la salle à manger au décor de ferme ancienne ou sur la terrasse, avec vue à 180° sur le Mont-Blanc.

4 ÉTOILES

HÔTEL LE MORGANE

145 avenue de l'Aiguille du Midi
T. 04 50 53 57 15

Rare hôtel contemporain dans la vallée de Chamonix, cette adresse située à deux pas du téléphérique du Plan de l'Aiguille propose 56 chambres et suites aux allures scandinaves avec meubles de bois blonds et lignes épurées ; toutes dotées de balcons ou terrasses qui dévoilent la silhouette mythique du Mont Blanc. Les lieux abritent également le Spa Deep Nature avec un bassin de relaxation, un sauna, un hammam et trois cabines de soin, à découvrir avant de rejoindre le restaurant d'inspiration transalpine de l'hôtel. Un bar chaleureux, une ski room et de petits salons viennent compléter l'offre de ce refuge, à prix doux.

BOUTIQUE DE THÉS

CHALET 4810

191 rue Joseph Vallot
T. 04 50 53 00 43
Pas de fermetures

Jacqueline Fattier, ancienne championne de ski, poursuit la compétition dans son chalet 4810 construit en 1909 et complètement rénové en 2014 en élégant salon de thé, pâtisserie-chocolaterie. Passer de la neige au cacao fut un jeu passionnant avec la complicité de Jean-Philippe son mari pâtissier. Fille d'hôteliers, elle a suivi tout naturellement une formation en rapport avec la restauration. Ses chocolats révèlent un bel équilibre des saveurs. Autres adresses sous le nom d'Aux Petits Gourmands rue du Docteur Paccard et avenue de l'Aiguille-du-Midi.

PÂTISSERIE

AUX PETITS GOURMANDS

168 rue du Docteur Paccard
T. 04 50 53 01 59
Pas de fermetures

Jacqueline Fattier, ancienne championne de ski, et Jean-Philippe, pâtissier, ouvre en 1987 Aux Petits Gourmands mais sur une rue plus modeste. Un déménagement sur la plus grande rue commerçante de Chamonix et un mariage plus tard, leur affaire est un grand succès. Parmi les gourmandises il y a la création maison : le 4810, un délicieux bonbon chocolat fourré praliné à l'ancienne éclat de noisettes et feuilletine dont la forme, dessiné par le sculpteur Patrick Böhm, rappelle le sommet de l'Aiguille-du-Midi et le glacier des Bossons. Autres adresses avenue de l'Aiguille-du-Midi et rue Joseph Vallot pour le Chalet 4810.

L'Escale

CETTE PAUSE S'IMPOSE

Folco et Bruno, les jumeaux Dal Canto, se plient en quatre pour satisfaire tous les appétits dans le seul restaurant de ce charmant village où une pause s'impose. Que vous choisissiez la très demandée perche fraîche du lac Léman, l'une des spécialités locales ou une pizza maison, vous êtes assuré(e) de vous régaler. Profitez aussi du cadre intimiste, de l'ambiance décontractée et du très bon rapport qualité/prix qui font la réputation de l'Escale.
Ouvert du mardi au samedi, midi et soir.

Le + : Plats et pizzas à emporter.

1201, rue du Léman,
74140 CHENS-SUR-LÉMAN
Tél. : 04-50-35-42-22
Facebook et Instagram : @escalechens

Le Délice Savoyard

UNE ENSEIGNE FAMILIALE

Aurélien et Sébastien Gay ont repris, il y a quinze ans, la boulangerie-pâtisserie familiale de Chavanod. Dans leur magasin de 70 m^2, coaché par Laetitia Coridon, le client peut apprécier, sur un linéaire de dix mètres, des chocolats, des pâtisseries traditionnelles – le Roquepine – ou plus modernes – le Bigoudy et le Ma Dalton (un gâteau sans sucre pour les diabétiques) – et du snacking qui mettent l'eau à la bouche. Derrière, un laboratoire de 250 m^2 permet de voir les équipes en action car tout est fabriqué sur place. À 6 km d'Annecy, les employés assurent le bon fonctionnement de l'entreprise. La galette des rois est une recette secrète de la famille ; le pain n'est pas en reste avec une production de tradition de pains spéciaux individuels en forme de cygnes.

79, route de la Fruitière,
74650 CHAVANOD
Tél. : 04-50-69-20-38

> *Il n'y a pas d'amour plus sincère que celui de la bonne chère.*

George Bernard Shaw
(1856-1950)

CLUSES 74300

PÂTISSERIE

ZANIN

2 rue de l'Hôtel de Ville
T. 04 50 54 32 39
Fermetures lu, di (p.m).

Aussi fasciné par les possibilités créatrices qu'offre la chocolaterie et la pâtisserie, Roland Zanin travaille les deux avec tout autant de plaisir et propose une gamme variée, esthétique et aux saveurs équilibrées et audacieuses. Macarons aux saveurs variées et originales (mojito, rose et coquelicot, tagada, cassis et violette...), petits gâteaux dont le Mont-Blanc (meringue, chantilly et mousse marron) ou encore le Suprême (mousse framboise et crème brûlée vanille).

© Temmos

Poissonnerie de la Sardagne

POISSONS DE PÊCHE RESPONSABLE

Forte d'une solide expérience dans le travail du poisson, Muriel a remporté, en 2017, les concours internationaux « Le Golden Fish » au Sirha et « Poissonniers » au salon de l'Agriculture, et a été finaliste du MOF 2019. Toute l'équipe met à l'honneur la qualité des produits, du service et de l'accueil. Poissons et coquillages sont issus de la pêche responsable et livrés, chaque matin, en direct des ports français. Service traiteur, carte à découvrir sur le site.

7, rue Pierre Trappier, 74300 CLUSES
Tél. : 04-50-98-12-90
E-mail : direction@poissonnerie-cluses.com
Facebook : Poissonnerie de la Sardagne
www.poissonnerie-cluses.com

Le plaisir de la table est de tous les âges, de toutes les conditions, de tous les pays et de tous les jours.

Jean Anthelme Brillat-Savarin
(1755-1826)

M Restaurant

STYLE INDUSTRIEL, CHIC ET COSY

Nicolas Moulin et son équipe vous accueillent dans cet ancien garage aménagé par Stéphane Millet, architecte lyonnais. On se sent ici comme à la maison, dans une ambiance cosy, pour déguster une cuisine à base de produits frais et de saison. On apprécie les saint-jacques rôties, le foie gras maison, le filet de bœuf… À découvrir, le nouveau bar à cocktails* et la grande terrasse l'été.
Ouvert du mercredi au dimanche soir.

520, route de Taninges,
74380 CRANVES-SALES – **Tél. :** 04-50-35-29-19
E-mail : nicolasmoulin74@yahoo.fr
Facebook : M Restaurant – **restaurant-m.com**

*L'ABUS D'ALCOOL EST DANGEREUX POUR LA SANTÉ.

Le Coin Savoyard

UNE INSTITUTION

Vous aimerez savourer les belles suggestions de cet hôtel-restaurant sis face au Mont-Blanc. Le chef, Gilles Arhur, issu de belles tables, travaille avec technicité et passion les produits frais de saison. Tout est réalisé maison, même les frites ! Aussi, au-delà des raclettes, tartiflettes et fondues, laissez-vous emporter par sa cuisine bourgeoise française et quelques inspirations du monde, comme le subtil gravlax sauce yuzu. Parmi les incontournables, on relève les délicieux potages, le magret de canard confit sauce au miel de cédrat et orange ou encore le bœuf bourguignon. Pour les desserts, Dimitri Crouzet met, ici, à profit son parcours dans les maisons renommées.

Ouvert 7j./7 de 07h à 01h, en continu en saison.

Le + : Superbe terrasse, 14 chambres au charme fou, une piscine chauffée.

✉ 300, route de la Cry Cuchet,
74920 COMBLOUX – **Tél. :** 04-50-58-60-27
www.coin-savoyard.com

Gaspard est dans le Pétrin

POUR DU PAIN 100% LEVAIN

Depuis deux ans, Gaspard Barioz assure une fabrication de pains 100 % levain. Sa boutique-fournil est à visiter. Ses matières premières sont bio et responsables. Gaspard assure une qualité sur toute la chaîne, élevant et bichonnant ses propres levains. Ses pains haut de gamme à la texture très recherchée vont en étonner plus d'un. Il vend en direct, pour le plus grand plaisir des clients, et aussi aux circuits courts. Ses best-sellers : le Campagne et le Panettone 100% levain, sur réservation. *Ouvert du lundi au vendredi de 15h à 19h.*

✉ 337, route des Granges, 74130 CONTAMINE-SUR-ARVE
Tél. : 04-50-14-11-67

GASPARD EST DANS LE PÉTRIN · BOULANGERIE ÉCO-RESPONSABLE

lauréat
Réseau Entreprendre®
Haute-Savoie

> *La bonne cuisine est honnête, sincère et simple.*
>
> Elisabeth David (1913-1992)

CORDON 74700

HÔTELS

4 ÉTOILES

HÔTEL LE CHAMOIS D'OR

Au cœur du village de Cordon et face au Mont Blanc, ce gros chalet traditionnel invite à savourer un art de vivre montagnard familial et authentique, porté par la famille Petit-Jean qui accueille ses hôtes depuis 4 générations. Si l'hôtel a connu de multiples restaurations, l'âme des lieux est restée intacte avec ces 28 chambres et suites lambrissées - refuges cosy et chaleureux faits de meubles sculptés, de tissus locaux et de grands balcons qui dévoilent une vue somptueuse sur les montagnes enneigées. Tout aussi convivial, le grand salon invite à paresser devant la cheminée avant de rejoindre le restaurant pour déguster un cuisine savoyarde simple et pleine de saveurs. Et pour prolonger ce moment de détente, une halte s'impose au Vertigo spa avec une remarquable palette de massages relaxants, parfait après une journée dans la poudreuse.

4080 route de Cordon
T. 04 50 58 05 16

CRAN GÉVRIER 74960

AFFINEUR

CRÈMERIE DU THIOU

L'histoire de cette fromagerie a démarré en 1969 avec Raymond Michel maître-fromager-affineur qui a su transmettre passion et savoir-faire à sa famille. La relève est assurée par Alain Michel qui reprend un credo : "un bon fromage est un fromage à point". Les sélections sont en priorité des fromages au lait cru de la région, accompagnés d'autres trouvailles de qualité. Spécialités : la fondue prête à l'emploi, une recette maison qui dure depuis 25 ans ! et en saison, le brie de Meaux, le coulommiers ou le saint-marcellin à la truffe. La boutique contient également 200 références de vins dans la logique de faire de beaux mariages gustatifs. Après la crémerie du Lac il y a 4 autres magasins à Annecy le Vieux, à pringy, La Clusaz, Cran Gévrier.

11 avenue de la République
T. 04 50 62 39 80
Fermetures lu, di (p.m).

CRUSEILLES 74350

HÔTELS

4 ÉTOILES

CHÂTEAU DES AVENIÈRES

Niché dans un parc avec une somptueuse vue sur le Mont Blanc, la chaine des Aravis et le lac d'Annecy, ce château - aussi séduisant qu'original - est l'œuvre de la riche américaine Mary Wallace Schillito et de son mari, un astronome indou, qui le firent bâtir en 1907. Il reste aujourd'hui encore quelques traces de leur esprit fantasque, notamment une délicieuse chapelle en mosaïques d'or qui dévoile des illustrations de la kabbale et des tarots égyptiens. Pour le reste, les 28 chambres et suites prennent désormais des allures luxueuses et contemporaines avec leurs lignes claires, leurs tonalités lumineuses et des velours chatoyants. Une mention également pour la cuisine gastronomique signée du chef Marc Le Roux et le romantisme du parc de 60 ha, entre pins centenaires et massifs emplis de fleurs.

1060 route du Château
T. 04 50 44 02 23

BOULANGERIE

JPM BOULANGERIE

De nombreux habitués poussent la porte de cette boutique chaque jour et pour cause, un large choix de produits appétissants, notamment en pâtisserie et en salé ; et un boulanger patron précis et appliqué qui est heureux de faire découvrir ses produits. La baguette tradition est excellente avec un équilibre parfait entre la croûte et la mie, une véritable réussite pour le boulanger. Le pain aux noix n'est pas en reste, excellent lui aussi, dense, très bien fait et riche en noix.

171 Grande Rue
T. 04 50 44 12 16
Pas de fermetures

CUSY 74540

APICULTEUR

MICHEL MATHIEZ APICULTEUR

Michel Mathiez est producteur de miel dans le parc des Vosges où il donne le meilleur de la nature à ses abeilles. Intarissable à leur sujet il propose des miels d'excellente qualité, qu'il produit à des volumes de 5 à 8 tonnes par an. Ancien micro-mécanicien, il a réussi sa conversion pour s'intéresser à des animaux "moins micro" mais qui nécessitent une attention aussi précise. Veillez à appeler pour prendre rendez-vous.

40 route de l'Eglise
T. 04 50 52 51 54
Pas de fermetures

Château des Avenières à Cruseilles

La Crèmerie des Savoies

L'ART DE L'AFFINAGE

Sur la route des Bauges, dans une ancienne fruitière devenue la Crémerie des Savoies, Didier Parmeland affine, chaque jour avec amour et patience, les fromages de sa région natale avant qu'ils ne rejoignent ses étals.
Cet enfant du pays a travaillé vingt ans dans la ferme laitière familiale, au cœur de cet écrin de nature préservé, où la tradition et l'artisanat perdurent. Par son oncle fromager, il baigne peu à peu dans l'univers du fromage, mais c'est dans la partie affinage qu'il va trouver son équilibre. Une transition qui va devenir une passion.
En février 2010, Didier Parmeland cède sa ferme et reprend la Crèmerie des Savoies de Cusy, à fleur du massif des Bauges. Dans la cave de cette ancienne fruitière, il affine les fromages de sa région avant de les sortir pour la vente. Parmi les 150 références, on retrouve trois IGP : la tome de Savoie, l'emmental de Savoie et la raclette de Savoie ; et cinq AOP : le beaufort, l'abondance, le reblochon fermier, le chevrotin et bien entendu la tome des Bauges. Fabriquée par de petites coopératives du coin, la tome des Bauges rejoint, chaque lundi, sa cave pour parfaire l'affinage. Après quoi, elle retrouve le gorgonzola cuillère d'Italie, les chèvres du Centre, les brebis des Pyrénées et autres spécialités de Franche-Comté et d'Auvergne, dans la boutique qui, avec ses poutres apparentes et ses étals en bois, conserve le charme d'antan.

Outre les fromages, Didier Parmeland propose une gamme de produits locaux : vins* de Savoie, miel de Cusy et confitures de Haute-Savoie, glaces artisanales des Alpes fabriquées par des Maîtres glaciers du cru, ou bien encore saucissons et pâtés d'Ardèche. De quoi ravir toutes les papilles.
Ouvert tous les jours.

158, route des Bauges, 74540 CUSY
Tél. : 04-50-52-59-06
www.cremeriedessavoies.fr

*L'ABUS D'ALCOOL EST DANGEREUX POUR LA SANTÉ.

DOUVAINE 74140

RESTAURANTS

15,5/20

Ô FLAVEURS

À quelques minutes du Léman, ce splendide château en pierre grise est l'occasion d'un moment historique, bourgeois et romantique où l'air de Savoie se mêle à une tradition châtelaine. La salle est harmonieuse, avec la grosse pierre dépolie et le plafond en poutre, instille une atmosphère complice et chaleureuse, et qui introduit avec modestie les assiettes de Jérôme Mamet, inspirées du lac et des nouvelles modes. Le dressage et la technique sont à la hauteur, sur des menus bien étagés de 53 jusqu'à 145 € . Service professionnel.

Château de Chilly - Route du Crépy
T. 04 50 35 46 55
Fermetures ma, me.
Menu(s) 53-145€

Ⓟ

Chef Cuisinier
Jérôme Mamet

Le pont de l'Abîme

L'Âne Rouge

LA CHALEUR D'UN BISTROT

À Douvaine, entre Thonon et Genève, Aline et Benjamin Mirot ont repris en 2016 le restaurant L'Âne Rouge. On y consomme une cuisine traditionnelle française et savoyarde concoctée par Benjamin et David, et on vient de Loisin, Massongy ou Chens-sur-Léman, le midi et le soir, y déguster des repas savoureux et complets. Une base classique compose la carte : œufs meurette, entrecôte, terrines saisonnières, pâté à la Chartreuse* ou encore des mijotés en bocaux que l'on peut emporter, de la blanquette de veau au sauté de porc aux olives.

À l'intérieur ou en terrasse sous les arbres, une centaine de places permet d'apprécier des produits 100% maison, frais et locaux. En hiver, des appareils à raclette à l'ancienne rappellent la cuisine de grand-mère ; en été, le tartare de bœuf ou un burger jurassien font le bonheur des randonneurs.

4, rue des Niollets, 74140 DOUVAINE
Tél. : 04-50-35-89-10
www.bistrot-lanerouge.com

Restaurant Bec

L'INVITATION AU VOYAGE

BEC comme Brice et Élodie Collon. Ces deux-là se sont connus il y a dix-sept ans, à l'Auberge de Létraz, et ont ouvert en 2019 ce restaurant, à 10 km d'Annecy. À deux pas du lac, avec une vue sur la Tournette, le bois brut patiné en fait un espace chaleureux dans un esprit chalet moderne. Une salle de 28 couverts permet d'assurer un menu du jour, servi uniquement le midi, en fonction de la saison. Les produits sont du marché, les fournisseurs locaux : un pêcheur sur le lac, un boucher sur La Plagne et une salaison voisine qui leur assure la livraison d'un cochon d'exception, Le Rougeot du Charvin®. Ils concoctent une cuisine créative et savoureuse, subtilement imprégnée de leurs voyages culinaires, comme l'agneau d'Aiton à l'ail des ours ou la tomate déclinée au séchon de Seythenex. Sur les canapés cosy de l'espace afterwork, la dégustation ne peut être que chaleureuse.

590, route d'Annecy, 74410 DUINGT
Tél. : 04-50-19-63-13
www.restaurantbec.com

*L'ABUS D'ALCOOL EST DANGEREUX POUR LA SANTÉ.

DUINGT 74410

BOULANGERIE

BOULANGERIE DU LAC

Une belle boutique idéalement située, en bords de lac, où tout est appétissant et bien mis en valeur. La boulangère est très compétente et se fera un plaisir de vous présenter ses produits. La tortigraines est très bonne, aérée avec une bonne humidité et une bonne mâche. La tradition est bien croustillante et a bon goût.

251 route d'Annecy
T. 04 50 23 51 74
Fermetures me.

ÉVIAN LES BAINS 74500

RESTAURANTS

13/20

LES FRESQUES

Table de l'hôtel Royal*****, le barre est logiquement placée très haute pour honorer la réputation de ce palace parmi les plus célèbres du monde. L'expérience est forcément un peu magique, un cadre d'un luxe rare, avec au plafond les sublimes fresques de Gustave Jaulmes, tandis qu'à l'horizon le Léman expose ses charmes tranquilles... Dans l'assiette, le chef Patrice Vander y dispose son expérience et sa sensibilité, pour exploiter au maximum les potentiels d'un terroir noble et choisi, pour un résultat à la hauteur des promesses. Ainsi à la carte, homard bleu, araignée façon tartare aux herbes et huile de basilic, saint-pierre, carottes, pêche et verveine, suprême de poularde de Bresse clouté au foie gras, fines herbes et vin jaune, chocolat Guanaja, grué de cacao et crème fumée... Cave exceptionnelle.

Avenue des Mateirons
T. 04 50 26 85 00
Fermetures lu, ma (déj.), me (déj.), je (déj.), ve (déj.), sa (déj.), di.
Carte 35€ **Menu(s)** 135€

HÔTELS

5 ÉTOILES

HÔTEL ROYAL

Plébiscitée par tous les voyageurs en quête de dépaysement, de remise en forme et de bien-être, cette belle adresse réunit tous les atouts. Inauguré en 1909 en hommage au roi d'Angleterre Edouard VII, ce luxueux refuge semble posé au-dessus d'Evian, dévoilant la forêt des toits de la ville mais aussi une vue époustouflante sur les eaux bleutées du lac. Mieux encore, l'hôtel a gardé intacte sa façade, ce qui en fait un petit bijou Art Déco, mais il abrite désormais 150 chambres et suites au confort contemporain, décorées de matériaux nobles et de fresques signées Gustave Jaulmes. Le spa Evian Source est une oasis rare, pensée pour le lâcher-prise et la relaxation, avec une large palette de soins et massages, mais on vient également ici pour le mythique Evian Resort Golf Club... Un parcours d'exception, premier à avoir accueilli un tournoi majeur en Europe, « The Evian Championship », désormais organisé chaque année en septembre.

960 avenue du Léman
T. 04 50 26 85 00

Restaurant L'Aster

DES SPÉCIALITÉS AU GOÛT DE MONTAGNE

Le restaurant a ouvert ses portes en septembre 2021. On y découvre l'ambiance chaleureuse et cosy d'un chalet, juste au pied du majestueux lac Léman. Les quatre jeunes co-gérants proposent une cuisine française et traditionnelle qui fait la part belle aux spécialités de montagne, comme la fondue et la raclette. Ils y apportent une touche créative avec des produits de qualité qu'ils ont sélectionnés avec soin, une cuisson qui respecte le produit. Leur boucherie partenaire travaille au quotidien avec des éleveurs ou des groupements d'éleveurs, soucieux de l'alimentation et des méthodes d'élevage de leurs animaux. Les desserts sont faits maison avec passion.
Ouvert tous les jours.

11, quai Charles Albert Besson,
74500 ÉVIAN-LES-BAINS
Tél. : 04-50-49-57-97
E-mail : contact@restolaster.fr
Facebook : Restaurant L'Aster

Le Vintage

LA CHALEUR DU VINTAGE

Lionel et Clémence Coignet ont racheté le Chichi pour en faire un restaurant chaleureux où l'on peut s'attarder en salle. Dans ce bâtiment de 650 m², à 300 m de la seule plage de sable blanc du Lac Léman, ils ont aménagé salles et terrasses pour accueillir les amateurs de spécialités régionales et locales. En famille, ou en petit comité, c'est l'endroit idéal, entre Thonon et Évian, pour faire une pause et partager ses performances sportives de kitesurfeurs ou de randonneurs dans l'eau, près d'un mur végétal stabilisé ou d'une petite Harley en vitrine.

1191, route du Lac,
74140 EXCENEVEX
Tél. : 04-50-16-58-16
www.levintage-excenevex.com

LE VINTAGE

> *Bonne cuisine et bon vin,*
> *c'est le paradis sur terre…*
>
> Henri IV (1553-1610)

Glacier du Léman

FONDEZ DE PLAISIR

Anna à la fabrication, Judit sa sœur au service : bienvenue dans ce temple des petits plaisirs glacés ! Élaborés dans les règles de l'artisanat, avec une forte exigence de qualité et beaucoup de créativité, les glaces, sorbets, crèmes glacées et glaces à l'italienne se déclinent ici en… 75 parfums au moins. Une dégustation permet de faire le bon choix. Les amateurs apprécient également les desserts glacés (vacherin, omelette norvégienne…).

64, rue Nationale 74500 ÉVIAN-LES-BAINS
Port de rives, 74200 THONON-LES-BAINS
Tél. : 04-50-81-68-84
www.glacier-du-leman.com

Crêperie Pedalo

UN SAVOIR-FAIRE ARTISANAL REVISITÉ

En plein cœur de la charmante cité thermale d'Évian-les-Bains, la Crêperie Pedalo affiche sa singularité en favorisant les circuits courts et en proposant de délicieuses recettes revisitées. Farine, œuf, lait… les ingrédients de la pâte à crêpes sont bio et issus de producteurs locaux. Découvrez également une jolie gamme de cidres* et, dans une petite salle voûtée située à l'arrière du restaurant, une sélection maison de rhums, whiskies et téquilas.

18, rue Nationale, 74500 ÉVIAN-LES-BAINS
Tél. : 04-50-74-16-73
E-mail : hello@creperie-pedalo.com
Facebook : @creperieartisanale
Instagram : pedalo_creperie

Chez Marie-Jo

« EN HOMMAGE À NOTRE MÈRE »

La maison familiale s'est transformée en restaurant. De la terrasse, on a une vue magnifique sur la vallée de l'Arve et au loin, sur le Mont-Blanc. Louis, au service, Sylvia, en cuisine, concoctent une « cuisine de grand-mère » revisitée, élaborée uniquement à base de produits locaux et de saison. Au menu, poissons du lac, poireaux vinaigrette, œufs mimosa, foie gras mi-cuit au Monbazillac*…

Le + : Brunch le dimanche et « table à copains » à privatiser.

773, route de Soly, 74250 FILLINGES
Tél. : 04-50-36-26-71
E-mail : chezmariejo74@gmail.com
Facebook / Instagram : Chez Marie-Jo
www.chezmariejo.com

*L'ABUS D'ALCOOL EST DANGEREUX POUR LA SANTÉ.

FAVERGES 74210

BOULANGERIE

LES ERABLES

Sur la route principale, une boulangerie avenante où l'étalage fait envie, personnalisé, avec des pains bien rangés, des pâtisseries avenantes et des spécialités lorraines, comme le pâté lorrain, très bon avec de la viande de porc marinée. Le croissant est très beau à l'œil, enroulé avec un joli volume, un léger manque de beurre, mais bien fait dans l'ensemble. La tradition est de bonne confection et bien croustillante.

74 rue de la République
T. 04 50 44 63 05
Fermetures je.

LA CHAPELLE D'ABONDANCE 74360

RESTAURANTS

12/20

LES CORNETTES

Beau chalet alpin*** au cœur de la vallée de l'Abondance, il est tenu par la famille Trincaz depuis plus de 120 ans, et témoigne d'une culture de l'hospitalité qui ne se dément pas. L'endroit est d'un charme local et très confortable, et l'on retrouvera à la table, une cuisine d'ici et plus française, pour toutes les envies. La technique est au niveau, sur un pressé de caille, pintade et foie gras, un soufflé de brochet du Léman, un tournedos de bœuf façon Rossini, une fondue aux morilles. Desserts classiques.

La Chapelle d'Abondance
T. 04 50 73 50 24
Fermetures non communiquées.
Menu(s) 41-47€

LA CLUSAZ 74220

RESTAURANTS

10/20

LA SCIERIE

Dans un cadre splendide en bois, à la fois très bourgeois dans sa finition et chaleureux dans son esprit savoyard, Fabienne et François perpétuent l'héritage familial. La maison délivre une cuisine gastronomique où s'entremêlent classiques locaux et tendances plus larges, avec un succès certain. Ainsi à la carte, on pourra trouver les écrevisses rôties au beurre, ravioles d'artichaut et minestrone de crustacés, la sole petit bateau, le filet de bœuf et frites, la fameuse tartiflette au reblochon. Desserts classiques. Cave généraliste.

331 rte du Col-des-Aravis
T. 04 50 63 34 68
Pas de fermetures.
Menu(s) 16-65€

Plateau de Beauregard, La Clusaz

HÔTELS

4 ÉTOILES

HOSTELLERIE DES CHALETS DE LA SERRAZ

3862 route du Col des Aravis
T. 04 50 02 48 29

Au cœur des Aravis, cette maison familiale ravit tous les amoureux d'authenticité. Chalet d'alpage bâti au XIXe siècle et depuis longtemps propriété des Gallay, le lieu a été restauré par Jean-François qui l'a transformé en 1979 en hôtel de tradition, l'inscrivant dans le patrimoine savoyard. Et il est vrai que tout ici infuse le meilleur de l'art de vivre à la montagne, élégant et rustique à la fois. Les 4 chambres et les 3 chalets sont tapissés de bois régionaux, de meubles savoyards et prolongés de salles de bain avec douches à l'italienne ; la Table de Karine concocte une cuisine régionale et l'espace détente est une parfaite ode au bien-être avec piscine extérieure chauffée, hammam, jacuzzi et rituels de soins très pointus.

4 ÉTOILES

ST-ALBAN HOTEL & SPA

195 route de la Piscine
T. 04 58 10 10 18

Inauguré en 2018 au cœur de la Clusaz, cet hôtel aux allures de grand chalet est avant tout un cocon chaleureux et cosy, entièrement bâti en bois auquel se mêlent des matières nobles - cuir, pierre et laiton - qui offrent un habile mix entre esprit savoyard et contemporain. Les 48 chambres témoignent de ce luxe d'exception avec leurs bois clairs, leurs lits king size et leurs salles de bain en marbre. S'il ne possède pas de restaurant, le Saint-Alban offre un snacking tout au long de la journée, servi dans le bar-salon inspiré des clubs anglais, où l'on s'installe pour paresser en se plongeant dans l'un des 21000 livres disséminés dans les espaces communs. Dernier atout, les délices du spa griffé Nuxe avec douche sensorielle, ice room et bancs hydro-massant ; sans compter une belle piscine pour se détendre après une journée dans la poudreuse.

CHOCOLATERIE

MORAND CHOCOLATERIE

476 route du Col des Aravis
T. 04 50 02 41 26
Pas de fermetures

Sur la route principale, juste avant le rond-point en montant, se cache une des meilleures adresses de la région, celle de Jean-Dominique Gelle, maître-chocolatier. Le délicieux parfum de chocolat prenant les narines dès l'entrée de la boutique ne laisse guère le choix : il faudra tout goûter ! Ganaches, pralinés, tablettes, pâtes d'amande, confiseries... et autres délicates pâtisseries de confection artisanale, naturellement.

FROMAGERIE

CRÈMERIE DES ARAVIS

6 place du Petit Casino
T. 04 50 02 60 93
Fermetures lu (p.m), ma, me.

L'histoire de cette fromagerie a démarré en 1969 avec Raymond Michel maître-fromager-affineur qui a su transmettre passion et savoir-faire à sa famille. La relève est assurée par Alain Michel qui reprend un credo : "un bon fromage est un fromage à point". Les sélections sont en priorité des fromages au lait cru de la région, accompagnés d'autres trouvailles de qualité. Spécialités : la fondue prête à l'emploi, une recette maison qui dure depuis 25 ans ! et en saison, le brie de Meaux, le coulommiers ou le saint-marcellin à la truffe. La boutique contient également 200 références de vins dans la logique de faire de beaux mariages gustatifs. Après la crémerie du Lac il y a 4 autres magasins à Annecy le Vieux, à Pringy, La Clusaz, Cran Gévrier.

La Clusaz

Boulangerie-Pâtisserie Patachou

LA GRAINE DE LA CRÉATION

Ludovic Baltar propose de quoi satisfaire les faims des plus affamés. Dans les 200 m² de sa boutique, on peut consommer sur place ou à emporter pour des randonnées à venir. Brioche, croissant, pain au chocolat, pain aux raisins… mais aussi des pains spéciaux comme la meule, le briare, le nordique ou un pain à base de farine de maïs, de seigle et aux noix. Pour les sportifs, son pain spécial comporte figues, abricots, raisins secs, cranberries, graines de courge, amandes et noisettes.

30, rue de Grébelin, 74600 LA ROCHE-SUR-FORON
Tél. : 04-50-14-29-37 – **E-mail :** patachou.boulanger@gmail.com

Dans les souvenirs d'enfance de chaque bon cuisinier se trouve une grande cuisine, une cuisinière en marche, un gâteau qui cuit et une maman.

Barbara Costikyan (1928-2020)

La Porte des Aravis

CHEZ BRUNO

Au sommet du col des Aravis, ce restaurant d'altitude est l'endroit parfait pour profiter d'une superbe vue sur le Mont-Blanc. Dans une atmosphère familiale et typiquement savoyarde, savourez fondue, tartiflette et autres spécialités locales. Cuisine faite maison avec également des plats d'autrefois, de délicieux beignets de pomme de terre ou la tarte au myrtilles. Menu complet à partir de 25 euros.
Ouverture toute l'année le midi, et le soir en été.

Le + : Grand parking privé près des chemins de randonnée.

7593, route du col des Aravis,
74220 LA CLUSAZ **Tél. :** 04-50-02-47-15

La Parenthèse

LA HALTE GOURMANDE

Le délicieux couple formé par Marine, en salle, et Julien, en cuisine, propose une pause gustative généreuse et savoureuse à ne pas rater. Entre tradition française et modernité inspirée, les créations du chef rencontrent des produits locaux, de saison, bruts et frais, savamment pelés, parés, travaillés, transformés et magnifiés. Ses burgers originaux – l'un à l'effilochée de bœuf confit au paprika fumé pendant 9h, l'autre végétarien –, ses os à moelle à tartiner, son foie gras maison, ses souris d'agneau confites et ses fondues signent une cuisine conviviale de bistro de très belle qualité. En salle ou en terrasse, les lieux, anciens et joliment décorés, offrent un supplément d'âme à cette maison tenue avec bonheur et savoir-faire. La bonne petite adresse surprise de La Clusaz.

33, chemin du Pré-de-Foire,
74220 LA CLUSAZ
Tél. : 07-49-94-94-18
Facebook : La Parenthèse
Instagram : laparenthese74

Le Chalet des Joux

CUISINE RAFFINÉE ET CONVIVIALE

Dans un chalet, en bord de piste, l'équipe des Joux vous propose des produits frais rigoureusement sélectionnés, cuits en partie au feu de bois. On déguste la pluma de porc ibérique avec jus de veau et julienne de citron confit, la truite saumonée de Savoie, fumée au lichen, ou encore la fondue suisse. Privatisation possible.

Le + : Le soir, vue panoramique sur la montagne et le village.

1385, route du Col de la Croix-Fry,
74220 LA CLUSAZ – **Tél. :** 04-50-45-18-47
E-mail : welcome@chaletdesjoux.com
Facebook : Chalet des Joux
Instagram : chaletdesjoux
chaletdesjoux.com

*L'ABUS D'ALCOOL EST DANGEREUX POUR LA SANTÉ.

LA TOUR 74250

BOULANGERIE

AUX DÉLICES DE LA TOUR

135 route Charmottes
T. 04 50 35 86 29
Fermetures lu, di (p.m).

Petite boutique de village authentique aux spécialités alléchantes et artisanales, comme le feuilleté aux fruits et les crumbles. La vendeuse est très aimable et naturelle. Le pain au maïs est excellent, tendre et souple avec un goût franc de maïs. Équilibrée en croûte et en mie, la tradition a l'odeur du bon pain frais. Enfin la quiche qui sort du four, ravira les plus gourmands avec ses parts généreuses bien garnies de lardons.

LE GRAND BORNAND 74450

HÔTELS

4 ÉTOILES

CHALET 1864

2645 route de Lormay
T. 04 50 02 28 50

1864, c'est l'année de naissance de ce chalet préservé au cœur d'une station soucieuse de conserver son patrimoine ; loin, très loin, des barres d'immeubles qui fleurissent sur certains domaines. Transformée en hôtel, l'ancienne ferme offre désormais 5 luxueuses chambres et suites, mêlant charpentes et boiseries anciennes, avec une mention particulière pour la suite Aravis logée dans l'ancienne grange. Un refuge idéal, fait de 2 chambres douillettes, mélange de bois, de pierres brutes et de tissus locaux, le tout réchauffé d'une cheminée et prolongé d'une salle de bain avec une grande baignoire d'où l'on admire les monts enneigés. On rejoint ensuite la table 1864 pour déguster une cuisine savoyarde après avoir savouré les délices du spa, niché dans les anciennes étables de la ferme : piscine intérieure à 30°C, sauna et massages sur mesure. Dernier détail, les pistes sont à 8 km de la station mais l'hôtel prend soin des locations de ski et réservation des forfaits.

BOULANGERIE

LE PETIT MARQUIS

Immeuble le Montarquis - Le Chinaillon
T. 04 50 27 03 53
Pas de fermetures

Les pains sont bien présentés dans cette grande boutique réputée de Chinaillon. On y pioche une très bonne tradition - un classique incontournable - mais aussi des propositions plus originales comme la baguette des Aravis aux myrtilles qui réussit le tour de force à ne pas être une confiserie mais un vrai pain qui accompagnera parfaitement plats salés et fromages. Pour la myrtille en confiserie, la généreuse tarte aux myrtilles se montre à la hauteur.

PÂTISSERIE

PÂTISSERIE VULLIET

Place de la Grenette
T. 04 50 02 20 71
Fermetures di.

Au centre de la station, la pâtisserie salon de thé Vulliet est chère au cœur des savoyards qui se souviennent avec émotion des bescoins qu'ils y mangeaient le dimanche midi en sortant de l'église. Cette recette de pain brioché au fenouil, joliment doré, est toujours d'actualité aux côtés d'autres spécialités régionales et de bons gâteaux traditionnels.

La Pointe Percée

DU BISTRO AU GASTRO

Bénéficiant d'un emplacement stratégique, inratable dans la station, ce restaurant du Grand-Bornand se fait une place de plus en plus grande dans le paysage culinaire local. Sous l'impulsion de Clémence et Bastien, qui la dirigent depuis l'hiver 2019, La Pointe Percée a gagné son pari de satisfaire tous les appétits avec une cuisine fraîche et 100% maison. Les adeptes des incontournables spécialités savoyardes se régalent, tout comme les amoureux de mets plus élaborés, à base de poissons frais ou de viandes racées. À la qualité des assiettes s'ajoute celle du service, particulièrement attentionné : le duo de restaurateurs limite le nombre de ses convives pour toujours mieux les servir. Vous aussi, pour savourer pleinement le moment, ayez le réflexe de réserver ! *Ouvert 7j/7, midi et soir.*
Le + : Privatisation possible.

79, place de la Grenette,
74450 LE GRAND-BORNAND
Tél. : 04-50-02-22-80
Facebook : Restaurant la Pointe Percée
www.lapointepercee.com

Aux Aravis

ENTRE TERRE ET MER

Originaires du Poitou-Charentes, Sarah et Camille Delétang proposent, depuis 2018, une cuisine de bistro revisitée associant des produits de la mer et de la terre. Au menu, chipirons façon carbonara, grillés à l'encre de seiche avec un espuma de jambon ibérique et du parmesan, ris de veau ou plats en sauce. En dessert, un coulant au chocolat ou un savoureux dôme des Aravis dont le parfum diffère au fil des saisons. Terrasse ouverte toute l'année.

32, place de l'Église,
74450 LE GRAND-BORNAND
Tél. : 04-50-10-60-36
Facebook : Restaurant Aux Aravis -
Le Grand Bornand

> *La bonne cuisine est honnête, sincère et simple.*
>
> Elisabeth David (1913-1992)

LUCINGES 74380

BOULANGERIE

DP BOULANGERIE

Dans un adorable village, une boulangerie où on trouve tout ce qu'il faut, guidé par une boulangère aimable et professionnelle. La baguette tradition est très bien cuite avec une bonne souplesse et bien alvéolée. Le pain spécial au seigle est bien fait, avec une bonne humidité. La quiche est assez généreuse en lardons dans un esprit artisanal.

81 place de l'Église
T. 04 50 82 01 08
Fermetures lu, sa (p.m), di (p.m).

MACHILLY 74140

RESTAURANTS

14/20

LE REFUGE DES GOURMETS

Entreprise familiale débutée en 1989, c'est aujourd'hui le fils, Hubert Chenove, qui poursuit l'aventure en compagnie de son épouse, Fanny. La maison garde le bon cap, et fait vivre une belle identité régionale, autour des produits locaux et de la framboise, emblème du village. La maison a multiplié depuis ses débuts les espaces, et offre aujourd'hui une expérience bien composée, entre le bistrot, le gastro et la boutique, sans oublier les sorties cueillettes, qui prolongent un peu plus la découverte du territoire. Menus bien étagés, à partir de 69 € . Accords mets et vins recommandés.

Bistro et Gastro - 90, route des Framboises
T. 04 50 43 53 87
Fermetures lu, ma, di (dîn.).
Menu(s) 30-150€

MANIGOD 74230

RESTAURANTS

MARC VEYRAT - MAISON DES BOIS

Nul ne connaît l'avenir de cette magnifique maison savoyarde au-dessus du col de la Croix Fry. Une certitude : le chalet est si beau et l'environnement si magique que le grand Marc Veyrat saura lui donner un futur à sa démesure. Avec lui, à côté de lui, mais sans doute pas sans lui, nous pouvons faire confiance à notre glorieux académicien pour que le village de Manigod des Veyrat rayonne encore longtemps au rythme du chapeau noir qu'il remplissait de myrtilles lorsqu'il était enfant.

Col de la Croix Fry
T. 04 50 60 00 00
Chef cuisinier
Marc Veyrat
Chef pâtissier
Erwin Hornecker
Directeur de salle
Luca Piccino
Sommelier
Julien Teyssandier
Fermetures lu, ma, me, je (déj.), di (dîn.).
Menu(s) 295-395€

14,5/20

CHÂLET HÔTEL LA CROIX-FRY - LA TABLE DE MARIE-ANGE

Réjouissances à la montagne, dans le chalet idéal d'Isabelle Loubet et Eric Guelpa, sœur et frère dignes successeurs de Marie-Ange Veyrat. L'environnement est magnifique, à quelques lacets du col de la Croix Fry où l'on skie tout l'hiver, et la déco parfaite et authentique du chalet incite à jouer les prolongations, profiter d'un thé ou des douceurs au coin du feu, après un repas de montagnard raffiné préparé par Eric et sa brigade. Il vous emmène sur ses chemins, depuis la tourte au reblochon jusqu'aux desserts gourmands, en passant par les meilleurs produits régionaux travaillés avec subtilité mais toujours en toute gourmandise. Cave régionale de connaisseur, service parfait supervisé par Isabelle.

4910 route du Col de la Croix Fry
T. 04 50 44 90 16
Fermetures lu, ma (déj.), me (déj.), je (déj.).
Menu(s) 68€

HÔTELS

4 ÉTOILES

CHALET HÔTEL DE LA CROIX FRY

Face au Charvin qui prend des allures de montagne magique, ce chalet familial a conservé ses boiseries, son imposante cheminée et ses salons aux fauteuils anciens couverts de plaids douillets... Bienvenue à l'hôtel de la Croix Fry, l'une des plus séduisantes adresses de la petite station de Manigod. Les 11 chambres et suites mêlent avec talent le style alpage d'autrefois et un parfait confort moderne avec leurs bois naturels, leurs meubles chinés et de belles salles de bain. Un même esprit règne dans les 12 chalets disséminés autour de l'hôtel qui sont autant de repaires pour des retrouvailles en famille ou entre copains. À deux pas, le spa déploie son sauna, son hammam et sa piscine extérieure chauffée ; halte idéale avant de rejoindre la salle à manger et déguster la cuisine emmenée par Eric Guelpa... Sous l'œil bienveillant de la famille Veyrat, propriétaire de ce lieu depuis plus de 80 ans.

4910 route Col de la Croix Fry
T. 04 50 44 90 16
Fermetures mai, oct. nov.

AFFINEUR

MAISON JOSEPH PACCARD

Altitude et affinage font bon ménage. A 1000 m d'altitude les fromages fermiers des environs, soigneusement sélectionnés, sont pris en main et avec cœur par l'équipe de Joseph Paccard, artisan affineur de fromages. Les méthodes artisanales de renient pas une commercialisation efficace. Les producteurs de la vallée des Thônes et les petites fruitières artisanales locales sont mises en avant par le biais d'un travail soigné d'un bout à l'autre du processus de fabrication. Reblochon, tomme de Savoie, abondance fermier, bleus, raclettes... l'actualité est riche en saveurs.

Les Bréviaires
T. 04 50 44 07 50
Fermetures sa, di.

BOULANGERIE

LA MANIGODINE

La boutique est rassembleuse et l'on y vient pour acheter son pain, le journal et pourquoi pas quelques produits régionaux. La baguette des Aravis, spécialité de la maison, se démarque par son goût franc ; et le pain bûcheron n'est pas en reste avec son bon goût de levain et céréales qui fleure bon le travail d'artisan.

28 route de Thônes
T. 04 50 44 90 89
Pas de fermetures

Les Reflets du Lac

LES PIEDS DANS L'EAU

Sur le lac Léman, face à Lausanne et à 40 km de Montreux, Carline Morel assure un service de qualité. Le petit bâtiment se cache dans la nature et a fait des produits maison sa spécialité. Filets de perche, omble chevalier, truites du lac sont ici cuisinés avec soin. Passionnée par la cuisine, Carline élabore une nouvelle carte chaque saison et travaille avec les producteurs locaux. Il faut goûter l'Infiniment chocolat et profiter de la terrasse ensoleillée pour une pause en famille.

29, route Nationale, 74500 LUGRIN
Tél. : 09-82-29-16-81
www.refletsdulac.com

C'est la sagesse, aimer le vin,
La beauté, le printemps,
le printemps divin,
Cela suffit. Le reste est vain.

Théodore de Banville
(1823-1891)

Boulangerie de L'Albanais

LE BON GOÛT DU VRAI

Des pains confectionnés sur levain maison, des viennoiseries et des pâtisseries, elles aussi maison, et régulièrement renouvelées… Parce que l'équipe travaille dans les règles de l'artisanat, tout ce qui sort du laboratoire possède le goût du vrai. Et ce, pour le plus grand plaisir des gourmets qui ont leurs habitudes dans cette belle boulangerie-pâtisserie où des professionnels passionnés les accueillent avec plaisir.

BOULANGERIE DE L'ALBANAIS
ARTISAN

Ouvert du mardi au samedi de 6h30 à 12h30 et de 15h30 à 19h (7h le samedi), et le dimanche de 7h à 12h.

36, place de l'Albanais,
74150 MARCELLAZ-ALBANAIS
Tél. : 04-50-68-86-38
Facebook : Boulangerie de L'Albanais

14/20

LES FERMES DE MARIE

Somptueux ensemble***** de chalets d'un luxe remarquable, les chalets à la location sont d'un goût exquis, véritables reconstitutions de chalets à l'ancienne, en bois brut non traité, mobilier rustique chic en bois, literies avec fourrure, pour une expérience montagnarde unique et mémorable. Là, le restaurant traditionnel du chalet principal poursuit l'expérience savoyarde avec un même souci d'authenticité, avec quelques propositions internationales tout de même pour la clientèle : œufs bio brouillés à la truffe d'été, coquillettes aux truffes, jambon du Sauget et crème de Beaufort, entrecôte de Black Angus à la plancha, grenailles et échalote confite... Beaux desserts. Cave à la hauteur.

Chemin de Riante-Colline
T. 04 50 93 03 10
Pas de fermetures.
Carte 74€

13/20

BEEF LODGE

Probablement la plus américaine des maisons de Megève, le Lodge Park**** ressemble à un chalet des Rocheuses, avec ses rondins, sa décoration club anglais et sa carte de viandards comme on en fait peu. La clientèle d'outre Atlantique s'y trouvera comme à la maison, pour retrouver les bons plaisirs des gambas Black Tiger aux épices cajun, des ribs sauce chipotle, du Brisket Black Angus confit au gingembre et aux épices, de l'entrecôte ou encore du picanha d'Angus d'Uruguay. Bon service.

100 rue d'Arly
T. 04 50 93 05 03
Pas de fermetures.
Carte 54€

13/20

FLOCONS VILLAGE

Bistrot d'Emmanuel Renaut au cœur de la station, on y retrouve là l'une des meilleures adresses des environs, un lieu sobre et chaleureux, une assiette intelligente et parfaitement maîtrisée, qui donne envie de revenir et de repenser le produit local. Pour 44 € , on y retrouve les fameux nems au reblochon, la féra est fumée et croustillante avec la pomme de terre et la crème acidulée, le jarret de veau de la Chartreuse est printanier avec une sauce poulette. Pour terminer, les pâtisseries d'Aurélie Collomb-Clerc sont plus que convaincantes. Petite cave mais très bien pourvue.

75 rue Saint-François de Sales
T. 04 50 78 35 01
Fermetures lu, ma.
Menu(s) 36-44€

12/20

LE REFUGE

Bistrot de montagne au pied des pistes, la terrasse est agréable quand il fait beau, et l'intérieur recrée un style alpin des plus chaleureux l'hiver. Les propositions sont assez classiques mais elles situent bien la maison sur la carte : truite fumée aux agrumes en tataki, filet d'omble chevalier croustillant et hollandaise, fondue aux morilles, péla des Aravis au reblochon. Desserts classiques.

Hameau du Leutaz
T. 04 50 21 23 04
Fermetures lu, ma.
Menu(s) 30€

LA DAME DE PIC - LE 1920

Dans le cadre prestigieux du Four Seasons, la table d'Anne-Sophie Pic est une vraie réussite. Pas seulement parce qu'on y retrouve, dans un salon offrant une vue panoramique très plaisante, quelque gimmicks de la Dame de Valence, comme les berlingots, mais aussi parce qu'une équipe remarquable, en salle comme en cuisine, suit les préceptes de la maison en apportant, dans ce contexte savoyard, une liberté et une élégance qui en font déjà une des plus intéressantes de Megève. Dans l'assiette comme dans les verres, conseillés par un jeune sommelier virevoltant avec des accords savants, des thés, des sakés et des vins issus d'une très large cave. La note, sans aucun doute haute, ne sera attribuée définitivement qu'en fin de saison.

373 chemin des Follières
T. 04 50 78 62 65
Fermetures lu, ma (déj.), me (déj.), je (déj.), ve (déj.), sa (déj.), di.
Menu(s) 0€

HÔTELS

5 ÉTOILES

LES CHALETS DU MONT D'ARBOIS

Niché au milieu des sapins, cette adresse mythique vient d'être largement restaurée par Thierry Curty et Pierre-Yves Rochon qui ont su préserver ses charmes. Les lieux se composent de trois chalets (Eve, Noémie et Alice) qui revendiquent chacun sa personnalité. Noémie réunit 7 chambres et suites au luxe raffiné ; Alice décline un style bohème chic au fil de ses 8 chambres et suites, tandis que les 25 chambres du chalet Eve reprennent tous les codes du style savoyard traditionnel. À deux pas, le tout nouveau spa abrite hammam, sauna et deux piscines (extérieure avec balnéothérapie, intérieure avec un espace dédié aux enfants), sans compter des salles où sont prodigués des soins d'exception, signés de la marque bio anglaise Bamford. Derniers atouts de ce repaire prestigieux (propriété de la famille Rothschild depuis 1919), le restaurant Prima et sa cuisine signée Nicolas Hensinger, le Bar des Chalets et ses allures de cocon et un chalet kid's club prolongé... d'une patinoire.

447 chemin de la Rocaille
T. 04 50 21 25 03
Fermetures mai, juin. oct. nov.

4 ÉTOILES

CŒUR DE MEGÈVE

À deux pas de l'église et des télécabines vers le domaine de Rochebrune, cet hôtel - entièrement restauré en 2019 - est désormais le repère des amoureux de Megève. La faute à Sybille de Margerie qui a su transformer d'anciens chalets en délicieux cocons - 39 chambres habillées de noyer brossé, de pierre bleue du Hainaut et de mobilier aux allures scandinaves. Au rez-de-chaussée, le salon s'articule autour d'une grande cheminée, idéal pour paresser après une journée dans la poudreuse en sirotant un cocktail (le bartender est top) avant de rejoindre le restaurant pour tester une cuisine alpine revisitée. Autre pépite, un spa griffé de la marque green Tata Harper qui réunit douche sensorielle, sauna à la finlandaise, nail bar mais aussi deux cabines de soin où savourer de divins massages et une palette de soins 100 % nature.

44 rue Charles Feige
T. 04 50 21 25 30

5 ÉTOILES

FOUR SEASONS HÔTEL MEGÈVE

373 chemin des Follières
T. 04 50 21 12 11

Première adresse à la montagne du groupe canadien, cet hôtel a été imaginé par Bruno Legrand et Pierre-Yves Rochon qui signent un décor mêlant esprit savoyard et années 30. Les 55 chambres et suites se partagent entre tonalités lumineuses et palettes de brun et gris foncés, mêlant atmosphère alpine et raffinement contemporain. Tout aussi luxueux, le spa s'étend sur 900 m² avec deux piscines, un hammam, un sauna et de petites cabines pour savourer des massages d'exception et des soins griffés La Prairie, le tout avant de participer à une séance de yoga ou de méditation. Ici, les activités ne manquent pas puisqu'on peut réserver une promenade en chien de traineau, en motoneige ou un vol en montgolfière. Et pour reprendre ses esprits, rien ne vaut la découverte de l'une des tables de l'hôtel. Restaurant gastronomique 1920 signé Anne-Sophie Pic, cuisine japonaise au Kaïto ou coquillettes à la truffe au Bar Edmond... vous n'aurez que l'embarras du choix.

5 ÉTOILES

HÔTEL LES FERMES DE MARIE

163 chemin de la Riante Colline
T. 04 50 93 03 10

Petit hameau niché au cœur de Megève, les Fermes de Marie ont imaginé voilà plus de 30 ans un concept singulier qui fait rimer luxe et authenticité. Un sans-faute puisqu'elles fédèrent chaque année un nombre grandissant de fidèles, séduits par ce lieu chaleureux qui célèbre l'art de vivre alpin avec élégance et originalité. Ces anciennes fermes d'alpage réunissent aujourd'hui 70 chambres et suites ultra douillettes, aux tons chauds et aux meubles chinés mais aussi un chalet privé de 400 m² entouré d'un jardin. Au cœur du chalet principal, le restaurant traditionnel propose un menu du marché, la Salle à Manger une cuisine gastronomique tandis que l'Alpage décline un concept « table d'hôtes » ultra-convivial et sans façon. Une mention enfin pour le spa avec sa piscine familiale, son bassin de nage, son bain japonais et 13 cabines où sont dispensés des traitements d'exception avec la gamme « Pure Altitud », conçue par les Fermes de Marie. Un lieu rare qui s'amuse à se réinventer en proposant à ses hôtes retraites de yoga, séjour soins et fitness, sans oublier le plein d'activités pour les enfants...

5 ÉTOILES

M DE MEGÈVE

15 route de Rochebrune
T. 04 50 21 41 09

En plein cœur de Megève, cet hôtel impeccablement restauré par l'architecte savoyard Alain Perrier se compose de 42 chambres et suites à la décoration raffinée, avec un mélange de meubles régionaux, de précieux tissus Arpin et d'objets design griffés Vitra. Les deux tables (le Bistrot et le SoMMet) sont conduites par le chef Stéphane Thoréton et le lieu réserve encore d'autres pépites avec son espace bien-être, incontestablement l'un des plus beaux des Alpes. Imaginez tout d'abord une piscine spectaculaire creusée dans la pierre, puis la découverte du spa 5 Mondes qui abrite une table de massage dernier cri avec de microbilles de quartz aux effets apaisants. Côté soins, on retrouve cette volonté d'exception avec des traitements sur mesure (détente musculaire, tonification, detox), inspirés notamment de la médecine traditionnelle chinoise. Une étape incontournable pour l'après-ski.

BOULANGERIE

BOULANGERIE LE FOURNIL DE MEGÈVE

Du miel aux myrtilles sauvages, en passant par l'emmental de Savoie au lait cru dans la ficelle aux lardons, la plupart des produits utilisés ici proviennent de petits producteurs de la région. Comme la farine de Haute-Savoie dans le Mégevan, un gros pain d'un kilo cuit au bout de 30 heures de fermentation.

5 route de Rochebrune
T. 04 50 34 93 11
Pas de fermetures

BOULANGERIE LE MONTAGNARD

Dans la fameuse station de ski de Megève, une boutique bien arrangée, appétissante et authentique. Le pain au maïs est excellent et la ficelle est bien croustillante. Une vendeuse à l'ancienne, très aimable.

97 rue Ambroise Martin
T. 04 50 21 06 59
Pas de fermetures

JEAN-FRANÇOIS FAYOLLE

Jean-François Fayolle, Meilleur Ouvrier de France Boulanger en 2000, s'est établi à Megève. Proposant un large choix de pains, de pâtisseries, de glaces et de sandwiches, c'est un incontournable dans la station.

87 rue du Général Muffat de Saint-Amour
T. 04 50 91 75 86
Pas de fermetures

CAVISTE

LA CAVE DES FLOCONS DE SEL

Emmanuel Renaut que l'on connaît aux Flocons de Sel et aux Flocons Village détient une cave qui reste digne des deux restaurants renommés de la région. La sélection tient une route que le consommateur ne tracerait pas trop droite, mais les demi-mesures permettent de trouver son bonheur dans une sélection bien faite à tarifs étudiés.

75 rue Saint-François
T. 04 50 78 35 01
Pas de fermetures

LE MOUTON ROUGE

Une cave à vin dédiée aux bons produits. 500 références de vins et 150 spiritueux sont présentés sur ce grand espace de 90m2 où l'Italie et la France restent côte à côte dans une sélection régulièrement renouvelée.

77 rue du Général Muffat de Saint-Amour
T. 04 50 34 91 97
Pas de fermetures

ÉPICERIE FINE

L'ÉPICIER DE MEGÈVE

L'épicerie regorge d'un large choix de marchandises. On y retrouve des fruits et légumes, du caviar, du foie gras, de la truffe, du saumon, des grands crus, du champagne et bien d'autre bons produits !

28 rue des 3 Pigeons
T. 04 50 21 01 73
Fermetures lu, di.

L'ÉPICURIE

Ouvert tous les jours pour le bon plaisir de la clientèle. L'Epicurie, dans un écrin contemporain propose une épicerie fine, fine. Les confitures de Christine Ferber, les chocolats Chapon, les charcuteries ibériques et savoyardes, les fromages locaux forment un appétissant rempart à la découverte.

20 rue Saint-Jean
T. 04 50 55 84 29
Pas de fermetures

La Table des Cochers

LE CHARME FEUTRÉ SAVOYARD

Adresse confidentielle nichée au cœur d'un hameau de chalets, le restaurant cosy et stylé propose une cuisine sincère infusant les saveurs authentiques. Spécialités savoyardes aux fromages du Val d'Arly ou cuisine française, les recettes sont généreuses et savoureuses, élaborées autant que possible avec des produits locaux. Le restaurant, ouvert au fil des saisons, offre la chaleur d'un feu de cheminée en hiver et le plaisir des repas en terrasse aux beaux jours.

©Boris Molinier

500, route de la Plaine, 74120 MEGÈVE
Tél. : 04-50-47-37-30
Facebook : @les.loges.blanches
Instagram : leslogesblanches
leslogesblanches-megeve.com/restaurant-bar

Bar des Alpes

UN BISTROT DE VILLAGE

C'est un lieu convivial où habitants et visiteurs ont plaisir à se retrouver, pour boire un verre* ou partager un repas.
Romain Orset a pris la suite de son père Jean-François, en 2015, proposant désormais ce bar-brasserie chaleureux. Accompagné d'une équipe de sept personnes, il offre une formule petit-déjeuner, pour bien commencer la journée, comprenant boisson chaude, viennoiserie, pain et jus de fruits ; et le midi, un menu à prix doux avec entrée, plat, dessert, en plus de la carte. On choisit parmi les hamburgers, les salades ou les succulentes pièces de viande. L'été, la musique s'invite à l'occasion de barbecue parties.
Ouvert 7j. / 7 à partir de 6h30 et en continu, 365 jours par an.

Le + : Wifi gratuit.

273, rue de la Poste, 74120 MEGÈVE
Tél. : 04-50-93-08-15
E-mail : bdamegeve@live.fr
Facebook : Bar des Alpes
Instagram : bdamegeve

> *Il n'y a pas d'amour plus sincère que celui de la bonne chère.*

George Bernard Shaw
(1856-1950)

*L'ABUS D'ALCOOL EST DANGEREUX POUR LA SANTÉ.

Les tables de l'étang

LE TEMPS D'UNE PAUSE

Valérie et Bruno se sont lancés, en mars 2020, dans l'exploitation d'un restaurant traditionnel où la cuisine se fait dans un esprit de famille.
Le chef Vincent et toute l'équipe sont à disposition pour vous servir une cuisine traditionnelle, constamment renouvelée au fil des saisons : omble chevalier émulsion Prosecco*, carré de porc IGP du Jura… À 12 minutes d'Annecy, avec une vue imprenable sur l'étang, ils assurent le service pour 60 couverts en intérieur, une centaine en terrasse (ombragée, salon d'hiver, mobilier de qualité). Le menu affaires, tous les jours, s'affiche à 19,5 € avec viande du pays de Gex, fruits et légumes de la région. Un lieu idéal pour partager, entre amis, entre amoureux, en famille, mais aussi pour des événements : communion, anniversaire, baptême, mariage…

✉ 124, route d'Annecy - Le Prebion,
74600 MONTAGNY-LES-LANCHES
Tél. : 04-50-08-14-11 / 07-83-88-03-01
E-mail : lestablesdeletang@outlook.fr

L'Observatoire

UNE VUE IMPRENABLE

Perché au sommet du Mont Salève depuis bientôt dix ans, Jean-Pierre Tanous vous accueille au restaurant de L'Observatoire avec son équipe de passionné(e)s, autour des produits de saison et des retours de la cueillette. Le chef vous propose une carte courte avec des plats toujours 100% faits maison, de l'entrée jusqu'au dessert. Les barmans sauront vous conseiller pour un cocktail* personnalisé ou une dégustation de spiritueux parmi une sélection XXL. Ce grand bâtiment prend, la nuit tombée, des allures de mirage.

✉ 8200, route des 3 lacs,
74560 MONNETIER-MORNEX
Tél. : 04-50-39-60-57
www.lobservatoire.fr

L'OBSERVATOIRE
RESTAURANT / BAR

> *Bonne cuisine et bon vin,*
> *c'est le paradis sur terre…*

Henri IV (1553-1610)

MORZINE 74110

HÔTELS

4 ÉTOILES

HÔTEL LA BERGERIE

103 route du Téléphérique
T. 04 50 79 13 69

La montagne et le ski sont l'âme de cette ancienne bergerie où le champion olympique, Jean Vuarnet, passa son enfance dans les années 50. Devenu en 1976 la propriété des Marullaz-Monné qui l'ont transformé en chalet-hôtel, le lieu a conservé son caractère résolument familial. La preuve ? Les enfants, jusqu'à 12 ans, sont ici des invités... Conçus comme des mini-appartements, les chambres, suites et duplex conjuguent un service 4 étoiles et une vraie indépendance avec, pour chacun, un coin cuisine parfaitement aménagé, prolongé de vastes espaces décorés de boiseries et de couleurs chatoyantes. À l'extérieur, une piscine chauffée tout l'hiver à 30°C, flanquée d'un hammam et d'un sauna avec vue panoramique, invite à la plus nature des détentes. Une halte simple et confortable, au cœur du domaine des Portes du Soleil.

4 ÉTOILES

HÔTEL MIL8

241 rue des Traîneaux
T. 04 58 57 18 00

Avec sa vue spectaculaire sur les Portes du Soleil, cette nouvelle adresse enrichit l'offre d'Avoriaz d'une pépite aussi séduisante qu'originale. Loin de l'ambiance des chalets traditionnels, l'architecte Hervé Marullaz associé à l'atelier Obermant, déclinent une version chic et moderne du chalet alpin, comme en témoignent les quatre façades spectaculaires, mêlant lignes effilées et courbes voluptueuses. Dans cet esprit contemporain, les 42 chambres et suites associent menuiserie sombre, larges tentures laineuses et panneaux de bois japonisants ; le salon mêle cheminée en acier et plafond cathédrale et les deux salles de restaurant s'illuminent d'alliances inédites, lilas et kaki, prune et moutarde. Dernier atout de ce nouvel écrin, un spa avec vue et équipements dernier cri : piscine à débordements, bassin à contre-courant et soins griffés de la championne de ski acrobatique Raphaëlle Monod.

BOULANGERIE

LA BONBONNIÈRE

129 route de la Plagne
T. 04 50 79 03 30
Pas de fermetures

Très belle boutique réputée en plein centre de la station. L'étalage est superbe avec du choix en tout, des beaux gâteaux appétissants, un grand étalage de salé... Le vendeur est précis et à l'aise. La tradition est bien faite, croustillante, avec de la mâche et bien salée. Bonne quiche avec une croûte un peu ferme, mais la garniture est soignée, avec un bon goût de fumé et un bon fromage. Le cérébrun a bon goût.

NEYDENS 74160

BRASSEUR

BRASSERIE DU MONT SALÈVE

C'est dans sa cuisine que Mickaël Novo a commencé à expérimenter ses recettes, jusqu'en 2010, date à laquelle il ouvre sa mini brasserie. Ses bières ne contiennent aucun additif ni conservateur, elles ne sont ni filtrées ni pasteurisées, avec aussi un souci de l'environnement. Le résultat ? Une jolie gamme de blondes, noires, blanches, rousses, ambrées. Une intéressante cervoise dont l'amertume, sans houblon, provient d'un ajout de gentiane ou la Mosaïc Black Bitter, une bière de soif à l'amertume prononcée. Ouverture du vendredi au samedi.

151 rue du Jura
T. 04 50 74 96 61
Fermetures lu, ma, me, je, ve (a.m), sa, di.

POISY 74330

ÉLEVEUR

DOMAINE DES ORCHIS

Sur les hauteurs d'Annecy, ce producteur en vente directe propose des vins biologiques issus d'Altesse et de Mondeuse, ainsi que des escargots cuisinés, en bocaux ou en surgelé, au court-bouillon, à la crème de beaufort, à l'ail et aux champignons, ou encore aux tomates et à la noisette.

705 route de l'Ecole d'Agriculture
T. 04 50 46 46 06
Fermetures lu, ma, me (a.m), je, ve (a.m), sa (p.m), di.

FROMAGERIE

CRÈMERIE DES MARCHÉS

Présente sur les marchés d'Annecy depuis 1950 et en boutique dans sa banlieue, la fromagerie familiale Dubouloz est une aventure perpétuée depuis trois générations, avec une même passion pour les produits artisanaux. Les fromages de vache, de chèvre et de brebis sont bien choisis ; des préparations pour raclette et fondue sont également à la vente.

30 route des Creusettes
T. 04 50 22 89 84
Fermetures lu,di.

PRAZ SUR ARLY 74120

BOULANGERIE

BOULANGERIE LE MONTAGNARD

Au pied du mont Blanc, un beau magasin dans un chalet bien agencé et facile d'accès où tout est appétissant et bien rangé. La tradition est bien levée et fraîche, le pain de seigle a une bonne odeur de céréales et est parfaitement moelleux, la quiche est bien garnie. La vendeuse est très accueillante et gentille.

25 route de Bellevarde
T. 04 50 21 26 76
Pas de fermetures

LE CHALET DU MONTAGNARD

Voilà une boulangerie façon chalet traditionnel légèrement excentrée à Praz-sur-Arly qui ne manque pas d'attrait. Pour le pain, on pourra se laisser tenter par la ficelle croustillante ou par la tortigraine au bon équilibre et au bon goût de graines. Et la quiche nous rappelle que le bonheur se trouve dans les choses simples.

349 route du Val d'Arly
T. 04 56 12 37 07
Pas de fermetures

PRINGY 74370

FROMAGERIE

CRÈMERIE DES CHARMILLES

205 route d'Annecy
T. 04 50 09 03 60
Fermetures lu, di.

L'histoire de cette fromagerie a démarré en 1969 avec Raymond Michel maître-fromager-affineur qui a su transmettre passion et savoir-faire à sa famille. La relève est assurée par Alain Michel qui reprend un credo : "un bon fromage est un fromage à point". Les sélections sont en priorité des fromages au lait cru de la région, accompagnés d'autres trouvailles de qualité. Spécialités : la fondue prête à l'emploi, une recette maison qui dure depuis 25 ans ! et en saison, le brie de Meaux, le coulommiers ou le saint-marcellin à la truffe. La boutique contient également 200 références de vins dans la logique de faire de beaux mariages gustatifs. Après la crémerie du Lac il y a 4 autres magasins à Annecy le Vieux, à Pringy, La Clusaz, Cran Gévrier.

SAINT GERVAIS LES BAINS 74170

RESTAURANTS

12/20

BISTROT SÉRAC

38-40 avenue du Mont Paccard
T. 04 50 98 43 35
Fermetures lu, di.
Menu(s) 19€

Au cœur des Alpes, les 3 Séracs comptent la version bistrot, où l'on vient découvrir les belles viandes de la tradition, dans une version simple et populaire. L'endroit est décoré dans un style contemporain, et les assiettes restituent le terroir avec efficacité : pâté de campagne, filet de pintade et moutarde aux cèpes, noix d'entrecôte d'Argentine, Black Angus d'Irlande... Desserts classique. Atmosphère conviviale.

Saint-Gervais-les-Bains

Pizzeria Le Point Rouge

LE PLAISIR DU PARTAGE

Pour dénicher la Pizzeria Le Point Rouge, il vous faudra sortir des grands axes, jusqu'au cœur de la jolie petite ville de Reignier-Esery. Loïc, pizzaïolo depuis dix-huit ans, et sa fidèle équipe, auront alors à cœur de vous faire passer le meilleur des moments, dans une ambiance familiale où l'on sait recevoir. Dans une salle accueillante, en terrasse (l'été) ou à emporter, vous savourerez des pizzas maison, en pâte blanche ou issue d'un subtil mélange de cinq céréales, garnies de produits italiens et locaux. À découvrir…

363, Grande Rue,
74930 REIGNIER-ESERY
Tél. : 04-50-82-55-17
www.pointrouge.fr

Le vrai gourmet est celui qui se délecte d'une tartine de beurre comme d'un homard grillé, si le beurre est fin et le pain bien pétri…

Sidonie-Gabrielle Colette
(1873-1954)

Les Sapins

PAUSE GOURMANDE PLEINE DE CHARME

C'est un petit hôtel-restaurant de village avec neuf chambres. La famille Donneau-Renard vous propose une pause gourmande et une nuit de repos dans un établissement plein de charme. Le chef apprécie les produits locaux issus de fournisseurs bien connus et de confiance. On apprécie les plats traditionnels comme la tête de veau, la tartiflette, la reblochonade, la fondue et aussi, le gibier pendant la saison.
Fermé lundi soir et dimanche soir.

131, vieille route, 74490 SAINT-JEOIRE
Tél. : 04-50-35-80-38
E-mail : lessapins74490@orange.fr
Facebook : @lessapinssaintjeoire
www.lessapins74.fr

SAINT JEAN DE SIXT 74450

RESTAURANTS

13/20

LE CAIRN

Entre Thônes et le Grand Bornand, voilà la nouvelle table dont les montagnards ne pourront bientôt plus se passer. Un jeune couple travailleur (il est seul en cuisine, elle est seule en salle) assure 25 couverts à tous les services avec un brio enthousiasmant. Adrien Pollet et Charline Camazzola ont tous deux un parcours intéressant (dernièrement chez Daniel Baratier au Restaurant sur les Bois) et mènent une réflexion sur la restauration d'aujourd'hui, sincère, naturelle et détendue qui démode l'ancien régime et ses repas amidonnés. La salle est joliment arrangée dans le style savoyard, créant une atmosphère sans fard qui permet à l'assiette de s'exprimer au mieux : le fois gras délicat avec ses coings pochés aux baies roses, le bon gâteau de brochet et écrevisse avec sa crème au jus des têtes façon Nantua et topinambours, un classique bien agréablement revisité, un bon suprême de pintade avec sa sauce vin jaune et des gnocchis, avant le dessert pomme caramélisée façon tatin aussi soignée, le tout possiblement intégré dans un menu Découverte à 42 € (ou 52 avec un plat de plus). La technique se conjugue à une forme de simplicité assumée, confortée par le service souriant et attentif de Charline. La cave va se renforcer petit à petit, laissant déjà une place significative aux vins de la région.

41 route de Thônes
T. 04 50 10 82 45
Fermetures lu.
Carte 46€ **Menu(s)** 19-48€

SAINT JULIEN EN GENEVOIS 74160

CAVISTE

LA NATURE DU VIN

En trois volets principaux, la maison s'est assurée une bonne réputation dans la région. À la fois épicerie fine, cave et lieu de dégustation, la maison mise sur une exploration du bon portée par des sélections riches et soignées. En épicerie fine, une sélection simple et efficace ; en vins, une recherche poussée pour le naturel et le bio qui amène une certaine dynamique à la cave. Enfin, des dégustations ont souvent lieu pour faire découvrir les dernières sélections de la maison.

3 route des Vignes
T. 04 50 83 36 19
Fermetures lu, di.

SAMOËNS 74640

PÂTISSERIE

Á LA JAŸSINIA

Victorieux en 1989 de la première Coupe du monde de Pâtisserie et MOF Glacier en 1994, Thierry Froissard fait un malheur au pied des cimes de la station de Samoëns, avec ses coupes et ses entremets glacés, comme celui composé d'un sorbet poire-orange-cannelle posé sur une dacquoise, agrémentée d'un parfait aux noix, d'une crème glacée au caramel et de carottes confites.

111 Grande Rue
T. 04 50 34 40 31
Pas de fermetures

Brasserie Charles Albert

ESPRIT CHALEUREUX ET CUISINE GOURMANDE

Vue imprenable sur le Mont-Blanc, cuisine maison de produits frais, décoration cosy, ambiance conviviale : les ingrédients de votre moment gourmand ! Depuis neuf ans, Didier Lombard vous accueille ici comme chez lui, avec l'envie de faire plaisir. Rejoint par sa fille, Justine, qui partage cette passion du métier, il a tout prévu pour régaler les papilles et les yeux. Superbe vue sur le Mont-Blanc et les paysages de toute beauté, décoration en mode cocooning avec des fauteuils confortables et des tons rouge et noir, plats uniquement maison qui déclinent les classiques de la cuisine brasserie et les produits locaux – burgers, viandes rouges, plats de pâtes et plats du jour selon les arrivages –, desserts en vitrine pour varier les plaisirs et une belle carte des vins* pour accompagner le tout.

Ouvert du lundi au samedi dès 7h.

✉ 72, place Charles Albert, 74700 SALLANCHES
Tél. : 04-50-47-81-04

Au Relais Septimontain

UNE DÉGUSTATION 100% LOCALE

Thérèse et Patrick Cocquel proposent un menu fait de spécialités montagnardes et de plats traditionnels à base de produits frais. Déguster les incontournables spécialités savoyardes ou de bons plats traditionnels, avec vue sur l'aiguille du Criou. C'est ce que proposent depuis vingt ans Thérèse et Patrick Cocquel. Madame en salle, Monsieur en cuisine, le couple propose uniquement des produits frais et de qualité, accompagnés principalement de vins* de Savoie pour une dégustation 100% locale. Et, cerise sur le gâteau, Patrick Cocquel confectionne lui-même tous ses desserts de A à Z, mettant à profit ses dix-sept années d'expérience de responsable du réputé salon de thé-pâtisserie « À la Jaÿsinia de Samoëns ».

✉ 10, place des Sept Monts, 74340 SAMOËNS
Tél. : 04-50-34-42-19
relais-septimontain.com

*L'ABUS D'ALCOOL EST DANGEREUX POUR LA SANTÉ.

L'Eden des Biquettes

FROMAGES AU GOÛT LÉGER

Crottins, briques, enrobés et tomettes de chèvre sont produits avec le lait de biquettes de race Saanen. Leur lait, au goût particulièrement léger, donne un fromage subtil. Stéphanie Coudurier a choisi cette race suisse, peu présente dans la région, pour sa singularité. Elle élève son troupeau avec conviction, en veillant à une alimentation saine et locale et au bien-être de ses animaux. Sa production est vendue à la ferme et dans quelques magasins.

842, route de Bémont, 74340 SAMOËNS
Plain Champ de Ballancy, 74300 ARÂCHES-LA-FRASSE (ouverture à l'automne 2022)
Tél. : 06-70-99-58-36
samoens.com

Le plaisir de la table est de tous les âges, de toutes les conditions, de tous les pays et de tous les jours.

Jean Anthelme Brillat-Savarin
(1755-1826)

Chez Maxi UNE PÉPITE

Ce café-restaurant-épicerie sera votre halte préférée. Grâce à Anaïs Fedlaoui et à son compagnon, le chef Sylvain Fillard, le lieu est charmant, la cuisine délicieuse. Le chef improvise sa carte tous les jours en fonction des produits locaux de saison disponibles. Et tout est réalisé maison. Son talent s'illustre, notamment, dans des suggestions uniques comme les œufs pochés, crème de maïs et popcorn au curry. Les amoureux de tradition sont comblés avec, par exemple, le faux filet sauce morilles. Savoureux desserts pour conclure.

1684, route du Col, 74420 SAXEL
Tél. : 04-50-39-14-00
Facebook : @chezmaxisaxel

SCIONZIER 74950

BOULANGERIE

BOULANGERIE GENOUD PRACHEX

Une grande boutique avec un choix assez important de produits, avec la particularité d'avoir quelques produits régionaux et un peu de vin. La baguette tradition est très croustillante avec un bon goût et une mie franche à la bonne mâche. Le pain spécial au maïs est agréable, un peu standard mais avec une texture bien souple.

1071 rue des Îles
T. 04 50 21 88 05
Fermetures di (p.m).

SEYNOD 74600

CAVE À BIÈRES

BIERONOMY

À dix minutes d'Annecy, non loin de l'autoroute, cette adresse est le QG officiel des amateurs locaux de bières qui trouvent ici une sélection de micro-brasseries à la fois pointue et étendue. Outre les classiques bières belges et du nord, on appréciera les cuvées issues du monde entier ainsi qu'une très belle sélection de bières locales (Maelström, Veyrat, Mont Salève, Arav', Big Mountain...).

1152 avenue d'Aix-les-Bains
T. 04 50 57 17 91
Fermetures di.

TALLOIRES MONTMIN 74290

RESTAURANTS

18,5/20

AUBERGE DU PÈRE BISE - JEAN SULPICE

Jean Sulpice, c'est la montagne qui gagne, qui avance, qui rayonne. Au pied des Aravis, le grimpeur n'a pas fini de porter le Maillot Jaune. Le Cuisinier de l'Année 2018, qui semble toujours avoir une compétition de plus à remporter, est aujourd'hui un cuisinier épanoui à l'esprit perpétuellement conquérant. Ce qui donne de l'énergie à toute l'équipe de cette maison de rêve posée au bord du lac et à l'histoire légendaire, et booste aussi la brigade pour offrir le meilleur de la Savoie, vu par un talent scintillant. Rien n'est laissé au hasard dans l'ode à la nature et à la haute gastronomie : le brochet confit polypode et verveine, le cresson et ses gnocchis de polenta, le mariage subtil de la féra fumée et du lapin, brocoletti sauge et câpres, tous ces plats qui font respirer à pleins poumons le souffle montagnard, laissant planer, quelque part au-dessus de ses enfants devenus tous célèbres, l'ombre de Marc Veyrat dont Jean fut un des disciples les plus zélés. Aujourd'hui, Sulpice est devenu grand, tout seul, à la tête d'une formidable entreprise, et si la matelote à la tanaisie peut évoquer bien des réminiscences, cette perfection dans les saveurs et leurs mariages n'est due qu'au seul brio d'un chef qui vole seul vers les sommets, détaché du peloton, le regard vers les cimes. Desserts travaillés avec la même énergie, cave remarquable, sans faille dans aucun secteur, donnant la parole à toutes les chapelles, y compris les cathédrales bordelaises et bourguignonnes.

303 route du Port
T. 04 50 60 72 01
Chef cuisinier
Jean Sulpice
Chef pâtissier
Kévin Ollivier
Directeur de salle
Alicia Poupeney
Sommelier
Lionel Schneider
Fermetures ma, me.
Menu(s) 130-265€

13/20

LE 1903

Annexe bistrotière de l'auberge du Père Bise, cette jolie maison boisée au bord du lac est d'un charme vintage bien rendu, dans un genre industriel rustique et chic, avec plafond en bois foncé, suspensions cuivrées, tables en bois brut et pied forgé, banquettes en cuir et chaises dépareillées. Jean Sulpice y propose une cuisine de brasserie de haut niveau, portée par un produit soigneusement choisi, des dressages inspirés, et des relectures satisfaisantes. Le menu à 59 € est à sa place, avec l'œuf mollet frit, légumes du jardin et mayonnaise aux herbes, la féra du lac d'Annecy en croûte de pain, purée d'amande et beurre à la grenobloise, un canard rouennais fumé au bois de genièvre et pesto d'herbes, la classique marjolaine de l'auberge du Père Bise. Service professionnel.

303 route du Crêt
T. 04 50 60 72 01
Fermetures lu, di (dîn.).
Menu(s) 43-53€

12/20

LES TERRASSES DU COTTAGE

Près du lac, le Cottage Bise**** tient sa jolie table gastronomique signée Olivier Suire. Avec sa vue splendide sur le lac d'Annecy depuis ses terrasses, et son charme pittoresque, la maison ne manque pas d'arguments. La carte est évidemment aux standards de la maison, donc logiquement tournée vers l'international et à des prix attendus ; mais la réalisation est au niveau, sur le homard en salade aux agrumes, paprika fumé et framboises pickles, le mérou grillé, citron, soja, artichauts à l'huile d'olive, le suprême de poulet aux écrevisses et écrasé de pommes truffé, ou encore le tiramisù aux pêches pochées, mascarpone et verveine du jardin. Sélection en cave dans la norme.

390 route du Port
T. 04 50 60 71 10
Fermetures lu, di (dîn.).
Menu(s) 38-59€

HÔTELS

5 ÉTOILES

AUBERGE DU PÈRE BISE

Sur les paisibles rives du lac d'Annecy, cette auberge historique a reçu Winston Churchill, Elisabeth II et Jean-Paul Sartre. Désormais propriété de Magali et Jean Sulpice, elle revisite l'art de vivre à la française avec un raffinement contemporain qui mêle luxe, authenticité, et plongée immersive dans une nature préservée. Totalement réaménagées, les 23 chambres et suites associent lignes pures et gris lumineux avec une mention pour la suite n°18 qui réunit lit moderne à baldaquin, toiles abstraites, grande terrasse et jacuzzi privatif qui ouvre sur le lac immense. Dessinée par Xavier Salero, une longère contemporaine abrite le très chic spa avec piscine et quatre cabines de soin, un sauna, un hammam, des douches sensorielles et même un bain froid. De quoi patienter en attendant le bonheur ultime que réserve ces lieux, la dégustation de la mythique cuisine de Jean Sulpice.

303 route du Port
T. 04 50 60 72 01

Auberge du Père Bise à Talloires-Montmin

THÔNES 74230

BOUCHERIE

LA CÔTE À L'OS

16 rue des Clefs
T. 04 50 02 08 15
Fermetures lu, je (p.m), di.

La Côte à l'Os fait partie des bonnes habitudes des savoyards dû à la qualité de ses produits. La charcuterie de montagne (fumée, séchée ou à cuire) fait toujours autant saliver et les viandes issues de bêtes locales choisies sur pied ont ce goût et ce marbré inimitables des viandes de pays bien rassises.

BOULANGERIE

BOULANGERIE DES ARAVIS

2 rue des Vernaie
T. 04 50 64 88 37
Pas de fermetures

Sur le rond-point à l'entrée de Thônes, cette boulangerie est providentielle pour les clients en voiture qui rencontrent tant de difficultés à stationner quelques instants dans le centre du village. Les baguettes et les différents pains céréales, aux fruits secs, au seigle, sont de très bons niveau et frais à toute heure.

BOULANGERIE MICHEL PETIT

23 bis rue de la Saulne
T. 09 87 76 45 66
Fermetures di (p.m).

Agréable boutique au bel étalage complet et à la boulangère aimable et professionnelle. Ici, tout est bien présenté, appétissant et fait maison. La quiche est agréable, faite maison, bien proportionnée en lardons et avec du bon fromage. La brioche est bien faite, artisanale avec un bon goût de beurre. Enfin, le pain aux céréales, conseillé par la patronne, est excellent, avec un bon goût de céréales et de moisson, très frais. La brioche est bien faite, artisanale avec un bon goût de beurre.

FROMAGERIE

FROMAGERIE HUBERT THUET

2 rue des Vernaies
T. 04 50 77 10 28
Fermetures lu, di (p.m).

Hubert Thuet, en bon maître fromager, sait sélectionner ses produits, les affiner et les révéler. Sur ses conseils avisés, on pourra, par exemple, choisir un bleu des Aravis aux arômes de sous-bois, un Ossau-Iraty d'estive ou une tommette au piment d'Espelette et essayer les yaourts au lait de chèvre ou de brebis. Envoi possible par colissimo.

PÂTISSERIE

FONTAINE LA SAVOYARDE

6 rue des Portiques
T. 04 50 02 01 54
Fermetures lu, di (p.m).

Locaux et touristes sont heureux de se croiser dans cette boulangerie pâtisserie réconfortante où l'on trouve de tout, du pain frais aux chocolats artisanaux en passant par les viennoiseries, les pâtisseries et les petits gâteaux secs pour le goûter. Beaucoup de spécialités, dont la Croix de Savoie, tarte gelée aux framboises avec mousse de fruit et vraie confiture de framboise.

THONON LES BAINS 74200

FROMAGERIE

FROMAGERIE BOUJON

Valérie et Frédéric Boujon vous présentent leur "fromageothèque" : un alignement soigné de pâtes dont ils prennent grand soin. Les fromages arrivés en début d'affinage sont amenés à maturation pour le meilleur de leur goût. Ils savent proposer avec beaucoup de gentillesse une gamme variée, de grande qualité. Des productions locales jusqu'aux gammes plus éloignées, tomme de Savoie, bleu de Termignon, comté... ont ici une forme de haute compétition.

7 rue Saint-Sébastien
T. 04 50 71 07 68
Fermetures lu (p.m), di.

Thonon-les-Bains

> *Ce qu'on mange avec goût se digère aisément.*
>
> Georges Courteline (1858-1929)

Le Talinum

EXCEPTIONNEL

Avec Thomas Tagliabue, haut placé aux Championnats de France et du Monde, les pizzas – comme ses exceptionnelles « Déesse » et « Texane » – sont élevées au rang d'art culinaire. Les suggestions qu'il vous propose sont créées à partir de sa pâte, saluée lors de ces concours, réalisée au levain naturel et mise au repos 48h, et de produits haut de gamme. On adore aussi ses desserts maison, notamment ses tiramisus.

12, rue des Portiques, 74230 THÔNES
Tél. : 04-50-02-96-61
www.talinum-thones.com

Bar des Courriers

BIENVENUE CHEZ MARIA

Maria Bonaventure a su faire de ce bar, autrefois le premier arrêt de bus de la ville, un restaurant bistronomique avec une âme.
Rien n'a été laissé au hasard pour vous accueillir du matin au soir : univers cosy, spacieuse terrasse et surtout la savoureuse cuisine française du chef, Benjamin André.
Son travail des saisons ravit les papilles. En entrée, régalez-vous avec les veloutés ou la salade d'alpage œuf parfait ; poursuivez avec la blanquette de veau, le filet de bœuf ou encore l'emblématique filet de perche meunière.
En conclusion, la brioche feuilletée caramel au beurre salé. Notons que tout est fait maison, y compris les jus, sauces et pains à la farine bio locale. Appréciez la carte des vins* et les prix abordables !

13, place des Arts,
74200 THONON LES BAINS
Tél. : 04-50-71-49-06
www.bardescourriers74.fr

*L'ABUS D'ALCOOL EST DANGEREUX POUR LA SANTÉ.

Brasserie les Arts

L'ALLIANCE DE LA TRADITION ET DE LA MODERNITÉ

Nichée au cœur des rues piétonnes de Thonon-les-Bains, dans une rue historique qui lui a donné son nom, la Brasserie les Arts propose chaque jour des plats faits maison. Ils séduisent une clientèle d'habitués, rejoints à la belle saison par les touristes. À quelques pas des rives du lac Léman, au croisement des rues passantes du centre-ville, la Brasserie les Arts jouit d'un emplacement d'exception, qui a convaincu Mickaël Lintanff de reprendre, en 2013, cet établissement fondé en 1949. Son ambition aujourd'hui : allier la tradition savoyarde à la modernité. Si l'on retrouve à la carte la fameuse escalope savoyarde, le suprême de volaille Label Rouge sauce reblochon ou bien encore l'incontournable tartiflette, en cuisine, le chef Nicolas Linger est très attentif à la qualité des produits ainsi qu'à la présentation des assiettes. *« On propose une carte de plats faits maison, avec 90% de produits frais, 100 % français. »* Et Mickaël Lintanff a fait le choix de favoriser les filières courtes, avec des produits locaux qui mettent en valeur le terroir.

Ambiance décontractée et familiale

Attirés par le clapotis de la fontaine italienne et l'ombre qu'offrent les arbres de la place, les touristes investissent chaque été la terrasse de la Brasserie pour déguster les plats traditionnels savoyards. Mais au-delà de la fraîcheur des plats, c'est l'ambiance décontractée et familiale qui a conquis les nombreux habitués, qui se pressent parfois dès l'aube pour prendre leur café. Les travaux en cours, pour rendre les lieux *« plus cocooning »*, et l'avènement des soirées à thème scelleront la modernisation de cette institution thononaise.

✉ 2, rue des Arts, 74200 THONON-LES-BAINS
Tél. : 04-50-71-78-07
Instagram et Facebook :
@BrasserieLesArtsThonon74

VALLIÈRES SUR FIER 74150

FROMAGERIE

FRUITIÈRES CHABERT

En plein cœur du Pays Albanais, la fromagerie Chabert est une adresse fermière de confiance qui propose un choix diversifié et de qualité de produits crémiers traditionnels et régionaux.

710 route de Val de Fier
T. 04 50 62 15 45
Fermetures di.

VEYRIER DU LAC 74290

RESTAURANTS

19/20

YOANN CONTE

Et vous, que faisiez vous pendant le confinement ? Certains ont repeint la façade, d'autres changé la déco, d'autres encore ont retravaillé certains plats. Yoann Conte a planché sur l'expérience globale, pour offrir à ses clients un moment inoubliable. Avec un service magnifique, dans la qualité de la jeune équipe comme dans la mise en scène, autour de la vaisselle, des carafes, des plateaux, de l'encheu de fromages, du superbe chariot de portos, madères et autres vins mutés, de la voiture aux infusions... Toute une scénographie pour faire briller une cuisine également repensée, d'un élan fulgurant vers la pureté : le tourteau et la féra des deux premiers services annoncent la catharsis, la bondelle (féra suisse) tagliatelle de pomme de terre est une synthèse, avec du croquant et du goût et la note de "simplexité" (simplicité et complexité) d'une sauce artichaut limpide et évidente avec son verre de mondeuse blanche de Chevillard. Mais ce n'est pas tout ! Conte se fait conteur, passant à chaque table raconter une histoire, une anecdote en liaison avec le plat, en le replaçant dans le contexte local, en affirmant une identité, en glorifiant ses deux terroirs, le natal breton et le savoyard d'adoption, en accompagnant les convives sur les chemins des herbes et des fleurs ou sur les rivages océaniques. L'huître poireau échalote caviar se pare magnifiquement d'une goutte de gentiane, les escargots de Philippe Héritier se parfument des herbes qui les nourrissent et de l'absinthe de Pontarlier, le saint-pierre algues d'un jus au Guip, whisky breton né du côté de Brest. Et le ris de veau de papi Capi est aussi émouvant que l'histoire du papi qui avait dû renoncer à la gentiane qu'il aimait tant tout en imbibant son bol de bois pour en avoir toujours le parfum. Il y a beaucoup de Marc Veyrat, certes, dans cette approche puissamment identitaire dont toute la théâtralisation suscite l'émerveillement. Mais Yoann Conte n'est plus seulement le "fils spirituel", il est aujourd'hui celui qui perpétue, et de quelle scintillante manière, la magie de la Maison Bleue. Excellente pâtisserie de Max Martin qui joue le même jeu avec brio (une vanille de Saint-Philippe renversante, une évocation d'un feu de cap au Cameroun près des cacaoyers...) et, redisons-le, un boulot formidable de Bastien Debono pour suivre le rythme effréné du chef dans sa recherche essentielle, veillant sur une grande cave, de plus en plus complète, avec tout ce qu'on aime et un vaste choix au verre pour ceux qui ne suivraient pas le pairing sur mesure.

13 vieille route des Pensières
T. 04 50 09 97 49
Chef cuisinier
Yoann Conte
Chef pâtissier
Max Martin
Directeur de salle
Fanny Perrot
Fermetures lu, ma, me.
Menu(s) 270-310€

14,5/20

RESTAURANT LE ROC

Le Roc, c'est autant une image de la montagne, avec les Aravis encadrant le lac d'Annecy, que le caractère bien trempé des hommes qui y vivent. Yoann Conte est de ceux-là, tout comme son mentor Marc Veyrat auquel il rend de nombreux hommages. Y compris dans cette version dégouginée de son grand gastro, une sorte de pique-nique farniente les pieds dans l'eau pour apprécier une délicieuse terrine de campagne comme une version élaborée des escargots en caquelon, l'aubergine confite et ventrèche de thon ou l'omble chevalier des Cévennes et ses carottes confites au miel. L'espace est organisé pour que chacun trouve sa plus grande zone de confort, de la salle jouxtant le gastro comme la terrasse ou le coin secret pieds dans l'eau, et le service est bien digne des plus grandes toques, pour un ticket que l'on peut assez facilement cadrer en dessous de 100 € , l'excellent pâtissier de la maison, Max Martin, se chargeant de terminer le travail en beauté avec des pâtisseries classiques autant que majuscule (le flan est une merveille). La cave s'ouvre tout entière pour que le plaisir soit total et en accès libre, avec toutes les dernières découverts sur le vignoble savoyard.

13 vieille route des Pensières
T. 04 50 09 97 49
Fermetures sa, di.

HÔTELS

5 ÉTOILES

HÔTEL YOANN CONTE

Posée sur la rive est du lac d'Annecy, cette demeure XIXe mêle les bleus de sa façade à ceux du lac en contrebas, rehaussée des tonalités dorées des murs et des sols qui s'illuminent aux rayons du soleil. L'ambiance est douce et intime, à l'image de la décoration qui signe les 8 chambres et suites, entre patines anciennes, tissus lumineux et meubles aux lignes claires, le tout ouvrant sur un panorama à couper le souffle sur le lac, omniprésent, et les montagnes alentours. Un écrin confidentiel et plein de charme qui vient idéalement prolonger la découverte de la cuisine du maître de maison Yoann Conte.

13 vieille Route des Pensières
T. 04 50 09 97 49

BOULANGERIE

MAISON PANATIER

Très belle boulangerie installée dans le centre-ville de ce village posé au bord du lac, elle propose une belle gamme de pains artisanaux, aux nombreuses farines de blé, de seigle, de maïs, de lupin... En mélange de graines, tournesol, lin et soja, complet, au petit épeautre, au seigle ou encore aux noix.

24 bis rue de la Tournette
T. 04 50 60 07 94
Fermetures me.

YVOIRE 74140

RESTAURANTS

12,5/20

LES JARDINS DU LÉMAN

Avec une vue splendide sur le lac et le château d'Yvoire, et une salle contemporaine et lumineuse, l'adresse d'Henrique et Valérie Aguzzoli est un rendez-vous sûr en ville. La terrasse est tout à fait idéal l'été, tandis que la carte fonctionne toute l'année, avec des classiques du registre bourgeois, en bonne réalisation : lapin en ballotine, féra du Léman en gravelax, féra sauce grenobloise, volaille de Bresse, gigolette, sauce au vin jaune et morilles, un saint-honoré et crème au caramel. Service professionnel.

Grande Rue
T. 04 50 72 80 32
Pas de fermetures.
Menu(s) 34€

© Adobe Stock/dudlajzov

La Table de Nernier

UNE MERVEILLE

À quelques pas du lac Léman, et à 2,6km d'Yvoire, ce restaurant intimiste abrite deux talents : Clara – qui saura vous conseiller – et le chef Remi Javelle. Ce dernier propose une cuisine réalisée intégralement maison qui se distingue par un travail subtil afin de sublimer les produits bruts, frais et de saison. Il en est ainsi de la truite sauvage du lac aux agrumes et son fumet monté à l'orange, et des savoureux pressé de sanglier ou noix de joues de porc confites au balsamique. Magnifiques références de vin* et superbes dressages.

11, place du Musée, 74140 NERNIER
Tél. : 04-50-17-52-43
la-table-de-nernier-restaurant.eatbu.com

Le Passe-Franc

LE PLUS COURT CHEMIN VERS LA BISTRONOMIE

Chef au beau parcours suisse, Bernard Baud a installé, en 2018, son restaurant bistronomique sur les bords du lac Léman. À partir de produits bruts, issus de la région ou de sa chère Provence, il sort de sa cuisine des mets raffinés – comme cette féra du lac, flambée en salle – et sublimés par une belle sélection de vins*. La vue exceptionnelle sur le port et le lac finit de ravir les épicuriens d'Yvoire, l'un des plus beaux villages de France, et d'ailleurs.

Ouvert le midi, tous les jours (sauf le mardi), vendredi soir et samedi soir – Été : 7j/7.

13, rue du Port 74140 YVOIRE
Tél. : 04-50-16-46-24
www.lepassefranc.fr

Hôtel Villa Cécile

AUTHENTIQUE MAISON DE CHARME

Située à l'entrée du village médiéval, cette maison de charme dispose de 20 chambres, avec piscines et spa. Au restaurant, on savoure une cuisine authentique, à la fois raffinée et gourmande. Les poissons du lac et les produits de saison, issus de circuits courts et de fournisseurs locaux, y occupent une place de choix. Belle carte de vins*, soirées accords mets et vins. *Ouvert tous les jours sauf le lundi.*

Le + : Vue sur le lac Léman depuis la terrasse.

156, route de Messery, 74140 YVOIRE
Tél. : 04-50-72-27-40
E-mail : reservation@villacecile.com
Facebook : Villa Cécile - Yvoire
www.villacecile.com

*L'ABUS D'ALCOOL EST DANGEREUX POUR LA SANTÉ.

INDEX DES ÉTABLISSEMENTS

A

RESTAURANT HÔTEL ARTISANAT GOURMAND ANNONCEUR

B

C

RESTAURANT HÔTEL ARTISANAT GOURMAND ANNONCEUR

RESTAURANT | HÔTEL | ARTISANAT GOURMAND | ANNONCEUR

F

G

H

I

J

K

L

M

N

RESTAURANT HÔTEL ARTISANAT GOURMAND ANNONCEUR

O

P

RESTAURANT HÔTEL ARTISANAT GOURMAND ANNONCEUR

S

T

U

V

W

Y

Z

RESTAURANT HÔTEL ARTISANAT GOURMAND ANNONCEUR

INDEX DES VILLES

A

B

C

D

E

F

G

H

I

J

L

M

N

O

P

R

S

T

U

V

Y

façon de voyager

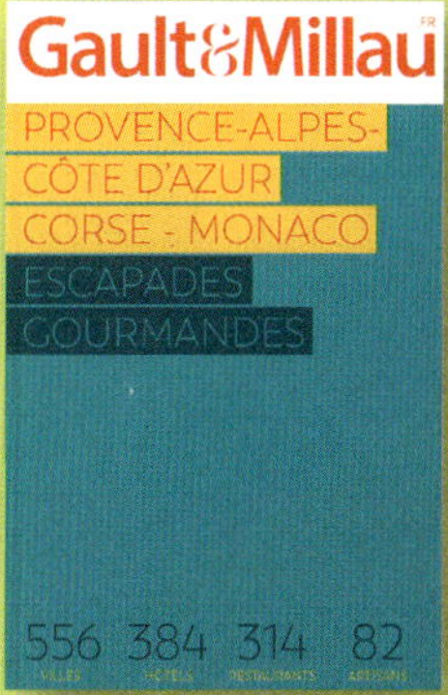

MAI 2022

JUIN 2022

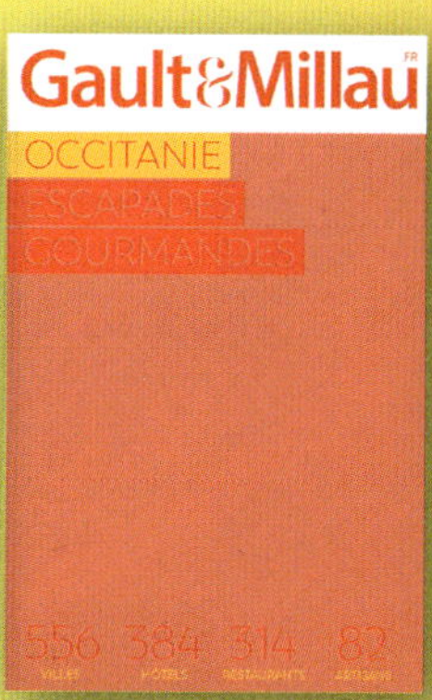

JUIN 2022

OCTOBRE 2022

NOVEMBRE 2022

DECEMBRE 2022

PRÉSIDENT DIRECTEUR GÉNÉRAL Vladislav Skvortsov

DIRECTEUR GÉNÉRAL Zakari Benkhadra

RÉDACTION

DIRECTEUR DE LA RÉDACTION Stéphane Bréhier, sbrehier@gaultmillau.fr

RÉDACTEUR EN CHEF, PÔLE VINS, ALCOOLS & SPIRITUEUX Laurent Vuillaume

RÉDACTEUR EN CHEF, PÔLE HÔTELLERIE & ART DE VIVRE Lydia Bacrie

DIRECTRICE ARTISTIQUE Ingrid Maupoux

RÉDACTRICE EN CHEF ADJOINTE Florence Saint-Martin

CHARGÉE DE PRODUCTION Maud Lolia

ASSISTANTE À LA RÉDACTION & ICONOGRAPHE Julie Vanazzi

RÉDACTEURS GRAPHISTES Marie-Hélène Martin & Didier Naulevade

ASSISTANTE MAQUETTE Cannelle Petit

RESPONSABLE DE LA BASE DE DONNÉES Armand Bolzer

COMMUNITY MANAGER Eva Dessons, edessons@gaultmillau.fr

CARTOGRAPHIE Légendes Cartographie, à Chatou

ILLUSTRATIONS Betty Caricatures

ENQUÊTES

DIRECTEUR DES GUIDES & DES ENQUÊTES, Marc Esquerré

PUBLICITÉ & PARTENARIATS

RESPONSABLES PÔLE HÔTELLERIE ET ART DE VIVRE
Franck Barbaras, fbarbaras@gaultmillau.fr & Régine Le Brun, rlebrun@gaultmillau.fr

CHEFFE DE PROJET PÔLE CHAMPAGNE Christelle Vilain, cvilain@gaultmillau.fr

CHEFFE DE PROJET Elea Kern, ekern@gaultmillau.fr

CHEFFE DE PROJET Anne-Sophie Pinot, aspinot@gaultmillau.fr

CHEFFE DE PROJET Sophie Jumeau, sjumeau@gaultmillau.fr

RÉGIE PUBLICITAIRE

COM'EN RÉGIONS

Samuel Baruk & Joseph Baruk

40 rue de l'Est - 92100 Boulogne-Billancourt - T. 01 83 90 66 90

ÉVÉNEMENTS

RESPONSABLE Bérénice Alby, balby@gaultmillau.fr

CHEFFE DE PROJET Emma Lachèvre, elachevre@gaultmillau.fr

CHEFFE DE PROJET Lisa Diraison, ldiraison@gaultmillau.fr

AUDIT & CONSEIL

RESPONSABLE Franck Tesson, ftesson@gaultmillau.fr - T. 01 41 40 03 93

CHEFFE DE PROJET Emeline Fordos, efordos@gaultmillau.fr

CHARGÉE DE PROJET Sophie Jumeau, sjumeau@gaultmillau.fr

COMPTABILITÉ

RESPONSABLE ADMINISTRATIF & FINANCIER Bruno Verdier, compta@gaultmillau.fr

COMPTABLE Cindy Kuevidjen

Éditions Gault&Millau - 71 rue du Faubourg-Saint-Martin - 75010 Paris - france@gaultmillau.fr

Gault&Millau SA au capital de 250 000 €

DÉPÔT LÉGAL mars 2022

IMPRESSION Dupliprint À Mayenne, France

ISBN 978-2-37557-069-2

PEFC 10-31-1316

FABRIQUÉ EN FRANCE